SHISANHANG
SHIJIA

十三行世家

古代卷

百年行商之一 开洋

谭元亨◎著

广东省精品出版扶持项目

·广州·

图书在版编目（CIP）数据

十三行世家．古代卷．百年行商之一开洋/谭元亨著．—广州：中山大学出版社，2019.5
ISBN 978-7-306-06009-9

Ⅰ．①十…　Ⅱ．①谭…　Ⅲ．①长篇历史小说—中国—当代　Ⅳ．①I247.5

中国版本图书馆 CIP 数据核字（2019）第 021594 号

出 版 人：王天琪
策划编辑：李　文
责任编辑：靳晓虹
封面设计：林绵华
责任校对：罗雪梅
责任技编：何雅涛
出版发行：中山大学出版社
电　　话：编辑部 020-84111946，84113349，84111997，84110779
　　　　　发行部 020-84111998，84111981，84111160
地　　址：广州市新港西路 135 号
邮　　编：510275　　传　　真：020-84036565
网　　址：http://www.zsup.com.cn　E-mail：zdcbs@mail.sysu.edu.cn
印 刷 者：广州家联印刷有限公司
规　　格：787mm×1092mm　1/16　总印张：45.75　总字数：871 千字
版次印次：2019 年 5 月第 1 版　2019 年 5 月第 1 次印刷
定　　价：128.00 元（全三册）

引子

这是一个“穿越”时空的故事，从三四百年前的大帆船时代到波音、空客可以飞越大洋的今天；从点煤油灯到人造太阳；财富如井喷……然而，在“老板”成为今人艳羡的人上人之际，曾经领略全球、富可敌国的十三行行商后裔，却去从事科学技术、文化教育、医疗卫生。为什么？行商后裔是创伤甚巨，不堪回首，还是祖训所在，不得不最终转型；这几百年间发生了怎样的蜕变？……时下行商后裔聚会，竟不见一人从商。

于是，一个“十三行遗嘱”不胫而走。

然而，这只是坊间所言，未见之于正史。

有，还是无？

在不可思议“转型”之际，也许，对于十三行世家而言，祖上的“裕国通商”与“科技救国”之间，并没有不可逾越的鸿沟。

他们不耻于商，而转型至时人鄙薄的“奇技淫巧”，沦为“臭老九”，毕竟是令人匪夷所思的。

这是有几千年古老历史的中国与刚“暴发”的资本主义列强的不期而遇，沉淀数千年的伦理道德遇上了“唯利是视”的价值观、至高无上的“义”遇上了不屑为伍的“利”。几千年的历史竟被视为“长不大”，而才几百年的则已过了“成熟期”——谁道得尽这一比照下历史的诡异与人类的吊诡？

十三行世家，古老而又稚嫩，脉络清晰却又神秘莫测。

或许，当年的十三行只是古人说的海市蜃楼，故最早于嘉道年间关于十三行的小说《蜃楼志》——这个书名本身就潜藏着解不开的历史密码。让曾经富甲天下的行商走投无路以致回去当土地主。这会是作者的杜撰吗？让行商后裔哑然失笑。我们岂可在今天把十三行重新建构为一座赝城？蜃楼与赝城，同样亦真亦伪，一般假语村言。

于是，更留下了后一代的追问：

既然十三行时代的行商富可敌国，可十三行时代却与中国苦力被“卖猪仔”的悲惨历史紧紧相连，十三行无法估量的资金成为人家横跨两大洋、被视为世界第七大工业奇迹的太平洋铁路的投资，可十三行行商却成了冰天雪地里修这条铁路的契约劳工，且有着一个令人肝肠寸断的历史专有名词“中国苦力”。

这是历史的错位？反讽？还是缺失？

当今天的摩天楼在“北上广”林立，高铁日新月异，智慧城市呼之欲出，经济开放的程度不会亚于过去，人民币正走向国际货币，中国富豪已荣登世界的排行榜——他们的财富与当年十三行行商不相上下了，“潘卢伍叶谭左徐杨”八大行商，当是康熙开海、雍正开洋、乾隆取消恶税之后脱颖而出，只是，今天的行商后裔为何在商业上大有作为之际，偏偏要弃商从文、从技、从医？这几百年间，他们经历了怎样艰难的转型？怎样的起落沉浮？付出怎样难以想象的代价？

有谁能回答这历史的追问？

也许，人们每每不经意行商当年的家国情怀，毁家纾难做出过的牺牲，只能被巨大的财富光环所遮蔽。

因此，行商别无选择。

我们当拂开历史的重重遮蔽。

莫非，世界本来就是这样？

这是一个无法自圆其说的故事，中国式的大团圆只是小说家所为，所以，200 万字也不会有最终的结局，一切只是过程。

所以，十三行世家秉承的是怎样的遗嘱，也可能无解。

老子曰：“天地之间，其犹橐籥乎？虚而不屈，动而愈出。”

呜呼！

历史的风箱就这么推过来又拉过去，虚而不屈，动而愈出。

老子这个格言与“十三行遗嘱”可谓异曲同工？

且勿再问，先看看这部世家有何话可说。

目录

之一　开洋

之一 开洋

开场白

赛龙夺锦

海天一色，天蓝得醉人，纤云不见；海同样蓝得醉人，却见一片片竖起的白帆，恰似海平线上举起的鸟翼，在骀荡的海风中滑翔。而海中隐约可见的小岛，仿佛在蓝色的波涛中时浮时降，不时化作一掠清凛的水光。

正值大潮顶托，一叶小舟，飞也似驶进了海口，驶进了珠江三角洲。

“快了，马上就到甘竹滩，赶得上！”

俨然是主人的一位中年人说。

潮声骤紧，甘竹滩头乱石嶙峋，撞击起来，犹如万马千军在厮杀，吼叫如雷，眼前是一片白茫茫，浪花扑面而来。

小舟上四位年龄相距不等的水客，倒也处变不惊。

应是见过风浪的“老麻雀”了。

离甘竹滩不远的一道河涌，此刻已万头攒动了。

来自四面八方的邑人，都聚到了这个叫龙江乡的地方。中国，叫龙江的地方不少，自然，皆是有江河的地方。不过，同时叫龙江、龙山的，却还是不多的。因为得江、山二者兼有之，所以，这个地方，又简称为“两龙”。一个地方有两条龙，也就不同寻常了。“两龙”自古以来得舟楫之便，一直是商埠旺地。借宋代桑园围，桑基鱼塘成一方风景，丝绸业更见风日长。及至康熙二十四年，朝廷宣布“开海”，沿明之习，于广州“立十三行”，这里驶往广州的丝艇如织，一时竟有“一船蚕丝去，一船白银回”的美誉。

此际，已是康熙五十六年，开海有三十多年了。

端午节来临，是水乡最热闹的日子。

最激动人心的“节目”，莫过于“起龙”，也就是起龙舟。

每年这个时候，趁落潮水浅之际，众多赤膊的精壮汉子潜入水中，在河泥中把每年埋在河涌淤泥底下保养的龙舟重新挖出来。扒去舟上的泥土，挖开舟边的烂泥，而后，待大潮顶托涌入河涌，就借潮水的浮力，让二十条汉子，一举把上十丈长的龙舟从河泥中托起，高举过头，而后，把龙舟引入水道，引到开阔的河面上，待开光、点睛后，于端午节中举办龙舟比赛，比赛中哪条村，哪个家族拔了头筹，便是无上的荣光。

不过，对于龙江而言，端午节的比赛，还意味有更大的盛事。

因为，端午节一过，东南风便从海上过来了。

也就是说，信风当如期而至。

信风一到，上年趁北风下南洋的商船，也就借机扬起风帆，赶回沿海，从南洋采购回来的各式珍奇货物，也就上了广州、三邑、四邑等地的铺面，一时间，琳琅满目，溢光流彩。与此同时，来自西洋的大帆船，也会陆续经澳门上广州十三行，携带数万两的银元与行商交易。每年的商贸旺季也就开始了，龙江的丝绸，还有彩瓷，早等着外国大班的到来。开海三十多年，龙江一改禁海时的荒芜破败，立时风生水起，繁盛兴旺了起来。

已经有人忍不住，点响了炮仗。

锣鼓声早已此起彼落了。

眼看，河涌里的涌潮，渐渐涨了起来，已没过半挖出的龙舟，大家赶紧舀水，把船体冲洗得更加干净、铿亮。

大凡主持“起龙”仪式的，是族长，这里以谭姓为主，族长当然是谭家的长辈，白发苍髯，腰骨仍硬朗得很。

有人在催了：“谭老爷，大潮马上就到，得趁势起龙呀！”

族长却说：“不慌，不慌，还有人没到齐。”

话声刚落，一叶小舟飞也似直抵埠头，舟上那位中年人喊：“我们来了！”

族长立即宣布：“起龙嗰！”

小舟上四人跳上了岸，还没站稳，那边，众多赤膊的汉子已从水中把龙舟抬出了水面。

当龙头冒出水面，欢声雷动。

旋即，汉子们更一鼓作气，把龙舟高高托举过头。

两岸立时是惊天动地的欢呼声。

族长把中年人介绍给大家：“这可是我们谭家的猛人，如今十三行行商、商总谭康官，他今天把几位大名鼎鼎的同行也请来了。”

谭康官揩揩脸上溅有的河水，中气很足地介绍道：“这位年长过我的，也是十三行的老人了，叫黎安官，又叫黎启官，第一位，所以才叫启官，他看上了我们这里，落籍顺德……”

族长忙说：“太欢迎了，我们这里黎姓也是大姓，同宗兄弟。”

谭康官介绍第二位：“这是陈寿官，也是从福建来的……”

黎安官与陈寿官互相拍了拍肩膀：“陈老弟，你不想在这落籍么？”

陈寿官笑了笑：“我可没你财大气粗。”

谭康官又在介绍第三位：“这是骆官，来自粤东北的客人。”

这里的“客人”，与平时的“来客”之客不一样，应是“客籍”的意义，后来，则演变成为“客家人”，是广东仅次于广府人的第二大族群。

族长待他介绍完，便一挥手。

十余丈长的龙舟，稳稳地落在了水面，汉子们转身成了划桨的好手，把木浆又高高举起。

这时，已经准备好的龙头、龙尾已抬来了。

族长又一招手，众人簇拥着龙头、龙尾，走向不远的寺庙，主持已等候多时了。

众人焚香，叩拜。

而后，便是给龙头开光、点睛。

仪式庄严、肃穆，待方丈给龙头一点上睛，顷刻间，便锣鼓齐鸣，炮仗喧天了，众人抬着龙头回到河涌边，给龙舟装了上去。

四位行商一直追随着全部的仪式，都兴奋不已。

族长不时还关照一下他们。

待所有人如潮水般涌到岸边时，族长却放慢了脚步，眼中闪出了泪花，显然，如此盛大的场面，让他想起了很多往事。

他对众人说："三十年前，我们这里是哀鸿遍野，连祖宗的祠堂都保不住。等到开海，返回的人，都不及过去的两成。可就这三十年，我们就靠这两成人，把祠堂修得更宏伟堂皇。那时，连一条船都没有，而今，仅你谭康官一家，就有几十条船下了南洋……三十年开海，没想到有如此天翻地覆的变化。我们修起了祠堂，开了几条街的墟市，造的船更是数不清了……也不过就一代人的光景……"

他身边正当壮年的行商谭康官自是豪气，道："老祖宗留下的底子，就是出海的锐气！"

族长说："那时，你才十几岁，就跟船到了巴达维亚、马尼拉，走遍南洋，长了见识，长了胆识，八下南洋出了名……"

谭康官连连摆手："比起黎家，我还是小字辈，人家都是大洋船的大股东，连洋人都让他三分——他，这不来了？"

黎安官稍显富态，比谭康官大不了几岁，说："我来凑这份热闹，我是顺德人了吧？"

族长说："你落籍顺德这么多年了，能不参加么？"

黎安官表示："我也打造了一条龙舟，今年第一次参赛！"

谭康官喝彩："好哇，今年要斗出彩来！"

众汉子泼水，把一条漂漂亮亮又不乏大气的龙舟冲洗得更威风。

谭康官提出："这回赛龙舟，当题上几幅字，显示出洋的豪气。"

族长赶紧吩咐："取文房四宝。"

族长挥笔，题的是：开海富民，裕国通商。

谭康官题：乘风破浪，扬帆南洋。

黎安官题：赛龙夺锦，货通财旺。

陈寿官题：仁言溥利，大道生财。

骆官题：公平有德，和气致祥。

题词各有所好，独族长心中有数，一脸的笑意。

……

几天后，端午节到了。

万众瞩目的赛龙舟开锣了！

春水涨满的河涌两岸，人群挤得水泄不通。

红红火火的奖台，一字排出烤得十分诱人的烧猪——作为奖品，赏给获胜者。

族长、谭康官、黎安官等人都在奖台上。

谭康官夫人扶着一位年轻的孕妇来到一旁，对谭康官说："陈管家合当在洋船上，从巴达维亚回来了。"

陈夫人微笑道："肚子里的孩子都急着要出来见父亲了，呶，又踢我了。"

她是谭康官经营的商行管家陈芳庭的妻子，今年特地来广东等丈夫从南洋回来。

河涌里，上十条龙舟，在紧锣密鼓声中争先恐后追逐着。

河岸上，一阵阵惊呼声……

黎安官紧张地看住自己打造的船："落到中间了。"

旁边的谭康官说："第一回参赛，不必太紧张，有个名次就上上大吉了！"

黎安官说："那至少也得争个第三名。"

行商们都来看热闹："我们为你鼓劲。"

谭康官问："寿官，福建那边有这么热闹吗?"

陈寿官摇头说："不好说，不好说。"

骆官感叹："我们客家，也斗龙，不过是舞火龙，也很有气势……好多年没回老家。"

看热闹，心痒痒的。

谭康官一笑说："我们是在水中斗龙舟，你们是在山中斗火龙，一个水，一个火，还有点意思。什么时候，我上你那山里，看看舞火龙，我想，那一样很壮观，够气派！"

骆官："壮观当然壮观，却不是讲气派。我们客人，都来自中原，是龙种，当然忘不了龙的习俗。粤东北山乡，斗龙的式样可多啦，火龙只是其中一种。”

谭康官点点头：“我明白，你们是从中原把这习俗带来的，好强调你们来自中原。”

骆官称许道：“还是你一语中的。”

谭康官又说：“我们的龙舟也是龙，不过，我们到这里来的时间比你们早，同样是龙种不是？”

“当然，当然。”

“所以，我一定要找机会上你们山中，看看舞火龙。同样是龙，我们这是惊涛骇浪中，敢于翻江倒海的龙，而你们的龙……”

“那——是血火刀光中的龙。”骆官脱口而出。

谭康官一怔：“怎么说？”

骆官沉吟了一会，才回答：“客人南迁，每每都是战乱灾荒中进行的，一路上，电闪、雷鸣、风吼，冲云破雾——这龙，能不悲壮刚毅么？”

“是呀，大海变幻莫测，风涛不绝，这龙，一般豪壮、勇猛。”谭康官有几分释然，“尽管有所不同，但还是龙呀！”

骆官期盼道：“也不知几时有时间回家乡。”

陈寿官插上一句：“你们客人，可是讲究衣锦还乡的。”

骆官说：“这又不是做官，算什么衣锦还乡……生意上的事，还不易走开。”

陈寿官讥讽道：“你的生意愈做愈大，舍不得走开吧！”

骆官表示：“我把孩子带来读私塾了。”

谭康官有点诧异：“你们那边不是读书之风最盛么？”

骆官说：“顺德这边也强呀，三个文状元一个武状元！”

又一阵欢呼声，龙舟已到达终点……

有人在喊：“谭家龙舟拔了头筹。”

黎安官到底松了一口气：“果然，我的得了第三，三三（生生）不息，好意头！今年出海了二十多条船，一定能满载而归。”

颁奖仪式开始了。

谭康官、黎安官等喜洋洋地步上颁奖台。

台下，骆官在说：“这里的欢庆，是为正在到来的贸易季节。”

陈寿官说：“我们看完热闹，该回广州接来做生意的洋船。”

这时，黎安官领奖回来，问陈寿官：“还有借季风回来的我们的商船……你也去了几条吧？”

陈寿官回答：“不多，不多，才六条。”

陈芳庭夫人满怀热望："康叔，芳庭他也会及时回的。"

谭康官忙说："当然，他急着看孩子呢。"

陈夫人眼前闪现出去年的情景：一艘大眼鸡船下，陈芳庭已准备登船了。自己这才追了上去，羞涩地低声告诉他，这回能不去么？我已经怀上了。可是，陈芳庭去意已定，认为一去一回，刚好赶上孩子出生，十个月，可惜不能陪伴在她身边了。她脸一红："就你算得那么准？"陈芳庭却跳上了船。

人，总是在期盼中。

第一章　晴天霹雳

端午节后不久，已经有几条外国商船抵达广州，忙上忙下。

行商们喜气洋洋。陈夫人也跟到了省城。

谭康泰更忙得团团乱转。

但骆官有点困惑："怎么不见我们自己的船回来呢？"

寿官倒很放心，说："南海航道，我们的船轻车熟路，迟点回，或许是进的货多了，时间长了，还得挑个黄道吉日。"

谭在劝陈夫人："你先回我家歇着，陈芳庭一到，我会马上把他送过来的，别来回奔波，动了胎气。"

掉头对谭夫人称："你陪芳庭心抱（即媳妇）回去。"

谭夫人热情地说："回家，我已给你炖了靓汤，你是双身人，一个人得吃两个人的饭，千万饿不得。"

谭夫人携陈夫人走远。

黎安官自语道："我包的几艘洋船也到了……"

掩不住喜气的黎安官迎着外洋大班大步走了过去。

有下人来报告："外洋水手在黄埔村喝醉了酒，在嬉闹。不会出事吧？"

谭康泰宽厚地说："他们也辛苦，大海上几百个昼夜，从那么远的西洋过来，听说能来到这里，活下来的也就一半多。"

黎安官深知一切，说："洋船有不少遇险沉没的。"

寿官不以为然："可他们赚的，可是十倍八倍，甚至更多，所以，才用命来搏。"

谭康泰问："南海风险不小，外洋就更厉害了，安官，你不出了一次西洋么？"

黎安官点头："我福大命大，路上风浪不少，可还是安全抵埠了。"

外洋船在卸货，码头工汗流浃背。

一条小艇驶近。

谭康泰皱起眉头，似认出什么人。

小艇靠岸，艇上一个晒得黝黑的中年人跌跌撞撞地上了岸，直扑向谭康官，称："泰叔，你可来了。"

谭康泰奇怪了："怎么你一个人？芳庭他们呢？没一道驾船回么？"

来人是一位老舵工，满脸是泪："他们进不来了。"

谭康泰一怔："什么？"

来人答道："我也是设法混上了外洋商船才回来的，洋人中幸亏有人认得我，也有与我家做过生意的，给我打掩护……"

谭康泰又追问："那我们的船呢？"

来人摇头："我也不明白，总之，外洋商船能开得进来，反而我们自己的商船不许回来了。"

谭康泰惊诧："竟有此等事？"

"所以，芳庭领着盈顺行的几条船又折返了，说设法找地方进来，不行的话，只好重回巴达维亚，等候变化。"

谭康泰："这又是怎么一回事？"

骆官靠过来，说："看，海关的人朝着我们过来了。"

谭康泰扶住老舵工，打发手下的人把他搀到就近的大榕树下："回家再细细道来，这边……"

海关来人瞅了他们几眼，站住了："正好，你们四大行商全部都在这里，不用再召集了。"

黎安官很敏感："大人有什么吩咐？"

海关来人板起了脸："接朝廷谕令，从今年开始，你们的商船不得再到南洋吕宋和巴达维亚，出去回来的就不得再出去，没回来的也就不得回了，澳门的夷船更不能偷天换日，载你们出洋。"

谭康泰问："为什么？"

海关来人道："南洋历来是海贼之渊薮，每每数千人聚集，岂可不防范，不可让他们入境。所以，朝廷已严令沿海炮台拦截，水师各营巡海，严禁民人私自出境。"

谭康泰不解："开海三十多年，海盗已所剩无几，你们知道的，怎么这样说？"

海关正色道："更有人向朝廷密陈，你们每年数千条船出洋，回来的寥寥无几，还把木材、粮食偷运出去，让夷人掳走，这么下去，后患无穷。"

谭康泰申辩道："你是知道的，广东根本没粮运出去，主要靠暹罗米运进来……”

海关来人打断他的话：“上面是这么说的，主要针对洋船盗劫，制止海上的盗案，故颁此‘南洋禁航令’……”

海关正式颁布了“南洋禁航令”。

明确宣布：“凡商船照旧东洋贸易外，南洋吕宋、噶喇吧等处不准商船前往贸易，于南澳等地方截住。令广东、福建沿海一带水师各营巡查，违禁者严拿治罪。其外国夹板船照旧准来贸易，令地方文武官严加防范。”并规定，出海贸易人民，三年之内准其回籍，三年不归，不准再回原籍。

众人顿时变成一张张惊愕、忧虑的面孔。

骆官的脸一下子黑了：“今年，我的船全下了南洋……”

寿官抽了一口冷气：“我的也去了一半。”

黎安官跌足长叹。

谭夫人赶了过来：“陈夫人听到这个消息，一下子昏倒过去了，只怕会小产。她是担心芳庭没办法回来了。”

谭康官赶紧追过去：“这下子，百姓苦了……”

夫人说：“这更得要保住孩子呀，不然她丈夫回不来，孩子又没了，我们怎么交代……”

天空中一道霹雳，黑云奔涌。

大家七手八脚，把陈芳庭的夫人抬上轿子。

还好，郎中及时赶到，摸摸脉，说：“并无大碍，不过，往后的日子还得小心点，我开点安胎的药好了。”

谭康官说：“得让芳庭回来见着自己的孩子。”

他抬头看看刹那间便乌云密布的天空。

怎么会这样？

他仰头问苍天。

好端端开海三十多年，一下子又来了个逆转——禁洋！

早十年，康熙皇帝还取消了顺治沿袭明制所颁布的不许民间私自造双桅、多桅海船之禁令，成规模的船队可以直下南洋，让海上贸易比开海之际又更上一层楼，这才十年，怎么又出尔反尔，往后生意怎么做？老百姓的生计怎么办？仅仅是暹罗米运不进来，沿海老百姓又得忍饥挨饿了！

三十多年前赤地千里，饿殍倒毙道边的惨景，顿时又到眼边，往事不堪回首！

“福建、广东人稠地狭，田园不足耕。百姓望海谋生者，十居五六。”“南

洋未禁之先，闽、广家给人足，游手无赖亦为欲富所驱，尽入番岛，鲜有有家饥寒窃劫为非之患。”总之，“禁南海，有害而无利，但能使沿海居民富者贫，贫者困，驱工商为游手，驱游手为盗贼耳。”

这是谭康官不久之后读到一位广东官员的文章。

其后果，已无法挽回：“故有以四五千金所造之洋艘，系维朽蠹于断港荒岸之间……一船之敝，废中人数百家之产，其惨目伤心可胜道耶？沿海居民，萧索岑寂，穷困不聊之状，皆因洋禁。”“既禁之后，百货不通，民生日蹙。居者苦艺能之罔用，行者叹至远方无方。”

南洋禁航，其真正的目的，不是断绝中外贸易，而是禁止中国商民往“红毛”“西洋”占据的噶喇吧和吕宋，严防汉人在海外聚集，与西洋人相结合倾覆清朝统治。正如清人所说：“设禁之意，特恐吾民作奸勾夷，以窥中土。”康熙作为一个满族统治者，始终对汉人存有猜忌。他曾明确说过：“朕临御多年，每以汉人为难治，以其不能一心之故。”他对西方夷人也处处防范和担忧。为了大清皇朝的长治久安，这才有南洋禁航令。康熙自以为他是深谋远虑，但实际上严重破坏了沿海百姓的生计，阻碍了中外贸易的顺利进行，对国内社会经济的发展造成极大影响，不仅不能解除西方的威胁，反而削弱了自己。

圣旨就是圣旨，金口玉言，一字都不能改动。

行商心中自然明白，可能说出来吗？

第二章　铤而走险

海上的清雾不是被风吹散的，而是让初显的晨曦驱开的，东边一痕天光，与水波交互，恍惚间，似有无数风帆举起，铺天盖地而来，风帆挟着长风，长风拽住风帆，大海似乎要在这晨光升起之际沸腾了，好欢呼太阳在天光水波中冉冉升起。

水面上一片白，一片青，澄明清澈，让新一天的心境也分外轻松爽快。

只是，千帆竞举、百舸争流的场景，并未在天边出现，那涌动的，只是泛白的海潮，连鸟儿都不曾在浪头翻飞。

这里，是珠江口——这已有所不确了，珠江三角洲，有“八门入海”，从蕉门、虎门、洪奇门、横门、磨刀门到崖门、鸡啼门、虎跳门，成扇状布在了江左之海口。一旦季风来临，从八门驶出的海船，乘风破浪下南洋，何等壮观。平日，少则几百，多则上千，偌大一个南洋，便有上万艘中国商船驾长风南下，场面无法不令你血脉贲张，壮志凌云。两百多年前的郑和船队，是何等了得？一百年前的金厦商业帝国，郑氏的商舶，更一度气势非凡，仿佛南海就是为他们而铺设出万顷波涛的。早些年，康熙开海，似乎就在一瞬间，八门便涌出了数以千计的双桅船，直指沧海，疾驰千里，教你胸中豪情一如汹涌澎湃的海潮。

这场景，怎可能只在记忆之中？

只是，站稳脚跟，一擦眼角，面前的千帆竞发的海景却消失了。

太阳升到了海平线上，把一切都蒸发了么？

身后有谁喊："骆官，骆官，我们只能送到这里了。"

被叫作骆官的一激灵，往前边看去，云影天光，竟见不到一只舱板，心里一沉，这才回到了现实。

刚才的场面，不是幻影，也只能是逝去的记忆。

骆官只能说："已经很难为你了。"

喊他的人，是一渔夫，把网撒向半空，仿佛要罩下半个日头。

几尺高的浪头起伏着，两条靠得很近的海船似相依为命的姊妹，一同升沉着，其中一只船头上画的大眼鸡，被水光辉映得炯炯有神。

骆官是行商，过去也曾在这海上出没于风浪之中，大海本就是财薮之路，中国出去的茶叶、丝绸、瓷器，就是从这里出去成为世界流淌的血脉，换来白花花的银元，还有从外洋来的犀角、象牙、香料、胡椒，当然，若干为数不多的自鸣钟、大块玻璃之类，也成了稀罕物件，被皇上盯住……只是，如今只许夷人从西洋来进珠江口，却不让中国人自己驾船外出，当日出海千帆竞发的壮丽画面也就不再了。唉，自己出身于书香门第，本来可以出口成章，可这一来，别说诗兴没了，连吃饭都成问题——是谁向皇上进馋，说沿海的稻米都被运出海外，坏了国计民生，结果，圣旨一到，再小的商船都出不了海。本来，海边早就很少种稻子了，全靠海外运暹罗米进来当口粮，几百年都这样，这些封疆大吏，只图自己省事，不想海防出问题，竟如此信口雌黄，把老百姓害苦了。

这么多年下来，再不出海，家中债台高筑，只怕连活命都不成了。

于是，借一艘渔船掩护，冒险出海。搏他一回——八门出海，堵得了这门，堵不了那门，已经有好几位行商冲出去了。

这回，已开出几十里，没见拦阻，还算运气吧。

海面上，晨雾欲散，水面一块青，一块白，日影似在云层后。

傍着渔船的一条商船渐渐遮挡不住了。

日光从彤云中辐射状射出，水面一片细碎的霞光。

渔夫对船上的骆官说："我们就送你这一程，你该撤回自己船上去了。"

骆官往前远眺一阵，方点了点头。

渔夫收拾渔网。

桅上有人报讯："不好，巡艇来了。"

骆官抽了口冷气。

只见两艘巡艇，飞快地逼近。

艇上，士卒立戟巡视。

士卒在喊话："靠过来，我们要上船检查。"

渔夫叫了起来："小心，别撞坏渔网，缠住了就难脱开了。"

士卒道："那我们就不上船了，不过，你们不得再往前开了，再开，就以谋逆论处。"

渔夫喊："我们靠打鱼为生，往前才有鱼情，不让去，喝西北风呀。"

士卒吆喝："圣上早就颁了南洋禁航令，你们不是不知道。"

渔夫说："听口音，你也是粤人，你该知道，我们是靠海吃海，天王老子也不能让百姓讨饭吃吧。"

士卒嘘了一声："小声点，我们这边船上有官管着，我松了口，他不松口，没准连我的饭碗也给端了。"

另一士卒也说："算你们不走运，今天上不了远海，回头吧。还是老皇历，片板不得入海，怕你们的船出去不回来。"

渔夫叹气："一家大大小小，嘴巴接起来一尺多长，敢不回么？"

士卒劝道："退回去，就近打上几网，勿人心不足蛇吞象。"

另一士卒也说："回吧，我们是好言相劝……"

巡艇上，一个小官摇摇晃晃走了过来，声色俱厉："谁在这里抗旨?!"

渔夫一惊："我们这就回，这就回。"

小官呵斥道："掉头!"

渔夫连忙应声："掉头！掉头!"

巡艇这才开走了。

渔夫看了看骆官："你还不死心?"

骆官苦笑道："你们靠打鱼为生，我们要通商才有活路，再出不去，我唯有跳海了。"

渔夫表示："我这回是舍命陪君子了。"

渔夫下令："降帆，划桨!"

两条船隐没在海浪中。

日头已从云涛中探出。

渔夫长吁道："合当出了巡艇的范围。"

骆官拱手道："太感谢了，请回吧。"

渔夫把渔具清好，与几位帮手一道，搬回了自己的船上。

两条船最后分开了。

渔夫挥挥手："一路顺风！"

骆官的商船终于隐没在海面上。

谁知，没多久，渔夫在撒网，两艘巡艇又不期而至。

士卒呵斥道："你们怎么还没回去？"

渔夫解释说："刚刚追上鱼汛，忘了方向。"

巡艇上的小官犯疑道："你们不是有两艘船在一起么？"

渔夫说："那一艘已经回去了。"

"果真?!"

"那还有假。"

"我们上船检查。"

士卒跳上渔船，查看了一下，说："是渔船没错。"

小官也上来了："怎么半天也没见打上一条鱼？"

渔夫解释："转来转去，方才正要下网，你们又来了。"

小官穷追不舍："不是其中有诈吧。"

"我们讨海大半辈子了，还假得了？"

"刚才，你不是在这艘船上吧？"

渔夫一怔："是的，我是船老大，管几艘船，方才，是我上另一艘船与你们说话的。"

小官道："这么说，是你把另一艘船打发回去的。"

"正是。"

"就信你一回，撤。"

士卒劝说道："快回吧，不然，没你们好果子吃。"

小官与士卒跳回巡艇。

渔船回了头。

可巡船也转了向，向外海疾驰。

渔夫担心说："巡艇开外海干什么？"

水手摇头："八成是不信我们的话。"

渔夫双手合十："但愿骆官的船走快点。"

水手祈求道："这信风得再大一点，大一点……不然，他们跑不远……"

水手打起眼棚，往南边看去。

缉私捕船刚刚消失在海平线上。

可骆官的帆影似未消逝……

骆官船上虽不曾满载，他也怕载多了船行慢了，冲不出去，当然，也考虑到，就算被抓，也不至于损失太大……只是，信风再劲，商船快得过缉捕船么？船上若只是地方上的兵丁，每每懈怠，睁一只眼闭一只眼，可偏偏上了一位小官督阵，想漏网都难！

天上云层在加厚，掩去了日影。

似乎又起风了。

渔夫祈愿道："风再大点，不然，骆官只怕跑不脱了！"

一个浪头，扑打上了船舷，溅起了一人高的白白浪花。

是凶是吉，也就听天由命吧。

这边是凶吉未卜的大海。

那边是水火相逼的陆地……

这是顺德的地面上，在长长的堤围内，烈日下，逃荒的饥民，扶老携幼，艰难地行走着。有的支持不住，扑倒在地上，再也爬不起来了。

穿着袈裟的僧人，在沿途收尸。

路人指着又倒下的几个，让僧人过去。

一部部板车上，已堆着好些饿殍了，全骨瘦如柴……僧人推着，辘辘行进，车岔往了另一条道。

前边是粥棚了。

粥棚，热气腾腾的大锅。管粥棚的中年人已经揭开了锅盖。

拥挤的饥民一下子拥了上来。

这堤围是六百多年前，宋徽宗年间，耗时二十余年修筑起的桑园围，围长达近一万五千丈，拱卫的农田在二十万亩上下。几百年间，这一"开口围"——朝北一方是敞开的，为珠江三角洲的黎民百姓造福之大，无法比拟，桑基鱼塘的格局，也正是在桑园围中形成，于是，农田一年三造，盛世无饥馑，桑基更是年年新绿，以至民谚都有了"一船蚕丝去，一船白银回"，这去的地方，正是天下闻名的广州十三行。《桑园围志》称："数千年两江泥沙附山而停，渐停渐广，山之距水亦渐远，于是始有田，田患大水之浸，于是北宋之后，始围以堤，始有桑围之名。"不过，"江潦盛涨，阻塞难消，旁溢泛滥，往往从倒流港逆灌而入。于是坏庐基禾稼日以益甚，远近诸堡之内在围内者，均受其害。"

如果来自上游的洪峰，正巧遇上海潮的顶托，堤围便岌岌可危。

只是，天灾未必大得过人祸。入清以降，朝廷实施禁海，采纳了施琅的策略，把沿海全部清空，不让郑成功从海上打回来，这一来，老百姓惨遭荼毒，说往里清空五十里，可是五十里再往内，也一般受害，所谓“不许片帆入口，一贼登岸”，结果，迁界五十里后，“越界者解官处死，归界者粮空绝生。祖孙相承之世业，一旦摈之而猿啼，死生世守之墓宅，一朝舍之而鹤唳。家家宿露，在在鸠形，初移一次尚有余粟，再移之后曾几晏然……”

虽然顺德不在康熙元年（1662）下令清空的广东沿海24个州县内，也一样被牵累，数以万人流离失所，家园凋敝，桑田荒芜。同样，堤围亦深受其苦，长年失修，水势只稍大，便会发生决堤……直到康熙二十四年（1685）开海，恢复了对外贸易，士绅们手头宽裕一点，修堤才排上了议事日程，其间，也于康熙四十年（1701），一度大水决围，百姓苦不堪言。围还未曾最后加固，早几年，又来了个“南洋禁航令”，失去了出海的生意，老百姓的日子又不好过了，桑园围的修葺更成了半拉子工程……这两年，大水不来，老天却不让你省心，旱魃又肆虐了——真用得上“水深火热”一词。水上的浮尸尚在，岸上的灾民已在烈日下倒毙……决堤后，水又在退去。

水面漂着残枝败叶，不时有尸体忽然浮起，又随水漂出堤外。

田园一片荒芜。

烈日烘烤，灾民在途中倒毙。

管粥棚的谭康官作为顺德的一大商家，与骆官一样，祖上已在十三行经营。此刻，他正在家宅里，听取管账先生汇报。算盘子拨得“哗啦啦”直响。

管账先生面有难色说：“这些年，我们的船出不了海，巴达维亚去不了，光靠在十三行外销的瓷器、丝绸毕竟有限……”

管粥棚的中年人走了进来：“泰叔，饥民太多了，粥棚供不应求，这粮库里的米，维持不了两天。”

谭康泰摇摇头：“禁了洋，暹罗米我们运不进来，后继无粮，粥棚怎么开?”

中年人说：“只能停下来了，让饥民另找出路。”

“这怎么行?”谭康泰沉吟片刻，又说，“就近先赊一点，我让去景德镇运瓷泥的，先不忙运瓷泥，赶紧采购粮食，那边没遭灾，应该有办法。”

“这也得有一些时日。”

“这几天，先把家中留底的匀出去。”

“万一北边的粮一时到不了，这一家人……”

“到时再说吧。”

“唉，要是芳庭哥在就好了……”

在旁的管账先生被提醒，忙说：“广州那边搭来了口信，陈芳庭一家子，又从福建来到了十三行，……”

谭康泰说：“我们欠他们家太多了。”

中年人说：“都好几年了。我们年年把薪水送到漳州，他夫人都说要来，我们绞尽脑汁，哄了一年就算一年，可还能哄几年呀？”

谭康泰说：“改日，我上广州见她们。”

中年人说：“泰叔，你还是先别出面，让我们先挡一阵，劝她回漳州，也就没事了。”

账房摇摇头：“这回，只怕难劝了。”

谭康泰说：“我们加倍发上薪水，再加一份厚礼，就说陈芳庭差点就回来了，总归有机会的，不用等。”

“这也不行。听说，福建那边，也是有银子买不到粮食，她正是因为这个而来的。”

“是呀，那边也靠的是暹罗米。闽广田园不足，就靠经商换粮食。过去出海卖了货再运回来，互济有无，可如今，出去不了，又如何是好？不行，我还是得去见见芳庭家人，芳庭是我们盈顺行的功臣，他最后一次冒险出洋，也是为了行里，没想到就回不了。”

账房叹了一口气：“这一禁洋，他只怕三五年也回不来了，怪可怜的。”

谭康泰怅望窗外。

江水，云天……往事历历在目，那是好几年前了，决围之后不久，海滨，深夜，风涛滚滚。陈芳庭欲登船，下南洋去，对来送行的谭康泰说：“货都上完了，我该走了。”

谭康泰一再劝说：“我看，还是别去了。你是管家，这边的事务多。”

陈芳庭认为：“决了堤，淹了围，桑基鱼塘垮了不少，百姓生计艰难，没办法去换回粮食，我实在看不下去，才下决心出去。就搏这一回，我们闽南人有一句话，‘爱拼才会赢’！”

谭康泰无奈：“我也不拦你了，如果顺利，你只运暹罗米回来，别的货，再赚钱也不要。我估计，这一受灾，沿海粮食就成了大问题，老百姓又要吃苦了。”

“是呀，当年禁海，饿死了多少人！”

“如果不顺利，一时回不了，所得钱款，就在巴达维亚经营货栈，囤积粮食，我想，总有转圜之日。”

"明白。你们广东人也有一句话：马死落地行。回不来，我也会把那边盈顺行货栈经营个像模像样。"

"我想，不出三两年，闽广困窘，百姓民生出了问题，圣上总会体恤的，会调拨粮食来，这是迟早的事。"

"万一一时回不了，我的家眷还在漳州……"

"放心，我会把他们当作自家人。"

"泰叔宅心仁厚，跟你这么多年，我放心……"

谭康泰泪光莹莹，看商船远去。

惊涛拍岸。

此情此景仍历历在目，谭康泰定定神，回到了现实，长叹一声，没想到，刚一出去，就禁了洋，不让出洋的人回，原以为，禁洋最多就三两年，可现在四年了，还没半点松动的影子，不知要等到何年何日？这些年间，对陈芳庭，始终存在一份歉疚。

账房在说："据说，福建的官员更急。"

谭康泰说："我们这里却卡得更严。"

"巡抚杨宗仁一到，广东海防就不敢松弛了。原先广东籍的海防将领，都换成外省的，显然是怕海防通水。"

"杨宗仁是名臣、功臣、能臣，派他来广东，他能不竭尽全力？"

"推荐他的官员，夸他有守有节，他也真能守海防呀！"

谭康泰一笑："本来，说他有守，说的是守身、廉洁，让你这么一说，便成了守关了，守内也守外了。"

账房直摇头："酷吏也。"

谭康泰说："所以，贯彻南洋禁航令，他是不允许下边打折扣的。现在偷偷外出的船只，愈来愈少了，谁也不敢出去，抓到了，不仅罚没船只，还得下大狱，太狠了点。"

账房说："他只管做官，却不管民生。"

在旁的中年人说："旗人马上得天下，马上治之，海防也是马上治之，就不怕翻船?!"

"这一来，陈芳庭回来的日子，只怕遥遥无期了。"谭康泰收回目光，说，你把这边打理好，粥棚一日不可停，百姓得活命……我还是回广州一趟。"

中年人点头："行，我会做到的。"

谭康泰又对账房说："提点银子，带回广州去。"

一出门，谭康泰从粥棚边走过。

眼前就是形销骨立的饥民，立马看到底的粥锅。

哀鸿声声。

谭康泰泪光莹莹，扭过头去。

那边是决堤口，正在退水，江水卷起一个个漩涡。一条航船靠近了码头，码头站了不少人。

谭康泰、账房一行人上了船。

途中一个码头，乘客纷纷上码头。

谭康泰想起来："这里有一旺埠，多年没去了，不妨看看。"

账房连连摇头："只怕早没有了。"

"怎么说？"

"去了就知道了。"

果然如账房所言，一条通衢大道，只见店铺大都关了门，开了门的，里边也几乎是空空如也。只有几条瘦狗在打盹。

反正没人来，它们大都躺在路当中，偶尔动动，吐出舌头，眼半睁半闭，见谭康泰一行人过来，也懒得动弹一下，或许同样是饿的，四条腿都支撑不起来。主人没准已经走了，它们成了墟市中无主的野狗，没谁会管。

从墟头到墟尾，原先有两三里路长，密密挤挤，商铺林立、酒幡招展，说有多热闹就有多热闹——毕竟是在珠江三角洲上，打明代起，这里的墟市就已经出现了大量的洋货，这里更以香料著称。十三行中一位商人与他相交不错，那便是骆官，在这个墟市还有一段颇具传奇色彩的故事。他们家本是粤东大山里的客家人，迁海复界时，由于先期到达海滨的亲人多番劝说，讲这边做点小生意不错，多少也可以发一点财，不用再过乡下那种窘迫的日子，于是，合家迁了过来。早十年，家里老太爷忽然想起要用点白胡椒做调料，就让人搭话在十三行地面上的孙子送点过去，谁知道，传话的人不知怎么把话传成"快进白胡椒，老太爷有话"，这孙子——也就是如今的骆官，满以为是老太爷看准了行情，于是大量收购白胡椒，把十三行的、珠江三角洲地面上还存有的白胡椒统统盘下了，而且进价很低。待到过年回到家中，才弄明白老太爷是想吃白胡椒而已，他一个人能吃多少？这囤积下上千担白胡椒，把血本都贴进去了，今后生意没法做了。正是一筹莫展之际，恰巧新的一季，过来的商船，竟都没有白胡椒的影子，这下子，白胡椒的价格陡地上涨了好几倍，他赶紧抛出，挣了个盆满钵满，要胡椒的商贾，几乎把这个墟市挤爆了。他发了财，这个墟市也旺了起来，除开白胡椒、香料外，还有不少稀奇品种，连带的当铺、票号、旅店、酒肆，也统统发达起来了。最旺的年头，几乎是天天有墟，墟市当得广州的半个西关，都有上十万人熙来攘往，车水马龙，吆喝喧天……是了，谭康康想起，这里有一个鱼生小店，特别对他这个顺德人的口味，每次路过，就必定在这里歇脚，倒上一杯水酒，慢慢品味，绝不拉下。

想到这，他下意识地往鱼生小店走去。

可哪还有什么鱼生店呀，那个店铺已塌了大半截，内里的桌、凳也是东倒西歪，断的断腿，折的折角，还落满了灰尘，让蜘蛛结下了厚厚的网，显然，好几年都不曾有人来过。

没了人气，再旺的店铺也会在无形中颓败，再过几年，只怕蛇鼠都会在这里安家了。没看见檐下屋边都开始长草了？别说店铺，平日一路上热情打招呼的伙计们，早一个个都不见了影踪。

只是，又不知多了多少穷人。

而本来是穷人的，又上哪里去寻活路？

他满眼是老家粥棚前排长龙而来的乞丐。

这还是往广州的通道上，别的地方呢？

他使劲合合眼，好驱散成群结队的衣衫褴褛的乞讨人的影子。

是呀，广东人有句谚语：以水为财，浩瀚无际的大海自是不言而喻的聚宝盆，取之不尽，用之不竭，大海上络绎而来的商船，载的自是金山银山，物畅其流，也就能尽其用，这是可以生出无穷财富的。不是十三行有了才这样，而是几千年，南海的水路，滋育了这名不虚传的“天子南库”。

沿海及三角洲墟市的兴旺与败落，似乎都是一瞬间的事。

当年，明朝政府首先在浪白澳设立专门接纳西洋商船的市舶司——到清朝则是海关了，最早接纳来自西洋的商船。由于浪白澳平日水急浪高，葡萄牙的商船颇有怨言，所以，日后才选择了澳门，这才有了十三行的外港，有了广州—澳门的对外贸易的双重中心。当然，浪白澳并未取消，几百年一以贯之，而从属于粤海关的，沿海、沿江的各个市镇海关，如江门海关、番禺海关……就有上十个，一般离海关不远，都形成规模大小不一的墟市。无论从珠江“八门”哪个门进来，沿途的墟市都如雨后春笋般疯长了起来，说旺就旺了。这些墟市，大抵是一条长街，好几里地，也有的如车辐一样，有个中心，而后分好几条街辐射出去，这样范围就大了。墟市的建筑，同传统的乡镇不一样，不以宗祠为主，而是一栋栋不同格局的欧陆风格的建筑，显然，当地出外做生意的不少，能上欧洲的也许不多，可到南洋的却不少，那里是西班牙、荷兰等国家最早的海上霸主的占领地，建了不少他们国家流行的建筑，于是，下南洋的中国商贾争相模仿，这一来，斗门、开平、香山直至顺德、番禺、南海的墟市，欧陆建筑也风行起来。除开商铺之外，镖局、票号也相应兴起，俨然一个商业社会，发展也就迅猛了起来，尤其是康熙开海这三十多年，经营南洋商品的墟市一下了冒出了好几十、上百个，有的称得上十里长街，摩肩接踵，车水马龙，说旺，就旺得一发不可收了。

可一禁洋，中国人出不去，连暹罗米也运不进来，没饭吃了，这些个曾人气集聚的旺市，说败落一下子就败落了。

大部分的商铺都关了门，有的干脆便撤空了，不再有人留守，店里已积满了灰尘，连上边的瓦楞也崩塌了。大街上，几里地都看不到人影，过去醒目的招牌，也都东歪西倒，有的已经丢落到了地面，久而久之，只怕连猫、狗也不见了，没吃的，它们也留不住了。

一个禁令，就如飓风，片刻间便足以摧毁一切。

谭康官眼前空空的——

凋敝的圩市。

空空的店铺。

寂寥的长街。

谭康泰叹了一口气："怎么会这样？"

账房回答："这里平日都是靠贩南洋来的香料、白胡椒什么的旺起来，这些年，不允许我们的商船出洋，哪还能有什么上这里来出售？早几年便已经衰落了，再过几年，只怕这条街也不会有了。"

谭康泰仰天长叹："老话一句，渡海通济。如今无法渡海，又何来通济？百物皆无，老百姓何以为生？"

终于到广州的码头，人头涌动，车水马龙。

谭康泰一行人上了岸，走进了城门。

一行人正在前行。忽地，前边行人纷纷走避。

管家问一人："出什么事了？"

那人回答："抓了人，正往大牢里押呢。"

话说间，前边出现了牢车。有犯人枷号在车上。

谭康泰抬头一看，一惊。

管家看了出来："这不是……"

谭康泰"嘘"了一声。

那犯人，正是由渔夫护送出洋的骆官，显然，他没能出去。

走在头里的，正是一位小官，神气活现。

牢车从街道当中拉过。

穷凶极恶的官兵，在驱赶两边的百姓。

一押运官员大声恫吓围观的老百姓："谁敢违禁出海，严惩不贷！"

犯人发现了谭康泰，无奈地叹了一口长气。

谭康泰趋近几步，被管家拉住。

谭康泰脱口而出：“这犯了哪门子法?”

轮到管家“嘘”了。

谭康泰仍在说：“下海讨食，何罪之有?”

管家捂住他的口。

好在囚车开了过去。

官兵恶狠狠地瞪了他们几眼，才走远。

管家这才说话：“这不是骆官么？十三行中最本分的一个，他怎么就撞上煞了?”

谭康泰哀叹道：“不是被逼得没办法，才铤而走险。没准哪一天，我也会同他一样。”

管家制止道：“别说不吉利的话。”

谭康泰说：“开海才多久，又来个禁洋，还让不让百姓活了?!”

其实，早几天，还在十三行行馆内，他曾劝过骆官：“你不要太性急，真要出海去，也得把路线找好，百密必有一疏，这么大的海疆，要完全封住，没那么容易。”

可骆官不听：“我等不及了。几年前，我拿了乡亲们的订金，说下洋回来，保证让大家活个滋润。可没想到，船刚出去，南洋禁航令就来了，出去的船也回不了。”

谭康泰表示：“我也一样。”

骆官却强调：“你是在南番顺，有点家底，路子也活，断了这条，还有另一条，吃是吃紧了点，还不至于绝命。我不一样，我在粤东山区，乡亲的钱，都是地头里浇汗水生出来的，我早年的本钱，也是祠堂的田亩。船回不来，货回不来，拖个一两年，乡亲们还通情达理，三四年，怨声便起，这如今，都要饿死人了，我把所有的田都卖了，还抵不了他们的订金，我不铤而走险，就只有死路一条，在山跳崖，下水投海，没别的法子了。”

谭康泰再劝：“你的艰难，大家都看在眼里，这不，大家都在想办法。”

当时在旁一位年纪稍大的黎安官终于开了口：“早年，我劝你在夷人的商船入份子，你一时还拿不定主意，本来，这一来，钱就活了，也可以把南洋的货变回一点钱来，不至于一口气回不过来。”

骆官直摇头：“这个，我没你的胆子，非我族类，其心必异。”

黎安官说：“这话看怎么解，人家的想法是同我们不一样，听说，人家东印度公司在伦敦，连拉车的、扛货的都可以入份子，一样可以分息，当然，亏了，血本无归，大家也一齐认倒霉，也没什么抱怨的。人家风险比我们下南洋大得多，要跑那么大的洋，来回要两三年。”

谭康泰表示赞赏："我看这未必不好。"

骆官摆摆手："这话扯远了。"

谭康泰叹息："别说你，我这关也未必过得了，一样得执笠（粤语：倒闭）。"

没想到，这样一个老实人，居然一声不吭，铤而走险了。

却被抓了个正着，囚笼中那哀苦的眼神，让人不忍面对。

囚车渐渐开远了，从人们的视野中消失。

市街仿佛又不曾发生过什么。

小贩们照旧在吆喝，店上的幡子照旧在飘扬，一阵阵的酒香照旧四溢，不时还有猜拳、吵架的声音……卖芝麻糊、绿豆沙的挑担仍在大街小巷里穿行，毕竟是在城里，与城外的凋敝无关，也与牢房里的昏暗无关，再热的日头，挡不住城里的车水马龙，往来商贾。

第三章　雪上加霜

很早，行商们就聚居在十三行的对岸，人称"河南"，其实是一个岛，也叫海珠岛，面积颇大，是珠江当中一个冲积的沙洲，北面则与广州城区一水相隔。现在，南北两岸相互都还看得到，可在唐宋年间，水面辽阔，是看不到对岸的，当时就有一句谚语：两岸能相见，必定出状元。也还真出了状元，那已是南宋末年，出了一个与文天祥齐名的张镇孙，被元军俘获，也一样往北押送，他誓死不过南岭，与夫人、家人一同吊死在梅岭古道上。如今，广州还有一条街叫"状元坊"，已在城墙里边，城墙外便是水边了。可见从那时起，这里的水道，也就开始变窄了，江中心的海珠石也离北岸近多了。而西边，则是烟波浩渺的白鹅潭，依旧白帆蔽日，几乎看不到对岸。而离聚居地不远的江边，就是中外闻名的海幢寺了……偌大一片，香雾缭绕，与江面上的水气交互在一起，如从江中看过来，俨然若仙山楼阁，美不胜收。

谭家，包括后来著名的潘家、伍家、罗家，当然，还有最早的陈家，都住在这里。

谭康泰离开了广州城，便摆渡回到了这里。

看到阔大的门庭，他的心才恢复了一点平静，才离开几天，就有不少信报，真不知出了多少事……每每这样，不出门，什么事也不上门，偏偏一出门，什么事都上门了。本来想回老家待上些日子，可一条于他至为关切的消息，却中止了他的家乡之行。

陈芳庭的家人来了，他不能不回。

一声“老爷回来了”，谭康泰便出现在内厅里。

夫人迎了出来，奇怪地问：不是说要去个十来天么？怎么就回来了？”

谭康泰却追问：“陈芳庭的家人来了？”

夫人反问道：“你就是为这个回来的？”

谭康泰说：“人家不远千里来寻，让人心中不忍。”

夫人却说：“其实都不用你操心，有我在，一切都安顿好了。”

“可我还是放心不下，再说，也得讲礼数，我不见不行。”

“陈芳庭夫人倒是个识大体、明事理的人。”

“那我就更得见了。”

“看你急的，到家还没落座，就要去见人。”

“他们没住在我们家？”

“陈芳庭在广州也有亲戚，今天串门去了，晚上回来。”

谭康泰这才松了一口气，更衣后，回到厅中，呷上一口茶，便问：

“这边家中，存粮有多少？”

“陈芳庭走的那一年，你就叮嘱赶快囤粮，所以还存了不少。”

“这样吧，你去督促一下，把家中还有工场的口粮留下，其余的，统统运回乡下，我们家开的粥棚，已没几天粮可供了。眼看，又要回到三十年前，赤地千里，民生凋敝，百货不通，饥者日众，一路上，真不忍目睹，有句话，闽粤今日，已是富者贫，穷者困……”

“我这就去吩咐，只是全拨出去，也只是杯水车薪。”

“多维持一日就是一日，等景德镇那边再有粮运来吧。唉，当日上奏皇上禁舶出洋者，不知出何居心。”

“他们反正有肉吃，饭管饱，哪知百姓艰难。”

谭康泰长叹：“乡亲们太苦了。”

夫人悄悄退下。

可一会儿，她又上来了：“骆官家人来找。”

谭康泰抽了一口冷气：“我出去。”

他上了外厅，骆官的妻子一见他，声泪俱下：“听逃回来的船工说，先生他，他……”

谭康泰忙说：“我在路上见到了，别急，慢慢道来。”

骆妻揩揩眼泪：“他实在是熬不住了，一禁四五年，当年承诺下来的南洋货品无法兑现，收了订金也都得退了，还是不够，他是个讲信用的人，倾家荡产也得还，逼得没办法。这做生意，当有来有往，可一禁，却有往无来。一咬牙，决心闯一下海防，临走时都谋划好了，力图万无一失。头几天没消息，我以为他冲出去了，今天却来了一位侥幸脱逃的船工，这才知道完了。一船货，还是东拼西凑，借了不少银子……”

“这更是雪上加霜了。”

“你是商总，我只能找你了。”

“我们十三行行商，本就有个共同进退、一致对开的诺言，我当然不能撒手不管，刚才，看得出，他是押到了南海县衙了，那里边好歹还有点关系，先打点几个银两，免得吃皮肉之苦。”

骆妻感激说：“我全指望你了。”

谭康泰表示：“我马上约同仁聚会，商量个对策，争取把人先保出来，留得青山在，不怕没柴烧，人第一要紧。”

他掉头喊管家，管家应声来了。

谭康泰吩咐道：“你去取十两银子，陪骆夫人上南海衙门，找一下……”

管家连连点头，而后，对骆妻说：“夫人请随我来。”

骆妻向谭康泰千恩万谢，而后随管家出去。

谭康泰似全身散了架一样，半躺在长椅上。

大厅匾额上乃是“裕国通商”四个大字。

谭康泰噙着一丝苦笑。

天色渐暗。

傍晚，行商聚集在十三行一行馆内。

桌面上，是一份写好的联保书。

黎安官先开了口：“兔死狐悲，物伤其类也。骆官也是无路可走了，不然也不会这样，平日，他倒是个稳健、稳重之人，不得不如此，可见无奈。我带头签了。”

谭康泰立即附和：“偏偏有的官员坐井观天，却以为自己有经国远猷。而九卿议者，无一人身历海疆，无一人晓知民情。当地士子，再了解情况，也不能直陈天庭，什么话也说不上，弄得沿海百弊丛生，可叹可叹。我也签了。”

黎、谭签后，其他行商亦一一签上了名。

黎安官说：“签名联保是一回事，银子可是少不了的，大家都报个数吧。”

谭康泰称：“我出个一千吧。”

众人纷纷表示：“八百。”“五百。”“三百。”“一千五。”

黎安官点头：“离八千还差三千，归我了。”

谭康泰说：“难为你了。”

黎安官叹了口气：“唉，船烂了还有几斤钉嘛。不瞒你说，一禁洋，我就在洋舶上入了股，买了他们的期票，有赔有赚。朝廷毕竟没限制洋人出入呀，所以，生意照做银子照挣。只是洋人不愿意运暹罗米，米再多，也抵不上几两银子，他们只会运银子来买茶叶、丝绸、瓷器，这才有赚，我怎么也说服不了他们。”

谭康泰摇着头说：“暹罗米价再高，可重量摆在那，挣不了几个运费。饱汉不知饿汉饥，这么说，你这几年不似我们干着急？”

黎安官说：“洋人重信用，人家连拉车的、扛包的都可以入股，多少不论，我们入股，当是大股东，过些日子，索性把他们的船包下来，这就禁不了我们下南洋。”

谭康泰摆摆手：“这倒是个好办法，只是应不了急。”

黎安官说：“急是急不来的。”

谭康泰从黎的目光中看出了什么：“这么说，你已经快做成了？”

“成了再说吧，谁担保天下不会有不测风云。”

“自从王商退出十三行，大家都看你的。”

“千万不要这么说，不然，我就大难临头了。”

“这只是私下里的话。这样吧，银子凑齐了，衙门那边，由我去应付，先把骆官保出来。”

众人道：“拜托了。”

谭康泰收起了众行商签好名的联保书，默默地点了头。

大家，包括骆官能把生意做到这个分上，进了十三行，实实是太不容易了。早些年，哪容这些几乎没一点靠山、背景的商人在十三行里出出进进呀。康熙开海之后，便是官商首先垄断了十三行的生意，他们说不上财大气粗，却一个个目空一切，仗势欺人，哪容得民间的商贾涉足。尤其是藩王割据，尚之信统治广州之际，号称王商的更是颐指气使，海关自然要买他们的账，连外商都觉得他们“出最高的买价，索紧低的卖价”，难以应付。待到尚之信被康熙赐死，他们虽然失去了靠山，却已积攒了巨大的财富，更与外商建立了关系。当然，这也好景不长，失去了有权势的后台，凭借权力攫取的财富也就渐渐随失去的权力缩了水，王商最终退出了历史舞台。

藩王倒了，总督来了，于是，又有了总督商人，而巡抚也不甘落后，他权力未必弱于总督，而且更实在，所以，抚院商人也就粉墨登场，只是这一来，藩王倒了，各种势力相继平分秋色，连将军也经营起了生意，军商更是堂而皇之“杀”进了十三行。本来，这一块大肥肉，谁不垂涎三尺？末了，竟还从京城里来了一位自称是皇太子所遣的皇商，一时间，连外商也被这位皇商吓得直哆嗦，而这位皇商开口就要独占与西洋的全部贸易。

然而，这个时代，光凭权势，未必就做得好生意，尤其是外商不怎么买他们的账，于是，谙熟行规的黎安官、谭康官、陈寿官联合了起来，终于把这些走马灯来去的官商一个个挤了出去。广州毕竟是座商城，而非官城，更非京城。外商所认的平等、合理的自由贸易，也只有与这些民间商人才能实现……就这么十几二十年下来了。

只是，不再有炙手可热的王商之类作祟，南洋禁航令却来了。

地方官员当然不愿执行，可见官高三级的旗人却厉害得很，他们才不管地方的舆情民生，唯上是尊。谁都不能不看他们眼色办事。

明天上南海衙门，可是几千两银子叩得开么？

第二天一大早，谭康泰悄悄地起了床。

夫人却察觉了："怎么，一早就得出去？"

谭康泰说："救人如救火呀。"

"就为骆官的事，也犯不了这么早。"

"可上南海衙门，还得渡江，进城门，总得预出一点时间。"

"陈芳庭的家人，你还没见呢。"

"昨晚回来得太迟了，不是不好惊动人家么？今天，就等我回来吧，他们不会走远吧。"

夫人慎重应承："我会与他们说的。"

"行。"

清晨，江面上黑雾忽浓忽淡。须过江才上得了南海县衙。谭康泰雇了船。过江后，再上了轿子。到达衙门时已经不早了。

总算等来了官员。

谭康泰打开银箱，只见银光晃眼。

来的官员揉揉眼睛："你们行商的银子可真多。"

谭康泰说："这是十几位行商凑的，打禁洋后，我们的银子眼看就哗哗啦啦流走了，再这么下去，只怕再赎个人也赎不起了。"

官员却道："一个骆官，你们得花八千，要换上你，不得上万才行。"

谭康泰脸色一沉，复又打起了哈哈："我挂名是商总，可名下的财产，未必有骆官多，徒有虚名，徒有虚名。"

官员一笑："开个玩笑，开个玩笑。我不是旗人，我多少知道粤人的谋生之道，可圣旨下来，南洋禁航令就得不折不扣地执行，巡抚杨大人更是雷厉风行。我们这些芝麻绿豆官，还能抗旨不成……话又说回来，你们有这么多行商联保，又愿意认罚，态度不错，我自然会秉公办理。"

谭康泰忙点头："劳你费心了。"

官员正色道："可也不能说放就放，刚进来就出去，你给我三天时间，我把上上下下理顺了，人自然就出来了。"

"承你吉言，告辞。"

谭康泰走了出来。

只见黎安官已经领了骆妻在门口守候。

谭康泰告诉他们："说好了，三天放人。"

黎安官说："谢天谢地。"

谭康泰却说："本地的官员，还是了解我们的苦衷，可也无奈，不知几时能解禁？"

谭康泰回到家，已是黄昏。

谭宅内里，又是一声："老爷回来了。"

谭康泰到了内厅。

夫人立即说："陈芳庭家人已守候多时了。"

谭康泰吩咐："快快叫他们进来。"

"你也该喘一口气……人赎出来了么？"

"得三天之后。"

"收了银子还卖乖！"

"官场就是这样。同官员打交道比与商人打交道要难得多，这还是算好的，要遇上旗人，那才是秀才遇上兵呢……你让陈夫人来吧，上内厅，自家人了。"

谭康泰上了内厅，顺手翻阅几本字帖。

夫人领陈芳庭一家子进来。

谭康泰弯下腰，抱起了五岁的小女孩，小女孩也不认生，咯咯地笑了。

陈夫人与他已经很熟了："丫头同你还挺有缘的，别的男人抱都不行。"

谭康泰笑笑："那我是她的契爷了，不，也是亲爸。"

"承蒙你这么多年的关照……"

谭康泰想到了什么："这孩子……还没见到过爸爸吧？"

陈夫人说："我是回漳州生的她，打那时起，芳庭就没回来过。"

谭康泰表示："真难为你了。此番来，多住上几天。"

陈夫人说："总归得等到芳庭回吧，好见见女儿。"

谭康泰与夫人交换了眼色。

谭康泰对陈夫人说："夫人说你深明大义，颇晓事理……"

"夫人都对你讲了？"

夫人："不，还来不及，这两天，他开水烫脚一般，到现在才落家。"

谭康泰忙问："怎么啦？"

夫人接白："芳庭的事……"

陈夫人讲："还是我来说吧。其实，那年，我不是都知道了么？芳庭出了洋，朝廷下了南洋禁航令，你们也就没船去接他回……你们是好心，薪水也没断过，这让我实在过意不去。"

谭康泰称："他是为我们盈顺行出的洋，我们不能撒手不管……只是，为什么你现在来等他回？"

陈夫人追述道："前些日子，终于有人从南洋偷偷回到福建的，我设法去打听，还真有人认识他的，说他在巴达维亚把货栈经营得不错，囤了不少贵重的货物，一旦解禁，生意就发达了。所以，说不定这一年，信风一到，他也会设法混到洋商的船上回来，这么多年了，我是这么想的，所以就来了。"

谭康泰松了一口气："我这是第一次正式得到他的消息，没想到反而是你带来的，让我多少放了点心……"

陈夫人告诉他："听说，福建的官员已经上了折子，说还是得放开南洋航路，给闽粤老百姓活路。那年禁洋，说是怕我们的大米被运出去，其实，我们却是靠运进来的大米糊口，没暹罗米，沿海就缺粮了，完全被当官的颠倒过来说。还说，我们的船出去，大都不回了，拆了成了洋人的舱板。唉，我们只限做两桅五百石的小船，人家是三桅五桅几千石的大船，能用得上小船的木料么？简直是信口雌黄。"

谭康泰点头："广东也有人上折子，但到不到得了天庭，难说。"

陈夫人说："我就等这一季吧，信风快到了，没准芳庭就回来了。"

谭康泰感叹地说："孩子也该见爸爸了，只是今年海防日紧，骆官也出了事……但愿芳庭吉星高照……"

陈夫人十分自信地说："他会的。"

三天之后，衙门外，骆官跌跌撞撞走了出来。

黎安官、谭康泰、骆妻一干人在守候。

骆妻扑了过去："没伤着吧？"

谭康泰说："皮肉没受苦就好。"

骆官摇摇头："好在银子去得快，不然非落个皮开肉绽不可。"

谭康泰喊："轿子！"

几顶轿子一齐过来，一同上了行馆。

多位行商在商议。

骆官说：“虽说这次被拦住了，可出洋的路径还是探清楚了，再去，没问题。”

黎安官摇摇头：“你也太不怕死了，再抓你一回，只怕没这么容易出来。”

骆官说：“我来带路，趁着这最后一次季候风，是必能闯出去……珠江，八门入海，路熟了，就冲出去了。我有把握。”

谭康泰问：“其实，我心中早有这一想法，只是，骆官这回真有把握么?”

骆官坚定地说：“失败乃成功之母，我这回只能成功。”

黎安官赞同：“今年，也就这次机会了，马上风向就要转了。”

骆官说：“本来我上次就闯出去了，只是一位水手刚出海就不舒服，只好就近靠岸，把时间耽误了，错过了换防的时间。海那么大，黑漆漆的，趁退潮，抓住时机，就上了远海，我是看准了的……”

谭康泰认为：“有的海防，仍是我们本地人把守，好通融。”

黎安官说：“那就准备好，尽快，风一起，便出发。”

众手叠在了一起，立誓。

这天黎家来了个稀客。

黎家室内，颇有几分洋气，与其他几家十三行行商的古色古香不同。

下人禀告：“安官，陈寿官求见。”

黎安官：“请他进来。”

陈寿官，这位精明的中年商人，过去本就与黎是同乡，走了进来，开门见山：“听说，你们要冒险闯一次关。”

“你消息真灵通。”

“都是漳泉人，哪有彼此相瞒的?”

“莫非你也想蹚这一摊浑水。”

“这怎么能是浑水呢?”

黎安官摇摇头，说：“你还在行外。”

“凭我的实力，比你们行内一些人还强。”

“多一艘船，目标就更大了，你还是再考虑一下吧。”

“我已经想过了，禁洋这么多年，再这么下去，我也要垮了。”

“我得与大家通通气。”

陈寿官却中气十足：“这回，我要是出了事，我家三姨太说了，她会亲自上牢房给我送饭!”

黎安官肃然起敬：“你家三姨太还真不愧为西关小姐。”

说起陈寿官的三姨太，还颇有来历的。

既是第三，就说明前边有二。

这倒不假。陈寿官当年在闽南，做点茶叶生意，在乡下便已有了家室，是“父母之命，媒妁之言”，结发夫人是一位不识字的小脚女人。陈寿官外出做生意，花天酒地，哪还记得这所谓的“发妻”？及至有所发达，在市镇置下了房产，他又娶了二房，自然有几分姿色，不是乡下的黄脸婆了，却也同床共枕没几年。后来生意愈做愈大，最后来到了广州，与洋鬼子打上了交道，于是，连闽南市镇的那位，都觉得粗俗了，不好意思带进广州城，所以，他几乎是“单身”在十三行地面上打拼的。

当下，最时髦的，莫过于十三行所在的西关，而这些年渐渐声名鹊起的“西关小姐”，就更闻名遐迩。西关，大都是商贾之家，其子女，都受外国风习的影响，逐步有点洋气了——当然，早先也是知书识礼，既善女红，又通诗文的。之后，更通几句外文。城里，无“女子无才便是德”的陋见。小小便有念书的机会，一个个，都是家中的掌上明珠。

这陈寿官，本就是好赶潮流的商人，三易其地，也就得三易其妻了，到广州，在他而言，最理想的妻室莫过于是有口皆碑的西关女了。

既然商业上趋时务实，择偶也不可做冬烘先生。

他倒还老实，当有人介绍来这位三姨太时，他还是坦然说家中已有两房。这西关小姐岂能当填房？他亦信誓旦旦，自己外出经商已十多年了，几乎不曾回家，亦未留下子嗣，可见那两房早已名存实亡，不必当一回事，这回，是要明媒正娶成大礼的，对外你就是正房，出双入对的，也只能是你。

其时，他正与官方拗上了，反对成立公行。排除在十三行地面上经商的殷实商人，这不公平！他甚至成了反对者的头领，而三姨太的父亲则是未入行的商人中一分子，听父亲这么一说，三姨太还觉得，这陈寿官见识不同一般，且有几分骨气，最后答应了这门婚事。

不过，她却有个“约法三章”。

第一，她不在乎被叫“三姨太”，陈寿官对闽南那边的二房，也犯不着恩断义绝。但是，陈寿官务必在广东落籍。

这一条自然好办。

第二，家中一切事务，她必须掌管，所谓“男主外女主内”，大事，两人商量，不可一人独断。

陈寿官也没觉得为难。

第三，不可这山望着那山高，娶小一事，到此为止，今后，绝对不可以有什么四姨太、五姨太，哪怕下南洋，也不可在那边讨小——这在行商中已不乏其人。

陈寿官同样满口答应下来。只是心中暗暗透了一口凉气，大城市的女子还是厉害，这约法三章，既不违旧德，又有新的法度，实际上还是西人的“一夫一妻”，而且，弄不好，无论内外，权力也会落到她手上，这是他陈寿官不能不防的。

但他还是要面子。

娶了一个西关小姐，自己在同行中同样身价百倍。

出去会外国大班，按照人家的礼俗，那就更风光了。

就这样，他使尽浑身解数，把三姨太娶进门来了。

其实，如谭康官，不早就一夫一妻了么？人家在广东地面上根深叶茂，这么做，自有成理，不可不效仿。

他与三姨太的故事，也就这么开始了。

黎安官把陈寿官要求参与这事给众行商说了。

深夜，行馆内，人声不绝，显然，争论已久。

骆官对陈寿官的参与不很赞成：“他不是行商，万一出了事，谁担保？”

谭康泰认为：“我顾虑的倒不在这里。”

黎安官追说：“你再细说。”

谭康泰四顾道：“早几年，海关让我们成立公行，事实上是杨宗仁巡抚的意思。可最终是让外国大班与陈寿官串通一气，硬把这公行废了。其实，我们对搞公行并不在乎，可杨宗仁在乎，这一来，陈寿官就同杨宗仁结下了梁子，这几年，杨宗仁没少盯住他，他一直进不了十三行，不是缴不起一笔钱，而是杨宗仁不准，这你也知道。”

黎安官认真说：“平心而论，当年陈寿官反对公行垄断，要求行外商人一同参与同大班的交易，讲公平贸易，也没有什么不对的。”

黎安官赞同：“这就是了，进不了行商，就让他先参与我们的行动。也无不可。”

谭康泰尚在犹豫：“我担心的是他会牵累我们。”

黎安官说：“其实，海关盯我们，比盯行外的要紧得多。”

骆官表示：“如果这样，他参与这次出洋……我不再反对。”

谭康泰也表示：“既然大家赞成，我也不反对。”

黎安官说：“就这么定了。”

珠江八门入海，比黄河、长江的入海口要多得多，也壮观得多。本来，整个珠江三角洲，就是一片汪洋大海，偶尔间有几座小岛隆起，顺德境内的顺峰山、锦屏山，几百上千年前，当是顺峰岛、锦屏岛，这片海面上，岛屿星罗棋布，也就为日后形成“八门”，即八条较大的水道通入大海打下了基础。于

是，说这里的海关，即粤海关，并不仅仅是在十三行近侧的粤海关，分布在八门水道乃至海中岛屿中的大大小小的海关，也还有上十个呢。这一来，进来容易，出去也容易，天生的做海上贸易的风水宝地。

哪怕是非常严酷的禁海年间，也阻拦不了敢于闯海的粤人们。

以海为田，那只是农耕文化的术语而已。粤人是以水为财，是大海带给了他们生生不息、无可估量的财富，带给他们无限膨胀的享受的欲望——所以，他们才不惜冒险犯难。

河口处处都掩藏有随时闯海的商船。

每每是半夜便已装好了船，一瞅准时机便出发。

拂晓，在一个僻静的港口，已经忙碌起来了。陈寿官在指挥上货：

“快，快，天大亮之前，务必全装好。”

工人们鱼贯入舱。

只是，陈寿官没想到，在岸边树丛中，闪过一双诡秘眼睛。

大雾弥漫。

傍晚时分，珠江一出海口，行商的几艘双桅船，落下了帆，已蓄势待发。

海涛的喧嚣声，迷茫难分的烟雾。

谭康泰在指挥：“退潮了，趁势出海。”

船只静静地滑出了海口。

船只在海面上滑行。

船工们在应答：

“可以升帆了么？”

“等等。”

“多好的北风呀！”

“升吧！这条水道，平日没有巡艇来的。”

水手们正在升帆。

忽地，似乎是半天云里传来了喊话声：“你们公然违抗禁令，私闯南洋，该当何罪？”

只见有几艘兵船迅速靠拢。

黎安官赶紧让骆官下仓：“骆官，你下仓去，不可以第二次出事，我来应付。”

谭康泰在大声回答：“我们是出海打鱼的。”

喊话声：“我们已守候多时了，早有线报！”

海天间忽地宁静得恐怖——这不动声色的宁静，宁静得恐怖。

而后，是轰然而起的惊涛声！

巡艇已靠上了商船。

几位士卒跳上了船。

谭康泰迎了上去，黎随后。

士卒被甲板上的渔网绊住，差点摔跤。

谭康泰好心提醒：“小心，黑灯瞎火的，卷进了渔网，摔下去爬不起来。”

一位兵头点着了火把，走近：“哪有这么早出去打鱼的？”

谭康泰回应：“你们不懂鱼情，早点，一网撒下去，准几百上千斤。”

兵头厉声道：“你这再往前开，就出了近海捕鱼的范围，按律，连船带网，都得没收。”

谭康泰说：“渔家无非是向大海讨口饭吃，莫非连我们饭碗都要砸！”

兵头不耐烦：“行了，行了，少啰唆，再往前开，我们就扣船抓人了，我们接到命令，有奸商陈寿官，此刻要出海下南洋，让我们严加防范。”

黎安官、谭康官互视：“什么，运寿棺出南洋，给谁下葬呀？”

兵头啐道：“呸，是姓陈，名寿官，什么乱七八糟的?！你们……”

“免姓谭，名康泰。”

“免姓黎，名安开。”

涛声中，有人在叫：“那边还有一艘船，开得贼快……”

黎安官故作惊恐：“天哪，不会是海盗吧。”

兵头不在乎：“笑话，海盗敢上近海来？我们吃干饭的？你们既然不是陈寿官，那就罢了，赶快往回开，再往前走，就不客气了。”

“这回的鱼不让打了？”

“还打什么鱼？回去！”

“对，回去，回去，今天出了情况，还是撤清楚的好。”

“这话还差不多，识时务。”

黎安官下令：“掉头！”

兵头喊道：“走，我们追那艘船去，很可能是陈寿官的。”

兵头率士卒跳上了巡艇。

黎安官：“好走！好走！”

谭康泰按按胸口：好险……

黎安官在使劲往海上看。

一叶白帆隐没在风涛中。

巡艇在直追。

一个大浪扑来，什么也看不到了。

天已经蒙蒙亮，浪声也急骤了起来。

黎安官庆幸："这陈寿官还算乖巧，见我们被拦截，他马上就溜了，看样子已经追不上了。"

谭康泰也说："算他走运，要抓住，让杨宗仁知道，只怕要罚他个倾家荡产。"

"还是你说得对，这次不该让他来……"

骆官已从舱中走了出来："唉，陈寿官已在杨巡抚那里挂了号，这不一路被盯到这里来，不然，也不会有巡艇守在这里。"

黎安官说："是我同意的，牵累了大家，回去摆酒压惊。"

骆官说："该陈寿官摆。"

谭康泰表示："今天只能回去了。"

骆官长叹道："今年只怕不再有机会了。"

此时，在另一处海面上，陈寿官的商船却扬帆行驶，陈寿官就伫立在船头。桅杆上，一水手在瞭望，报巡艇在逼近。

陈寿官问："还有多远？"

水手答："三里水路。"

陈寿官招手："你下来。"

水手从桅杆上滑下。

陈寿官下令："下帆，转舵。"

白帆下。船头转左。

浪头扑来，把船隐没了。

巡艇上，士卒喊道："怎么，白帆不见。"

艇上的小官恶狠狠地说："给我盯紧，想同我们玩捉迷藏，没那么轻巧。"

依然是茫茫大海。

士卒紧张地瞭望。

忽地惊呼："看，又出现了，只是在另一侧。"

果然，水面另一侧，又见到了白帆。

士卒摇头："这么轻巧掉了头，船上不会有多少货。"

小官皱眉："这么说，不是商船？"

"有可能。"

"再追一程。"

海面上，陈寿官船上的白帆又升起来了。

水手报呈：“巡船也掉头朝我们来了。”

陈寿官说：“让他们来。”

水手不解：“为何？”

陈寿官解释：“是黎安官保我们出海的，我们不能不讲义气，把巡船吸引过来。”

水手说：“可得脱身呀。”

陈寿官胸有成竹：“船上货物不多，我是防了一着。就算没货，能冲出去，到了巴达维亚也能运货回来，亏本生意我是不做的。”

“该下帆了。”

“今天是冲不出去了，回头吧。”

巡艇上，士卒揉揉眼：白帆又消失了。

小官说：“消失方向是往海岸那边，追上了也白搭，算了。”

这边海面上，黎、谭的商船已驶出去了。

谭康泰松了一口气：“陈寿官倒是把巡艇引开了，我们怎么办？继续开向外洋？”

黎安官不敢掉以轻心：“已经惊动了官府，不知外洋还有没有官船守候，得小心点。”

谭康泰问桅杆上的水手：“海面有什么动静没有？”

水手回答：“什么船也看不到。”

“那就继续向前。”

骆官说：“安官说得对，这次已经惊动了官府，只怕已把了几重关。”

黎安官也说：“官府巴不得多宰我们的银子。”

谭康泰叹了口气，“既然这样，这一回就算了。”

骆官胆怯：“我是不可以被抓第二次了，真抓住了，不死也得脱层皮。”

谭康泰苦笑：“一朝被蛇咬，三年怕草绳。”

黎安官想了想说：“下回，我们行商几条船，早早分开，谁出得去，算谁狠，总归有一条成功的出去了。”

骆官认为：“没准这次陈寿官还真冲出去了。”

“难说。”

“不过，这次没陈寿官，也许我们还都出去了。”

所有的商船都返航了，又一次冲关失败。

第四章　吉凶未卜

行商们出洋，凶吉都自己知晓。

苦了的是家人。

毕竟，是凶是吉，人一出去，她们就一无所知，整天都得悬着心。

船一走，她们立即便上庙里烧上香，祈祷一家之主一帆风顺，有的，平日还念佛，求菩萨保佑。打宋明以来，天后妈祖，也来到了广东沿海，以致有人认为，澳门被外国人叫作“马交”，其实是“妈阁”之误，葡人没法听明白，只模拟发音，问是何处，答曰“妈阁”，却被听成了“马交”，这是较文雅的解释，至于粗俗的说法，还是留待后面再说，以讹传讹，几百年就这么过来了。

除开拜庙外，家人的日子……当得上度日如年——唯有亲人远航而归，这才算是过上了年。

怎么打发日子？

谭夫人本就出身于诗书人家，平日一卷诗文在手，把谭家祖上谭湘的诗文诵读了个遍，尤其是那首《待雁》：

> 独立重翘首，
> 天高风更哀。
> 叶从今日落，
> 书已昨宵裁。

开了个头，一念竟不能已：

> 南北几时到，
> 关山万里开。
> 苏卿倍惆怅，
> 头白未归来。

便满脸是泪了。

吟罢诗，也好几笔书法。

也练的是小楷，写得娟秀、轻盈。

说到底，练的是耐心、忍性。

这天，又写了几版的小楷，家人进来了说，陈芳庭的夫人来了。

夫人放下笔：“快请进。”

陈芳庭的夫人携一女孩入。

夫人吩咐领孩子上后花园玩去吧。让一丫鬟领小女孩走了。

夫人精心沏上好茶，亲自给陈夫人端上。

陈夫人精神为之一爽："这可是上好的武夷山茶，一闻就知道。"

夫人说："是呀，康泰说这茶好，醒神，他没别的爱好，品茶却是内行，所以，每年都专门挑拣一点留下。过去，都是芳庭回老家帮他挑选的，这几年，芳庭没能回来，他只能将就了，不过，也还是不错的。"

陈夫人问："最近怎么不见泰叔了。"

夫人压低声音说："他冒险出洋去了。"

陈夫人惊叹："海上封锁得很厉害呀。在福建，要被拦了回来，不仅罚个倾家荡产，还得坐大牢，打个死去活来，吓得没人敢出洋了。"

夫人称广东这边也一样。

陈夫人问："那泰叔还敢？"

夫人说："他想碰一碰运气，现在没见回，可能就冲出去了。"

陈夫人捂住胸口："千万别出事。"

夫人说："我也悬着心哪。"

陈夫人叹了一口气："说的也是，听南洋回来的人说，打禁洋后，中国海商日子就没法过了，夷人当年被国姓爷打得服服帖帖，如今，又咸鱼翻身，趾高气扬，专门欺负上我们中国人，甚至劫掠中国人为奴，打呀、杀呀，恐怖极了，有的没法子，只好下海为盗了。"

夫人附和："历来如此，开海为商，禁洋成盗，总得有活路呀。"

陈夫人泪光莹莹地追述着……

茶盅的清气渐渐散去。

管家走了进来："泰叔回来了。"

夫人一惊，站了起来，"没出得去么？"

陈夫人也站了起来："不会有事吧？"

只见谭康泰疲惫万分地走了进来："不会有事的，我不是好好地回来了么？"

夫人问："给挡住了？没找你们麻烦？"

谭康泰说："没有，我们都防了一手，让巡查的以为是渔船，货也没被查。"

夫人称："人回来就好，不可以冒冒失失出去了。"

谭康泰说："也算是积累了一回经验吧。"

陈夫人思索了一阵："泰叔，你回来了正好，我正想来道个别，回福建了。"

谭康泰说："再住上几天，等这个贸易季节过去。"

陈夫人摇摇头："你出不去，芳庭只怕也回不来了，不等了。"

丫环带小女孩进来。

谭康泰问："都几岁了？"

陈夫人回答："快六岁了。"

谭康泰一震："这么说，她还没见过父亲。"

陈夫人垂下了头。

谭康泰叹息："骨肉分离，这要熬到何时何日？"

西关的茶居，已随十三行的重开，渐渐多了起来，行商们也爱来一聚，这天，当日冒险出海的行商都来齐了。

桌上的菜肴也摆上了十几大碟。

陈寿官端起了杯："今天，大家看得起我，都来了，是我误了大家的大事，我给大家赔不是。"

黎安官打圆场："是我力主他参加这次出洋的，牵累了大家，误了今年的生意，都是我的不是……作为闽人，我当向地方告罪。"

谭康泰说："都是十三行的，就不必分粤人、闽人了，同捞同煲，这回，也算是有惊无险，没出大事。"

骆官说："平安是福，平安是福。"

黎安官说："那就一杯干了。"

大家都举起了杯。

骆官说："今年出不了洋，明年再试，总有机会。"

黎安官告诉大家："昨天我得到一个消息，说杨宗仁要上湖广当总督了。"

骆官说："他是功臣，来广东执行南洋禁航令雷厉风行，自然有官升。只是他太不了解民间疾苦，又太自以为是，以为广东缺粮，仅仅是因为下边抓得不紧才造成的亏空，把板子打到办事的人头上，殊不知是禁洋造成的。所以，下边的官员也颇有怨言，走了也好。"

黎安官说："也许明年，海防会松弛一些，不能让百姓没饭吃呀。"

谭康泰也说："不管怎样，大家都得多想办法，群策群力，总能冲得出去。"

陈寿官表示："下回，我亲当诱饵，把巡艇调开……"

黎安官一笑："如果杨宗仁真走了，你这个计谋还行，如果没走，你岂不是自投罗网?!"

康熙六十一年（1722），龙驭宾天。

世宗雍正登基，正是这一年，杨宗仁授湖广总督，离开了广东。

杨宗仁一走，行商们多少松了一口气，他们认为，无论换上谁，都不会似杨宗仁那样食古不化，把海口把守得死死的。

而地方官员，也趁着新帝登基，纷纷上折子，陈说“禁洋”之弊端，百姓之苦，一个个折子都列出禁洋的种种后果，动之以情，晓之以理，据之以实，就算铁石心肠也该化了，谁都相信，“禁洋”立马就会取消，尤其是行商，已开始打造一只只的“大眼鸡”船、红头船，囤积起货物来了，只等圣旨一到，便千帆入海了。

不料，新帝登基，竟毫无动静。

一年过去了，眼看第二年又要过去。

本着不改祖制的传统，雍正二年，仍有上谕：

> 海禁宁严毋宽，余无善策。

坍塌的桑园围年久失修，无法改善。

住持在为众生祈愿，做佛事。

灾民成群结队，不断有人倒下。

僧人仍在沿途收尸，用草席卷起，抬到大车上。

这天，陈芳庭夫人再度携小女孩来到谭家的宅院。

谭康泰与夫人一同迎了出来。

陈夫人说：“我们是来告辞的。”

夫人劝说道：“住得惯，就多住些日子，广州毕竟比漳州热闹。”

陈夫人说：“这个贸易季节都过去了，芳庭没见回来，只能等明年了，我在这里只是个闲人，回去还可以照看一下老人，还是回去吧。”

小女孩喊道：“我想爷爷奶奶了。”

谭康泰抱起了小女孩：“爷爷奶奶身子骨还好么?”

小女孩说：“好，天天到海边看船，腰板可直呢。”

陈夫人说：“他们是盼儿子回来。”

谭康泰说：“对不起，不该那年把芳庭放出去，没想到一去就这么多年，当年未出生的孩子，都这么大了!”

陈夫人称：“海边长大的人，对台风、大浪见多了，这不算什么，你们别挂在心上……我在这里，反而心挂几头，老家的老人，南洋的丈夫，不如回去，也少挂一头。”

夫人说：“你如此识大体、顾大局，真不容易。”

谭康泰说："这样吧，我一并把三年的银票都给你，免得年年送。"

陈夫人说："一年就一年吧，没准明年他就回来了，给我三年，反让我心里不安。"

夫人说："说的也是。"

谭康泰表示："那就一年，这回的路费，就归我们出。几担暹罗米，我已托人送走了。"

陈夫人忙说："多谢了。"

谭康泰对夫人说，你就代我送送。

陈夫人说："不必了，船票我都订好了。明天一早就走。"

夫人道："那是一定要送的，他明天一早要回老家，不是一个码头，要不，我们当一道送你才是。芳庭是我们行的功臣，我们欠他的太多了。"

谭康泰拿来了一只精巧的船模："给孩子一个念想，不成敬意。一帆风顺！"

陈夫人千恩万谢地走了，小女孩欢喜地高高举着帆船模型。

谭康泰对夫人说："她愈宽宏大量，我们心里愈亏得慌，真不知如何劝说她，做一些弥补。"

"还是尽早设法下南洋，这才是根本。"

送上码头，夫人与陈家人依依惜别。

夫人说："泰叔会尽最大努力，上南洋一趟，把芳庭接回来。"

陈夫人说："你们的心思我都明白，可千万不要为芳庭去冒险。"

夫人说："这不是为他一人，盈顺行在这禁洋五年，损失巨大，这都不说，可闽粤老百姓，因为禁洋，吃的苦头就更大了，总要有人先冲出去。"

陈夫人点头："有人上折子，有人冲海关，应会让新登基的皇帝明白究竟是怎么回事……"

螺声响了。

陈夫人说："就要开船了，你们的一片苦心，我们一家感激不尽……我们在等你们的好消息！"

夫人连声道："保重。"

眼前一片水雾，却是泪痕。

珠三角港汊交叉的水道上，谭康泰伫立船头，巡看沿岸有待修复的堤坝。

管家对他说："康熙年间，桑园围连续溃堤十多回了，这些年，几乎是一年一溃，围内的桑基鱼塘都淹得七痨八伤的，暹罗米又运不进来，老百姓日子难过呀。"

谭康泰问："听说，寺庙里在设法，从暹罗运米过来。"

"佛家慈悲为怀，暹罗更是一大佛国，朝廷当会网开一面。"

"但愿如此。"

住持已在码头守候，见谭康泰到达，便迎上前来，双手合十："别来无恙。"

谭康泰回礼："别来无恙。"

住持道："施主风尘仆仆而来，可是有好事？"

谭康泰说："闻说佛国进米已成定局，可喜可贺。"

住持说："是呀，新登基的皇上，批了折子，嘉许暹罗国王呢，说他'不惮险远，进献稻种果树等物，最为恭敬，殊属可嘉'。"

谭康泰说："我想，这也是你们派人去暹罗的结果，难为你们了。"

住持说："佛陀岂忍看生灵涂炭，普度众生本也是分内的事。圣旨还有云，暹罗'运来米石令地方官照粤省现时价速行发卖，不许行户任意低昂，如贱买贵卖，甚非朕体恤小国之意'。"

谭康泰说："看来，上折子的人，多少让皇上知道实情。"

住持说："还有呢，有需米之处，'候旨遵行，其压船随带货物，一概免征加一税银'，听明白了么？这会大大推动暹罗米入境，以解困厄。"

管家道："皇上圣明，开洋有望了。"

谭康泰说："他才上来两年，恐怕不会立即改变祖制，我们也不能干等。"

管家道："你还是想再搏一回。"

谭康泰说："杨宗仁也走了，海禁多少有点松弛，看机会吧。"

住持招招手："施主，请随我来。"

他们来到积善居寺地基上。

两处小室，几点烟火。

住持领谭康泰一行人来到，指点着。

"此处，一百多年前，曾是香火极旺之所在，施主当很了解。"

谭康泰点头："我祖父曾说过，这里曾有一个国明寺，乃唐开元年间所建，开元盛世，如此边远的海滨，也能兴此大寺，可见物阜年丰，百姓富足，难怪古诗中有'致君尧舜上，再使风俗淳'。可惜，嘉靖年间，皇帝信道灭佛，全国上下，竟兴起毁寺之风，国明寺亦在劫难逃。"

管家说："国明国明，自己毁了国明，明朝也就尽了气数。"

住持道："只是，如今已不可恢复旧名了，这'明'字今日已经犯忌，还是避开为宜，所以，我在居士们的支持下，修上两间小屋，更名为"积善居寺"，这离乱间，积善为要矣。如复旧名，弄不好会有杀身之祸，如今朝廷风

闻奏事，谁要告上个什么前朝余孽，谋反居心之类，别说寺修不成，人也危殆了。好在当今朝廷不再灭佛，而且笃信佛教，这积善居寺，也当适得其时，还盼施主多多关怀。”

谭康泰表示：“禁洋前，我曾认捐过大寺的梁柱，并打算从南洋采坤甸木回来，没想到一声令下，南洋禁航了，坤甸木一时也无法采购回来，实是万般无奈……这事，一直压在心头，不然，我也不会专程来此。”

住持问：“这么说，此事近日有望?”

谭康泰：“方才听你说皇上嘉许了暹罗国王，对暹国米入境也很高兴，还免了同船来的货物的加一税。我想，皇上过些日子，也会更宽松一些……”

住持合十：“我佛慈悲，佛祖都看到了。”

“一禁洋，当日出洋的人，也都回不来，妻离子散，天各一方，还不知又有多少人间悲剧。”

“对了，这次御批，还讲到了，闽粤省的后人，也有随暹罗米运来时到了这里，按过去的律令，他们算是中国人，不可以再出去了，可这回，皇上特批‘著照所请，免令回籍，仍在该国居住，以示宽大之典。’也就是说，仍让他们回暹罗，来去自由。”

“这就好!”

管家插话：“暹罗是佛国，人心向善。只是，南洋诸国，被西洋人霸占，对中国人甚有忌恨，如中国的商船再不去，留在那里的人，日子就更难过了。归不得归，在那里又度日如年。”

谭康泰问：“你这话又怎讲?”

管家说：“我也多嘴了，你还是去问一下夫人吧。”

谭康泰问：“她又怎么知道?”

“陈芳庭夫人之所以来，正是听到了什么，不放心才来的，可她得知你们出洋受阻，骆官被下狱，她便不敢对你明说了，只是私下里给你夫人讲了讲。”

“她是怕我更焦心，唉，真没想到。”谭康泰掉头对住持说：“君子一言，驷马难追，我既然应承包下建寺的木料，我一定要兑现，给我一两年时间……”

住持说：“施主的承诺，我们一直都是坚信的，只是，切不可因此操之过急，欲速而不达。”

谭康泰指着地基与墙基：“你们的工程已启动，木料再来不了，盖不了顶，万一来台风或暴雨，就前功尽弃，你说我能不急么?”

住持说：“少安毋躁，少安毋躁。车到山前必有路，船到桥头自然直，佛祖自有安排。”

谭康泰默默无语，在地基上徜徉。

抬头，目光炯炯，复见垮塌的堤坝。

谭康泰一行人回到了广州码头上了岸。

陈寿官迎了过来：“你可回来了。”

谭康泰说：“这么巧，你守在了码头。”

陈寿官说：“我自有顺风耳……现在，就等你一个人了。”

“又什么事？”

“我入行商的事，黎安官、骆官他们都同意了，海关我也打点好了，杨宗仁一走，他们也不会阻拦，你是商总，就等你表态了。”

谭康泰表示：“你家底殷实，只要按规矩办，我没理由不赞成。”

陈寿官说：“我先谢了。”

谭康泰继续往前走。

陈寿官问：“你不先上行馆么？大家都等着你。”

谭康泰：“我得先回一趟家，你把他们都请来了？”

“得知你今天回，大家正要议事，我也发了帖子。”陈寿官称，“议事完了，我请客，一家人了嘛。”

谭康泰沉吟了会：“能不能推到下午，我一定来。”

“也行，我中午把他们留住。家里的事很急么？”

“不仅仅是家里的事，对下午的议事，也至关重要。”

“是这样。那我一定留住他们。”

谭康泰回到家，走进内厅，便吩咐快请夫人。

夫人应声进来：“干吗这么火烧火燎的？”

谭康泰问：“陈芳庭内人说了些什么，你为什么不告诉我？”

夫人沉吟了片刻：“也不是不告诉你，只是陈夫人叮嘱了，先不忙对你说。”

谭康泰说：“我这才明白，你为什么那么夸她深明大义。现在可以说了吧。”

夫人说：“本来，她这次来，是听说南洋那边好多事，心里急，怕丈夫会出什么意外，可一来，就听说骆官被抓，你们冲边关差点出事，所以，才怕给你们添乱，不让我讲……”

“唉，你快讲吧。”

夫人说：“自从南洋禁航令实行，已经出去了的回不来，我们又出不去。本来，南洋港埠，都是中国人开辟出来的，早年，荷兰人还得给国姓爷纳税

呢，可这些年来，留在那里的中国人，却受尽了欺负，因为种种原因这边没人去，更没人关照他们，番鬼佬欺行霸市，有的，更无恶不作，把中国人的地盘挤得所剩无几了，甚至还抢劫杀人，中国人本是主，如今却成了奴，任人宰割……所以，侥幸从那边逃回福建的年轻人，没少对陈夫人诉苦，她才急了来找你，本想让你设法把陈芳庭接回来，不少中国人在那里已没了生路，不倾家荡产，就是寻了短路，拼个鱼死网破，去当海盗。"

"原来是这样。我们本应该想到的。"

"陈夫人后来不让说，是知道你们已尽力了。"

谭康泰说："早些年，在巴达维亚，荷兰人对中国人，倒一直是客客气气的，他们只有通过中国人，才做得成生意，其实，是利用我们。当然，国姓爷也把他们打得服服帖帖了……我们早该料到的。"

夫人问："可我们又能怎样？"

谭康泰说："如今的朝廷，把出去了的人，都不当是自己人了，这更助长了荷兰鬼的气焰。如果再不解禁开洋，芳庭他们在海外的日子就更没法过了。不管怎样，风险再大，我们还是先出去，让番鬼佬知道我们的存在……"

"只是，真要出洋，风险莫测呀！"

黄昏时分，行馆里面，议事已到了尾声。

老资格的黎安官在主持：

"陈寿官入行商的事，既然没反对意见，就算通过了，当然，还得知会海关，估计把手续办了，也就没问题了。行内的规矩，我们自会让他知晓，这样，彼此也没什么矛盾了。"

陈寿官拱手道："多谢大家扶持。"

黎安官说："其实，在行外有行外的好处，现在不一样可以成为外洋大班的包商？入了行，反而有诸多不自由。当然，入了行，多了个朝廷特许，与外洋大班打交道或许方便一些，但风险比在行外却也大了一些，海关一变脸，日子就难过了……你也得三思而行。总之，行内与行外，各有好处，也各有大大小小不同的风险，进来不易，退出也难，你得想好了。"

陈寿官说："这些年，我也弄明白内中的一切，没什么可反悔的。"

黎安官招招手："那就大家欢迎。"

众一致祝贺。

黎安官继续说："至于下南洋的事，我们已不能无休止地等朝廷解禁了，这边的困厄，大家都心知肚明，出不去，后患无穷；而南洋滞留不得而归的中国商人，刚才谭康官已经讲过，那是水深火热，生死未卜，我们再不去，那边不仅地盘被占，只怕连人都无立锥之地，只有死路一条。我们更不能见死不救，朝廷不管他们，我们得管，毕竟是骨肉同胞，血脉相连。况且，我们怎可放弃那边的市场?”

下午到会的谭康泰表示：“这话说得好，我们不守住那边的商埠，拱手送人，当有罪于后世。旗人心中只有草原，视大海为畏途，我们不一样，多话不用说了，待季风一到，我们力争冲出去，失败一次就有一次的经验，我就不信冲不过去。”

骆官说：“大家也可以多出主意，三个臭皮匠，顶个诸葛亮。”

陈寿官说：“我还是信守有过的承诺，给大家当一回骗走巡艇的诱饵，不走货，船轻好脱身，上回，我不是成功逃走了么，他们抓不住我。”

谭康泰说：“这也太为难你了。杨宗仁走了，不会再盯住你了。”

陈寿官拍拍胸膛：“大家看得起我，接纳了我，我也当两肋插刀。”

黎安官说：“好了，到时再定，或许没这个必要。这样吧，今年已经迟了，明年各个方面准备妥当，争取一举成功。”

谭康泰说：“只许成功，不许失败!”

众人道：“有这个决心，我们一定冲得出去。”

黎安官称：“这一年贸易季度结束了，由于只让外洋大班进，我们行商出不去，十三行的生意成了跛脚鸭。物畅其流，本就是对等的，货尽所用，离了对等的货运也实现不了，钱大都让人家赚走了，就拿白胡椒来说，巴达维亚取货，就比广州便宜得多。”

谭康泰说：“无论如何，这种单向流动不可以继续下去，连外洋大班也有认为，这样对我们行商是不公平的。”

陈寿官点点头：“平日上巴达维亚的货，我们都已备好了。”

谭康泰说：“这样吧，明年年初，季候风一到，我们就趁风南下。”

骆官说：“黄道吉日我都选好了。”

谭康泰说：“行，我们四艘商船，借渔队掩护，杂在其间，尽量出海远点。”

黎安官深谋远虑：“这样，不是一两艘，万一被发现，我们分头突围，往的往西，朝的朝东，向的向南，让官船顾此失彼。”

陈寿官表示：“我装的货不多，容易脱身，像上回一样，把巡艇吸引过去，你们走你们的。”

谭康泰说：“又难为你了。”

陈寿官说：“也算我将功赎过吧。”

骆官说：“那就这么定了。”

黎安官拍板道：“有一艘冲出去就是成功。”

谭康泰回到家里，说起准备再冒一次险下南洋。家人都来了。

一位中年人来到谭康泰身边，恳求道：“我可是老舵工了，上次我只身回来，陈管家还留在巴达维亚。这次出洋，非我莫属。”

谭康泰摇摇头：“你年纪大了，又有伤，我留你在家中，就是不想你再去。”

中年人却说：“我路熟，老马识途。”

“可是……”

中年人强调：“记得吗，有一次迷了航，又遇上狂风暴雨……”

谭康泰点头：“是你在桅尖上，发现了天后礁。”

“那是天后娘娘显灵，保我们大难不死。”

“一船人靠上去，有惊无险。”

“我水道熟，天后娘娘给指的路……”

“可你那次伤了腿。”

“多少年了，现在也没留下什么残疾。再出洋，一样能行。”

谭康泰终于说：“容我想想。”

中年人坚定地说：“我是为海而生，当为海而行，更为海而死！”

谭康泰有所感动。

拂晓时分，在一个僻静的港汊中，谭康泰在指挥：“抓紧上货，天一亮就停，到晚上再继续。”

船工们在忙碌。

中年人，往后该恢复称他老舵工了，在指点：“重的压舱，跟我来。”

谭康泰在仔细审视：“打鱼的工具备好了么？”

一船工说：“少不了，完全是真的一样。”

另一船工道：“出不去，打几网鱼回来没问题。”

谭康泰表示：“只许出去，不得回头。”

老舵工承诺：“有我在，水道上来去自由，出不了问题。”

晨雾弥漫。

直到傍晚，他们来到珠江一个出海口。

谭康泰立在一船头。

黎安官坐在船头的椅子上。

骆官在另一艘船上，扯住帆绳。

陈寿官的船，排在最前边。

所有帆一并落下。

黎安官最后下令："出发。"

四只船在水面上轻轻滑行，无声无息。

船工对答：

"不见有什么动静，升帆吧。"

"还没离开近海，还是谨慎的好！"

"太好的东北风了。"

"再等等。"

"不像有巡艇。"

"仔细听听。"

老舵工表示："这边水线，历来没有巡航的，放心。"

谭康泰点头："那就……升帆。"

四条船先后升起帆来。

疾风下，船飞快地前行。

另三条船渐渐显现出来。

黎安官、陈寿官是红头船。

谭康泰是大眼鸡船。

骆是不显眼的普通渔船。

谭康泰问桅上的船工："有没有情况？"

忽地传来了话："有巡艇！"

有人喊："我把巡船引开，你们降帆。"

帆纷纷落下，仅陈寿官的船风帆高举，离开了另三艘船。

巡船追陈船而去。

这边黎家的船停了下来，黎安官在喊话："我们还是分开吧。"

骆官回应："看来，今天的运气又不行，唉。"

黎安官说："陈寿官也特大胆，竟然把巡艇往深洋远处引。"

谭康泰说："也难为他了，这样才吸引得住巡艇，往回走，巡艇不会追，只是我们该怎么走？"

黎安官说："只能各自先往西或往东开上一段，再折头向南。"

老舵工自告奋勇："我熟悉东线。"

谭康泰表示："那我们走东线。"

黎安官说："我倒是对西边的航线了解得多，就走西线吧。"

谭康泰问："骆官，你呢？"

骆官摇摇头："我不知道，我……"

谭康泰说："那你跟我走。"

骆官说："东线说浪大、风大。"

黎安官说："那你跟我走。"

骆官说："西线太靠岸，就怕……"

黎安官急了："时不我待，你得赶快决定。"

"……我，先跟你走吧。"

"你信心不足。"

"我心扑扑乱跳，要么，往回走？"

"我明白。"

"下回我再出洋吧。"

黎安官掉头问："谭康官，你呢？"

谭康泰说："我得冲出去！"

黎安官扬声道："嘿，我殿后！冲出一艘是一艘。"

谭家的船，箭似的冲向了大洋。

骆家的船，已掉头回航。

陈寿官把巡艇引出很远。

黎安官的船还在原地。

老舵工见骆家的船掉头，问："骆官怎么啦？"

谭康泰说："他还是怕了，上次关了几天，吓坏了。"

"一朝被蛇咬，三年怕草绳。"老舵工说，"只要再一个时辰，就算冲出去了，巡艇一般不上外海。"

谭康泰欣喜道："那我们成功了！"

老舵工说："平日，台风都在八九月间才会纠合着，一个接一个地打来，所以这个时间一过，抢着下一趟南洋还来得及。"

谭康泰点头："只要赶上海流，顺风顺水，很快便可以到达巴达维亚，做成一单生意回来，而后，便可以等候来自西洋的番舶了。"

老舵工看看天："已经驶过了一小半的航程了。"

谭康泰说："可惜，不见其他的船了。"

老舵工说："但愿都安然无恙。"

孤零零一条双桅的海舶，在南海上行驶……

这便是谭康泰的大眼鸡船。

骆官的船已经回去了，黎安官的走了另一条线路，只余下谭家的了。

前边，当有怎么风险？

官家的巡艇，还会追上来么？

仿佛是应对他们的担忧一样，风声骤然紧了，浪头立起了一丈高……

礁 语

不知道是什么朝代，什么人给我起了这个名字——天后礁，从此我便有了神恩与光环，年年岁岁，总有袅袅的香火在我身边升起，在海涛的喧嚣声中，在烟雾难分的迷茫中，我已经不是我自己了。

千万年的季风削去了我的发髻，数不清的海啸在我面庞刻下了沧桑，以及无以逃避的苍老——是的，我也会老去，没有什么礁石最后不消失在海底，那便是我们辞世的方式。虽说我已被赋予了神性，但神也会老去的。神的命运，自有比神更高的苍天主宰。神没有历史，也不需要历史。我们只是人的历史的见证。因为我，作为天后礁，已经太老了。

我伫立在这里已亿万斯年，被视为的神却不过五六百年罢了。五六百年于我只是轻轻地一声叹喟。唯有南海的波涛始终在伴随着我，想驱赶我的寂寞，可大海不知道，不绝的香火中的寂寞却是永远也飘不走的寂寞，也是更无奈、更巨大的寂寞。谁也无法体察得到神的寂寞，纵然千艘海船的来来去去，都不曾逃出我的法眼，它们载去了无数的金银财宝，也载走了数不清的岁月，留下了同样是难以诉说的痛苦、悲伤，乃至罪恶与阴谋。

日出日落，潮起潮落，我始终诧异的是，海天间的宁静——无论沉没过怎样的辉煌，淹没过多少无辜的生命，无论发生过怎样惊天动地的大事，荣耀与罪恶、光明与黑暗，海天都会复归于不动声色的宁静。海湮没了一切也收容了一切。

季风如常，海潮有信，可它们又能恪守什么？

把海船迎来，又把海船送去。

往复循环，周而复始。

从印度洋，到南海，从南海，到印度洋。

守望中，我能企盼什么？

化解一切的大海，时而如水银一般凝重，时而又似清雾一股轻飘……

对于芸芸众生，我是神，我寄托过起死回生的重任。

可对于大海，我却是注定要沉没的礁石。

无论我被风浪剥蚀、侵蚀成天后像、观音像，乃至佛陀像……

无论有过多少遇险的海舶在我这寻找到片刻的喘息，多少生命重新拾回过已有的尊严……我都会注定沉入茫茫大海，然后，什么也看不见了。

不知在我之后，还会发生什么。

只是我已无法满足所有生命的祈求了，也许那时已不需要我。

纵然还有更多的历史，更多的朝代，更多更多的惊涛骇浪，更多的不测与打击，更多的冤魂与哀号……

我已经在海底了。

只是分明还有一艘海舶驶来……

我当显示最后一份神迹。

第五章　白头浪

雍正初年，寒露时分。

一条双桅的海船，在南海上行驶……平日，台风都在八九月间才会纠合着，一个接一个地打来，所以这个时间一过，抢着下一趟南洋还来得及。只要赶上海流，顺风顺水，很快便可以到达巴达维亚，做成一单生意回来，而后，便可以等候来自西洋的番舶了。

已经驶过了一半的航程了。是日，只觉得天气闷热难受，海风无影无踪，船似钉在海面上，一动也不动——其实，海流依旧，船仍在航行，只是借不到风力了。茫茫的大海，蓝幽幽的，在白炽的阳光下升腾着热气，把个天空变得恍恍惚惚，分不清白云还是帆影，甚至分不清哪是蓝天哪是大海，水手们躺在帆影下喘息着，只有舵工仍以双倍的警醒，把握住海船的方向。

突然，爬在桅尖上的一位水手惊叫了起来，不好，东边……白头浪来了！

所有的水手都一激灵，来个鲤鱼打挺，站在了甲板上。

说时迟，那时快，白头浪排山倒海地扑近来了，仿佛连天上的乌云，也是被它裹挟而来，顷刻之间，已席卷过了这艘双桅船。大海一失它那幽蓝的诡谲的宁静，狂怒了起来，就似一口烧得漆黑的大锅，倒扣了过来，阳光、白云，刹那间不知了去向。天与海，在黑色的混沌中绞合在了一起，只听到呼啸的浪声。

双桅船一忽儿沉下了深不可测的浪谷，一忽儿又被举上了高不可攀的浪尖，就这么颠几下，全船的龙骨都“吱呀呀”地要散裂开了。加上大风刮来，船一下子侧翻过去，几乎整个要颠覆了。

这时，一个沙哑、沉实的声音响了起来：“泰叔，沉住气，顶硬上！”

声音是从船后方传来的，是一位老舵工在喊。

这位老舵工，是执意追随船主谭康泰一同下南洋的。他称“泰叔”，其实却比泰叔还要年长二十多岁，不过，广东人视“叔”为一种尊重、亲昵的称呼，并无严苛的辈分。老舵工其实在“泰叔”家算得上是“三朝元老”了，不仅看着“泰叔”长大，而且，在四十年前，当时的两广总督吴兴祚，在平定台湾后，便向康熙“奏通商舶，立十三行”，“诸番商贾，粤东赖以丰庶”

之际，他便已在泰叔家的船上司舵了。单身一人，无牵无挂，这也是舵工的习俗，不愿岸上有拖累。虽然后来又有“南洋禁航令”，但外国商船还是可以来的，早在明代中叶形成的、专门经营洋务的十三行，也就又红红火火了起来。以至“誓不事清”、剃度为僧的明代大学者屈大均，也情不自禁地写出了“五丝八丝广缎好，银钱堆满十三行”。番鬼佬们知道中国实行银本位制，每次来广州，都载满了各色银元，用来购买丝绸、陶瓷与茶叶。

此番冒险犯禁下南洋，老舵工自告奋勇，要来主舵，泰叔怎么劝也没用，老马识途，见惯了风浪，也好提携一下年轻人。老了算什么，老了有见识，有经验，临危不乱，从容指挥，自会化险为夷，姜还是老的辣嘛。

船主在大叫：“转桅……落帆……”

双帆在落下之际，竟因桅杆打断，缠结在了一起……

船主急了，断然道：“砍桅，砍桅……”

这是逼不得已的最后决断了。桅杆没了，船就完了，不沉，也走不了。

老舵手在大叫：“东家，砍不得呀！”

“不砍，我们都完了！”一道闪电，掠过船主惨白却依然刚毅的脸。

船主见水手提着斧头，还在犹豫，扶着船舷，跌跌撞撞地冲了过去，一把夺过水手的斧头：“让我来！”

他使劲全身力气，一斧一斧砍了下去。

用不了几斧头，桅杆便让飓风折断，飓风一下子抓住了缠在一起的白帆，甩到了半空之中，刹那间便无影无踪了。但几乎侧翻的船体则恢复了平衡，船躲过了倾覆的险关，却躲不过举天的狂澜。它依旧一下子被托上了天，一下子被扔到深渊。龙骨的裂响，分外骇人。

现在，只能听天由命了。

船主抱住只留不到一人高的断桅，大声喊道：“人都在么？”

过了好一阵，才有人回答：“都在。”

老舵手声音似乎有点艰涩：“稳住……撑住……把稳舵……飓风很快就要过去，咬紧牙关，顶硬上！”

只是在惊涛骇浪中，在狂风暴雨里，人都不能把持住自己，况且一条船呢！船主的吼叫，只是一种心理上的安慰，事实上一点作用也不曾有。船依然像只蛋壳，在浪头上抛来抛去，随时都会碎裂，万劫不复，一个巨浪扑来，它被深埋下海水，又一个巨浪上来，它又被往上托举，几近悬空。仿佛有一只残忍的魔掌，把它当作玩物在戏弄，不玩个尽兴决不罢休。大海在沸腾，长空也在沸腾，大海巨大的漩涡，把船往中心吸下去；飓风也在空中形成漩涡，也要把船吸到半空中去——大海与天空都在争夺这一可怜的鸡蛋壳，它们强悍的生命视船只为无物。

黑云在飞旋，黑浪在飞旋。

飓风在呼号，巨浪在呼号。

隐约还能听到船主的叫声：

“稳住……撑住……把住舵……顶硬上！”

只是在这呼喊声中，人们才无意识地抓住或抱住身边任意一件牢靠的物品，不让狂风与巨浪把自己卷走。

空间似乎也失去，只余一片漆黑。

时间也似乎不存在了。

不知过去了多久，片刻，抑或几个时辰，倏忽间，风止歇了，浪平静，头上的乌云也全不见了，只余下一条残缺不全的船，以及死死抱住船上断桅、残舵、锚座的东歪西倒的人——一个个都光着身子，衣裤全被风浪剥了个一干二净。

老舵手还在嗫嚅道：

“稳住……撑住……把住舵……顶硬上，鬼叫你穷……”

直到一位水手提醒他：“飓风过去了，该清点一下了。”

他这才讶然地松开了抱住断桅的手。噢，过去了？没人发现，他只能半跪着。

其实，舱底已经漏水，船已半沉没了，除开残破的船体外，什么都让风浪卷走了，连最密实的船主舱，也被风浪掀开，扫了个空，什么也没剩下了。淡水、食品、衣物，都没有了，那价值上万银两的运往南洋的各种货物，锌块、茶叶、丝绸、瓷器及若干土产品，全被飓风搜掳一空。

而天色已经渐暗了下来，白头浪来时已是下午了，也不知过了多久……天边，已隐约现出了几颗星子，淡淡的，开始时若有若无，但不久便凸显了出来。紫色的夜空，充满了诡秘与不安。

十六位水手、舵工加上船主，仍在极力拯救正在沉没的无桅船。可他们也只是白忙，不过是一种心理自慰，怎么也无法阻止船的沉没……在弥天黑暗中，守住一条沉船又能保住什么，谁都不明白。

忽地，已半浸在海水中的船主又大叫了起来：“看那里，一道白光，不，一道灵光，是天后娘娘找我们来了……”

众水手左看右看，却什么都看不见。

“在那边，那边，我看到了，看到了……你们怎会看不到呢？”船主不解道。

“要有光，就有光。”船上那多少通点荷兰语、读过《圣经》的通译喃喃自语。

纵然大家看不到什么，可大家都相信船主独具慧眼。既然你看到了，那你就指挥我们向天后娘娘靠拢……我们会得救的。

船已经完全沉没了，大家把卸下来的船板拼到了一起，十几个人，成为一个环环紧扣的联结体，就凭借舱板的浮力，向船主指向的出现灵光的海面上划去……

海面竟又变成了银白色，如同丝绸一般柔软，在繁星闪烁的夜空下，不断向前铺展，铺向无垠……方才的惊险似乎只是大梦一场，不，真不知道方才是梦，还是此刻为梦，所有的惊险，惊悸，都恍如隔世。

大家都深信船主真正看到了灵光。

船主也深信自己见到的是灵光。

就这么紧一阵，松一阵，急一急，缓一阵，系着十几条生命的舱板，在向一个既定的目标，坚定不移地过去，浮过去，漂过去……

时间又变得不可捉摸了。

不知不觉，其中一人的脚似乎触到了海底的沙砾，很快，所有人也都在水中站了起来，而且欢呼了起来。

大家推着舱板上了沙滩，再往前跑出十几丈，就一个接一个扑倒在地上，暖暖的细沙让他们如睡在天鹅绒上，很快，便听到一阵阵的鼾声——在经历了生死搏斗后，没有比一场酣睡更诱人了。老舵手落在了最后，不过，还是爬上了沙滩。

只有船主没有入睡。

在繁星如缀的夜空下，他依旧在寻找那引导他的灵光，他深信那是天后娘娘给他显示的神迹，所以别人看不到而只有他看得到。正是这道灵光，使这一船人无一不得救……细浪在沙滩上絮语，轻风在耳边悄声，他没感到多少倦意，纵然他知道这一船人的生死都系在他一人身上。

可是现在，星光下再也找不到灵光了。

或许，天后娘娘已尽到了自己的职责，便又在海风中悄然隐去，神人无功，她只是尽职而已……在沙滩与礁石之间，船主似乎已找到了某种答案，于是，眼皮便觉沉重了起来，他斜靠在一片石头上，慢慢地滑落在地，温热的细沙掩去了他的脚踝，他的半身，他就这么沉沉入睡了。

……

不知什么时候，耳边有了争执声。“想不到，他比我们睡得还死，没肝没肺，不用想事的。”“这才有大将风度，临危不乱。”“他是累的，太操心了。”“就不想想，落在这荒岛上边，四边大海茫茫，不见船影，一个个都得渴死、饿死、晒死、干死……”“讲这么多死，乌鸦嘴，不吉利。”“还是叫醒他吧，让大家心中有个着落。”“不是猛龙不下海，人家见得多，经过的也多，皇帝不急太监急，我看别叫，睡足了好想事……”

船主猛地睁开了眼，太阳火辣辣、笔直地刺入了他的眼睑里，光也教人似撕裂地痛，赶紧侧过了头，捂住了双眼，什么时辰了？

日上中天了。

船主双手往后一撑，弹坐了起来："都睡足了？醒过来了？"

舵工一笑："就你一人没醒。"

说话间，所有水手也都围上来了。

船主再站了起来，四周扫了一眼："你们弄清楚到了什么地方么？"

几乎所有人都摇头。

"岛上看过了么？"

"巴掌大的岛，一眼就看个遍。"

船主不说话了，径自往一片礁石群走去，大家默默地追随着在他身后，这个时候，一群人需要有主心骨，这主心骨便是船主。他们已跟船主多年了，陆地、海上，有福共享，有祸同当。不过，这样翻船，却是大家都不曾经历过的。在近赤道的灼热的日光下，再身强力壮，断水，缺粮，能熬上个几天？大海茫茫，任何一个方向都看不到来往的风帆，以至有的水手，都一度把飞翔的海鸟误当作白帆了，看花了眼。似乎死亡的威胁已到了眉梢，无可逃遁了……幸而船主说看到天后娘娘了，别人看不到，独他能看到，也够神奇的。在惊涛骇浪中，天后娘娘的出现，就意味着得救。大家相信船主，不如说是相信侥幸与希望。

来到了犬牙交错的礁石群上，船主却站住了，久久没有说话，他分明要寻找什么，可见，昨天一场大风暴加巨浪，分明已将这岛洗劫个精光，别指望能找到什么了。他回过头，看到大家探询中已带上失望的目光，心中一沉，扬起了头，明白自己该说什么：

"既然天后娘娘把我们引到了这个小岛礁上，就不会不管到底。总之，我们是得救了。不过，话又说回来，天后娘娘只会救自救者，人若不自救，天也不会救他的，所以，我们不能干等，坐以待毙。大家来个八仙过海，各显神通，想办法挨过这最艰难的时刻……我们已经得救了，就得更有腰骨！"

"把腰骨挺起来！"一位舵工响应道。

于是，火升起来了，沙滩上冲来不少散架后的船板，借助钻木取火的经验，三下五除二，火苗便在高温下蹿升了起来。

有了火，便升起了烟，有了烟，便有了求救的讯号，只要海上有过往的船只发现，是必会冲着烟柱过来。

吃的倒不难，礁群中有不少鱼儿及海生动物，不愁抓不到。

难的是淡水。

尽管礁石的凹缝里，不时能留存下昨天的雨水，可太阳烘烤，过不了几个时辰便会蒸发掉。水手中，只有几位腰间别下的水壶还存有一点淡水，匀着喝，也顶不了几天……

不过，群策群力，人心很快便稳定下来了。

第一天，似乎很快便过去了。

入夜，坐在乱礁与沙滩之间，看渐渐失去的海平线，兀地蹦出来的一颗颗星子——分不清它们是在天上还是水下，船主双手托着后脑勺，仰躺了下去。

与他亲近点的舵工靠拢来，问：

“泰叔，我们是继续往南，上巴达维亚，还是打道回府?”

“继续往南，好马不吃回头草。”

“如果来的船是往广州走的呢?”

“当然，先上去，然后，再转到南行的船。”

“你呀，到了这一地步，还不回头?”

被叫作“泰叔”的船主淡然一笑：“已经好几年下不成南洋，这回，好不容易冒险走这一遭，岂有打退堂鼓之理。开弓没有回头箭。”

“货都没有了，到了巴达维亚怎么办?”

“我在那边熟门熟路，你们不必发愁，包你们好吃好住，养足精神。……唉，其实昨天的风浪，在我经历过的并不算大，只可惜了一条新船了。”

舵工附和道：“是呀，船要大一点，就不会那么容易掀翻……出海，还是要大船好，船小好掉头，船大抗风波。早年，我也上过大船，那才气派。”

“多大的?”

“少说有三丈高的梁头，舵工、水手有近百人……听老人说，过去造的还要大。”

“你那是什么时候?”

“也不过二十来年，我才十七八岁，有的是力气。”

泰叔叹了口气：“别说十年前，如今，人家西洋来的商舶，动辄三桅、五桅，风鼓得船似起飞，可我们只允许有两桅，用人不得过二十八位……真叫人气短。”

没人吭声，皇上定的规矩，金口玉言，谁敢不从，不从，就是谋逆之罪，满门抄斩。谁敢想。

“可恶的是那些酷吏，不了解实情，就信口雌黄，向康熙皇禀报，说我们卖船给番人，运米接济异域，说的人多了，皇上也就不得不警惕了，这才下了‘南洋禁航令’。”泰叔这么说，双眉紧锁。

老舵工倒是口无遮拦：“说到底，还是对我们不放心。”

“其实，改朝换代，也都有八十年了，有什么放不下心的。”

“人家好的是草原、是大山，不比我们，亲的是水、是大海。”没人留意老舵工声调有变。

“说的也是。”泰叔瞥了一下身旁的老舵工，难得有这般见识。“不过，他们总归该认识一下大海，山性令人塞，海阔教人通，水是有灵气的。偌大的一个国家，不可以漠视更大的海洋。我们粤人，靠的是海，不仅仅是海里的鱼，更是靠海上的船，以水为财，把生意做到番邦去。”

“只是，如你所说的，都八十年了，他们还不曾懂得海。”老舵工声音变微弱了。

这话把泰叔噎住了。

八十年了，都几代人了，从顺治、康熙到当今的雍正，已有三代了。泰叔的家族，就更有四五代了。那个“天崩地裂”、明亡清兴的年代，祖上在战火焚毁了的广州河南，重新恢复起了瓷窑，开始似乎是小打小闹，内心不分明企盼海路再通，让中国名瓷再度在西洋行销么？否则，当改行了。后来，窑愈烧愈大，或明或暗，几经辗转，或通过澳门，或通过吕宋，或通过这番要去的巴达维亚，愈来愈多的精美瓷具，照旧抵达了西洋。荷兰人正是借瓷器生意，大大地赚了一笔，甚至想加以垄断……这南洋一禁，澳门操控与荷兰人的中介贸易，又发生了变化。谁也不甘心让他们白白挣了个头彩呀！所以雍正登基后，海商们又跃跃欲试，纵然不给造可以抗海上飓风的大船，却还是驾上双桅船，再闯南洋。泰叔不是第一个，更不会是最后一个，谁也不会轻易打退堂鼓。

夜潮涌起，发出喧闹的声响，让你仿佛觉得有接天的海舶自远方浩浩荡荡而来——那可是曾有过的壮观，二十多年前，每年仅去巴达维亚的中国帆船就有十多艘，而卖到外洋的，更是好几百艘……可一旦南洋禁航，偌大一个南海，除开海盗船外，帆船便销声匿迹了，当日的壮观已经不再。

海风一阵阵吹来，颇为强劲，伴和着潮声，更令人心潮汹涌，不能自已。

泰叔一个鲤鱼打挺，站立了起来，铿锵有力地宣称：“我就不信，朝廷永远不会明晓海的重要！”

“恐怕，还得让你们教会朝廷才行。”老舵工艰难地半站了起来，迎着海风说。

泰叔在沙滩上踱步，口中吟哦道：

伫立岂颔首，
迎风志可哀？
海从足底远，
月岂今宵裁。
梯航千里外，
东西何日开？
法显求佛去，
吾侪拈花来。

水手们诧异地看着泰叔，不觉道：“我们只以为你是商贾，是船主，没想到还会吟诗作对，一肚子锦绣文章呢。”

“过奖了，我只是闲来吟诵上几句，以抒胸臆，化解心中块垒罢了。”泰叔轻轻地摇摇头，“这却是祖上传下的。”他似乎想解释什么。

忽地，海面上似有灯火在闪烁，不少水手雀跃了起来。

“快，把烟升起来！”泰叔下令道。

然而，当烟柱再度升起，那隐隐约约的灯火，却化作大海中的波光，渐渐消失了。

水手们争论了起来，有的说是看花了眼，心里一急，水波也成了灯影；有的说是烟升迟了，船开远了，人家发现不了；也有的说，人家即便发现了我们，也怕遇上海盗，不敢开拢过来……

这么一争论，似乎丧气的话占了上风，水手们一个个颓然倒地。

是呀，就算有船过来，人家会伸出手来搭救么？大海中，人鬼莫辨，商盗难分，你会撞上怎样的大运？这些水手们，十来年间，只在近海出入，未曾远涉南洋，心中没有底。

泰叔颇有点忧虑地看着他们，不知说什么好。

整个岛礁上，又化作一片死寂，只有火的余烬在夜风中闪动着暗红，且渐渐淡去……

第二天来了，又过去了。

第三天到了，又走了。

可供烧烟的木片、舨板，已所剩无几了。

淡水，如果不下雨，只怕就此断绝。

而渺渺大海上的船影，却不曾出现过一回。

本来，南海禁航并未撤销，这茫茫海天，怎么会变魔术似的变出船只来呢？

西洋来的番舶，此时还在印度洋上，只怕还没到马来海峡……

你能指望什么？

其实，心中最明白的，也就只有船主泰叔，因为早年间也没少在这南洋的波涛上穿行，并且凭此撑起了整个家族的事业。否则，他不会在这个时刻，冒险闯一遭南洋的——此行，该有多少宏愿？“法显求佛去，吾侪拈花来”所指的，自然不仅仅是“拈花”的无尽寓意，还有让大海铺出一条康庄大道。

已是黄昏。

这是第五天，西边的晚霞已有几分黯淡，褪去了方才的火红，远处的白色排浪，也失去了力度，不再涌来。

把这么多人带到了这样一个绝境，他知道自已有多大的责任。一旦人心涣散，沮丧、失望占了上风，往后的时刻就不堪设想，有几位水手分明已经失控，歇斯底里乱跳乱窜，而后又一头扎在沙滩上，似死鱼一样，了无生气，人最可怕的，是失去了生的欲望。或者，回复到……野兽的境况。

想到这，泰叔打了个寒噤，不敢再往下想了。

借着黄昏的余光，他踽踽独行在一片乱礁上，用手抚摸着已让浪花打成蜂窝状的礁岩，若有所思。这高低参差、犬牙交错的乱礁，让他想起了什么？分明要想起什么？

噢，这不好似一头猛犬，迎面扑过来么？这却又似一对金童玉女，笑吟吟地携手而至？那当是一树珊瑚，只可惜失去了瑰丽的色彩，这又是一丛老树根，默然与大海相对……这都似曾相识，到处的礁石，尤其是南洋的礁石，都一般受同样的飓风、激浪侵蚀，化作千姿百态……猛地，他扬起了头，大声叫了起来：

“我找到了，我找到了！”

已经奄奄一息躺倒在沙滩上的水手，被他这么一叫，有的半撑起了身子，有的竟摇摇晃晃地站了起来，口里含混地发出了声音。

一位三十多岁的舵工，则半跪了起来，追问道：“找到了什么？”

这一回答，石破天惊！

“天后礁！这就是天后礁！”

舵工一下子站了起来：“是吗？果然是吗？”

泰叔认出来了，二十年前，他带着几条船，专门上这里烧过香，那次，一路上，乘风破浪，扬帆千里，不知有多顺利，连水手回去，一个个都抱上了新娘……这回，天后又在显灵了，把人们引到了她的脚下。

“看，这就是她的发髻，这就是她的脸庞，扬起的眉毛，紧抿的双唇……就是她！海水是涨上来的，不然，可以看到她整个的身段，高挺的胸膛……”

泰叔指着最凸出的一块礁石，绘声绘色地描述了起来，而且强调道：

“五天前，正是她发出的灵光，让我在夜海中看到，把我们引导到了这里……”

顿时，所有扑过来的水手，都一下子跪下了，双手合十，口中念念有词：

“天后娘娘，天后娘娘，你就再度显灵吧，把我们度出苦海，逃出生天……我们已经挨过了有五天五夜了……”

舵工更匍匐在地上，不住地叩头：“我们有救了，我们真的有救了……”

泰叔也同大家一起，跪拜良久。

嗣后，是见识最广的老舵工，讲起了这天后礁的传说——相传她在这南海中，拯救了不止上万艘的渔船、商船。有的，是她把船带出了风涛，有的，是她把落水的船民引导到这片礁石上，等候来接应的船只。一定会有船来的，没有，她也会把这些船引来，无论是什么船，哪怕是海盗船，到了这里，也会乖乖地承担起救死扶伤的责任，不会乱来，一直到把落难者安排上归途……所以，几百年来，凡有路过这里的船只，都会专程到此，由船主带上几位水手，给天后礁供上果品，烧上三炷香，以保佑此行一帆风顺。

泰叔在讲述之际，独自在天后礁一侧，用手在挖着什么……

“又找什么？”

“这底下深埋的，正是不久前的果品、香烛，只是一场大风，让沙子把它们盖住了……”

天色已经黑下来了。

他手中，似乎拿起的果然是给天后供的果品、烧的香……

大家都深信不疑。

这意味着，随时会有过往的船舶，再度来这里供果，进香。

也就是说，所有人都会得救！

这一夜，大家都睡得很沉、很香、很甜，梦中，都回到了自己的家乡。

唯有泰叔彻夜不眠。

他毕竟年纪最大，四十来岁，已是近知天命的年岁了。

快天亮了，他却撑不住了，头一晕，扑倒在天后礁脚下……人们却以为他一般沉入了梦乡，一般甜美。可他，却不知道自己还能不能醒过来，这一撒手，十几位舵工、水手不知会怎样？他们尚年轻呀！

第六章 被逼良为娼的海盗

“谭康官、谭康官……”

这呼唤声，分明是从另一个世界传来，那么遥远，又那么微弱。是的，在这个世界上，不会有人知道这样一个名字的。那么，我已经到了另一个世界了，在绝望中踏上了不归之路。本来嘛，南洋禁航，这个季候还能有艘船会出现在这洋面上？至于那个天后礁，这么多年了，自己也不记得是怎么样的了，况且几十年的海风，只怕早给风化了。但又不能这么告诉大家，否则，有的人只怕一天也熬不下去，往后，只怕人吃人的事都会发生，那些西洋番鬼中，早就流传过这样的故事。面对一堆杂乱无章的礁石，他也不知道自己为什么会撒下这弥天大谎，是因为觉得自己大限已到，还是一种心底潜藏着的难以言说的悲悯。我走了，身后的一切我都管不了，都不知道了，请原谅这并无恶意的谎言，也许还能让大家多活几天……

"谭康官、谭康官，天后娘娘显灵了……"

这呼唤声愈来愈响，愈来愈近切，从另一个世界传到了这身边的世界，是谁在招魂么？灵魂是可以被招回的么？什么人能把灵魂招得回来？灵魂一旦离开，将是不羁的，散逸在空中，无以寻觅，又怎么招得回呢？他不相信这个呼唤声，更不相信这呼唤中的内容，我已经远离了尘世，了无羁绊，为什么要回来？

"康官、泰叔、泰叔、康官……"

两个称呼交互在了一起，是不是两个世界也交互在了一起，甚至在互换，你变成我，我变成你。可是，就算回到原来的世界，我能拯救那十几条年轻的、活泼的生命么？纵然他们寄望不动声色的我，眼巴巴看着我，可死亡的逼近是无法抵挡的，我怎么能面对他们，不如一去不返，顾不上了……

但分明有人托起了半边身子，一股有如玉液琼浆的清水从口中流入，全身一下子又属于自己了。

眼睁开了，面前，仿佛是另外一个世界来的人：认出我了么？我们有差不多十年不见了，我是认出你了，你一点没变……康官，是我，阿邝，阿邝！

记忆中的一根火捻子给点燃了，仿佛一阵灵光映亮了上方的人脸，他记起来了："是你，阿邝么？你可黑多了……"

"几十年南海上，风里来，浪里去，不晒，也让掺盐的海风搓黑了、揉黑了，黑了好，黑不受欺……"

泰叔终于睁大了眼睛。

周围十多位舵工、水手都欢呼了起来：

"泰叔方才是睡着了，好好的，他把天后娘娘请来，自己还会走吗？"那位舵工很是得意地说，声音洪亮了起来。

"饿了，让泰叔多喝几口无米粥，恢复恢复精神。"一位水手说。

原来，刚才沁入肺腑的清流，竟是广州人最爱吃的“无米粥”，无米粥不是不下米熬粥，而是把米熬得连半点颗粒也见不到的粥，口感极软，极滑，香味亦极浓，喝起来，称得上是“叹（享受）世界”。他泰叔在家，没少让夫人熬过。可是，在这茫茫大海上又哪来的无米粥？

他一激灵，半坐了起来，讶然回顾：“这是什么地方？”

那位叫阿邝的人说：“是你找到的天后礁呀！我们船也是专为天后礁而来的！”

他一边大口喝粥，一边抬起眼睑，真是奇了，不远处，竟泊有一艘红头船，也一样是双桅的——船让风浪打碎了还能翻生么？可这分明同是来自广东的船只……

这时，舵工告诉他，就在他昏睡的时候，也就是清晨，便有一艘红头船从日边驶来，而且是直奔天后礁来的。大家都觉得，昨晚给天后礁的祈求，真是神了，马上就灵验了……红头船一直开到天后礁近侧，抛下了锚，船上的人便划一条小木舟过来了。为首的便是这位阿邝。阿邝一上岸，自然，谁也不认识，年纪大一点的舵工也不认识，可是，他来到昏睡的泰叔身边，看上一眼，马上就跪下了，而且叩了三个头。

他一招手，船上便把丰盛的食物送过来了。

大家说泰叔是操心的，累了，好不容易才睡着，还是不要惊醒他，让他睡个足，于是阿邝便让船上的厨子熬了一锅无米粥，说这是谭康官最喜欢喝的，比喝酒还来劲。这样，一直等了两个时辰，才把泰叔叫醒。

两碗无米粥入肚，泰叔浑身有一股暖流在涌起，他竟摇摇晃晃地站立了起来，问阿邝：

“这还是那个天后礁么？”

阿邝微微一笑：“应该是吧，不过，这几年在海上，我也找不到她了。”

“可你们这条船的到来，简直似天后显灵。”

“冥冥之中，我仿佛得到一个指令，该往这边开来，没想到会遇到你，这也算是天后的安排吧。”阿邝豪爽地笑了起来，“这么多年，你也不下南洋了”？

“康熙五十六年颁布了南洋禁航令，本来那年我要来的，就没走成，在这之前，我也有五六年没下南洋。”泰叔感慨万分，“一转眼，就上十个年头了！”

“人生苦短，再回头已是百年身。”阿邝收敛住了笑容，“这禁航再继续，真怕下回就阴阳相隔了。于我这营生，没准哪天就喂了鲨鱼，连点骨头也不剩”。

“你这么多年，就这么靠海吃海么？”

“回不去，又怎的？”

“是呀，朝廷有令，三年不归，就不得归。”

“只能当游魂野鬼了，混到一口饭吃，算是天照应。”

这时，阿邝才向围拢来的舵工、水手们解释，说你们的船主泰叔，全名叫谭康泰，还有个弟弟叫谭康举，因为兄长在十三行充行商，所以，才被叫作谭康官，弟弟被叫少康官，早年，南洋的生意做得很大。

“噢，在陆上是康官，下海成了泰叔。还是下海的名字亲切。”舵工无师自通，这么说。

“你说得好，我也该叫泰叔，康泰平安，在海上也讲个吉利。”

“这次，该是泰叔通过天后，召唤你们来的。”舵工似乎明白了什么。

泰叔下意识看住了被视为天后礁的礁石，这还会是二十年前拜过的么？风浪剥蚀，已经不复当日慈颜了，既然说是，那就是了，他再度匍匐了下来，拜了三拜，算是谢过了。谁知他这一拜，两条船的人也都跪了下来，红头船上也把果品拿来，贡上，竟成了极为庄严、肃穆的仪式。

茫茫大海上，当自己不能主宰自己时，也就托庇于这冥冥之中无形的力量，以求得心灵的安妥……泰叔久久才站了起来，这才问阿邝准备上哪。

“当然是趁信风南下。”

“马六甲？巴达维亚？我们这帮伙计，就全靠你了。”

“我这条命本就是你给的。”阿邝慨然道，“你说到哪，我就到哪……不过，我们不可以靠埠，当然，到埠时，自然会有不少船只，会把你们载过去，这个不必焦心。”

泰叔一脸疑惑看着阿邝，却欲说还休，只道：“让大家吃饱喝够，调养将息，明后天便可以开航，如果我没记错的话，只要信风照旧有个七八天，便能到马六甲了。”

阿邝点头道：“你说得甚是。”

“船上的给养够么？”

其实，阿邝船上也就十个人左右，他船上的淡水、食物都很是充足，别说七八天，就是十天半个月，还都绰绰有余。

直到这个时候，有人走过来，告诉他，老舵工没能醒过来。

泰叔一惊，赶紧过去。然而，此刻怎么摇晃，呼唤老舵工，都没有任何反应了。

而他不久前喊的号子“顶硬上，鬼叫你穷”，却仍在所有人耳边回荡着。

泰叔没想到，就在自己昏迷的一段时间里，老舵工竟撒手走了。俯首，才发现他身上的血瘀。自然，是断桅砸伤了他的身子，他一直隐忍着，不想让人知道。可人老了，怎么比得上年轻人呢，年轻人或许咬咬牙便挺过来了，老人伤一回，却没那么容易愈合，加上烈日、干渴，青壮年都顶不住，更何况他呢。

是怎样一位铁骨铮铮、深明大义的老人?！这次沉船，实非他所能抗御的，可他总在自责，如果我闪过了断桅，及时摆平了船舵，船就不会翻的，一定不会翻的，过去，比这更大的白头浪都闯过来了。

仿佛一语成谶，当初要跟船来，他就说，我是为海而生，当为海而行，更为海而死！

大家把老舵工埋了，仍久久沉浸在哀伤当中，都提不起神来。

显然，让泰船上的人恢复过来，没个一两天是不行的。所以，直到第三天，信风强劲，才在大家一致强烈要求下，红头船起航了。

这一路上，还真有天后保佑，顺风顺水，连大点的风浪都没有……

果然，临近马六甲，便不时遇到大大小小的商舶，有西洋人的，他们大都自厦门、广州趁信风往回赶，船大，三桅、五桅的不少，对于泰叔所遇的风浪，都没当什么大事；也有近海的，却大都是双桅的，由华人所属，类似阿邝的一样。舵工与水手们惊奇地发现，几乎每艘相遇的船只，上边总有人认识泰叔，而且大都是有脸有面的人物，这一来，他们也就消释了为何阿邝会认出泰叔的疑虑。

的确，包括舵工在内，上船后，对船上的设置，都在肚子里嘀咕，不见商品，亦不见渔网，反而多了些管铳、座炮，还有不少火药。那么，阿邝干的什么营生，大都犯疑。不过，倒是泰叔笑吟吟地问阿邝：

“这年头，有多少商舶出得起钱雇你们护航呀?”

阿邝自是心领神会：“说多也不多，说少也不少，赶上一回大的，就够吃得上几个月的，遇上个慷慨的，一年半载也不忧。”

两人这一番话，舵工、水手们也就不怎么多心了。至于阿邝的手下，这些日子里，也都很有侠义心肠，令他们感激不尽。

终于，过了马六甲，在往巴达维亚的航路上，阿邝不再送了。

泰叔也选了一艘商舶，显然，上边的人与他相交甚厚，非常爽快地答应接纳他船上救来的十号人等，直驶巴达维亚。泰叔在海上的人缘，令大家艳羡。毕竟，他在南洋“耕海”有二十来年了。

准备换船了，大家都依依不舍，在海上共患难了这么多时日，阿邝拿出了一大箱银元，大都是花边的，要给泰叔，泰叔不肯收。

阿邝压低了声音：“你不会嫌这些银元不干净吧?”

泰叔默然。

“你不知道这近十年洋面，自从中国南海禁航，红毛鬼就得意妄为了，霸占了吕宋到这边的大海，掳掠中国商舶，因为他们知道朝廷不再保护这些商舶了。所以，这些银元，无非是我们从他们手中夺回来的，而且只是其中一小部分。”

泰叔这才说：“我在巴达维亚的生意，这十几年没断过，这你也清楚，所以，我们的人去了，不仅衣食无忧，还可以继续采买货物，做成生意，挽回这回小小的损失。你的好意，我心领了。”

阿邝只好一招手，让手下的人，把装银元的箱子抬回去。

等所有人都上了商舶，押后的泰叔久久地揽住了阿邝的肩，这才说：

“这么多年，你就一直游弋在马六甲海峡与南海上……”

“有什么办法呢，官府只会逼良为娼。”阿邝惨然一笑。

“当年官府把你屈为海盗，可你并不是海盗，最后还是还了你的清白，可如今……”泰叔跌足长叹，“你回不了头么？”

“当初，不是你泰叔不惜以身家性命担保，站出来，说我是舶商而非海盗，我只怕早就身首异处了。多亏天后，这番给了我回报你恩德的机会，不然，我们今生也就难见了。南洋禁航令一下，我这在外头，回不去了，头几年还能经营点小生意。可荷兰人如今又咸鱼翻身，占了南洋一大片，专门算计我们。活计没了，只有铤而走险，这就又许多年过去了，一如你所言，回不了头。”

“朝廷如果再开海呢？”泰叔道。

“我不可负了跟我多年出生入死的兄弟们，他们的父亲或儿子，还有兄弟，在这些年因为跟我而葬身鱼腹，如果我有负于他们，会有什么后果？我想都不敢想。”阿邝垂下了头，看住船舷外涌动的波涛。

“现在，朝廷已有松动的意思，这番出海，确是没受到阻拦。新帝登基，也放出了风，看来取消南洋禁航令不会太久了，我看你还要从长计议。”泰叔语重心长，“我期待有一天，你还是我的合伙拍档。”

“我……也想。”

“那就好。这回，我们得好好感谢你……”

“此等小事，不足挂齿。”

“后会有期。”

泰叔这才跨上了商舶。

两船徐徐分开，涌起一股激浪来。

巴达维亚已在近侧。

一艘挂着荷兰旗的快艇，已闻讯驶来，不过，艇上的引水员却是当地的爪哇人。商舶的船主经过交涉后，便由快艇引入了港湾。而后，免不了要交纳船钞与各个税项，船主不时还把泰叔叫去，与荷兰人打交道，泰叔应付裕如，船主的脸色很快便由阴转多云，最后还有了一点笑容。

因为增加了泰叔等十几号人，荷兰人认为须多缴人头税，他们正严格控制巴达维亚的华人人口，但泰叔声言这些人都是水手，还要回国，不会滞留，最后，还是多交了点银元了事。

此时的巴达维亚，圩市中心的华人就有上四千人，近郊更是万人，加起来占全埠的五分之一左右。华人勤奋、节俭，吃苦耐劳，尽管荷兰人有着种种的限制与打压，华人的商业仍占有最大比重，荷兰人自明朝后期在这里建立的东印度公司不断变换策略，或宽或严，但目的只有一个，为了他们的商业利益，对华商采取不同手段，以榨取最大的利润。

泰叔这番前来，明显地感觉到，华侨的商墟，由于朝廷的南海禁航令加上荷兰人的打压，已没有十年前的兴旺与热闹了，当他找到自己的商号时，也已显出几分的凋敝。

商号的伙计见他突然出现，又惊又喜，随即则涕泗横流："泰叔，这些年，我们没把商号看好，勉强做了点生意，没有什么起色，只能维持成这个样子。"

见胡子拉碴的伙计，泰叔先是一怔，随后才认出人来："是你，芳庭，陈芳庭……"陈芳庭说："盼你盼得眼穿了，生意不好，又回不了家……"

泰叔安慰道："能保得住商号也就功劳不小了。我此番前来，只是投石问路，朝廷像是要放宽南海航路，机会要来了。"

芳庭却说："荷兰人对我们虎视眈眈，表面还客气，骨子里算计着呢。"

"我们还只能与他们打交道……"泰叔让舵工、水手们进来，让伙计一一安顿好。

令泰叔欣慰的是，商号所属的三条双桅船，还有几条内河快艇，驶进了内河森林掩蔽的地方，这么多年，都保养得不错，只要稍加维修，双桅船便可以出海了，也真难为留下的这位伙计了，生意仍能打理得如此井井有条。

他毕竟是这个地方的闻人，听说他一到，不少华人的商贾便络绎不绝地前来拜会，无疑他的到来势必为他们带来很大的商机。

"你们这么多年没来，荷兰人买不到够份额的茶叶，如今，武夷茶价都涨了八成。"一位商人告诉泰叔。

"可惜，我们带来的上百担茶，都同船一道报销了，不然还可以赚一大笔。"

"这边的香料、红砂糖什么的，都还在等着运中国呢。"

"这我都会要。不过，这回来，我却有个很大的订单。"

"要的什么?"

"南洋的木材,诸如坤甸木、暹罗木……回去有急用。"

"不是圣上要的吧?"

"这倒不是。"泰叔说:"修个寺庙也是少不了的……这边的资金还够么?"

"资金不成问题,可要采买这些贵重木材,不知这个季度还来不来得及?"

"我们亲自进山去。"

"你不再似十多年前那么身强力壮了。那里有我们一个采购点,先派人去了解一下情况,没准有现成的木料,如果你要的量不太大的话。"芳庭劝说道。

泰叔坚定地说:"那我更要去看看。"

陈芳庭了解泰叔,不再争辩了:"那就先做好准备,不是什么人都能去的。"

那些死里逃生的水手,听说有这等好事,加上对泰叔的敬重,一个个摩拳擦掌,跃跃欲试。来了一个新地方,谁又不想闯荡一下呢?而且还可以在泰叔跟前表现表现……

内河的船开来了,也一样有桅、有帆,只是小一点,船头是尖的,可以在丛莽激流中驱遣自如。一共有三艘,看上去都很坚实牢靠。虽说没有出海的气派,可只要在水上,水手们也免不了有几分兴奋。修寺庙用的木料,当是最上等的,菩萨是不可以欺哄的,大家感到很是庄严、神圣,劲头也就来了。

这一进山,少说也得一个月,当然还来得及,等到有东南风,便可以启航回国了。经过五六天的筹划与准备,带上充足的粮草,以及所需的工具,泰叔便在这里伙计的引领下,往内陆的大森林进发了。先在海岸边绕上几天,终于开进了内河。

没有人说得出这条内河的名字,只是有不少的海鸟成群在它的入海口上欢闹……先前还可以借助风帆,可走了不到半天,风便乱了,从四面八方而来,扯帆都来不及,只好统统落下,用人工划桨。水手们的胳膊比碗口还粗,划起来比风快着呢。愈往里走,原先与大海一般明朗的天色,已渐渐暗淡下来了,两岸的山崖、林木高高耸起,流水声亦喧哗了起来,河道在缓慢地收拢,不动声色地收拢,水流也由平缓、凝滞,变得活跃、生动了起来,不再甘于寂寞了。岸上,偶尔可看到被风吹倒的枯木,长长的蔓藤。几声怪鸟的呼号,颇叫人毛骨悚然。分明还有些是坍塌了的木屋、草棚,也许是土人过去留下的踪迹。不时还有一阵浓雾袭来,浓得几乎化不开,伸手不见五指,不敢再让船往前划了,谁能担保不撞上什么呢。黑雾有时久久不化,有时却忽然而去,每每带来的是一阵阵的阴冷,冷彻骨髓。好在这不很严峻,咬咬牙就扛过去了。还没有人为此而病倒，船上还备了若干常用的药料，含上一口咀嚼一阵，也就恢复了。寒气、雾气、乱风，加上可能的疾病，让意志衰弱的人立时会感觉到死亡的威逼。可不，有时岸边乱草丛中，会露出触目惊心的白惨惨的骨骼及骷髅——不知是人还是野兽的。有时在水底下，你可以看到成形的，让流水洗得白白的骨骼，有的是大鱼的骨头，有的是说不清的野兽骨架，尤其是头颅骨最为引人注目。看来，这内陆深处，有无数的生命勃起，同样，也有无数的生命被大自然无情地攫去。大自然要把谁收走，是用不着打招呼的，尤其是到了这种地方，说不定一个喷嚏就要了你的命，从此化作一堆淤泥，沉没在无尽的沼泽之中。

可这么恐怖、幽暗的深处，古木却奇迹般地拔地而起，而且是那般巨大，那般坚硬，仿佛从地底下吸取的不是浆液，而是铁水……几天后，目的地终于到达了，一路上没少惊恐，没少险情，不是被漩流缠住，就是被巨藤锁定，这却激起了水手们的锐志，举起木浆，举起利斧，一路杀将过来。

这就是当年留下的驿站么？周围是那么的荒凉，乱草丛生。为何通向门口没有人践踏过的，若隐若现的，弯弯曲曲的路径？你甚至不会认为这里有人来过——吆喝了几声，驿站里没有回声，却在山谷里传来了回应，一时还辨别不出是山鸣谷应，还是真有人在答话。泰叔走在前头，后边的人也就义无反顾了。这种荒凉、空寂，仿佛具有某种磁性，把人牢牢地吸住，让你从中力求找出点什么……

驿站内是简陋得不能再简陋的设置，几个碗碟，几块椰子壳，树皮铺的床，用粗麻织的蚊帐已是数不清的补巴了。火塘里还有暗红色的余烬，主人当离去不远。

果然，不远处便有“嘁嘁喳喳”的声响，而后，便传来了急骤的脚步声。

“天哪，是泰叔亲自来了。”

扑过来的第一个人发出了惊叫。

泰叔拍拍来人的肩膀：“不容易，不容易，你们两口子守住了一方的天地。”

后边跟来的，蓬头污面的女子，咧出一口黄黄的牙齿，说：“我早就说了，泰叔很快就会来关照我们的，这不就来了么？”

领路的陈芳庭立时给他们抬上了一筐筐的食物与日用品，这都是在巴达维亚备好了的。

“都是从中国来的，广州的腊肉、菜干，还香着呢……”

“都好久闻不到家乡的香味了。”

一个凋敝的驿站，很快便火红了起来，来的人当中，少不了能工巧匠，大半天工夫，驿站就像迎接新娘的新房子，散发出刚锯开的木料的气味和各种气味，都一般……香喷喷的，且不说烧煮的、烤透的野物的香味。这恐怕是十年才有一次的节日！

令泰叔兴奋的是，这个驿站，在十年内并没有得过且过，已贮存了不少砍伐下来的贵重木料，虽说没有顶尖的，可应付一般需求也就够了。第二天，他便与一干人上了采伐场，挑选了第一批木料。同时，还上了山，认定了可采伐的更为巨大的古树，并且开始了锯裁……几天下来，他们便满载而归了。

陈芳庭很精明，告诉他，如果还不满意，回到巴达维亚，近期内还可以守候到来自暹罗的华商，他们每次过来，都带有中国人看中的暹罗木，比这里伐的要强，足够给寺庙当梁柱。总之，这一次来，不会失意而归的。所以，不必在这里久留了，留下一条船就行，我们先行带走伐好的木料。

泰叔本还想在山上走走，听他这么一说，不无道理，也就同意先走了。回到巴达维亚，还可以抓到更多的商机。

很快，泰叔便带着一批上好的木料，沿着内河，往入海口开去。该是天助，来时，水流缓慢，逆流而上，不怎么太费力；回时，水却骤然急了起来，当是上游下了几场暴雨，船只顺流而下，比上来时少用了一天多的时间。

河流宽阔了起来，不久，便汇入了大海。原先在内河中还有几分威风的单桅船，竟是一片轻飘飘的幡布，悠悠地漂荡到了海面，几条小船，显得那么渺小，那么孤寂，在水上茫然地飘荡着，好在近海波澜不兴，日光如炽，小船更似被水蒸气托了起来。月亮若金箔，贴在天际，不时又显得苍白，漠视这渺渺洋面微不足道的帆影。于是，船上的人，在日光与月色交互下，不时激昂亦不时悲怆，情绪也在交换着。

泰叔却不忘他的诗情，道："当年张曲江的绝句：海上生明月，天涯共此时。不到这深海中，还真体察不出内中蕴含的哲理。太浩大、太宏阔、太深邃了……也只有他那样的胸怀，才吟得出这样的诗句。"

陈芳庭附和道："也只有与南海共过生命的人，才会这么写。当然，北方草原也很辽阔，大漠也很壮丽，可'大漠孤烟直，长河落日圆'又怎与这两句相比。"

泰叔很是欣赏这位留在南洋，忠贞不渝的伙计，不觉问道："你也读过不少诗书？"

"闲来翻过两三篇。"

"闽人好读书？"

"是呀，当年，家父追随国姓爷纵横南洋，听父亲说，该多威风，当年料罗湾海战，打沉了荷兰人 4 艘大兵船，俘获了 3 艘，把个荷兰东印度公司打了个屁滚尿流。之后，荷兰人只能乖乖向国姓爷纳税，有一次，还献上王杖一支、金冠一顶，拜国姓爷为王呢……可惜呀，改朝换代，从暹罗、马六甲、吕宋的大海，本是国姓爷的天下，却又让荷兰人卷土重来了。”陈芳庭扼腕长叹，“还禁海了那么久……”

泰叔是十多年前来巴达维亚招募到陈芳庭的，觉得他精明却不失忠厚，还能操一口荷兰话，便让他打理在这边的业务。十多年下来，在严酷的禁海令下，又加上荷兰人的打压，他能把这边打理成这样，实在是难能可贵。这回，无论如何得把他带回广州，自己多少懂点法兰西、英吉利语，加上荷兰语，当对生意不无裨益。

闽人中陈姓是大姓，“林陈半天下”，家中当略通文墨，漂泊海外这么多年，能不思念家乡么？当泰叔把自己的想法简单讲上了几句，陈芳庭立时泪如涌泉，跪在了地上：

“泰叔，知我者，唯你也。只是，满人扫荡闽粤，杀人如麻，不知回去有危险没有？我出来时，还年轻，如今，都人到中年了，可回回梦中，还是家乡的红头船……”

泰叔赶紧扶他起来，说：

“现在回去已无虞矣。沿海已一片清平，打鱼、通商，都渐渐兴旺了起来……是该回家去看看了，你夫人带着女儿都到我家有几回了。家乡还有什么亲人么?”

“家乡还有几位叔叔与一位姑姑，他们如没出什么事，都应当还在……儿时没少疼过我。”陈芳庭揩揩泪水。

“回到广州，我先给你两个月，到家乡走上一趟。然后，行里的账目，该转交你手上。现在的账房已太老了，让他回去颐养天年，虽说舍不得，可也不能不这样。”

“我会快去快回的，用不着两个月。”

“二三十年没回，两个月太少了，你该在家乡多些日子。过去说，商人重利轻别离，我却不让给人这么戳背脊骨。就这么定了。”

……

海面上依旧是蓝幽幽的……泰叔此番出洋，几分冒险，几分挣扎，几分希望，纵然有过沉船的惨剧，可却更激发他的尊严。一路航行，仍不乏激情，不乏锐气，无形中有什么在鞭策着。他的生命本就是属于大海的，冒险也正是大海所赋予的，这同征战中“马革裹尸还”的悲壮与豪迈当是一回事！海上的白昼，接踵而来，迷人，醉人，与太阳一般充满光明；海上的黑夜，去了又来，短暂，可人，没有月亮与星光，也一般孕育梦境。他此番是有雄心而

来的。

晚潮来急，激浪拍岸。

谭康泰感叹道："难为你了，这么多年回不了国，你夫人也不容易。"

陈芳庭摇摇头："也没什么，这回你们来，我可是刚刚从西洋回来。"

谭康泰自己也去过："这一来一回，少说两三年。"

陈芳庭看看天，说："我在西洋多待了一年，等上法国的船回来，这一年，开了眼界。"

谭康泰来兴致了："难得，难得，快给我说了。"

陈芳庭认真说："我发现，西洋出海的船愈来愈大，主要来印度、中国，也有去别的地方，世界很大，所以，他们的船愈造愈大，三桅、五桅、多桅，几十人，几百人都有，船大经风浪，我们都懂，偏我们的朝廷，只允许造两桅船，只许容二十几个水手，后来总算放宽了，没想到又禁了洋，唉，本来，我们两百年前，上千人的巨艨造出来了。满人马上得天下，却视大海为畏途，奈何。"

谭康泰点头："我们是有切身感受，人家经商，到处受人尊敬，所以才冒死出海。"

陈芳庭微微一笑："你或许还不知道，人家的蜡像馆，塑的都是大人物、名人，没想到，如今里边居然还有中国行商的塑像。我不解，他们说，你们中国行商都了不得，没你们，我们从哪挣到钱？中国是世界的机会……可他们哪知道，在中国，士农工商，商为末业，是被人瞧不起的。"

谭康泰重复"中国是世界的机会"一句，而后才说："在广东算好一点，但时刻得防官府的算计。"

陈芳庭说："人家说以商立国，商为首位，经商很有一套，连扛包的码头工人，都可以在东印度公司入股，股再小，却总有分红……我知道，你，还有黎安官，都在他们的船上入了股，还是大股东，可不能让官府知道，其实，这法子好，把钱聚拢起来，就能做大买卖、干大事。"

谭康泰说："可惜，在自己的国家，却做不了。据说，他们的银币上，都铸上了我们行商的头像，有这么回事么？"

陈芳庭说："一点不假，行商是他们的财神爷了。"

谭康泰问："还见到什么？"

陈芳庭说："倒是那么一块还没中国大的地方，分了好些国家，不是这个打那个，就是那个打这个，七国战乱，连横合纵，花样百出。不过，我却发现，这一打，他们的武器日见精良，枪愈打愈准，炮愈打愈远，比我们上朝一直用到今天的红夷大炮，已经先进了不少倍，我只怕，万一哪一天他们要打我们，我们会无招架之力。”

谭康泰说：“多虑了，如今他们巴不得巴结我们，多做生意。”

陈芳庭说：“但愿吧。”

谭康泰：“知道吗，几千年前，古籍上就有‘越人造大舟，溺人三千’。”

久久的沉默。

第七章　女“黑奴”

这天，拐进一个海湾，芳庭告诉他：

“这是三宝垄，地名都是中国人起的。”

“三宝垄？何谓三宝？何谓垄？”泰叔追问道。

陈芳庭告诉泰叔，三宝垄，是因为三保洞而来的。而三保大人，便是明代永乐年间，率船队七下西洋的郑和。传说他率船队经过这里时，一位最得力的副手王景弘生了重病，郑和便让船队停泊在这里，把王景弘安顿在一个小山洞里，给他治病，山洞潮湿，又起了小屋让他居住……十天后，郑和得趁季风西航，留下了十名随员，让他们帮助王景弘继续疗养。病愈后，这十一位中国人开荒种地，建房盖屋，用留下的船只沿海经商，还同当地的女子成了婚，有了后代。这里也渐渐发展了起来，成了小小的港埠。

泰叔诧异了：“你说得像真的一样。”

“这本来就是真的。”

“不对，三保下西洋，我们那是当神话。”

“这也是几代人传下来的？”

“传的也是故事吧。”

“可它真得不能再真。”

“这么说，你们已信以为真？”

“我们在海上，听的就这些。”

“可我们在陆上，当的是神话，那可神乎其神呀，又是可以吞下大船的鳌鱼，又是呼风唤雨的三保太监，还有小人国、女人国、海妖、水怪什么的……不对，这都只能是编的神话，不可信的。”泰叔说，“一条船能载几千人，那不成了个浮岛了，如今，船再大，也就一两百人。”

陈芳庭苦笑道：“是呀，我们如今只给造双桅船，洋人已经三桅、四桅、五桅了，当然也不算大，才乘上百来人。可往后，谁保得住船不会越造越大？一直造到像三保太监的船，甚至还会更大……”

泰叔沉默了，半天才说话：“也许吧，我们曾经造得出那么大的船，只是，有谁能证明？那么大的船，船坞又在哪？连三保太监，也不过是个神话中的人物罢了，你们就信了？”

“不信，我们上三宝垄看看，那里不仅有三保洞，还立过三保公庙……不过，我也好久没去了，可那总归假不了。”

泰叔说：“这一回是去不了啦，时间太紧，挤不出上岸的空隙来……不然，我倒是真要去看看。有时，神话也可能是历史，历史每每会演绎成神话。”

“这里华人是笃信三保公的。十多年前，听说三保洞给挖出来了，就有好多华人去拜祭过。你该去看看，看了，你一定会认为是真的。”

“下回吧，下回我一定去。”

“到时我带你去。”

远处的海湾，已渐渐在暮色中淡去，可三宝垄的故事，却在泰叔心中渐渐显影出来。陈芳庭这么笃信，自有他的道理，更何况人家在这里生活了这么久，真真假假，当有辨别的法子……可传说的三保公，离现在又有多久呢？永乐年到今天，也不过两百来年吧，怎么会变得如此扑朔迷离、真假难辨呢？

南海呀南海，你有过多少精彩、壮丽的故事，又湮没掉多少荡气回肠，令天地变色的轰轰烈烈的历史？故事与历史，孰真孰假，孰是孰非，谁来评说？且看月光下大海闪烁出的一条金光闪闪的大道，如同金箔缀连在一起，那么凝重，那么实在，似乎能托得起一切，可谁信以为真，真的踏上去，难道就不会沉下去么？姑且当个故事吧！况且，大千世界，好事、怪事、异事、荒唐的事，数都数不清，如同这大海，谁知道深深的水底下还有怎样的妖精、鬼蜮呢？

沿海岸走了又几天，在强劲的东风下，几条单桅船，终于又回到了巴达维亚。

船近码头，远远看去，竟似乎有几个熟悉的身影晃了过去，使劲揉揉眼睛，心里想，不可能吧。他们也来抢这风头么？

不过，不远的岸边，已多泊下了几条来自中国的红头船，它们分明是在他泰叔上外边的这半个多月中驶来的。

他们莫非也敏感地觉察到了什么？所以才紧跟在后边赶来了？

这下子，巴达维亚当热闹了！

泰叔的眼力果然了得，岸上走得那么几个人，他远远就能辨认清楚，丝毫不爽。是陈寿官

一上岸，他便直追那些人而去。

没多久，便在墟市里找出那几个人。

那些人一见他，喜出望外：

“嗨，你先到了，一定把货都办妥了吧？”

“办得七七八八，你们到多久了？”

“没几天，一到就打听你，说你办货去了，你可真快手，一声不吭，先自跑出来，闷了财不示给人。”为首的说。

“陈寿官，我不过是来投石问路。运往这里的茶叶，连船一道，都被大海照单没收，好在还没死人。”

“听说了。留得青山在，不怕没柴烧。”

“所以得努力点，把本扳回来。”

“你老兄的财力我可不敢看走眼，不数一也数二。”

“你当然是老大。”泰叔忙摆摆手。

陈寿官连连摇头：“我可不敢担保自己是老大，我们闽人不会打埋伏，你们粤人却总是怕露财，所以说不清。”

平日，陈寿官确是一副财大气粗的样子，而泰叔，则清淡如水，甚至有几分仙风道骨，他不接这个话头，把身后的陈芳庭拉到了前边：“认认门，这都是你的闽省同乡，我们的生意还得靠他们提携呢。”

陈芳庭乖巧地给陈寿官作了个揖：“鄙姓陈，离家有数十载了，幸会同乡。”

陈寿官爽朗地大笑了起来：“原来是本家，泰叔用上你，当是看上我们闽人的生意经，你可得给他好好打理打理。”

泰叔也笑了：“往后，你们打交道的日子就多了。我们行商，当共进退，同煲同捞……走，上货栈里喝上一盅。”

“恭敬不如从命。”寿官听有酒喝，笑得眯上了眼，“我知道泰叔总有让人惊喜的好酒。”

泰叔一乐：“我那儿可有能把大象喝醉的好酒，你试试！”

寿官一惊：“妈呀，大象都喝得醉的酒，人怎担当得起？大象有多大，人有多大？一头大象当得几十个人，这酒我不敢喝了！”

“你酒量大，有什么怕的？”泰叔故意说，“别说大象酒，就是鲸鱼酒你也能对付。”

“我不上你的当。”

“这么说，我这酒白沽了。”泰叔有些失望地说，“只能自斟自饮了。”

寿官睁圆了眼睛：“怎么，你倒能喝？你的酒量可没有我大呀！”

“我当然能。”

“你能我也能。”寿官酒瘾上来了。

众大笑不已。

到了货栈，泰叔果然端出了一大瓶子酒来，说："试试与大象比个高下吧。"

陈芳庭赶紧找出了几个瓷碗。

泰叔把所有碗都斟满了，举起来："有种的，一饮而尽，干了!"

寿官把碗举到唇边，却用眼瞅住了泰叔，看泰叔如何动作。

泰叔一仰脖子，叽里咕噜往口里倒去，目不旁视。喝罢，放下碗，身子摇晃了起来，"好酒，好酒。"

一哧溜，滑倒在桌子底下了。

寿官有些犹豫了，用舌头去舔了舔，似乎有点儿甜，有点儿黏，怔了怔，又摇摇头，抿上一小口，"嗨，糖水一样，别装神弄鬼了……"一口气把大碗喝干。

泰叔却已从地上爬了起来，大笑不已：

"你呀，你呀！到底比我鬼多了，上不了我的当。"

寿官也笑了："这干吗叫大象酒?"

泰叔解释说这名字倒不是吓唬人的，西人把酒赠给他时，就解释过，在阿非利加，有一种树的果实，就是这种酒的味道，大象很爱吃，这种果子很容易发酵，吃得多了，等于喝下去了酒，贪吃的大象，每每就醉倒在这种树底下。日子久了，人们发现了这个秘密，就采摘这种果子酿酒，所以才叫作大象酒。"你又没有大象那么大的胃口，能喝得醉么?"

寿官晃晃脑袋："说到底就是一种果酒，醉不了人的，还那么甜，我还嫌它腻了，没法子贪杯。"

"当然，你不是大象。"

话题就是这么打开的，陈芳庭把自己的"家当"应有尽有地搬出来了，那是多年积蓄下的从中国带来的土特产……他们都看准了，取消南海禁航，势在必行，雍正皇帝虽说严厉，可对于民生还是很在意的。吏治一严，民生便活了，不怕太多的盘剥。南海航路上，分明少了许多官兵的把守，网开一面，与康熙治下，已经不怎么相同了。

泰叔讲了此行的用意：投石问路，却未可白走一趟；丢了一条船，几百箱茶叶，也值，总归得付出点代价，有失有得嘛。这么多年没来经略南洋，不仅仅华商，包括荷兰商人，都眼巴巴地等着。所以这生意，不会比以前难做。荷兰当局无非是想多榨点油水罢了，就算让点利，生意还是有得做的。多雇几条船，多运点香料、砂糖、木材回去，不仅仅可以把本捞回来，多少还能赚一点。下次再来，有充足准备，就更好办了。这个时刻，生意不怕做大，这可是看准了。

“你这边如此有信心，我呢，家里那边也就更有信心了！”陈寿官说。

“家里？闽省老家？”陈芳庭听走耳了。

“不，我说是广州。”陈寿官一副志在必得的样子，“面对南洋贸易的旺相，我看广州大大小小的官员，都心痒痒的，有的连涎水都流出来了，想分一杯羹呢……”

泰叔眉头却蹙起来了，却没作声。

陈寿官继续在说：“虽说圣上以严明著称，与圣祖不一样，吏治一严，对我们有好有坏，好则在少一点盘剥、敲诈，坏的，不收钱的官员，每每却最难办事，一副圣相，你都估摸不出他拿的什么主意。这海上贸易，本就是朝廷拿不准的事，开海，口子开大开小，一个小官吏就可以弄得你头昏眼花……不过，古话一句，有钱能使鬼推磨，北方来的多是清廉的官员，但最后也没一个当得成包公的。我们还是边走边看吧。要赚大头，还是在广州，我出来走走，还是为的广州。”

泰叔叹了一口气，说：“整治吏治，圣上是英明的，有杀力。从长远看，吏治清，生意自然会好做得多，少了重重盘剥，所以，不可以只看眼前，总得有段过程。历史上，也还是有不少廉吏的。就算有‘贪泉’出名的广州，晋代吴隐之当刺史，不也‘酌贪泉而觉爽’，一般一尘不染么？一部史册，总不会一个‘贪’字写到底吧。”

陈寿官冷笑道：“我看你是书读多了，这粤海关从头到尾，你数得出一个清官么？广州城门一过，便得黄金三千万两，谁不是奔这个来的。如今，不是皇亲国戚还没法弄到这一肥缺，不可以再天真了，满人的胃口才大呢，你得小心，一步一步，都得打点好。现在，南洋禁航已形同虚设，我们来，却也少不了银两开路。如果一天正式废除这禁航令，未必就能少花银两，人家自会巧立名目，收得名正言顺，收得更欢！我是早有这个准备了，钱要赚得多，就要舍出的也多。你应付他三千，你能得三万；你只应付他两千，没准只能得一万五；一千，也可能白应付了。”

陈芳庭连连点头：“这边的红毛官员，那是明抢恶要，出海前没打点好，一到外洋，他们的兵舰就索性来个明抢，红毛鬼倒是不加掩饰，不给也得给！”

“天下乌鸦一般黑，清廷的官员倒是要面子一些，明的不敢，暗的更凶。”泰叔又给大家一一斟上大象酒，“你们没大象的海量，犯不着怕喝醉。”

陈寿官仰起脖子就是半碗：“也算尝个新鲜吧。不过，这趟出来，广州海关我已经搞掂了，所以不妨多采买点。广州早就有句话，搞掂夷商，有斤有两——夷商是锱铢必较，但决不会短斤缺两。还有一句，搞掂官府，财源鼓鼓。用粤东的话说，是蚊帐当荷包，塞得满满，不止赚个几斤几两的蝇头小利。所以，文章还得在官府这边做，功夫在诗外。夷商那边，再难也好应付，人家总有个底线，官府这边，再易也难对付，狮子大开口你就没了。所以，赚钱的大头不在海外，而是在府内。我这番前来，同你一样，也是来打理一下这边的货栈，还好，亏是亏了点，总算没大亏，也难为这边的伙计了，红毛鬼子太嚣张。”

陈芳庭附和道：“这十来年，我是领教了，他们抢了船，还敢把华人当奴隶，在墟市上卖，不知从哪学了，居然也在背上插草标，写上多少银元……”

“有这等事?”泰叔霍地站了起来。

“其实，我听父亲说，国姓爷打败他们之前就有过，只没想到，这次南洋禁航，又觉得华人好欺负，居然故伎重演，你这回来，只是没碰上罢了。”陈芳庭说。

“我倒要去巡看一下。”泰叔说。

“这倒不必，过两天，会有个大的集市，保不准会有的。”

“嗨，岂止华人蒙羞，国家也蒙羞!”泰叔慨然道。

“人命有三六九等，与国家无关。”寿官不以为然，“在商言商，我们管不了那么多，在外边少惹点是非为要。”

陈芳庭却深有感触：“听父亲说，他们及爷爷一代，几十年前，国姓爷在南洋纵横捭阖，华人无不扬眉吐气……三十年东洋，三十年西洋，不知几时又轮回一趟。”

陈寿官也黯然了，他夺过酒瓶，又斟下了一大碗。

泰叔摇摇手：“不说这个，不说这个。”

“你家前朝可是出过翰林的……”

“前朝我家也发了话，世代不为官，何况本朝呢。”

陈寿官已有几分醉意了，摇晃了脑袋：“你不为官，官却要管你。”

泰叔一惊：“这话又从何而来?”

“唉，虽说广东籍大大小小的官吏，都看好南海会有一日开洋，可是，杨文乾却未必。”

“杨文乾不是与你修好了么?”

“正是修好了，才知其心性。”

这里说的杨文乾，现任广州巡抚兼海关监督。他当是为前两广总督杨宗仁的荫庇才得以上任的，毕竟，杨宗仁是康熙之重臣，父亲死了，儿子上来，也显示朝廷对重臣之后的关怀。陈寿官当年与杨宗仁交恶，吃了不少亏，所以，这如今学乖了，与其儿子修好，也就少了不少麻烦。泰叔叹了口气，问："心性如何?"

"他一整个看矮广东人，尤其是行商，认为我们唯利是图，把钱看得比身家性命还重。"

"这个自然，北人重义轻利，视南人为逐利之徒。"

"所以，他才不看好南海开洋。"

"怎么说?"

"他认准一旦开洋，海关将有无尽烦扰，世风更会日下，当今圣上，决不会坐视不管。"

"这么说，广东官吏只是一厢情愿?"

"可是民心所向。"陈寿官惨然一笑，"都不那么简单。"

"那你刚才说什么，官要管我……"

"杨文乾不知从哪里得知你偷偷下了南洋，发了恶话，要么拦住你，不让你重返十三行；要么罚得你倾家荡产……你可得打起十二分精神，小心应对。"

"他……盯上我了?"

"谁要你是十三行大户呢?"

泰叔又搬来了一大瓶。

两天之后，巴达维亚的墟市果然热闹了起来，爪哇东、西两边的居民，都早早往这边赶，尤其是华人，赶来的还真不少。东、西二洋的货物也真不错，丝绸、瓷器、茶叶这自是少不了的，香料、胡椒、檀香木亦很多。泰叔起了个大早，性急地吆喝上了陈芳庭，带上一行人、一大包银两，天色未明，便启了程。

当然，首要任务，还是办货，南洋断航这么些年，香料、胡椒，还有砂糖，都是短缺货，回去可以卖上个大价钱。而这边卖不出去，价格也跌落下来了，正是采买的好机会。

泰叔以为自己起得早，没想到一上墟市，便遇上了寿官的一队人。两人打过了招呼，泰叔说难得他们这么早就来了。

"无利不起早，有利盼鸡啼嘛。"寿官挥挥手，"你我不抢早就不是商人了。"

泰叔笑笑，走了上去。

平心而论，这一趟生意，做得都还顺手，想买的，都买到了，甚至还多买了。有的货物，原先没计划的，觉得不错，也就揽下了，不妨回去在国内市场上试试……一天下来，泰叔和手下都忙了个四脚朝天。

谭康官、陈芳庭、陈寿官三人结伴，在街市中穿行。

寿官缠上了陈芳庭："芳庭，你知道这里什么地方有西洋稀罕物件?"

芳庭说："知道，就离这不远。"

寿官来劲了："还有时间，带我们走走。"

谭康泰问："给谁买呀?"

寿官说："三姨太呀，娶了这位西关小姐，人是不错，可也得用心去滋润。"

芳庭一笑："没想到，只盯住小物件商品的你，也知道养心了。"

寿官笑笑："唉，只为她一句话。"

谭康泰奇怪了："什么话?"

寿官说："她说，这回冒险出洋，万一给官府抓住，我给你送牢饭。"

谭康泰："是呀，就为这句话，值得去找找稀罕物件了。"

芳庭点头："行，我领你们去。"

三人穿过一段市场。

寿官边走边说："你们都知道，杨宗仁没少关照我，动辄就罚我、整我，我想同他搞好关系都不成。三姨太倒有见识，这些年，有总监、巡抚、将军背景的商人，没少想拉我入伙，就三姨太说来不得，要与他们撇干净，不然，惹了一身膻，一世不得完。果然应了她的话，这些个商人背后的靠山一倒，一个个都消失得无影无踪了，入了伙的，全都血本无归。官商不可惹，却不能靠……三姨太这句话当得上金玉良言。"

芳庭站住了："到了。"

寿官在挑选，谭康官也不无兴趣……

芳庭介绍道："这该是法兰西的翡翠撒花洋绉裙，你三姨太准喜欢。"

寿官高兴了："好呀，买了，大小正合身。"

谭康泰问："这是怀表吧，镀金还是真金?"

芳庭说："镀金的。"

谭康泰在犹豫中，陈寿官一把抢了过去。

寿官一笑："三姨太正要这玩意呢。"

谭康泰摇摇头："西关小姐，这已不稀罕了。"

寿官说："她有几位好友，当个礼品，不俗!"

他发现了什么，三脚并两步走出画面。

谭康泰表示："寿官眼中倒是不俗。"

果然，没多久，寿官竟扛了一卷猩红洋毯过来了："便宜，你们快去!"

市墟依然喧闹。

夕阳西下，该打道回府了，泰叔却觉得还缺什么事没办，刚起步，便又站住了。

“还要什么呢？”陈芳庭问。

“不要什么……只是觉得，还该去个什么地方？”

“什么地方……你是说，人市么？”陈芳庭道。

“人市？贩卖人口的地方，对，我说呢，怎么没见？”

陈芳庭看看天色，西边原先火红的晚霞已经褪尽了色彩，彤云正逼过来：“抓紧点，还来得及……不过，如今大都是黑奴。”

“也去看看吧。”泰叔已存了一段心思，不会轻易放弃。

其实也不算远。

人市也已是尾声了。荷兰人把在非洲掳来的黑人，大都是青少年，公开在这里贩卖，如当畜生一样。那些人贩子，就像看牲口一样，扳开嘴巴看牙口，敲打胳膊上、身上的肌肉……黑奴的脚上，都用铁链子拴住，跑不了。

陈芳庭说：“红毛鬼说，黑人肉实，能干活，但毛病不少，会偷吃、偷东西……不过，对主人还是很忠诚的，比带一条狗的用处大一些。”

泰叔脸色有些发沉，没作声。

走过了十多个档口，他突然站住了。

一位女黑奴就拴在那里，身材颇为苗条，眼里泪汪汪的，却分外发亮，见泰叔一行人过来，目光就跟上了，使劲把泪水揩去。但主人却对她恶狠狠地盯住，不许她乱动。她只好委屈地低下头，低下头后，眼角的余光，还留在泰叔一行人身上。

也许这余光引起了泰叔的不安，本来走得急的步子放慢了下来，走出去了丈多远，他终于站住了，回过了头。

那标价吸引住了他。

这女黑奴的标价，是其他黑奴的三倍。

仅因为她漂亮、身段好吗？不，一般人因为肤色问题，看不出什么漂亮来，太黑了，把什么都掩盖过去了，泰叔自然并没有这么认为。

那是为什么呢？

他终于转过身去，走到了档口上。

那白皮肤的人贩子赶紧上来搭腔，还操上半咸淡的粤语：

“买主……有意冇？”

陈芳庭已跟了过来，用荷兰语接白：

“是你的奴隶，还是别人托的？”

人贩子见他内行，便说：“有人托我把她卖掉。”

泰叔自然听得懂，指指标价："怎么这样高?"

人贩子忙说："这不是一般的奴隶，是艺奴，当然不一样。"

"艺奴，会唱? 会跳舞?"

"不，不，不，她会画画。"

"画画?"

那人贩子翻出了一叠彩画，是水彩，画港湾、画人物、画花草、画雀鸟……淡淡的，天然样，无甚雕琢。泰叔不由得心中一动：

"这都是她画的么?"

那边，女黑奴分明在着意地点了一下头。

"那怎么还把她卖掉?"

"这我也不知道，须去问她的主人，我只管卖掉。"

泰叔沉吟了一会，说了个价，是原先的一半，可也比一般黑奴多出一倍半。

对方摇摇头。

"这么说，你做不了主?"

"不行，这没到她主人留的底线。"

"你说底线吧?"

"至少两倍价。"

"太高了，太高了。"

泰叔转身要走了。

谁知，那女黑奴说出的竟分明是中国话：

"叔叔，叔叔，我不是昆仑奴，我是中国人，是他们把我涂黑的……"

人贩子一个巴掌打了过去："闭口!"

泰叔一怔，拉住了人贩子，称："那我得看看值不值。"

人贩子只好退后了。

泰叔改用粤语同她说话，可她对粤语不怎么听得懂，只是一个劲地流泪。

幸好，同来的人中，有来自内地的，用江浙一带的话问她，她马上便反应过来了。

原来，早七八年，她是从宁波口岸出海的，遇上了大风，船便给吹到了南洋，在吕宋搁了浅。后来，想方设法修好了船，重新开向大海，不妨又遇上了荷兰的战船，生生把一船人俘虏了。她当时还小，被送到一个荷兰画家家中当童工，所以学了一点绘画。画家生病死了，她又被卖到另一位荷兰人家中，长大了，就得干粗重活，她干不来，就得挨打。主人知道她学过画，觉得可以卖上个大价钱，就决定把她卖了。

泰叔不解："你怎么是黑的?"

"我本来晒得也够黑的了，天天在外干重活，海风吹，脸上掺满盐，太阳又毒，能不黑么？主人本来用过一个黑奴，说是很得力、很忠诚，后来死了，我想是折磨死的。用上我，皮肤不够黑，他看不顺眼，硬是强迫我天天涂成黑人的样子，这都不少日子了。"女"黑奴"低着头呜咽着说。

泰叔听水手转述后，感叹之极："红毛鬼怕是把黑奴不当人，你不黑，如不当人看，他就使唤不起来，心理变态!"

他翻看着那一叠水彩画，女"黑奴"赶紧说："这不是我画得最好的，我还会画好些，其实，小时候，我在家中就爱画水墨画……"

泰叔掉头问档主："那好，就两倍价，不能再添了。"

档主犹豫了一下，说："我得去通报一声。"

"你把锁链打开。"

"不，我得先去通报。"

泰叔示意陈芳庭把钱拿出来："成交，不得有悔。"

档主把钱接过来，却又说：

"钥匙在她主人那里，我得去取，早开锁晚开锁有什么关系，等等。"

"不行，你收了钱，我们得领人走。这样吧。我们连锁链也带走，无须开了。"

泰叔授意，让水手把女"黑奴"背上。

档主欲走，又不敢走，正在犹豫中，不远处，终于走出一位红毛鬼来。

女"黑奴"低声说："就是他，他本就没走远……这人很坏!"

过来的人，挡住了水手，称："这人我不卖了。"

"凭什么?"

"我交代过了，只卖给白人，不能卖给你们。"

泰叔盯住档主："他这么交代过么?"

档主不敢抬头："有这么回事。"

泰叔一拧眉："这又有什么道理？钱都收了，又反悔了，有这么做生意的么?"

轮到档主劝来人了："我们做生意，只问钱，有钱赚，够个数就行，干吗节外生枝，所以，我没把你事先的交代放在心上。"

来人冷冷地哼了一声："那么，你就别想拿到你的佣金。"

听他们这番对话，泰叔立即问："佣金多少?"

档主说："百分之十。"

"这个我付了。"泰叔让陈芳庭又掏出了十几个银元来。

档主收了钱，立即说：

"我们已成交，往后的事我不管了。时间也不早了，我该收挡了。"

他赶紧收拾完全部档口，撒腿就跑。

来人只能干瞪眼。

陈芳庭对来人说："这回，你该把钥匙交出来吧？"

来人狠狠地瞪了女"黑奴"一眼，说："钥匙得上我家去拿。"

女"黑奴"用中国话说："不开就不开，我们快走吧。"

泰叔一挥手，让水手把人背走了。

他却与陈芳庭留了下来，反问来人："你说说，凭什么不能把她卖给我们？"

来人已无奈了，只好冷笑："你们本就是下等的贱人，有什么资格养奴隶，有钱也不能卖给你们。"

泰叔脸上发青了：

"我也可以告诉你，我们买的不是奴隶，是让她重新成为堂堂正正的人，中国人决不会成为什么人的奴隶！"

来人仍是一副轻蔑的样子：

"这里都成为我们的地盘，你们那里，未必就不会同样成为我们的地盘。"

"你……们，休想！"

泰叔拳头都捏出了水。

这位红毛鬼，年纪不小了，一脸像纸皮折的皱，却又绷得紧紧的，眼睛绿莹莹的，就似鬼火一样。

"不同他一般见识，我们走。"陈芳庭一拉泰叔，"不是人！"

泰叔转身走了。

好不容易才追上水手们。

泰叔先是问女"黑奴"："刚才同你的主人说上了几句，看得出，你在他家吃尽了苦头，受尽了委屈。"

女"黑奴"顿时放声大哭了起来，不知有多少年没这么哭过了。

大家一阵心酸。

找到了一处岩石，泰叔让水手把她放了下来："把锁链砸开，给她自由！"

水手们找来了石块，狠命地砸了起来。

泰叔感慨万千：

"历史总是循环往复不已，让古人说中了么？可中国人几时曾为奴过？朝廷放弃了海洋，竟让红毛鬼如此为所欲为！"

第八章　上谕：南洋开禁

锁链是生铁的，很脆，没几下便砸开了，尽管套住脚踝的箍一时还不好取下，怕伤了骨头，可女“黑奴”已经又蹦又跳了起来：

“我自由了，我自由了！”

她笑了，但所有人都落泪了。

同胞在海外受辱，谁心中不如刀扎呢？她愈欢腾，愈说明曾受过的苦有多大。泰叔赶紧吩咐：“还是把她背上，走快点，免得夜长梦多。”

但女“黑奴”说什么也不肯让人背了，坚持要自己走：“你们有多快，我就有多快。”

大家只好顺着她，尽可能放慢点。可这样，由于脚箍卡住踝骨，走急了，就把皮刮破了，没多久，便渗了血，但她仍像没事人一样，反而催大家：“别照看我，快点。”

终于，脚踝上鲜血流了出来，泰叔全看在了眼里，下令道：背上，别听她的。

无论女“黑奴”怎么挣扎，水手背起她便飞也似的跑了起来。

终于回到了货栈，天已全黑下来了。

脚箍自然立时便取了下来，水手们端来了一大盆热水，还有西洋番用的肥皂，让女“黑奴”先洗了个澡，把身上的黑染料尽可能地洗掉。没有别的女人，任她一个人隔在一个小间里，洗了一个时辰。

待到帘子拉开，大家都惊傻了。

多标致、多妩媚的江南女子，怎么说她黑呢？洗过之后，真个明艳照人，教所有人都眼前一亮：瓜子脸，丹凤眼，樱桃小嘴，还有两个深深的酒窝，满面皆是春风，扑闪扑闪的大眼睛，含着薄薄的水雾，更分外摄人心魄——这些，也许红毛鬼是不懂得欣赏的，所以才刻意把她弄成一个脏兮兮的小黑人。

“暴殄天物呀！”泰叔脱口而出，“怎么可以把这么一个小美人糟蹋成昆仑奴呢。”

还是陈芳庭细心：“饿了吧？正好，晚餐做好了，上桌吧。”

小女子袅袅婷婷地来到桌旁，看到所有人鼓励的目光，便端起了碗，那是香喷喷的大米饭，自己不知多少年没有吃过了，一激动，拿起的筷子竟掉在了地下。

“别急，慢慢吃，饿久了，吃得太急，会吃坏人的。”陈芳庭安慰道。帮她拾起了筷子。

一屋人，也就看着这小女子吃饭了，都不敢打扰她。

她吃掉一大碗后，才抬起头来，说："怎么你们都不吃了？是不是我吃相很难看？"

……

一切落妥后，泰叔才问及她家庭情况。原来，她家姓沈，是江南一个殷实的人家，五六岁就能背唐诗宋词，也学着点水墨画。家中做点生意，有几条船，但那次出海遇风，几乎全沉没掉了。父亲只怕也葬身鱼腹，而她则为荷兰战舰所掳，沦为家奴……原来，卖主家，早年就是在台湾当过什么头目的，因国姓爷收复台湾，才来到巴达维亚，所以，认准是中国人断了他家的好运，所以才分外仇视中国人，让她受尽了虐待。主人一出门，就得让她戴上脚链，可以干活，但就走不远，所以，砸开的那条脚链，已锁了她有五六年了，经常把白花花的踝骨磨出来。

"你叫什么名字？"

"沈紫屏。"

"平和的平么？"

"不，屏风的屏。"

"很有品位的名字。"

"是爷爷起的，爹爹还当过翰林呢。"

"噢，肚子里很有墨水。"

"后来不当了，回了老家当塾师。"

"为什么不当了呢？"

"爷爷说，官说好当也好当，可不是他那样的人当的，所以当不好。"

"这话有点意思，你明白吗？"

"不很明白。"

"往后会明白的。"泰叔若有所思地摇摇头，换了个话题，"回去后打算怎么办？"

"让我回家去看看母亲，还有爷爷，然后再回来。"

"回来？回哪？"泰叔诧异道。

"回你那呀，当个丫鬟、婢女总还行的。"

"这可不行，你不可自卑自贱。"

"可我是你花了几百花边银买下的呀。"

"不，不，你错了，"泰叔连连摇头，"我只是想帮帮你，不忍心让红毛鬼子糟践我们的同胞，你回国后，是自由的，爱上哪就去哪。"

"救命之恩，当以身为报。"沈紫屏跪下了，"我愿为妾，如果你看得起我的话，这也是我在家里懂得的规矩……”

“这万万来不得。”泰叔立时把她扶了起来，“我付赎金并无任何非分之想，况且我岁数至少比你大上一倍……你还是赶紧回家，回家后，再听大人的安排。”

沈紫屏含泪道：“你的大恩大德，我会永世不忘的……容我再拜上一拜……”

泰叔又赶紧拦住了她。

“你回家的盘缠，我会给你准备好的，怎么走，我也会有安排，回家要紧，千万不要存别的什么念头。”

陈芳庭也说：“放心好了，回家的路上，会有人照顾你的。泰叔的人缘很好，他发句话，保你一路平安。”

紫屏哽咽道：“我相信。”

“明天，帮她去买点女人衣服，别让现在这一身黑奴服糟践了她。”泰叔吩咐道。

自此，泰叔的货栈里多了一位能干的小管客——一直到信风来到，大部分船员登船为止，当然，她也一并走了。由于她把泰叔一干人的伙食、衣着打理得熨熨帖帖，所有人不仅对她很是喜欢，而且还平添上几分感激与敬重。而她，也干得快活，怎么累也无怨无悔，再不是奴隶了！

一下子，名声在外。

连陈寿官也找个借口来这里探访，说是问个归期，好一同返航，可眼睛却四下里乱转：“你们这里的女厨子呢?”

为见“女厨子”，他硬赖下来吃了一顿饭，因为紫屏刚刚陪陈芳庭采办货去了。

紫屏一回来，他竟抽了一口冷气。

泰叔问他：“你怎么啦?”

“天人，天人，天仙下凡!”寿官惊叹道。

把紫屏吓得钻进厨房去了。

“你说这红毛鬼怎么不懂得这中国女人的美，尤其是这古典的美，还非把她弄得一身火炭头一样，黑漆抹黑，可恶，可恶。”寿官跌足长叹。

“也许，是怕中国人认出她来吧。”寿官说。

“救人一命，胜造七级浮屠。泰叔你可是做了件大大积德的好事。”

“怜悯之心，人皆有之，不算什么。”

“送佛送上西天，你这好事就索性一做到底好了。”寿官这么说。

“你说，怎么做到底?”

“给她找一户好人家，一世衣食无忧。”寿官不住往厨房瞅去。

“我不是她父母，做不得这个主。我能做的，是回国后，把她秋毫无损地送回到她家中，这当是做到底了。”泰叔说。

寿官一怔：“她……可是你买下的。”

“这同买个丫鬟不一样，不能当自己的下人，所以不可做这个主。”

寿官的一番话，就这么给噎回去了，没办法讲出来。作为大商家，他瞄中这最上乘的商品，是绝不会放手的。半晌，他才“呵呵”几声，吐出了一句话：“你……你已有奇货可居矣。”

直到开饭，紫屏不得不走出来，端上尽可能丰盛的饭菜。

寿官几乎是目不转睛地瞅住了她，把饭都扒到了鼻孔里。

饭后，才恋恋不舍地告了辞。

直到他走后，陈芳庭才问泰叔：

“我这位本家今天怎么啦？”

泰叔苦笑道：“他早已是三妻四妾了，可像做生意一样，还是多多益善……我早就猜到了他的心思。”

陈芳庭说：“怎么说，他也是商界的皇帝，妻妾成群，也是财富的显示。”

“差不多。如今，有的人就是这么认为的。”泰叔有些惘然。

陈芳庭却说：“古人视妻妾如衣裳，衣橱里叠的衣服多了，摆摆阔很自然。”

泰叔看住他：“你倒找出依据来了。”

终于到了扯帆出海的日子。

寿官果然身手不凡，来了三艘双桅船，虽说是双桅，但体量比一般的双桅船要大一些，载的货也多得多。他先走了半天，泰叔才有两条船出航。借风，很快便开进了南海航道。

这一次，顺风顺水，台风远还没到来，不必挨海岸走，安全却还是有保障的。寿官的船是开到虎门才靠岸的，绕了几个弯，避开了海关。毕竟是广东船，一切都好说。

很快就临近广州了。

陈寿官的三条双桅商船渐渐靠岸。

他没料到，岸边大树后又闪现出诡秘的眼睛。

陈寿官只顾卸货。

三姨太闻讯赶来：“总算回来了。”

陈寿官讨好道：“没少给你采购西洋的稀罕物件儿呢。”

三姨太微笑道：“老爷有心了。”

陈寿官先掏出怀表："这物件，你盼了多久。"

三姨太喜出望外："太好了，有了这个，做什么事都能掐准时辰，误不了干活。西关好些人想要……"

陈寿官这才问："我出去这么久，家中没什么事吧？"

三姨太回答："大家都相安无事，只是家门口少不了不三不四的人，只怕是官府的探子，看你是不是回来了，得当心点。"

陈寿官皱眉了："我不是放了风，回福建老家了么？"

三姨太摇摇头："人家只怕不信。你是不是先躲几天再回去？小心驶得万年船。"

陈寿官想了想："这样吧，我还是先回去看一眼，再躲出去。"

这边，泰叔的船比寿官的双桅商船要晚到几天，在临近澳门之际，没进十字门，却拐进了珠江"八门入海"当中的一门——磨刀门，沿着磨刀门水道，在西江下游上溯。从磨刀门入，泰叔是反复思考过的。因为有过陈寿官的告诫，说杨文乾把他盯上了，所以，千万不可自投罗网，如果从虎门入，更会撞个正着。而入磨刀门，避开广州，可以先到自己的老家顺德龙江，这一路上，所有的兵寨，大都是广府人，早早混熟了，纵有什么命令，也会帮着自己躲开。再说，先回老家，还可以先卸下大批贵重木料，免去种种苛捐杂税。一路上，两岸景色如画，虽说季节交替，这里仍四季如春，满目青翠，不时还可以看到几束跃出来的鲜艳的野花。

闯过大海的人，在西江航行，就如同一种享受，况且江面上百舸争流，千帆竞驶，渔歌起落，鸢飞鱼跃，种种景致，美不胜收。尤其是日暮时分，满天斑斓的晚霞，映得江面上似盛开了无数束花朵，或潇洒，或恬静，或热烈，或轻盈……渔家收网，更惊起无数肥大的鱼儿在水面跳飞，引发一阵阵笑声。

还有的小舟，在江流中奋勇向前，上面一片雪白的帆，又显得分外轻快。划船的，居然有不少挽起发髻的女子。

"她们运的是什么呀？"紫屏好奇地问。

泰叔此时更是喜气洋洋，接白道："这里有一句民谚，那便是，一船蚕丝去，一船白银回。"

"明白，原来是运生丝的。"紫屏却又说，"可我还是有点不明白，为什么大都是女子在船上，男人干什么去了？"

泰叔笑了："你不仅眼尖，而且心细。你想想，缫丝的活计，不都只有女人才做得来么？她们能做好的，凭什么让男人去做？"

"我是说，江南女子，应似古诗人说的，锁在深闺里。哪怕出来见人，也是笑不露齿，话莫高声，不可以这么抛头露面的……"

“有伤风化是吗？”泰叔一笑，“你少小离家，怎么就知道这么多规矩？”

“离开家十多年，小时候的家训，反而更深刻了，我……说得不对么？”紫屏双眼直眨，认真地问。

“也没什么不对，只是我们广东地面上，又有不同的规矩，女人家养蚕、缫丝、卖钱，自己养活自己，自然活得自由自在一些……你看，那一片，就是桑基鱼塘，整整齐齐的，煞是好看。桑树多丰茂，采桑女也是缫丝女，缫丝女又能当划舟女，想干什么就干什么，不好吗？”泰叔笑吟吟地回答。

紫屏羡慕极了：“等我回了家乡，见过老母亲，我还是来这里，多自由！”

“你是失去自由太久了。”泰叔喟叹道，“看见一点点自由就艳羡不已。”

“泰叔是不愿收留我啦？”紫屏有点委屈。

陈芳庭在旁插了话：“你看你看，这话说得不对了。”

紫屏猛悟过来，莞尔一笑：“可不，泰叔愿赎出我，怎么会不收留我呢？”

“鬼灵精！”泰叔开怀笑了。

夜色渐浓，天幕化作了紫色，跳出了众多的星子，江边上，一盏盏渔火亮了起来，有的连成一线，有的化成一片，把一江水，映得分外璀璨。不时有人唱起了咸水歌，逗得一江的笑声、水声……船中的炊烟也一缕一缕地升起来了，白白的一片，均匀地铺展在岸边，而各种菜香，已弥漫开来，让人不自觉地深深吸了一口，又再吸一口。

紫屏很快便帮着厨子做好了饭菜。

吃饭时，两条船的人都聚在一起，泰叔叮嘱大家早作准备，因为第二天，就要过甘竹滩了，这是西江下游最险要的一个滩，素有“甘竹滩，鬼门关”的说法。早些年，这里的诗人罗世举还写了一首诗，称“打纤趁潮潮正急，急潮不住打纤忙。潮翻石壁雪花散，纤撼江流霜霰长”，可见急流、大潮有多厉害。行船当赶在涨潮时，齐心协力拉好纤，一步一步冲过去，过了这一关，他的老家就到了！

果然，第二天，船到甘竹滩，便见乱石、湍流、漩涡，水声如雷，然而，正如泰叔估摸好的，南海潮到时便沿西江涌了上来，把湍流压了下去。当潮水涨到适当位置，泰叔一声令下：“趁潮打纤！”

于是，船员们趁着潮水上来的机会，一鼓作气，把一条船拉了上去；回过来，再把另一条船再拉上……

浪花飞溅，涛声不绝。

可一切都过去了。

连当年珠玑巷移民遇险的破排角也闯过去了。

船就此靠了岸。

早先已通知到的乡亲们，迅速来齐了，他们见到那一批坤甸木、暹罗木，不约而同地欢呼了起来！

原来，这是泰叔分别捐给家乡建寺庙与修复近年不断让顶托的洪水冲塌的桑园围的。康熙年间，桑园围已经连续溃堤十多次了，有时，几乎是一年一溃，把围内的桑基鱼塘统统都淹了个七痨八伤的，老百姓生计艰难。

而泰叔的家乡龙江国明寺，是在唐代开元年间兴建的，香火极旺，可惜到了明嘉靖年间，皇帝信道灭佛，全国上下，兴起毁寺之风，国明寺亦在劫难逃。国明寺的住持，在居士们支持下，修上两座小屋，改名为“积善居寺”，一直延续至今。虽然一时恢复国明寺已不可能，“明”字犯忌，弄不好就有杀身之祸，被视为前朝余孽有谋反之居心，但是积善居寺，却还是可以扩建的。况且清廷已不再灭佛，反而笃信佛教，和善居寺的扩建也就列进了议事日程。

住持在众人中走了过来，双手合十，道了个喏：

“别来无恙？”

“别来无恙。”泰叔回应道。

“施主大慈大悲，佛祖都看到了。”

“心到就行，切勿张扬。”

“我明，我明。”住持说，“施主印堂发亮，有好事临门呀！”

“不知这会应在何处？”

“天机不可泄露。”

泰叔走上了堤围，不觉蹙了双眉。几番溃围，堤内的田园已一片狼藉了，流沙掩过了田畴，鱼塘亦一片浑浊，不少桑树都枯萎或折断了，堤上的木桩，稀稀拉拉的……他有点奇怪了，在动身去南洋前，官府分明以桑园围溃堤为由，让十三行行商，每家出个一至三五万不等，说是赈灾救急的。想到是家乡遭灾，泰叔自是拿了大数：五万。行商们少说也拿出了个三五十万银元不等。可是，这么久了，桑园围还是这么凄凉，万一再来次洪水与大潮的顶托，这里岂不成了一片泽国，老百姓还有生路么？

因为寺庙负有赈灾的责任，泰叔问跟随上了堤的住持：

“赈灾款还没到么？”

“据说已发放过了。”

“那这边……怎么还这样？”

住持惨笑道：“僧多粥少，分到龙江名下，便化于无形。”

“何谓化于无形？”

“只云有声，未见有物矣。”

“乡里没去要么？”

“要了，层层下来，要了也白要。”

泰叔明白了，长叹一声：“我不如直接投回家乡的好。”

“佛祖都看到的。”

住持也仅是这么一句话。

泰叔只好征求他的意见：“如果把捐给寺庙的木料，先用到修堤上，你意如何？”

“佛祖大慈大悲，普度众生，正合其意。”

“如果这样，就先修桑园围吧。”

“我来此迎候你，就是等这句话。寺庙小，不等这些。”

“我会兑现我的承诺的。”

“善哉，善哉。”

就这么简单几句，双方已心心相印。

木料卸下，再购上生丝，第三天，泰叔换上小船，这才向广州进发。主持说的“好事临门”，当应在广州家中吧。

泰叔没想到，陈寿官在几天前已经被抓了。

那天，他刚回家，几位家人便围了上来，追问：“带回来什么好东西了？”

陈寿官让下人抱来了猩红洋毯，在地面上打开。

老太太有点可惜：“怎么放在地上呢？”

陈寿官解释道：“这本就是地毯，铺在客厅，风光。”

其他女眷还在讨要，陈寿官一一分发，从容应对，谁也少不了。

正在热闹中，忽地，大门被撞开了，砰然大响，所有人都呆住了。只见冲进来一队如狼似虎的士卒，一把拿住了陈寿官。

所有的家人都吓得往后退，只有三姨太冲上前：“凭什么抓人？”

一位兵头模样的厉声道：“他胆敢出洋，违反禁令……”

陈寿官申辩：“我只是回福建老家……”

兵头凶巴巴地说：“我们早就盯住你了，打着回福建的幌子，下了南洋，想瞒天过海，小看了我们。”

陈寿官不服气：“我们祖祖辈辈都能出洋……”

兵头恶声道：“这是圣上的禁令，你这是沸反盈天了！”

三姨太走向前反问：“朝廷口口声声讲国计民生，沿海百姓就靠讨海为生，不许出洋，百姓还有出路吗？如今，暹罗米进不来，多少地方缺粮，要饿死人的，我不信，当今圣上看不到，还能禁下去……”

兵头推开她：“朝廷的事，是你们女人管的么？抓走！”

三姨太追着出去：“老爷，我给你送饭，我说过的！”

官府的动作太快了。

得知这一消息，谭家同样不安，虽然海关并没有怀疑到其他行商头上，但难免有一天泄漏出去，很可能同样会面临厄运。

正在这时陈芳庭夫人托人送来了一个红绸包。

管家疑惑了，是有什么好事，该不会与开洋相关吧？

康泰直摇头：“你真会猜。”

管家说：“不是猜，是人心所向，什么好事？”

两人小心翼翼把红绸包打开，一看，说的是雍正给那边的妈祖庙题了匾，芳庭夫人让人临了下来。

这是好消息，说明圣上关心海上的事了。

康泰展开那卷纸，是雍正为妈祖庙题的四个大字：

神昭海表

管家说：“这么说，圣上推崇妈祖海上救苦救难的慈悲之心。快了，开洋在望。被抓的陈寿官他们都该出来了。芳庭回来也不用偷偷摸摸了。”

康泰说，那就快告诉芳庭。

谭康泰携陈芳庭、紫屏一道，辗转几天之后，才算回到广州。

夫人已在等候，迎上前来。

她自是认识陈芳庭：“你到底回来了。你太太刚回了福建，错过了。”

陈芳庭点头说：“事情办完，我赶回福建。”

夫人问：“……咦，老舵工呢？”

谭康泰叹了一口气：“遇上了风暴，他没能……”

夫人伤心道：“风暴我们都知道，可没想到他回不来，他好水性的呀！”

谭康泰说：“年纪大了，我不该让他跟我去……当好好抚恤他的家人。”

夫人摇头：“他就一直单身一人，父母早殁，不曾成家。”

谭康泰问：“我知道……就找不到他的任何亲人了么？”

夫人表示：“我会找的……不过，你回来，有更大的麻烦。”

谭康泰说：“是巡抚兼海关监督的杨大人要找我。”

夫人说：“你怎么知道的？”

“在南洋，陈寿官对我说了。”

“听三姨太说，陈寿官与他混得不错，可海关还是把他抓了……半个多月前，杨大人派人传话好多次，让你一回来就上他那去，很凶的样子。还问我是不是偷偷下了南洋。我说，谭家以陶瓷业为主，年上你得上景德镇办货，一去

三两个月，众所周知。所以后来就没人来了。”

“只能这样应对他们。杨文乾一来，就把各个管理项目合并打包，变成一千九百五十两‘缴送’，又恢复前朝的加一征收，别说我们受不了，外商也叫苦不迭，可他非如此不可。显然也是一酷吏。”

夫人压低声音：“听说他审案很有一套，来到广东就搞保甲制，以应对盗贼，连坐法弄得人心惶惶。还到处抓所谓朱六太子，真假莫辨，统统密送京师，邀功请赏。更没少告总督，告这个告那个，连皇上都搞烦了。”

谭康泰说：“他自命为青天大人，可海关税收，却未必清白。”

夫人称：“圣上把他与田文镜、李卫三人视为名臣，很是器重。”

谭康泰认为：“这三人，百姓自有评说。”

夫人摇摇头：“来者不善呀！”

谭康泰沉思：“这是个怎样的人?!”

这条江，是因为我得名的。

因为一个美丽的传说。

历史可以演变为传说，传说里隐含有历史。江河本身是流动的，所以，她与历史同行。真正的历史，势必蕴藏在种种神话之中，在那金光闪闪、扑朔迷离的传说的内核。

江因我得名，叫珠江，那我因何得名呢？

我原来也不叫海珠石。

我的前世，倒是很清晰，记忆犹新。那时，我的名字，却叫阳燧宝珠。唤宝珠者，必有种种奇异，万千宠爱于一身的宝贵，我可是当年赫赫有名的镇国之宝。当年，秦汉年间，赵佗正是有了我，才活了一百多岁，在南越国为王七十多年，迄今，没有哪个王有超得过他的执政年月，更遑论有他的长寿了。他过世后，我也就成了他的陪葬，不分阳间与阴冥，我都可以来来去去，赵佗在阴间亦一般宝爱着我，寸步不离，直到有一天，有一位叫玉京子的仙女，从天上越过人间，来到阴冥地府找到了我，我的命运从此才发生了变化。

原来，玉京子贪恋人间美景，尤其喜欢岭南的如春四季，年年岁岁，月月日日，树常绿，花常开，嫣红姹紫，永远没有谢幕的时间。玩疯了，不知怎么得了重病，倒在床上恹恹地起不来。她在人间结识的一位书生，名叫崔炜，见此情状，立时外出寻访神医，他越关山、涉莽原、栉风沐雨、爬冰卧雪，历尽了磨难，这才终于找到要找的神医。

仙人也只能归神人来治。神医来后，药到病除，玉京子很快又恢复了她青春的容貌，照旧在美不胜收的岭南与奇花异草为伍。为了感谢书生崔炜，在她知道崔炜很崇拜当年的南越国主赵佗后，便亲自引他去见赵佗。她带着崔炜，走过迂回曲折的山径，隐入重重山峦之中，不觉间，便已进入了一个古老的墓道。玉京子倏忽逝去，崔炜眼前七色闪烁，没多久，百岁的赵佗，竟持杖过来："年轻人，我已知道你是谁了，玉京子是我千年故友，你为了她踏遍万水千山寻神医，精神可嘉，为了感谢你，我会赐你一样稀世之宝。"

就这样，赵佗把我——阳燧宝珠双手托了出来，交给了崔炜。

崔炜欣喜万分，看着我这般光芒四射，连声谢谢，就在他一作揖间，墓道合上了，赵佗消失了，他竟是立在万花丛中。

崔炜胸怀磊落，无防人之心，得宝之事，也不曾加以掩饰，于是，一传十，十传百，街坊里巷，已无人不知，无人不晓。

这便引来了一位波斯商人。

波斯商人称，他曾有过一颗“摩尼珠”，与我阳燧宝珠完全一个样，同样宝光四射，同样璀璨夺目，同样晶莹润滑，同样价值连城。可惜，在来中国的途中，不知怎么丢失了。

所以，他愿以重金买下我，以弥旧梦。

一开口，便是十万贯重金。

十万贯重金，几辈子也花不完。

但崔炜不为重金所动，只称，这颗宝珠，凝结有他与神人仙子深厚的友情，这是没有任何价值可与之相比的。他一口回绝了。

波斯商人却不死心，买通了官府，那时节，商人可是岭南官员的座上贵宾，他竟说，我阳燧宝珠，就是他那颗摩尼珠，让官府来断案，把宝珠发还。

买通官员，倒没用上十万贯重金，一万就够上了。衙役直奔崔家，仗着人多势众，硬是把我抢到了手，交给了波斯商人。

波斯商人自以为得计，却仍怕夜长梦多，于是，连夜驾船，离开坡山渡口——那时，渡口尚在五仙观侧。开船时，还风平浪静，没想到，一开到江心，便狂风大作，白浪滔天，他双手抱住我，也没能抱得住，当浪头把船举上去时，我奋力一挣，化作一道白光射入了江心，旋即，江水又平复下来了，清澈澄碧，微澜不兴，水底卵石、小鱼，都历历在目。

作为宝珠，我本就是有灵性的，岂能随这位心术不正的家伙沦落异乡呢，于是唤神人相助，掀起了万丈狂澜……

落入水中，我浑身的热力分开了江水，化作了一块巨石，伫立在了江心，从此，我便被叫作了海珠石。

我守护的这条江，也就得名为珠江。

我也同南海中的天后礁一样，惯看了朝霞暮云、日出日落，见过了百鸟归巢、月圆月缺，更阅尽人间的盛衰荣辱、喜怒哀乐……一千年过去，我那圆润的石面，照旧刻下了岁月的皱纹、风雨的剥蚀。我听到了太多的悲欢离合，阅尽了潮来潮去，南海潮的顶托，如今还可以淹上半个广州城。

我也难逃天后礁沉没的命运。

但不是江水的淹没，而是北岸的逼近所挟带的厚厚的泥沙。

历史是不可被淹没的，可我呢？

我当再挣扎立起，阅尽人间秋色！

第九章 番银加一征收

就在泰叔的船还在南海上颠簸的时候，福建总督高其倬的一份奏疏，送到了雍正皇帝的龙案上。

这些年来，雍正整顿吏治，当是敢下铁腕，他心中，要的便是“河清海晏”。吏治清廉，百姓自会守法；吏治不清，上梁不正下梁歪，乱子就出来了。

圣祖颁发了南海禁航令，雍正继位，亦不改敢制，继续对南海商船采取严厉的措施，违禁者严拿治罪。可是，沿海的官员却不断上疏，列数禁航的弊端与开禁的好处，要求放航南海，以救民生。刚登位，雍正自不敢改圣祖的禁令，同时也认为：“海禁宁严毋宽，余无善策。”一律未予允准。

可近两年，福建一带连遭灾荒，地狭人稠，百姓没有别的出路，相继上山为匪，下山为盗，一时间，匪情不断，盗案迭起，社会动乱不已，这一来，开禁的呼声日高。更有些耿介的官员，把问题说得愈发严重，这令雍正感到不安。祖制不好改，不过，康熙圣祖当年，不也一改早年的禁海令，开放了海上贸易么？因时而制，因地制宜，只有安排好国计民生，方能达到河清海晏。

雍正终于意识到，积弊丛生，不下决心不行了。

面对厚厚的一堆奏折，雍正双眉紧锁。

是呀，粤闽二地，自古以来以海上贸易捕鱼为生。故圣祖当日设粤、闽、浙、江四海关，强调的是，边疆大臣当国计民生为念，恢复通海夷道。

时也，制也，圣祖神明。

思考再三，雍正终于在高其倬的奏疏上，大笔一挥，写下了上谕：

兵部仪覆，福建总督高其倬疏言：闽省福兴漳泉汀五府地狭人稠，自平定台湾以来，生齿日增，本地所产，不敷食用。唯开洋一途，藉贸易之盈余，佐耕耘之不足，贫富增有裨益。从前暂议禁止，或虑盗米出洋，查外国皆产米之地，不藉资于中国，且洋盗多在沿海直洋，而商船皆在横洋，道路并不相同。又虑有逗漏消息之处，现今外国之船许之中国，广东之船许至外国，彼来此往，历年守法安静。又虑有私贩船料之事。外国船大，中国船小。所有板片桅柁，不足资彼处之用。应请复开洋禁，以惠商民。并令出洋之船，酌量带米回闽。实为便益。应如所请。

月光下，折子上的朱批渐渐化开而又很快干了。他放在一边，又拿过了另一个折子，认真阅看了起来。

宵衣旰食，他不敢不勤勉点，偌大一个国家，稍不留心，便会出大乱子，南洋开禁，不是小事，思索了一会，又把原折子打开，再补上一句：

令该督详立规条，严加防范。从之。

此时，倦意终于抵挡不住了，这才站了起来，准备宽衣……

原来，住持称的“好事临门”，正是这一御批。

一到广州，把上上下下打点好，里里外外打发好，泰叔让人抄录下的上谕，便送到了。

本来，南洋开禁，大势所趋，圣上终于能顺应民意，翻了圣祖的旧案，当是英明之举，有魄力，有眼光。开海，岂止关乎民生，更在国运，海愈开，国运愈昌，这在行商们几成共识。这圣谕上，已批上“外国船大，中国船小，所有板片桅柁，不足资彼处之用”，用意在批驳所谓“私贩船料”之事，可只要往深处想，这如今，为何中国船小，外国船大？中国船小意味着什么？外国船大又代表了什么？往后，有没有可能放宽造船的限制，中国的大船方可在大洋上扬威？

这一来，泰叔也就不必担忧杨文乾对自己下手了。

他大大方方回到了广州，果然平安无事。倒是不久，杨文乾反而出事，被召到了北京，据说，临行前，脸都黑了。

可叹的是，诸如“虑米出洋”一事，当年那些尸位素餐、以贪墨为能事的庸官，又是怎么汇报上去的？

泰叔记得，几年前曾与一位参修《大清一统志》的拔贡生一道，说起南洋禁航之事，当时正准备进京的这位才俊，慨然道：

“这事，偏是福建巡抚的密陈，不知从哪得到的消息，说是行商秘密把船卖给番鬼佬，又把国内的大米去接济外域，如此发展下去，势必在将来成为中国最大的隐患，特报请圣祖康熙帝：虑洋船盗劫，请禁艘舶出洋，以省盗案。圣祖果然批允，从此沿海百弊丛生。这号人，坐井观天，偏以为有经国远猷，就这么报上去了。可叹当时九卿议者，没一个身历海疆，没一个熟悉情况的。而当地及士子了解情况的，又没办法直陈天庭，什么话也说不上，南洋之禁，就是这么起的。”

只是他在京数年，没有机会向圣上面陈。

不过，这回解禁，也不仅仅是高其倬一个人上疏起的作用。

但愿南海一开，海贸兴旺起来，国运更加蒸蒸日上。

只是后边八个字，却颇费考量。“详立规案，严加防范”，免不了让人欣喜之余，又隐隐有所不安。也不知福建这位高其倬，又能拟出怎样的“规条”来？

不过，“广东之船，许至外国”，倒是明白地确认了广东船下南洋，无须再有顾虑了，难怪回来路上，都不见海防怎么检验，他们当是先晓知了上谕。可惜，造不了大船，每每下南洋，一遇飓风大浪，还是免不了本来不会有的损失，此番南下，创痛甚巨！

不管怎样，圣上这一朱批，归根结底，当是天大的好事，该好好庆贺一下。

牢门纷纷打开了。

渔民、行商一个个走出了牢门。

狱吏仍很威风："皇上体恤民情，还不感激跪拜？"

众人赶紧跪下："皇上圣明，皇恩浩荡。"

陈寿官是最后一个走出牢门的。

三姨太亲自迎到监狱大门口。

陈寿官感动万分："你果不食言，有一红颜知己，此生足矣。"

三姨太忙说："老公言重了。"

陈寿官问："老太太她们呢？"

三姨太解释："她们不愿抛头露面，更不愿到这种晦气的地方来，我不信这个，所以就打发我来了。"

陈寿官又问："你可没少来送饭，是吗？"

三姨太点头："可不给我见人。走，上轿，在轿里更衣，回去得风风光光的，现在，出洋再也不用偷偷摸摸冒风险了。"

陈寿官赶紧入轿，更衣。

临近商馆，他走了出来，更过衣，顿觉光彩照人。

回到广州，谭康泰第一次把陈芳庭带回了家中，由夫人亲自掌厨款待。

夫人上了菜，便离开了。

陈芳庭见夫人悄然而来，又悄然而去，但桌上的酒菜已一应俱全，便问："夫人为何不一道入座？"

谭康泰摇摇头："这是听说你是从南洋回来的，没那么多规矩，她才亲自来上酒菜，平日，她是不会出来的。"

"这又为何？"陈芳庭诧异了。

"不说也罢。"

但陈芳庭还是心细，早已发现夫人垂裙落地，走起路来，不像其他女子扭扭歪歪的样，便说："她……没裹脚吧？"

"你倒是看出来了。"

"我在南洋，见的都是不裹脚的女人，这很正常。"

“可是，在我们这里，正经家庭的女子，小小便裹了脚，否则是嫁不出去的。只有疍家女、客家女，才放大脚，这却叫人看不起。”谭康泰摇摇头，“当然，她不是疍家女，也不是客家女。”

“可她并没裹脚呀！”

“她小时候，就生活在水边，与疍家人的孩子玩的时间久了，到了裹脚的时候，她怎么也不肯。家里也没办法，说疍家女在船上，裹小脚站不住，才不裹，她说，我也上船去……后来，成家后，她倒是真跟我上船，下过南洋。”

“那她怎么嫁给你了？”

“的确，没裹小脚，她过了二八，也没嫁。正好那几年，我家没落了，我也到了谈婚论嫁的时候，有家亲戚一撮合，家父也就不嫌她不是小脚，我年轻，各花入各眼，也看上了，不在乎。”

“可你家很快又咸鱼翻身，重新兴旺了吧。”

“是呀。”

“就没讨个小脚的？”

“贫贱之交不可忘，糟糠之妻不下堂。”

“我明白，夫人为何很少出面，怕没小脚辱没了家门。”

“也不能这么说，她讲，人家看得起我，我就看得起人家。人家看不起我，我也用不着看得起人家，所以，来什么人，她总嗅得出气味，当出来还是不当出来。有人笑我金屋藏娇，其实并非这样。”

“也难为她了。”

谭康泰说：“你不问问你的夫人？”

陈芳庭说：“你刚回，百事缠身，我当帮你理顺再说。”

谭康泰吩咐：“你的夫人深明大义，令我感佩，你还是先回去为好。不过，这番回程，我得有大事相托。”

陈芳庭保证：“当不辱使命。”

谭康泰说：“你得先把紫屏送回家，再回去，稍许耽误些日子。”

陈芳庭表示：“这更在所不辞。”

谭康泰说：“路过景德镇，还请你帮我打理一下。”

陈芳庭点头：“这请放心。”

谭康泰说：“赶紧择日出发吧。水程旱程的，够你辛苦的了。”

广州码头上，谭康泰亲自送行。

紫屏泪如雨下：“泰叔，你不要我了。”

谭康泰劝道：“你还是赶快去找亲人，他们牵挂你呀。”

紫屏说：“我是再世为人了。”

谭康泰说：“你会有后福的。芳庭会把你送回家的。”

船到了。

谭康泰催促道：“快上船吧。”

没过多久，陈寿官也来了。原来，他出狱后，干脆把大部分香料、胡椒什么的，拉到了厦门，在那里卖了个好价钱，大大地赚了一笔，而后，又采购上一批武夷山茶，回到了广州。

其时，他名下统率的十三行的商号，有九家之多，而泰叔的盈顺行名下，也有五家。其余还有两位殷实的行商，各有三四家。于是，相约一起，举杯庆贺。寿官竟出乎意料地大方，说他做东。

十三行就近，已有不少酒肆应运而生。

寿官做东，自会找到最旺的酒肆，鲍鱼、龙虾之类是少不了的。

这回，用的是中国名酒。

几杯下来，都已醺醺然了。

“圣上英明，开了南洋航道，我们从此可以堂而皇之地下南洋做生意了，不用躲躲闪闪，藏藏掖掖，赚几个钱都那么辛苦。泰叔，你这回起了个早，可惜没拾个大元宝，撞上了飓风，可也不必气馁，海禁一开，生意有得做，发财的日子在后头呢。”

“正是，正是。”泰叔笑呵呵的。

“再干一杯！”

“我可没你那么大的酒量。”

“干了这一杯，我可还有大事要告诉大家，干不干？”

“这么说，不干也得干了？”

大家一起站了起来。

“是朝廷让我们造大船的时候了，一千石、两千石、三桅、五桅、八桅……”泰叔摇摇晃晃站了起来，也举起了杯。

“嗨，你也性急了一点。”陈寿官道。

“那……还有什么大事？”泰叔敏感了，“你……没说好事。”

“不，不，对你我而言，也当是好事。”陈寿官赶紧声明。

“那就……干了！”泰叔一饮而尽。

待大家喝光，陈寿官正襟危坐，清了清嗓子，很是严肃地说：“据我得到的消息，粤海关打算在广州设立行首制度，由各行商举荐德高望重、家底殷实的人家，来担任这个职务，总管各行商对外贸易、评定货物，也负责管理外国的商人……”

泰叔的杯子“当”地落到了地上。

“这不与圣祖康熙五十九年底成立的公行一回事么?”

陈寿官点点头:“说一回事，也不是一回事。”

“对呀，对呀，记得那时，你是反对得最厉害的一个。”一位行商想起了什么。

“是有那么一回事。”陈寿官倒不否认。

“那今天呢?”

“此一时也，彼一时也。我今天倒是志在必得。”陈寿官倒是非常坦白。

大家自然记得，当年要成立公行，陈寿官并没有份，倒不是他羽翼未丰，资金不够雄厚，这其中种种因由，却是一言难尽。只是到了现在，如果没有他，这行首自然就成不了气候，也就会与上次一样，消失于无形之中，或者无疾而终。

大家也就明白了。

设立行首的利与弊，一时间谁也琢磨不清，但当时反对立公行的，除陈寿官外，反应最激烈的却是外商，尤其是英吉利的大班，干脆以拒绝丈量船只为要挟，要求废除公行，因为一立公行，就排除了他们与其他商人的交易，这也包括未进公行的陈寿官在内。总督见影响到了税收，只好让公行妥协，让陈寿官等参与贸易，这一来，公行也就形同虚设，不了了之了。

至于外商反对公行，是否出自陈寿官的煽动，则不得而知。但外商反对的理由则是很明确的，一旦公行垄断了整个的外洋贸易，失去了竞争，他们就无法获得公平的价格，生意也就很难作了，一旦别无选择，唯有不再来广州了。这么一说，总督能不紧张么?对外贸易的税收是一个大头，影响就大了。只是现在这一来，设立商总，外商可否有如此激烈的反应?

泰叔委婉地说出了自己的忧虑。

“谭康官，”陈寿官不再称他“泰叔”了，“这个你放心，上回是夷商找了我，有我撑腰，他们才那么硬气，这回，我要当了行首，他们再找我，我自会有一番说法，让他们心悦诚服。相信我好了。”

……

此番聚会，一个个都喝得红光满面，意气风发，摩拳擦掌，要大干一场了。本来嘛，圣上已明确了南洋开海，这是不可违抗，也不容逆转的了，不趁此机会，裕国通商，更待何时?

宴席散毕，泰叔同那位骆姓的行商结伴，乘小舟过珠江，回河南的住所。

晚风轻拂，酒气顿消。细浪轻拍，摇晃的小舟却让人自失。

面对白鹅潭仍闪烁不已的渔火，骆官对泰叔说:“这行首设立，是否与圣上说的‘详立规条，严加防范’相关?”

“这倒未必，因为没听说福建方面制订了什么规矩。话说回来，开海了，没规矩不成方圆，不可以乱来，有一些规范，保证对外贸易的正常秩序，这应当是好事。一乱，引发出种种弊端，没准把开海也毁了。前朝一开一禁，反反复复，不就是这样么?”

“那么，这个行首呢?”骆官探询道。

“其实，刚才我已经多多少少说出了我的忧虑，可如今，我们什么也说不上，只能走一步看一步了。”泰叔说。

船晃得很厉害，夜风大了，浪也大了，骆官断断续续地说：“陈寿官他……这可是……翻手为云，覆手为雨……”

泰叔说：“其实，他很在意当这个行首，也直言不讳说他志在必得。如今总督换了，就算总督不换，也还是得让他当。”

“我明白，反与不反，当与不当，陈寿官只有一个目的，无利不为，有利则取……”骆官看了看对岸的灯火。

“在商言商，利当然摆在首位的，当年我也与他合伙做过生意，他有一个准则，赔钱的事绝对不为，哪怕天王老子压下来，他也坚决不干。我从他那里也获得不少教益，我还是很佩服他的。”泰叔这么说。

骆官良久不语。

对岸的灯火已近了，看得到，陈寿官的那艘艇，已先靠岸了，陈寿官有几分醉意，差点一脚踏空，好在有人扶住……

临到这艘小舟拢岸时，骆官才又问：

“那你后来又为什么要自立门户，不再与他合伙了呢?”

泰叔沉吟了一会，说：

“我们粤人有一句话，马死落地行，当自主自立自司为好。”

“马死……你是怕他一旦惹祸败落，及早抽身?”

“我没这个意思。人总是要自立门户为好，不可以永远依赖别人。经商之道，也是如此。你在我这个位上，也一样会这么做的。”

“你另立门户，陈寿官没说什么。”

“在这点上，闽商倒是比较豁达的，他还说我早就该自立了，他们家乡的人，只要有几个小钱，就要自己干，不寄人篱下。从小，他们就被大人灌输了这个观念，十几岁，就要自立门户，不然要被人瞧不起。”泰叔不无欣赏地说，“所以，在人前，再怎么样，也决不示弱。”

“原来是这样，我明白了。不过，闽人是很冒险的，一旦翻船，身家性命全贴上去了，我们不一定做得到。”骆官说。

“所以我说，马死落地行嘛，没必要把自己绑在别人的船上。”

“这我就更明白了。泰叔，听君一席，不，一船话，胜读十年书。”骆官不无兴奋地说，“你刚才说的一切，当我受用一世。”

“言重了。”

话说间，小舟已拢岸，浪大，要跨上码头，还得十分小心。骆官主动地扶住了泰叔，一同跨了过去，稳稳地站住了。

回过头，一江水花，辉映着渔火，煞是璀璨。白鹅潭，仿佛没有夜晚，依旧船只来去，风帆轻举，倒映出一条条灯火与渔火交织出的光路，一直延伸到渺渺的深处。

陈芳庭领着紫屏北上，却是一路风光：南华寺、珠玑古巷、梅关古道、赣州宋城、鄱阳湖、滕王阁，这回已到了景德镇。

景德镇与谭家，渊源匪浅，陈芳庭过去没少来。

这回，他告诉紫屏，得在这里待两天，帮泰叔处理一些事务。

正中紫屏下怀，她到画坊去，两天还不够呢。

画坊内，绘陶的老师傅在描画。

紫屏聚精会神地在观察，临摹。

她笔下也出了些精彩的图案。

老师傅惊叹：没想到，这么一位小女子笔下生花，不在老朽之下。

两天后，陈芳庭走了过来告诉紫屏，得出发了。

可紫屏依依不舍：“其实，我在这里应该有个亲戚。”

陈芳庭立即问：“打听了没有？”

紫屏说：“也不知怎么打听。”

陈芳庭说：“为什么？”

紫屏说：“十多年了，那时都还是孩子，也不知如今怎样。没法问。不如回去了，问清楚再来打听。”

陈芳庭说：“那我们赶紧上路吧。”

水路旱路，日夜兼程，他们终于来到了紫屏的家乡。

紫屏左右看看，指着一凋敝的旧屋：“都认不出来了。”

赶紧问一位路人：“沈家……还在那么？”

行人神色有点奇怪：“沈家……呵，呵，该还有人在吧。”

慌忙躲开了。

紫屏连声道：“喂，喂……怎么啦？”

陈芳庭拉住她：“我们上屋里去吧。”

紫屏推开门，喊：“妈妈，弟弟。”

没人回答。

紫屏与陈芳庭走了进去。

屋角似有人声。

紫屏扑了过去：“妈妈！妈妈！”

一堆棉絮中现出老妇人凄苦的面容：“你……”

紫屏大声喊：“我是紫屏呀，我回来了。”

老妇人嗫嚅着：“紫屏……我不是在做梦吧？”

紫屏泪如雨下：“我是紫屏，我从南洋回来了……”

老妇人仍不相信：“你还在呀？”

紫屏急切地问：“弟弟紫洋呢？怎么不见他呀？出去做工了？”

老妇人老泪纵横：“早些天他还在，你回来晚了，晚了……”

紫屏一惊：“他出去了么？”

老妇人说：“他、他……”

陈芳庭在一旁已有所明白，说：“你们母女终于见面了，有什么话，慢慢再说。”

老妇人侧过头：“这是你……”

紫屏说：“是我的恩人派他护送我回来的。”

老妇人说：“太感谢了。”

紫屏解释：“他也是从南洋回来的，与妻子女儿也有好多年不见了，现在还没回家呢。”

老妇人明白：“好人哪……我病了，都没法做一顿饭谢你。”

紫屏道：“妈，我来做，我会做的。”

陈芳庭问：“紫屏姆妈，你怎么病的？什么病？”

老妇人回答：“唉，老了，不禁风寒。”

“这附近有药店么？我去抓服药。”

“不，不能再耽误你了，见到女儿，我的病就好了一大半，你快回家去吧……”

老妇人挣扎着要起来，陈芳庭忙按住她。

紫屏说：“陈大哥，我也不留你了，我知道，你心里更急……快走吧。”

陈芳庭摇摇头：“可你们……”

他从包袱里拿出几锭银子：“这是泰叔给的，说到了你家再给，你们千万得收下。”

老妇人道：“这怎么行？我从没见过这么多的银子。”

紫屏却收下了：“不是他要给的，是我一位大恩人给的，得收下。”

陈芳庭又从包袱里拿出不少食品来："我这都留下，你们用得着。"

紫屏说："你路上还得用。"

"这里离福建不算远。"

"那——代我向嫂夫人问好，还有小妹妹。"

陈芳庭仍迟疑："你们这个样子，我怎么能走？"

紫屏说："不，不，你得走，你不走，我们不得安心。我会好好照顾妈妈的。我这就去抓药。"

老妇人说："是呀，你自己没回家，先送紫屏回来，我们已过意不去了。"

陈芳庭千叮咛万嘱咐，这才离开。

一路南下，到了漳州，陈芳庭风尘仆仆，步履维艰。

此时已秋风萧瑟。

终于到了一个海边小镇，来到了自家门前。

一位女孩子正在门前提水，问："你找谁呀？"

陈芳庭心中什么被牵动了："你是……"

小女孩盯住芳庭不放。

陈芳庭问："家里没人么？"

小女孩说："妈妈下海采牡蛎去了。"

陈芳庭直摇头："这么冷下海，还有人呢？"

小女孩也摇头："没人了。"

陈芳庭一步抢了进去，发现堂屋中设了灵牌，立时跪了下来："爹、娘，不孝儿回来晚了。"

小女孩很聪慧，立时明白："爸爸！爸爸！"

陈芳庭一怔："你是……你几岁了？"

小女孩说："8 岁了。"

陈芳庭一把抱住她："爸爸出去快 9 年了，出去时还没有你呀！快，带我去找妈妈！"

小女孩带陈芳庭到了海边。

风浪中，一叶小舟在漂荡。

陈夫人从水中冒出来，把手中的牡蛎扔进小舟中。

小女孩大叫："妈妈，妈妈！"

陈夫人又从水中冒出头来。

陈芳庭高声喊："是我，是我，我回来了。"

陈夫人这才攀住船沿，翻身落在小舟上，赶紧往回划。

陈芳庭蹚着海水，向小舟迎去。

夫妻在水中紧拥，相泣。小女孩也赶到了，让两人抱起……

“没想到，孩子这么大了……”

“这孩子命苦，8岁才有父亲。”

“你怎么下海采牡蛎呢？水已经太凉了，谭康官不是给足了你我的份子银么？”

陈夫人回答：“不仅给足，每次还多给几成，成倍……可是……”

陈芳庭问：“二老不在，我……”

“两年前，都先后走了，没能等到你回来。”

“我在家里见到了他们的牌位。我回不来呀。”

陈夫人说：“这村子里，有多少人因为禁洋都没回来，你父母心慈，我每回从广州带回来的银子、粮食，大都接济乡亲去了……结果，他们一走，我连法事都做不起，只好去借……现在还没还完。”

“这些日子，该有人回了。这村子，不到十年，就败成这样！”

“总算风风光光为二老办了法事，没为你丢脸。”

“你不用再下海了，这回，谭康官给了我不少盘缠，该还的债，先去还了，我还能多在家住几个月，把祖屋修缮一下。”

“不必了，一村败了，我们一家光鲜，招摇了，简单补补漏，能遮风挡雨就行。”

陈芳庭说：“这么多年，委屈你了。”

陈夫人却说：“去看看乡亲们吧，给他们点希望。”

三人蹚过海水，到了岸边。

已经有不少人围了上来，在打听：

“你在外边见到我丈夫了么？”

“你在外边见到我儿子了么？”

……

陈芳庭尽自己所知，都说了，仍有人问个不停。

陈夫人心痛地说：“年年月月，你妈就沿着海岸，一路呼唤你的名字……”她哽咽了，“往后，不要也让我这么唤你……”

女儿说：“爸爸不会走了。”

陈芳庭表示：“往后，我年年都会回来，一定能回来。”

“商人重利轻别离，古人把话都说在前边了，好在谭康官这么多年一直很关照我们。”夫人轻轻地摇摇头。

陈芳庭坚定地说：“如今开洋了，不会再回不来了！”

第二年，即雍正六年，广州、宁波分别设立商总。

陈寿官如愿以偿，当上了行首之魁，旧称揽首，也被夷商称之为“首官”。

谭康官、骆官，还有那位老资格的黎安官等共同成为十三行的行首。

转眼，也就到了雍正六年夏秋之交了。

这个时候，是行商们最为忙碌的时候，因为来自西洋各国的商船，很快便随东南风北上，进入珠江口，据说，有的已泊在澳门暂事休息，旋即入虎门，到黄埔靠岸了。而后，大宗的交易便要进行，所以，一切都要为此做好准备，夷馆出租，货栈腾空，当然，最重要的是要备好交易的货品——丝绸、陶瓷、茶叶等等，人家可是载了一船船的银元而来的。

泰叔此刻，正忙着指挥手下把准备租给法兰西夷商的商馆重新粉刷好，再粘贴上若干法兰西夷人喜欢的装饰材料，让人家多少有点儿“宾至如归”的感觉。这些年，他先与荷兰夷商打交道，而后，与法商的交往则更多了，除开谈商务外，还可以聊上很多，大千世界，五彩斑斓，一如万花筒一样，不可不多知道一点。也许是无形中发生的，陈寿官同英吉利夷商交往得多一些，斤斤计较起来颇为上劲，可他与法商，生意上的计较反而不多。同是夷商，却分明各有各的不同，不可等量齐观。

刚走到馆前的花园口，就见陈芳庭急急过来：“泰叔，紫屏回来了。”

泰叔一时没反应过来：“谁？谁回来了？”

“是沈紫屏，那位女‘黑奴’，你不记得了吗？”

泰叔精神为之一爽：“是她！她怎么又回来了呢？”

“我还没来得及问她……喲，她已经跟来了，你问她吧！”陈芳庭笑嘻嘻地说。

已听到花丛后款款的步子。

真的，一时间，已分不清哪是花朵哪是人。一位女子似摇晃着一树的吊钟花，叮叮当当地闪亮出现了。没等泰叔看清她，她已经双膝跪下，叩起了头：

“感谢恩公，谢谢恩公，小女沈紫屏又来烦扰你了，请千万莫见怪。”

竟已操上一口流利的粤语了。

泰叔赶紧扶起了她：“无论你怎样，我是不会见怪的。”

紫屏这才站了起来。

此刻的紫屏，比当日在巴达维亚更明艳照人，毕竟，那时人还是晒得黑了点，可她这番回到了江南，在江南的丽日和风下，整个儿似被清水涤荡了一番，变得白里透红，找不到当初的阴影来，唯有“出水芙蓉”当可比拟。皮肤是那么细嫩，如山水豆腐一般，吹弹可破，让人见怜。最引人的是那双丹凤眼，含情脉脉，黑珠子有如点漆，却又灼灼逼人——这立时让泰叔想到了阳燧宝珠的传说，浑身上下，真是个光芒四射……几乎逼得他要移开自己的目光了。

“多亏恩公，让我最后见上了娘一面，是娘让我一定要回到你的身边，好好侍奉你，她说，这世间，好人难得，侍奉你，是我前世修来的福分，不可以轻弃……”紫屏泪水莹莹，哽咽着诉说。

“噢，不，不……照说，你娘比我也大不了多少，怎么就走了呢？”泰叔关心地问。

紫屏揩揩泪，忍痛说：“自从我们出海没了消息，官府就说我父亲通夷，不敢再回。左邻右舍也尽是白眼，我们那边不比广东，把通夷看成莫大的罪名。母亲带着小弟弟，孤儿寡母的，该怎么过呀？”

“你小弟弟呢？”泰叔心中一惊。

“就在我赶回去前一个月，就不知什么原因，溺水身亡，反正，孤儿寡母，常受人欺，听说是几个纨绔子弟追打他，不慎落水的，天知道。娘受不起这一打击，倒卧在床，再也没有起来，待我赶到，她已奄奄一息了，我赶紧用你给的钱请郎中，还是迟了，我守了她十九天，她还是去了。”紫屏忍不住，泪如雨下。

“回来了就好，我这就是你的家。”泰叔安慰了她一番，让陈芳庭安排一下，在谭家大院里找个好点的厢房住下，再从长计议。

“去吧，同陈大哥到我家去，他会安排好的，节哀顺变，不要太伤心了。”

紫屏点点头，同陈芳庭走了。

但走出没多远，她又回了头。

陈芳庭有点诧异。

紫屏含泪对泰叔道：“去年，你让人把我送回去，路上，经过景德镇……”

“是呀，我们商行的瓷器，大都是那里进的货，同那里来往很多。”

“我听送我的人说，你在广州也建了瓷窑，也烧出上好的瓷器，是吗？”

“是的，我正准备再扩大规模呢。”

“所以，这番回来，我就存了一段心思。我见景德镇瓷窑里，有那么多的彩绘女，一个个手艺都不差。我呢，有绘画的底子，再学学，一定能赶得上她们。而且，这些年，我还熟悉了西洋的画式，没准还能帮得上你。”紫屏大眼睛扑闪扑闪的，“知恩图报，我没别的本事报答你，你也就让我当一个彩绘女好了。”

泰叔一时不知说什么好：

“难得，难得你一片至诚……你让我好好想想，好吗？”

“好的……”这一路上，紫屏却是长了不少见识，先是溯北江而上，过芦苞，再上飞来峡，出浈阳，又到曲江拜了六祖，韶关、南雄，换上车马，经梅关古道，下章水，入赣江，顺流而下，鄱阳湖茫茫无际，就像大海一样。如果不是送她的人顺带去景德镇，她还无缘见识那么美轮美奂的瓷器，不是急于见家人，她还会在那里揣摩上十天半个月，真个在白瓷上画出万千气象来。的确，那时她就存了这样一段心思，“总有一天，我也能这么画，用你们的粤语说，这太合我的心水了。我也同病榻上的母亲说了，她亦很欣慰，嘱我一定要上你这里来……”紫屏言辞恳切，不让人有推托的余地。

泰叔却笑了：“你这小女子，看来不还你的愿还真不行。”他沉下脸来，认真地说：“打发你去工场，与市廛百工一起，实在于心不忍，要么，先在我家住下，以后隔天上一下工场，熟悉了，这画，什么地方也都是可以画的，要的是出上乘的蓝本，你说呢？”

没想到紫屏却很倔：“那你好人就做到底吧，一步到位，让我同彩绘工住到一起，我不会辜负你的。”

泰叔没有退路了，不无爱怜地说：“只是那些地方，会很艰苦的，你一个小女子，未必适应得了。”

“这总比我戴着脚镣当黑奴好多了，我不在乎，”紫屏坚定地说，“我给你说过的，那时，甚至连晚上也得戴着脚镣睡，怕我三更半夜跑掉了。”她捋起了裤脚，露出脚踝上那长好没多久的新肉，“只怕这一世，这个印痕都消退不了，教我忘不了！”

话说到这个分上，泰叔也不好怎么拒绝了：“你吃过的苦太多了，当好好恢复一下……既然你执意要去，我也不勉强你。”掉头对陈芳庭说：“这样吧，你到彩绘工那看看，安排好了，再接沈紫屏过去，这孩子不可以再受委屈了，一定要住得舒服一点。”

“您是说，先让她到夫人身边待几天再去，我明白了。”

紫屏终于随陈芳庭走了。

这边，把法兰西夷馆装修个八九不离十了，正准备等夷商来到，却还没喘过一口气，陈寿官便打发了人来，神色仓皇，称：

“大事不妙，夷船在鸡颈洋上下了锚，不肯进黄埔。”

“为什么？”

“他们拒绝丈量船只纳船钞，说非要同总督见上面，讲个明白才行。”

泰叔一怔：“这……与圣祖五十九年发生的事不差不多么？只是，你家寿官不已当上了行首，他当有魄力解决，我有什么用?”

“这回，同上次不一样……上回夷商反对的是公行垄断……”

“这回，也不赞成行首制度么？上次反垄断，不是让你家寿官参加进来才了事么？现在，陈寿官当了行首，莫非还有谁敢效仿那时的他，可没谁有他财大气粗呀……”

“不是这个，他们反的是，总督新定下的“番银加一征收”的规矩，也就是‘缴送’，他们说什么也不干了。”

来人这么一说，泰叔也不吭声了。

这“加一征收”，讲的是，任何一艘船，无论大小……也就是说，与丈量无关了，凡是所带的白银，一律按百分之十上缴给海关。过去，康熙四十七年，粤海关这一附加税，立的是百分之六，这已令夷商很是不满了，因为他们来中国，可交易的货物并不多，所带的，大部分，甚至全部是银元，这从明朝开始便是这样，明朝之所以对澳门网开一面，睁一只眼闭一只眼，任由葡萄牙夷人以“晒渔网”为由把个小岛盘踞住，为的是让国外银洋大量流入，以弥补国库的不足。明清易主，经济形势也仍旧如此，向中国流入的银洋也就有增无减。

而现在，又由百分之六上升到百分之十，增加了三分之一且不说，问题在于，这是对外船所带来的全部银元加一征收。也就是说，无论你这银元有没有买东西，反正，你先交上个一成，才给你去做生意。夷商报关，一分一毫是不会疏漏的，瞒报对于商家是不屑为之，有违其经商之道的诚信，所以，带了多少银元，无论是用于商务，还是私人，都会一五一十报清楚的。这一来，“加一”的数量便巨大了，一条夷船，少的，带有十万银元左右，多的，则十几二十万。这回，仅一次就来了六艘船，随后，还陆续有好几艘船到，生意没做，就得白白上缴个十多万银元给海关，而每条船的“船钞”还不算在内。

所以，洋大班们怎么也想不通。

他们就索性停在外洋，黄埔、澳门都不靠，让你海关管不着。要丈量船只，更是办不到。他们抱定一个宗旨，你不改变，我们不干，大不了走人，上别的口岸去，如厦门、宁波，看你怎么办?

外国商船不靠岸，船钞收不到，加一征收也搞不成，这海关的税就成了大问题。总督大伤脑筋了。

而按律条，官员是不与夷商打交道的，这时，唯有行商出面了。

泰叔思索良久，才说：“那我们只能出一趟海，分别与熟悉的大班联系，看看他们有什么用意，再行决断……咳，这都是杨文乾惹来的麻烦，他腰包鼓起来了，我们生意就难作了。”

“他不是奉命进京了么？又说是丁忧，可他父亲早已死过了，这丁忧还可以后补的么？好端端的南海开航，又给他搅了。”

“大班不是听说他走了，才不进港，要取消缴送的吧？”

“不好说。”

“告诉陈寿官，他去找一下英吉利的大班，我去找一下法兰西的，这两个国家敲定了，别的就好办了。”

陈寿官与泰叔一道，上了外洋，分别登了英吉利、法兰西的船。

英吉利大班阿诺特向陈寿官建议，生意不在广州做了，各自去厦门再成交。而法兰西来了一位年轻人，也劝泰叔上厦门，但两人都很明白告诉对方，你们不必作此打算，厦门那边贸易环境不会比这里好，苛捐杂税只会更多。这边的巡抚兼海关总督杨文乾被叫到北京去了，说还要为其父亲“丁忧”守制，一时也回不来，所以，这边的行商是不会冒风险，偷偷跑到厦门做交易，哪怕你们包下运送这边的丝织品的陆路费用——陆路不为海关所控制。

这番交涉，莫衷一是。

两人只好离开洋面，返回广州。

“这杨文乾走了，留下的尾巴还在。这番银加一征收的事怎么收拾？”泰叔双眉紧蹙，“人家不肯靠岸，就为这事。”

陈寿官却说：“这番银加一征收，其实也不算多，既然是来进贡的，有什么可计较。杨文乾对上可是抓住了理，才不同夷商纠缠。”

泰叔摇摇头：“老兄，你同我出洋也不止一回了，人家做贸易的规矩同我们不同，早些年公行搞不成，就是因为不合他们的规矩，你不也支持他们么？”

“可这回，杨文乾提出的加一征收，同公行不是一回事。本来，南洋开航已是大好事，不可得了便宜还卖乖，想取消这加一征收。杨文乾可是揣度圣上的用意，开海，是要增加国库的收入，你船来多了，加一征收，国库就增多了银两，这边生意大了，就算利息少了点，但总量还是大的，两不相亏。所以，这回我支持不了他们，加一征收改不了的。”陈寿官是这么认为的。

就着潮汐，船往内河走得快了。

泰叔却不这么认为：“其实，清廷早就分清了，暹罗、朝鲜、琉球，那是作为藩属国，当为朝贡贸易，这加一征收没什么可说的。可英吉利、法兰西，则都知道是通市，通市那就讲公平买卖，有来有往，这加一征收，就不合规矩了，既不合人家的规矩，也不合我们的规矩，人家当然不从了。”

陈寿官却说：“你这么讲也不无道理，可你跟谁讲去？与朝廷讲么，沸反盈天，别说听进几句了；与夷商讲了，鸡同鸭讲，格格不入，人家能听得进去么？我们夹在当中，能糊涂就糊涂好了。”

“问题是你要糊涂，人家不跟你糊涂，我最担心的是，这加一征收成了惯例，以后把所有通市都当成朝贡，这一来，朝廷被误导，不再有通市的区分，我们今后的贸易就更不好作了。其实，圣祖与法兰西，当今圣上与法兰西，据我所知，也没把人家当藩属国，圣祖与路易十四，更神交数十载，圣祖还让法兰西来的白晋、张诚教授算术、几何，连同俄罗斯谈判，还是让他们出面，说服对方不要图谋我们黑龙江的领土，白晋在圣祖三十五年回国，更带去中国的经典 49 卷，作为圣祖的礼物……加一征收看起来简单，收起来容易，只怕后患无穷，弄不好，又回到禁海上了。”泰叔揩揩脸上溅沾的水花，忧心忡忡地说，“这么些年，反反复复，好不容易南海开禁了，却又来了个加一征收，这未必是圣上的本意。”

“天意从来难测，我倒不去想这么多。但我们毕竟得依赖官府，才能赚得到钱，这才是本。这加一征收，我们不必说三道四，只能按官府的意思去办……”寿官淡淡一笑。

暮云四合。

潮声渐近，偌大一个入海口，迫得潮水往喇叭口内涌来，把船颠簸了起来。

回首，那六艘外国的商船，渐渐在退去，但仍倔强地立在海平线当中。众多的桅杆仍历历可数，但帆已经落下了。也许他们也习惯了，要获得“恩准”进入黄埔，除开耐心，还是耐心，少则一周，多则一月。而这回，则是自己不愿开进去，这日子还不知有多长？

看谁熬得过谁？

这边，怕熬下去，错过了最好的贸易季节，更怕耽误了借风回航——当然，无论怎样，谁也熬不到这个时候。

那边，怕熬下去，一年下来的税收不上来，积压的货物收不回货银，官府与行商都不可能作这一设想……

海平线已渐渐在暮色中模糊起来，上边有星点的火光，该不是六艘外轮上的吧？闪烁了一会，最终也还是消失了。紫色的天幕，如同一张大氅，很快盖住了整个世界。

潮声已经汹涌了起来，船行得更急了。

泰叔没回应寿官的话，对于官府，他自有看法，谭家祖上，也不是没有当过官的，也曾显赫过一时。官府，真个靠得住么？生意人傍上衙门，为虎作伥，又成了什么？

他想这么说，可终于咽了一口口水，什么也没说了。

这天，一顶大轿，几顶小轿，一路过来，进了广州抚院。

前边高举“回避”字牌。

路人惊诧地闪开，不知又是谁来了，怎么不似平日所有官员来那样声张？

没准，是杨大人又回来了。

有人认为，他是灰溜溜地走的，回来还大张旗鼓呀？不会是他吧。

可也难说，此人心计深得很。

轿子开进了府内。

陈寿官家倒是先得到消息。

寿官刚进门，管家便迎了出来，告知：方才，杨大人的手下已经来过了。

寿官总算确认杨大人已经回了。

管家说：“回了，不过，来人说，先别让别人知道，只告诉你一个。”

寿官松了一口气：“杨大人终于不计前嫌，关照我们了。”

管官说：“你总算没白费功夫。”

寿官摇摇头：“唉，白花花的银子没少花，我是汲取了教训呀。”

管家笑笑：“杨大人再假正经，让他眼睛发亮的还是银子。他这回提前知会，当是一个暗示。”

“暗示什么？”

“别的行商不打招呼，那便是要向他们下手，来个措手不及，而你不一样……”

寿官点头：“谭康泰说他心计深，深不可测，其实，我们早已探了底。”

管家说：“这个底，无非是银子。”

寿官叮嘱：“行，你准备一下，不要惊动三姨太，这两天就把厚礼送到杨府。”

泰叔的忧心，转眼便成了现实。

几天后，他回到了广州，上十三行去看看那依旧空荡荡的法兰西夷馆，心想，这回倒是真性急了，人家还不知几时住得进来呢？好在园中的花草，不因季节而异，酷暑下依旧长得蓬蓬勃勃，照样开得风风火火，无论番客几时到来，它们都一样笑靥迎人。

还是寿官那位下人又来了。

还是上次来那么慌，仓惶至极：“大事不妙，杨文乾又回来了，官复原职，听说外船不肯丈量，火冒三丈，说唯我们是问呢！”

这回，连泰叔的脸也发黑了。

“这话当真，你不会是道听途说吧？他还能回得来？”

“我要有假，天打五雷劈。这杨文乾真的是来了，还趾高气扬，比走之前神气多了，像喝了参汤补药一样。”

“这倒奇了，圣上非但没惩治他，还让他回来？那现任巡抚常大人怎么办？据说，正是常大人把他参了一本，这才把他召进京回罪，并且特地让常大人来顶他的职，分明是要来揭他的老底的……”泰叔仍满腹狐疑。

“咳，你有所不知，你们出海那天，常大人便说又要回福建当巡抚去了。我们还在猜，该谁来顶这个空缺，没想到，万万没想到，居然杨大人又秋毫无损地回来了。”

泰叔不明白，真的不明白了。

因为常赉参杨文乾，参得是够狠的了。有根有据，一笔一笔加起来，有三十多万两银子是杨文乾贪墨了的。凭这个数，他杨文乾有十个脑袋也保不住！

“杨大人这番回来，听到什么说法没有？你们那里是消息最灵通的，寿官与杨大人过去的交情多少还有一点，总知道点什么吧？”泰叔追回道。

来人摇摇头：“我家老爷也似热锅中的蚂蚁，他要知道点什么，还犯得着又打发我来找你么？大家都估摸着他这番回不来了，谁会料到他又咸鱼翻了身呢？想不到的。”

泰叔也没能打听到什么。

英国、法国等国的夷商拒不丈量船只，抗拒的正是“加一征收”，本以为杨文乾走了，这加一征收或许能有所松动，好了，这一来，杨文乾反而回来了，作为“加一征收”的提出者，只会变本加厉，焉有收回之理，这一来，双方都来了硬碰硬，不擦出火花才怪呢？

官场，就是这样波谲云诡，翻手为云，覆手为雨，谁应付得了？本已从商，以为与官场少点交道，没想到还得受制于他们，泰叔长吁短叹，仍胸无良策。

只能走一步看一步了。

陈芳庭办事回来了，他也听说了这事：“这个杨文乾是怎样的人？会出什么新花样？”

谭康泰只能说：“这位大人的心，深不可测。”

陈芳庭低下了头：“但愿他能收敛一点。”

“在巴达维亚时，你说给我一句话，认为当今的中国，是世界的机会，所以各国的商船才趋之若鹜，我们的行商也成了他们商船的大股东。这才开海几十年呀？没想到，又一度禁了洋，好在不到十年，禁不下去，又开洋了，外国商船来的多了，我们出去的商船也更多了，互惠互利，大家都能赚钱。可是，我一直担心……”谭康泰忧心忡忡。

“担心什么?”

“开了洋，并不是皆大欢喜，那些冬烘先生，还有贪墨的官吏，不会那么痛快让我们把生意做大做好的……”

陈芳庭点头：“是呀，其实还有很多的障碍、问题。”

谭康泰叹息：“中国给了世界机会，反过来，世界也给了中国机会，问题是，我们能不能同样抓住这个机会，诚然，我们现在比人家富，不愁别人不来做生意，可是，一旦以老大自居，不把人家给的机会当回事，机会就会失去，失去了，再找回，只怕就没那么容易了。”

陈芳庭仍在点头：“是呀，如今人家的船比我们大，走的，更比我们远，光凭这一条我感到，机会已经在流失了……”

两人无语。

第十章　能员酷吏

衙门里，虽说已近暑天，却是一片肃杀的气象，连平日“嗡嗡”乱叫乱飞的苍蝇也绝了踪影，不知是下人怕杨大人挑剔，早早把苍蝇赶跑，还是苍蝇也怕了杨大人，不敢来触霉头。本来，杨文乾在广州已经呆不住了，虽说他父亲杨宗仁是名臣，死在广东巡抚的任上，他杨文乾亦被雍正皇帝视为能臣，且一再夸他“大公无私”，无贪欲之心，可见信任至极。但众口铄金，参奏他的文本可谓接二连三，络绎不绝。风闻奏事，本是雍正立的规矩，所以无人不惧。况且整顿吏治，更是圣上的决心，真个“三人成虎”，他杨文乾再干净也吃不消。尽管他认定圣上对他是信任的，而他对公帑亦从不染指，任谁来查也不怕。可风声四起，说得有板有眼，也不由他稳坐钓鱼船。他感到吃不消了，虽说父亲过世，上谕他在任守制，可他仍上疏向圣上请假，乞还两年前“丁忧”之假，好回乡葬父，所以，6月间，他便离任而去了。

走了一位酷吏，上上下下都松了一口气。料他是回不了的，大家一片欢腾，清官高兴，贪官也快慰。试想想，头上高高坐着一位被圣上称颂为“大公无私”的能员，眼睛鼓得大大的，铁青着脸，无时无刻在盯住下边所有人，一见有差池，便来个迅雷不及掩耳的出击，别说贪官，就是清官也提心吊胆。毕竟是能员，价值就在“能”上，主意一个接一个，特别能折腾，下边每每弄个措手不及。取消南海禁航令后，他的招式便一个接一个，最大的两个，一便是设立“行首”制度，让行首来应对夷商，而他亦可以钳制“行首”，把行首玩弄于股掌之上，乖乖听话，该出血就得出血，行首可不是白当的；还有一个，便是“番银加一征收”，你夷商来做生意，带多少番银便做多大生意，断无把银元再运回去之理，圣上开恩，放开大洋，这与其说是“征收”，不如说是“上贡”才对……他就是这么揣测圣上开海的用意，为圣上聚财，当责无旁贷。而在华南，他不是圣上，也是圣上，一个喷嚏，也足教手下战栗三天。

当初他调到广州任职，人未到，名声便已经传开了。都简直神了，说他眼睛有毒，盯住谁，谁不死也得脱层皮，盯得你内心直发毛，所干的坏事一件一件都得倒出来。谁在他手下贪赃枉法，只能是自蹈死地，一个也逃不掉。传说中，不，在他的行状事迹里，就有一个极为传神、极具震慑力的故事。说的是有五个人同住在一个客栈里，其中一位丢失了非常贵重的财物，而当时，该客栈并无其他人出入，更没梁上君子光顾，盗金者，必为失主之外的另四位旅客。案子交到杨文乾那里审理。四个人，没一个不一口咬定自己不曾见财起心，清清白白，千万别诬赖了好人。审了半天，杨文乾突然说，本官已明察秋毫，确实没偷盗的，可以起身走人了。他话音一落，只有一人迅速地站了起来，往外就走，杨文乾却把惊堂木一拍：偷盗者就是你了，给我抓住！

后来一审，那要走人的家伙，终于把赃物如数吐了出来。这一来，杨文乾自此名声大噪，只差没以包公自居了。

当然，这也只是他断案中的一个，而他断成功的案子，又何止十个八个呢，所以，后来的史家，也把他写进了清史当中，视为能臣，传之后世呢。

只是，这回在广州，雍正皇帝尚未断喝一声“清廉者可以起身走人”，他却为何偏偏就迫不及待起身走人，说去“丁忧”呢？本来老父已过世近两年了，圣上让他守制，断无后补之理，他找上这么一个不成理由的理由走人，可否也如他审的那位盗贼一样，事先已心虚了呢？

的确，落了个贪官告他，清官也告他，清浊难分，人做到这个分上，官混到这个份上，多少有点尴尬与心寒了。虽说他在所有人面前，都一副倨傲自信的样子，可在他的内心，只怕已沮丧到了极点。如同有抑郁症的患者一样，人前永远是谈笑风生的，可独自一人，则会在片刻间投缳或坠楼，让所有人都无法理解。

大概，杨文乾正是这种官场抑郁症的典型患者。

设十三行“行首制度”，自是对在士农工商居末位的商人，采取又拉又打的策略，给你一顶一寸三分的帽子，亦是沐猴而冠，尝点真真假假的甜头，而骨子里，则是告诫商人须自律，别忘了居于末位身份，别太张狂，有我管着你呢，赚多赚少，全在我怎么放手。

至于“番银加一征收”，我可是为圣上着想，为社稷着想，为国家聚财、理财，把“通市”纳入或者说拉回到“进贡”的正轨，这才合乎我天朝上国真正的法度。圣上开海，本就是一种巨大的恩赐，作为受惠者能不回报么？这理由，可是堂堂正正、光明正大，夷商不理解，行商当理解才是。

还有一千九百五十银两的“规礼”，本就沿袭成例，在他，无非是统一归并打成包，一次性送交海关，而后再分派到相关执行部门，大部分作关税，四分之一强给守关的绿营，十分之一弱转粮道衙门，余下再作相关费用。这么做，谁想贪墨上一钱银子，只能另打主意了。这，也同样是为圣上着想呀……

加上这么几条措施，在杨文乾而言，则是深谋远虑的。

当初，圣上下谕，南海开航，他就心中一沉，怎么圣上就信了福建总督高其倬的话呢？开洋之利弊，广东当比福建了解得多，他原本就想上折子，还不如把夷船统统集中在澳门做贸易好了，广州这边索性完全关闭，这样，对民风的影响，尤其是对海防的影响，就可以大大减少。可还没来得及，福建总督却先上了折子，反而把南洋给开放了，这一来，关掉广州海关的主意，一时就提不出来了，切切不可迎着风头上。

那天，反复阅读圣谕至深夜，心中莫衷一是，耳中却传来次子杨应琚的琅琅书声，不觉走了过去。这杨应琚，当是儿子中最有出息的一个，小小年纪就爱读圣贤书，用功到半夜还不知累。于是，便问上一句：

“你在读什么？”

“我在反复咀嚼‘非我族类，其心必异’一语。”

“你怎么看？”

“这话，本是汉人所讲，可在广东，这话又当怎讲？”

“你考为父么？”

“不，这里本是南蛮之地，即便是汉人，也受南蛮之风所熏，恐怕，其心也异矣。”

“这话又怎讲？”

“还在唐代，白居易都告诫南下为官的元稹，称这边的人是问贫不问道，也就是说，只问贫富，不讲道义，这也就有违中原的本旨，所以才出了那么多的逐利之徒，那么多贪墨的污吏，人们的心思不同，看重的东西也不一样，这不就一样是其心必异么？父亲来到广州，当比我感受得更深刻些。”

“是呀，他们视钱财比性命还重，不可理喻，为挣钱，都不惜一搏……与中原的汉人传统大相径庭。”

“这‘其心必异’，在南蛮之地，便是异在这上面。”

“所以，我同十三行行商打交道，无论他们怎么说得口水溅溅的，我都看到这背后只有一个字，那便是——钱。”

“父亲洞若观火。”

与儿子一番话，令他轻松了不少，再回到案前，重读圣谕，目光却落到了最后一行字上：

令该督详立规条，严加防范。从之。

顿时，脑子敞亮了起来，显然，圣上也不是那么轻率的——最终，“开洋”还是“禁海”，并不曾最后决断。

那就详立规条，严加防范好了。

于是，他又一下子“活”了，一条又一条规条，便出了台。

首先，得对付已夷化得差不多的行商，得把他们管起来，只有管好他们，方可限制夷风之蔓延……

而后，则是认真对付夷商，当然，不可太生硬地把他们拦阻，打发回去，以免污染了我大清朗朗乾坤，但是，总归有法子，用各种重税，让他们挣不到钱，这样，他们就不再来此逐利了。

而海防自可高枕无忧。

由于父亲杨宗仁是名臣，主政过广东，自己也被今日的皇上视为能员，杨文乾恢复“加一征收”当是深思熟虑的。一是雍正皇帝废除了南洋禁航令之际，亦下令对外贸易严加监管，这当合乎圣意；二是“加一征收”早有依据，不仅前朝如此，往前追溯，早在宋朝乃至更远，也已对所有朝贡国实行了，你既来天朝上国，怎可不先朝贡再做生意呢，这已是历朝祖制，不可更改的，父亲在世时，没少叮嘱这一条；第三，虽说康熙朝已有贡舶与互市之分，暹罗船等到视为贡舶，而西洋船则为互市，但官员们仍以贡舶视之，这不无道理，番鬼老们本为不开化的，连向皇帝进贡都不懂，往后怎么教化？所以，坚持“加一征收”，无疑更是维护帝国的无上威权，当今皇上势必称许。

所以，任凭外商怎么抗拒，以不把商船开进来作为要挟，他都立定心肠，抱定宗旨不松口。

而行商敢助外商抗“加一征收”，那就不客气了，内外有别，先抓起来再说。

这可是考虑够周详的了。

怎么会弄得怨声载道，沸反盈天呢？

不觉间，一阵寒气袭来，牙关“嘎嘎”作响，浑身竟战栗了起来，已近溽暑，何来之凉风？他连声吆喝：

“关窗，关门……”

书吏赶紧把门窗关得“砰砰”作响。

“就不能轻手轻脚点？”杨文乾哆嗦着喊，砰响更令他心惊肉跳。

书吏小心地把门窗一一关严，这才松了一口气，老爷这回回来，比往日更喜怒无常，没法摸准他的脾气，时刻提心吊胆。

“好了，好了，出去，让我一个人清静点。”杨文乾把手摆了摆。

书吏悄然告退。

杨文乾半靠在太师椅上，眼角的余光，却还在厅堂中父亲杨宗仁的画像上。

杨宗仁的画像，正襟危坐，不苟言笑，眼中儿有一道慑人的光束，直视任何一位来看望他的人。两颊凹陷，更添几分威严，却分明透出几分疲惫。他是太劳神、劳心了，所以才深得皇上的信任。

这可是御制画像。

左右两联，也是圣上所赐：廉洁如冰，耿介如石。

杨文乾忽地觉得，正是这“冰”字，令他有透心的凉意；而“石”字，更压得胸口喘不过气来。祖上的荫庇，怎么会这样呢？

他连喝了几口热茶，烫得喉咙都发痛了，可身上的寒气还是逼不退，牙齿照旧在上下打架，“咯咯”直响。

就在这时，书吏探进了脑袋，小声地说：

“您传的谭康官来了。”

“谭康泰！什么官不官的？”杨文乾又打了个寒噤，“以后不能这么叫。”

“是。”书吏的头还没缩回去。

“还愣着干什么？”

“宣不宣他？”

“嗯……让他稍等。”

书吏的头缩回去了。

杨文乾抖动了一下筋骨，使劲咳了几声，把脸抻了抻，居然牙齿不再打架了。显然，须在外人面前端起架子才行，这么一想，哆嗦自然就不再了，怎可以在外人面前露怯呢？天大的事压下来，在外人面前也仍旧不动声色，况且这外人是商人呢？商人为四业之末，特擅长察言观色，愈是低贱，才需要看人家眼色行事，自不可让其探出点什么。

终于，他的嗓子明亮了：

“传谭康泰。”

书吏立即应声。

片刻，大门推开了，书吏引来了一位有几分儒雅之气却不乏精明的商人进来。

问安后，杨文乾正色道：

“外洋大班拒绝丈量船只，不肯进港，已有多时了吧?”

“是的。”谭康泰点了头。

“不说是你们怂恿的，只怕你们也脱不了干系了?”杨文乾的脸变青了。

谭康泰坦然道：“这已不是一两年的事了。”

“独今天来得邪火，不是吗?”杨文乾断喝道。

“外洋大班这回是固执了点。”

“不要说得太轻巧了，别以为我什么都不知道。”杨文乾居然站了起来，“以为我‘丁忧’去了，不会再回来，所以我制订的章程，就可以统统推倒?”

谭康泰沉吟了一会，竟然说：“大人说的有几分切中。”

“这么说，你们果真以为能翻得了盘啵！可偏偏我又回来了，圣上照旧让我打理海关这一要务，你们失望了吧?”

谭康泰说：“在商言商，官府的事，岂是我们商人觊觎的?”

“这‘加一征收’的确是我制定的，我在一日，就得执行一日，除非……”本想说“我死了”，但马上收了口，这太不吉利了，杨文乾抽了一口冷气。

“外洋大班始终认为，这不是皇上的意思，他们要见皇上圣谕。”谭康泰话中有话。

“反了不是？皇上把我召到了北京，对这个有什么说法，我能不知道？叫他们乖乖纳上，这归根结底，都是皇上的银子，分文不可缺少，赖是赖不掉的。”杨文乾似乎又觉得有股寒气袭来，咬了咬牙，显得有几分狰狞。

谭康泰见他这个凶相，不由得心头一沉：“得有说服他们的理由。”

“理由？他们要与我们做生意，这便是理由，这也是向天朝上国的一份表示，不然，大清是不会允许他们来的。况且，两年前我在任时，他们就乖乖地缴付过，按来时所携的全部番银‘加一征收’。我定下来的，所以是不会变的。我还可以告诉你，我还会把这番银‘加一征收’定为法令，永世不得修改。这本是皇上课征的权利，最后，也是全部缴入皇上的财库的……别以为拖上几天不进港，这加一征收便会取消，痴心妄想，办不到！”

杨文乾重重地拍了一下台案。

谭康泰说：“大人息怒。千万不可伤了身体，怒可伤肝……”

“你不要没话找话。”杨文乾狠狠地盯了谭康泰一眼，他更恼火这位商人说及他的身体状况，“你放明白一点，既然你是总商，把你叫来，就是要叫你履行职责，先行负责收缴第一批的两艘外洋大班船只的‘加一征收’。这不会有任何商量余地！”

设置总商，杨文乾自视为自己管理外洋贸易的一大杰作。同时，也是为其

父亲杨宗仁当年设置“公行”，硬是给外洋大班搅得无法运作只好作罢，消失于无形之中的一个报复。

杨宗仁是康熙五十七年就任广东巡抚的，当年一位大员是这么上疏推荐他的：“老成练达，有守有才，边俗番情，素所熟习。”康熙见此上疏，立即就想到了广东，自从开海禁以来，广东固然为皇库收得了不少的税银，而且还引进了不少外夷的人才，尤其是法兰西的画师，精通天文历算、善修钟表的技师，还有医学精湛的医师，这不能不引起康熙的重视，有一位能员镇守南方，是再理想不过了、放心不过了。于是，杨宗仁在广东便走马上任了。

在杨宗仁上任后不久，公行便建立了起来，且订立了严谨的行规，以解除对外贸易之混乱，免得商人乱定价、争份额、闹排斥，甚至于以假乱真，以保证对外贸易的进行。但是，没有进入公行的商人，就得通过行商方可以做贸易，这一来，务必向行商交纳相应比重的货价作中介费用，他们自然不干了，于是，便找到了英国商船，请他们设法干预。英商自然认为这有违其自由贸易的原则，对公行予以抵制。

而他们采用的抗拒方式，与今天的完全一样，那便是把船停在外洋作为要挟，不允许丈量船只以确定税额。

杨宗仁急了，皇上派他来是寄予重望，可来后，为此影响税收，则大大失算，对皇上也不好交代。于是，找来了公行的行首，包括谭康泰等在内，找个变通的法子，决定让行外的陈寿官等人参与同外洋大班的贸易，这事才算了结，但是，这一来，“公行”也就无形中被废除了。

为了防止当年的局面出现，也实现父亲当年的遗愿，杨文乾把“公行”变相化为了“商总”制度，其行规亦有所不同，同时，更吸收了财大气粗的陈寿官参与，从而减少了行外商人反抗的力度，总而言之，他杨文乾是用尽了心思，上下左右都考虑周全，这才出台了这么个商总。

谭康泰固然是老公行成员，进入商总，自是顺理成章，但并不是谁就可以轻易进入商总的，这多少带有他杨文乾恩赐的成分。至于陈寿官，虽与杨宗仁有过龃龉，可杨文乾来后，多少学乖了，上上下下做了打点，杨文乾耳边亦有人说他不少好话，考虑到他的财力与影响，权衡再三，杨文乾也就不计前嫌，把他吸收进来。

没想到，陈寿官一伙一个个落入彀中，外洋大班却照旧不予买账，而且如法炮制，用拒绝丈量船只为对抗的手段，显然，是要把“加一征收”顶住，让其同样消失于无形之中。

这一来，他杨文乾的颜面何在？

连老父亲杨宗仁的颜面也没有了。

而这位谭康泰，则不温不火，该不是仗着自己是本地粤人，树大根深，没把我放在眼里吧？杨文乾心里有些忿忿然了。

此时的广州，正是湿气重、温度不低，最难将息的时候，动辄便一身汗，沤湿几层内衣，解开衣扣，还透不过气，偏生这位大人，却把整个厅堂关了个严严实实，丝风不透，谭康泰只觉得额头上都滚下了汗珠来，一时，竟不知如何应对。

杨文乾却以为谭康泰不言不语，自是腹诽，反倒抽了一口冷气：

“你倒是照办不照办？”

“太热了，闷得喘不过气……”谭康泰好不容易才说出话来。

“你是说本官不让你说话了？”

“不，不，又闷又热，太难受了。”

“本官不难受，你倒难受了？收不回‘加一征收’，难受还在后头。”

谭康泰这才说：“我们已经被这‘加一征收’纠缠久了，年年如此，外洋大班年年抗拒，我们什么话也说尽……”

“真个说尽了么？”杨文乾冷笑道，“只怕是你们暗中纵容他们抗拒才是……这本来就是你们的事，非要本官干涉？”

“人家就不肯靠岸，还口口声声去别的港口，说那里没有‘加一征收’……”

这话一出口，谭康泰想收也收不回了，这恰巧触动了杨文乾那根最敏感的神经：

“你……你是说厦门？”

“外洋大班没有明说。”

“哼，你以为常赉回到那里就足以笼络住这帮外洋大班么？他已被我查了个七荤八素，只怕自身难保，敢同我广州的规矩唱对台戏？”杨文乾已是在极力控制自己，当年，上朝廷参了他一本的，就是这个常赉，而且还调到广州，顶了他的位。好在雍正皇帝自有主意，竟派他去福建查常赉，结果，硬是查出了一大堆的问题来，报给圣上，圣上不提他杨文乾被参的事，反夸他查得认真，有其父杨宗仁廉洁严明之遗风，于是，又把他派回广州，让常赉走人。他总算出了一口恶气。

谭康泰倒是了解一些内幕，只是说：“常大人在广东没什么根基……”

“哼，你们行商这些日子，却是唯常赉马首是瞻，以为我回不来了，是吗？”杨文乾尖刻了起来，“没想到我又回来了，你们不敢说三道四，却拿外洋大班说事，别以为我看不出来，今天叫你，不叫陈寿官，我是有分算的。问题只怕就是出在你身上。”

“这话……怎说?”谭康泰抬起了眼睑，看了杨文乾一眼，这位大人在如此闷热的屋子里，居然还一脸皂白，很是怵人。

“解铃还须系铃人。”杨文乾猛地咳了一声，“不要以为我刚回来，什么都不知道，我可是心如明镜，谁也别想蒙过我。”

谭康泰心中一沉，显然，行商中早已有人通过水了，谁呢?一时还估摸不准，不好乱猜疑：“我同法兰西的大班交往日久，你也是知道的，但这一回，为主的是英吉利的大班，他们两个国家素来不和，相互通气未必多，这事，我当不了解铃人。”

“你休诳我!”杨文乾终于按捺不住了。

“我是实话实说。”

“你就没出外洋，偷偷上过外洋大班的船么?”

“又不是我一个人，陈寿官也去了。”

“去了怎样?”

“还是想说服他们丈量船只，告诉他们，上厦门去绝非上策。”

陈寿官与杨文乾相交日渐紧密，这是行商中不成秘密的秘密，谭康泰试图以此抵挡一番，好退出漩涡。

谁知杨文乾更凶了：

“我没叫他，就是对他失去了信任。他同常赉走得那么近，才几天工夫，就不认我了!”

他竟然又哆嗦了起来：

“我回来了，官复原职，是圣上安排的，就是让我好好看看广州这一幕戏，你们一个都逃不出我的法眼。你们了解圣上的深意么?我毕竟是……是杨宗仁的儿子，虎门无犬子，对付不了你们这班奸商，我枉吃了几十年的皇粮!我清清白白，干干净净，不曾动用过分文公帑，告来告去，动不了我一根毫毛。我这不又毫毛未损回来了?!我倒得了么?你们商人，当更识时务才是……”说到这，他又打了个寒噤，干吗对一个商人作如此一番辩白，犯不着，于是，他运尽了丹田之气，一声断喝：

“无论你，还是陈寿官，以及一个个商总，都得在三天之内，把你们包揽的夷船全部一一引进港口，不仅要丈量好，而且要把‘加一征收’收足，少了分毫，我饶不了你们，等着有好看的!”

谭康泰出了一身冷汗，他明白这番话的分量，杨文乾这个人，说得出，做得出，而且，更能做绝，当在气焰最盛之际，任何揶揄、冲撞，只能火上加油，他只好说：

“我会原原本本把你的意思说给各位商总的。”

谭康泰赶紧退出了。

还好，谭康泰识相，退得快，不然，杨文乾就撑不住了。

谭康泰一走，杨文乾便瘫倒在了太师椅上，只有进气的分，没有出气的分。

似乎还有一线风透了进来——这一线风也照样浸入筋骨，抬头，发现谭康泰出去时，门并不曾关严，于是大声叫道："关好门！"

门又悄然无声地关紧了。

片刻间，他整个身子，竟又萎成了一团，蜷缩在椅上的一角。方才还声色俱厉，威风八面，可此刻，却形同病猫一般，只剩下游丝样的一口气了，当是一下子把气力使尽？

尽管官复原职，圣上还夸奖自己在福建查办仓库亏空等案有功，"秉公无瞻顾"，可那位狠狠参了自己一本的常赉，却未因福建被查有什么变化，也照旧回福建官复原职，真不知圣上到底是何用心？

天意从来高难测！

杨文乾也这么叹息。

当日，来广东接任死去的父亲一职，他可是雄心勃勃的，因为圣上在父亲死后下了圣旨，称他的后人可以"准袭二次"，高度评价杨宗仁"敬慎持躬，廉能供职，效力年久，懋功勤劳。自简任总督以来，洁己奉公，孤介端方，始终一节"。凭此，当儿子的够光彩的了。所以，一到位，就参了上司孔毓珣一个折子，说他亏空公帑三万余银两。谁知，圣上却告诉他，孔毓珣对此事已交代过了。"尔等封疆大吏，唯宜一心一德，以和为主，切毋听信属员离间之言，以致好恶参差。"

第一个奏折没参准，他又来了一个，称孔毓珣所查盗案，已堆满了灰尘不予了结，狱中人满为患，是否将积案一并了结，以示宽大为怀。没想到圣上却反驳他："孔毓珣缉捕盗贼，甚为尽力。彼擒之，汝纵之，恐汝难当此论。纵虎归山，岂为仁政，非积阴功，乃大坏德行事也。若不加意斟酌，万万不可。"

直到第三份奏折，他才揣摸准了圣上的用心，这回，他提出在广州实行编保甲制，以确保地方治安，圣上当即大加赞赏："此见甚好"。

总算奏准了一个。

而"商总"制，实行保商的方法，正是从编保甲制而来的，进而将一千九百五十两银子统一起来，再来个"番银加一征收"，也都是出自同一思路，他寻思，这自会更让圣上称许，知道他与父亲一样，同是能臣。

可没想到，不仅上上下下的官员，群起而攻之，而内内外外的商人，行商

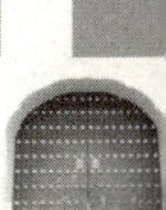

与外商，也都抗拒不办，状纸直达天庭，直斥他以此谋私利，贪墨银两三十多万。

冤乎？

雍正皇帝倒是听了他的一番申辩，称他本人绝对不曾动用公帑一分一厘，至于外夷番银，不属公帑，不应等量齐观。

这无疑是不打自招。

圣上盛怒，斥之：

> 从来操守一事，实难得其人。在杨文乾自以为不关国计民生，设法巧取，名实兼收，殊不知人之耳目，如何能欺，所谓弄巧成拙，若不悔改，立见名实俱败矣。

原来，常赍的状纸中就有一条，他杨文乾是“番银不论是否买货，先加一扣收，得银四万两”，自是进了自己的腰包。

这令他出了一身冷汗。

只是他还是想不通，动了公帑，自属贪墨，罪不可赦，可那些不开化的夷人的银子，又算得了什么呢？只要我对朝廷尽忠便是。况且那些银子，我也没怎么中饱私囊，多数不也拿去孝敬皇帝国戚了么？

只是圣上并没松口，仍来了个“寻谕”：

> 洋行一事，确凿可据，汝意以为巧取暗夺，名实兼收，殊不知人之耳目难瞒。但一图利，谁肯甘服汝？既巧获而居清官之名，属员亦必令有巧利方可禁其婪取，否则虽令不从，此干系属员生效尤之心。至于百姓，汝曾奏朕：“粤人唯利是视，身命皆视为次。”汝一徇利，则百姓孰肯服汝而从耶？为督抚大吏者，既失属员百姓之心，而欲令地方就理，岂可得乎？汝若不深自愧悔，痛改前非，必至噬脐不及矣。

寻谕一到，杨文乾顿时魂飞魄散，几天里粒米不进，寻思脑袋这回保不住了。

幸亏几天下来，却又没了动静。

上边并没派钦差来查案。

也不曾一再下旨查办、撤职。

心惊胆战了好些日子，再回过头来，重读圣上的寻谕，却又找到了一线宽慰。

可不，圣上并没把话说绝，要的只是“痛改”，有“愧悔”之心便行……写了这么长，自是苦口婆心，否则，几句话下来，撤职、查办、监斩候，不就了结了么？

显然，圣上也有恻隐之心。

而这恻隐之心，当是对父亲杨宗仁的一份痛惜之情而起。毕竟，父亲为圣上立下了汗马功劳，当荫庇至子孙——本也有“准袭二次”圣旨。记得，父亲讲过，圣上还是有怜惜之情，一位功臣过世后，其后人犯下了重罪，最终，也还是从宽处理了，没有被杀头，对自己，看来也是这样。

一阵虚汗出过，杨文乾赶紧又跪在父亲的遗像前，深深把头埋了下去。

遗像两侧，“廉洁如冰，耿介如石”八个字，只有趴下了才看不着。看不着，浑身才不会冰凉，胸口才不会有巨石压住……只是，皇上两次如此严厉地训谕，没准哪一天，再有一份奏折上去，火上加油，自己不就死无葬身之地么？

“士当审其所当为，严其所不可为。”

耳边，竟似有什么人仍在厉声严斥，谁？圣上？抑或，已过世的老父？

不，我绝不可坐以待毙，不能再让谁告上去了！

他一下子便又站立了起来，声色俱厉：

“来人！”

书吏赶紧进来，并随手又掩上了门：“大人有何吩咐？”

“准备好折子，我要上疏。”

书吏言听计从。

哼，常赉走人了，回他的福建去，当日参他杨文乾的，一个个都不可以放过，两广总督阿克敦、广东布政使官达，你们也干净不到哪里去！不，至少我杨文乾比你们干净，你们的把柄可都攥在我手里……

“你给我写，阿克敦，身为封疆大吏，竟然向藩属国暹罗的商船，勒索什么规礼，有违大清对藩属国进贡的例规……”

“一一写下来。”

“再参一本。”

“谁？”

“广东布政使官达。”

“写下了。”

“这老奸巨猾的家伙，自己不出面，却纵容自己的幕僚收纳贿金，数额不低……”

“大人明察秋毫。”

……

当日，杨文乾便打发快马，六百里加急送至京城。

就算你阿克敦、官达见我回来不顺眼，再参我一本，也没我这般神速，皇上说到底还是得信我的。我到底是杨宗仁的后嗣，祖风犹在！我就不信参不倒你们！

入夜，似乎心安了点，却仍难以入睡。

门窗仍旧是开不得的，只要有风声透进来，耳边便似听到有什么人在告状，一声声都有他杨文乾三个字，就是堵上耳朵也还是听得见，没完没了……

没了风声，但心又烦了起来。

是呀，外洋大班们拒不进港，税收上不去犹自可，皇上这回还特地叮嘱，要些稀奇玩意，最好，尽快让一位法国的画师在广州学会几句中国话，而后上京效力……但这一拖，又不知多长时间，皇上只怕会等得不耐烦了！

这一来，再怪罪我杨文乾办事不力，旧账新账一齐算，岂不糟了？！

不行，不能让谭康泰打太极拳了，须发出几句狠话……

天没亮，他便起了床。

反正睡不着。

书吏应声而至。

"给我向行商发话……"

他无意中看到镜中的脸色：黑得瘆人！

这面镜子，却是他向外洋大班索要的，照人一点也不变形。

陈家的大门口外，管家挟着一个匣子急匆匆地往外走。

三姨太刚巧从外边回来，撞上了，三姨太眼尖，察觉管家的神色闪烁，顿生疑窦，喝道："站住。"

管家还想溜走。

三姨太挡在了前面："我叫你呢！"

管家左右看看，只好站住了："叫我？"

三姨太问："你手中什么宝贝？"

管家搪塞："不过是账本匣子。"

三姨太不信："账本用得上这么讲究的匣子么？你……只是管家，不会是……"

管家只好说："三太太，我只是奉命而为，万勿多疑。"

三姨太："不是账本，又是什么？"

"这，这……"

三姨太劈手夺过来：“我看看。”

管家不敢抵抗，只能让三姨太夺走。

匣子打开，只见珍珠、玉石、翡翠、鼻烟壶等。

三姨太冷冷地说：“这大都是女人的物品，你从何来?”

管家申辩：“这，这，不是我的。”

“那是谁的?”

管家无奈：“是老爷的。”

三姨太冷笑了：“笑话，老爷每回回来，凡是给女人的物品，都得先经我挑选，其余的，都打发下人了，你这不会是监守自盗吧?”

“三太太冤枉，冤枉，这不关我的事。”

“不关你的事，那还是老爷的事，是不是老爷有什么相好的，要瞒住我，看你这鬼鬼祟祟的，我没说错吧?”

“不是，不是。”

三姨太厉声道：“那又是什么?”

管家却说不得。

这时，陈寿官不得不走出来了。

三姨太说：“来得正好，三人六面好对质，说吧，管家不敢对我说，你总可以说了。”

陈寿官一脸无奈：“不是夫人所想。”

三姨太又冷笑了：“不是我所想又是什么？当年你娶我，没少信誓旦旦，说娶了我之后，不再纳妾了。”

陈寿官承认：“是有这话，这么多年，我没违反誓约。”

三姨太说：“是的，你把大夫人留在了乡下，她也不来广州，每年的岁银不会少一个子儿，二姨太你留在家乡小镇上守宅子，也从不多事。你说了，男主外女主内，称我亦称内人，那家里的事，本就是我当家，这没说错吧。”

“夫人说的正是。”

“既然不再娶，外边也就不该有相好的，送这些女人物件，必有什么瞒住我了。你说我们西关女新派，娶老婆不许纳妾，就顺着我来，只没依我上西洋人的教堂，我还是让了一步……”

“夫人息怒，这些首饰什么的，的确不是给什么相好的。”

三姨太拧紧双眉：“给什么人?”

陈寿官解释：“还是给你说吧，几个月前，杨大人进京，我去送行，见到他的夫人，有一句没一句说我们行商手上的稀罕物件多，想见识见识……”

“是杨大人家眷索要?”

“正是。”

“这如今，杨大人不是自身难保了么？”

“不，他昨天就回来了。”

“没事了？”

“没事。”

三姨太却说：“没事更不能送。”

陈寿官不解：“为何？”

三姨太正色道：“他上京，是因为贪墨出事，能回来，当知错必改，更不能收人的银两，你这不是害他吗？”

陈寿官强调：“我这又不是公帑，礼尚往来。”

“他再出事，你就逃不了干系，什么公帑不公帑的，我进门就提醒你，不可与官员走得太近……”

“我是信了你的，所以才没与那些什么王商、军商打交道，他们出了事，我能安然无恙。可今天不同，杨大人身兼巡抚与海关监督，管的就是我们行商，我已得罪过他父亲，再也得罪他不起了。”

“你没得罪他，开洋之前，他还不是再抓你不误。不开洋，能放你出来吗？”

“夫人日日送牢饭，我没齿不忘。”

“我一直说，在商言商，别与官场不清不楚。”

“只是……”

“这匣子我收了。管家，你回去。”

管家只好灰溜溜走了，陈寿官使了个眼色。

陈寿官笑嘻嘻地：“夫人喜欢，只管收下。”

“以后不许你私自留下这些东西。”

“不敢，不敢。”

“更不许去取悦什么官太太。”

“一切听夫人的。”

三姨太冷眼道：“不然，小心项上人头！”

“呀！”

三姨太却有所不知，几个时辰后，陈寿官还是杨府的座上客。

一脸发黑的杨文乾打起精神，对已坐下的陈寿官说话：“你们行商，不会料到我还会回来吧？”

陈寿官认真表示：“不少人这么认为，我可不认为。”

杨文乾脸上有了笑意：“为何？”

陈寿官称："你有祖上荫庇，在任上政声不俗，又闻去福建肃贪、威震沿海，就算不回来，那一定是像你父亲，要升迁了。"

杨文乾点头："看来你料事如神。"

陈寿官忙说："大人过奖了。"

杨文乾正色道："圣上派我回来，自是为增加国库收入，外洋船多了，征收一定不可疏漏，圣上盯得很紧，细心到一块平板玻璃，这你也知道的，这边海关，唯我胜任，不派我派谁？我也当有所作为，会出台一些新措施，你得好好配合，如果行商铁板一块，我就来狠的，可别怪我了。当然，有你在当中，暗中助力，我想事情就好办多了，我是很看重你的。"

陈寿官受宠若惊："大人如此信任，我当肝脑涂地。"

正在这时，杨夫人走了出来。

"嗬嗬，这不是陈寿官么？"

陈寿官打了个千儿："给夫人请安。"

杨夫人似在打听："这一年，洋船听说来了十几艘？"

陈寿官连忙从袖子里掏出了翡翠、玛瑙、银盒等等，一样一样，一字排在了茶几上："不成敬意，不成敬意。"

这不是三姨太没收的那份，他有好多备份。

杨夫人拈起来，一一品赏："你眼光不错。"

"夫人入眼，在我万分荣幸。"

杨文乾问："都是夷商的玩意儿？"

陈寿官称："夷商也各有不同，各有所好……"

他如数家珍似的一一介绍。

窗外，天色渐暗。

终于，杨文乾起身，对陈寿官称："这回，我要来个大的改革，把所有的赋税统统打成包，免得过于琐碎，漏洞太多……"

陈寿官问："怎么打包？"

杨文乾说："还叫'加一征收'。这我与商总谭康泰宣布了，外舶也早得到了通知。"

"加一征收？"

杨文乾坚定表示："对，洋船一靠岸，就得交出一成的银子，不交，不让靠岸。"

陈寿官抽了一口冷气：加一征收！

走到门外，已是满天黑云，遮住月光与星星。

第十一章　缓兵之计

谭康泰心急如焚。

杨文乾的卷土重来，令所有的行商猝不及防。应对这位能员、酷吏且自命为“清官”的杨大人，谁都心中没个谱。过去，这家伙一副居高临下的圣人相，不屑于与行商打交道，什么“粤人唯利是视，身命皆视为次”，而他来自北方，重义轻利，唯道为上，把粤人都当成逐利之徒，所以，大道理一讲，你就没法以“利”来做计较了。可这回，他只下死命令，收上“加一征收”，没有任何回旋的余地，大道理也懒得讲了。而这“加一征收”，外洋大班是下决心抗拒到底的，同样没有商量的可能。

这两相顶撞，把行商夹在中间，就似老鼠钻进风箱——两头受气。

本来，杨文乾一走，外洋大班看准了机会，要求取消这“加一征收”，不是没有可能，毕竟这太不合理了，而且，这也是常大人参杨文乾的一条，常大人来到广州主事，所参的“加一征收”，也就顺理成章废除了，广州的外贸局面不再出现这类梗塞，该多好！虽说常大人对这一条不曾说什么，但外洋大班集体一抗议，能不被认真考虑么？

偏偏杨文乾在这当口又卷土重来，常大人要卷起铺盖走人，这取消“加一征收”的事竟发生逆转，让行间防不胜防。

坦率说，外洋大班以拒缴“加一征收”为由不进港，行商们心中亦暗暗称道：要让广州行市旺起来，就得废除一项项的苛捐杂税，人家才愿意不远万里而来。

然而，这回都失算了。

入夜，商总们都来齐了。

谁不急于探消息呢。

泰叔把杨文乾召见的情况一说，大家都半天吭不了声：这如何是好？

“陈寿官，你这回是大头，英吉利的商船最多，这加一征收的事，过不了英吉利大班的关，所有的都过不了。”骆官先开了口。

陈寿官直摇头：“我还能有什么能耐？英夷锱铢必较，你们是深知的，不如法夷好说话，别去找没趣。”

泰叔却说：“这回，法兰西只来了两艘船，说不起话，再说，他们对这‘加一征收’也早就耿耿于怀。”

莫衷一是。

“那就都熬着吧，看谁熬得过谁？”老资格的黎安官万般无奈地说，“我倒是有一个消息，说杨大人奉了圣命，要采购稀罕的西洋物品上贡，他无有不急的。”

陈寿官脑子一转：“莫非，外洋大班已得到这个消息，才这么硬气？”

“谁敢给他们通水？未必吧。”骆官沉默一阵，又开了口。

“依我看，外洋大班如此强硬，倒是有可能得到消息。”陈寿官加重了语气，“我也有这种感觉，去年也没这么强硬。这就看杨大人的性子了，耐不耐得住。”

泰叔摇摇头：“分明是耐不住，要下最后通牒了，脸都是黑的。”

“脸是黑的么？”骆官忽然对这产生了兴趣，“那印堂呢？”

“印堂发暗，嘴唇发乌——当是气急攻心，如果真是奉了圣命，他焉得不急？”泰叔连眨了一阵眼，似乎要重新回看一下杨文乾的面容，“消瘦得厉害，颧骨都凸出来了。”

骆官又追问：“还有呢？”

“是了，屋子关得严严实实，纹风不透，可他分明还双手抱胸，怕……对，怕风！”

骆官说：“那就熬吧。”

陈寿官说：“你这是什么意思……对，你们那边的人，善风水，会看相，你一准是看到了什么……”

“天机不可泄漏，依我看，大家也犯不着上火，外洋大班、杨大人，都未必有我们能熬，势必会熬出个结果来的。”骆官十分平静地说，一脸坦然。

大家听他这么一说，也就松了一口气。

“那就散了？”泰叔看住骆官，两人是莫逆之交，他深信骆官的判断。

有这话，大家也就不再多说什么了，各自打道回府。

然而，都万万没想到，第二天一早，杨文乾那位干瘦干瘦的书吏，便来到了谭康泰的住宅，扔下了话：

“你去告之全体商总，杨大人认为，外洋大班拒不丈量船只，是你们造成的。杨大人说，这一切，你们都心知肚明，不要再做戏了。他发了狠话，要是三天之内，外船还丈量不了，衙门就要把你们统统抓起来，押到外船岸边，当场全体鞭笞，给他们好看！”

没等谭康泰接上话，这位书吏已经转身走掉了。

谭康泰好久才醒过神，赶紧找了骆官。

骆官说：“杨大人熬不住了，只怕他时日已无多了。”

泰叔叹了口气：“这回，他是横竖不讲理了，把责任全加在了我们行商头上。这一招，也太损了点。”

“恐怕是最后咬上你一口!”

泰叔明白骆官的意思，杨文乾恐怕是疯了，被他咬上则无可遁逃。

于是，行商一行人，赶到了外洋大班的船上，把杨文乾的最后通牒转告他们。

因为是行商们集体来到，而且一个个都面带恐慌，唉声叹气，惶惶不可终日，这让外洋大班们也紧张了起来。看来，这不是在做戏，事情严重了。

由于法国大班迪韦亚与谭康泰是故交，外商们经商议后，由他出面交涉。

谭康泰对这位老朋友说：“我们的杨大人敢情是急火攻心，讲不上理了，识时务者为俊杰，再说，你们久停在外洋也不是办法，听说连吃的、喝的都困难了……”

迪韦亚连连点头：“我明白，这已经没有多少商量的余地了。大人发了话，我们不可以不照办，问题是怎么办才合适?”

“你们先退一步，不然，我们全体行商受到鞭笞，也做不成你们的生意。说穿了，我们是为你们受罚，杨大人是有意做给你们看的，他一口咬定，是我们教唆你们，停在外洋不丈量船只。”

迪韦亚沉吟了一会：“只能这样了，我们靠到黄埔港，先让他们丈量好船，把船钞这一部分先交纳上，以后再说。”

“这不失为一个缓兵之计，可行。”谭康泰脸色由严峻转为缓和，看来，也只能这么做了，算给足了他杨大人的面子，以后……就看杨大人以后有多少时辰吧!

他把外商的意见转告给行商们。

行商们的脸色也由阴转晴——总之，不挨鞭笞，守住了面子，以后的事，还可以从长计议，就这么定了。

他们赶紧派人去回复了杨文乾。

“哼，这些贱业者，同样是贱人，生来就贱，不吓唬吓唬，不来点真格的，就不会就范!”

士农工商，商为末位，也就是最低贱的一个行业，这在杨文乾心目中，当是根深蒂固的。外洋大班们，斤斤计较，追逐蝇头小利，那就不仅是贱，而是……不开化了。

他下令：明天，派人开始丈量!

只是，杨文乾已无半点力气，去参加这次丈量船只的仪式了。

按照惯例，作为海关监督，务必参加这一隆重的仪式。之所以隆重，是因为海关本身须代表朝廷前来，展示天朝上国泽被天下、怀柔远人的大国气度与胸怀，的确，仪式本身，便带有震慑、安抚、笼络的意义，让远夷对帝国产生一种敬畏、崇尚之感，当然，更是宣示一个国家的威严。与此同时，亦是宣布，每年一度的对外贸易，就此开始了，正常的征税也自此开始。

自古以来，中国人如此之重礼仪，是认为其中起到了教化作用。因此，对于远道前来贸易的外夷，更要进行这种教化。

仪式愈隆重，外夷就愈不敢轻慢。

因此，一大早，日头还没出海平面，杨府中那位干瘦的书吏，还有几位胥役，专门陪同杨文乾的管家，跳上了海关的官船，疾驰往黄埔。这条全身都漆成红色的关部官船，个头不大，但派头却不小，船上有两层小楼，装饰得非常考究，轩昂庄重。管家在船临近外船时，便站到了上层的台轩中，显示出接见的威风来。外船对这样一艘可以在水面上横冲直撞的船只，是再熟悉不过了，所以，远远看见一个小红点，便忙碌了起来。

所有的水手、雇员，都迅速站到了船舷两侧，好夹道欢迎东道国的官员。而大班则要亲自到船边，好接上来丈量船只的官员，以示尊重……

就在这条红船驶近外洋大船之际，大船上立时放响了礼炮。“砰！砰……”一共十六响。

整个气氛更庄严、凝重了起来。

连水浪也不再喧哗。

其时，这艘“恺撒号”的保商，也就是谭康泰，便已领着陈芳庭等人，早早上了船，守候官方丈量船只的代表到来。陈芳庭也兼做通译，他在外洋多年，应付这种场合绰绰有余，英、法、葡、荷等语，都能对答如流。甲板前方的中央，则放上了一把颇有气派的座椅，这是用来迎候官员的。平日，便是海关总督坐的，今日，只能由他的代表坐了。

炮响过后，杨大人的管家上船了。

说是“管家”，未必准确，因为他的权限，不仅仅在“家内”，或者可以说，是官员的贴身副手，也是个官，因为他随时可以代表主人外出，代替主人行使职权。海关总督之管家，自对海关业务一般谙熟。所以，与一般的管家有所不同。杨文乾短小精干，而这位管家却人高马大，由他出场，每每比杨文乾还更有气势，更威风八面。

此刻，他摇摇摆摆上了甲板，自有人把他引到前甲板的官椅上，他长袖这么拍了两下，便正襟危坐了。

他傲慢地仰起了头，目不旁视，未等茶水端上来，便把手一扬：

“到齐了么？”

“到齐了！”通译代为回答。

“那就开始，抓紧时间，分秒不误，毫厘不差，听清楚了没有？”

“听清了。”

这时，他才端起了茶盅，用盖子拂去浮在面上的茶叶，依旧目不旁视，慢慢地品起茶来，似乎什么也没发生。

这时，他带来的胥役，便在陈芳庭的协助下，开始了对“恺撒号”的丈量。

这种丈量，便可以确定船只的大小，再根据船只大小，来确定应缴的“船钞”，也就是税率。海关如今是依旧前朝留下的“丈抽”法，把外洋船分为一、二、三等，一等为大船，三等自是小船。船若大，税率就高；小，则低。丈量的法子，是从前桅到后桅的长度，乘以中桅所在位置的船体的宽度——这自是一条船最宽的地方，而后，再除以十，得出的数字，则可以套上大、中、小三等船的数值，确定其按怎样的税率计算。一般超过154尺，则是一等大船，低于122尺，算是三等小船，介乎其中，便是二等。大船税率为纹银7.777两，小船是5两，中船为7.142两。一般大船收的固定税，均在一千两上下。

迪韦亚有点不识时务，竟关心地问管家：“杨大人怎么没来？”

管家眼一瞪：“我都来过了！”

弄得陈芳庭不知如何翻译，分明是管家在拿架子，迟疑半天，才敷衍道：“这回，杨大人无须亲临。”

迪韦亚偏还说：“听说他身体欠安，请代我问候。”

陈芳庭只好直译了。

管家立即说：“杨大人公务缠身，你怎知他身体不好？”

陈芳庭只译了前半句。

迪韦亚说：“那请他多多保重。”

管家已在追问陈芳庭了：“他怎么回答？”

陈芳庭说：“他说杨大人工作繁忙，请多加滋保。”

管家这才释然：“是这样，我还以为夷人想刺探杨大人的身体健康，这可事关机密，怎容外人打听。”

陈芳庭笑了笑，故作轻蔑道：“料他有天大的胆，也不敢。”

丈量得相当顺利，这个当口，谁也不敢节外生枝，很快便了结，皆大欢喜。

法兰西的大班，也很识大体，按计算交纳完了船钞。

送别时，迪韦亚问谭康泰：“要不要打点一下？”

谭康泰说：“你看着办，这个时候，他们未必敢放肆，适可而止吧。”

迪韦亚心领神会：“好的。”

管家下船时，迪韦亚悄悄地塞去了一个红包，让管家喜笑颜开：“你们法兰西夷人，就是明事理。”

另一艘法国船，丈量得更是顺利。

倒是第二天，丈量英吉利的商船时，英国大班阿诺特死死盯住丈量的胥役，不住说：“偏了，斜了，这要多算的……要拉直、再直一点，弯不得……”

弄得胥役十分恼火。

计算起来，阿诺特更精确到小数点后四位数才罢休。

管家使了个眼色。

胥役竟直闯到了船长室，随手拈起了一面精美的小镜子，大班出手阻挡，他则说：

“这没有报税，属违禁品。”

弄得陈寿官的通译不知如何应对，只好说：“这小玩意，不值几个钱，犯不着小气。”

大班也只好作罢。

但事情并未了结，那位大副的镂金小盒，内里一面是镜子，一面是西洋女子，让胥役看了心动，竟也要没收，大副不干了：

“这是我的夫人，陪我漂洋过海……”

胥役好不容易才弄明白：

“原来是过眼瘾的，罢了，罢了。”

他们闯到了水手舱中，臭烘烘的也不在乎，大班不知怎的，有点急了，张手挡住，不让他们进去：“这是私人空间，不可以擅进的。”

胥役们不吃这一套，眉毛一竖：

“普天之下，莫非皇土，你的船靠了我的岸，就是我的土地，我们当然可以进去。”

就这么争执起来了。

陈寿官这才闻讯赶来，试图通过通译向大班做出解释：“中国人是这么认为的，一切的一切，都属于皇上的，连性命也一样，别说一寸土地、一个港口、一条船了。入乡随俗，让他们看看也就了事……”

但阿诺特执意不肯：

“我们是泾渭分明，皇上归皇上，百姓归百姓……”

胥役见陈寿官在作解释，未等大班领会，但一头闯了进去，挡都挡不住。

显然，他们是有意为之。

这么多年，他们实在是太有经验了。水手们来到中国必有种种“夹带”，以便在岸上卖上个好价钱，而这，又不用通过海关盘点纳税，何乐而不为呢？

果然撞了个正着。

掀开床板，下面堆满的，正是洋烟、洋酒，还有其他一些洋玩意，诸如自鸣钟之类。

胥役这会儿不再莽撞了，而是笑嘻嘻地问："这么些洋烟、洋酒，一路上都没喝完、抽完，留作回程么?"

大班的脸有点发青了："你说的正是，一路风涛，没个烟酒，怎么打发得了日子?"

胥役转而冷笑了："只怕回程也绰绰有余吧?"

大班忙称："这些水手，每每喝个烂醉，没走一半，只怕也差不多了。"

胥役这才正色道："那好，大班担保，要是有一瓶酒、一条烟上了岸，却没报关，我们就要重罚了!"

大班哑然。

陈寿官只好来打圆场："不过就一点烟呀、酒呀，能有多少税？我包了。"

胥役瞄准一座精致的自鸣钟，伸手揽在了怀里："也罢，也罢，算是孝敬我们的大人，我们就网开一面好了。"

大班彻底无奈了。

待丈量完毕，所有手续都办妥的，便启动了自古以来朝朝相传的"飨以牛酒"的程序。一声令下，一头头吃得油光水滑的菜牛，竟被行商雇人巧妙地赶上了外洋船上，满甲板乱跑。一担担香气四溢的酒桶，也同时挑了上来。

未等海关的官员们下船，船上便"砰砰"地大响了起来，令第一次来的官员大惊失色。有经验的官员告诉他们："没事，他们已经等不及了，以枪代宰。"

的确，在海上颠簸了一年多的海员、水手，一见牛，一个个眼里都伸出了爪子来，恨不得把牛都生吞活剥了去。这一晚，他们当狂欢、猛啖，比饿虎下山还有过之而无不及呢。黄埔港，也早就预备好这几夜的狂欢了。

终于，这回先到的几条船，算是丈量过了，那条威风八面的红船，终于只留下一行波痕，消失在珠江水域。

谭康泰终于把法兰西的大班迎进了准备就绪的夷馆了。

其实，这位迪韦亚并不是哪条船的大班，他只是常驻澳门的法国办事处的主任。对于英吉利等国家，他们的商船六月间随信风而来，到岁末又随信风而去，待在广州与澳门的时间，也就三五个月，来来去去，不曾派人留守，纯粹为了商业目的。但法国人不同，他们同大清的朝廷有着相对密切的关系，就在康熙开海的那一年，路易十四便派出了第一个科学传教团前往中国。而在这之前五六年，两国的君主，即康熙与路易十四便已就此作过商议。这个使团中，就有中法历史上赫赫有名的神父，如洪若翰、白晋、张诚、刘应、柏应理、李明等人。他们于康熙二十七年即1688年，终于抵达了中国的京城，从此，两国文化上的交往，日益密切，康熙更让白晋、张诚留在身边作为老师，教授数学，甚至让他们在与俄罗斯边界谈判中充当翻译，并在实际上发挥调停作用，劝说俄罗斯放弃对黑龙江以北，外兴安岭以南的土地要求，签订了《中俄尼布楚条约》。众所周知，当时的俄罗斯宫廷，亦以法国的一切为时尚，法国人在其中亦有很大的影响力。

这是题外话了，不过，这也说明了法国人为何会在澳门设立常年的办事处，而英国人则没有。这位迪韦亚尚年轻，最多二十出头，可满腹经纶，学问甚是了得。由于谭康泰与前任的办事处主任来往有十多年了，在其卸任之际，介绍了这位年轻人与他认识。年轻人来了之后，便不安于守成，很快便向谭康泰提出要在广州设商馆事宜。

谭康泰也很爽快，满口答应下来，而且主动索要了有关法国建筑的资料。

迪韦亚有些好奇："你要这些干吗？"

谭康泰爽朗一笑："中国人有一句老话，叫宾至如归。"

"什么意思？"

"就是客人来住店，有回家的感觉。"

"太妙了，你们中国人太有人情味了，我会尽量找多一点给你，让你建得更出色。"

很快，一系列法式建筑的画图，无论是外观，还是内部装饰，都转送到了谭康泰手中，中国的能工巧匠很多，就在信风来临之前，一栋精美、气派的法式建筑，便出现在了十三行的地面上。

就等迪韦亚验收了。

由于船钞与缴送的问题，"恺撒号"停在外洋迟迟靠不了岸，这让谭康泰焦急，也教迪韦亚忐忑不安。迪韦亚并不相信这两项征收是皇上的旨意，因为在他心目中，中国皇帝都是开明君主，明察秋毫，体恤下情，不至于出台这一类"恶税"，除非不做对外贸易，显然，是当地的官员，欺上压下，好中饱私囊，才假借国税的名义进行敲诈勒索，因此，应设法与总督对话，方可解决问题。

这番来察看法国商馆，他就想与谭康官探讨这个问题。

一行人来到了十三行，远远地，法国人当中的那位通晓中文的神父，便已经用中文来表达他的惊奇、欣喜：

"妙，太妙了，如果没周边其他建筑，我们肯定会以为再度踏上法兰西的故土……比我们设想的还好！”

谭康泰笑得很是自信：

“我不是早说过么，宾至如归！”

“太好了，宾至如归……海上颠簸了那么多时日，我们一定能睡上一个好觉！”

仅一个花园，便已教他们流连忘返，这里不仅种下了法国常见的花卉，也掺糅有不少中国奇丽的花草，还有各式的树木，甚至砌了石山、放了盆景。

迪韦亚惊叹：“中国的园林在法国可是备受推崇。仅这一处花园，便可得知其妙处。这假山，是微缩的山水，这盆景，更是妙不可言的立体画图。中国人与法国人，都是爱美的民族，才把生活点缀得丰富多彩。”他顺便贬抑了海峡对岸的英吉利，“不似英国人，分分钟算的都是钱，以为有钱才了不起。”

谭康泰应声道：“你说得不错，我们是……心有灵犀一点通。”

法国神父居然把这句古诗也译了出来，令迪韦亚笑逐颜开。

话说间，陈芳庭已经把商馆门打开，把他们引进了大厅。

迪韦亚更是惊叹了起来：

“简直神了，你从哪弄来的大幅挂毯，还有这些精美绝伦的珐琅瓷……噢，一色的彩绸窗帘，都让人飘飘欲仙了。你太费心了，远远超过我们的期待。”

“客人高兴就行。”陈芳庭接了白，整个法国馆，其实是他一手包揽下来的，他毕竟在外洋时间够长，法式的、荷式的、葡式的，当然，还有英式的，都见识过，谭康泰把任务交给他，自是省心了，而他尽心尽责，更是无可挑剔，别看他淡淡回复了一句，可内心却是溢满了蜜糖，甜丝丝的。

大家安顿下来，一位女子端上了托盘，有清茶，更有法式点心。

谭康泰一愣：这不是沈紫屏么？

“你……不是上了窑场么？”

紫屏一边给客人上茶，一边回答道：“是陈管家特地把我招来的，说我熟悉洋人的习惯，还可以说上几句外文，正好为你迎接法兰西客人……”

陈芳庭也说：“她不是在一位荷兰画家家待过好几年么？”

这话，却让法国神父听到了，不过，却只听偏了：“这位绝色的东方女子，居然还是一位画家，难得，难得！”

这却是歪打正着，紫屏羞涩地说道：“我算不上画家，只是好画上几笔。”

“有爱好，就能成画家。”法国神父含笑道，“我同样也是爱好……”

谭康泰立时明白了过来：“噢，你就是圣上要请去北京的画家么？”

神父点了点头：“说要我在广州多学几个月的中国话，再上北京。”

"这太好了，你收下我这位好画画的小女子，小女子也收下你这个好学中国话的法国大人，天赐良机!"

谭康泰一番话，说得满厅人都开怀大笑了起来。

"那就击掌为信!"陈芳庭抓紧了机会。

"互为师徒，妙哉妙哉!"连迪韦亚也惊喜万分，"我来，还有，康官也来，我们作证!"紫屏乖巧地鞠了个躬，神父也吻了她的小手，同声道："谢谢，默希，谢谢，默希……"

谭康泰高兴了："我看，就这么定了，紫屏过去服侍过夷人，就留在这里几个月，兼做雇员，也同时学画、教中文……好不好?"

自然皆大欢喜。

紫屏却略有犹疑，谭康泰说："他们是我的老朋友了，同荷兰人不一样，他们会善待你的，商馆里还要雇好些佣人、厨师、花匠什么的，统归你管，相互还可以有个照应，你说呢？放心好了!"

紫屏点了头。

谈租金时，法国人倒是很痛快，每季度缴四百两银子，没有讨价还价，而且他们还要租下相连行馆的一部分，每季度租金略少一点，是三百七十两银子。

末了，陈芳庭对谭康泰说：

"他们怎么不砍价?"

"那是物有所值呗。"

"要是英吉利人，必会往下砍。"

"我想，两国人性气不一样。还有一点，法国人付的钱，是办事处的，也就是国家的钱，不是大班付的，所以不会计较。"谭康泰这么说。

第十二章　威风长过命

丈量船只的程序完成了，行商与外商似乎都松了一口气，他们以为，自己已退了一步，官府也会相应退一步，争执不下的"番银加一征收"当搁置下来，正当的经营也就开始了。

于是，大班们除开向行商购买茶叶、丝绸与瓷器外，也同样向行外商人购买瓷器，因为行商经营的量不够……

一切，似乎是有条不紊地在进行。

然而，几乎是同一个时辰，行商与外商都接到了来自官府的一个告示。

其中，针对行商的内容，主要有：

行商务必选出家底殷实、诚信可靠的一人为总行商，这样一来，那么行外的小商小贩就不可以再要奸弄滑，欺骗外人，从而有损于行商的业务，保证这一季度贸易的正常进行。

而对于外洋大班，则几近警告：

尔等外国夷人，务必慎重选择与之交易的中国商人，不能随便听信形形色色的各种人等，一旦落到奸商坏人手上，蒙受损失，也就后悔莫及了。

这个告示是什么意思？

是杨文乾，还是什么人突发奇想么？

显然，官府是知道这个季度的交易已经在开始了，来的外国商船又有所增加，贸易量势必上去了，海关税收只会有增无减——如此大好的场面，当悉心维护才是。

只是这份告示，是出于这一目的吗？

这葫芦里卖的什么药？

行商倒是十分听话，要选总行商那就选吧。

黎安官称自己老朽了，没精力管那么多事，也不会管，千万不要推他，况且在外洋又损失了一艘大船，元气大伤，别人的欠债又追不回来，自顾不暇，干不了。

陈寿官却让人丈二和尚摸不着头脑，先是说，上回把公行弄垮，他并非有心，别人都误会了，如果这回当上了总商，那就会坐实了上次弄垮公行的罪名，是因为自己没进公行才把公行搞垮的，有野心。可后来又说，其实，谁人背后不说谁，是是非非太在意，那就什么大事也干不成了，凡成大事者，当不在乎人家说长道短……似乎又想当了。

倒是骆官，倒还十分仗义。他认为，这回，泰叔不当，谁也当不了，泰叔的资格最老，财力最强，信誉最好，众望所归。再说，这几年，官府一直是通过他与行商联系，认的就是他，换个人，只怕会节外生枝，总之，总商非他莫属。

黎安官也表示："这么多年下来，的确，康泰是再好不过的人选。"

只有谭康泰不同意：

"你们早就知道，我早就立定宗旨，能不与官府打交道就不打，逼不得已要打交道，也只当权宜之计，如此当总商，长期打交道，折煞我也。"

陈寿官却说："你这却是迂腐之言，如今，要办成一件事，没官府撑腰，行吗？我就闹不明白，打上一朝起，你们粤人偏要洗脚上田、弃仕经商，以为经商才干干净净，真是奇谈怪论。"

骆官却说："不要说远了，就推泰叔当商总，好吗？"

泰叔叹了口气：“你们这是把我往火坑里推呀！”

“放心，大家拥戴你，真要有什么事，我们也都会维护你的。”骆官这么表态。

泰叔本还想说什么，可话到口边，又缩回去了，只是无奈地摇了摇头。

而外商那边，马上就有了反馈。

迪韦亚找到了谭康泰，告诉他一件事：

“我同你做陶瓷生意，不曾旁生枝节，况且你们的样式，又对我们的口味，这没什么可说的。可阿诺特今天突然来找到我，因为他采购量大，所以与行外商打交道，谁知道，昨天官府那个干瘦的书吏找到了他，说向行外商人采购瓷器不是不可以，但是，一定要用他指定的一位商人的名义来运送，否则，就不担保采购来的瓷器能安全运上船，更不能担保他们找的行外商人是否可靠。”

谭康泰打断他的话：“他指定的商人是谁?”

迪韦亚说了个名字。

谭康泰摇了摇头：“行内没听说过这个人。”

“可他说，只要交这个商人运货，官府还可以派兵船护送……”

谭康泰马上明白了：

“运费多少?”

“比一般的多上三成。”

“还不算太离谱，不过，他分明是用官船来运送，好挣上一笔，这样，一不算挪用公帑，二不算贪墨，三不算勒索……”

“可这还是敲诈!”迪韦亚脱口而出。

谭康泰沉吟了一会，问：“阿诺特接受了么?”

“要是我，勉强可以接受，毕竟可以确保安全，也不妨与官府拉拉关系，也就一回吧，吃点小亏算了。”迪韦亚苦笑道，“可阿诺特死活不干，还跑到我那破口大骂，什么话都骂了出来。”

“加一征收”还没了结，又添了个指定商人运货，今年的事情多了。谭康泰直摇头。

现在他才弄明白了，官府为何突然出了这么一个告示，原来这背后的文章大着呢。

这一招，也太处心积虑了。

也只有杨文乾这位“能员”才想得出来。

看来，自己这个“总行商”已经落入了杨文乾的彀中，想脱身，没那么简单。

更大的风浪还在后头。

他有一种非常强烈的预感，这一关，还不知过得了过不了?!

顶硬上吧!

迪韦亚刚走，陈寿官便打发人来了，这回，他作为英吉利商船的包商，当是受冲击最大的，因为英船购的瓷器量比以往要多，官府插这么一手，别说英国大班不干，他陈寿官也感到很窝火，损失是小，日后的麻烦则大了。

“现在，你是总行商，你该给大家拿了主意，大班顶得厉害，官府又不依不饶，僵持下去，又不知会怎样?”

谭康泰告诉他，方才法兰西办事处的主任也来过了，说的也是这件事。

“所有外洋大班都不干了。”陈寿官说。

“是呀，人家向来只同商人做生意，不同官府做生意。官府‘加一征收’已够他们受的了，这里又多出一个强制交运，顺应了这一单事，又不知道还会出什么花样?!”

“这是一语中的。”

“看来，这个总商不好当，大班找过来，行商找过来，你看，下一步，海关也会派人找来，我是脱不了身啦!”谭康泰拧紧了双眉。

陈寿官正在庆幸自己没去明争当总商，没想到，海关果然派人来了。

却是那位干瘦的书吏。

“大人早发了话，不是丈量了船只就完事了，‘加一征收照’旧，瓷器指定运送，也不得抗拒，官府是要确保运送的安全、顺畅嘛，你们立即去同大班们说清楚。”

陈寿官接了白:“这回，不是一个大班，而是全体，很难说服。”

“那好，反正已靠了岸，我们照章办理，把全体行商戴上木枷，跪到他们船头前，看他们应允不应允?”

陈寿官脸唰地白了。

他知道杨文乾是做得出的。

谭康泰只好说:“那好吧，我们只有再跑一趟，尽量说服他们。”

“没多少时间了!”书吏冷冷地说，“大人可等不及了。”

书吏转身就走了。

与此同时，谭康泰召集了所有行商，一同赶往了黄埔，急如星火。

但阿诺特口气却硬得很:

“我们认为，‘加一征收’非皇上的课征，只是广东官员巧立名目的勒索，与你们行商没关系，我们要同总督亲自讲清这个道理。你们圣祖康熙皇帝，不是早就给我们减了税么？怎么又变着法子来了个‘加一征收’，多得惊人，我们不交，坚决不交。”

这回，陈寿官说：“‘加一征收’，是杨大人手上定的，他是皇上的能臣，皇上能有不知道的么？没皇上允许，他敢收么？”

迪韦亚却说：“他只怕是打着皇上的名义，瞒天过海，贪墨税银，他被参就有这一条。我们相信皇上是英明的，一旦知道这么回事，必加以废除。”

“可杨大人现在又官复原职了，证明参的问题已不是问题，皇上并没否定这‘加一征收’。”年纪大点的黎安官劝说道。

谭康泰说：“这样吧，‘加一征收’的事，一下子争不清楚。这瓷器指定运送迫在眉睫，你们怎么办？”

阿诺特说：“谁来运，我们不在乎，加了个几成运费，就没道理，这事，我们更要去见总督，问清是不是他的规定。”

“谁也不敢作这样的规定。白纸黑字写成文告，那是再蠢不过的事。”骆官接了白。

“这就说明，这件事，甚至连总督也未必知道，只是下边的官员设法层层盘剥罢了。”阿诺特更是个精明人，“告到总督那里，让他还我们一个公道。”

陈寿官却说：“这也不是一件大不了的事情，更何况有官方的兵船护送，保证安全，又何尝不好？我方才计算了一下，真正从行外商人购买的瓷器，只是总量的一小部分。这样吧，多出的三成运费，由我们垫付，你们并不吃亏，行吗？”

阿诺特却说：“这不是几成的运费，而是一个原则问题，开了这样的先例，谁知道往后还会有什么进一步的要求，再一个一个去应付，我们就不用做生意了，决不能开这个头！”

陈寿官几乎是哀求了：“官府说要把我们用木枷铐上，跪到你们船头以儆效尤，我们这番前来，已没有退路。”

但阿诺特一口咬定：“这不干你们的事，我们自己去见总督，我们会有一份备忘录呈交总督，我们已经决定了，你们再劝也没用的。”

迪韦亚也说：“我相信，总督会公平处理这件事的，我们会自己解决这些问题，你们不必再操心了。”

行商们面面相觑。

显然，大班们有自己的思维方式，更有自己的行为准则，的确，官府对外洋大班，表面从来是客客气气，温良恭俭让的，这自然给他们错误的信息，认为上头更好打交道，所以才超越过行商。殊不知，这要责怪下来，行商更会倒霉。

黎安官放了句粗话："我早就料到了，鸡同鸭讲，要宰要杀，听便好了！"

谭康泰却说："他们要去找总督，我们也挡不住，真要挡，没准还以为是我们在中间捣鬼，里外不是人，由他去吧！"

就在这时，陈寿官管家急急赶到黄埔古港，找到了陈寿官，把他从人群中拉出来，在耳边悄悄说了几句。

陈寿官不敢相信，太突然了："真的？"

管家说："这怎么瞒得住呢？已经有两天了。"

陈寿官跌足长叹："我的银子都化了水，好不容易才攀上了关系，白做功了。"

管家摇头："这下子三姨太更有话可说了。"

陈寿官："还好，上次给杨大人送礼，她一点也不知道。这回，她是必更要说了。"

管家苦笑："这女人见识不好说。"

陈寿官也摇了头："以为找个西关小姐，装门面，没想到门面装了她。比我更有能耐，让人消受不起，不知该怎么哄她。"

其实，陈寿官也只比别人早知道一个时辰。

行商们回到广州城，却万万没料到，城中已是另一番景象。

本来，七八月间，并无什么喜庆的日子，可广州城中，竟张灯结彩，鞭炮声不绝。尤其是城中的酒家，都在大摆宴席，宾客盈门。不时还传来了敲锣打鼓的声音——这让行商纳闷，往常，就算是年三十晚守岁，一到子时，也没这么骤密的喜炮声与锣鼓声呀，到底出了什么大喜事呢？

连这些日子里肃杀的衙门内，居然都传出了笑声，而且是非常放诞的大笑声——敢情连官吏们都疯了不成？

平日不苟言笑，甚至阴沉着脸的把守城门的衙吏，竟然还冲着行商们笑了。

一进城，只见大大小小的官员，无论是满大人，还是汉官，也纷纷弹冠相庆，迎来送往，大声说笑。

谭康泰终于见到一位平日有深交的守城副将，没等开口，这位副将却已在叫唤：

"来得早不如来得巧，这些都是你的好友吧，我办了几桌酒席，正要多点人热闹热闹，快进来，进来！"

居然无端端地混上吃酒席了。

骆官憋不住了，先自发问：

"城里出什么喜事了？"

那位副将大笑："阎王爷完蛋了，大家都有活路了！"

骆官立时明白："你是说，杨文乾杨大人香了？"

粤人不说人死了，只说"香"了，当是死了要点香的缘故。

"不是香了，是臭了，臭了好些天了！"这位副将大声道。

谭康泰却傻了："这几天，他不是下告示，推总商、派书吏、要征收，还专门指定运送，把我们整得够呛，怎么又臭了好些天呢？"

"这我就不知道了，反正我听说，他是四五天前咽的气，秘不发丧，可纸包不住火，先让总督阿克敦知道了，按察使官达知道了，这两个人知道了，能不大喜过望么？本来，杨文乾这回咸鱼翻身，睚眦必报，这两个人参过他，他立即来个以牙还牙，抓到了他们的问题，也给皇上上了折子。皇上做了谕批，要前任两广总督孔毓珣回来，会同杨文乾一道，审理阿克敦、官达的事。"

"孔敏珣回来了么？"

"到现在还没赶到，可杨文乾却等不及了，两脚一蹬，向阎王爷报到去了。"

谭康泰摇摇头："可上谕还在，阿克敦、官达不可这么放肆。"

"他们都是旗人，才不在乎呢。不过，满城文武，这些日子没少被杨文乾训斥、恐吓，弄得惶惶不可终日，这杨文乾一死，谁不都松了一口气？见阿克敦、官达大张旗鼓设宴庆贺，他们也就争相效仿……这不，我也凑个兴，出一口鸟气！"副将连拉带推，把行商们带进了酒家。

"好哇，一醉方休！"陈寿官也兴奋了！

一位巡抚兼海关监督之死，教一座城市如释重负，不是说明这位为官一任者的分量，而只是证明他在世的恐怖。人活到这般田地，与天下为敌，只怕死不得安宁。关于杨文乾的死有种种传闻，有的说他天天做噩梦，噩梦醒后已冷汗淋漓、元气尽损，所以，让最后一个噩梦吓死的，这话不假，光皇上对他的寻谕，就足以教他恐惧万分，不知几时须提头面上。有的说，他这回一度咸鱼翻身，无非是回光返照，所以，才在短短的日子里，恶向胆边生，制定了种种令百姓难以生存的规则，自以为得计，却心劳日拙，耗尽了精气，以致畏风心烦，是日被风吹开了窗扇，才惊吓而死……至于民间，更传得邪火了，说他生前作恶多端，仇人太多，不意遇上一个，未等对方下手，他便已气绝了；更有说，当日有几拨人寻仇，一齐让他撞见，他无处躲闪，一头撞到了南墙上，一命呜呼了！

不过，这种种传说，都离开不了一个词：惊吓！

总之，惊吓而死，当是千真万确！

酒酣之际，谭康泰始终不解：

“他不是死去很多日子么？这死去的日子偏还给我们下了那么多的恶咒，这又是怎么来的？阴魂不散？”

副将说：“泰叔，你就有所不知了，听说他死之前好些天夜里，都通宵不眠，不住地吩咐书吏写下了很多的东西，又是折子，又是命令，又是告示，又是谋划……他的下人按这么吩咐，分头去办理，都顾不上他是死是活了。”

“这是活该。”黎安官说。

“可不，临死还咬了阿克敦一口，对你们这些行商，当然不会轻易放过……恐怕这些事还没有完呢。”副将说。

“总归有个完吧。”骆官说。

谭康泰却说：“阴魂难散……是呀，上次他召见我，回来后，你问他的气色，就说他来日无多了，我还以为你算不准呢。”

骆官说：“当时我是觉得他没几天了，可后来他又出台了那么多名堂，我都不敢相信，一个垂死的人还如此有权力欲……现在，更让人难以相信，一个死人居然还能够行使权力，而且行使得这么一环扣一环。”

副将毕竟是个武人，举起一大碗酒：“你们这些商人呀，还在这么寸寸节节盘算。这人死了，还能有什么能耐？睬他都傻，喝我们的酒好了！干了！”

“干了！”

不过，杨文乾果然把自己身后盘算到了。

先不说行商，不说“加一征收”什么的，单说阿克敦、官达。

他们在广州的大肆庆贺杨文乾之死的情况，马上就有人密报到了雍正皇帝那里，雍正除了下谕夸奖杨文乾“才识优长，办事勤敏”外，还下谕严查这次庆贺活动，不仅要严厉处置阿克敦、官达，还连带上了好多官员。这显然也是杨文乾生前布下的耳目所为，末了，皇上还专门派了官员，来到广州，为杨文乾致祭，让他备享死后的哀荣。

一下子，当日狂喜的广州，又噤若寒蝉了。

杨文乾分明在告诉人们，即便是我死了，你们也不可以把我当蛋汤轻巧喝了，我的威风比我的命还长。

陈寿官回到家里，三姨太在宣纸上挥毫：

小院无人雨长苔，
满庭修竹间疏槐。

陈寿官上前搭讪：“夫人一笔好字，娟秀、清秀……谁的诗？”

三姨太头也不抬：“杜牧的。”

陈寿官表现一下：“我知道他，霜叶红于二月花嘛。”

三姨太一笑：“难为你了……是了，你知道吗，你想巴结的杨大人，不打招呼就翘了辫子，好在我当日拦住了你和管家，不然，银子就化了水啦。”

陈寿官称道：“夫人目光有毒，乃女中英杰。”

三姨太说：“这倒够不上。不过，西关生，西关长，阅尽人生百态，惯看商贾财聚财散、荣辱片刻间。经商的人，何必与官员捆绑在一起，官只会害商，护不了商的。他不盘剥你才怪。”

“亏得夫人看得清。”

“这回，为你堵住了漏财的大洞，该怎么谢我？”

陈寿官尴尬之极，强作笑脸：“你怎么说我就怎么做。”

“这不是发自内心的话。”

“这……小院，满庭修竹，疏槐……有了！”

“有了什么？”

“有了合你心水的谢礼。”

“说吧！”

“我一直想修个小院，不，说小不小，应是庭院，几亩修竹、几方湖池、几栋红楼、几条曲径……少不了一座小姐楼。”

三姨太扑哧一笑：“行哇，我为你减少的损失，修座园子，绰绰有余……不过，对我来不得口惠而无实的。”

“岂敢，岂敢。”

“一言为定。”

“一言为定。”

杨文乾的死，对外商也是瞒不住的。

他们对形势的估计，与广州城的官员的水平恐怕也是半斤对八两。

既然“番银加一征收”是杨文乾提出并实施的，这杨文乾一死，继任的巡抚兼海关监督断然没理由继承下去，也就是说，“加一征收”当随杨文乾的死同样成为过去。至于“指定运送”也就更没有站得住的理由，当然要被取消，本来嘛，谁卖货，就谁负责运送，为什么另找第三方来押运呢，这其中有什么猫腻，除开敲诈外，恐怕不那么简单，所以，不能开这样一个头，坚决顶住！

现在，更有理由向总督上书，或者向杨文乾的继任者交涉了。

于是，阿诺特这回真正要“上书”了。

英文的文稿，在大班内部商讨了几次，很快就定稿了。

可要译成中文，他们就犯难了。

他们当中，唯一通一点中文的，仅是一位十来岁的孩子，他之所以这么小来到中国，正是为了方便学中文。语言这玩意，愈小学愈学得快，记得牢，再大一点也就不行了。这位小绅士学习倒是很努力，光说话，应对日常会晤，他已基本胜任了。可让他把英文译成中文，尤其是译成文句通顺的“上书”，就勉为其难了，弄不好还得出笑话。所以，就算他有了个中文名字，洪仁飞，也未必笔下生花。

而法兰西此番来的那位神父，早早随紫屏去了珠江南岸的那一片窑场，看那边在白瓷上描绘彩画，一时还真不好找。他倒是通晓中文的。就是好找，英国人也未必愿意，因为英、法两个国家，历史上敌对的日子太多了，在两国人心中结下的嫌隙，实在太深。虽然在大洋上一同经风搏浪，有时还不得不相互搭搭手，可让谁求谁，未必说得出口。所以，阿诺特迟迟没动这个念头。

那就只好找中国这边的通译了。

平日，这是要重金聘用的，即便如此，也很少人愿意，因为屡屡被人视作“里通外国”、里里外外都不是人，难哪。另外，就算找到了，让他把英文译成汉语，里面的名堂就多了，尤其是语气，变得非常卑下、谦恭，完全是藩属国的口吻，动辄就叩头什么的，本来是非常尖锐的问题，置换过来，就成了温吞水，有时甚至是什么也不是。阿诺特早年就试过，把汉文呈上去，生怕总督会生气，谁知总督竟笑嘻嘻的，称，难得你们没事还来请安，太有心了。显然，汉文的意思，把什么都抹平了。

凭此，又怎么信得过这些通译呢？

最后，阿诺特总算想起了那位法国神父。

他还算聪明，没直接上法国商馆，而是托陈寿官找了谭康泰。

果然，谭康泰一找就找到了。

这位神父很快便应承下来了。

因为这“加一征收”，与欧洲那边的“什一税”当是异曲同工，如今，这“什一税”在不少地方都废除了，怎么可以在中国另起呢？

神父是这么理解的。

……

就这么一再耽搁，光一份致总督的上书，就用掉了上十天的时间。

怎么才递得上去呢？

由于杨文乾之死，海关一度群龙无首，自从丈量船只后，就没有什么要员来与外洋大班来交涉什么事情了，因此，指望这样的机会呈交上去，已是不可能的。

而中国的官员，从来就不屑于与外洋大班打交道。华夷之分，他们是贵胄，夷人则等而下之，怎么可以不划清这一界限，至于遇上，客客气气，也无非是尽怀柔远人的意而已，绝非是看重。正因为这样，才让行商代表海关与外商打交道，绝对不可以直接联系，降低了他们的身份与国格。

凭此，直接呈送的机会几乎是没有的。

怎么办？

大班们聚在一起，认为无论如何要把自己的抗议送上去，不行也要行。

只是，商馆在十三行，是广州城的西郊，不在城里。

而总督府则在城中。

广州城同中国其他城市一样，在冷兵器时代，筑起了一道道又高又厚的围墙，所谓“州城三重”。城墙的东南西北方，都开有城门，有卫兵把守，一到晚上，城门就关闭了。

要上总督府，就得通过城门。

而官府早就有明文规定，外夷不得入城，否则严惩不贷。

据说，还在唐代之际，刚好是一千年前，就有昆仑奴闯进了州府中，把那里的官员杀了，而后扬长而去，上了海船，逍遥大洋，让兵士们望洋兴叹。所以，对外夷的防范甚是严格。

怎么进城呢？

他们派人到城门探看。去的人很快就回来了，说，如今每个城门，只有一两个士兵在守卫，防范甚松懈。看来，中国老百姓都很听话，用不着怎么管，几十年的和平时期，都没见过战争，广州人也没有个火暴性子，城门派个兵把守，也只是摆个样子。

这么一说，连迪韦亚也不再犹豫了，觉得向总督申述一下还是有必要的，皇上开明，下边的官吏，也不会个个昏庸，必有明事理的，况且那位酷吏杨文乾翘了辫子，还不知道接任的怎么样，不妨试探一下。

阿诺特却是理直气壮，公平交易就是公平交易，官方指定船只运送还加了个三成运费，分明是从渔利，万万开不得这个先例。“加一征收”更没道理，银子只是货币，又不是商品，凭什么征税？此去，我们在理上，一定能马到成功。

那位十来岁的英国小绅士仁飞竟自告奋勇，要求参战。

“你这小毛孩子，少不更事，去了有何用？”阿诺特先是不允。

“我听话没问题，说也能凑合，有我在，官方的通译想要什么鬼，我也能听出来，我说英文总比他强。”小仁飞称。

“你这么自信？懂什么？”

“就算我来一回实战演习、练练口语，不行么？”仁飞志在必得。

倒是迪韦亚帮他说了话：“这孩子机灵，我们那位神父不愿介入俗务，就算他来了，听与说倒未必有小孩子灵敏，让他去吧。”

本来，一行十人，是个整数，加上洪仁飞一个，则成了十一人。殊不知，仁飞此趟跟着闯进总督府，闯出了胆子，也觉得大清朝廷不过如此，这便闯出了二十多年后，他率船直下天津，要闯北京宫廷的大事，从此逆转了中国开洋的大好态势。这是后话，且按下不表。

第十三章　夷人闯进总督府

广州古城，在宋代扩建后，城墙便已临近了当今十三行一线。也就是说，十三行的东端，正是在城墙底下。后来发生的一次又一次的十三行大火，都因为城墙阻隔，火势未能向东延伸，故一直往西烧。

几番大火，便烧出了中外闻名的西关来，形成广州城西一道独特的人文建筑景观。仅以十三行来说，英国夷馆、法国夷馆、丹麦、荷兰，以及后来才“赶到”的瑞典馆、美国馆及花园，一派欧陆风情，又形态各异，加上不同色彩的旗帜高高飘起，倒有几分壮观。而西关内，连绵几里地的骑楼，千姿百态的酒肆，以及颇显身份的西关大屋，衬之以中西合璧的各色楼台，更成了几百年后中外建筑师们研究的经典。而在当日来说，只怕比伦敦、巴黎，也不会有几分逊色。

仅说城墙，东至东山的大东门，西至西门口，绕城好几十里，蜿蜒曲折、起伏跌宕，更是令人兴叹。当中的翠塔——回人称之为光塔，还有六榕塔，城北的镇海楼，在天色晴朗之际，更给这古城添加了奇丽的色彩，把个广州城的天际轮廓线，演绎得气象万千，令人神往——尤其是官府明令夷人须申报方可入城后，这座古城就愈发显得神秘莫测了。中国人怎么在城墙里边生活的，早些日子杨文乾死后，为何会锣鼓喧天，铳炮骤响？平日里时而喧闹，时而宁静又为何故？回教、佛教在城里何以兴盛？

……

这是九月中旬，广州城内外，依旧春光明媚，百花斗艳，车水马龙，熙熙攘攘，这里几乎分不清一年四季，连最冷的日子也比西欧的早春暖和，河涌两侧，马路沿线，一般绿叶扶疏，把个城墙都映绿了。

十一位夷人这番进城，不曾通过行商转递申请，当然，也没让行商知道，显然，是不想让行商有什么牵累，也不愿遭到行商的劝阻。同时，更没带中国人的通事，有小洪仁飞就行了，免得双方的对话被断章取义，或加以阉割，变得牛唇不对马嘴。

十一人仗剑而行，中国人纷纷避让。

果然，城门口就一个卫兵在站岗。

当他们要往里闯时，这个卫兵便挡在了前边，追问："进城的文牒呢?"

阿诺特说了几句。

仁飞便用中文译出："我们有要事找总督，你不得阻拦!"

"没有批准，夷人不得进城，这是规定。"卫兵站住不动。

"让开，我们有急事。"阿诺特大声道。

仁飞仗着自己是小孩，扯住了卫兵的辫子，十位大人，就这么持剑冲了过去。

卫兵一下子慌了手脚，他的剑都不曾出鞘，他知道，夷人是伤不得的，否则，上面怪罪下来，性命难保；可让夷人进了城，却又责任重大，照样不死也得脱层皮……

仁飞见大人走了过去，便对卫兵扮了个鬼脸，也走过去了。

卫兵知道挡住一个小孩也没用，竟抱住了脑袋，蹲了下来，号啕大哭了起来。仁飞好生奇怪，大人居然会无端大哭，殊不知，卫兵已为他的失职感到恐慌，没准，不仅屁股要打烂，连腰骨也打得直不起来。因为怕挨打，这才大哭。自然，他无法躲过这一劫了，只能认命，谁让夷人选中他站岗之际冲进城去呢!

十一人中，有几位曾多次进过城，会晤过前几任总督的，所以，总督府怎么去，当是轻车熟路。

这一路上，他们好不威风，让行人纷纷躲避。令小仁飞开心极了：这中国怎么如此胆小怕事?

就这么夺路而行，一口气冲到了总督驻广州的衙门。

由于时间早，大门刚刚打开，里边有几位差役正在打扫庭院，门口还没人守护，他们便径直冲了进去。经第一关，再穿堂而过，一直到了内院，都没人阻拦。

但内院里的厅堂，都还不曾打开。

于是，大家坐在内院的走廊上，静候总督的接见。

自然有人急急忙忙去通报。这可不是小事，夷人竟一早闯进了衙门!

先来了一个胥役，称：

"总督一早出去饮早茶，不知什么时候回来。"

迪韦亚倒是通晓这一习俗，便说："不要紧，我们会一直等到他回来的。"

胥役不再说什么。

很快，他把内院的一个厅堂打开，让他们坐进去，并且很是殷勤地斟上了一杯杯的清茶，端到了各人面前。

阿诺特不失幽默道："总督府的茶真香，口感绝妙，下回，总督要提供这样上品茶，我愿意出双倍价。"

胥役听仁飞翻译后，忙说："这可是准备进贡朝廷的，是贡茶了！"

仁飞忙问："这么说，是皇帝喝的了！"

他译了过去，阿诺特大笑，说："那我们也当一回皇帝了。"

仁飞正想译过去，迪韦亚急忙向他使了个眼色，他赶紧收了口。

胥役见没翻译，忙追问："他说什么？"

迪韦亚说："他说感谢圣上。"

仁飞这才译了过去。

胥役才说："这话还识趣。当说谢主隆恩。"

仁飞说："这我又学会了一句'谢主隆恩'。你们也跟我来说'谢主隆恩'。"

于是，十位夷人，结结巴巴、高高低低学着说："蟹煮……弄嗯。"

弄得胥役也忍俊不禁了。

过一阵，后院有了动静，胥役于是说："敢情是大人喝早茶回来了。"

于是转身进去了。

过了好一阵，衙门的师爷，带了一批通事进来了，这些通事，全都是与他们打过交道的，师爷显得很是紧张，通事们更是十分惊慌——夷人们来了这么大的举动，他们一无所知，显然是受到了严厉的斥责。一个个问：

"你们怎么就这样来了？"

"为什么不事先通报一声？"

他们当然是要开脱自己。

末了，师爷才又文质彬彬地发了问：

"各位这么一早赶来，辛苦了，有什么事情需要我们禀告的么？"

通事做了翻译。

阿诺特立即做了回答："不是禀告，而是要亲见总督本人。这个季度的贸易已进行一段时间，信风来了，我们就得走了，所以，决定在走之前见他一面，把一些重大的问题解决好，以免下回来又出争议。"

"与我说不行么？我可以代表他。"

"你能代表他解决问题么？"

"解决不了的，我完全负责转告。"

仁飞听明白了，正确做了翻译，而不是通事们打的马虎眼：“事情总归会解决的。”

阿诺特很是强硬：“这么说，你完全代表不了总督，那好，我们就一直在这里等。”

没等通事译出，仁飞已抢先讲了。

师爷愣住了：“你们怎么这样的口气？”

通事忙说：“这小番鬼不知天高地厚，人家说的是，他们会在这里恭候。”

师爷啐了一口：“其实一个意思，好吧，让他们恭候好了。”

转身便进去了。

通事们顿时急得满头大汗，坐立不安，平日，无论出什么事，有理三扁担，无理扁担三，统统都得落在他们的屁股上，绝不会与夷人算账，夷人出事，统统都得怪他们教化不力。

日影透过天窗，从侧面移向中间。

平日的溽热，又贴身而来了，但大班仍纹丝不动，正襟危坐，领口上的扣子都不解开，可通事们的衣背，早已湿了一大片。

快一个时辰过去了。

阿诺特瞪了瞪负责他那艘船的通事：“你，进去催催。”

那位通事紧张得身子都发直了：“这不行，万万不行，小的不敢。”

倒是一位年轻点的通事解释说：“大人总是要晚到的，这才有分量。”

另一位通事用一只手指压着嘴唇，轻轻地嘘了一声，制止住了他。

阿诺特也只好再挺直了腰。

又待了一阵，终于听到了杂沓的脚步声。又过一阵，那位师爷终于又出现了，说：

“大人请你们都进去。”

于是，在师爷的带领下，一行人来到了一个宽敞的大厅。

大厅正面，悬着“海晏河清”几个大字，笔迹敦厚，不乏力度，认不出是何人的题匾，但置于南方海边的府衙内，自是有一份深意，几份寄望。

这位总督，却是皇上重新派来、准备与杨文乾共同会审阿克敦的孔毓珣，他涉理夷务日子已久，已颇有经验了，坐在上边，不卑不亢，说上了几句：“你们不远万里，梯航而来，我们大清朝廷很是感佩。不知来后，好好休养与否？身体安康与否？”

大班们也就与他客套了几句。

而后，阿诺特便说：“我们有个请求，当呈交给总督大人。”

“那就呈上来吧。”

一位大班将呈文交给了通事，通事眼也不眨，便转交给了师爷。

师爷只多了一句嘴："这字还算工整。"

便又交给了总督。

总督很快便扫了一眼，而后，很是和蔼地问道："你们讲讲。"

大班决定由迪韦亚陈述，因为他出语要温文尔雅一些，本来，法国人说英文，就软绵了好些，至少在语气上不让总督感到生硬。毕竟，法国也是君主制。

迪韦亚说："我们大都来过广州多次了，正由于广州的关税适中，因此，这些年的船只才一年比一年多。可这两年，杨大人却来了个'番银加一征收'，我们以为，这绝非圣上的旨意，记得圣祖三十七年，圣祖上谕，广东海关收税人员，搜检商船货物，概行征税，以至商船稀少，关税缺额，且海船亦有外国来者，如此琐屑，甚觉失体，所以下令减少税银三万二百八十五两。"

通事有些张皇，不知如何转译。

仁飞等了一会，简单说："圣祖那时，说海关把税统了起来，吓得商船都不敢来了，圣祖得知，说这有失国体，下令减了三万多税，船这才多了起来。"

孔毓珣惊奇地看住小仁飞："这小番鬼倒是口齿伶俐，比我们的通事强多了……"而后才说，"圣祖的训谕，我们没齿不忘，所以，如今来的船，比那时多多了。"

阿诺特耐不住了："这'加一征收'，便是杨大人搞的，就是概行征税，圣祖也说过，只有进贡者才概税，因为那是大清的藩属国，我们不同，是通市的国家，应该依圣祖所谕，税其货物，这才公平公道。"

孔毓珣说："杨大人刚过世，我们不宜对他说三道四，他或许有他的道理，收了两年，也不曾听上头有什么说法。这件事，我们知道了。"

他向通事做了个手势。

通事译完之后，阿诺特还想说什么，通事却一副要结束会见的样子，说："大人让我特地吩咐你们，你们一定要与各自担保的行商打交道，同他们把生意做好，然后，由他们交税，千万不要与散商来往，否则，让小人捉弄了，陷害了，钱物两空，官府可是管不了的。"

孔毓珣已在案前站了起来。

大班们互相对望了一下，阿诺特强调道："贸易是自由的，我们有与不同商人做交易的自由，更有运送货物上船的自由，不可以强行要求我们把货物交给什么人来运，我们从未接受过这种指令。"

孔毓珣不动声色："我知道了。"

通事立即说：“接见就到这了，孔大人公务繁重，百忙之中接见你们，已是很大面子了。”

说到底，什么也没有答复。

就这么打发了么？

“我们不要面子，只要解决问题。”小仁飞见阿诺特一脸不快了，赶紧说。

一位大班赶紧走向前，越过通事与师爷，把一份资料呈了上去，说：

“这些，可以证明混淆概税与货税是不对的，‘加一征收’更是不行，我们希望你把我们的请求认真看一下，有个正式的答复。”

阿诺特也跨上前一步：“我希望近期内你们能有一个新的告示，把这些问题一一加以解决。这是我们所做的最后的努力。否则，我们就不再卸货，也不再装货。”他强调道，“一定要有一个圆满的结局。”

本来要走了的总督站直了，看了看手中的函件，蹙起了双眉，问通事们：

“他们这份通牒是谁译过来的？不，是谁帮他们写的？”

通事们吓得面如土色，一个个摇头：“我没有，我也没有。”

末了，有位通事指着仁飞：“这小番鬼通晓中文，应该是他写的吧。”

孔毓珣冷冷地说：“你们别想蒙我了，别说是小番鬼，就是十来岁的中国孩子，也写不出这样的文字来，如果不是你们当中一个人写的，那你们一定要查出，到底是谁写的，听明白了没有？”

孔毓珣仍向外洋大班们做了个道别的手势，走进了里间。师爷也跟进去了。

通事只好说：“回去吧，总督收下了你们的信函，这就是表示，他一定会做妥善的解决，尽管放心。”

大班们也只好鸣金收兵了。

当夜，无论是谭康泰、陈寿官，还是黎安官、骆官等，他们各自的通事，都找到了他们，追问那些信函的中文是何许人写的，谭康泰一笑置之：“是不是书法太差劲，有辱斯文，要打板子呀？”

自然，行商这边是追不出什么来。

他们又找到了外洋大班们，当然，更得不到任何满意的答复。

这可是总督要追查的。

第三天，孔毓珣发了话，让全体总商上他那去，通事们也要一道去，一个不得缺席。

就在“海晏河清”的大厅里。

孔毓珣倒是十分爽快，称：

“叫你们来，就是想了解一下，本季度你们各自与外洋大班做了多大的生

意，把总数报上来一下。”

作为总商，谭康泰说：“到今天为止，外洋大班与我们的生意做得并不顺当，他们要多少我们能给多少，都还没说定，怎么报？”

孔毓珣说：“我也不想为难你们，就估个大数吧，我自有分数。”

陈寿官却说：“外洋大班的货不多，而且没多少我们看得上的，我们勉强要上一点，也只是个搭头。”

“这个我早就知道了，外国除开一些稀奇玩意外，大宗的货物能有多少？还是我们大清地大物博，埠旺货丰，所以，他们主要是来买我们的物产的，同前朝一样，番船带来的主要是银洋，这你们也该有数吧。”孔毓珣这么说。

谭康泰说：“夷人倒是一是一，二是二，带来多少，用多少，一般不会打马虎眼。我同法兰西夷商几条船的交易，也还是有数的。”

“那就照报吧。”

于是，行商们都报了个数。

显然，交易未完成，而且，交易并不是全部与行商发生的，这些数目，也就不怎么太确切了。

孔毓珣先行离开，他正让阿克敦的案子搞得焦头烂额。杨文乾咬定阿克敦勒索暹罗国的规礼，阿克敦却死不认账，说那根本不是暹罗国的船，而是福建一位林姓船主的，移木就砧，成心坑人。孔毓珣一下没了轴，不过，他明白，暹罗国有不少福建人移民，反过来，福建人也有不少人打暹罗国的旗号做生意。二者难解难分，怎么判都不是。可恶的是，杨文乾这么一告，就得受理，况且还有雍正的上谕，不查还不行，本来，打个马虎眼就行，这杨文乾疯狗乱咬人，是众所皆知的，连他孔毓珣都没少被他咬几口。可偏偏阿克敦在闻知杨文乾暴死后，竟大办庆典，闹得满天下都知晓，圣上雷霆震怒，又再发了要严查的话，这就不好办了，这杨文乾死了，还留下这么多是是非非，真不是东西。

包括这“番银加一征收”也是！圣上当然知道杨文乾这一招，却又没片言只语，说这合理不合理，不知如何是好，结果，弄到外夷都打上门来，令总督府也不得安宁。

他走后，师爷这才对行商们说：

“三天前，夷人结了伴，一同到总督这里兴师问罪，称杨文乾大人死了，‘加一征收’就不存在了，说如果不取消，他们就不卸货、装货，哪怕做不成生意，白赔上一个季度。”

行商们很是惊诧：“他们是怎么进的城？”

“守城的士兵能有什么用，又不敢伤了他们，圣上要怀柔远人，伤了夷人，责任就大了，所以，挡不住他们。”

“这么说，是根据外洋大班的要求，总督今天才来查这个的。”

师爷冷笑道：“与其说是外洋大班的要求，还不如说是那死鬼杨文乾所逼迫的吧。”

谭康泰一激灵：“这话怎么说?”

“怎么说？你们当比我更明白这里的来龙去脉、藤蔓瓜葛，你们自己说吧。”

行商们不作声了。

广州，黄埔码头，可谓瞬息万变。

突然之间，书吏回到了官船上。

官船纷纷起锚，离开了码头。

行商们有点惊诧，骆官却不假思索：“咦……海关的官船撤了，我们可以运货了。”

运货工、水手一下子忙碌起来。

码头终于热闹了。

骆官对大家说：“看来，总督大人对官船运送的新规矩是不赞同的，说撤就撤了，不给死鬼杨文乾一点面子。”

黎安官也认为：“圣上要他查杨文乾，当然不可以把杨文乾贪墨的手段继承下来，这也可以让他撇清关系，显示自己清廉。”

骆官追问：“那‘加一征收’呢?”

黎安官说：“这并不是杨文乾的发明，早在宋朝便有的。”

骆官点点头：“可那时是对朝贡的商船制定的，如今，圣上早分清了，哪是进贡，哪是互市，这一搞混，就不好说了。”

黎安官说：“所以总督把这个绕开了。”

事后，谭康泰来到了法国商馆。

他想，这些个夷人，也太不够朋友了，你们要上总督府，也不打个招呼，越过我们就去了，最后的板子，还不落到我们身上？不过，话又说回来了，要真打招呼，我们未必劝阻得住，反过来，还会落个教唆的罪名，洗都洗不清……反正，弄得我们当行商的，里外都不是人。

迪韦亚一见他来了，便站起来热情地打招呼：“这几天清闲，只好看点书，正愁没几个朋友来聊聊天呢。”

谭康泰落座，瞅了瞅他手中的书：“什么书让你看得如此入迷?”

“噢，这个人有个中国名字，叫白晋。”

“知道，他还当过我们圣祖康熙的算学老师。圣祖又任命他为大清的特使，派回法兰西。”谭康泰说，“这都是三四十年前的事了。”

“对了，他给我们的‘太阳王’带去了好多珍贵的礼物。其中就有四十九卷中国的各种经典著作，包括你们崇尚的孔夫子的书。这些书，你都想不到，在法兰西有多受欢迎，我们好些大作家、大学者，都视为圭臬，大都译成了法文。我在读书时念过。”迪韦亚由衷地说。

“是呀，孔夫子，还有孟子，当然，更有老子、庄子，都是我们中国人的先师，中国人的学问都是从那里来的，他们的学识，浩瀚如大海，取之不尽，用之不竭……”谭康泰说起这些自是头头是道。

“学而时习之，不亦说乎。”迪韦亚竟用上了孔子的格言，“所以，这本书，我是带到了身上，一直带到了中国。”

“书名是什么?”

“这是白晋献给太阳王的一本书，叫《中国当朝皇帝传》，写的是你们的圣祖——康熙大帝。他同我们的太阳王可是一样了不得。太阳王让法国成了欧洲最强盛的帝国，令整个欧洲大陆都沐浴在他灿烂的阳光之下，你们的圣祖康熙大帝，也让中国成了东方最了不起的大帝国，尤其是重开海洋贸易，广纳八方，显示了泱泱大国的气度……”这回，轮到迪韦亚津津乐道了，“两位开明君主，真是东西方的双子星座，照亮了整个世界……”

谭康泰好奇地说：“你读一段给我听听，行吗?”

正在这时，神父与紫屏闻讯从旁边的行馆走了过来，给谭康泰请安。

神父接过迪韦亚的书，说：“不如我用中文来读上一段吧。”

紫屏说：“他这是想卖弄一下这两个月从我这学会的东西呢，让他读吧。”

神父清清嗓子，一丝不苟地把法文译成中文，语调虽说有些滑稽，认真却不可置疑：

……圣祖年已四十四岁，执政有三十六年了。他的身段与他的帝位无有不相称之处。他威武雄壮，有形有款且略高于常人，五官端正，双眼比其本族人都大且炯炯有神。鼻尖稍圆但不失鹰隼之钩吻，虽说脸上稍有天花余痕，却丝毫不影响他英俊的外表。

不过，康熙的精神品质远比他身体外表要强。他与生俱来即拥有世上最美好的天性。他思路敏捷，处事明智，记忆力强，天赋惊人。他的坚强意志足以经受得起任何事变的考验。他巨大的组织才能更能引导完成重大的事业。他品味高尚，正是一位帝王所应具备的。子民们敬重他主持公平与正义的热忱，对臣子与百姓的慈父般的关爱，对道德与理智的崇尚，以及抑制欲望的惊人自制力……

他全身都焕现出一种道德的光辉……

……在中国人中，高官显职是靠读书与学问之途径方可获得的。如果仅具有伟大的品质，而在学问、见识上并不出类拔萃的话，那么，他就不足以成为这个国家最伟大的皇帝之一。毫无疑问，正是为了使自己适合于这样一个大国的治理，他才如此一心一意研究中国的文学与科学，为此，他几乎遍读了所有的汉语名著……

谭康泰点点头："这白晋说得不错，圣祖雄才大略，英明宽厚，严以治吏，柔以爱民。目光敏锐，判断准确，谁也瞒不过他。"

迪韦亚说："一位开明君主，便是我们西方几千年期盼的哲学王……说来也巧，我们的路易十四，也都是冲年登基的，可年纪小小，更显示出了惊人的天才与能力……"

神父搁下了书："怎么，我读得还行吧？"

紫屏这才说了话："可以评个中甲。"

神父愣了："什么为中甲？"

"就是中等里的最上等。"谭康泰解释道。

"你们的等级真多，这到底是中等还是上等呀，我弄糊涂了。"

"怎么说呢，就是……中等与上等之间，这算明白了吧？"

"怎么不索性给个上等呢？"神父不服。

"还差一点点呗。"紫屏笑了。

迪韦亚插话道："我倒觉得，中文里太多模糊性了，可上可中，可中可下……神父，你就接受了这个中等里的上等吧！"

大家哈哈大笑了起来。

这时，谭康泰才问起几天前他们冲进总督府的事情，并告诉他们，总督昨天召见了全体行商，要查明交易的总数。

迪韦亚一下子兴奋了："这证明，我们此举可是产生了效果，总督不得不认真考虑我们的诉求，开始进行调查了。"

"你们外洋大班总是把事情想得那么简单。"谭康康摇摇头。

"当今圣上，应也与圣祖一般有魄力。"迪韦亚深信，"我们的要求，同圣祖二十四年的上谕是相吻合的，分清藩属国的概行征税，与通市国的税其货物，二者是不可以相混淆的。藩属国受大清的恩庇，受惠颇多，我们则不一样，当自由平等交易。"

谭康泰含笑道："难得你们把两类国家的税项分得这么清楚，圣上英明，你们也明理，可官吏们却不一定明白圣上的意思，所以，一到下面，古怪事情就多了，没置货就先抽税，银子又不是货物，怎么能加一征收呢？"

“你说的正中下怀，我们这番据理力争，当有一个好结果。”迪韦亚更是自信了。

谭康泰继续说：“我也反复琢磨圣祖三十七年的上谕，觉得更重要的，他很严厉地谴责广东海关收税人员，说他们对商船实行的概行征税，实质上是竭泽而渔，吓得商船都不敢来了，税也收不成了。这么做，有损于大清泱泱大国的威望，甚觉失体，所以，才下令减税。这也说明圣祖怀柔远人，可谓无微不至，同时，对裕国通商，兴旺对外贸易，抱有很殷切的期望，这一片苦心，偏偏下边的官吏就不能体察，只盯住自己眼皮底下的一点点蝇头小利，可气可叹矣！”

“有一个贤明的君主，下边的肖泥鳅怎么也掀不起达浪。”一直在聆听的神父，终于插上了一句话。

由于语调的不同，弄得大家都哑然失笑，分明是小泥鳅，却成了肖泥鳅，大浪，成了达浪，好在大家还是听明白了，口语功夫，他还真不如那位小仁飞呢。

迪韦亚忽地想起了什么，问他：

“你几时起程？”

“恐怕会很快了，昨天官府就派人找到了我，问我口语学得怎样，说让我抓紧，哪天说走就走，耽误不得的。”神父说。

“走哪？”谭康泰问。

紫屏代为回答：“还不是上京城去，圣上可看重法兰西来的画师呢。”

“派人送么？”

“当然，说一俟贡品采购好了，就一并上京，已通知各个驿站了。”

谭康泰双眉紧锁：“不是还没有与各商船协调好么？贡品怎么就采购好了？”

“敢情是他们认为会很快了。”

“这么说，官府已经有了一个解决方案了。”迪韦亚自是欣喜，“本来也是，分清概税与货税，事情就迎刃而解了。当上贡的则上贡，听说，圣上早就发了催办的话下来，所以，形势对我们大大有利。”

谭康泰不知如何说好，半天，才掉转头问紫屏：“这些日子，你与神父相处得怎样？他可是说走就走了呵！”

神父却抢先说了：“紫屏小姐绘画的天赋极高，她把中国的水墨画与我们的水彩画交融得妙极了，而且用在瓷器的彩绘上，令我大开了眼界。不是我教她的，相反，是我从她那里学了很多很多……”

“是这么回事么？”谭康泰有点喜出望外。

“他过奖了。”紫屏有点羞涩地说，“我就那么一点三脚猫的功夫，让他夸得天花乱坠了。画画上，他说到底还是我的老师，线条、着色、晕染、光影什么的，他一点也没保留，全都教给我了。”

谭康泰故意问神父：“那你学讲中国话，又学得怎样了？”

“这个……你们不都听到了么？”神父一怔，又说，“也算八九不离十吧。”

谭康泰先是愣住了：“说话能八九不离十么？这要闹误会了，皇帝跟前可是要受罚的呀！”

紫屏也说：“当今圣上，可比圣祖严厉多了，打不得马虎眼……看来，我这个教说话的老师没有当好。”

“你教得好，是我这个学生不生气……”

“糟了，糟了，连不争气都说成了不生气，羞煞为师了！”紫屏忍不住也笑了。

谭康泰忍住笑，说：“还有几天工夫吧，你们可别光顾学画，把学话耽误了。”

神父又傻了：“什么光顾学话，又把学话误了，这是什么话呀？”

大家都笑得前仰后合。

一直不出声的陈芳庭插了进来：“画不是话，画画不是说话……唉，连我也给说得乱七八糟了！”一拍大腿，不说了。

又是哄堂大笑。

倒是神父不笑了，往纸上写出了个“话”字，说：“这右边，是个舌头的舌字，舌头吐出言来，就是话了。至于画，又是另外的样子。这字我认得出来，可这说话的话，同画画的画，怎么一个音，我就弄不明白了。”

大家笑得更厉害了，紫屏弯下了腰，捂住了肚子，大叫：“我肠子都笑断了！”

神父偏还要说：“这中国字，一个一个的，比画一幅画还难，难怪白晋说你们是一个艺术的民族，把什么都化作了艺术，什么说话艺术我就不懂了，绕着弯子说话就叫艺术，怎么绕法？把舌头卷起来，绕上圈子么？”

大家笑得喘不过气来了。

谭康泰却正色道：“我倒觉得，你们说话直来直去，不绕弯子，倒是件好事。中国人每个肚子里有个小九九，有话不直说，让人费猜量，活着就累了。这次，我就怕官府真正是艺术地打发了你们，你们还没闹明白呢。到现在，他们下一步有什么动作，谁说得清？”

“嗨，你担心什么，他们说好了要正式回复我们，就等着呗。”迪韦亚沉静下来，“总归要让步的，不然，他们的贡品怎么到得了手，皇上又催，他们

才急呢。”

陈芳庭说：“那就等吧，总归有个结果，是福是祸也得接受。看样子很快，我们要与神父道别了，到了圣上那里，可要多给我们行商说上几句好话呀！”

神父忙说：“那是当然，那是当然。”又回过头问，“紫屏姑娘送我上京么？万一我出了个八九不离十的笑话，也好有她纠正呀！”

迪韦亚摇摇头：“这个不可能，到那边，会有宫廷画师陪伴你的。”

“可再也没这么聪慧伶俐的小姑娘了。”神父叹气道。

陈芳庭想到了一个问题：“神父走了，沈紫屏的任务就完成了，以后，是留在这个商馆，还是回到窑场？”

谭康泰微笑着，试探紫屏：“这件事，还是你自己定吧。”

迪韦亚赶紧表示：“我们可离不开紫屏姑娘，这里里外外，都靠她在打理，尤其是外出采买，还真少不了她，她不走，我们可以出双倍的工钱，行不行？”

紫屏颇为得体地说：“这些日子在你们这里，你们可是把我宠得像公主一样，让我消受不起。而且，迪韦亚主任给他们说了在他们那里人与人之间，讲平等，讲博爱，比同荷兰人打交道，有人情味得多。这一两个月，得益匪浅，真的，他们无形中教会了我很多东西，在这里，我活得很有尊严、很有生气、很轻松……我会永远记住这一段日子的。”

谭康泰亦不无感动：“你说得太好了，没想到你会有这样意外的收益，这可让你受用一生一世。中国人现在还没有意识到这些，包括我这多次出过洋的，有时也做不到这样——总之，我尊重你的选择。”

紫屏继续说：“的确，在巴达维亚，我没被当作人看，回到中国，我还原成了人，可是，总还觉得不那么扬眉吐气，总有人没把我们女人当人看，我也没有过多的奢望，连你们行商，按理说，很有钱了，也还是被人看不起，官府一样可以吆三喝四，我又算得了什么？不过，在绘画上，尤其是在陶瓷上的彩绘，让我的精神有了寄托，有个奔头，我想我一定能绘出精美绝伦的瓷画，不仅在中国，在法兰西，都能赢得一片喝彩声，能这样，我死亦无憾——所以，我决定，还是回到窑火跟前，那里才有我的生命。迪韦亚主任，请你原谅。”

迪韦亚心无芥蒂，高兴地说：“好哇，你会更出色的！”

谭康泰说：“你不会后悔的。但是，你也要有准备，一切，都不会一帆风顺的。好在你也是从海上过来的。”

紫屏坚定地点了点头：“我不后悔。”

陈芳庭说：“其实，在这里也误不了你的绘画呀……至少，可以有很多年的安宁。”

紫屏的选择，在所有人心目中，都早已经预料到了。

是夜。

无论是谭康泰、陈寿官，还是黎安官、骆官等，他们各自的通事，都被找到了，总督仍在追问那些信函的中文是何许人写的。

谭康泰一笑置之。

通事脸色凝重：“只怕所有行商都得问到。”

谭康泰没在意：“行商这边是追不出什么来。”

通事加重语气：“这可是总督要追查的。”

谭康泰仍没在意：“让他们查吧。”

通事说：“本来，是一位神父的手书，人家在法兰西已学过中文了。”

“那还查什么？我不是说清楚了么？”

“可总督还问，神父又与什么中国人接触。”

“还追得这么紧？”

“过去，凡是代夷人写东西的，一律按通夷论处，还有死罪的。”

谭康泰警觉了：“这么严重？”

“是呀……我特来通报一声，告辞。”

通事走后，谭康泰叫过陈芳庭：“明天，你让紫屏赶紧回工场去。”

陈芳庭说：“神父学中文正起劲呢。”

谭康泰说：“暂避一下。这次夷人告状，总督要抓通夷的人加罪。”

陈芳庭点头：“明白。”

谭康泰叮嘱：“这事，别让紫屏知道，她吃的苦太多，再受不了惊吓，好在她已经打算去工场了，顺水推舟，让她快点去。”

陈芳庭拧紧眉头：“总督大人如果不依不饶的，只怕纸包不住火。”

谭康泰说：“我会想办法的。当官的，总以为，夷人什么不懂，大凡知道点什么，便认为是中国人通水，把罪名强加在老百姓头上，完全是一种官式思维，奈何？这些年，又有多些枉死鬼？往后，只怕更多了。”

陈芳庭明白：“紫屏这回太危险了！听说，没守住城门，把夷人放进来的士卒，板子打重了，一口气没回过来，伸腿了。”

谭康泰抽了口冷气。

但是，未来的岁月可曾预料得了么？

正如谭康泰，从海上过来的人，是早知道风浪的厉害的，那是需要用生死去相搏的，而且生死未卜。

眼前，立即就有一个滔天的巨浪扑来，不仅谭康泰在劫难逃，作为管家的

陈芳庭也难以幸免。

而紫屏，也会卷进一个意想不到的漩涡当中，差点把青春断送，如果留在法国商馆，却完全可以祛祸消灾，自得一分安宁。

但她义无反顾。

珠江的涛声，一时竟紧了起来。

第十四章　暗度陈仓

对于阿诺特，这位英吉利的资深大班而言，十月的广州，阳光是再明媚不过了的。虽然稍一活动，便有微汗渗出，但上帝予于外洋船此番在广州外洋停泊的季度，却是这个地方最为宜人的日子。信风来去，留下的正是夏末与深秋之间。整个广州，不知名的花儿接踵而来，争妍斗艳，尤其是满天飞起的紫荆花，竟让这座古城格外亮丽，也让一江珠水分外灵动。连同珠江南岸的海幢寺，沿江都是一片姹紫嫣红，明丽动人。在这里，佛陀是有福的，有那么多的鲜花供奉。可惜，上帝却未能让中国人知晓，不然，当比这鲜花更为豪气！

阿诺特已经多次来到广州了，对广州城里里外外，了如指掌，包括海关的官员，大都有过交往。这些年，他与巡抚兼海关监督杨文乾，虽说谋面不多，杨文乾极少上商船主持丈量，但两人似乎一直在暗地里较劲，早两年，人在屋檐下，不得不低头，一千九百五十两银子的船钞不得不如数交纳，“加一征收”的份额，最后也还是乖乖奉上。但他始终不服，这没道理，凭什么对银子征税？

可上回，杨文乾“丁忧”去了，他认为机会来了，把船停在外洋施压，没想到杨文乾又回了，又加了个“指定运送”，变着法子盘剥，正不知如何应对，不走运的杨文乾却伸了腿。于是，下定决心，闯了一回总督府。

看来，这一着棋走对了。

前天，得到了消息，总督召见了行商，了解这一季度的交易情况，这说明官方已不得不认真考虑如何缓解矛盾，不再似杨文乾那样横了。这说明事态有了转机。

昨天，又听说，原准备在十三行接货的指定“商船”，已悄悄地撤走了。

这意味着，第一步，抗拒运送，已经露出了胜利的曙光。

所以，阿诺特今天心里也充满了阳光，带上小仁飞，来南岸的海幢寺看个热闹。是日，白鹅潭风平浪静，一如大镜子，倒映着上百面白帆，光波水影，云气氤氲，恍惚间，竟有几分似仙境……及至驶到海幢寺南门，更有花团锦簇，让微波耀映，化作一道长长的彩色缎带，缀连在珠江南岸，加上和煦的秋阳，更让人心旷神怡。

船刚在石级码头靠岸，小仁飞正眼热地看住寺内袅袅的香火，却有一艘飞舟驶到，上边有人大声呼喊：

“首席大班，首席大班……”

阿诺特还来不及登岸，便站住了，问道：

“是有好消息来了么？”

飞舟上一位船员笑逐颜开：“大班果真料事如神，你赶快回程吧，行商已经来办理运送瓷器的手续了！”

阿诺特拍拍小仁飞：“今天你逛不了庙啦，只好委屈你陪我上黄埔港了。”

仁飞说：“我也正想上黄埔，同水手们玩个开心呢。”

“这孩子！”阿诺特不知感叹什么。

原来，当阿诺特领小仁飞过江之际，官府已经通知了各大行商，他们与外洋大班交易，送货运货，官方不再指定运送了，由他们自行决定运送。于是，行商赶紧上了各国商馆。各国商馆正愁这么些日子，订下的货物要么送不来，要么又积压在商馆里，送不出去，这就好了，于是，立即派飞舟叫回了阿诺特。

阿诺特心花怒放，这一事实表明，官府已经承认在运送方面理亏，做出了第一个让步。

下一步呢？当然是取消“加一征收”！

阿诺特自以为胜券在握。

在押运一百五十箱瓷器上“麦士里菲尔德号”之际，他踌躇满志地对小仁飞说：“中国人有一句古话，叫作‘阎王好找，小鬼难缠’，你明白吗？什么事情，你得绕开那些无事生非的小鬼，也就是那些底层的芝麻绿豆官员，直接去找上头，官越大，就越好找，就越能解决问题，千万别给小鬼哄住了，缠住了……”

小仁飞睁大了眼睛：“这么说，最好是去找他们的皇帝，皇帝的官最大！”

阿诺特低下头看住这孩子：“京城太远了，那里的皇宫、城墙可不比广州，没那么容易闯得进去，连他们自己的大官，想见皇帝也都不简单。”

“可我听说，法国神父都见得到皇上。等我长大，我也一定能见得到。”小仁飞说。

“你这孩子，跟着闯了一趟总督府，就生下了闯皇宫的胆子，可真了不得。”阿诺特好不惊异，“你不能这么去推理，中国的事情，不能按我们的推理办的，长大你就明白。”

“可我们这回不是赢了么？可见我们有理！不去说理，不去争取，那还不

让下边的官吏占便宜了？”小仁飞理直气壮。

“当然，我们有理，你说得对！”阿诺特点点头，“这只是开始，我们再进一步，他们也就会退后一步……”

“再闯一次么？”

“看你，就知道闯……下一步是什么，我们还得看看，未必一样。”

“他们当官的，怕了我们？”

“不可以这么说。”

“那只是……客气？”

船没两个时辰，便到了黄埔港了。

这是一个天然的渔村，绿叶扶疏，鸟语花香，河涌交互，小艇游弋……岸上，已搭起了每个海贸季度所需要的临时仓库，储存起这第一批的瓷器。

水手可以在这里上岸，但不得批准，是不可以进广州城的。由于贸易季度的到来，这里便迅速兴旺起来了。酒肆早挂起了幡子，让番鬼水手一眼就知道这里有好酒喝；花艇也开来了，打扮得花枝招展的青楼女子，也正趁这个机会，赚上一笔亮晃晃的番银，听说，她们私下里还与水手交换不少物品，诸如玻璃珠、鼻烟盒、玉石什么的，水手们每每私下里有夹带，不这样，光挣几个工钱，喝了酒、玩过女人，就所剩无几了。海上一年半截的，憋得够呛，此时，正是亡命释放之际，喝得烂醉者，早躺满了港口。

阿诺特也习惯了，从不干涉，认为这也是人性使然，仁飞仗着小，很快便混到渔村里，一是看看稀罕，二也是把口语练好，这孩子，平心而论，倒不怎么贪玩，学什么，都一本正经的，分外上心。

由于放开了运送，来往的货船、小艇也就多了起来，商船上带来的西班牙银元，也就哗啦啦地流入了行商的口袋中。只是阿诺特不敢把番银全部用罄，因为，那个“加一征收”，也就是10%的“缴送”，一直还没听到有个什么样的说法，是减少了，还是取消了？如果把银子用完了，交不了缴送，要出港就成大问题了，凡事，还是要留一条后路。

这天，也正是忙碌之际，让下属仔细进货、验货，却见迪韦亚的小船开了过来。

这次，法国的商船，也进了一百箱瓷器，比英船少一点，但也相当可观。法国人，可是对中国瓷具情有独钟，痴迷至极，运回国，一定能卖个好价钱。

只见迪韦亚满面春风，远远就在嚷嚷：“问题全解决了，问题全解决了。”

阿诺特一时还没反应过来：“什么？”

待迪韦亚走近，他才说道：“我们彻底胜利了，加一征收取消了！”

阿诺特喜出望外：“全取消了，还是压低、减半？”

“全取消了!”

“这回，官府做事倒还痛快!”阿诺特喜不自禁，“走，我们喝两杯去，我待在这个码头几天，耳目闭塞，是怎么回事?”

两人上了船，在重新装修得十分讲究的船长室内，开怀对饮。

迪韦亚告诉阿诺特，这天上午，负责“恺撒号”的包商，也就是总行商的谭康泰上了法国商馆，问他采购得怎样?他说，也八九不离十了，谭康泰说，你还可以多采购一点，尽量把银子花完，不要留。

迪韦亚说：“你知道，我这个人是最谨慎的，凡事都有个分寸，当然不敢把银子花得太多，没你这个胆。所以，我很奇怪，谭康官怎么这么劝我?”

“他怎么说?”

“他只说，你们这回如愿了，海关不再对你们‘加一征收’了，有多少钱用多少钱吧，用不着用一些留一些，更用不着藏着掖着，抓紧时间，该采购的尽快采购好了。”

阿诺特说：“你这就来告诉我了?”

“我只觉得，谭康官为何不直截了当说这件事，却要绕了这么大一个弯子?”迪韦亚说。

“嗨，这便是中国人说话的艺术。他是怕你一下子大喜过望，不敢相信呢。”阿诺特把一杯酒全倒进口里了，“你疑惑什么，这事明明白白，加一征收没有了，我们胜利了，该大庆特庆才对！再干一杯!”

迪韦亚也不狐疑了，举起了酒杯。

阿诺特一时性起，打开了一个箱橱，里边是满满的酒瓶，也不知他是什么时候攒下来的，立时，酒香溢满了全船。他一下子抱出了好几瓶，冲出了舱门，朝外边喊去：

“伙计们，水手们，今天是个大喜的日子，中国10%的恶税取消了，我们可以多挣好多钱，多买好些货了!”

“大家快来，今天我请客，好好庆贺这个伟大的胜利!”

一下子，船上的水手都拥了过来。

片刻间，一箱橱的酒全空了!

水手们都疯了，叫的，吼的，扭的，跳的，喝醉了在地上做狗爬的，扮鬼脸装猫叫春的……一时间，甲板上杯盘狼藉，人体狼藉，酒气熏人。他们也压抑得太久了，今天是首席大班开了口，能不来个一醉方休么?

迪韦亚也让他们狂欢感染了，忘了原先的疑虑，也多喝了几口。他只是奇怪，一向有绅士风度的英国人，尤其是作为首席大班的阿诺特，也会喝得这般东歪西倒，可以说是不省人事了。

他本不想先告诉英国人的，不过，却想到这些年来，英国商船迅速超过了荷兰等国，跃居首位，免了“加一征收”，最大的受益者是他们，还以为他们另外又使了什么劲，即便没有，最高兴的也应是他们，所以，有乐同享，于是便来了。

他没再同阿诺特打招呼，就算打招呼阿诺特未必也清醒，便一个人半带微笑，绕过在甲板上躺得东倒西歪、横竖交叉的水手身边，下船走了。

他却不知，与他交厚的谭康泰，此时，正忍受着此生以来最大的煎熬呢。

谭康泰是一早准备出门时，让总督府那位师爷撞了个正着。

师爷对他说：“你去告诉大班们，‘加一征收’不再执行了，让他们尽快做完交易，也让海关尽快采购到上京的贡品，两相不误好了。”

他略觉突兀，问：“就这么去交代一声就行了么？”

师爷说：“我先去通知，回过头来，新来的海关监督要见你，快去，别误了事。”

早就听说朝廷要派一个海关监督过来，是否这位新海关监督带来了朝廷的旨意，事情才有了转圜的余地。于是，谭康泰便离开了住处，急急脚赶到了法国商馆。

平日，他也都是通过迪韦亚把有关事宜转达给各国大班的。

迪韦亚听他这么一说，虽不觉得突然，却也感到有点太顺利也太彻底了，难以置信，而且，谭康泰一路走过，左想右想，总觉得师爷话里有话，“别误了事”，误了什么事？有了种种猜测，却又无法印证，这情绪，自然也感染到了迪韦亚。

什么地方不那么对头？

也罢，面见了新来的海关监督大人再说。

于是，送迪韦亚上了船，他便直奔海关。

到了海关门口，一位衙役见到他，立时便往里传：“谭康官到了！”

待他跨进大门，传“到”的声音还在回响，显得很不寻常。

似乎这位新来的海关监督大人颇有威势。

谭康泰来得也多了，心想，这无非是新大人摆摆谱罢了。

进入内厅，入了座，却还没人。

倒是有一位少年从侧边走了过来，打量了他一阵，“哦”了一声，称：“我认识你。”

谭康泰看看他，似乎有点脸熟，却一下子又想不起是哪位大人的孩子了，讪笑了一下：“老了，记性不行了。”

少年称：“你叫谭康泰，没错吧？”

“是呀。”

“吾父过世前没少叨念过这个名字，所以我记住了。”

“你父亲大人?”

谭康泰下意识打了个冷战，多少已经猜到了。

“吾父委你以重任，汝堪当否?”少年居然也拿上几分官腔。

“总商么？我当时想推也没推成……”

“所以你现在就敷衍塞责?”

这少年，多少有点为父的骨架，令谭康泰心中一阵阵发凉，这小子来这里干什么？只好说：“这倒不敢，只是谋事在人，成事在天，尽了力，未必能尽职。”

少年冷笑了一下：“你会尽职的，新海关监督大人会让你尽职的。”

就这么不咸不淡、不阴不阳说上两句，这少年便又从另一个侧门走出去了。

他，便是杨宗仁的孙儿，杨文乾的公子，雍正所赐，“准袭二次”，这最后一次，便落实到了他的身上。他的名字叫杨应琚，后来果然承袭了两广总督。而长大了的洪仁飞驾船北上，要闯京城，乾隆皇帝曾一度听取过浙江巡抚杨廷璋的密奏，指示“夷商赴浙赴粤，皆可准其所适”，进一步开洋的大局已定。谁知，就是这位杨文乾的儿子，任过两广总督此时又刚刚出任闽浙总督的杨应琚上奏，力陈“臣再四筹度，不便听其两省贸易”，终让乾隆收回成命，并进一步上谕“一口通商”，封了另外三个通商口岸，历史最终发生了逆转。

没有人料到，包括谭康泰也绝对不会想到，正是此刻与之打过交道的两位少年，无论今后他们是否相通，或者相识，却在今后二十多年里，成了暗中较量的最强劲的对手，最终改变了历史演进的格局，他们父辈们未曾了结的较量，就这么延续了下去。这同样是后话了。

而此刻，让谭康泰感到惶恐不安的是，这小子出现在这里意味着什么，莫非新来的海关监督大人与杨文乾有旧，而杨文乾的阴影仍有那么长，怎么也走不出去……萧规曹随，这是常理，那么，那“加一征收”，恐怕不会那么轻轻巧巧地取消了吧?

日影已快移到了厅堂中间。

谭康泰感到背心已经汗透了，一缕缕的汗水，分明在背脊上面爬，一直爬下了腰部。这湿热的天气，最难将息……海关大人这么火急火燎把人招来，却又让人候上这么久?

拿架子也犯不着这样!

其实，也并没多久，新海关大人便已经悄然无声地走了出来。

待谭康泰反应过来，他已站在面前。

“你就是谭康泰?”新海关监督大人的口气居然还有几分磁性。

谭康泰连忙起身打了个拱手：“我是，祖大人。”

“你们行商消息真灵通。”这位祖大人说。

“大人驾到，名声在外，焉有不知?”平心而论，谭康泰并不是个好打听的人，可行商圈子中，打杨文乾一死，由谁来填补，则是关切至紧，这位祖大人在北京出发之际，广州便知道了，而且知道他不久前刚刚丢了广西巡抚的差使，却因祸得福，补了这么个肥缺，势必有不为人知的背景，当然，一眼可知是个满人。

“上茶了么?”祖大人又问，以示关怀。

“上了，上了。”

祖大人在对面坐了下来：“我呢，在广西就职过，多少知道一点广东的事。圣上大概以为我对这边有点了解，就派我来了。这让我战战兢兢，生怕有负圣命。你们办理夷务上十年，比我要懂行得多，请你来，先是请教，再作商量。还望你不吝赐教。”

谭康泰不想这位祖大人如此谦和，赶紧说：“大人有话尽管发问就是。”

“那我就不拐弯抹角了。”祖大人说：“关于番银加一征收的规矩，你是清楚的?”

“是的，早两三年开征的。”

“收得都不顺利是吗?”

“外洋大班一直不服，每次都对总督喊冤，不肯交。”

“为何喊冤?”

“他们认为，自己不是藩属国，而是互市之国，把他们按藩属国对待，所以不公平。”

祖大人的面孔抽搐了一下：“夷人怎么会如此强顶呢?再怎么说，他们也是四夷之人，允其通商已是皇恩浩荡，怎么说是冤枉呢?你觉得呢?”

谭康泰一怔，才说：“他们还有一个理由，说这‘加一征收’并非皇上的课征，圣祖、圣上都未必允许这么征收。”

祖大人立时又和蔼了起来：“这么说，皇上对这‘加一征收’并不知情?”

“我不清楚。”谭康泰松了一口气，“不过，刚离去的常赉常大人，倒是为此参了海关监督的前任杨大人一本，说外船到港，尚未置货，就对番银加一征收，收了四万两银子。这全算在杨大人三十多万贪墨的银子当中了。”

祖大人蹙了眉头：“这个奏本，圣上是看了，着实批了杨文乾一顿。这就是说，圣上对这‘番银加一征收’，倒是知情的，只是杨文乾不该把它贪墨了。”

谭康泰听了，觉得味道不对了，别看这位祖大人说话温文尔雅，可一字一句里边都有骨头，不好嚼，一不小心便会受梗，良久，才谨慎地说：“常大人的奏折中说的是，杨大人对番银征收，是没买货之前就收了，而税只能是针对交易而来的，所以不合天朝税制，个人贪墨了，也无从查究。”

祖大人瞥了谭康泰一眼，说：“常大人果然讲得如此周详么？”

谭康泰心里一沉：“我只是听说，我们哪能见到折子。这话传来传去，有没有走样，谁也说不清楚……”

祖大人脸色更是和蔼了：“后来，杨大人又反奏了常大人一本，还亲自去福建查了常大人，这一节你们清楚么？”

“知道有这么回事。”

祖大人站了起来，看住上方，不再正视谭康泰了：“现在，我只问一句话，这‘番银加一征收’，该怎么办？”

“大人不是取消了么？今早就是打发我去知会外洋大班的。”

祖大人淡淡一笑，问：“你是这么认为的么？”

“是的，错了么？”谭康泰有点疑惑了。

“你觉得错了，还算明智。”祖大人似乎在循循善诱。

谭康泰这时才端详这位新任海关监督的祖大人，看上去，祖大人还很是年轻，这个年头，当上从二品大官的，能有这么年轻的没几个人，两眼比较紧，脸也狭长，也是典型的满人特征，这可解释其仕途得意的背景，尤其是这回化险为夷，从广西巡抚免职后竟这么快又重新上来的根源。不管怎的，他不是只会弯弓射箭的八旗子弟，还颇知书识礼，肚子里装了不少墨水，也许正是这一条，他在仕途上才如此春风得意。耳边忽地想起了古人的遗训：孺子可教也。他当不会如杨文乾那般阴鸷、老谋深算又刚愎自用，能听得进各种不同意见吧，于是，认真地说：

“对夷商而言，大都是逐利而来的，当然不尽如此，但大都如此。逐利者，有利盼鸡啼，无利不起早，这些年，自圣祖开海，当今圣上又取消了南洋禁航令，无论夷商的船只，还是自己海商的船只，几乎是一年一年地增多，尤其是英吉利，今年一来就六艘，携来的番银都数十万计。英商重利，且财大气粗，有钱赚就来，我们行商，也乐于将瓷器、丝绸、茶叶销出，也是愈多愈好，裕国通商嘛，国家的税银多了，国库就好开销，赈灾救难就不拮据了，前朝也就是靠番银支撑住财政的，国朝如今也沿袭了银子的用途。所以，朝廷通过互市，收税，多收银子，当是国计民生之大要……”

祖大人连连点头：“我在内务府，也是这么听说的。”

得到鼓励，谭康泰继续说：“夷人同我们不一样，寸寸节节，计算得很细，寸利不让，所以，对税银很是敏感，一旦无利可图，便立马走人……”

“他们的利可不小吧？”

“是不小，可只要别处，如厦门、宁波比这边强，他们就宁可多跑几天，几百天都过来了，还在乎这几天么？”

“他们不是在厦门碰钉子了么？”

“是呀，那边不讲规矩，乱抽任税，所以，大都还回到广州，我们行商也一样，陈寿官同杨大人不合，也一气之下去过厦门，惨淡经营了几年，觉得还是广州强，所以又回来了。当然，他本是闽人，回去有回去的道理，也指望把家乡的通商搞旺。可再大道理，也敌不过利呀，所以，也有人说，利才是商人的大道理，赚到了钱，再投回老家，义利兼得，否则，利没了，义也成了一口空话。”

“噢，商贾也有商贾之道，夷商也一样，对么？”

“是呀，税太重，还是那句老话，竭泽而渔，鱼都死了，或是跑光了，以后还打什么渔？所以，对‘番银加一征收’，不合商道，人家是不愿意的。为运这么些银子来，他们也是连命也搏上了，一艘船，从西洋来到中国，有的在途中，就死了三成的人，不是热病，就是伤亡，遇上飓风，翻船的也不少。不仅血本无归，人也没了。”

祖大人“哦”了一声：“要钱不要命。”

谭康泰感到祖大人听话，完全是另一条思路，只好强调道：“我记得当年圣祖有谕，税过重，夷商不至，有损国体。我们大清，泱泱大国，当怀柔远人，以示国朝的阔大胸怀……”

祖大人打断了他的话：“我已经听明白了，之所以不对夷商说‘加一征收’，当然合圣上之意。但圣上从没否定过这‘加一征收’，我却是反复查找过广东这边的存档，找不到要取消的依据，可夷商又不肯交，怎么办？”

谭康泰这才明晓了他的想法，内心暗暗吃惊，觉得自己不知这位祖大人的深浅，说得太多了，言多必失，不知哪句话讲的不妙，一时间，不知怎么应对，哑然了。

“夷商带来的番银，当有实数？”祖大人倒也不等回答。

“夷人心实，一是一，二是二，不会报大数，也不会缩小，有多少银子就做多大的生意。”谭康泰据实回答。

“这就行了，这番请你来，就因为你是总行商，既然委你以重任，就得让你解决难题，本来，行商也就是代替海关办理涉夷事务，加一征收，本也要由你们办理，所以，海关决定，这‘加一征收’，便由你们包商代夷人缴纳，这样，海关的税不至于减少，夷商那边也交代过去了，反正，番银也统统做了生意，到了你们手中了。”祖大人以一副不容置疑的口吻，一一道出他的理由。

谭康泰为之震惊，原来，海关葫芦里卖的居然是这么一服药，这也太狠了，不行，须据理力争，否则，开了这个恶例，往后还怎么办？于是，他极力控制住自己，平静道：

“让我们行商代缴，也得有个规矩才行。”

“什么规矩？”

“做成了多少番银的生意，便做多少的‘加一征收’。”

“什么意思？”祖大人自然不懂行。

“做多大买卖就纳多大的税，这是惯例了。”

“这么说，夷商花了多少银子，才通过你们交纳货税。”

“正是。”

“这恐怕与‘加一征收’不合吧。”

“没做成交易的银子，人家留下来，总不能征税吧？他们往年也有留下在澳门、在广州的，这是一部分。还有，有些银子，未必同包商有关，每年总有散商介入……”

“那是包商的疏漏，自然归包商补漏。”这回祖大人听明白了。

“可没做成交易的银子，留在夷商那里没动，总不能让我们行商承担吧。”谭康泰不觉得提高了一点声调。

“你这是什么意思？你不想承担么？”祖大人声调却很平稳。

“圣祖有旨，税其货物，当然，只能是完成了交易，买下了货，方可以计算得出须纳税的款项。哪有没做成生意就纳税的，这纳税也没有依据呀！”谭康泰调更高了。

“你是说，‘加一征收’没有依据？”祖大人还是不动声色。

谭康泰力辩：“我记得，常大人折子中，就说了，生意没做便加一征收，正是杨大人之过，怎可以继续？”

“这你不用说了，常大人不也被杨大人参了一本，谁是谁非，用不着你来断，圣上都没有明确说对与不对，你胆子也忒大了吧？”祖大人的官腔渐出。

谭康泰脑子里“轰”地响了起来，半晌才说：“税货加一，我分文不会少，没收到的银子，我怎么交得出加一呢？”

祖大人定睛看住了他：“这么说，你是不会交的，你不交，别的行商也学样，海关就奈你们不何么？”

谭康泰只好说：“大人若这样，我这个总行商就难作了。”

祖大人说：“其实，让你们当行商，是圣上的恩典，不是什么人都能当上

的，你们应当知足了……我知道，你这一下子转不过弯来，我也不想逼你们，回去同行商们商量商量，想明白了，再来找我好了。去吧。”

谭康泰连忙起了身，告辞。祖大人还一直把他送到了门口。

这时，祖大人愈客气，谭康泰就愈是心慌意乱。

他最害怕的，是一个不知底细的对手，况且这一对手还权重势大。

一直走到大街上，满街的阳光于他都感觉不到。

骆官迎面走来，发现谭康泰恍惚的样子：“泰叔，你上哪去了?”

谭康泰好不容易应上一声：“哦，是你……我刚从海关出来。”

“新来的海关大人见过了?”

“见过了。”

“不会又追谁为神父写状子的事吧?”

谭康泰摇摇头：“他好像不知道这回事。”

骆官释然：“这么说，总督没向他交代这事?”

“噢，总督与他未必通气，也未必相互买账，新来的海关大人，更未必要插手总督管过的事。”

“看来，总督也没管这事了。”

“也算紫屏躲过了一劫。”

“本来嘛，紫屏与神父，也只是切磋画画的事，与通事的职责没一点关系，犯得上找这么一个小女子么?”

谭康泰说：“紫屏好在早早离开了法国商馆，不再引起什么怀疑了。”

骆官又问：“加一征收怎样了?”

谭康泰回答：“说让行商先代缴。”

“哟，这竟让陈寿官说准了。”

谭康泰奇怪了：“怎么，陈寿官先知晓了?”

“看样子，他是先知道了，不然，也不会为洋大班偷运银元……”

“偷运银元?”

“我刚听说。”

谭康泰说：“刚抵制成功了官船运送，以为海关不再处心积虑的捞银子了，可陈寿官这么一弄，分明是事先得到消息，海关更会下死力敲诈银子了，防不胜防。”

骆官站住了：“这么说，海关更有狠招!”

谭康泰摇头：“什么招?”

骆官也摇头：“这一下子还真猜不到。”

谭康泰若有所思：“看来，新来的海关大人比杨文乾好不到哪里。”

骆官点头：“只怕会更狠!”

谭康泰说：“祖大人并不懂海事，能怎么狠?”

骆官说：“这就更让人不好捉摸了。陈寿官该知道一点，会对我们说么?”

谭康泰摇头：“要对我们说，也就不会自己一个人为洋大班偷运银元了。”

骆官叹气：“唉。”

谭康泰一额头汗水直冒。

陈寿官已经回到家，三姨太迎了过来。

陈寿官一屁股坐下，感慨道：“杨文乾一命呜呼，我以为世间清静了，没想到，他死了还阴魂不散，什么所有货物，都得官船运送上岸，到今天还一样，好，惹毛了夷人，闹到总督府去了。不知会派个什么海关监督来?”

三姨太劝说：“世间清静与否，存乎一心。只要你与官方不穿一条裤子，再不清静也与你没关系，你操什么心？夷人闯总督府，没准还是好事。”

陈寿官说：“能好得了么？加在夷人身上的不是，最终还得落到行商身上，这都成了惯例。”

三姨太说：“官船运送一事，夷人一闹，依我所见，官府不敢再坚持了。”

陈寿官高兴了：“承你吉言，你果又言中，送给你的园子我立马修好。”

三姨太有点疑惑：“不是动工好些日子么？图纸我早看过了，建好后，不妨多请一些行家指点，修缮得更好。”

陈寿官点头：“这个自然。咦，你怎么想到要这么一个园子?”

三姨太说：“依你说的，清静、净心。”

陈寿官问：“不会没有出处吧?”

三姨太一笑：“你真要问出处，却还真让我想起了薛涛。”

“何许人也?”

“中唐的薛涛，能诗，善书法，貌比杨玉环，诗赛卓文君。”

陈寿官连摇头：“不好，不好，杨贵妃未得善终，卓文君一生二嫁，不吉利。”

三姨太说：“我只取薛涛一事，有人骗她，说她夫君已战死，她不信，写下两首诗，其中有一句‘闺阁不知戎马事，月高还上望夫楼’。果然，她的夫君没死，只因战败负伤而被贬，不忍再见，只好托人带上一笔资金，让她修一吟诗楼。”

“这还差不多，你有情，我有意，这吟诗楼，我给你建。”

“多谢夫君。”

“我常出海，多月，乃至一年不得归，这吟诗楼也是一分寄托。”

“也难为你了。”

正在这时，管家急匆匆地走了进来。

管家说：“总督发话，让全体总商明天上总督府去，通事一个也不得少。”

陈寿官摇头：“不出所料，板子要打到行商头上了。”

第十五章　被套住的行商

停留在鸡颈洋面外的，还有几艘英国与其他几个国家的商船。

外洋商船不再承担“番银加一征收”的缴送，立时似打了兴奋剂一般，让这些还在观望的商船立时扬起了风帆，并借珠江口涨潮之际，迅速向内河的黄埔港驶去。

这些商船的大班，本就是最顽固的，上回听说要将包商戴枷示众，原先关系密切的大班都不得不把船开去，让海关丈量，以缓和矛盾，可他们却不顾这些，一是硬顶，二是观望，三则另打主意，派人上厦门、宁波等口岸摸行情，所以才一直坚守了一个多月，吃喝受困都不怕。

好了，终于海关认输了，现在，可以放心大胆拢岸，丈量船只，支付船钞了。

祖大人听说又有几艘商船驶到，喜不自禁，他在旁人面前，大大夸奖了谭康泰一番，说他尽职尽责，终于在第一时间内把信息送到，让外国商船如此迅速地开到了港口，申请丈量，功不可没。

这回，祖大人不似杨文乾，每每只打发管家去主持丈量，他可要亲自出马，以显示大清帝国对外夷通商的重视。

似乎迎候的炮声，都比往日多，更比往日响！令他心花怒放。

他出面主持，自然要正官仪。好在外洋大班都明白，他的顶戴花翎，那嵌有蓝宝石的，可是朝廷的从二品大员，虽然他不似前任，是巡抚兼海关监督，可二品却是一个级别，虽仅任一个职务，却更显朝廷的重视，虽然他没有过海关的经验，可到任以来，他当是不耻下问，里里外外、上上下下，都统统摸了个底。他毕竟年轻有为，担此大任，能不在尽职守么？为朝廷聚财，让内务府笑口常开，这是他认准的不可移易的宗旨。

他坐上了那把主持丈量的大椅，也不曾似前任的管家那般颐指气使，而是把大班招来，让他在旁坐下，聊起了天来。

通译却有点紧张，平日，为海关大人当翻译，无非是几句官样文章，好对付，背都背得下来，而现在，天南地北的，似乎是无所不谈，有的词语，真还没用过。

“听说，到了南洋，有一种鸟，就自始至终跟着船只，有时，就落在船上，也不怕人，有这种通人性的鸟儿么?”祖大人问。

大班说：“你说的是樫鸟吧，它们很执着，倒不是通人性，船上总归有它们可以吃到的东西嘛……”

祖大人还显示出了泱泱大国之关怀：

“听说，你们一路过来，少则一年半载，多则几年，船上的水手，说容易得一种坏血病，一去一回，能回得去的，也就六七成，甚至只有一半……你们难道就没办法多带点药品，防患于未然么?”

“所以，我们挑选水手也很严格的，身体不够强壮的，大班是不敢要的，身体强壮的，也有挨不住的，那便是天意了，我们能有什么办法? 当然，老水手死得少，他们方方面面都有经验，但容易生病，所以，一般挨不下去的，大都是新水手，光仗着身强力壮还不行，还得有经验，有耐力。”大班见祖大人如此关心，也就讲开了。

这么一来，船只丈量好了，祖大人也与大班交上了朋友。几只船下来，几位大班也就众口一词，说这位祖大人，人年轻，和蔼可亲，还不惜降低身份，同大班们拉家常，嘘寒问暖的，很有人情味。

于是，一千九百五十两银子的“船钞”，平日还讨价还价，现在却很轻松地如数交纳了。

至于报送的番银数量，因为不要他们“加一征收”，倒也爽爽快快地报了出来，商业诚信从来是第一位的，他们绝不会报大数，也不会有任何瞒报。

祖大人就这么显示出他与前任不同的出类拔萃之处。

看来，圣上没看错他。

一直在澳门办事的陈芳庭，急急地赶回了广州，把外洋船只已靠岸的消息告诉谭康泰，尽管这几艘船不是谭康泰包的，但作为总行商，他还是关照各位行商才行。

而行商这边已争得不可开交了。

绝大部分行商，都觉得把“番银加一征收”转嫁到行商头上是没有任何道理的，因为包商也不可能包下这全部番银都置上货，而且只购他一家的货，这一来，多出部分，岂不白白贴上，太不公平了。

一听说所有外国商船全都进了港，丈量了船只，大家更是又喜又忧。

喜的是，今年的贸易算是做大了，往后，来的船只会有增无减，广州的外贸当会更风生水起，广州站稳了“第一口岸”的位置，别处抢不去多少。可忧的是，如果“加一征收”完全落到了行商头上，行商不堪重负，谁还敢来接船呢?

于是，大家一致要求，谭康泰一定要顶住，无论如何要顶住。但如何顶住，谁也出不了主意。这分明是个死结，外商一方早已获得所谓废除“加一征收”的通报，且天真地以为一劳永逸，甚至还要进一步对“船钞”提出撤销的要求，与他们讲这个，只会适得其反。

让新来的祖大人收回成命，恐怕没那么简单，但是，正由于他不熟悉夷务，是否还有可能松动一点——事在人为，不妨一试。

谭康泰却不知怎么说好。

因为，他心中隐约觉得，祖大人没那么好对付，别看他年轻，也不显得那么狂傲，永远的心平气和，也就不知其城府有多深了。

而顶下去的后果？

大不了商总不做?!

不，如果仅仅这样，倒还真巴不得，因为自己本来就不愿被这个名号“套”住，弄得浑身不自在，动不动就被呼来唤去，比一条狗都不如。

他隐隐觉得，事情要严重得多。

但既然受大家委托，也就不能不顶一下。骆官早表示，“加一征收”落到头上，行商也就不做了，本来就已萌生了退意，赔不起，还不能走人么？退隐山林，不给自己找不自在。黎安官也说，近年亏本太多，已承受不起了，生意不好做就不做了，不背这冤枉钱……最财大气粗的陈寿官，更是唉声叹气，说，这一季度，他的生意最大，英船来的也最多，在所有行商中，他是最大的冤大头，“加一征收”，少说也得付上个近十万两银子，这比割肉还要痛，不顶住不行！拜托了！

“总之，我们都在理上，我当会把理由讲充分，让这位新海关大人明白……我听得出，他老强调圣上对‘加一征收’没直接说过什么，可圣上也从来没有肯定过这‘加一征收’，而且对杨文乾用‘加一征收’敛财贪墨，是非常痛恨的……谢谢大家的信任，我会顶下去的。”

商量完毕，谭康泰表了个态。

但回到商行，他左想右想，觉得不大对头，便把陈芳庭叫来：

“明天，我上海关回话，结果会怎样，不得而知……我担心，现在所有的法国船都已丈量，开始了交易，不可以因为我的耽误，拖延下来，这样，会影响到明年的贸易。好在我包的商船，你都同我一道去洽谈过，所有的手续，你也都了解，跟了我这么几年，你也有些积蓄，可以独立门户了，现在也可以以我的合伙人身份出面。总之，不要误了这个贸易季节，明白了么?”谭康泰仿佛有什么预感，但说话还是很平静，很有条理。

陈芳庭有几分愕然，当然，事态的发展，他也了如指掌，知道谭康泰这个总商当得艰难，便也不至于发此哀音，忙问：“你……又听说了什么？”

“这倒没有，既然众行商委托我去回复祖大人，我也只能不辱使命，明知不可为而为之，知命而抗命，那就得有最坏的打算。”谭康泰脸色变得刚毅了。

陈芳庭也不多言了，谭康泰对他从来没瞒过任何事情，用人不疑，这已令他很是感激了：“实在不成，今年只好委屈一下，把‘加一’交了，明年再从长计议。”

“这可不行，这必须表明我们行商的态度，轻轻易易服从了，有如送肉上砧板，以后永远受人宰割。”谭康泰攥了攥拳头，不无沉重地说。

陈芳庭终于表示：“那好，我这就以你的合伙人身份出面，调度一切，你尽管去，家里一切有我呢。”

这边，陈寿官急匆匆，却兴冲冲地回到了家。

陈寿官坐下，挥手：“给我来半斤双蒸酒，让三姨太来陪上几盅。”

三姨太款款而来：“莫不是有什么喜事？”

陈寿官说：“喜事算不上，只算是躲过了一难，来，给夫人上盅南洋带回的果酒。”

管家斟上果酒给三姨太。

三姨太追问：“你怎么躲过一难？”

陈寿官说：“上回，还真让你说中了，官船运送，杨文乾一死，就给总督撤销了，杨文乾在世就与总督不和，杨文乾就算死了，总督还是不会给他面子。”

三姨太说：“这么说，行商还真的免了官船运送的一大笔钱，这算是免了一难？不过是一点运费罢了。”

陈寿官摇头：“当然不算。”

三姨太问：“那这一难又是什么？”

陈寿官迟疑了一下，方说：“免了官运，可夷船还是不肯靠岸，‘加一征收’依旧没变，所以，我就琢磨，新来的海关监督不会善罢甘休，成了死结。”

“怎么办？”

“依你所言，须有先见之明。”

“让我来占个卦么？”

陈寿官说：“夫人笑话，我揣摸，这‘加一征收’少不了，夷商又不会报假数，这一顶住，今年生意就黄了。唯有让夷商把银子的数减少，当然，是真减，而不是假减，来的船上有多少就报多少。”

“怎么减?”

“我开口同他们借，借的先运走，船上剩多少再报多少。至于借的，当然得还，其实，一样买我的武夷山茶，他们能有不乐意么?”

“借了?”

“借了，而且运上岸了。”

三姨太有点疑惑：“就这么简单?”

“不简单，是神机妙算。”

“怎么又神了?”

陈寿官得意忘形了：“当然是神机妙算，新来的海关祖大人，已经有了主意，既然夷商不肯交，那就让行商先行代缴，这样，夷商也就会把船靠岸了，而我呢，要代缴的‘加一征收’，自然比别人少了一大截，未雨绸缪，今年我可要大发了，你的园子当更美轮美奂。”

三姨太说：“新来的祖大人还真有阴招，却又让你先算计到了?”

陈寿官得意了：“这还用说么?”

三姨太更是疑惑：“不是祖大人对你透了口风吧?”

陈寿官摇头：“我还没见过这位祖大人呢。”

三姨太不信：“这么大的决策，你未必猜得准，你说实话。”

陈寿官期期艾艾：“我……我只是与海关杨大人的旧属还有交情而已。”

三姨太正色道：“如果这样，我不怪你，不过，我敢说，这位祖大人只怕比死的杨大人狠得多，你千万沾不得边，否则，说翻脸就翻脸，教你死无葬身之地。”

陈寿官抽了口冷气：“夫人说得甚是。”

那边，祖大人在等谭康泰的回话了。

祖大人不似杨文乾，是名门之后，得允准袭，却有当下朝代不可忽视的血统，那便是，他是满族人出身，是汉军镶黄旗的包衣奴才。所谓包衣奴才，便是满人高官府第中的家人。

别看这“奴才”二字如今不好听，可这却是当时多少人求之不得的，连给皇上写折子，能署上“奴才”二字，便表示蒙受到了圣恩。这些包衣奴才，在府内是家人、是奴才，可一出去，便威风八面，每每可代表主子发号施令。主子官大了，首先想到的正是这些奴才，把他们外放出去当官。清朝二百余年，多少威名赫赫的封疆大吏，甚至官及一品的大员，均来自于包衣奴才。当年大将军年羹尧是一个，雍正初年，广东巡抚兼海关监督的年希尧也是一个。两人是亲兄弟，均为雍正的私家包衣奴才，算是圣上的大舅子。所以，这回又来个包衣奴才，当是顺理成章——肥水不落外人田嘛。

这祖大人叫祖秉圭，几年前，尚是府中的年轻家人。不过，说起来，他在那时的满洲青年中，算是有见识、有才干的，加上有包衣奴才这个背景，可以说得上前程无量，依如今的说法，当是坐火箭上来的，青云直上。不到两年，迅速又提拔，四品、三品、从二品，安徽按察使、布政使、巡抚，可谓连升六级，才三四年光阴，最后则是贵州巡抚、广西巡抚，成了名副其实的封疆大吏。在任何一个时代，如此春风得意的，恐怕也难得有几个。显然，圣上是在刻意栽培他。八旗子弟多有不争气的，能出这么一个，能不“万千宠爱在一身”么？

这祖秉圭自然也会做人，频频上折子以示谢主隆恩。雍正也是谆谆告诫，要他知恩图报，要他不要蹈悖恩者的旧辙，先是批道：“受破格知遇之恩，当思出色之报，天经地义。君臣之分且莫论，即受常人惠负恩尤招恶报，何况国恩乎？今已用你按察司员，竭力勉为之。少有悖恩放纵，祸不旋踵。”这后边一句，可是语重心长，也是警钟长鸣，而后，又批有“年羹尧、傅鼐朕尚执法不惜，何况你等乎？勉之！慎之！真诚做好官之外，余无良法。”

这几句御批，当可凸显雍正治吏的风格，祖秉圭自是当铭刻在心，丝毫不得懈怠，否则，雍正亦一般毫不留情。

所以，在一般官员待不了两年便要出事的海关监督的位上，他却多待了几年，也算是难能可贵了。此番，一到位，他断不可授人以柄，令这番夷务出什么纰漏，尤其是为圣上广开财源才是。对“加一征收”，他已权衡再三，这才出此奇招，令外洋大班们立时就范，所有船只，一只不差靠了岸。

只要夷船靠岸，采购的贡品到位，今年获得圣上欢心，自己这个“能员”的名号当不虚传，日后的前程更不可量。

但行商这边让他们就范，似乎不大好办，不过，对付行商，比应对夷商，那只能是小菜一碟，毕竟，行商总归是在自己掌控之中，不愁他们不服。

“谭康官到了。”家人传话。

“让他在外厅稍候，我办完手边的事情便去。”祖秉圭自要摆足架子。

过了好一阵，他才正正衣冠，走了出去。

谭康泰起身作了个揖。

祖大人这回要单刀直入了：“你与大家通报过了没有？你们须代缴送的银子，什么时候可以在海关进账？”

谭康泰还以为他会寒暄几句，没想到劈头劈脑就这么逼问上了，只好说：“上回，祖大人不是让我与行商们商量商量么？”

“这有什么可商量的，我那样说，不过是对你们客气罢了。”

“那就是我愚钝了，没能真正领会大人的意思，多多得罪。”谭康泰只能缓和一下。

“说吧，几时可缴纳?”祖大人咄咄逼人，一反上回的温文尔雅。

谭康泰已经给逼到了墙角上了，他只能硬气起来：“因为说是商量，大家就没说到缴纳这一步，这我传话有误，是否让我再去把祖大人的话再去陈述一遍。”

“不必了，你是总商，你带头代夷商缴送，他们也就跟着缴了。”祖大人不睬他的缓兵之计。

谭康泰听他这么一说，也就索性坐了下来，准备磨了：“我可以缴，可现在这个季度的生意还没做完，收到的番银不多，怎么缴?”

“这还用问我？前两年杨大人的规矩你又不是不知道，而且早就照办了，怎么今天跟我讨价还价，欺负我这位新上任的海关总督不知内情是吗?”祖秉圭调门高了八度。

谭康泰也索性挑明了：“朝廷课税，是做多少生意征多少税，没有不做生意就对银子征税的。我收到购货的银子，按多少纳税，这很明白。总不能平白无故交银子吧?”

“这个我不管。总之，夷商带来多少银子，你们就代他们缴送这‘加一征收’。你们又不是没有银子，先代交了算得了什么？不然，要你们当行商干什么?”祖秉圭有点恼了。

“生意没做，先把银子交了，还做什么生意？没这个规矩。”

“什么话？我来之前就是这个规矩，你还说没规矩?”祖大人发狠声了，“看来，你是准备抗拒到底了?”

“我交不了。”谭康泰也强顶了，“去年本是夷商交的。”

祖秉圭冷冷瞥了他一眼：“看来，杨大人让你当上总商，还是没能把你套住——他也是枉费了心机。”

谭康泰听明白了，这位祖大人已对自己做了一番彻头彻尾的调查，且一语道破了杨文乾当日的用心——认为自己不好驯服，所以才把一个笼头套住自己。但是，往年，夷商没有抗拒得这么厉害，更没有把这转嫁到行商头上，所以，行商也就没这大的压力，但今年，竟出了这一损招，讨了夷商好，却坑了行商，无非是以为行商好制服罢了。于是，便说：“我就这样，死牛一边颈，要我们行商代缴，生意没做成，加一算不出来，怎么交？我们不能当冤大头，把没花的银子也代为纳税!”

“别嘴硬，我自然会让你交了。”

“这不是我一个人的事。我也是代表全体行商，告诉你商议的结果。”谭康泰索性把话挑明，“我不会出卖大家的。”

“用不着你自己交。哼!”祖大人似乎在狞笑了，“杨大人早料到了这一节，说对付你的，当有另一手。”

“杨大人并没对我怎样。”

“他只是没来得及。”祖大人扬声道：“来人，把这位抗税不交的奸商给我关起来!”

谭康泰没想到这一层，愣住了。

差役倒还是客客气气的：“请跟我们走。”

谭康泰站了起来：“从商以来，没有哪一任海关大人这么对待我的。”

祖大人说：“那就从我开始，押下去!”

“你不可以这么做!”

“听说你是本地人，经营了几十年，背景不小，我倒想看看，你背后有什么人?”

“你——”谭康泰气得说不出话来。

差役就这么把谭康泰押下去了。

押去什么地方？当然是本地的监狱。广州城外，论地头，是属南海县管的。县老太爷，也就是个七品，这二品大员发过来的牢犯，焉敢不予接收？这谭康泰也太傲气了，当让他吃吃苦头，你钱再多、财再大，也当不了我一个小指头，点你一下，你就该头破血流，识相的，赶紧破财消灾好了。

当感激前任，把一切都安排好了，这海关监督，当得舒心、省心、欢心。

谭康泰被打下大牢了!

好事不出门，恶名传千里，片刻之间，谭康泰已被押往南海县班房的消息，在广州城中不胫而走。

但传出来的罪名却不一样。说他当年在未曾解除南海禁航令之际，私自出海，运回了南洋杉，不是用在溃堤上，而是去造了自己在乡下的庭院，如今，桑园围又一次溃堤，就是缺了支柱，偷工减料……而且还说，县府当进一步追究，要拆了谭康泰在龙江的庭院，折成罚款，而且还得加倍。这罪名可大可小，大的话，连小命也保不住。

陈芳庭自然了解来龙去脉，分明当年运回的坤甸木、南洋杉，都应了急，用在了堤围上，这岂不是颠倒黑白，无中生有么？可是，人家怎么抛过来的罪名，也得怎么接。他赶紧去了顺德县衙门，小小县令一听是二品大员下的套，也没了辙，说只能与南海县令打个招呼，让谭康泰少吃点皮肉之苦，别的，就帮不上了。情急之下，陈芳庭找了当日主持修堤的住持，释家不问俗事，不可能去与海关论理，但卜个卦，却还是办得到的。

却被住持挡回。

住持只说："施主此番有难，我当为其消灾弥难，他是为一方百姓做好事，岂有为此受罚之理？欲加之罪，何患无辞……我看你也不必去寻究什么理由了。"

"那该怎么办？"

"他是为什么去的海关？"

"他是总商，海关大人令所有行商代夷商缴送'加一征收'的番银，要他负责，他怎么可以做这事？这就一去不回了。"陈芳庭思索了一会，如实说了。

"钱财乃身外之物，海关要多少，如今只能由他要去。"

"你是说，真实的原因在此。"

"退财消灾，自古皆然。"

"不是财，而是理。"

"理不因财生，却可因财而去。"

"你是说，财理不共生，也不相克。"

"施主聪慧，点到即止。"

陈芳庭也就不便多问了，便又赶路回了广州。

由于谭康泰事先发过话，他把行商们都招来了。

骆官是个明事理的人，说："泰叔是为'加一征收'的事去的，受我们的委托，这一去不回不可能是别的原因，外边的传说，无非是把水弄浑，好糊弄一下夷商，免得他们不交银子不纳税，我们一听就明白。"

黎安官也说："泰叔毕竟是总行商，也是我们推出来的，我们不能坐视不管，这已经有几天了，还不知道吃了什么苦？"

陈寿官叹了口气："泰叔这个人，好硬碰硬，太犟了点，人在屋檐下，哪能不低头，我想，把'加一征收'交了，人就自然出来了。这是没办法的事，这回，英船来得多，我是大头，只好充大头了。"

陈芳庭连连作揖："各位这样仗义，先谢了。"

陈寿官带了个头，他交的差不多占了三分之一，祖秉圭脸上开始有了笑容。

骆官跟着缴了。黎安官手头拮据，还是想尽办法凑齐了份额。其他几位行商也没拖几天。

陈芳庭与泰叔家人做了商量，夫人几欲绝粒，唯有点头，先把泰叔负责的法国船番银的'加一征收'如数找齐。

但是，银子都送上去了，海关却没有下令放人。

这祖秉圭还打什么主意？

陈芳庭急得似热锅上的蚂蚁，这一边，须同海关打交道，设法摸底；那一边，还得同法国的夷商办好货，不可以误了生意。好在夷商们早就视他为泰叔一家子，也没多话。泰叔几天不见人，他们倒没生疑，以为下珠三角采购丝绸去了。

可这又能瞒得了几天？

第十六章　狱中难友

人嘛，总是临事而危。

却也能随遇而安。

刚被抓的那一刻，谭康泰没有任何思想准备，一下子乱了方寸，不知道这位表面如此谦恭的新海关大人内心会有多狠，到底该怎么对付才是。

但是，一扔进班房里，他反而坦然了。毕竟，自己是受众人之托，才蒙受牢狱之灾，却无负于众人，人总是得讲个信用，宁可个人受苦，也不可无信于人。为此，他倒轻松了起来，现在，生意的事不用去想了，官方的惩罚虽不得而知，反正已下了大牢，还能怎么的？十三行坐牢的，他该是第一人，却无负于人，无负于心，没什么可后悔的。虽说这几十年间，战乱、杀戮，比过去少多了，社会也安定下来，无端受难的事不常见，可人世间何时缺得了坡坡坎坎？该轮上也就轮上吧。

那高高的天窗，虽说狭小，却仍透过强光，新来乍到，半天还睁不开眼。可渐渐地，一片刺眼的白光变得柔和了，往上看，哪怕是一角蓝天，也显得那么幽深，那么辽远，倍觉亲切——那可是自由的意味，有时，是几缕轻云，有时，是一片白絮，有时，凝然不动，有时，又倏忽而逝，愿怎样就怎样，无论升沉，无论东西……末了，竟有几只小鸟飞过，留下啁啾的欢声。

湛蓝，蓝得醉人。蓝色只余一角，只余片碎，也总是与无边无际的意念联系在一起，与自由联系在一起，尤其在失去自由之际。

忽地，一位故友的新诗句在耳边响起：

百年王谢半为僧。

这是一首七绝中的末句，前三句一时想不起了。

这一百年间，天翻地覆、雷鸣电闪、山崩海啸，他谭康泰虽说只赶上个尾声，却也经历过禁海的浩劫。城头变幻大王旗，朝代更迭，诸藩割据，满目疮痍，生灵涂炭……不堪回首！儿时的印象，总归是最深刻的，内迁五十里，好好的一个个村庄，只余断壁残垣，几柱烧折的梁柱冒出青烟，天地一片混沌。当解除禁海令，他随父亲重返故乡，亦只见一地饿俘，哀鸿遍野，蒿莱淹顶，虫蛇出没在当日的殷实人家的庭院里。好在有出海的传统，几年下来，家园得以恢复，且有了一些积蓄，生意也开始做了起来。

本来，在前朝，南、番、顺一带，桑基鱼塘已成规模，生丝日盛，经营丝绸的商人愈来愈多，谭家也加入了这一行列。其实，谭家祖上，也有到京城做官的，仕途看好。可突然之间，却卷起铺盖回来了，并给后人留下了遗训，世代不可为官，为官不是人，做人不为官。就这么一代一代传下来了。至于他为什么辞官不做，则有种种说法，当年，皇帝昏庸，一二十年不上朝，任由宦官掌控朝政，稍微正直点的官员是待不住的。也有说，在同僚之间，他毕竟太书生气，施展不开，每每受气，一气之下便挂冠而去……各种说法都难以证实，唯有十六字的遗嘱是千真万确的，一字无误。从此，成了谭家的家训，前朝如此，今朝亦如此，以后也不会有变。谭康泰少年饱读诗书，本来去中个举人、考个进士什么的，都“湿湿碎”，不在话下。可他却选择了从商，而且凭借自身的诚信与眼力，很快便富甲一方了。十三行行商，没有殷实的身家是担当不了的。

然而，也只有打入大牢，他才明白祖上的遗训的分量，当官不是人，果然如此，翻手为云、覆手为雨，居然就这么以莫须有的罪名，把人关起来，连个申辩的机会都不给；做人不为官，要做人，就得讲义气、讲诚信、讲亲情，一为官，什么都可以不讲了，翻脸不认人，为了染红个顶子，杀人越货什么都干得出！海关前任杨文乾就是这样一个官，嘴上说得漂亮，自诩为清官，结果呢，连皇帝都看明白了，名实双收，挣个清官的名声，却捞得不清不楚，几十万银两，全都“袋袋平安”。因此，“世代不可为官”六个字，对一个家族来说，才如此沉甸甸！

这一百年来，前朝文武百官，文人墨客，经历了空前的劫灾，尽忠的尽忠，死节的死节，活下来的，不愿今朝入仕，一如屈大均，便遁入空门，这也不是他一个人，所以，才有“百年王谢半为僧”一语，感慨这世事沧桑、世态炎凉、世道浇漓。也许，为僧，当游方和尚，方可求得几分自由，求得心灵的几分宁静。谭康泰不曾为官，当然不存在当朝入仕，却也在商途上求得自由与自在。富甲一方，也是造福一方，无论在龙江老家，还是在广州，他带活了多少人家？商人，无论怎被人诟病，也总归是人，诚信为本，平等互利，比那些官员还是要干净得多。只是，面对官府，真要清清白白做人，也不是那么容易。遇上清官还好说，虽然这些清官大都是冬烘先生，但认死理，不贪不要，撇得干净；要遇上贪官，诛求无已，欲壑难填，你是无法满足的，再使个绊子，足以令你恨无死所了。他们以为，权力就是一切，只要有权，什么都可以攫取得到，从来没把四业之末的商人放在眼里。

木枷架在身上，抬头看天，时间久了，脖子也卡出了血痕，而手腕，很快便露出白花花的骨头来，卡得太紧，把肉都磨得血花花的。狠心的狱吏，故意用了副小号的木枷，把脖子、手腕卡得血肉模糊——这也算来个下马威，没动刑，便教你求生不得，求死不能，生不如死。

好在海上经风浪多了，身上没少受伤，与被缆绳抽的，被桅杆砸的，九死一生，比起来，一个木枷也就不算什么了……可是，当第二个人被推倒在他身边时，他却仍为之心惊肉跳。

这纯乎一个血人！

全身，除开伤痕外，都找不出一巴掌的好肉。有的血痂，结得厚厚的，少说也有半寸。整个脸部，几乎分不出眼睛、鼻子、嘴巴，纯乎一个血球，只粘住一绺绺的头发……

这样，连木枷也无法戴了。

倒在了谭康泰身边，他却连挣扎、连喘气都没有，一眼看不出是死是活，一动也不动，连个人形也没有。谭康泰戴着木枷，动作不便，只能用脚轻轻地去碰碰他，看有没有反应。

终于听到了一声呻吟。

谭康泰就近蹲下，直摇头，怎么能把人打成这个样子？

仍是一声呻吟。

日影已经偏移，天窗外的蓝天已变成了灰黄，暗红，而后又化作紫色，最后仍被黑暗吞没了，天窗外，没有星光，没有月影。

午饭送来了，木枷才给打开。

谭康泰毕竟是头次进来，哪里有一点食欲，把牢饭搁在一边，先去喂那位血人。

血人勉强睁开了双睑，但嘴唇也伤了，只能咧开一小半，喂食亦是一小口一小口……可分明饿坏了，一喂进去，便吞没了，谭康泰劝他咀嚼一下，他却摇了头，后来，谭康泰才恍悟过来，真要咀嚼，面部肌肉一扯动，是必疼痛难当，吞就吞吧。

末了，把自己的一份也全喂给了血人。

饭后，在绿豆大小的烛光下，血人终于蠕动了起来。吃了一些东西，体力也就慢慢有所恢复，在谭康泰叹上一口气之际，竟然也含混地说上了一句话：“多谢。”

是外江口音。

谭康泰问："他们对你用了刑？"

血人气息很弱："这不是第一回了，你新来乍到，没见过？"

谭康泰抽了口冷气。

"我是外省的，这里没有熟人，不能给狱吏打点，躲不过的……你应该是本地人，而且……看得出是个体面人，不会一下子用刑，以后就难说了。"血人断断续续地说。

"你从哪来？犯什么事了？"谭康泰不敢设想自己往后的遭遇，换了话题。

"我从景德镇来。"

"烧瓷窑的师傅么？"方才，谭康泰已从他身上散发出的气息做出了判断。

"我都不成人形了，你怎么看得出？"血人好不诧异。

"我在这里也是经营瓷器的，也办了窑场，同师傅们待久了，就感觉得出来。"

是夜，辗转难眠。在一片昏沉之中，虽说彼此都看不清面孔，说话也有些不大好懂，可为了抗拒如磐石般压在身心上的黑夜，从对方获得慰藉与同情，两人也还是从断断续续的对话中，了解了彼此的……情况，对，不能称之为案情，牢里可是严禁互通案情的，无论案情是否相关，是否严重，一旦发现，严惩不贷。

原来，这位"血人"尚还年轻，才二十来岁，却已是相当出色的瓷窑师傅，自然是祖传下来的。他叫彤平，取这个名，则因为前朝有一位闻名遐迩的大师，叫童宾，童宾与彤平，取的谐音，凭此，当会猜到，彤平的祖上，一定是童宾门下的高徒，起这个名字的用意，也就不难揣测了。同时，"彤"者，火也，与窑火一色；平者，成也，这名字更寄有父辈的厚望。

此番出事，却为纪念童宾而起。

这一年，正好是童宾投窑的二百周年的纪念，窑场上，逢十是必要大办一次，所以，准备得早，祭品也很丰富，来的人也就更多了，热热闹闹，也算是瓷业的一大盛事。

当年，明朝皇帝下令，要烧制一个青龙大缸，显示大明皇朝的赫赫国威。景德镇本就是皇上指定的烧制地，任务也就落到了当时主持窑场的大师傅童宾名下。皇上有旨，岂敢怠慢，窑场里夜以继日，力求早日烧制成功。可是，烧制体量如此之大、要求如此之精的青龙大缸，过去从未有过。一次烧制，火候不到，不成功；二次烧制，火候过了，又败下阵来；第三次，又发现有瑕疵……三番五次，眼看，皇上给的最后期限马上就到了。

童宾守在窑口，已几天几夜未合眼了，这一窑要是不成功，最后期限也就过了，只有杀头的分了。

可一看火色，却分明不甚正。

情急之下，他豁出来了，纵身跳进了窑火之中。

刹那间，火焰升腾，耀眼至极。

众人都没来得及拖住他。

然而，奇迹发生了，这一窑烧出的青龙大缸，成色简直绝了，一条青龙就像是活的一样，在云涛中飞腾而出，要直上天庭。云是流动的，龙是鲜活的，青龙大缸焕发出前所未有的亮色，令人激赏——本来，这便是活生生的一条生命融化在其间。

青龙大缸烧成了，窑场保住了，出名了，可是，童宾却付出了生命的代价。

从此，人们为童宾塑了个像，供奉在窑场，以保佑烧制成功，以祛灾免难，更保证瓷业日益兴旺，享誉天下。

本来，一百多年下来，纪念活动或大或小，都已沿袭成习了，并没有什么障碍。至于改朝换代，中止了若干年，但也很快恢复，且一次比一次盛大，逢五一小祭，逢十一大祭，无非是寄托人们对这位制瓷大师的尊敬与哀思。

可万万没料到，这一年，人聚得多了，有好几千，官府却神经紧张了。

更有人无中生有举报，称这祭的是前朝的青龙，分明有复辟旧朝的用意，万万不可掉以轻心。

虽说平定台湾也已有三四十年了，朱三太子的传闻也早已烟消云散——真要活着，也该上百岁了，可能么？但这毕竟还是一个非常敏感的话题，从县令到巡抚，一个个都紧张万分，惊恐万分，与其报知朝廷怪罪下来，不如先下手为强，防患于未然。

于是，拜祭未成，官府已先出动了，搜捕这次十年大祭的组织者，罪名已不用说了。

彤平是这次大祭最主要的首领，官府抓人时，他正在外边联络行业上的头头脑脑，好在消息灵通，没有回家，便跑出来了。

要跑，也只能往南跑，况且广州这边的同仁比较多，且山高皇帝远，防范要松懈一些，于是，溯赣江，上章水，过梅关，再顺北江而下，来到了广州。

没防在广州待了半个月，放松了警惕，被来广州的一位差役发现了，于是，便被抓住，大堂会审，他死不承认祭的是青龙大缸，本来也不是，却招来一次次的酷刑。童宾是童宾，一个死了一百多年的古人，与青龙大缸何干？甚至还可以说，是前朝逼死，祭他，更没什么可猜疑，何罪之有？

你强项，我的刑具更硬！

老虎凳、针穿、火烙、倒悬……全都试过，就是不认！

折磨下来，人已奄奄一息了。

但罪名是认不得的，一认，就会牵累参与大祭的很多人，成了谋反，那可要血流成河的。只是，打成这个样子，还不如一死了之才痛快，死了，再诈不出什么罪名，其他人也就躲过了一劫。

谭康泰听罢，不胜唏嘘：

“你不认是对的，可硬扛也难哪！难为你为众多同仁着想……不可以再受刑了，你再也受不住了。”

“我倒愿今天把我打死，一了百了，免得再受罪。”彤平呻吟着说。

“总归有地方说理的。”谭康泰劝道。

“他们要强词夺理，才不让你讲清！”彤平气愤了起来，一用力，头一歪，又昏过去了。

谭康泰赶紧掐他的人中。没有反应。好在早年在海船上积累了不少经验，抬起彤平的双手，猛掐腋下的特定的穴位，只见彤平抽搐了一下，又再睁开了眼睛。谭康泰才长长地吐了一口气。

彤平还想说什么，嘴巴嚅动了一下，却发不出声来，谭康泰赶紧制止他：“先别说话，你得缓过气才行，静养一会，我会帮你的。”

谭康泰点了几个穴位，让他安静下来，而后合上了双眼，徐徐入睡。

彤平睡着了，谭康泰却无法入睡：莫非，彤平这种虐待，也会落到自己身上么？早就听说牢房里不好待，不死也得脱身皮。可到如今，又能怎样呢？

其实，彤平的今天，倒没很快成为他的明天，但却也预示了他逃不出同样的命运，虽然这已是几年之后。

直到第二天，日光再度从高高的天窗照射进来，令黑暗的牢房有了一线光束，彤平这才又醒了过来。

可谭康泰已疲惫不堪了。

彤平醒过来，艰难地蠕动了一下身子，谭康泰双连忙按住他：“别动，一动，伤口撕开了，又会出血，你经不住再流血了……”

彤平却说：“就让血流干好了，这回，反正是活不成了，我也没打算能活着出去，只要不再牵累别人，我也死得安心了……”

“千万别说这话，你还年轻，身骨硬，血气旺，挨点打，只要挺过去，就会很快恢复的，年轻脱一身皮，也能够飞；抽掉了筋，还可以跳，狂风大浪，照旧把得稳舵，只要心不死，人就有精气，再大的难也顶得住。不要轻言放弃……”谭康泰打起精神劝说道。

彤平歪了歪头：“我只怕挨不过这一关了，全身没一处不伤的……如果你有机会再上景德镇办采买，遇上那里的窑师傅，一提我这个名字，他们就会知道，就说我没有辜负他们，死也死得堂堂正正。”

“这话，得由你亲自对他们讲，我可代不了这个劳。”谭康泰断然说，“你得活下去，我比你这更艰难的，都挺过来了，你年轻轻地，就说死，不羞愧么？我有一次在大海上遇上了飓风，翻船了，人也砸伤了，茫茫大海看不到头，只要一放弃，就沉下去了，可我没有沉，划不动，也尽量浮起来，也不知熬了几天几夜……”

彤平不吭声了。

“人活，就活在这一点精神上，没了这点精神，无伤无病也活不了几天。我了解你们窑师傅，拼了命，也得烧出一窑最上乘的瓷品来，胜过前人。你还年轻，依你的心气，这辈子绝对不甘凡庸，怎么就轻言死呢？有作为的日子还在后头呢，要挺得住！”

这番话，说到了彤平的心坎上。

是呀，这次大祭，如果不是他出面，如何召集得来那么多的同仁呢？在同仁当中，他的声誉是有口皆碑的，谭康泰历尽世态炎凉，自然一眼看明白了这年轻人的心志，三言两语，便点到了穴上。

往后的日子，也就渐渐平复下来。也许狱吏认为，不出三五天，江西那边就会来提人，彤平真的一命呜呼，还不好交差。当初严刑拷打，无非是想问出点名堂，好争功，如今没油水了，也就懒得理了。这边，有谭康泰按按穴位，鼓鼓精神，加上年轻人的活力，身上的伤口很快便结了痂，活动一下，内伤也渐渐化解了。

况且谭康泰身份不同，一时还没怎么动刑——其实，陈芳庭机灵，早已给南海县牢上下做了打点，因此，饭菜也很快就送进来了，能补身子的，他大都劝彤平吃下了，所以，彤平的身体恢复得也快。

几天下来，话也就多了。

两人就此成了生死之交。

只是牢中度日如年，没法预测随时发生什么变化。没有人提，怕不知挨到几时；若有人提，又不知是福是祸。号子里，总是有进有出的，有的今天进来，明天就没见回，不知是出去了，还是充了军，判了刑，给流放到什么地方……这些人，三教九流，是样皆有，不过，谭康泰与彤平两人一抱团，倒是不大有人敢欺负。况且，再凶的牢犯，见知书识礼的人，也发不出恶来，倒是民风使然。所以，五天过去，一旬过去，人进人出，两个人倒还平安无事。

没法预测事态的发展——江西那边居然没派差役来提这个通缉犯，而海关把谭康泰抓进来居然也不闻不问，这些日子里，究竟又发生了什么？谁也不

知道。

既来之，则安之，谭康泰这么安慰自己，也这么劝慰彤平。

心态平和，溽热的气候，也不那么难熬了。索性入定打坐，管它天翻地覆，十年王谢半为僧，自己也当个入定老僧好了。

十天过去了。

半个月也要过去了……

这边，祖秉圭却是春风得意马蹄疾。

这回，他自视“恩威并用”用得恰到好处。“恩”自是施于远夷，不让他们付“加一征收”，自然一艘又一艘，接连上十艘商船改变了滞留狮子洋外或远走厦门等港的打算，泊到了黄埔，老老实实上交了船钞，而且传统的“犒以牛酒”亦做得分外隆重，尽显了他作为海关大人的泱泱大度与怀柔远夷的作风。因此，无论是法兰西，还是英吉利的大班，都对他交口称赞，夸他知书识礼、文质彬彬、法度有致、前程无量。认为以后广东海关这边的生意好做，这一传十，十传百，尔后几年，外洋大班的商船，很快就从不足十艘，一下子突破了二十艘，这一来，海关的税银，也成倍成倍地增长。

而“威”则是加到行商头上，谭康泰一抓，来个敲山震虎，“番银加一征收”，完全落到了行商头上，叫苦也没用。这就叫内外有别，自己内里的人还镇不住，当什么海关大人呢？至于常赉参杨文乾的“番银不论是否买货，先加一扣收，得银四万两”，问题只出在杨文乾贪墨，并非收的不当，现得番银，又何止四万两呢？而且行商代缴，收得顺顺当当，何乐而不为呢？外商可以找借口、闹告状不从，行商敢不从么？这不一个个服了？你谭康泰舍不得“加一”，这回出来，恐怕就不是“加二”、“加三”的问题了，咎由自取，看我海关大人的手段怎样?！对付夷人有对付夷人的法子，对付行商，却是玩弄于股掌之上，恣意得很。

这一套，对这位少年得志的海关大人来说，并非与生俱有。虽说他几年间连升数级，青云直上，却也不是没领过教训的。在他一下子升上了从二品大员之际，雍正五年十月，便是贵州巡抚了，而且两个月后，更出任广西巡抚，广西的地位非同小可，实乃封疆大吏也，可见圣上寄予厚望。却没想到，在广西当封疆大吏才一年多，干得好好的，不知多得意，正指望再拔擢，却一旨到来，无端被免职。后来，才明白，是在贵州任巡抚的两个月里种下的恶果所致。原来，他在贵州，正值那里的苗民聚啸造反，一介儒生，不识兵务，所以朝廷又另派一位谙熟谋略者到任。可他年轻气盛，未等新任者到达，便在教场阅兵，发誓要“尽剿”造反的苗民，这一来，更激起范围愈广的苗变。在他离任后，老将杨天纵到达，方重用恩威并重、剿抚双下的方针，平息了变乱。但由于祖秉圭嘴上没毛乱讲一气给平息叛乱造成极大的被动，耗费了数倍的军力、物力、财力，老将愤愤不平，参了他一本，说他是激起苗变的魁首，留下后患无穷，罪莫大焉。此时，虽说祖秉圭已到了广西，在位上也干得很滋润，早忘了阅兵场上发的狂言，却一下子被免了职。好在圣上谅他年轻，也未深究，很快又给了个要职——海关监督，且从二品，是个大大的肥缺，他才定下心来。不过，教训不可以不记取，圣恩也不可不尽快报答！

显然，这次也是抚剿并用大获成功，至于有没有对行商不公，他是不会考虑的。要的是皇上欢心。内务府早就传下话来，皇上对西洋的稀奇玩意儿甚是上心，正催促清单呈报，尤其是大块的玻璃镜。

与外洋大班搞好关系，办好圣上心仪的贡品，那是驼子作揖，起手不难。很快，他便打听到了，这回外洋大班商船上，正有一块据说也不小的玻璃镜，便立即派人去办理。

很快便得到准信。

原来，这玻璃长有四尺三寸，宽则有二尺八寸，比以往有过的大，但离圣上想得到的还有些距离。

于是，他马上写奏折，六百里加急送上去。奏折中称，今年已进港的法兰西、英吉利、荷兰船还有八艘之多，而后还有接踵而至的。至于玻璃镜，今年没有太大的，他如实报上了尺寸。并且特地说明：

“现在修整架坐，齐备即行，恭划仰祈。”

末了，则署上：“奴才祖秉圭曷胜惶恐战栗之至。”

万事俱备。

不消几日，专门护送贡品进京的队伍，便会浩浩荡荡北上了。一路舟楫，一路马队，水陆接驳，马不停蹄，今年，一定要比杨文乾主事的几年间，要提早一些时日到达京城。况且，必有新鲜的西洋玩意，诸如式样殊异的钟表、短铳火枪、鼻烟壶种种，而大块玻璃搭配上精心雕刻的架座，更会引得龙颜大悦，得知我祖秉圭办贡品洋货，绝非等闲之辈，有眼光，又舍得银子。

他以为深知圣上的心思。

当然，这一行，亦少不了皇公贵族，乃至八旗子弟心爱的礼品，尤其是外洋的奇珍异宝，更不会缺。坐稳官位，戴正顶子，秘诀全在京城，这是他作为包衣奴才的为官之道。

这些日子里，祖秉圭是心花怒放、喜上眉梢，走马上任的第一招，就如此成功，能愁日后不飞黄腾达么？

至于谭康泰已关进去了多久，他早已忘了个一干二净。

第十七章　生死相托

本来，与法兰西大班打交道的，一直是谭康泰，彼此已有两辈人的信用与友情了。可谭康泰一入狱，陈芳庭忙得团团乱转，他的同乡兼同庚陈寿官，便插了进来。

其实，这也只是在有意无意之间。

无意在于，陈寿官见祖秉圭似乎来头很大，为官也颇为练达，觉得攀上个关系，不失为一个明智的选择。于是，他有意无意在祖秉圭面前表示，这次由行商代缴“番银加一征收”，他交出的份额最大，这话可谓一箭双雕，首先是说明他在行商中财力第一，不可轻觑，其次，则证明他拥护由行商代缴这一新办法，给了这位新的海关大人大大的面子，虽然他在内心对这“加一征收”咬牙切齿，过去与杨文乾不和也是因此而起。但识时务者为俊杰，与祖秉圭攀上关系，往后有形无形的利益，未必抵不上这个“加一征收”，放长线钓大鱼，海关从来是只可顺毛捋的。

祖秉圭兴奋之余，想起此番亦有个法国神父同商船来，西洋画十分了得，而且康熙朝上，法国的画家可是很受欢迎的，他在京城早就得知了。于是，他便派陈寿官去了解一下这位法国神父的汉语学得怎样，几时可以进京为皇上效劳？

正中陈寿官下怀。

此番去，他也是一箭双雕，一是执行海关大人的命令，这是冠冕堂皇的，不可不去；二呢，谭康泰有难，与法国船的生意难免不受影响，这也就有机会接手或分享一部分，而且他一直听说，法国人做生意，不似英国人那般斤斤计较，只要合心水，就舍得大价钱，赚法国人的钱痛快，反正，他们不把商品当商品，而是先当成了艺术品，艺术无价，所以，法国人的浪漫也融入了生意之中。

尽管这样，他仍心有忐忑。

迪韦亚倒是很热情，见他造访，便仿中国人的方式斟上了茶，当然是花茶，香气袭人。陈寿官说明了来意，受海关大人所托，问神父几时可以进京。

迪韦亚说：“你们认为他汉语没问题，那就随时可以走。不过，随这批贡品走，似乎不妥，一是人非物也，应另有安排；二是时间太紧，他汉语学的还不够。”

“有专人教么?”

“有的。”

“这可以等等。”陈寿官对法国人强调的“人货不可混装”有点不解，同贡品进京，觐见皇帝要便捷得多，有什么可讲究的，不过，他还是换了个话题，“这个季度的交易，都完成得差不多了吧?”

“都完成了。谭康官是我们的老主顾，很有信誉，一手都交他办了，陈芳庭承办，很是得力，所余的银两，也委托他代为管理。我们明年来时，按百分之一的月息收取，相得益彰。”

迪韦亚也没遮掩，把陈寿官不了解的事情也说了。

陈寿官一听，明白自己没戏了，看来，一箭双雕的目的却达不到了。

可意料之外的另一“雕”却出现了。

迪韦亚吩咐下人把神父招来，陪同神父过来，袅袅婷婷娜娜，如风摆柳的一位中国女子，则紧跟在后。陈寿官一见，惊为天人。打走上这人世后，尽管阅人无数，且凭手中的金钱，更没少近美色，可如此清爽、明丽的女子，却从未见识过，两颊微微透红，肌肤莹洁，道得上吹弹可破，让人爱怜，嫣然一笑，更叫人魂不守舍，天哪，这该不是从天上下来的仙子吧，一时间，竟说不出话来。

迪韦亚笑呵呵地称：“这位是神父的汉语老师紫屏小姐。”

陈寿官一惊，说：“这名字好不熟悉呀!”

那女子“扑哧”一笑：“哟，陈伯伯，贵人多忘事，你就不认识我了?”

“你是?”

“我们在巴达维亚见过面。”

陈寿官使劲地摇摇头：“怎么可能?”

“我那时还浑身漆黑，女奴一般，可你还夸我长得好，所以我就记住你了。是这么一回事吧。”

陈寿官这才恍然大悟，再仔细一看，果真不假，感叹道：“环境一变，这人就认不出来，那时黑，都很出众，如今还原了，更是光彩照人。我是没想到会在这里重新见到你，早听说你已经上江南去了。”

紫屏道：“是泰叔把我安排到这里的。”

陈寿官叹了一口气：“是呀，他是自顾不暇了，你在这里不会长久，真要落定个地方，我那里倒是已久久在等候你了。

“承蒙陈伯伯看得起了。”紫屏客气道。

陈寿官这会儿倒是真动了心思了，说一箭双雕，这回倒真真应验了，能扶得美人归，当是人生一大美事，于是又说：“我们也是异域相遇，难得的缘分，如今谭康官顾不上你，不要紧，还有我呢。从这法国商馆出去，你还是到我那里去，一定让你出落得更加明艳过人，不辜负这二八妙龄……我们一言为定!”

紫屏仍含笑道:“谢谢陈伯伯关照,不过,我一时可走不开的。”

“不要紧,不要紧。”陈寿官满脸堆笑。

这时,法国神父憋不住了,开口说:“多亏我这位小老师,我汉语长进可大了,要换别的人,我至少还得多学几个月……”

“这就好,这就好,我本想让你一道,押送贡品进京,可你们的主任不同意。”陈寿官倒巴不得他先走,这样,紫屏便可以早早到自己家了。

神父说:“是呀,贡品是贡品,人是人,人不可以当贡品的,所以,不能同行,主任说的对。”

“你们西人规矩这么多么?”

“人是万物之灵,人才是最尊贵的,所以,上帝才把人造得这么完美,”神父说,“紫屏小姐就是最好的杰作。”

陈寿官无法与这一思路相通,这跟上帝造人有什么关系,中国可是讲的女娲造人,泥巴捏的,只好说:“不能一道走也没关系,可圣上催得急,你也得学快一点,学好一点,早些打点行程上京城。”又掉头对紫屏说:“你也加点码,让他快点进京,圣上等画师呢。”

陈寿官很是满意地走了,他认为,紫屏的几句客套话,便是对他的承诺,可见,不虚此行,海关的任务完成了,自己也有了意外的收获。

从京城里很快便传来了话,说圣上在祖大人的折子上批了一句话,说今后如有了大镜就不必另做什么架座,着紧送京。

这话让祖大人血脉贲张。

看来,这折子写得及时,引起了圣上莫大的关注,虽说圣上对自己做镜子架座不在乎,可对大镜却很是看好,甚至是迫不及待。所以,这回算不上太大,可也要“着紧”送上京城才是。

赶紧派人去督促,看架座做得怎样了?本来,雕龙镂凤,加上鲜花稻穗,祖秉圭是摸准圣上心理,才刻制这么个架座的,图纸都修改了好几遍,请的也是南海顶尖的细木匠,做出来,自是让圣上叹绝的工艺品。

好,下边抓得紧,架座马上就完成,贡品的采购,自然在这之前。

终于,喜庆的日子来临了。

从京城带来的管家,与内务府本部有着密切的关系,这回,自然让他挂帅执辔,负责全程运送,万无一失抵达京城。只有这样的管家才贴心,才知道利害关系,路上绝对不会出什么疏漏,这水程、旱程,车队、船队,搬上搬下,一不小心,就毁于一旦。那玻璃镜,可是个难伺候的主,船上好说,几万海里都过来了。陆上颠簸,那就难防了。这番,溯北江,过梅岭,下赣水,入大江，再从大运河北上，风雨、激浪不说，要遇上山匪，再来个劫“生辰纲”，他祖秉圭的乌纱帽也就玩完了……

但决不可偷偷摸摸出广州，这个威风，还是要抖几下的。

虽说只有个海关监督的名号，可也是个从二品大员，与总督、巡抚平起平坐，且还可以包衣奴才自称，突出是皇家家中之人，发个话，调几队兵马，自不在话下。所以，出发的仪式，可是隆重万分。

临行，祖秉圭也一反常态，下令挑了几罐好酒，犒劳军士们：

“今天，让你们喝个足。可一上路，谁都得滴酒不沾，否则，军法从事！”

无有不服的。

其实，他都是做给广东地方上大大小小的官员看的，以证明他这个海关大人与所有前任都不一样，有背景，有魄力，有能量，有不可估量的前途，谁也不可把他小看了。

当然，几位府中的老人，私下里却叹气：这小子还是太年轻了点。

大队伍出发，军鼓擂响，铳炮放响，号令声响彻珠江两岸，连马鞭抽几下，也分外炸耳，这么些年运贡品，从没有过这阵势！

那块大玻璃镜，可是裹了不知多少层绒布，塞了不少棉絮，捆了无数圈绸绳，再又大箱套小箱的——总之，确保个万无一失才是。

仪式过后，人马到了江边，早已准备好的内河大船，亦一字排开了……

祖秉圭一直送到了江边。

江天寥廓，群鸟翔集，百舸争流，万物欣欣向荣，分明在预示一个“好风借力，送上青云”的大好远景。只要这回贡品到京，他祖秉圭卓越的才干，就会在皇宫中，无人不知，无人不晓！

别小觑了这年轻人！

贡品这回送京，在广州城里城外，可是轰动了好一阵。

却无谭康泰的任何消息。

陈芳庭没少跑各大衙门，一听说是祖秉圭抓的人，大都表示了不满，这小子新来乍到，就敢对行商下手，不知轻重。可让他们干涉，却又一个个一推六二五，说这小子不靠谱，不知该如何对付，只怕油盐不进……

倒是骆官跑来了，这位来自粤东北的行商，多少还带有当年南下的侠义之气，对陈芳庭说：“泰叔是为大家的事被抓的，况且又是总商，我们怎可以坐视不管？活动了十来天，不见起色，得商量个对策才是。”

陈芳庭沉吟了一会，说：“患难知真情，路遥知马力。如今二十家行商，平日跟泰叔的有一半，如今死心塌地的，至少还有六七家，都是我们粤商。另有九家是闽商，如果陈寿官发话，这九家听他的，大家就齐心了，什么都好办。”

骆官点点头：“这祖大人，开口闭口不谈钱，实际上是价码高，就这样，舍不得下饵，钓不来大鱼，倒看他有多大的胃口，‘加一征收’都交了，无非还想要一笔罚金，想罚到我们肉痛罢了。”

“我也试探了一下，与你估计的差不多。可这该谁去谈价钱？我去不合适，你……恐怕也不擅长于打交道……”

“听说陈寿官近来与祖大人走得比较紧，”骆官打断陈芳庭的话，“能说服他去走走么？谈成了，分摊的保释金，就给他少算一份。”

“他才不在乎这点钱，问题是他能不能去？”陈芳庭站了起来，“我同他也算沾点同乡，还是我去吧。况且泰叔又是我的老板，我去最合适。”

“难为你了。”骆官说，“粤商这几家，我去凑份子，尽量多凑一点。”

陈芳庭说去便去了。

陈芳庭万万没想到，刚提出来，陈寿官便满口答应下来：“康官的事，包在我身上，我会找适当的时机尽快提出来的，祖大人也不是个得理不让人的人，据说，抓康官，是前任留下的话，他不能不抓一下，萧规曹随嘛，他凭什么要与总行商过不去呢？”

“这几天祖大人志得意满，贡品顺利筹集好，又欢天喜地往北京送，心情一定不错。趁这个机会提出来，或许还行。”陈芳庭这么认为。

陈寿官道：“我这就去试试。”

陈芳庭出了门，三姨太从里边出来：“你的福建老乡走了？”

陈寿官说：“走了，他为合伙人谭康官的事，求我给祖大人美言几句。”

三姨太说：“不仅美言几句吧，你可是说，包在你身上。你现在可以代祖大人承诺了。”

陈寿官说：“我不过是让他放心。”

三姨太说：“你还想瞒我？我问你，这里存留的象牙、犀牛角、珍珠母……好些都不见了。”

陈寿官说：“海关下了一份清单，我还凑不齐。”

三姨太说：“船还没靠岸，你就按清单送了？”

陈寿官说：“我这不是有备无患么？万一今年夷船上缺这些……”

三姨太说：“算了，你的眼神早告诉我，这些你去讨好新来的祖大人了，你不说，我不用猜，早知道了。”

陈寿官说：“夫人大量。”

三姨太不无犀利：“这次你为赎谭康官出了大数，该不是心中有愧吧？”

陈寿官说：“这个……如果我早给他通消息，他也不至于有今天，可我能给他通水么？这你知道的。”

三姨太说：“这个你是难做，不过，我还是告诫你，祖大人不可得罪，也不可走得太近，近官如玩火，弄不好会惹火烧身的。”

陈寿官说：“我会有分寸的。”

三姨太说：“只怕到时候，也就乱了方寸，你就不能像谭康官，有点腰骨么？”

陈寿官说：“上回我坐了牢，知道坐牢的滋味，他不知道……”

三姨太说：“你坐软了骨头？”

陈寿官说：“不能这么说，可人在屋檐下，不能不低头。”

三姨太说：“可眼光还是得看远一点，别为近利，把自己卖光了——这如今，打从杨文乾开始，你在变了。”

“夫人言重了。”

“我是担心呀。”

陈寿官忙称：“我知道夫人为我好。”

三姨太叹息道：“我只怕唤不回你了……”

转身走向里边。

传来了哀怨的琴声。

陈寿官无奈地摇摇头。

管家进来。

陈寿官问上一句：“园子修缮得差不多了吧。”

第二天，陈寿官便回了话：“祖大人倒没什么，可南海县上上下下都得打点，我估摸一下，连明显的罚金，加暗中的打点，至少也得有个八千两 。”

陈芳庭没说南海县早打点过了，人家只是等祖大人发话，可他却说：“这也是没办法的事，我马上去筹，早一天，泰叔少受一天罪。”

“行，我出个一千两！”陈寿官很是慷慨。

这令陈芳庭很是感动：“寿兄，大义面前，你可是真汉子！”

陈寿官说：“这不算什么，泰叔在危难中也没少倾囊相助过，不值一提，不值一提。”

也就是第二天上午，八千银子凑齐了，粤商出了一大半，陈寿官的一千，只收了五百，再减陈寿官竟生气了：“看不起我的银子是吗？”

行商推出了几个代表去见祖大人。他们是陈芳庭、骆官以及年纪大的黎安官。

祖大人正眼也不看银子：

“这些，你们送库房进账吧，下回，叫谭康泰不要那般死心眼！”

谭康泰终于给放出来了。

放人很突然，进来两个差役，不由分说架起他就走，把彤平吓坏了，还以为会把他怎样。他也没来得及说上一句话。

直到架到门口，才扔下话：你自己找路回家去。

日光下，晒得人很虚弱，他摇摇晃晃走了几步，只觉天旋地转，竟站不住了，一头栽到了地上。好在有好心人蹲下来，扶起了他，问了几句。本来嘛，人在号子里半个月，没吃没喝，还提心吊胆的，身上留下的枷痕、镣印还在，尚未完全愈合，看上去，惨兮兮的，尤其是一张脸，白得像纸一样，够吓人的了。

他终于想起了这是什么地方，让扶他的人带到就近的一家瓷器店。

瓷器店的老板一下子就把他认出来了——他可是专门经营外销瓷的大商家，行内无人不识，于是，赶紧打赏了送他来的人，马上叫了一顶轿子，让送到江边，好过江到他的家中。

还没到江边，便遇上了陈芳庭、骆官一行人，他们是得到讯息后，赶到南海县牢去接他的，没想到人却先给扔出来了。

大家见到谭康泰腕骨、踝骨上白花花一块，都唏嘘不已。

谭康泰却说："倒是没给我用刑，算是万幸了，这不过是木枷、脚镣紧了点，把骨头给卡出来，敷点药，用不了多少日子就好了，没大碍。"

回到家中，泰叔足不出户，睡了整整三天，三天之后，人终于又活过来了，精神抖擞，声音也洪亮了起来。家人寻思他还要在家中疗养一些日子，没想到，在陈芳庭来后，把过去半个月的事情做了番交代，他似乎猛地想起了什么，大声吩咐：

"起轿，送我到窑场去。"

谁也不知道他要干什么？

却不能不去。

一到窑场，谭康泰便分别一个个地叫来了，这么些年聘请来的烧窑师傅，内中，亦不乏来自景德镇的老师傅。

果然如彤平所说的，一提到他的名字，这些师傅无有不识的，只是了解或多或少罢了。令谭康泰感动的是，正是彤平一人，承担了这次"聚啸闹事"的全部罪名，只身出走，才保证了到会众多主事者的平安无事，否则，还不知道有多少人要被投入大狱之中。他的名声，就这样从景德镇传到了广州，所以，如不出意外，他有可能就留在这片窑场里了。而他的技术，更是名声远扬，说他自小聪颖好学，老师傅都非常看好他，每到一处，无不交口相赞。所以，从江苏宜兴，被老人带到了景德镇，技术更是日臻完善，不少老师傅都认为，往后更是了不得。

可叹的是，此番劫难，能否有翻身之日？

泰叔问过上十个师傅后，感叹道：

“人才难得，人品更难得！”

一直伴随泰叔此行的陈芳庭，终于忍不住问：“你为什么一出来就打听这个人？”

谭康泰惨笑道：“这可是我在牢里交下的唯一的好友。”

“生死相交？”

“当可生死相托。”

“怎么办？”

“他是朝廷钦犯，罪名也了不得。”谭康泰大致说了彤平的遭遇，“要把他弄出来，恐怕光有银子不行。”

“设法先去疏通一下，免得他再受皮肉之苦，而后再从长计议。”陈芳庭表示。

“解铃还须系铃人，既然是景德镇犯的案子，要疏通，更须上那边摸摸底细。待这一贸易季节结束，你抽个空，专门去一趟。”谭康泰沉吟道，“现在，还是得去打点一下南海县衙，给他疗伤、养身。不要在乎多少钱。”

“这个人，你下决心赎他出来。”

“是呀，正是用人之时。”谭康泰点点头，“我知道，这回让祖秉圭讹了不少银子，这个人心术不正，却偏装得道貌岸然，不会有好结果的，只怕比杨文乾下场更惨，我且冷眼看他三两年，横行得几天?！这一招，他说是杨文乾嘱咐下来的，可杨文乾却从未这么做过……钱财乃身外之物，人比钱财重要，所以，赎彤平，也不要不舍得银子。”

谭康泰似乎在自言自语。

末了，他竟还要重返南海县监狱，去探看彤平。家人拼命劝阻，说刚出来，复又去，本是伤心地，何苦再触景生悲，身体还没恢复过来，抗不住再倒下，得不偿失。

这却没说服得了他。

陈芳庭说了狠话，你自己去，更引发县衙关注，对尽快赎人未必有好处，不如波澜不惊，悄悄打通关节，说不定事情就办好了，你毕竟是了解官府的。

谭康泰才打消了念头，只道：彤平出狱，当让我去接。

第十八章　纤云弄巧

正是秋高气爽。

广州的上空，纤云全无，一抹全是湛蓝，让人心境开阔。满街都是鲜花，各式菊花已竞相开放，或落落大方，或雍容富贵，或笑靥迎人，或千娇百媚，令人喜上眉梢……秋树上，更是一片粉红的低云笼罩，却是漫天的紫荆花。独有大榕树，仍那么沉着地让偌大的树冠向四周扩展，把无数的气根扎到了地上，墨色一片，如浸染开的水墨画。

紫屏紧跟谭康官，一路走来。

紫屏说："没想到，你让我躲过了一难，自己却进去了。"

谭康泰淡淡地："是祸躲不脱，躲脱不是祸，你本无祸，我却躲不过。"

紫屏问："这回让我回去，真没事了？"

谭康泰却说："有事。"

"你别吓我。"

"大事呢？让你好好过一个乞巧节。"

紫屏好不迷惑："七七不已经过了么？"

原来，这一年为闰七月，广州人爱讨喜庆，竟过了两个乞巧节，本来嘛，让天上的牛郎织女借助人间的节庆，几十年间侥幸有了两个七夕得以在一年，还不趁机多聚会一回？人间也当为天上行一回好事呀！

紫屏说："有意思，你们广州人竟然倒过来，为天上行好事，这我要参加。"

谭康泰说："我就是要你赶上这第二个乞巧节，不过，你可要为我们盈顺行争个第一才是。"

紫屏说："怎么争？"

谭康泰说："我们十三行各家，都要拿出自己精美的手艺，斗个输赢呢，这回，全看你的了。"

白鹅潭，一碧万顷，夜泊的各色航船，灯火如织，在水面上闪烁，不时飘来一阵阵南音，宛若仙境，引来无数宾客。

白鹅潭畔，沿着水边，已经挑起了一盏盏灯笼，燃起一支支的明烛，溢光流彩，气象万千，令人流连忘返。

一年中又一个七夕之夜，已经够奇妙的了，而这一夜，更是星月交辉，上弦月于纤云中沉浮，若隐若现。

陈芳庭携夫人、小女过来。

紫屏高兴极了，但颇觉意外："陈叔叔，阿姨，小妹什么时候来的？"

陈芳庭说："前一段，泰叔不在家，你阿姨知道了，就来了，好帮我打理里里外外的事情，这泰叔出来了，她要走了，好歹才留住她，说参加少有的一年两次乞巧节，小妹一高兴，她也就走不了啦。"

陈夫人问："这就是你赞不绝口的紫屏吧？"

紫屏脸红了："我值得陈叔叔赞么？"

陈芳庭说："这回，泰叔可指望你在乞巧节上一举夺魁呢。带上什么手艺了？"

紫屏低下头："保密，到时再展示。"

陈夫人说："夺魁可不容易，我过去也参加过几次，听说，这几年的乞巧节，都让寿官的三姨太拔了头筹。人家是西关小姐，琴棋书画，都好生了得，今年，恐怕也非她莫属了，你争个榜眼，就了不得啦！"

紫屏仰起头："有这么厉害？我不信。"

人络绎而来，泰叔、骆官、黎安官、寿官都携家眷来了。

果然，三姨太在一行家眷中，分外出众，娉娉婷婷，光彩照人。

陈夫人指着她，告诉紫屏："那就是三姨太，多漂亮一双丹凤眼。"

紫屏惊叹：果然不俗。

没想到三姨太走到了台前，却宣布了一项特别的规定："今年参加竞赛的乞巧艺品，已全部集齐，放在了这一展台上了，谁拔头筹，马上就揭晓了。不过，我首先宣布一个新的决定，今年呢，我就不参评了，过去几年，我已蝉联了好几届，很感谢所有的评委这么看得起我。为了提携后学，我呢，甘当人梯，改当评委，亦蒙各位评委的错爱，非要我任这一届的评委之首，恭敬不如从命，我就斗胆当一回。"

陈夫人兴奋了："紫屏，这回你有希望了。"

紫屏感慨："没想到，三姨太有此等胸怀。"

陈夫人称颂："嗨，人家三姨太亦非等闲之辈。"

三姨太朗声宣布："现将初评的十件揭晓。"

展台上的红绸拂开，现出一件件展品，有剪纸、有宫灯、有折扇、有绣屏、有插花、有雕核、有水彩……一件件玲珑可爱，慧心独具，让女孩子一声声惊喜欢叫。展品分别写有"甲、乙……壬、癸"等标记。

所有人围着展台看个不够，夸个不绝。

也争个不停。

良久，三姨太才又宣布："现在，请各位评委投票。"

台上忙乱了起来，评委们相互争议，展品又一一挑起展示。

三姨太走到他们当中，最后又回到了前边，从展品中拿起绣屏举起："NO.3，广绣小品，谁的？巧夺天工！"

一位绣娘羞羞答答站了起来："是我。"

三姨太捧起一个花篮："NO.2，插花，浑然天成，是谁的手艺？"

一位小姐落落大方地站了起来："我的手艺。"

三姨太说："现在宣布夺魁之作，是那幅中西合璧的水彩画，要用在广彩瓷上，真可谓技压群芳了，清新、脱俗，妙不可言，NO.1。"

陈夫人推了一下发愣的紫屏："不会是你的吧？"

三姨太重复喊："NO.1。"

紫屏这才如梦初醒，一下子站了起来："是我的！"

三姨太惊喜道："原来是如此脱俗、靓丽的女子，画如其人，真是众望所归。"

女孩子们全都惊呼起来了。

陈夫人领着紫屏走到了前边，对三姨太说："这是今年参选的新人，是泰叔的契女，前年从南洋赎回来的。"

三姨太把一串珍珠挂在了紫屏的脖子上："NO.1。非你莫属，我要参评，也一样甘拜下风，祝贺你了。"

紫屏这才仰起脸来：谢谢。

陈寿官在灯光中再度见到紫屏，眼又一次发亮了，走向前："又见你了，画漂亮，人更漂亮……我太太果然看中你了。"

三姨太淡淡地看了他一眼。

谭康官也走了过来："紫屏，这回更有自信了吧？"

紫屏羞涩了："这回是三姨太让我来着。"

三姨太慈爱地看着她。

而后，她宣布："我还告诉大家一个喜讯，往年，乞巧节聚会，都在这里举办，明年，我们将会有一个新的去处，保证大家更为惊喜。"

紫屏脱口而出："上哪呀？"

三姨太推了一下陈寿官："当由你来告之。"

陈寿官满怀喜悦："三姨太是说，很快，我会送她一个花园，就叫陈家花园吧，明年的乞巧节，就请大家移步上花园，保准大家大享眼福！既然是她的，那就由她做主，她说请你们去，那就请定了！"

众欢呼！

烛光摇曳。

白鹅潭水声也喧闹了起来。

已是清晨，清风徐徐。

紫屏笑个不已："这一晚，好快活，不觉得东方既白。"

谭康泰很高兴："没见你这么开心！"

陈芳庭说："开心就好！"

紫屏毕竟是位女子，过完七夕后，又吵闹着上城中玩玩。光她个人还不行，还怂恿上了那位法国神父。可夷人未得批准不得入城，这个麻烦是惹不得的，其实，城外的景色，未必就比城里逊色……

于是便又想到了海幢寺。

听这一提议，谭康泰也来了雅兴。他出来后，发现陈芳庭把生意打理得熨熨帖帖，尽管倒贴了一笔冤枉钱，可这一年的丝绸、陶瓷生意还是比往年做得大，虽然开始瞒住了法国人，可最后迪韦亚还是得知了，硬是送上了一笔慰问金，声言谭康泰是为他们带过的。钱不多，却也是人心，这“加一征收”没直接落到外商头上，可一样横亘在他们的生意当中。谭康泰怎么说也不肯收，迪韦亚自然没敢勉强，却是千恩万谢去了。坐了牢，却得了人心，还得到了人才——彤平的事多少有些松动了，有失有得，心境也好多了。

家人也趁机劝他外出散散心。

于是，这番秋游也就得以成行。

上海幢寺，也正好对他的心思。那狱中冒出的一句诗，便是有人题写在海幢寺壁上，读罢感慨万端，所以才记下其中最令人震撼的那么一句：百年王谢半为僧。而今，有了更深切的感受，所以才又去再读其全诗。记得，那是一首七律，但其余几句已记不清了。

就这么一拍即合，待晓阳升出花树，百鸟啁啾之际，紫屏已带神父过来了——从窑场到谭家，没多少路程，而谭家上江边的海幢寺，更近在咫尺了。

有说有笑，便到了寺门前。

其实，这海幢寺的历史并不久远，而且就在当朝才有的。相传，大清初年，有一位叫作阿治的游方和尚，来到这江边，见有一处败落的园子，忽地动了念头，决定不走了，就在此处弘扬佛法。

他何以动此念，世人自有不少揣测，当是那座凋敝、残败的花园，勾引起了他沧海桑田的联想；亦有说此际的珠江，清澈如许，颇能净心，可涤除尘凡俗念，正是佛家所看重之处……当然还有众多说法，总之，阿治和尚不走了，就在花园旁、珠江畔，建立了一间精舍，即是佛屋，开始设坛讲经……

日后，这里便很快成了远近闻名的海幢寺。一废一兴，自是佛缘。

江边，仍旧是小舟如鲫，来来往往，十分热闹。天气晴朗，来拜佛的自然不少，寺中，已升起了袅袅香火，与绿色的树冠萦绕在了一起，竟透出一片轻蓝来。

来到寺门前，神父却步了。

谭康泰说：“你们西人不信佛，进去后不拜便是，园子里还有不少地方，会教你有兴趣的，进去吧。”

神父却回望珠江对面的广州城，说："我是很激赏对岸风光，这城堞，这翠塔，这十三行上高高飘起的各色国旗，欧式风格的商馆，颇引发思乡之忧愁。"

谭康泰瞥了一下紫屏："你什么时候教他说得这么酸溜溜的？"

紫屏直叫："天公作证，我可没这么教过，不知他怎么凑出了这么几句，我听了都有点肉麻呢。"

谭康泰问："这像你们的国都巴黎么？"

"又像，又不像。塞纳河哪有珠江这么辽阔，更找不到一个烟波浩渺、帆影比肩的白鹅潭，还有那么多的大树。不过，早在一千年前，巴黎就已经成为国都，如今，更是一座几十万人的大城市了。"

谭康泰笑了笑："广州过去叫番禺，约二千年前，便是南越国的国都，你看那远处越秀山上，当年就有越王台……"

"是那座半山的宫殿么？"

"噢，这倒不是，那叫镇海楼，是前朝所造，越王台应当在这边……"

"天哪，二千年，巴黎只怕还是个小渔村，连个小镇都不是。巴黎得名，是一千多年前罗马大帝朱利安西征来到那里，流连忘返，这才大兴土木。"

"看来，广州与巴黎也都一般美不胜收。"

"不错，只是你们的历史太悠久了。"

"在中国，比广州历史悠久的城市还有的是，你到了京城就会知道了。"

"我知道，我这支画笔会没有休息的时候……我现在就想画，画对岸的城市，画江中的帆船，画城外的商馆与旗帜。呶，那可是你们的炮台么？"

"是呀，不过已没作用了。"

"你们是个和平的国度。我们那边，却不是这个同那个打，便是那个与又一个打，战争都没有个止歇。"

"这么说，你们还处在我们的春秋战国时代。"

"春秋战国？"

"是的，那是将近三千年前，我们中国分为几十个、十几个小国家，互相打来打去，直到二千多年前，才由秦国一统天下。"

"我的上帝，都三千年了！"神父更是惊叹道，"你们国家的历史真是太了不起了，难怪我们法国不少学者、名人，对中国推崇备至。几十年前，白晋神父还把中国几百部古代经典代表中国皇帝送给法国，如今，还在抢着翻译呢，很多格言，都很有分量，我就记得：己所不欲，勿施于人。这话太伟大了，你们二千多年前就有这么了不起的学问。"

谭康泰说："我也听说你们的太阳王路易十四，文韬武略，把个国家推向了全盛时期，如同我们的圣祖康熙一样，他在位七十二年，堪比我们这里的南越王赵佗，在位也有七十年，活到一百多岁。”

“啊，这些，我的汉语老师都没给我讲过。”神父摊开了双手。

紫屏委屈地说：“我又不是广州人，就算是广州人，我才这么大年龄，又能知道多少，谁比得泰叔博学多才呀，人家祖上还有当过翰林的呢……”

谭康泰笑了：“不怪你，不怪你。”

“不过，往后得多找些书给我看，我不能光画画，不然，日子久了，都不知道自己画的是什么呢。”紫屏嫣然一笑。

谭康泰一惊，忙表示：“有你这句话，我会拖上一牛车的书给你看，就看你几时看得完。”他寻思，这孩子心志还真不小，能说出这样的话，几年后当刮目相看。

紫屏高兴了：“不怕，有书看，还怕看不完么？你尽管用牛车把书拖来，我等着，不过，别净是什么《三字经》《弟子规》，子曰诗云之类，这小时候早背烂了。”

“我就专找最难的。”

神父已大都听得懂了，忙称：“对不起，我太小看我的汉语老师了，原来她懂得那么多，反而是我不够格当学生了。”

这话，把大家都逗乐了。

进寺的人流，把他们也裹挟进去了。

谭康泰先自去找那一题壁诗。

奇怪的是，此刻，整首诗都看不到了，但是，他记住的那句诗还在，且墨迹分明又加深了，格外醒目。

不过，并不如他所记的是“百年王谢半为僧”，而是“十年王谢半为僧。”

他有些不解，讷讷地自言自语道：“百年乎？十年乎？是我记错了？”

没防这话让身边一位僧人听到了，含笑对他说：“施主，老衲方才听你重复吟的可是百年乎，十年乎？”

谭康泰双手合十：“正是。”

老僧含笑道：“十十为百，百十为十，大千世界，百乃是十，十亦为百，有何不同？”

谭康泰一如醍醐灌顶，全身一个激灵：“在下愚矣，请先师点拨。”

老僧说：“汝视十为百，不妨把日子悠悠地抻长了过，也就万事平安了。”

谭康泰觉得，老僧把自己看透了，说：“是呀，我刚经过了度日如年的困窘。”

“度日如年，与化十为百，等长短、齐万物，自可开怀。”

僧人微微一笑，见谭康泰仍不开口，又说："看来，你仍想读到全诗，是吗？"

"等长短、齐万物，知道一句与知道全诗，当是一样，不应想了。"

"不应想，还是强求不想，不可勉强自己，老衲还是满足你的心愿吧。"僧人一转身，"随我来好了。"

谭康泰跟着他走过了人群，终于折道进了禅房。

老僧寻出一叠字纸，翻了一下，抽出了一张发黄的纸片，才说：

"其实，诗眼也就在那一句了。"

谭康泰恭恭敬敬地接过了诗页：

元夕坐西山草堂感旧

雨晴荒县有春灯，
照入西山路几层。
屋暖暂低鸡树月，
石寒犹响马蹄冰。
新愁绿酒酣千日，
往事红灰化五陵。
不用更歌金管曲，
十年王谢半为僧。

老僧见他读完，才说："其实，世人真正读到的就是那么一句，我想你当日也未必真正见过全诗。"

谭康泰点了点头："日子久了，也就凭那一句，想必见过全诗。传说，是鹤山易秋河所题，对么？"

"他所题，未必就他所吟。这要紧么？"

老僧径自从他身边走过，倏忽已无人影，再看手上，那发黄的纸片不知几时竟消失了。

出了禅房，很快便又见到紫屏与法国神父，他们也正在找人。

"怎么回事？方才，我们一转身，就不见了你的人影。这阵子，才一眨眼，你竟又站在我们面前，简直神了。"紫屏惊诧莫名。

神父也直眨眼。

谭康泰左右环顾，半天才说："是这样的么？我好像没走哪去呀？"

刚才一幕，他自己都无法解释，但那一首七律，分明一字一句，都清晰地记住了，而且不再会忘却。他赶紧说："既然来了，还是上庙里点几炷香，还个愿吧。神父不进去也罢，在这里等等好了。”

神父已对园中的草木产生了浓厚的兴趣，巴不得潜心去观察呢。

两人也就去进了香。

跪拜时，谭康泰耳边又响起了老僧的话，于是，尽管让心中空旷起来，什么也不想，什么也不求——且把后十年当百年过！

紫屏却自有心思，却不轻易对人言。

互相也不会问的。

许完愿，起来后，再去找神父。

神父已到了就近的那个废园里了。那时尚乱草丛生，而乱草中，却仍可见到若干断壁残垣、乱石残井……

“你见这里，分明是一口古井的围栏，却不见井。当是井的地方，居然长出了一种我没见的植物……”神父道。

谭康泰一笑：“看来，姜还是老的辣。这里有段古，十个字：先有鹰爪兰，后有海幢寺。我想，这株花树，便是人说的鹰爪兰了。”

紫屏来兴趣了：“这十个字又怎么讲？”

谭康泰爱怜地看着她：“这可是一个让小女子听了落泪的故事，你不听也罢。”

“我才没那么容易落泪呢。”

“真不落泪？”

“我保证！”

这古寺里，该还有怎样的神秘？

又还有多少令人落泪的故事？

SHISANHANG
SHIJIA

广东省精品出版扶持项目

十三行世家

古代卷

百年行商之二　国门

谭元亨◎著

中山大學出版社
SUN YAT-SEN UNIVERSITY PRESS
·广州·

图书在版编目（CIP）数据

十三行世家. 古代卷. 百年行商之二国门/谭元亨著. —广州：中山大学出版社，2019. 5
ISBN 978-7-306-06009-9

Ⅰ. ①十…　Ⅱ. ①谭…　Ⅲ. ①长篇历史小说—中国—当代　Ⅳ. ①I247. 5

中国版本图书馆 CIP 数据核字（2019）第 021592 号

出 版 人：王天琪
策划编辑：李　文
责任编辑：靳晓虹
封面设计：林绵华
责任校对：罗雪梅
责任技编：何雅涛
出版发行：中山大学出版社
电　　话：编辑部 020-84111946，84113349，84111997，84110779
　　　　　发行部 020-84111998，84111981，84111160
地　　址：广州市新港西路 135 号
邮　　编：510275　　传　　真：020-84036565
网　　址：http：//www. zsup. com. cn　E-mail：zdcbs@ mail. sysu. edu. cn
印 刷 者：广州家联印刷有限公司
规　　格：787mm×1092mm　1/16　总印张：45. 75　总字数：871 千字
版次印次：2019 年 5 月第 1 版　2019 年 5 月第 1 次印刷
定　　价：128. 00 元（全三册）

目录

之二　国门

之二 国门

不知有多少人还知道，我的前世，却是八百多年前南汉国的千秋寺。只是新寺既立，旧庙便无人知了。

千秋竟何在?

当年的南汉国主，自是祈求国祚享有千年，谁知，才五十年便灰飞烟灭了。想当年，南汉国何等辉煌，宫殿数百、离宫上千，偌大一个广州城，只成为其刘氏一族的兴王府。连宫中的水渠，皆由珍珠铺成；殿顶，更由黄金所铸……那时，海舶无数，运来海外诸多奇珍异宝，以致后来宋神宗感叹道，刘氏当“笼海商得法”。聚财无量，也挥霍无度，以至在皇家花园狩猎都索然无味，皇帝亲自率士兵到海上，去狩猎各国满载金银珠宝的商船……自是毁了自己的财源，可却满不在乎，宫中堆积的已经太多了。

一个在奢侈、淫逸中度日的王朝，又怎可以光凭金银换取国祚呢?当宋军大兵压境，昏庸的宰相竟说，他们是冲我们的金银而来的，一把火烧掉，他们知道得不到，自然也就不来了。这一来，整个广州城化作了灰烬，可宋军照旧来了，一统天下。一个金银帝国，没几天便在地图上抹了个一干二净。

好在千秋寺在珠江对岸，大火烧不到，侥幸留存，后来，则落到了一位土财主手中。其间，中国几度灭佛，于是，寺亦不为寺，成为这位土财主的后花园。这已经过了宋、明两朝了。

这位土财主财大气粗，脾气也见长，下人稍有不合他的意，便是拳打脚踢、棒打鞭抽，不作人看，不知他是虎狼投胎，还是蛇蝎化身，竟如此凶狠残暴。

这天，他家中的婢女兰香，正在园中的水井提水，洗主人家的一大堆汗臭了的衣服。没防土财主急急赶来，十步之遥，便呵斥道:

“你看见我的翡翠玉扣了么?”

“什么玉扣?”兰香惶惑了。

“我扣在衣服上的，是翡翠制的，价值连城。”土财主开始发威了，“赶快给我找回来!”

“衣服都在这，我这就找，就找。”兰香急忙表示。

于是，所有的衣服，里里外外，翻过来，覆过去，无论怎么找，都找不出那枚翡翠玉扣来，兰香的脸都煞白了，说:

“老爷，你都看见了，我一件件翻了个遍，就是没见这个玉扣，是不是……”

“什么?你还犟嘴，不认是么?”土财主打断了兰香的话。

"确实是找不到呀!"

"我记得一清二楚,这枚翡翠玉扣就放在衣口袋里,怎么一到你这里就不见了呢?"土财主双眉倒竖,"是你先抱着衣服出来的,只能是你见财起心,把玉扣偷走了,现在倒给我装神弄鬼,说找不到!"

"老爷,你不要冤枉人。"兰香急得哭了。

"哼,我把话放在这里,你不把玉扣交出来,就别想活着出这个园子!"土财主一声吆喝:"来人呀!"

家人闻信而来,一个个如狼似虎,对兰香严刑拷问,非逼她承认偷了玉扣。

没一个时辰,兰香已是遍体鳞伤了,一桶水泼下,也没能醒过来。

家人扔下她便离开了。

半夜,凉风终于吹醒了兰香。抬头,看不见一颗星星,伸手,看不到五指。

唯有一身彻骨的疼痛还在。

老爷那句话还在耳边:"休想活着出这个园子!"草菅人命的事,这位土财主完全做得出,明天天一亮,又逃不了一番毒打。与其让他活活打死,落个不清不白,还不如自己以死明志,以表清白。

兰香想到这,便摸索着,在园子里爬行,腿骨已被打断,站不起来了,好在这个园子已经非常熟悉了,闭着眼也知道身处何处。

她想到了那口井。

就这么爬呀爬呀,不知道爬了多久,终于,摸到了井台边上那冰凉的护栏,她忍住剧痛,越过了护栏,终于来到了井口。

"老天爷,你还我个清白!"

就这么向天泣血一喊,她便一头扎进了井水中,发出一阵闷响。

第二天,土财主听说不见了人,便发话:"谅她逃得不远,给我找!"

到处找却找不到。

直到第三天,另一位婢女到后花园井边洗衣服,才发现已浸泡得胀鼓鼓的兰香的尸体浮在了水面。赶紧报告了土财主。

土财主立即封锁了消息,家人谁也不得议论此事,毕竟,人命关天,官府要知道了,追究下来,又得损失一大笔钱财。

然而,园中却闹起了鬼来。

一位婢女,丧魂落魄往屋中跑,说在后花园看到兰香在汲水浇花。

更有一位家人,硬看到她在井边浣衣。

末了,是夜电闪雷鸣,大雨滂沱,几乎所有人都看到,一股白雾从井中漫

出，片刻，只见兰香也在雾中冉冉升起，一道疾闪过来，竟化作白龙飞升而去……

以后，每次电闪雷鸣，都有同样的情景发生，一家上下，都吓出病来了。

土财主一不做，二不休，干脆叫人把这口井彻底填平。

这一来，雾不出，人不见，龙亦无了。

然而，没过多少日子，这被填平的井口上，竟长出了一株墨绿色的植物来，很快，伸出了一丈多长，长得十分旺盛，认识的人一看，说这是一株罕见的鹰爪兰，你看那一簇簇分开的花叶，就似老鹰的爪子，在极力要擒住什么。

人们都说，那是兰香的冤气，化作了鹰爪，要抓住冤枉她的人问个清楚，以还她的清白。

这吓得土财主一家人都不敢进后花园了。

日子久了，这后花园也颓败下来了。

土财主一家，也跟着破败了起来，最后，索性逃离了这对他们而言的不祥之地，从而不知所终了。

独有那株鹰爪兰，却一天比一天长得茂盛，改换朝代，竟成了一方景致。

后来，便是游方和尚阿治来了，且从此不走了，建起了海幢寺。

其后的僧人们，对这鹰爪兰更是百般呵护，为她加修了围栏，不让人近身损伤，于是，这鹰爪兰更是郁郁苍苍，气势非凡，历经百年，更是生机盎然。海幢寺也因她而名，她也因海幢寺而盛。

也许，千秋一语，当应在这鹰爪兰上？

再两百年，再五百年，再一千年？

人世间，真个不屈不挠，历千秋万代的，不就是这样一股傲然之气，一股凛然正气么？

这就是岁月也不可折服的！

哪怕是一位小婢女！

第一章　大餐与豪园

北风起来了，天上如羽毛状的云絮，一批一批往南洋方向飘去，仿佛要与准备南航的白帆，争个先后。

北风仿佛给外洋大班们打了一针兴奋剂，他们开始计算起返航的日子了。海风有信，自然会一风把他们送回到来路上。既然已经是倒计时了，十三行的贸易更到了最后的时刻，外洋大班手上的银元要尽可能花完，运来的羽绒布也得让行商们尽快销完，而行商手上的茶叶、丝绸、瓷器，也得在年底清空……

双方都掐着时辰办贸易。

尽管祖大人狠狠地讹了谭康泰一笔，而且还横加上了莫须有的罪名，可是，十三行内外，谁都心知肚明，就是对“番银加一征收”抗命，才让他吃了官司。行商自是对他有歉疚、感恩之情，外洋大班，更因为不用亲付“加一征收”，自然对谭康泰有另一份的敬重。人的名声便是一种信誉，所以，除开法国外，英国、荷兰等国的大班，也都主动向他示好，尽可能把部分生意交给谭康官做，让他多少赚上一点。最为突出的是，对别的行商，我买你的丝绸什么的，就得搭上一批滞销的羽绒布，一般行商权衡再三，不能不答应下来。可这一年度，谭康泰竟没人给他“搭头”，显然是不想为难他。没了这个包袱，谭康泰的生意就更好做了。

这在祖大人是料想不到的，一抓一罚一放，反而成全了谭康泰。尽管“加一征收”与罚款够重的了，可谭康泰年度销出的精品瓷器却增加了三四成，还卖出好价钱，不仅抵销了那些额外的损失，还有相当一笔赢利，比往年还多。

这同样是谭康泰自己也没料到的。

这天，收到一笔大的款项后，谭康泰便径直到了河南自己开办的窑场。这一年度，几乎是供不应求，就算是自己不在的时间内，陈芳庭也仍把制瓷安排得十分紧凑，烧制的质量也有了提高，成功率亦相当可以。为此，谭康泰想实地看看，如何再扩大生产，如何烧制更精美的外销瓷……

窑场炉火正红。

问过火候、火色，自是知道又有多少窑好瓷可以出炉了。

他更多地驻足彩绘棚中。

这两年，彩绘的风格正在演变当中，不再那么素雅、恬淡，中国士大夫气要少了一些，转而应外洋大班要求，除开烧制纹章瓷外，还有色泽光亮、色彩鲜妍、内容丰富、工笔细腻的新式样，不仅有山水、古寺、花鸟，还有人物、城镇、集市，甚至连十三行也都绘了进去，烧制得十分成功，颇受买主欢迎。

他问一位彩绘的老师傅：“这样的画工，要费时日吧?”

老师傅说：“只要用功，就不花时日。”

“为何?”

“不用功，废了，才花时日呢。”

“那也是手中有钢火呀!”

“这是最起码的。”老师傅竟主动提到了紫屏，“你前年带来的紫屏姑娘，心灵手巧，秀外慧中，近些日子，还送来了不少好图案呢，我们都深受她的启发。”

“是？她闯过外洋，学过西洋画，见多识广，自会触类旁通。”谭康泰很为欣慰。

“只是这孩子心事总觉得很重，该找婆家了吧。”老师傅很是关心。

“唉，她从外洋回来，家境很是凄惨，母亲一死，她便只身投奔我来了……真要找个好人家，我当给她一笔厚重的嫁妆。”谭康泰说。

“好人会有好运的。”老师傅说。

……

正在唏嘘间，人有来报：

“陈管家从江西回来了。”

谭康泰立时站了起来：“回来了？在哪？”

“已经到了商号，正往这边赶。”

“他这么急找我，一定有要紧事。”

谭康泰立时迎出了窑场。

出门不久，便见陈芳庭策马赶来。

一见谭康泰便翻身落马，第一句便称：“彤平有救了。”

谭康泰连忙扶稳他：“上千里都赶过来了，这就慢慢说好了，不急，不急。”

陈芳庭掏出了一份文章，递给了谭康泰：“你一看就明白了。”

谭康泰问：“这是谁写的？”

“嗨，景德镇刚上任的督陶官唐英。”

“这个人听说过，政声还不错。”

“他这是亲自为童宾写的祭文。”

“就是彤平他们要拜祭的童宾？”

“对，如今，他已经成了窑神了。你没看见，文章第一句便是：神，姓童名宾，字定新，饶之浮梁县人……”

“看你，先拣主要的讲，到底怎么回事？”谭康泰却急了。

陈芳庭一愣，也笑了：“我是急不择话，说的不得要领了。”

他这才把来龙去脉一一道来。

这次拜祭童宾的事，地方上看得很严重，动辄便要抓人，差点激起民变，这自然是圣上不愿看到的。也就是这时，钦定的督陶官唐英到任，兴许是圣上的意图，来了之后，便宣布童宾为窑神，把激愤的民情平抚下去了。本来，前朝就封了童宾为“风火仙”的。

今朝不认前朝？没这个道理，先朝人吃饭，后朝人就不能吃饭么？况且，童宾也可以说是前朝逼死的，怎么纪念他反而大逆不道了？没这个道理，当然不应分前朝、今朝，朝廷派人督制烧瓷，本就一样，不说前朝非，亦不为今朝是，同等看待。

“唐大人大骂了当地的官员，说他们死脑筋，歪嘴和尚念经，不以国计民生为念，更不以圣上督陶为重，罗织构陷，强人就案，生怕大清朝安宁……吓得地方上的那些狗官都一个个趴在地上叩头如捣蒜。”陈芳庭说得绘声绘影，眉飞色舞。

连谭康泰也忍俊不禁了。

“后来，唐大人还亲自主祭，称童宾为窑神，还说是圣上的旨意。这篇文章，便是他主祭时所讲的内容，他把童宾夸的——你看：‘神毅然执役’，写得大义凛然，又有‘神恻然之伤，愿以骨作薪，丐器之成，遽跃入火’，何等壮烈……最后，更称‘卒能上济国事而下贷百工之命也，何其壮乎！然则神之死也，可以作忠臣之气而坚义士之心矣’，写得太好了，忠臣、义士升格为神。”

“所以，彤平带头拜祭他，上合乎圣意，下顺乎人心，何罪之有？”谭康泰拍案而起，“来，让我们把这篇文章一一读遍，好品味品味，再商议个营救办法。”

他竟带头诵读了起来：

神，姓童名宾，字定新，饶之浮梁县人。性刚直，幼业儒，父母早丧，遂就艺。浮地利陶，自唐宋及前明，其役日益盛。万历间内监潘相奉御董造，派役于民。童氏应报火，族人惧，不敢往，神毅然执役。时造大器累不完工，或受鞭笞，或苦饥羸。神恻然伤之，愿以骨作薪，丐器之成，遽跃入火。翌日启窑，果得完器。自是器无弗成者。家人收其余骸，凤凤凰山，相感其诚，立祠祀之，盖距今百数十年矣。

雍正戊申，余衔命督理埏埴来厂，涓吉，谒神祠。顾瞻之下，求所为丽牲之碑，阙焉无辞。问神姓氏、封号，率无能知者，而《浮梁志》亦不复载。最后，神裔孙诸生兆龙等，抱家牒来谒。牒称神曰“风火仙”，详死事一节，并载康熙庚申年臧、徐两部郎董制陶器，每见神指画呵护于窑火中，故饶守许拓祠地加修葺焉。牒首有沈太师三曾序曰“先朝嘉号而敕封之”，不知所封何号也，岂所谓风火仙耶？夫五行各有专司，陶司于火，而加以风，于义何取？且朝廷之封号，如金冶神，木、土、谷以及岳、渎、山、川，皆曰神，未闻仙也！岂相私称云尔耶？敕封之语殆不确耶，是皆莫可考也。当神之时，徭役繁兴，刑罚滋炽，孰不趑趄瑟缩于前，而涕泣狼狈于后？神闻役而趋，趋而尽其力，于工则已耳！物之成否，不关一火器之美恶，非有专责，乃一旦身投烈焰，岂无妻子割舍之痛与骨肉锻炼之苦？而皆在不顾，卒能上济国事而下贷百工之命也。何其壮乎！然则神之死也，可以作忠臣之气而坚义士之心矣。神娶于刘，生一子曰儒。神赴火后，刘苦节教子，寿八十有五。儒奉母以孝闻。

一时间，全窑场的师傅、窑工都闻声而来了，一个个饱含热泪。

诵读完毕，仍余音绕梁。

一读完，谭康泰便有了主意，说："我们把唐大人这篇文章抄成大字，送到南海县衙，让他们好好读读，立即放人。"

"这回，不仅是前朝封的风火仙，更是当朝封的窑神了，料他们担罪不起。"方才同谭康泰谈话的老师傅也说。

陈芳庭又说："我看，当多抄几份，给总督送去，他一发话，下边就没法推诿了。"

"说抄就抄，我带头。"谭康泰表示。

很快，文房四宝便唤来了，本来，彩绘棚里大都备有。

几位楷书写得好的匠人，也自告奋勇，各自抄上一份。

……雍正戊申，余衔命督理埏埴来厂，涓吉，谒神祠。顾瞻之下，求所为丽牲之碑，阙焉无辞。问神姓氏、封号……

陈芳庭在旁朗诵，分外响亮。

"咳，我们这边也来一个唐大人，什么事就好办多了。"老师傅感慨道，"能体恤下情的官员还真不多。"

末了，陈芳庭还专门起草为彤平陈情的状子，恳求即时放人。

第二天便递上去了。

这些日子里，十三行周遭的酒楼、食肆，都格外热闹起来。每年到这个时候，大部分的贸易都已经完成了，无论是腰缠万贯的行商，还是众多的散商，大都赚了个盆满钵满，箱子里的西班牙银元、墨西哥银元，有双鹰的、十字的、双柱的，继而称之花边，又有鬼头，花边自是墨西哥来的，鬼头即是夷国把国王肖像铸到了面上……每年，大量的银元流入广州，把广州的生意刺激起来，八方商贾，都逐利而来，客栈都住得满满的，酒楼都差点开上了流水席。

今天，则是陈寿官大宴同行。

这同行则包括两方面，一方面是依附着他的广顺行的大大小小行商及散商，行商自有九家之多，散商更不少于十家，当然大都是闽商，亦有徽商及少量当地的粤商，大都有长期合作关系，也有近日加盟进来的。另一方面，则是外洋大班，当然，首位便是英吉利的阿诺特，还有几艘英船的头头脑脑。早些年，英国人的船来得多了，很快便超过了其他国家，且迅速跃升到第一位，交易量更占一半左右，别的国家都让其三分，陈寿官看准这个势头，成了英吉利大班最紧密的合作者，贸易量亦扶摇直上，都不把当地粤商放在眼里。何况这一年，他包了十一艘商船，让其他行商望尘莫及。

不过，这回外洋大班的名单中，却多出了个法兰西的迪韦亚，当然不是只请他一个人，包括那位神父也在应邀之列。虽说他们都不在陈家的生意范围之内。

醉翁之意不在酒，他陈寿官自有打算。

这种大排场，年年都有，可陈寿官这回的排场，却比往年更胜一筹，由于有外洋大班来，他专门请了西点师傅，一律按西方的方式接待。当然，对于广东人而言，这已是轻车熟路了。他们已不乏与夷人打交道的经验。况且，十三行在城外，对夷人出行没什么限制，加上还有从澳门过来开馆子的，还有从黄埔港过来办食肆的，陈寿官要找这号人，倒非难事。

就这样，一场别开生面的中西合璧的盛宴开始了。

粤菜的豪气与精致，无论是海鲜，诸如秘制鲍鱼之类，每每让外洋大班们惊叹不已。尤其是一条二三十斤重的河鱼完整呈上，更让他们欢呼起来。至于烧得红红亮亮的乳猪，亦教其大快朵颐……一道接一道，末了，连大班们都数不下去了。

“太奢靡了。”席间有人叹息。

陈寿官却一笑置之：“这当是中国人的好客之道，应当、应当。”

“少说得上百银子吧。”

“宴客不在银子，在乎交情。”陈寿官很是豪气，“让所有赴宴的宾客，记住了这一大餐，明年的生意就好做了。”

“寿官有气魄!”来宾交口称赞。

中式大餐过后，便是西式的了。这下子，让行商与散商们大开了眼界。尤其是西式点心的精致、工细，都当成工艺品欣赏了，不敢下箸。倒是外洋大班兴致勃勃，不断地表示感激。

“中国有句话，叫宾至如归嘛。紫屏姑娘，你给解释一下。”

此刻，陈寿官已经到了紫屏身后。

紫屏脸红红的，站了起来，用英文做了一番解释。

大班纷纷翘起了大拇指。

紫屏忙着翻译阿诺特的话：“他说，你是个一等一的生意人，有信用，有头脑、有谋略，与你做生意是一种享受，一百个放心……这个盛宴，尽显了你的财力、气度与深厚的交情，他们为交上这么一个豪爽、义气的朋友感到荣幸……”

“过奖了，过奖了！”陈寿官连连作拱打揖，面带微笑。

的确，紫屏也为如此一场豪宴深深震撼了，打出娘肚子以来，她就没见过这种场面，更没见过这么多的花样款式，简直让她目不暇接。她只听说陈寿官很有钱，却不知道钱是可以这样花的。可她内心却隐隐有些不安，这要给了穷人，该让多少穷人过上多少年的好日子，说花，就这么花了！她毕竟从穷困、死亡线上挣扎过来，受过奴役，遭过侮蔑——这简直相去太远了，从感情上怎么也接受不了。所以，尽管表面上谈笑风生，可心里怕不是滋味。如果她知道，这场盛宴，其实专为她而设，不知该作何感？

不过，陈寿官还很沉得住气，酒过三巡，招呼过所有宾客后，才又来到她身边，夸奖道：

“你的夷文也很有长进了吧？”

“我算是学了不少，教学相长嘛。”

“神父上京的日子也快了吧？”

“就这一个月内。”紫屏点点头。

陈寿官顿了一会，才说：“这么说，你已尽心尽职了。”

“你过奖啦。”

“这边事情完了，你就到我那边吧。”陈寿官似乎不经意地说。

“当通译么？”紫屏摇摇头，“官府似乎对这种差使不大看好，动不动就找岔子，兴师问罪，我这小女子可当不了。”

“当然不会让你去干那么下贱的活计，你放心。”

陈寿官说完这句话，便又去指挥戏班子演出。他请了一台来自福建的艺人班子，让行商散商听得如痴如醉，毕竟是乡音，只是外洋大班木然相对，末了，当地班子用广州话演唱起了南音，他们倒是摇头晃脑跟着吟唱了起来，大约是在江畔听惯了与南音相近的龙舟、木鱼歌，潜移默化之故。其抑扬顿挫或婉约敦厚，亦与他们的音乐要相近一点，所以兴致便来了。

这一来，陈寿官自是高兴。

而后，又来到了紫屏身侧。

这回，他没说紫屏去留的事，而是问：

“你泰叔出来之后，见过几回么？”

“不多，才两回，耽误了些时日，他出来后一定很忙。”紫屏说。

“这回，多亏行商一道去保释他，很是花了一点银子。”陈寿官说。

“大家都很敬重他，他对大家的恩德，更是念念不忘，当会报答。”紫屏感叹道。

“他是总行商，大家不保他，行吗?”

“可也难得大家一条心。”

“他也是为大家犯颜直谏的。”

“大家都明白就好。”

“以后，他犯不着这么耿介，明知不可而为之。加一征收不仅没顶住，反多赔上一笔赎金。得不偿失。”

“生意上的事，我不懂。”

“对呀，怎么与你说起这个呢……泰叔身子还好吧，没吃多大的亏吧?”

“还好，伤总归会有点的，很快会恢复，你有心了。”

“这没什么，赎金我本要出大头的，后来硬是只收一半，总得尽分力。”

“你对泰叔可是一片至诚。”

这时，陈寿官才切进要旨：“我会同他说一声，让你到我那边。”

“多谢了。可我还想去做我的彩绘，这回跟法国画师，还学了不少，正想自己找到一条路来呢。”

“我这没有瓷窑，却可以介绍你上绸庄，一样能出精巧的花式。”

“我的彩绘，恐怕与绸缎的式样不同，那是要绣的……”

“还不一样么？总归是相通的吧。你放心，我只会让你充分显示才华，不至于让你到瓷窑那种低贱的地方去，我专门给你开一个画坊，由你主事。”陈寿官一副慷慨大方的样子。

紫屏心一沉，明白陈寿官是不达目的誓不罢休，可又不能顶撞他，毕竟，他也为泰叔出狱出了一把力，沉吟了一会，终于说：“我会同泰叔商量的，好吗?”

陈寿官高兴了：“这么说，你是答应了，你泰叔不会不答应我的。”

紫屏低下了头，不知如何作答。

陈寿官也已不在意了，去应酬盛宴上的众多宾客了。

台上在吟唱：

> 珠江江水绿如烟，
> 拣得芦花夜匝船。
> 明月满船风水静，
> 珠娘还唱《鹧鸪天》。

当是番禺人写的竹枝词。

座下一片叫好声。

是夜，酒楼莺歌燕舞，灯红酒绿，欢闹了几乎整个通宵，都说陈寿官大把大把地扔银子，是因为这个季度大大赚了，成了中外最大的赢家，超出任何行商许多。只是他代缴的“加一征收”，却不是最多的，但行商间谁也不会去计算这个。这次盛宴，他也绝不是摆阔。

却能争得千金一笑么？

彤平的事，无论是谭康泰还是谁，都把事情想得太简单，太达观了。

尽管唐英的文章呈了上去，却没任何反馈。

没办法，谭康泰只好亲自出马。

南海县衙门倒是很给他面子。

“这事嘛，不是一篇某大人的文章就能算数的。文章又不是公文，文章更没说彤平没犯案。就算说了，非正式公文，也一样没用。这得由原来发通缉令的部门，再发一个文告，宣布撤销原来的通缉。不过，这一来一去，层层审批，没几个月到不了我们这里。我们只负责羁押，不过问案子，要么，派人把他往浮梁送，路上一个月，说不定一到那里就可以放人。在这里放人，不好办。”

“他还走得了一个月的路么？旱程水程的，早折磨死了。”

“那就等着吧，有你关照，我们一直没有再亏待他了。”

“可这也不是办法。”

对方沉吟了半天，才说：“办法还是有的，就看你舍得舍不得，只是你与他非亲非故，只是在那里边有过一面之缘，有这个必要么？”

谭康泰只好说：“你说吧。”

“你先花笔钱把他保释出去就是，未正式结案前，他不得离开广州，否则，保释金没了，还会重罚，你考虑考虑？”

说到底，还是银子，在谭康泰而言，银子自然不算问题，可这种敲诈勒索，居然还变得如此冠冕堂皇，实在是叫人恶心！

只是，时间不等人，怎可以让彤平继续在牢里待下去呢？

那可是度日如年呀！

谭康泰权衡再三，终于派陈芳庭去交了保释金。

但不是一交就放人的，说还得等几天，得有很多的手续要办，不那么简单。

几天倒是可以等的。先派人探个监，递个消息吧。

却有一件事不能等了。

就从南洋县衙交钱后第二天，陈寿官一纸请帖来了。

说他在河南江边修了个花园，离海幢寺不太远，有请谭康泰赏光，去点拨点拨。

这番美意，却之不恭。

但陈寿官的美意后边，却是什么，直到紫屏到后，谭康泰才明白过来。

“画坊？他真有这个雅兴？你以为呢？”谭康泰反问紫屏，“不会就在这花园里吧。”

紫屏摇摇头：“我不敢正视他看我的眼睛，直勾勾地……像是流涎水。”

“都三妻四妾了，还想纳小？”谭康泰寻思，却没讲出口，怕吓坏了紫屏，只好说：“他是商人，没读过几天书，有了点钱，想附庸点风雅也还难说，可要建个画坊，就怕他言过其实，到时当不了真，我去了解了解。”

“泰叔，法国神父一走，我马上回去做彩绘，免得他老纠缠不休。”紫屏很坚定地说。

“也好。”谭康泰这么说，“不过，你还不如住我家里，陪陪夫人，她这番受了点惊吓，身子骨弱了许多，这样，寿官真要把你挖走，我也多个拒绝的理由，你看呢？”

紫屏垂下了头，说：“这个我一千个愿意，我会把夫人招呼好的。”

“就这么说定了，当然，在我家，你一样可以做彩绘，出你的图样，我会叫陈芳庭一一安排好的。”

“先谢过了。”

“你看你，来我家也不只一天了，我家也没有把你当外人看，怎么说起见外的话呢？”谭康泰有点嗔怪地说。

“不，我只是隐隐有点担心，听人家说，寿官没有做不到的事情，只要他要，就会不惜一切，银子还在其次……我被他盯上了，心里就发毛了……”紫屏眼里有了泪花。

“他还不至于敢对我怎样，只要我在，你就可以放心。”

“可他提出这事，正是你在那个见不到人的地方，说你已自顾不暇了。”

“我嘛，也不是那么好被弄垮的，现在，不还是商总么？可见不敢把我怎样。官场险恶，这我知道，祖上早有警示，但至少这么多年我尚应付余裕，不怕的。”谭康泰拍拍她的肩膀，给她以信心。

紫屏脸上，总算是云开雾散，露出了一丝笑容。也许，当年在巴达维亚的经历，在她心中留下了极为浓重的阴影，虽说回来后总算过了一段舒心的生活，但噩梦总归挥之不去，所以，一有风吹草动，甚至有一点什么若有若无的迹象，她便就如惊弓之鸟，惶惶不可终日，毕竟，她还年少。末了，她仍说：“有你在，我就不怕。”可这句话后边，分明潜藏有另一重意思，他们不是也可以把你往牢里抓么？你一不在，他只怕没这次这么客气。到时候，一切就难说了。

谭康泰自然也听出这一层意思，进一步安抚她："你放心，上次的事，只可有一，不可有二。就算我有什么事，陈管家还会关照你的，我会向他交底的，他同你是一道从巴达维亚过来的，都是患难之交了，你应该信得过他，对不对？"

"对，我了解陈管家，他会为你的事赴汤蹈火的。"

"你的事，也一样是我的事。"谭康泰说，"他会一样赴汤蹈火。"

紫屏走了，临走时，还深深地看了谭康泰一眼。这一眼，既有信任，也有一种难言的哀怨。她在这世上，却只有单身一人了，举目无亲，靠得住的，只有这位心地善良的好老板，她为自己庆幸，却又不愿给谭康泰添加太大的麻烦。能有今天，已经很不容易了，怎可以还有什么奢求呢？

谭康泰记住了她这一目光，多少年后，这目光仍在他心中搅起太多的哀怜、太沉重的思绪……

豪宴之后，则是豪园——的确，陈寿官就把他这占地几十亩的花园起名为"豪园。"不过，他让人解释为豪放、豪爽、豪气，似乎与"富豪"二字没什么拉扯，避免民间说三道四，可见也颇费了一番心机。可他作为富豪的身份，毕竟是无可否认的，这却又是他窃窃自喜之处。

当他打发轿子把谭康泰接来之际，就先自就这园子做了一番表白。

谭康泰淡然一笑，说："那你不妨多一个字，叫'豪贤园"，就与人家的讥评撇清了关系，不更好些么？'

陈寿官眨巴着眼睛，半天才说："这又似乎有了点文人的酸气，我可当不了贤人，自然更豪不起来了。"

"你要不用，下回我在老家造园子，可就用豪贤这个名字了。"

"你用倒是恰如其分，你自小饱读诗书，不似我是个打鱼的花子，勉强识几个甲乙丙丁、子丑寅卯。你不谋功名，来从商，弟弟康举这回还是成绩不俗，被选作拔贡，马上北上应试，要入国子监呢。"陈寿官话中不乏机锋。

"人各有志，他要入国子监是他的事，兄弟间的事也是这样。"

"那可是谋官的捷径，况且他的名字，康举，可也是个好名字，一举冲天呢。"

"我想，他无非是显示一下自己的实力，也未必真想当官。我们广东人对仕途并不怎么热衷，这你是知道的……怎么，当进园了吧？"

"看！把正事给误了，只顾寒暄，请进，请进。你通诗文，对造园更是行家里手，当借你美言呢。"

"过誉了。"

一行人，就此步入了豪园。

入园，是一幅丈余高、近三丈宽的照壁，用砖雕成一幅“百蝠图”，一百只蝙蝠形态各异，或舒展双翼，或一飞冲天，或倒挂金钩，或侧飞徜徉……很是费了一番心思，一只只，都栩栩如生，活灵活现，令谭康泰啧啧赞叹：

“好意头，好手艺，且运用了‘障景’一法，未入豪园心先许，犹抱琵琶半遮面。如果一进来便一览无余，也就少了诱惑力了，设置得好，设置得有理……”

“百蝠，自是祈求百福万寿之意。”寿官颇有几分得意，“且往里走。”

在绿荫、花卉的掩映下，园中的厅堂、楼阁、馆斋、轩、廊逐一显现，高低错落、明暗相间，琉璃瓦与青砖墙体，相映成趣。偶有一红楼凸出万绿丛中，更觉风情万种，可设想有美人倚楼，团扇扑萤的景况……看来，寿官很花了一点银子。

只是从主人的楼阁“重瞳轩”到一角红楼之间，路径太直，花树相错不多，谭康泰也毫不客气地点评了几句：“你老人家是不是心急了点，重瞳轩到小姐楼，当有曲径通幽，方显情趣才是，一条直道，什么意味都没有了，真个成了园中一大败笔，可惜了，可惜了。”

“是这样么？我这就改，这就改。”

“你看这道两侧皆是水池，不妨打通，修一条略有起伏、弯曲的玉石桥，桥两侧加一些石雕，美人香草皆可。水边自有丝丝柳，起到掩映的作用，从重瞳阁远眺小姐楼，也就有无限韵味。”

陈寿官马上打发下人；“听到了么？马上整改，马上整改，一点也不可疏漏，不然，我唯你们是问。”

园子很大，水面很多，不时还惊起一行行白鹭，直上云天。

水榭、画舫，临水而设，借助水边树荫、花圃，让人憩息。

“粤人以水为财，园中的水，更是与珠江相通，所以财源不断。”寿官有点讨好的意味，这么说。

“噢，粤人亲水，这榭、舫，倒是为了让人与水亲近。粤谚有云，‘欺山莫欺水’。把水的文章做足，也算是入乡随俗吧。”谭康泰轻轻地做了一番点拨。

园中的亭台、廊桥，也都或缺。

谭康泰还是对这一路上的设置，谈了不少自己的看法：“其实，珠江的江景就在近侧，可你偏偏把靠江这面的树木种得太紧凑了，在叶缝中几乎看不到江水。其实，能借上江景，当更让人胸怀开阔，意气方遒，少了点局促、压抑，这不更好么？

"高见，高见。"

"可以去掉点树木，在园墙上开出各种窗来，或圆或方，成半月形或棱花状，使之与外边的景致结合到一起，一窗一景，一步一景，又花不了什么用材，何乐而不为呢?"

"快记下，这可是至理名言，一字千金，有了这些，我的园子就价值连城了。"寿官很是大声地教训下人。

谭康泰一笑："说价值连城，不如说是无价的好，艺术是不可以用价来度量的，就像一个人心境好坏，也是不能用价来计算的。"

陈寿官也笑了："我不过是大俗人一个，拿不出什么比喻，让你见笑了。我们继续往前走，多听听你的高见。"

园子大，走了足足一个时辰，还在水面上泛舟，四时鲜果也有上的，陈家保鲜得很好。来到一处画舫，上去后，陈寿官则问："怎么样，这里作画，也还不错吧?"

谭康泰一愣，好久才恍悟过来："这里是叫画舫，是有如画图一样的船形建筑，也就是外形像游船一样，可在水中，亦可在临水之处。江南园林中有不少画舫精品。不过，它可不是供人画画用的，这一临水，潮湿，宣纸都不好用，墨迹上去就变形了……"说到这，他忽地想起紫屏讲到寿官许愿的画坊，显然，寿官把二者弄混了，"这个画舫，'舫'字有'舟'作偏旁，本身就有船的意思。"

陈寿官也蒙了一阵，而后方释然了，说："那么，小姐楼在高处，水气不至，画画方是好地方。"

谭康泰不想把话往深处讲，便起身上岸，往四周环视，而后说：

"文似看山不喜平，造园也同写文章一样，切忌平铺直叙……"

陈寿官跟上来："这里平就是江边，坦平如砥，又如何平不得了?"

"这个好办，选几个合适的地方，置点假山，就近的英州，不有闻名遐迩的英石么？拖它几船回来，精心搭配，绝妙的山景便出来了。英石讲究透、瘦、漏、皱，自有一番道理，但运用之妙，存乎一心，看你怎么用心……不然，整个园子，没一点起伏，也就惹不起巧思与雅兴，索然无味了。还有四季花草树木，你最好找个花匠，间插、交互好，让时时刻刻都有花可赏，让文人墨客吟诗作对，也都有个寄托……"谭康泰扯得更开了。

"听君一席话，胜读十年书，今天算是领教了你满腹经纶了。"陈寿官一脸谄笑，"没这个机会，我还真听不到呢。"

谭康泰说："你也别太在乎。其实，无非是几个字，得水、藏风、聚气。得水自不消说，一侧有珠江，园中有活水，调理好了，得其灵性，生意见长。

藏风嘛，目前不行，藏不住，一坦平洋，风无遮无拦而去，得改造一下。聚气，说到底就是人气了，藏风方有生气，生气一旺，人丁亦旺，人气也就挡不住了……”

“哟，你还知道这么多，我请了个风水先生看过，还没你讲的周详，露半点，藏半点，藏藏掖掖的，不得要领……”寿官惊叹道。

谭康泰连连摆手：“我也是粗知皮毛，不可以太认真，见笑了，见笑了。”

“你也别谦虚了，走，上主厅去，我有上好的贡茶，就等你来。”

谭康泰是个茶痴，一听是贡茶，便打听了个仔细，不由自主便跟了去了。

园中的主厅倒十分考究，很是宽敞，雕梁画栋，架构还不小，人一走进去，没有像其他地方之狭窄、紧迫，颇有自由放松之感。

寿官一下令，下人便立即上茶了。

“你们闽人品茶，颇有讲究，我是领教过了的。不过，今天无须拘什么礼节，让我先品为快……”谭康泰笑吟吟地说。

果然是上品，不仅仅是口感好，喉头润，还能回味出丝丝甘甜的韵味……谭康泰竟有了几分醉意。

直到这时，陈寿官才真正切入正题了，来了番“烹茶论英雄”，说：“康熙圣祖开海这五十年，我们十三行起伏沉浮，人事盛衰兴替，我看也不比一部三国简单，更不比水浒寻常，先是王商称雄，可尚可喜谋逆赐死，他们财粗却气短，渐趋衰落。后来，依仗总督、将军、抚院权势的商人，也都是昙花一现，可见光靠权势也未必把十三行玩得转，而后，来了皇商，也以为自己无所不能，结果，与我们行商斗法，却落荒而逃……末了，才渐渐形成十几大家，鉴于过去教训，搞了个公行，却无疾而终。如今，真正算得上在广州有话事权的，无非你我二家罢了。”

谭康泰一听，醉意全无，忙说：“我只被套了入笼子，当了总行商，只是徒有虚名而已。真正有实力的，还是你和黎安官二家，黎安官姜是老的辣，愈做愈大，你呢，至少有九大闽籍行商唯你马首是瞻，二十来家中，你们九家打个喷嚏，整个十三行谁敢不从？我算老几？”

陈寿官冷冷一笑：“姜固然是老的辣，可人老了，腰却直不起来了。”

“黎老如今仍声如洪钟。”

“他是硬撑的，打上回沉了一船货之后，他的家底早已掏空了。我听几个英国大班说，他还欠他们好几千银两呢，本应这个季度还清的，他却乞请再宽限一年，人家还没答应呢。”

“真有此事？”

“夷商是不会讲假话的。”

“那他日子就不好过了。”

“我们只怕也爱莫能助。”陈寿官叹了口气，“谋事在人，成事在天，遇上那样一场风浪，偏偏又押上了全部身家，要想咸鱼翻身，只怕难上加难。”

“他还撑得住，我还真没看出来。”谭康泰感叹不已。

陈寿官又进攻了：“其实，我这九家，还抵不上你那六家粤商殷实，你就不用过谦了，不然，怎么总行商是你而非他人，连新任海关大人也没把你免掉。”

“这只是或迟或早的事。牢中半个月，我倒是明白了，巴不得他撤了我的总行商呢。”谭康泰一直在琢磨寿官的用意：不会想当总行商吧？我倒是巴不得！

陈寿官却说：“听说，你进去半个月，生意非但没耽误，反而还多了进项。”

“哀兵必胜，算是祖大人帮了我一个忙，大家都照顾上了，人心都是肉长的。”

“本来，你也是为了大家。”

“听说，你今年倒是大发，没被‘加一征收’拖累。”谭康泰倒是隐约听到一些传言，不妨旁敲侧击一下。

“大发谈不上，上有例规，下有对应，所以，这‘加一征收’也没能困住我多少。”

“你是生财有道。”

“这其实与我干系不大……英国大班早就有对应之策了，人家几十万番银过来不容易，先是用货换银，有的，更是远渡重洋，水手都病死、摔死三成有多，他们舍得么？所以，报关不会太实，验核时，一部分已在晚间用小艇运走了……虽说今年不归他们直接缴送，可还是得由我代他们交纳。他们这倒是大大帮了我一回，英夷计算要精得多。”

谭康泰终于弄明白了，说：“法国人倒是很讲信义，带来多少就报多少，过去不在乎，现在更不在乎了。”

“夷人跟夷人也都不一样……”陈寿官又给谭康泰斟上了一巡的茶。“这回，味道更正了。”

谭康泰连声称好。

陈寿官清清嗓子，正襟危坐，显得十分慎重其事，说：“我有个想法，不知道你能不能考虑?”

谭康泰心中一惊，该不是为紫屏的事吧，看来是绕不过去了，说：“你说好了。”

陈寿官说：“你提到我可以掌控得住九家行商，你呢，也可以指挥得了六家更殷实的，合起来，就有十六家了，占了全部行商七成，你说是不是?”

“这么算下来，应该是。”谭康泰松了一口气，说生意上的事，没什么要紧。

“所以，我在想，假如我们两家联手，整个十三行也就在我们掌控之中，我们共进退，谁也不敢轻易说个不字。”陈寿官踌躇满志，“这与外洋大班贸易，你我心知肚明，能大赚时一定不可放过，挣一笔就是一笔，我们要把握住了，何愁不真正大发呢?”

“在商言商，这并不为过。”谭康官沉吟了一会，才说，“只是，圣上似乎对这种做法不允许，圣祖处理这事也有先例。”

“这与那个时候不一样，做法上嘛，我看也不同。生意中，分久必合，合久必分，几家联手的事常有的。”寿官并不在意，“我没感觉到圣上干涉过此事，至于海关，他们只管收税，船钞、缴送多多就行，万一有什么质疑，无非多用几个红包疏通疏通。”

“就算官府不管，只怕，外洋大班也不干。”谭康泰仍表示怀疑，“我很了解他们行事的原则，他们强调自由贸易，自由竞争，多几家竞争，他们最欢迎，可以选到物美价廉的，如果行商一致对外，没商量余地，他们就不愿意了，认为我们是作弊，甚至会把银子运走，上别的地方做生意去了。”

陈寿官倒是表示认可：“你说的，我也一样了解，外洋大班就是这种德行，固执得很。不过，我们也可以做得天衣无缝。”

“这又怎么说?”

“假如我们两家是亲家，共进退，同价码，那他们还有什么话说?”

“可我们不是亲家呀!”谭康泰心中一沉，终于“点题”了，挡不住了。

“我这不正是与你商量么?”陈寿官说。

谭康官装糊涂了：“怎么结亲家?我们的儿女都还没到谈婚论嫁的时候吧。”

陈寿官乐呵呵地一笑：“这话可不对了，你不正有一位可以出嫁的契女么?”

广东人称干女儿为契女，意思是过契，立过据的，就算没这么办，也这么称呼的，几百年间，他们的契约意识已经很突出了。

“谁?”

“沈紫屏，你从巴达维亚带回的。”

谭康泰半天没能作声。

“她教法国神父的汉话已经快了结，往后，莫非还去窑场干活么?这么漂亮的女子，你不觉得可惜么?明说了吧，今天让你看这个园子，看那个小姐楼，其实都是为的她……”陈寿官瞄了谭康泰一眼，“只有她才配。”

谭康泰微微一笑：“莫非你也要认她当契女么?”他灵机一动，补上了一句，“这下子，傻人有傻福，一下子有了两副嫁妆，我一副，你也一副。”

这话说得陈寿官一怔：“你是说，她要出嫁了么?”

谭康泰只好把谎编下去：“是呀，她重新回到我这里，说是家乡那边早已订了婚，是父母那一辈指腹为婚的，她在母亲临终时做了承诺，说攒足了嫁妆就回去……”

陈寿官一点思想准备也没有，半晌无语，末了，才表示关心：“她要嫁的可是好人家？千万别又委屈了她自己。”

谭康泰只能说：“这我倒没有细究。父母之命，媒妁之言，她不能不从，也没理由不从，她本人没说一个‘不’字，看上去倒是没什么不满意的。”

“要不行，就退婚好了。我看广东这边，女子把头发梳起不嫁的，也还是有的。”

“她是江南女子，没广东的习俗。真个梳起，别说我心疼，只怕你也心疼……你怎么会说到这个分上呢?”

“我也只是随口说说，随口说说。”陈寿官被顶得无处可退了。

谭康泰适时岔开话题：“咦，乞巧节上，你向众人所说，要送你三姨太一个花园，该就是这个园子吧。说给我契女，是说笑吧。我可不敢当。”

陈寿官说：“请你来给这花园谋划谋划，正是三姨太的主意。”

谭康泰笑笑：“这么说，她已经是这个花园的主人了，既然把我们请来了，主人却不曾露面，这不合规矩吧。”

陈寿官说：“这你就误会了。”

“怎么了?”

“人家早已在花园里，恭候多时了。”

“是吗?”

陈寿官伸手前指：“你听——”

果然，从小姐楼方向，传来了婉约的琴声。

谭康泰站住了，聆听，还轻轻哼了起来。

> 凉风有信，秋月无边……
> 孤舟沉寂，晚景凉天，
> 斜阳照住个对双飞燕，
> 凭倚篷窗思悄然。
> 耳畔听得秋声桐叶落，

又见枫桥衰柳锁寒烟……

谭康泰喟叹："南洋漂泊，没少吟唱这一曲子。"

陈寿官问："这便是你们粤人的南音？"

谭康泰点头："走，去访访园主！"

几个人在园中徐行。

谭康泰放缓了口气，说："就算我们不是亲家，生意上的事还是好商量的，何况行商共进退，也是需要协调的，有这么一个漂亮的园子，大家是必乐意多来走走。"他很诚恳地表示，"我们行商是难做，一头有官府，一头是夷商，各唱各的调，要调试和谐，恐怕很难，可总得要去做，慢慢形成一些规矩，有规可循，以后的往来可能会好一些，现在仅仅是个开始，我也在琢磨。"

话题转换，陈寿官感到索然无味，只是应付道："只怕要协调，难于上青天，走一步看一步，能挣则挣，我看，也难有什么章法，章法就是杨大人、祖大人，我们能奈他们何否？不能，也就只能低头，免吃眼前亏。"

谭康泰出狱没多久，自然不愿再提了："园子中还有什么绝妙去处，再带我走走吧。"

谭、陈的争锋，这仅仅初露端倪，且是借紫屏为话题引起了。或许，连他们也没意识到，这种争锋，没几年就深化了下去，并且激化了起来，而且绵延了几代人，影响了广州，乃至中国及世界的贸易格局。

当局者迷，又有几人能破解呢？

这时，琴声停了。

谭康泰抬起了头。

只见三姨太已伫立在小姐楼上的围栏边，招手欢迎他们。

众人道："原想等明年乞巧节才能来呢，这回，可捷足先登了！"

陈寿官说："先睹为快嘛！"

三姨太楼上倩影何等迷人。

江声浩荡，辽阔的江面，分明已有大潮的顶托，水势汹涌……不觉间，已是月上阁楼了。

第二章　醉饮中秋明月光

夷商在自己的商馆里过了圣诞节后，便开始办理各种离境的手续，以离开广州，先行到达澳门，而后，借助季候风，满载而归。当然，也还得绕过风涛险恶的好望角，从印度洋转入大西洋，一路并不容易。

十三行行商们，也都会上夷馆，送上一份厚礼，道上一声惜别。而各船的保商也会与通事一道，陪同大班登上商船，有时，则一直送到澳门，这才正式分手。

海关只管迎接，送别则不怎么出面了，他们按例发给出航的通关票证，不加刁难，已给足了面子。不过，这个年度，祖秉圭可是在圣上那头挣足了面子，除开送去圣上急需的大块玻璃外，这一年的关税银的收入，可是大大地破了纪录，达到了二十二万多银两，与早几年仅几万的数，简直没法相比，一时间，不知多得意。只是奇怪的是，在这些日子里，他居然深居简出，绝少出面，不少事情，都由副手打理。官场的事，风云变幻，谁也不敢轻易揣测，但分明出了点什么问题……总之，把夷商们打发走了，这个贸易季度功德圆满，在他也是一大欣慰。

贡品进京了，夷商返航了，广州城又恢复了往日的悠闲、往日的自由淡定、往日打发时间的从容……千年商都，自有其飘逸、潇洒的一面。行商并不急于去采购来年的外销货品，而是好好地“叹”一回世界。

按规矩，迪韦亚是留守澳门，不必随法国商船回国的，这也是圣祖与法国之间的一个默契，英国人就得不到这种优厚。只是法国人不似英国人，把生意看得那么要紧，否则，能有人留守澳门，生意的事就会被缠住了，难得清闲了。

所以，其他夷馆都已不见人影之际，法国馆依旧有人来人往。

自然，神父在开春后，也该上北京了。

迪韦亚说好要送上一程。所以他还留在了广州。

但神父没等到开春。

因为紫屏说，也不能等到那个时候，“家”里催她回去，顺便到景德镇去学习那边的彩绘艺术。这么一不要紧，神父也产生了兴趣，说他也要去，因为景德镇，也一直有一位法国神父驻守在那里，为法国订制精美绝伦的陶瓷制品，正想与他联系，更何况，紫屏去了那里，也一样可以教他汉语。

海关这边听说神父提早动身，自然是喜出望外，还打发了一笔很重的盘缠。

正好，谭康泰的弟弟谭康举，也要上京，入国子监，这样，有几个人同行，倒是互相有个照应，天寒地冻的，不至于单了帮，没人管。谭康泰早就知道法国神父，一路护送他上京城，亦不失为一桩美差，不过，神父不能在景德镇有太久的耽搁。

谭康举是个乐呵呵的人，整天无忧无虑，对此行还满是憧憬。他所在的龙江乡，考上进士的就好几十名，进士似乎探囊可得。他认为自己并不弱于他人，所以，没把进京入国子监、而后考进士的事看得太难，况且，年纪轻轻的，也算是一方名士了，邻近九江乡，也是人才济济……总而言之，他底气很足，志在必得。

他倒是早早从顺德龙江，赶到了省城，准备与紫屏、法国神父一道出发。

一行人聚在谭康泰家中，连迪韦亚也亲自赶来了。

却偏偏少了主人谭康泰。

紫屏是最焦急的，此行，正是谭康泰一手安排下来的。因为神父一走，陈寿官仍少不了要来纠缠，虽说谭康泰已称她“名花有主”，陈寿官未必甘心，不时还来打探，表示关心。谭康泰也不可能天天应付，紫屏不嫁，陈寿官总认为有机会。

这才有景德镇一行的动议。

人不在广州，这就没什么可说的。惹不起，总还躲得起吧?!

只是谭康泰一早出去，这就该回了。

谭康泰却是上南海县衙去了。

答应今天放人，他能不去接么?

天气还不错，虽说已经有几分寒意了，但广州再冷也冷不到哪去。阳光淡淡的，若金箔纸贴在树影之间，还有几只小鸟在枝间跳跃，不时欢叫上几声。

紫荆花仍照开不误。

轿子打到监狱前，一位狱吏正打着哈欠，刚刚把大门打开，涤扫着门前的几片落叶，一副不理不睬的样子。

谭康泰也不想惹他。

过了半个时辰，里边终于有了响动。

先走出来的，当是这里的小头目，他曾与谭康泰打过交道，开口便道：

“稀罕稀罕，这里走出去的没第二个会再登门的，你谭康官就不怕晦气?”

谭康泰指指天上：“红日杲杲，什么鸟气都扫了个一干二净啦，我可是看了皇历来的，选的是黄道吉日。”

小头目这才作个揖：“您老才高八斗，小的岂敢造次……人已经往外解了，你再稍等片刻，不过，保释单上，还得请你画个押。”

“不是已画过么?”

“那是县衙，这里是班房。”

“画就画，拿过来。”

小头目一闪身，一衙役从后边出来了，递过了保释单。

谭康泰龙飞凤舞画上了个押：“可以了吧？”

“放人！”

这时，彤平已清清爽爽、干干净净一个人走了出来。他一早已换上了谭家先行送上的一套冬装，一扫牢犯的暗晦之气，加上近来谭家各方面的关照，苍白的脸上，也有了几分血色，眼睛更炯炯有神。

一出大门，打了个趔趄，抬头，看到迎上前来的谭康泰，不觉哽咽着：“恩人，你竟亲自来了?!”

“我应该来，应该来！”谭康泰扶住了他。

彤平自然还很清瘦，但毕竟年轻，精神很快养足了。说话也有了中气，让他上轿，他执意不从：“身上的伤不算什么，过个些日子就好人一个了，您年纪比我大，该您上轿才对，我怎么可以呢？”

结果，两个人都没上轿子。

轿子只好放空了回去。

只是，彤平不似以往走得风快，走路反而不及谭康泰，这一来，走慢了，时间耽误了。

谭康泰讲了保释的过程，告诉他，暂时就住到窑场去，等到江西那边来了正式文书，他才可以离开广州回景德镇。“这样也好，我们窑场也需要你这样的人，你就他们指点指点，算是给我帮个忙吧。”

“怎么可以这么说呢？滴水之恩，当涌泉相报，更何况你是救了我一命……”

“言重了。”

“您没及早打点，我只怕早在里面折磨死了，哪有今天。”

“不说这个。我是诚心请你在广州的这一段日子里，把我们烧窑的技术好好提高，我们每一窑的成功率，总比你们那里差一截，真指望你了。”

过了渡，上了河南，再走出一段，才到窑场。

把彤平安顿好后，谭康泰才打道回府。

大家都等急了。

康举有点不以为然：“哥，一个烧窑师傅，犯得着你亲自出马么？派个家人不就行了？”

“话不能这么说，我可是有意留下这个人的。留人须留心，我无论如何也得去接才行。再说，也是患难之交了，你体察不到这份情感。”谭康泰很重感情地说。

“既然这样，你怎么不先带回家呢？”弟弟倒是善解人意的。

“那样对他会太唐突了。”谭康泰这么说，“我反复考虑，还是先上窑场合话，那里他熟悉，有回家的感觉，且能发挥他的作用，不要让他感到欠我们什么。一到这，雕梁画栋，他会有隔膜感，也住不长。”

紫屏很留意听了这番话，说：“这样好，别说人家，我当初上这里来，也有点不习惯呢。”

神父却产生了疑问：“是又一个彩绘手么？”

谭康泰笑笑：“不是，是烧瓷窑的师傅。”

“噢，那可很了不得，技术高明！”

迪韦亚亦补充了一句：“可不，法国想学烧瓷，就是学不好，你们要不用，我们把他聘到法国去。”

“那可不行，他身子正弱，经不起风浪颠簸。”谭康泰知道法国人说话是认真的，“刚受了些委屈，事情还没了结，一时三刻也走不了。”

神父来兴致了，盘根究底了起来。

谭康泰只好把前因后果，来龙去脉尽可能说了个清楚：拜祭童宾，被地方官吏诬为聚众闹事；唐英担任督陶官，亲拟祭文；前后二朝的皇帝，分别封童宾为“风火仙”与“窑神”；彤平因何入狱，为何又只能保释……

神父听罢，惊叹道：“怎么，你们的皇帝还可以封赐神明，这太不可思议了。在我们那里，国王都只能匍匐在教皇脚下，神权可是高于王权的。”

迪韦亚却揶揄道：“当然，我们的路易十四‘太阳王’，有时也不是很在意教皇的，他甚至还让教皇给他道歉。”

“噢，是这样，在罗马发生的谋杀法国驻教廷大使克雷基公爵的事件，这是七十年前的事情。”神父不得不予以证实，“可教皇仍是全世界至高无上的。”

谭康泰摇摇头：“在中国也一样么？”

神父不作声了。

迪韦亚却说：“在中国，皇帝才是至高无上的。”

“是呀，我们的皇帝是天子，在中国，诸神只能是天庭的下属，所以，天子封神，天经地义，这事多了，何止一个‘风火仙’‘窑神’呢？天子赐封，神圣不可亵渎。”谭康泰一一列举了诸神，夏朝的“酒神”杜康、唐朝的“茶神”陆羽、宋朝的“天后”妈祖……

无论是神父，还是迪韦亚，也半懂不懂，半通不通，迪韦亚最后来个无师自通：“是呀，我们那也有‘爱神’维纳斯、‘智慧女神’雅典娜……”

紫屏却一直没有插嘴。

她的心，始终在牵挂那位遭遇不测的窑工首领，不知怎的，她总觉得这个人的命运，与自己太相近了，同是天涯沦落人，她真想见一见他，看他是怎样在酷刑下挺过来的，她自己早年在巴达维亚，也是尝过同样滋味的，末了，当大家说完神后，才说：

“那个窑工师傅坐了那么久的牢，当好好调息一下，这就去上工，行吗？”

谭康泰被问住了：“这一层，我还真没想周全，只叮嘱他好好休息一下，这显然不够，他会拼命干活的……”

紫屏沉吟一会，说：“我倒是想先见见他再走，他能招拢几千窑工，一定很能服众，不那么简单……说到底，我们是同行，心里是相通的。你能……满足我的要求么？”

谭康泰心中暗暗有点诧异，也许是同病相怜吧，难为这位女子一片善良的心了，于是点了点头：“那我们就折一下道，先上窑场走一趟，再正式上路。”

神父高兴了：“可不，我也该去道别才是，我也认识那里不少人。”

于是，一行人，向不远的窑场进发。

谭康泰似乎有点什么预感，这紫屏该不会在冥冥之中得到什么感召，要离开了，却突然要留下这么一步？

到了窑场，上了安顿彤平的房间，都说彤平来后，一刻不歇，便走开了，很可能是上了火窑。

果然没出紫屏所料。

大家又追到了窑前。

此刻的彤平，已是风风火火，脸膛也都变黑了，让窑火映出赭红色来，他正在指挥，让窑工把握好窑火的成色……

一见谭康泰来，便问：“怎么，你还没有回家呀？”

谭康泰说：“我就少说了一两句，你怎么可以马上就上工了呢，身子还没调养好，真垮下来，我的罪过就大了！”

彤平只好说：“我这就下来！”

待他下来，谭康泰马上叫人端过一盆清水：“先洗下脸，别似黑面神一样，大家是来看你的……”谭康泰一一做了介绍，“他们都是我的人，这位是我弟弟康举，马上进京入国子监。”

康举拍拍彤平的肩膀：“有一门技艺，也不简单。”

“这位是法国大班，这位是法国画师，他对制瓷很兴致……”

“可惜手上没有画笔，不然，我会把你当窑神画下来的……”神父这么说。

这时，彤平的脸一抹，原先的模样又恢复了，刚毅、敏锐，国字脸上，鼻准略高，双目有神，尤其是双眉，漆黑苍劲……

“这是我的契女……”

可此刻，无论是彤平，还是紫屏，都似电击中了，一下子傻了，半天没有任何反应。

"你们——"谭康泰心中一惊。

还是彤平先叫出了一声："你是……紫屏么?"

谭康泰抢先答了："她正是这个名字……怎么，你们认识? 不，她可是在外洋漂泊了许多年才回来的。"

谁知，紫屏也颤声问道："你……就是洪韧平哥?"

谭康泰傻了："不，他叫彤平。"

彤平忙说："这是我的本名，彤平是我后来用的艺名，烧窑嘛，火是彤色的。所以师傅给了我这个名字。"

谭康泰又惊又喜："你们早就认识……不对呀，你彤平是皖人，后去了江西，紫屏却是江浙人……"

彤平说："她是宜兴人，正好与皖接界，我们两家其实相距并不远，名义上是两个省，其实县挨着县。"

"原来这样，太巧了，这对你可真是双喜临门了，走出生天，又遇上了故人……看来，你们两家关系不比寻常。"谭康泰分明要证实心中一个预感。

彤平却在问："紫屏，你姆妈可好么? 我一直很想念她。"

紫屏顿时泪如雨下："姆妈……已不在了，刚走了没两年，我总算赶上见她最后一面，好不容易……"她哽咽着，追述了自己这十多年的惨烈遭际。

"我见你这么年轻、白净，还以为你是平平安安过来的，没想到比我更惨……老天不公呀!"彤平长吁一声。

"你又是怎么来到这里的?"紫屏问。

"那年逃荒，我家折回去，又上了江西，我被一位烧窑师傅看上了，跟着学了七八年的徒工，算是出了师。师傅病亡了，手艺就传给我了，上了景德镇，后来……就到了这里。"彤平简单讲了自己的经过，"比起你，我算是幸运多了，除开这一回。"

"可这一回，比我过去一切，都更要惨!"紫屏泪光莹莹，"没想到，会是这样的情状下重新见到了你。"

谭康泰听了老半天，心中的疑团仍未能解开，只好追问道："你们本是亲戚?"

两人点点头又摇摇头。

"说是沾亲带故也行，不然，荒年我家也不会投奔她家了。不过，也是很远的亲戚了，两地不太远，亲戚间总有些根根绊绊扯得上，但要说清楚也不容易。"彤平这么说。

"我有点明白，有一年你们那里大荒，经亲戚介绍，跨县，也是跨了省，去投奔过沈家，是这么回事吧。"

"是的，那时，我们家还殷实，海路上收入也算丰裕，所以，收留了他们，在我们过上了一冬。那时，他是八九岁，我呢，才六七岁，都还是孩子。"紫屏解释道。

"两小无猜，青梅竹马，总角相交……这些美好的字眼，在童年可是太美好了，祝贺你们这回生死劫难之后的重逢，太难得了！"谭康泰也热泪盈眶，"今天，我们都不走了，为你们的重逢，大庆一场！"

康举也很高兴："是呀，我们早一天迟一天都没关系，难得有这样的奇遇，该尽兴才对，不走了！"

紫屏沉吟了一会，问："彤平可以同我一道上景德镇么？"

谭康泰却摇了摇头："恐怕不行，他是先作保释出来的，没有正式文书，他一时还不能离开广州，我是担保了的。"他把原因做了一番认真地解释。

紫屏只好说："这样，我先去，催那边给办公文，我可以想办法，直接找到唐大人，他一定会快办的。"

"这就更好了……只是，你们久别重逢，又让你们马上又分开，真是于心不忍呀，可这也是没办法的事。"谭康泰说。

康举却乐呵呵地说："暂时的离别，是为永久的相伴，好事，好事！"

这话一说，紫屏一脸绯红了。

此刻，谭康泰立即省悟过来了："这么说，彤平投奔你们家，本是儿女亲家，是吗？难怪方才吞吞吐吐，说是亲戚又不是亲戚，原来是这么回事。"

紫屏含羞地点了点头。

彤平也说："当年，我家实在是熬不下去的，过冬无粒米下锅，又冻又饿……我爸还怕她家嫌贫爱富，不认我们这个亲家了，怎么也不肯去，还是我妈有主意，说沈家不是这样的人，人家也是从苦道上过来的，一定会搭上一手，执意要去。"

紫屏破涕为笑："那时，韧平哥长得壮壮实实，也读过几天私塾，蛮讨我姆妈喜欢的，怎么会嫌呢？"

康举大笑了："不对，是你不嫌才是，怎么说成你姆妈了？"

大家也乐开了。

谭康泰笑着说："本来，我还想保这个大媒呢，看来，已是多此一举了……不过，这事也奇了，早几天，寿官缠住我不放，要我把紫屏让给他……"

迪韦亚一直听得如痴如醉，这回，却兀地插了一句："紫屏是人呀，怎么可以让来让去？又不是物件……"

谭康泰说：“人家只把她当婢女，纳为妾，认为是抬举了她，满以为我会答应。可他已一妻两妾，还要讨小，我都看不过去了，便编了个谎，说紫屏早已许了人家，正准备回江浙，在筹办嫁妆呢，而且，是指腹为婚的……就为这个，我才不得不打发紫屏先上景德镇避一避，免得寿官再纠缠……”

彤平惊叹道：“泰叔，你可真神了，我们的确是儿女亲家，指腹为婚的。”

“这么说，我可是弄假成真，谎话原来是真话！”谭康泰兴奋了，“这下可好，我就不必担心寿官多事了，我可以理直气壮回复了他……这回，我可得认认真真为紫屏置嫁妆了，不可怠慢了这位最贴心的契女。”

紫屏一噘嘴：“你比我们还性急呀！”却扯了一下彤平，说：“还不给泰叔下拜，我们俩可都是亏了他呀！”

彤平立时与紫屏跪了下来。

“折煞我了！”谭康泰赶紧扶起了他们。

依谭康泰的意思，这次庆宴，当摆到早几天陈寿官办宴的酒楼上，热热闹闹，让所有人都知晓，以后，便断了寿官的念想。可紫屏执意不从，她也有她的理由，彤平此时不宜大张扬，免得引起官府误会，以为是为他出狱接风，给官府难堪。此外，她与彤平，也不习惯那样的场合，应付不了那样的场面，平平常常做人，舒舒畅畅过日子，不招惹，不张扬……这也是她姆妈临终所嘱的为人之道。

“还是你想得周到，那我们就不过江了。”谭康泰表示，“就在这窑场附近摆上几席，把窑场的师傅都请上，日后，你们也得多依靠他们。你们说，行不行？”

“太好了。”

只有康举没表示，他本是力主大办的，来个欢天喜地，有何不好？

是夜，在河南沿江一个食肆里，谭康泰开了一共六席，六六大顺，也是一番福嘛。

几杯下肚，谭康泰来了诗兴，吆喝道：

“文房四宝，给我上！”

很快便上了。

谭康泰饱蘸墨汁，一挥而就：

> 十年生死两茫茫，
> 中秋明月忍相赏。
> 幸有信风牵星日，
> 醉饮中秋明月光。

随后，写上了题款：

为“二平”劫后重逢，双喜临门而作

这一年闰了七月，所以中秋节比往年要延后一些，也正是二平相聚之时。

所有人都欢呼起来了：“好诗！好诗！”

康兴举杯，高声道：“来，让我们真正来个醉饮中秋明月光！”

“醉饮中秋明月光！”

所有的酒杯都擎起来了。

酒光，映着彤平、紫屏闪烁的泪光，那么迷幻，那么晶莹——人生，几何有这般明净剔透的日子！

终于要上路了，

看着彤平、紫屏依依惜别的样子，谭康泰也满眼是泪。

康举却道：“儿女情长，英雄气短，又不是再见不到面了，该高兴才是，学学汪伦送李白呀——桃花潭水深千尺，不及汪伦送我情，来点踏歌声！”

谭康泰瞪了他一眼：“你是不经世事，不知世间情为何物……”

康举给兄长这么一说，惶恐了：“我不过是……不要太凄凄戚戚了。”

“这却是人之常情，生离死别你尝过么？”

康举不语了。

“他们是寻常人家，寻常人家的喜怒哀乐，才没那么多的利害附加，方显得真挚动人，你呀你。”谭康泰语重了，“这回进京，学问要大进，见识也要大进，那里自有各方名士荟萃，不愁没切磋提高的机会。不过，我却要送你一句话，做官，你就留京城；做人，你还是得回广东。做人，总归比做官重要，也比做官难。”

“这话怎讲？”康举颔首恭听。

“你自己慢慢品味吧，你能有他们小两口子那份做人的真挚么？要戴上官帽，顶子下边未必全是人脸了。我们经商，到底还是比官员要好做人一点，多几分自主，多几分率性，只别落进孔方兄的眼中就行。所以，前朝与今朝，广东才有那么多人弃仕从商……货通财通，裕国通商，百姓不光看官府眼色活着，有几个活钱，该怎么过日子就怎么过日子，这才不枉一世为人……这才活得有滋有味有自尊……”

在旁的迪韦亚却字字入耳：“这话也颇对我们心思的，人活着就得有尊严，所以，受了侮辱，就不惜来番决斗，置生死于度外，不可以偷生，苟活！”

此时，彤平、紫屏，也都睁大了眼睛，凝神聆听。

这，当是临别赠言，字字珠玑！

第三章　老虫借猪

祖秉圭“蛰伏”了一冬，终于又还阳了。

其实，广州四季如春，若不细察，就不知道真正的春天如何来到的，全城本就如同森林，尤其是大榕树亭亭如盖，一株可以覆盖上一两亩地，气根散布出十几丈远。但只要认真，就能发现，浓荫下，密叶中，已有一片片的新绿与原先的墨绿分出了层次，新绿色彩要浅，甚至略略泛黄……而且，很快，已只留枝丫的高大的木棉树，在没长出新叶前，花蕾已一颗颗胀满了，不出几天，便会开个满心欢喜，化作一片红云。而地表的小草，更是悄悄地在萌动，用嫩绿取代尚还厚厚铺盖着的灰绿。唯一教人难耐的是“回南天”，来自海洋的潮湿的南风，让室内也满是湿漉漉的，水浸过了一样，一不小心，什么东西都会起霉，空气闷热，连人身上的汗也憋出来，湿透一件又一件的衣衫，都拧得出水来。

本来，去年海关收入的银两，可是破天荒的多，上上下下都笑逐颜开，夸他祖大人能干，既收了银子，又哄得夷人团团转。尤其是上送的贡品，陈寿官尽心竭力，办得齐全，当也会让龙颜大悦，况且交上作为首富的陈寿官，往后有什么短缺，也就是一句话的事，这多好的势头，多美的差使，难怪内务府那些人要争，如果不是自己使出浑身的解数，斗垮了众多的对手，还来不了呢。

谁知，竟大意失荆州。

满心等圣上在收到贡品后的夸奖，谁知却等来番泼头盖脑的叱责。

圣上竟亲自批上：

> 将祖秉圭厉色羞辱之，传旨与他。观此一事，祖秉圭负朕之念毫未改悔也，着他小心保首领为要。

这可是要砍脑袋的警告！

当然，正式的处理，则是革职留任。

到底犯了什么事，被人告上了一恶状？

事到临头，他才知道，原来，海关收取了二十多万税银后，其中有一项，须专门拨出一部分，用于广州所设的普济堂。这普济堂是雍正二年，由李侍尧所提出，朝廷批准而设立的，专门收养、救助城中的孤寡老人。这祖秉圭是当过巡抚的，从没听说收养孤寡老人的事，须海关来办，这牛唇不对马嘴嘛，当有专门的部门来管，而广东又不是没这样的机构，于是，大笔一挥，拒不拨款，自以为名正言顺："养济孤贫事隶有司，非本监督所能示夺。"

这本是理所当然的事。

可他偏偏忘了，早在康熙朝，圣祖以苍生为念，反复强调当以国计民生为重，尤其是为了显示哀悯众生的胸怀，敬老尊贤，皇恩普降……因此，李侍尧兼管海关税务时，觉得拨出银两赈济正合圣意，故特呈报立普济堂并得到批准的。至于银两出处，并没祖秉圭所认为的不合规矩……他这么一搞，岂不与圣上普济众生的慈悲情怀相悖，圣上能不雷霆大怒么？

不管上奏折的人有何用心，可断了孤寡老人的粮，这可是十恶不赦，毫无人性的事情，可见祖秉圭太官僚化、太讲分工规则，却不想那么多，恐怕也是麻木之故——官场可以麻木，但不可逾线，这在他则太少了经验。

当然，少了这笔开支，他自己又能中饱多少私囊，这又是另外一回事。

好在只是"革职留任"，没另派人取代他的位子，圣上多少还是手下留情，应是贡品讨得的欢心起了作用。

祖秉圭一下子乖了。

整个冬天，他都深居简出，托病不见人，不过，却打发了好几拨人上京城。毕竟是"自家人"，皇宫中有不少可以说得上话的人。那些对他这个职位虎视眈眈的，当然更要防范……总而言之，这番功夫没有白下。

这不，春天来了。

先是传来圣上没有改换海关监督的用意，仍在察看他祖秉圭的表现。

而不利于他的密折，似乎没有再出现了，大概也认为他已被打趴下了，在等圣上换人，此刻不可造次。

没多久，终于圣恩降临了。

祖秉圭官复原职了。

看来，圣上还是够关照的，上回丢了个广西巡抚的顶子，却很快又得了个海关监督，依旧是从二品大员。这回，更手下留情，只是革职留任，没叫他卷起铺盖走人，而且，才过了个冬，春风吹又生了。

圣上惦记着这一年度的贸易季节呢。

不出几个月，外洋的商舶便又会接踵而来，由于上年的礼遇，这年的外洋商舶，势必有增无减。

他再度雄心勃勃了，这个贸易季节，一定要收过三十万才过瘾！

这才不在乎拨给普济堂的零头呢。

他开始琢磨了，如何生财有道……他可是当过安徽的布政使，徽商没少打交道，私下里更是收受过不少利益；后来当广西巡抚，封疆大吏了，自然更是丰厚。南边，均是利薮之地，既然来了，机会难得，不可白当一任……对付商人，也还是有经验的。当然，十三行行商，同内地的盐商什么的不一样，与官方若即若离，不那么好驾驭，而且还有夷商，不可以直接打交道，得借助行商，事情就复杂多了。可普天之下，莫非王土，他们再有能耐，孙悟空也跳不出如来佛的手心。

好在陈寿官已经很贴心，几乎已言听计从，有时还能出点主意，有了他，心里就踏实多了，且平日上门，大包小包，礼多人不怪，他这是看得起我这个海关监督，当然，也是指望我必要时有所关照。

而总行商谭康泰，有了上回教训，也该服服帖帖了吧？

不过，还有有点不放心。

琢磨了一些日子，海关内内外外的事，自复职后也很快理顺了，这天，心情也格外舒畅，眼前是满园春色，百花斗艳，蜂蝶翩翩，鸟鹊欢跃……一动心思，便打发下人：

"去把那个谭康官招来。"

行商这边，也是未雨绸缪，为新一个贸易季度作充分的准备。手下的人大都派出去按单采购，同时，也把夷商搭配硬销的羽绒布，设法往北方运，赔本也得销，堤外损失堤内补呗。个个说生意不好做，但大都还是很有赚头的。陈寿官说最亏，说他代缴了十一艘英吉利等国商船的"番银加一征收"，不堪重负，可大家心知肚明，这十一艘船载来的番银到底是多少，是否如陈寿官所报，与海关所验核的数一致，就不必说了。此刻，他正野心勃勃筹措货物，那阵势，比上年要大多了，显然已心中有数。谭康泰这边，倒是如往年一样，办事一般精细，外出的人也未见增多。

此刻，彤平还未能走成。

衙门里各种规定太多，办一个手续，就得有一番打点，而且看准了谭康泰这个冤大头，能不多设点关卡么？先是推说文书未到，又说文书到了还得让县令画圈，画了圈后，还得层层下送，等着好了。

如果县里不放话，让彤平先行去了景德镇，到时来找麻烦就大了。

只好委屈紫屏了，让她在那里多待几天。

不过，彤平留在广州，在窑场里很快就独当一面，谭康泰还真有点舍不得呢。

只是活生生拆散了一对鸳鸯，十年别离方重聚一回，如今还得天各一方，也太残忍了。

陈芳庭已带人外出采购去了，家中留几个人。回老家走了走，留下夫人在那边调理，谭康泰便又只身回了广州。

没料一到广州，便有海关祖大人的召见。

天下没有不透风的墙，祖秉圭被革职留任，表面上内外有别，行商是不会知道的，可参这位祖大人的官员，却巴不得传扬出去，所以，谭康泰更早早知道，这祖大人年轻，太狂了一点，居然不顾祖制，大清历来要显示敬老、养老、老吾老以及人之老的传统，把这当作衡量人品的一项重要标志，你祖大人再了不得，也还是要敬老的，推而论之，你就是对老祖宗大不敬了，这不触犯了天条么？看你还“留任”得几天?!

却没料到，祖大人却又大模大样，踱着方步出来了。

这回，还平添了几分威风。

补服上的锦鸡，自是金光灿灿，分外夺目。而头上的顶戴花翎，则更有讲究，这回，他是特地把二品的朝冠戴上了，上边饰小红宝石一颗，晶莹闪烁，且衔有珊瑚，相映生辉。

他分明在告诉谭康泰：我已官复原职了，现在是行使职权。

他显得很关心地问：“你是总行商，对去年贸易季度做成的生意，有何评价?”

“去年来的船又多了几艘，生意自然比往年好，大家都尽心尽力了。”谭康泰没有多说几句，自有分数。

“那今年呢？你预计如何?”

“据我所了解的，去年做得好，今年只会更好，圣上五年开南洋后，是一年比一年好，今年也不会例外。”

“你准备好了么?”

“我生意持平，不会有大变化。”

“你倒是多说几句。”

“我只会是一说一，是二说二。不知大人还要了解什么?”

祖秉圭皮笑肉不笑，说：“你是去年让我罚了一回，内心不服吧。”

“不敢，鄙人不过是代人受过罢了，没什么想不开的。”

“怎么会是代人受过呢?”

“如果强要夷人立即做到‘番银加一征收’，他们会一直抗下去，甚至把船开到福建、浙江都可能。让我们行商代缴，他们以为胜利了，商船马上靠了黄埔，这一季度贸易也就开始了。我不过是代夷人受过而已。”

“我并没对你怎么的，牢里也没怎么对你过不去，这我是关照过的。”

“多谢大人。”

“只是你得吸取教训。粤人称‘有钱大晒’，上届杨大人也说你们粤人‘唯利是视’，那是你们认为，可到了我们这，是行不通的，是钱大，还是官府的权力大，你不领教就不知道么？可你偏要以身试法，怎么样？”祖秉圭一副得理不让人的样子，“到头来，还不是挨了重罚，得不偿失，当初照数交了，就罚不了嘛。”

谭康泰说：“我们广东人也不是把钱看得太紧的，有就赚，没有也不强抢恶要，你只知其一，不知其二。”

祖秉圭冷笑一声：“果真如此，就好了。过去的事就不提了，我也不是个记仇的人，你的总行商不还是照做不误么？今天，是请你来说十三行的事。”

“鄙人洗耳恭听。”

“听说今年要多来好些西洋的商船，只怕要接近二十艘了，运来的番银也会更多，交易量更大，你们都有准备么？”

“我这没问题，陈寿官更没问题，其他行商嘛，据我所知，也都有所准备，当然，有困难的也有一两家，至于散商……”

“散商不能直接与夷人打交道，不然，海关不会客气。”

“他们也许会通过我们……”谭康泰这回费心思了，祖秉圭打的什么主意？“这个，我们行商会协调好的。”

祖秉圭来回踱了几步：“你们果真没问题？”

“没有问题。”

“可据我所知，并不那么回事。连过去最强的黎安官，也说资金周转不灵了，是这样么？”祖秉圭逼视道。

“我说有一两家困难，就包括他，当然，行商们共进退，会尽可能帮一帮。”谭康泰说。

到这个时候，祖秉圭只有把陈寿官这块王牌端出来了，唯有他才镇得住：“不过，陈寿官在资金流转上也不那么顺畅吧？”

“不会吧，我没听他说。”

“他自然不会对你说，你们二虎称雄，谁也不让谁。”

“当然，做生意的，手头上一时没留几个钱，大都拿出去订货了的，也是常有的。”谭康泰仍未弄明白祖大人的用心。

“这说是了。去年，他包了十一艘船，资金、货物流转，还勉强能应付。今年，他包的只会有增无减，至少多个三成，这资金也就紧张了，这我知道。”祖秉圭说。

谭康泰说：“你觉得，该增加行商入行，以应付今年的局面？”

“不行，加什么人，我没考察，信不过。”

“那怎么办?”

“办法是有的,陈寿官也接受了。”

“那好呀,是什么好办法?”谭康泰已明白,自己已被套住了,却也无奈。

“我可以帮帮你们。”

“你?”

“我毕竟是京城来的,家中底子不薄,银子还是有的,你们有困难,我不能见死不救,拿个五千一万的,不成问题。”祖秉圭已是一副善解人意的样子。

“陈寿官缺个五千一万的么?”谭康泰根本不信,这算是什么数呀?

“别说,有时候,一文钱难倒英雄汉,坦率告诉你,我借给他的当然不止五千一万的,我只是以为,你对这个数额还是会在意的,你的人不是都打发出去采买了么?银两不够,多的我没有,五千一万的还是可以拿得出。”祖秉圭一副体恤下人的样子,“能帮得上,我肯定会帮的,你放心。”

谭康泰终于明白了,绕了半天弯子,居然是这么回事,海关大人借钱给行商用,这可是个闻所未闻的新鲜事,他太吃惊了,只是这背后又有什么盘算?黄鼠狼给鸡拜年,安的什么心呀?

他缓缓地说:“多谢大人关心,今年,我的货物大都已进了账,没有什么短缺的,所以不再需要银两了。”

“这话就不对了,今年不是比去年生意要做大么,当然要多准备点银两才是,趁时间还早,备点紧俏的。”祖大人面有不悦之色了。

“这个我没把握,花银子买货,积压下来,是商家大忌,到时,就怕连利息也还不起了。”谭康泰暗示道。

“这个我倒不担心。”

你当然不担心,哪个商家敢欠当官的钱呀?连利息,只怕也得加倍奉还才行……哪怕拿了银子不动,没投入生意中,到时还得照旧付息,而且是高息——现在,总算明白这位祖大人的意思了吧。谭康泰沉吟了半天,才说:“祖大人,我不借你的银子,也是为你好。”

祖大人眼一瞪:“这又怎么啦?”

“其实,历朝都有规矩,大清也有祖制,官员不可从商,所以,海关才设行商与夷商打交道,不许官员与商人串通一气。远在周朝,墟市都是有卫兵把守的,不许官员靠近,不然,不是免职便是杀头,这可是冒天下之大不韪的!所以,我不敢借你的银子。”

祖大人一愣:“借钱同做生意不同,这有什么关系?”

“这如今,圣上要风闻奏事,万一有人知道,不明就里,告了上去,你我都说不清楚，这万万来不得。”谭康泰显得很紧张。

“有这么严重么?”祖秉圭摇摇头，“我也一样有写折子的特许权利，才不在乎他们捕风捉影，你不要担心。”

谭康泰说：“士农工商，‘商’为四业之末，世人的眼光并不看好，你又何必掺和呢?”

“在广东，你们商人未必为四业之末，都看好嘛。”祖秉圭似乎省悟了什么，“周朝的规矩，都两千多年了，哪能沿袭到今天，我祖秉圭正是看得起你们。”

谭康泰只好直说了：“我的摊子不大，人力也不足，你也看到了，借了钱，没有投入到周转当中，生不了息，我怎么交代，我总不能对不起海关大人的关照吧。”

这话当点在了穴上，只是不动声色而已，堵得祖秉圭只有进气的分，没有出气的分，这谭康泰死活不肯借银子，也未免太不给面子。不过，祖秉圭也同样不形于色，只是淡淡地说：“我一片好心，你知道就行了，往后，我们彼此还得互相关照的……总之，今年的海贸，你这个总商责任不轻，只许搞旺，不可以淡市，你是知道厉害的。”

谭康泰急忙告退。

出了海关，谭康泰的心还提在喉咙眼里，这位祖大人不是省油的灯，没那么容易应付。杨大人贪墨，还没动主意到商人头上，更没有出这样的花招。

看来，这一年的贸易季度不好过。

其实，谭康泰把什么都挑明了，你海关大人借银子，无论多少，那份利息却是不会少的，也就是说，这比“例规”，即每每“孝敬”的银两，自会翻几番。至于借去的银两，用没用，那是你的事，每个月，每个季度，你都得把一份丰厚的利息交上去，白贴！祖大人自然以为行商利润大得很，你给少了，自然还会得罪他，总之，这不是好打发的。

只是，陈寿官用得着借么？这家伙如今与祖大人打得火热，只差没称兄道弟了，祖大人自称借给他不止五千一万，那会是多少？借多了，真要还息，陈寿官真要肉痛了，生意场上，陈寿官可是毫厘不让的。

不觉间，谭康泰竟令轿夫：“上陈寿官家去!”

谭康泰的到来，让陈寿官很觉意外，一直迎到了大厅门口。

陈寿官说：“你不是来看我的花园吧？我可是把你的谏言当成‘圣旨’了，你看，这里全是各种形状的英石，可是花了大价钱的，用船运过来，还差点遇上了发大水，好在抢在了前边。您老一句话，我可四脚爬了。”

他说的不假。花园当中，已垒起了不少英石，显然要来一番叠山理水的大动作。英石大小各异，颇费心机做了一番挑选。在造园上，他对谭康泰的话，可是言听计从，不打半点折扣，这一条上，可是很有自知之明。

谭康泰说："我可不是来当监工的，你尽管放心好了。"

"你是不请自来，当是无事不登三宝殿吧?"陈寿官心想，这个谭康泰，平时是从不求人的，傲气得很，今天，不会有什么过不去的白浪滩，都没事先通报便来了?

"有事，方才，祖大人把我叫去了。"谭康泰这么说。

"请上坐，上茶!"陈寿官明白这话题一定不短，赶紧吩咐下去。

谭康泰也稳稳坐定了。

三姨太俨然以园主的身份出现，吩咐丫鬟上茶。

"祖大人有何训谕?"陈寿官等茶斟上了，才问上一句。

"说是要搞好今年贸易季度的迎来送往，不可有疏漏，怀柔远人，也要增加课税……"

陈寿官紧张了："'加一征收'还没取消，又加什么课税?"

"倒没再巧立什么名目，讲的是税收总量，他预料来的船多，不可漏征，当然，圣上的贡品采购更要用心……"

"这些都是官样文章，年年如此，祖大人当然得照做。"

"这倒是。不过，今年你是大头，包的船会不少，祖大人当关照过你吧。"谭康泰试探道，"看来，他也是个操心的人。"

"同海关大人套套近乎，也是难免的，不怕官，只怕管嘛。况且，多通点消息，也还是有好处的，去年，圣上发了禁止鸦片买卖的法令，海关及时告诉了我，也就免了一难，不然，不知把多少银两白砸了进去。好在不多。我们行商，同海关的关系不可以闹僵，上次我并不主张你直接去顶'加一征收'，可大家说要顶，我也不好多说了。好在你的总行商也没免，可见祖大人还是有分寸的。"陈寿官说。

三姨太在旁紧锁双眉，欲言又止。

"通点消息是可以的，海关也有责任嘛。但别的事，不是好掺和的。"谭康泰想点到为止。

"也没别的事，一是权力，二是金钱，他有权，我有钱，这很明白，我得借他的力，他也得借我的钱，两不相欠……"

谭康泰诧异了："他借你的钱?"方才，可是相反的，是祖大人要借出钱呀，这就奇了。

"噢，他说海关有点急事，需要个一两万两银子……这个我能不借么?有借有还，再借不难，祖大人还是讲信用的。"

三姨太竖起了双眉，很是震惊。

这让谭康泰听得眼都直了。

见谭康泰不言语，陈寿官便追问：“这么说，他也找你借钱了？”

“没有，他没找我借。”谭康泰连忙分辩。

“其实，官家借钱，都说是老虫借猪，哪有还的呀，我心里也明白，不过也不能白给，到时给我行点方便就行。他抬抬手，我多收的也就不是那么点了。”

谭康泰沉吟了一会儿：“我总觉得，同官府，尤其是海关，在银钱上最好不要来往，不是我脑子古板，我只怕没事则已，一旦出事，就难以收拾。上回杨大人若不是猝死，还不知道日后会出怎样的大事呢？”

三姨太默默点头，解开紧锁双眉。

“能有什么事，听说他儿子应琚，已是员外郎了，过些年，还得世袭他老父亲的位。官永远是官，如今圣上是严一点，可对杨大人还不是网开一面？”

“我知道。我只是有点担心，没事自然好。这一年，你是大头，你就多担待点，拜托了。”谭康泰这么说。

陈寿官没在意这番话，说：“去年你大大拓展了法兰西的贸易，让法国人正式在广州设立了商馆，成为仅次于英吉利的第二大客户，虽说受了点委屈，却赢得了信誉与名望，我佩服你还来不及呢，别过谦了。”

谭康泰已坐不住了，站了起来：“我只是来知照你，其实也是老一套，不多打扰，不多打扰了。”

陈寿官也起身送客，到门口时仍说：

“我这园子你还得多来几回，你不满意，我就不收手，日后行商也好有个聚首的地方，我来做东。”

陈寿官的踌躇满志，却没被谭康泰听出来，因为他心思已经不在这上面了，匆匆走了。

陈寿官却不防后边冷地一声呵斥：“站住！”

一回头，竟见三姨太怒目以对。

陈寿官惊住了：“夫人?!”

三姨太怒眉竖起：“你做的好事！”

陈寿官不解：“我又怎么啦？”

三姨太问：“你把钱借给祖大人了？”

陈寿官释然：“我能不借么？”

三姨太说：“可人家泰叔就没借。”

陈寿官说：“唉，只怕他免不了还有牢狱之灾，你指望我二进宫？”

“那人家怎么推得过去？你就不推，反而巴结上了，打蛇随棍上。”

“别说得那么难听。”

三姨太愤然道：“这祖大人，已是被革职的，还这么贪？连普济堂的钱都敢扣，我不心痛你的钱肉包子打狗，有去无还。我只担心，你与他同穿一条裤子，一旦出事，你死得比他更快，当今圣上，早两年已大大提高了官员俸禄，海关更是升了几倍，可祖大人还一样贪得无厌，这回革职留任，只怕下回就没这么轻松了，你连这一条也看不到？”

陈寿官说：“我自然看到了。”

三姨太：“看到了还往火坑里跳？”

陈寿官自辩：“祖大人是包衣奴才，朝廷命官，随时会咸鱼翻身，还是得罪不起的，不看久远，只看眼前，不吃眼前亏，挨过他这一任为好。”

三姨太冷冷地说：“祖大人借银子，只怕不仅仅是贪。”

陈寿官问：“又为什么？”

三姨太一语中的：“为把你绑到一起，到时当替死鬼。”

陈寿官连连摇头：“夫人言重了，平日，你每每不幸而言中，可今天，千万别这么咒我，我可惊吓不起。”

三姨太说：“惊吓不起，就赶紧退出。”

陈寿官又摇摇头：“只怕不易。”

三姨太说：“再难也得想办法。”

陈寿官搪塞道：“你让我从长计议。”

三姨太冷笑道：“我看这祖大人已经蹦跶不了几天啦，你要小心！”

三姨太扭头走了。

陈寿官直摇头：“这回，是该你小心！”

谭康泰出了陈家花园，一路上，看对岸那逶迤的古城墙，蜿蜒几十里，把广州城箍了个严严实实，可巨大的树木、拔地而起的翠塔、六榕塔，分明是跃起在城墙上自由的彩笔，使城墙的哑色上平添了几分生气……这让他浮想联翩。

也许，得跳出这一城墙？

一切都很明白了。祖大人一边借钱，狮子大开口，不怕你行商不借；另一边，则把借来的钱放出去，收取高额的利息。这一无本生意，全凭权力，方可玩出空手道的绝招。看来，历任海关监督，难得有一位安分的，一个比一个贪，让人防不胜防。

惹不起，总躲得起！

有了上年的牢狱之灾，今年可不想再进去了，他相信，祖大人是什么也做得出的。这个贸易季度，不可以再受制于人了。

可上哪去呢?

彤平平反的文书，不是早到了么？本来不想太遂县衙的意，迟几天就迟几天，我看你还敢再压下去？总该得拿出来!

可现在，不想等了。

他想到当日为杨文乾暴死而请饮的副将，这是个军人，没文官那么多的弯弯肠子，平日里，有什么也是直来直去，与自己的交情也还不薄。

不过，却从来没求过他。

也罢，开一回金口吧。

谭康泰终于过了渡，进了广州城。

这位副将听说他请喝酒，也不问什么原因，就立马来了。

喝到酒酣饭足之际，谭康泰终于开了口："这几天，我要出个远门，我是个瓷器商人，去的自然是景德镇，想带个人去，还劳你给我帮个忙。"

"带走个人，这算什么帮忙?"

"嗨，这个人早在我窑场呆了个冬天了，平反的通知，江西那边早下了，已经到了南海的衙门。可这个文书我一日没见到，心里不踏实，不敢带他回那边去……"

"明白了，我这就给你要来，让你走得利利索索。"

"到时，我让他给你叩头。"

"千万不要，这不过是举手之劳。衙门里那套我知道，书办压在案头上，没十天半个月也不去翻一下，他没事，却误了人家的大事。"城将豪爽地说，"我这就去，你等着。"

说罢便起身了。

城将一出门，偏腿上了马，"的笃，的笃"便跑开了。

没多久，"的笃，的笃"的马蹄声又响。

这城将是条痛快的汉子，平日本就见不得文官们的酸气，没准把书办的案头也掀倒了，敢不给他?!

这马蹄声分明在说："成了，成了!"

谭康泰不觉迎到了门口。

城将马也没下，把一份卷着的公文往谭康泰一掷："回来，再喝上一坛!"

又"的笃，的笃"走了。

第四章　钦定的龙图像

过梅岭时，山头上还有几处白的，那是旧雪还没化掉。

可一路上的梅花已经开得笑呵呵的了。

彤平没想到谭康泰会把他一路送到景德镇，这样一份情感，当令他没齿难忘，谁说粤人重利轻义呢？谭康泰在他身上，从未有过任何利的想法。此行，当是让他早早与紫屏再度重逢。情义值千金，这话用在此，也都俗了！

此行，迪韦亚也跟来了，他奉命去关照一下在景德镇的那位神父的工作。

人逢喜事精神爽，春风得意马蹄疾。

下梅岭，顺贡水而下，再入赣江，顺风顺水，一路上，晴多雨少，不知多么舒畅。料峭春寒，又怎敌得过这如火的激情。

竟比往日提早了好几天到达。

没想到，紫屏还陪着法国神父在这里，另外还多了一位法国神父，这便是一直留守景德镇督制纹章瓷的那位。毕竟，这里的地方话又有所不同，两位神父学的中国话也就有不少差别了，不时还闹上笑话。

一见彤平回来，所有的窑工都围上来了。这是他们的英雄，也是他们的领袖，更何况又有了一番传奇的经历，他也同样有了光环，让所有人激动不已……紫屏闻讯赶来，都挤不进去，只能远远站着，不住地揩着流个不停地泪水。这位韧平哥哥，自小便是她心目中的英雄，在她家留下的日子里，韧平一直是她的保护神，邻村的纨绔子弟见她长得漂亮，老是不断找岔子来欺负她，而每次，韧平都不惜为她打个头破血流。讲起这类故事，一串串的，都讲不完的。

彤平也远远看到她了，可作为男子汉，又在这样的场合，他也只能约束住自己。人家视你为英雄好汉，自然不可表现出太儿女情长了。男人的矜持，是一种品格，一种风度，一种……傲气。当然，他不会在紫屏面前要什么傲气，可在众人面前，男子有泪不轻弹呀！

也只有这时，谭康泰才真切地感受到彤平的个人魅力，尤其是巨大的号召力。一位窑工能如此得人心，这是他从未见过的。也许，广东人人情淡薄一些，人际关系松散一些，而内地人要抱团一些，讲义气一些，所以，才如此有凝聚力。如果说，他过去只看到彤平的一面，那便是高超的技艺，对窑火的把握说得上炉火纯青，且有坚忍的意志与毅力——这也是高超技艺的保证，不持之以恒，怎出得了人才？而此刻，他更看到其人格更重要、更可贵的一面，为了大家不惜挺身而出的胆魄。

这一条，正与他的心是相通的。

把他留在广州，留在广州河南自己正在扩充的窑场——他忽地产生了这样一个念头。

他与紫屏，珠联璧合，尤其与紫屏的彩绘艺术结合在一起，何愁烧不出让世界为之惊叹的美轮美奂的陶瓷绝品来?!

他一半是商人，一半是文人，骨子里更多的，还是文人，他看重的，正是这艺术上的无心的魅力。

可这时，他还不能提出来。

但他会提出来的。

没有等组织的欢迎大庆结束，谭康泰赶紧安排了两人的见面。

第一句话便问：你们几时请我喝上喜酒？把两人的脸都说红了。

彤平先回答了："我刚回来，一去半年了，不少事情都发生了变化，连督陶官都换了……我得待上一些日子，才能决定。"

紫屏却出其不意地问："泰叔是不是不要我了，把我扔到这里?"

谭康泰一惊，却心中暗喜，说："你们要到广州请我喝喜酒，可是求之不得呀!"

紫屏侧脸看住彤平。

彤平说："泰叔是我的救命恩人，他给我这个面子，我没二话……只是在广州，太奢费了，我们不能……"

谭康泰兴奋地打断了他的话："只要在广州办，都包在我身上……我这回去，正打算下一次南洋，为契女采办一份最好的嫁妆，把喜事办得风风光光的!"

彤平傻了。

紫屏忙说："千万不，千万不!"

"我可是第一回嫁女呀，做得太寒碜了，脸上都无光呀!"

彤平与紫屏对视一下，知道此刻劝不住谭康泰了，同时，他们也感觉到了与谭康泰的距离：人家毕竟是行商，在行商不说富可敌国，也是万贯家财，花起钱来如流水一样，否则，在他们那个圈子里，会被人瞧不起的，只是，这让两人怎么消受?

彤平只好说："泰叔一片美意，我们心领了。只是这事我们不想办得太急，过一段时间再说，我明说了吧，这次回来，我还有一个心愿，要烧制出一种质地最好的新瓷，在广州我就准备好了，可惜广州的瓷泥没这里的好，烧不出来，幸亏这次回来了，可以实现我的心愿。"

紫屏与他是"心有灵犀一点通"，也赶紧说："我也准备出最好的图样，

在这里烧制，当是天作之合。”

谭康泰也不想勉强：“也好，不过，这番下南洋，嫁妆可是要准备的呀！”

紫屏说：“泰叔，我们是普通人家，消受不起……你的大恩大德，我们一辈子也报不完。我们经过了大劫大难，唯一愿望，就是平平常常过日子，和和美美、轻轻松松，如同小孩子那样……”

一番话，说得谭康泰无限感慨：“我明白，我会让你们好好过日子，其实我自已何尝不想这么过日子呢，只是到了如今，身不由己了，我也不多说了。南洋我不能不去，去了，能办点什么就算什么，也算了我一番心愿。”

紫屏也不好说什么了。

可她祈求的平平常常、和和美美、轻轻松松，一如赤子的日子，能得到么？

前边的遭遇，总归是挥之不去的，仍会苦苦地拽住后边的岁月。历史已经老去，可给年轻一代留下的，能轻松得了么？

这不是宿命。

在景德镇的日子里，谭康泰同彤平、紫屏没少探讨彩绘、制瓷的许多问题，与此同时，两位神父，加上迪韦亚，也对花式讲了不少意见，讲到了法国正时兴的洛可可风格，是如何得自中国陶瓷与丝绸色彩艺术的影响，从而焕然一新，自成一格，大受宫廷与贵族们的追捧。当然，艺术也在流变当中，法国人是颇讲究时尚的，因此，这边的彩绘亦不能一成不变。青花瓷曾令法国人倾倒一时，但新的彩绘会更让他们激赏，而各大家族的个性，也都通过其烧制在甲胄纹章上表现，已经有不少订货了，但要烧制好，还得花点心思……

彤平听到这，若有所思，告诉迪韦亚：圣祖康熙皇帝，就专门对制瓷有上谕，连烧的龙的式样，都得亲自审定，制瓷被朝廷视为有关国体的大事。当今圣上雍正皇帝也一样，也专门审定龙的图像……

迪韦亚有些诧异了：“莫非两位皇帝御定的龙的形象，有什么不同吗？”

“不同，大着啦！”连紫屏都说上了。

彤平带上他们，一同到了窑棚里，那里已陈列了若干年中烧制出来的样品，琳琅满目，光彩照人。其中有两样，分外凸出，那是两个几乎有人高的瓷瓶，色泽很是柔和，洁净如雪，可当中的画图，却分外灿烂夺目，一条龙几欲要腾飞出来，连浪花也溅出了画面。

“你们看看，这是两个瓷瓶，各有一条龙，都是皇帝反复选定的……”

谭康泰敏感些：“是呀，两条龙就不一样，可见是两位皇帝各自选的。”

迪韦亚惊叹道：“真的不一样，一条是出水蛟龙，生气勃勃，冲天一啸，气势非凡，非常自信，用我们的话说，很有远大理想，前程无量……”

“这么说，这应是圣祖康熙皇帝御定的，他不仅平定四海，天下一统，而且取消了禁海令，令八方来朝，自有广阔的胸襟……”谭康泰连连点头道。

迪韦亚说：“这就与我们‘太阳王’路易十四一样，用你们的话说，一举成了欧洲的霸主。而且，还让法国科学院专门派使团来到中国，白晋、张诚，这都起的中国名字……后来，白晋带了几百卷中国经典回法国，又马上进行了翻译……两位，都是了不起的开明君主，让国家强大起来。”

谭康泰指着另一个瓷瓶上的龙，问：“这一条龙，你觉得怎样?”

迪韦亚咳了一声，很是严肃地说：“这条龙很是威严，有一股凛厉之气，谁心有不轨，是必要畏惧十分，不敢正视。显然，它容不得任何的邪恶、贪婪、奸狡……”

谭康泰立即说：“这正是当朝圣上的风格，他经常雷霆出击，令那些贪官污吏提心吊胆，惶惶不可终日。上任海关总督杨文乾，说死在‘畏风心烦’上，其实，依我看，是活活给吓死的。”

迪韦亚说：“贪官污吏，爵官卖官，在我们那里也有，却没这么一个铁腕的君主，有这么的气魄。太阳王之后，我们缺的正是这样一位君主。看来，中国就如我们西方哲人说的，一个开明君主，学问高深，处事英明果断，称得上哲学王……可惜，不知我们几时又再出这样一位君主。”

彤平、紫屏凝神倾听，在他们，平日很少听人这么说道。

谭康泰说：“当年圣祖开海，要旨是国计民生，所以国家一统，也富强起来了，但也养了一些只会肥私而不顾百姓的贪官。雍正圣上登基，强调要河清海晏，整肃吏治，不讲情面，当斩就斩，当判就判……海关这边，他可是盯得很紧的。”

“这很好，官员不贪，我们做贸易的就少一些顾虑，人情总归要讲的，怕的是私立名目的苛捐杂税，防不胜防。”迪韦亚颇为认真地说，“看来，这开明君主制，能一代一代往下传，还有你们的科举选拔制、进谏制……这条龙，就具有一种震慑的作用，也表明国家的一种历史演进。”

谭康泰点点头：“当今圣上，甚是严明，你说的不错。”

“我们那里，对贪官污吏、达官贵人的胡作非为，都非常憎恨与愤怒，可惜，就没一个开明的君主，能明察秋毫，没像你们当今圣上，毫不留情……”

“是呀，这几年，澄清吏治，裁革陋规，整饬官方，惩治贪墨，恐怕是有史以来所罕见的，所以，这条龙，才如此凛厉威严，锐气逼人，表现出圣上的决心。”谭康泰若有所思，久久凝视雍正钦定的龙的图像。

后来，他们还看了已烧制成功的珐琅瓷，连身为画家的神父也啧啧赞叹，认为上边的甲胄纹章已经相当完美了，并提起‘太阳王’路易十四独钟情于

这种有甲胄纹章的瓷器，还说："当今路易十五，还下令化掉银器，把宫廷里的用品，统统换上瓷具呢。"

迪韦亚只是笑了笑，这一事件，他却另有所闻，因为，王室的债务、纸币的推行，在国内已引发了震荡，他说："中国的艺术，在法国可谓是风行一时，深入人心，我也十分倾慕，否则，也不会来中国任职了。"

谭康泰回到了广州，陈芳庭已经在那里等候了，他外出采购，还相当顺利，这一贸易季度与法商的生意，将会做得更大，其他如英吉利商人也早有承诺。

谭康泰回到广州，没有惊动任何人，而是立马下南洋。

陈芳庭本说由他去的，他在那里经营了好些年头，人缘不错，场面容易打开，谭康泰却说："今年广州这边，该由你独当一面了，我会在南洋逗留多一点时间，好在我的事，你已经可以全面接手了。这次去，我想还了上回未成的愿，上三宝垄看看，是历史还是神话，弄个明白，我们过去真能造那么大的船么？史书上倒是有过，越人造大舟，溺人三千，显然有几千年的传统了。"他压低了声音，"这回，我还想回避一下祖大人，我不知道这个人心有多深，可不想不明不白卷进去，你当然得当心一点……"他把祖秉圭要借银子给他的事讲了，不管怎样，做人总得把持住自己。这祖大人还会巧立名目做什么，不会善罢甘休的，到时，让陈芳庭推说自己不在，能应付则应付……他反复交代，得注意各方的消息，不要疏漏了什么，做生意，尽量少与官方打交道，不是为的洁身自好，而是免得纠缠不清，官有官道，商有商道，各行其道，这世界方各得其所矣。

陈芳庭是个聪明人，自然明白。他很感激谭康泰的信任："这么大一摊子交给了我，我怕难以胜任。不过，我会全心全意，勉力而为，请你放心。"

"你早就可以独立门户了，还跟着我，我能不信你么？"你的胆识绝不在我之下，我是很看好你的。有你在，我此行就没什么可顾虑的了。"

谭康泰就这么悄然离去了。

临下南洋之前，谭康泰专门把陈芳庭叫到了自己家中，很认真切沏上了闽人所喜欢的功夫茶，让陈芳庭品品。

"怎么样？功夫到不到？"

陈芳庭说："很老到了，你是怎么学的？"

"当年跟黎安官、陈寿官时，就已经潜心在学了。离开他们，好久没温习过了。"

"那你还记得很牢。"

"手熟罢了。"

陈芳庭呷了一小盅，先问了：“泰叔，你是有事找我吧。”

“是呀，我这一下南洋，少则三个月，多则大半年，这一摊子，就交给你了。”

“你放心，你不是已经嘱托过了么?”

“是说过，不过，今天与这事有关。”

“有什么尽管说，我会尽力而为的。”

谭康泰神色凝重地说：“从今之后，我们算是合伙人了，你当以合伙人身份出面。”

“你仅仅为了出面方便么？没问题。”陈芳庭爽快地说。

谭康泰摇摇头：“不，这回是名正言顺的。”

“这……合适么?”

“前一段你出去办货去了，我做了一件事，代你申请了行商，并代你交了加入行商的例份，我想，你已经完全够资格了。”

陈芳庭很是意外：“这怎么可以？我也不够资本呀。”

“不，你够了，你在我这几年，我按份额划给你的，就已经够了。”

“你不是要赶我走吧?”

“哪会呢，只是我们成了合伙人，你有你的一个独立的份额罢了。”

“我还不明白。”

“其实，我也知道，你们闽人，只要手上有几个钱，就要独自闯世界，你自己也说过的。”

“泰叔，你千万别误会。”

“我没误会，我不仅仅是为了成全你，也同样为了自己。”

“为什么?”

“海关的祖大人，一直看我不顺眼，说不定哪一天，就把我捋下来了。有你在行商里，我也就有了后路，合伙人嘛。”谭康泰说，“这个年度我下南洋，也是有意避避他的风头，惹不起，总躲得起吧。”

陈芳庭这才点点头：“我明白了，不过，我仍得深深地感激你，给了我这么一个机会，为以后的发达打下了坚实的基础，我会好好报答你的。”

“你干好了，就是报答，证明我没看错人。”谭康泰说：“这个年度，就全靠你一个人独立支撑了，我相信，你会做好的。”

从此之后，外洋大班的航海日记中 Ton Hungua 与 Chinqua 就一直连在了一起，不曾分开，直到其中一人突然消失——对陈芳庭来说，祸福难说，福兮祸所伏，祸兮福所倚，这也许是天注定的。

或许，这就是命！

一般人，都还以为他还没有从景德镇回广州来。

当然，他开的船，是从老家龙江出发，从另一个水道离开的。

离开前，正赶上祭海祈风，仪式在一妈祖庙前坪举行。

金锣开道，旗幡舞动，鼓乐喧天。

祈风武士前行，献礼进爵，歌舞，奉上五牲五果。

主祭、郡守、市舶司祭祀祈祷，念祝文。

凉伞、香炉、宫灯、水灯、鱼灯。

表演如意，祈求平安，拂尖扫除瘴气。

谭康泰、陈芳庭虔诚地点上三炷香。

陈芳庭道："此回轮到你下南洋了。"

谭康泰说："不会再有你当日不得归的可能了。"

"妈祖会保佑我们的，祝你一帆风顺。"

"今年的生意，拜托你了。"

"放心，好好给紫屏办一份嫁妆，这孩子太不容易了，别太赶，今年有的是时间。"

虽不是"偷得浮生半日闲"，可这番下南洋，做生意却是附带的，避祖秉圭则是主要的。因此，一了上三宝垄的心愿，便非常迫切了。明清两朝几度禁海，如今规定中国的船只能有两支桅杆，大不得过五百石，比起夷商愈来愈多桅的船只，愈来愈小气，愈来愈没出息了。这真叫人匪夷所思。

湛蓝色的海水与蔚蓝色的天空，几乎分不出在哪连接。成群的海鸟，举起洁白的翅膀也与远方的白帆交互在一起，分不清是鸟在行驶，还是船在飞？骀荡的海风，鼓满了风帆，让商船在水面上疾行，一个个的小岛、珊瑚礁，迎来送去……这下南洋的水道，谭康泰再熟悉不过了。

终于，三宝垄到了。

未上岸，便看出这里已是一个繁华的港埠了，大大小小的船只在港湾里，出出进进，十分忙碌。岸上的墟市，亦隐约可见，人头攒动，车水马龙，一定很热闹。

靠岸后，他没有上市场，而是立即找到熟人，请他们领着上三保洞去。

一路上，人们都说，自从六年前，华人们在三保洞前举行了一次隆重的集会，感念三保大人保佑华人在这片异国的土地上安居乐业的恩德后，便开始集资，要修三保公庙，如今，三保洞已修葺好了，洞口门前也建起了一条檐廊，为香客们避风挡雨、遮阴憩息……

带路的华人告之，大约三百年前，郑和，也就是三保大人率的船队，几百条船，一两万人，浩浩荡荡先下南洋，再去西洋，到达这里时，他的副将王景弘突患重病，船队只好泊在这里的河口上。上岸后，发现这片山坡上有个山洞，三保大人便把山洞作为临时的营房，还在外边搭上了住房，让王景弘调养治病，由于病情不是几天可以好转，因此十天后，三保大人决定继续远航，留下一条船与十多位水手，还有一点粮食。经过一段时间疗养，王景弘病愈了，却一时回不了国，便带水手们垦荒拓殖，建房立祠，定居了下来，更与当地人通了婚，相传三宝大人在印度西海岸病故后，在船上运到了三宝垄，由于天热，不能再运了，便由王景弘迎下，埋葬在了这里。王景弘随船队回了国，由于国内有变，他晚年辞官南渡，又重新回到了三宝垄，并从此定居下来……

谭康泰点点头："这倒是有根有据的。"

到了三保洞，谭康泰点上了三炷香，行了拜祭的仪式。

他发现，拜祭处用的瓷盘，均是青花瓷，他毕竟是陶瓷商人，一看就认出了，这只能是明朝初期才有的青花瓷，也就是说，当年正是郑和的大船队，来到这里，才有相当一批青花瓷具留下来……

人们告诉他，这里叫"三宝垄"，是华人特意为纪念三保大人而起的译名。

"你们到这里有多少代了？"谭康泰说。

"听老人讲，来这里的华人，大都有十代之上了……义山上的墓冢，有的还有记载的。义山的坟，全都朝向北方，那是思念故国，临终的先人嘱托的……"

谭康泰说："在我们那，都把三保太监郑和下西洋，说成了神话，编了不少离奇古怪的故事，我们都以为不是真的……"

带路人正色道："这怎么不是真的呢？王景弘在这养病，后来终老三宝垄，这一点不假，三保大人来过这里，谁也没怀疑过，这可是一代一代传下来的，老人是不会骗人的，我们都很是感佩！"

谭康泰说："这青花瓷，只能是明初的产品，这我相信，可是，一支船队，一两万人，要多少条船，要多大的船呀？

那人说："这一点不假，我小时候还在海边见过一条大船留下的龙骨，你猜有多大？"

"我猜不出。"

"至少，有三四十丈长。"

"那该是多大的船呀？"

"我看，这至少可载个七八百人……听说，这还不算最大的，大的船，上千人的还有，祖上都有传的。"

这不由谭康泰不相信了，越人造大舟，溺人三千，那是有文字记载的。郑和船队在这里留下的印记，更是比比皆是。

三宝垄，就是中国人开发的，也是下南洋的中国商人搞兴旺起来的。当然，在这之前，已经有中国人来过，唐宋下南洋的船很多，有的沉了船，走不了，就留下来了，不过，那时人不多，只是到了三保大人的时候，这个地方才旺了起来，也才被译成了三宝垄，三宝，就是三保，为纪念……这是有口皆碑的事情，三宝洞，三百年间，一直都有华人去祭拜。有一回，暴风骤雨，山泥滑坡，还埋掉了一对来拜祭的新婚夫妇，为此，大家赶紧集资，有钱出钱，有力出力，把这里修好……往后，会有更多的华人来拜祭。

是呀，想想当年，郑和的船队，浩浩荡荡来到这里，有多么激动人心?!王景弘率人在这垦殖拓荒，终于开埠，有了这么一个市镇，真不容易……谭康泰不觉又在郑和像前再度跪下，陷入了遐想之中。

上回来，有关国姓爷郑成功在这片海域纵横捭阖、自由驰骋的故事，又何等令人热血沸腾、豪气陡涨……

可就这么些年的禁海，竟把如此威武雄壮的历史丢失，甚至连记忆都差点给抹得一干干净净，泱泱大国，失去了如此广阔的海洋，拱手让给了后来才起的夷商。连自己的子民，在这片海洋上都几乎沦为黑奴——如此下去，往后的中国人，还不知被人欺负到怎样的地步?

这是他不敢想象的。

如何才能重建三保大人的浩大船队?

如何才能恢复国姓爷曾在这片大海上的赫赫威权?

今天，解禁了，开洋了，却还有种种限制，条条枷锁，项项恶税，又如何让中国海商重振雄风，主宰海洋呢?

有几个人会这么想?会这么去做?

他只能仰天长叹……

香已经烧过了，愿也许过了，可三保大人还能有当日的灵验么?

谭康泰艰难地支撑着站了起来。

在他旁边，一位晒得黝黑的少年，仍长跪不起，一看，就知道是来自中国的，显得很是精明能干，只是一双眼睛，含住几颗泪珠不肯落下来。

谭康泰有点不安，一直等到他站起来。

“伙计，有什么迈不过的坎呀?”谭康泰主动用汉语问他。

少年看看他，问：“你是广东来的?”

“是呀。”谭康泰说，“你呢?”

“我是福建人，不过，在广东做事。”

“怎么上这里来了?”

“我是一条商船上的伙计，半个月前过来的。”

“船呢?”

“没了。”

“怎么没了?”

“撞上了海盗。”

“太不好彩了。”

“可他们也是中国人呀，干吗抢自己人呢?数典忘祖，忘恩负义，不可以干的。”

“小子，你年纪小小的，书生气倒满足的，这同数典忘祖，忘恩负义怎么扯得上?”

“中国人同祖同宗。”

“可官府，却不认这个，把他们弃之海外呢?”谭康泰故意说。

少年一下子警惕了:“你是一伙的?”

“我怎么会与海盗同伙呢?我这个样子能像么?”谭康泰笑了。

“怎么不像?海盗就一定是凶神恶煞的么?人家比你还文气，就是不讲理，不，讲，歪理，哼!”少年的眼泪竟干掉了。

谭康泰不由得问:“什么歪理?”

“我们明明是中国人，只是老板怕被夷人计算，才打了红毛国的旗号，不过是个幌子，干吗那样认真?”少年气鼓鼓地说。

谭康泰一笑:“这么说，你们也有不是的地方了，难怪被抢?”

少年说:“我知道，这些年，夷人分作几个国家，在海上争地盘，荷兰鬼本来很凶，后来又不行了，有的就变了海盗，就怕他们抢，才用了他们的旗号，没想到，红毛鬼不抢，中国人自己来抢了。”

此刻，谭康泰完全听明白了。

这些年，南洋这边，海盗出没，有的，还闹到了广东、福建沿海，当然，不少是中国人，亦不乏强悍、凶残者。但到远海，中国海盗却不算多，反而夷盗多一些，大多是败国之残兵所为。他们打夷国旗号，免得遭劫，自有道理。没想到却撞到自己人的枪口上。

这边的中国海盗，大多是当年回不了国的，逼良为娼，也是无奈之举。

谭康泰沉吟了一会，才问:“这伙海盗开条什么船?长什么样子?一共多少人?这些你们留意到了么?”

少年眨一眨，立即回忆起了:“是一条画有两只大眼睛的红头船，大概刚抹过漆，可能抢来不久改装成的，船不算大，同我们的一样，也是双桅杆

的……一共二十来个人吧，为头的，还挺会说话的，我说不过他，所以我说他有文气。不过，人晒得黑不溜秋的，对，国字脸，眼里有毒似的，看得你心慌……”

“人家把为头的叫什么？”

少年思索了一阵：“好像叫阿康……”

谭康泰笑了：“我才叫阿康，不过，现在人家叫我泰叔……不是阿康，是阿邝吧？你不是广东人，分不出来。”

“有点像，阿邝？”少年重复了一声，“阿邝，对，是这么叫的。”

“如果是他，那你还有救了。”谭康泰淡淡地说，“不过，我也得知道你们的情况。”

“我的船么？”

“怎么说你的船？”

“老板信得过我，把船交给我了。”少年颇有几分自信地说。

“你才多大？”

“十六，虚岁十七了。”

“噢，也算半个大人了。”

“不，大人就大人。”

“你老板姓什么？”

“姓邓，噢，这是福建话，广东话，叫陈，耳东陈。”

“怎么称呼？”

“人家叫他陈寿官。”

谭康泰一惊，看来，这些年，陈寿官海外的生意是愈做愈大了，连这么小的毛孩子还敢托付上一条船，他继续问：“他就这么信得过你么？你出过多少回海？”

“小时候就经常出海。”

“我是说上南洋。”

“我上过三次吕宋，夷人的话也能对付个八九不离十。”

“真的么？”

“开始老板也不怎么信我，同你一样。让我陪他去荷兰夷馆办事，没想到我说得比通译还强，他就信了。不过，年纪小，有个长处，记性强，当然比通译反应得快些。”少年倒是说得很实在。

谭康泰了解陈寿官，生意场上，多几个心窍，难免不轻易信人，却能如此重用一位少年，分明这少年有过人之处，不仅仅是精明能干、口齿伶俐。于是，便说：“你的老板，是我的老友了。”

少年果然反应得快："你能帮我把船，还有货，都要回来？"

"你别太性急，我试试吧。"谭康泰不想太表现自己。

"你一定能的，我看得出。"

"世事难料，只能试试，我是好几年没出过洋了，也不知道有办法找到这帮人不？"

"我留意了，我的那条船，就在通往巴达维亚半途中的一个港湾里，过去，不过大半天路程，要不要我带路？"

话说到这个分上，谭康泰也只好表示："事不宜迟，怕他们又走远了……不过，到了那里后，我不叫你出面，你就千万不要出面，一定要听招呼。"

"我会的。"

谭康泰是个重然诺的人，立即就启程了，不过，他找到阿邝，听到的却是另外一番话，让他心凉了一大截。

第五章　波谲云诡

果然，不出谭康泰所料，船已经不在少年所说的地方了。好在他熟人多，消息也灵，几番打听，才得知船还是上了巴达维亚，毕竟，那里的市场发达一些，华商颇多，占了市场相当份额，荷兰人一时还没敢怎样。

于是，谭康泰又驾船上了巴达维亚，本来，船上的货，也是要在那里上岸的。

辗转往复，谭康泰携少年赶到了巴达维亚。

与几年前到达的情景相比，巴达维亚要兴旺了很多，短短几年，多了好几条长长的商业街，多开了上百家货栈与店铺，有了一种欣欣向荣的气象，而且，大都是华人新开的。雍正那五年，南洋禁航令刚解除，一时还不见什么变化，可才过去三年，小小的商埠，已成了有相当规模的港口，每年来的中国商船，先是几十，后来则是成百成百地增长。当地香料、胡椒、肉豆蔻、蜡烛等生意也随即发达起来，珠宝、玛瑙、翡翠亦不少见了。

这边，谭康泰的陶瓷、茶叶很快出了手。

但找那位少年的船，还是费了不少周折。

少年急了："再迟一点，船上的货就没了，我怎么回得去？"

"咳，你把船带回去，陈寿官就不会怪你的，放心，我在他那还是说得上话的。"谭康泰这么安慰他。

"可我，还是有负他的信任。"

"这毕竟是意外。"

“但我应该避得开，多绕道，就不会撞上。”

谭康泰有点感慨，这孩子年纪小，却很讲信义，不推诿责任，很难得。这令他更努力去寻找商船的下落，托了更多的人。

终于，在内河一个岔口中，近乎白鹅潭的环水处，他找到了阿邝劫持的这条船。

当然，他没有让少年跟去。

此时，阿邝正在廉价抛售船上的货物，主要是丝绸、铁锅、漆器什么的，买主，其实也大都是华人。

谭康泰找到了船上。

阿邝很是高兴：“嗨，难得你还想起了我，跑到这里看我，来，正好船上有几坛好酒，我们来个一醉方休！”

“好呀！”

就着花生等，即兴喝了起来。

喝到了一定工夫，寒暄得也差不多了，谭康泰才问：“这条船是新添置的？”

“我们哪有工夫去造船，有工夫也没这心思，这回，是劫富济贫，打掉夷人的不义之财而来的。盗之有道。”阿邝几盅落肚，声音更是洪亮。

“那船上都是中国人嘛。”

“是呀，为红毛鬼子雇用，当夷奴，没出息，可恶！”

谭康泰放下了两杯，却说：“你也武断了，这条船，其实是中国人的。他们怕夷盗所掠，所以才用上了夷旗，狐假虎威。这如今，外洋上乱挂夷旗的事多，到一个地方换一种旗。你也知道，西洋那边，如今也似我们过去，七国咁乱，一忽儿葡萄牙称大，一忽儿西班牙逞强，这些年，法兰西也了不得，当然，英吉利后来居上，要称起霸来。海上也是你追我逐。商人嘛，为了自保，万一误用了敌国旗子，就要被俘虏去，血本无归……”

“这个，我也耳有所闻。这艘船挂的夷旗，果真是中国人的么？”

“这个我可以担保。”

但阿邝仍摇了摇头：“光担保是中国人的，也还不行。”

谭康泰有点奇怪了：“这又为什么？”

“我说过，盗亦有道，劫富济贫是道，惩治奸商亦是道，这条船如果不做得过分，我们也不会把它当夷船给劫了。”阿邝酒气熏天，连连摇着脑袋。

“奸商？”谭康泰一怔，“有这么严重么？可能是叫价太高了点吧？”

阿邝正色道：“我也不是轻易出手的。”

“你说说。”谭康泰心中一沉。

“这条船一到岸，我并没在意。可是，我的手下不断回来说，这条船太可恶了，欺行霸市，硬是把货价提高了，不知与外洋大班怎么串通好的，弄得其他中国船都卖不出货……”阿邝大致说明了情况。

“噢，这条船看上去是双桅的，可还是可以再加一桅，载货比一般双桅的多得多，我看得出来。什么货？”

“主要是丝绸，如今正短缺呢。”

“短缺，价就高了，这个很自然。”

“可他们货多，质地却不如散商的，但外洋大班睬都不睬散商，就进他们的货，还把与散商签的文书都撕毁了，这就奇怪了，他们宁可买次货出高价，却不愿购上等品出低价，太不对头了吧。”阿邝说，“你是老行家了，你一听就明白。”

谭康泰无言以对。

“你说，我该不该惩治他们？”

谭康泰无法相信，那位十六岁的少年，表面那么重信好义，背地里却会如此奸诈诡谲，这反差实在太大了。良久，他才回答：“这是应该的，不过，其中是不是有些误会，我再去了解一下。”

阿邝敏感了：“这不会是你的船吧？不，你不会做这种事，也可能下属瞒着你搞鬼，你可要小心。”

“不，这不是我的船，而且我也会管束下属，不许这么干的。不过，这船主我认识，也相交多年了，待我问明情况，再来找你吧。”谭康泰起身了。

阿邝也站起来送客了：“那你可得快点，不然，货全出了手，我就管不了啦！”

“你等一等，不急。”

“就算出手，我只会正常的行价，最多低一点，也是为市场做点好事。”

回到巴达维亚，没等谭康泰找少年，少年却已焦急地找过来了。

谭康泰左看右看，也不觉得这少年是奸狡之徒，却一时不知怎么开口，少年追回上来，他只说：“总算有点眉目了，这事，性急喝不得热汤，你不要太焦虑了。”

“毕竟是我第一次领船下南洋的呀！”

谭康泰故意把话岔开：“你这么小，船上的水手、舵工，还有伙计，都服你管么？”

少年说：“其实，他们大都比我大不了几岁，除开舵工资格老点外，伙计当然有比我大的，但打起算盘，都赶不上我，所以都还服气，一路上有些磕磕碰碰，倒不会闹得不可开交，还算好吧。”

谭康泰又问："那你干这行多久了？家里原来是干什么的？"

"我十一二岁就随同乡的船上吕宋了，福建那时出来的船多，有时还留在吕宋好几个月。先是帮着擦擦甲板、拉拉帆绳，打打下手。家里穷，让我出来干船上的小工，也是逼不得已。人小，也灵活，船主都还喜欢我，每年回家，亦不无小补，家里本让我多念几年私塾的，可交不起学费，只好出来，乡下出来的也多，有的比我还小呢。"

"私塾学了些什么？"

"人之初，性本善；性相近，习相远……这都是三四岁时背下的。后来，还有'恭、宽、信、敏、惠。恭则不侮，宽则得众，信则人任焉，敏则有功，惠则足以使人'。这段，塾师讲得最多，背得滚瓜烂熟。"少年认真地说。

"这么说你驭船，也是这五个字？"谭康泰暗暗称奇，这五个字，自己未必有他理解得深呢。

"我记住了，觉得也真灵。"

谭康泰这才故意叹了一口气："只是，这条船在外，未必遵循这五字之经呀。"

少年一怔："你听到什么？"

谭康泰问："你们是怎么出货的？"

少年说："这没有让我们操心。因为陈寿官早同这里的外洋大班谈好了，该付多少就是多少，也没讨价还价。这个，我插不上嘴，只是一律照办。怎么，有问题吗？"

"这边联系的外洋大班，你都认识么？"

"去年在广州交易时见过，他们有的就留在巴达维亚，没有回西洋。通过他们再认识原先不认得的。"

"陈寿官都交代好了？"

"是的……"少年问，"你想知道名字么？"

"不关你的事，我会同阿邝说清楚，明天，你可以跟我去了。但愿……事情能办好。"谭康泰似乎不是很有信心。

"我在三保公庙许了愿的，三保大人会保佑我们的。"少年这么说。

少年似乎充满了信心，只是，他太不了解背后的波谲云诡，信誉与阴谋、公平与计算、光明与黑暗……他毕竟还小，等候的风涛、雷电，还很多、很多，需要的历练，更会严酷得多！

当谭康泰把少年带到阿邝面前，阿邝有点吃惊："那天，这孩子同我争吵，我只以为他少不更事，懒得搭理，没把他当作这条船的管事，太小看他了。"

谭康泰说：“事实上也不是他做的主。这价格，是去年已在广州谈妥的，背后发生的一切，这孩子并不清楚，就算知道，也未必明白，我带他来，倒是见他还诚实可信，没花花肠子，讲的话都不假。”

少年赶紧表示：“我不知道这里的价码，只按老板交代的同几个指定的外洋大班交易，要知道的话，我也不能不按老板出的价卖，亏了，我得赔老板。”

“你赔得起？”阿邝蹙起双眉。

“我会讲明情况，我想老板也会通情达理，要赔也不会太厉害。实在不行，无非一辈子为他打工啵。”

这话令阿邝动容了：“看来，这孩子还是有腰骨的。”

广东话中，有腰骨包含两重意义，一是有骨气，一是有主见。

谭康泰趁机说：“看这孩子的面上，你就放这条船一马好了。”

阿邝半天没说话。

少年却先说了：“我也不可能要你连货带船还给我，这么些天了，货一定走了不少，但剩多少算多少，我回去有个交代。”

谭康泰赶紧说：“阿邝，这你办得到。”

阿邝沉吟了一阵，才说：

“我得有几个条件。”

“讲，我会接受。”少年说。

“第一，不能再卖高价。”

“这肯定的。”

“第二，不可以再卖给所约定的外洋大班。”

少年迟疑了一下。

“如果第二条做不到，没得谈。”

少年说：“老板有名单的，怕就怕这几个外洋大班已事先付了定金，到时，老板失信于他们，以后的生意……”

“这个我不管，恐怕，该是你们老板有错在先，或者是外洋大班有错在先，我这么做，他们心知肚明，只要你说清楚，老板应该不会为难你的。”阿邝显然已经盘算好了。

谭康泰对少年说：“要么，你就不必回广东去了，就算船丢了。”

少年不假思索，说：“不行，就是回去打死了，我也得回去，是我带这条船出来的。”

“那第二个条件呢？”

少年沉思了一阵：“只要把大部分货还给我，我会按这里价格出货的，那

几位外洋大班，让他们到广州与老板商量，我想，他们不至于上我的船吧。”

阿邝说：“这还差不多。”

谭康泰赶紧给少年使了个眼色。

少年立即往地下一跪，给阿邝磕起了头：“难得你如此宽宏大量，你的大恩大德，我一世都不会忘记。有恩必报，往后我会做到的……”

“大恩不言谢，你起来吧。”谭康泰扶起了他，而后掉头对阿邝说，“那就这样吧，你的人就撤下来，以后的事，我来打理，也算给了我一个回报……”

“这不算是我还你的情，只能算这孩子欠我的情，别的，以后再说。”

阿邝也不失痛快。他随即到了岸边，吹响了海螺。

船上的人纷纷退下来了。

有的还说：“我们还没搬走一成呢。”

阿邝说：“发财的机会还有的是，这条船不是夷人的，放他们一码吧。”

看来，阿邝还是有着绝对的威信，他这么一说，就没有人再唠叨什么了。

等到这边的人走完后，阿邝便对那少年说：“你去把你的人叫来吧，我走了。”

谭康泰也说：“我先守在这里，人一来，我也得办事去了。”

岸边，立时空无一人。

少年赶紧去召集原先船上的人手。

那少年颇讲诚信。

船开回到巴达维亚，他便按当地的价格，把丝绸卖出去了。

自然，几位外洋大班没少找他麻烦，一个个横眉毛竖眼睛，凶神恶煞，甚至揪住他的衣领提起来，什么粗话也骂出来，他都硬着头皮顶住了。

这几位大班见少年死活不依，只好考虑，过不了多久等船来后，自己还得上广州，那时再同陈寿官理论去，同一位小小的少年船主，没法讲明白，况且也做不了主，也就作罢了。

谭康泰还帮了少年讲了几句，记住了这几位大班的名字：巴纳里、利希……只是他没料到，这几个人，后来可把他也害苦了。

丝绸卖完后，少年也忙于采购了。

香料、胡椒、肉豆蔻……还有不少珍奇的物件。

末了，他还高兴地对谭康泰说：

“这些回去能卖出个好价，那丝绸平价与高价的差额基本上就填平了，陈寿官不会把我怎样了。”

“你都算好了吗？”

“我打算盘打了通宵，还稍有盈余，这就算作损耗用吧。”

谭康泰看见这少年眼圈的确黑了。

信风很快就来了。

谭康泰不想在这贸易季节在广州抛头露面，而且他还想真正为紫屏采购到拿得出手的嫁妆，所以到处托人寻求奇异的珠宝，当少年出发时，他却没走。

他倒是亲自把少年送上了船。

却发现，船并没有走平日航线，往北行，而是先行向东。

“你准备上哪?”他问。

“我得上三保公庙去还愿，感谢三保大人让我遇到了好人，找回了船与货。再说，走婆罗洲、吕宋，我要熟悉一些，保险，这一路上不敢再有什么闪失了。”

谭康泰向远去的船挥了很久的手。这少年看来非同寻常，自小有如此坚强、优秀的品格，前程未可限量。只是可惜了，明珠暗投，到了陈寿官那里，不然，我当会更重用他。

当然，这后来的事，他倒未必料到。

这位少年，就是日后十三行中第一号名人，举世闻名的潘启官，外国人亦叫他潘启官一世，潘氏家族一直兴盛到十三行最后终结的十九世纪中叶，两次鸦片战争当中。不过，潘启官最后取而代之，接收了陈寿官的全部资产，谭康泰却是看到的——这自然也出乎他的意料之外。

在谱牒中，当然只有极为简练的记载：

“……按公家贫好义，由闽到粤，往吕宋国，往返三次，夷语深通，遂寄居广东省，在陈姓洋商行中经理事务。陈商喜公诚实，委任全权，迨至数年，陈氏获利荣归，公乃请旨开张同文洋行……”

另处亦有载：“至吕宋、瑞典贩运丝茶，往返数次”“当时海舶初通，洋商以公精西语，兼真诚，极为钦重，是以同文洋行商务冠于一时。”乃至瑞典，亦留有他造访时绘下的油画，可见影响之远。

当然，其中某些记载，未必准确，如“陈氏获利荣归”，寥寥六字，语焉不详，如何“获利”，又怎么“荣归”，都不好说，因为他一度在海内与海外，声名狼藉，其广顺行，亦最后在十三行中消失。人说富不过三代，他能有两代则不错了。他的最后归宿，当是资产全无，回到乡下，当个土地主罢了，从此名不见经传，殊不知，在潘氏之前，他是何等声名显赫，手眼通天……

这些都是后事，不提了。

谭康泰仍在巴达维亚、婆罗洲等地“偷闲”，一边打理在南洋的生意，一边寻求为契女准备的嫁妆。

一直到这个贸易季度进行得差不多了，信风期将过之际，他才举帆回国。

当然，他还是找到了很合心水的礼品，作为紫屏的嫁妆。

而他一时不在的广州，正在上演一出出好戏……

不过，谭康泰回到广州，得到的最早信息，并不是这一年度盈顺行的贸易情况，而是预料之中，也是预料之外的一个官方的决定：免去他的总行商资格。

免职，当然是预料到的；但免得这么快，则是不曾料到。

而且，是在他刚刚下南洋回来之际，这一季度的贸易尚未结束之前。

祖秉圭出手好快!

免职的理由是，谭康泰在这个贸易季度中未能尽职，对各行商不能进行有效约束，致使发生偷运银洋逃避关税等一系列严重事件，故严加惩处，以儆效尤。

谭康泰第一个反应便是：陈寿官偷运番银的事给抓住了，当然，这已不是第一年了，总有一天会发觉的。

可回到行内，陈芳官却告诉他：是骆官用小船偷运番银被海上巡艇抓住了，不仅没收了全部番银，还狠狠罚了三千两。

骆官平常的生意不大，作为包商，同荷兰人的交往也不多，偷运番银的事，顶多一两回，怎么就给抓住了呢？运气太差了点。

而陈寿官，动辄就上万两，反而相安无事。而且，这一年度，他包的英、荷等国的船，有十来只之多，行商中包船的，没人可以与他相比，看来，不仅仅是运气问题。

本来，未购货之前“番银加一征收”，无端端抽走一成，连曾任广东巡抚的常赉也反对，还写上过奏折。可杨文乾、祖秉圭两任海关监督，却死死咬定，圣上对此并无异议，照收不误。这一来，你有恶税，我有对策，加上海关又把这“加一征收”转嫁到行商头上，让行商代缴，这更迫使行商与夷商秘密约定，运来的番银，在靠岸报关前，设法运走一部分，从而减少“加一征收”的总量，以应付海关。

而这，在行商内部，早已秘不外宣。谁也不会去捅穿这个天窗，因为这事关整体的利益，一荣俱荣，一损俱损。所以，偷运一事，每每做得天衣无缝。

骆官交易量少，本不想冒这个险，没想到，刚试探，就被抓个正着。

谭康泰去看望他，他却说，不好意思，连累到了你，把总商给免了。

谭康泰却说，免了就免了，总商还有好几位，有我不多，无我不少，我也落个轻闲，才不要这名分。

“都怪我，事先，陈寿官就警告过我，说偷运番银的事，海关已听到风声了，正在查。我想，就这一回，以后不干了，可没想到，这一回就没能过得去，唉，”骆官叹了一口长气。

骆官是个老实人，撞上了，也就只认倒霉，没怎么往别处想。谭康泰一听说陈寿官事先发出过警告，则心中“扑通”一声，感到事情并不简单了。本来，寿官那么大的数与量，偏偏平安无事，他一开口，就出事了，多少有点蹊跷，可这又不可明说，只好安慰道：“智者百虑，难免一失，这事就认命了吧，亏的不大吧？”

“说大倒不大。”骆官点点头。

“那就忘掉它，明年再来。”

“明年还来不来，我就难说了。”骆官有点沮丧，“还是设法退出行商，怡情山水好了。”

“这并不容易。进难退亦难，不是说退就退得了的。”谭康泰劝说道。

“走一步，看一步吧。”骆官说，“本来，我以为这次也会免了我行商的，谁知，不免我反而免了你，简直没道理。”

“我还是行商，只不过不是总商了。”

“我知道，你并没偷运番银呀。”

谭康泰一笑：“我包的法国船，没英国人精明，没提出这个。包的荷兰船，有过这话，我那管家权衡再三，还是算了，亏一点就亏一点吧。夷人讲规矩，不服，可规矩还是要守的，法商更这样。”

“我知道，你们行，做的保险稳妥，不轻易去冒险。”

谭康泰苦笑道：“当今海关大人时刻关照着我呢。”

从骆官处回来，陈芳庭几次要完完整整交代这一贸易季度的全部生意，谭康泰却几次挡了回去，说不急。陈芳庭也只好不急了。其实，他心中有不少疑窦，尚有待谭康泰破解呢。但既然是疑窦，则未必说得明白，所以他也有些犹疑了，就这么拖下去了。

谭康泰自然知道他这季度打理得很不错。用人不疑，疑人不用，他不想过问，自有道理。况且，陈芳庭跟自己这么久，依闽人的习俗，早该自立门户了……

在陈芳庭没来得及全面汇报之际，陈寿官却登门来了。

这在陈芳庭很是惊诧。

“不巧，泰叔出门了，不过，他说好一个时辰就回，现在已在半个时辰了。”

陈寿官送上一份大红的请柬，含笑道：“我这是诚意来请康官的，并且亲自来感谢他在南洋给我的帮助。”

“南洋？”

"他没对你说么?"

"没听说起。"

"他可是帮了我的大忙。一艘船，满满是货让海盗劫了。康官为朋友两肋插刀，只身去与海盗论理，硬是把船与货要回来了……"寿官感慨道，"不然，我这次损失就大了，这一年的贸易就只赔不赚。"

"这倒没听他说。我只听讲过，他初出道，你提携他不少，他可是念念不忘。"陈芳庭说。

"这比起他这一回出手，那算不了什么，不过是点拨了他几句罢了……"寿官说："难得他这么上心，真是个厚道人。"

话说间，谭康泰果然按时回来了。

一见面，陈寿官便连连致谢："多亏你出手相助，不然，阿潘少不更事，一筹莫展，这船与货就回不来了。"

谭康泰忙问："你没有责怪阿潘吧?"

"怎能呢?!"

"这孩子是可用之材、可教之材、可立之材呀，你好福气!"

"船回来了，货也卖了九成，进的南洋物料，回来也赚头不少，这孩子有生意头脑，平价出手去的货，在他是逼不得已，我也同几位外洋大班讲明白了，也没让外洋大班亏到哪去，总而言之，这一年我算是鸿运当头。"寿官不无得意地说。

听到这，谭康泰这才放了心，原来一直忧虑寿官会对阿潘怎么样，看来，由于心情好，又大发了，自然没怎么计较了。现在，自己也用不着为那孩子说好话了。说多了，反而会引起不必要的疑心。

这时，陈芳庭递过了大红请帖。

谭康泰打开一看，居然是要讨小，这当是第四房了。心里自然不怎么样，可脸上还是挂着笑，说："恭喜了!"

"这一季度大发，当是我遇上了老四，四季发财，这四姨太当是我的财星。"寿官更为得意了，"我一直在找这个四，今天，总算是功德圆满，凑足了双喜的整数!"

"这可是个好意头。"谭康泰朗声道。

"你是我的老搭档，小老弟了，到时一定赏脸喜庆，就在新园子里办。我已按你当日的点化，全都理妥了。"

"这我一定要去的，你亲自来请，焉有推托之理?一定去!一定去!"

"可惜，不见你契女回来，不然，我一定要她当老四的陪伴，两位一起，当是才貌双全了。"

谭康泰当然知道这个“才”其实是那个“财”，忙说：“我那契女，出不得众，哪有这运气。”没想到，寿官讨四，还记挂着紫屏，这让他很是不安。

陈寿官这才起身告辞。

此番前来，他口倒是很紧，一字不提谭康泰总商被免的事，也许是喜庆之时，不宜提这些吧，自然，骆官偷运番银被逮个正着的事，他也不会提。

他警告骆官之际，他偷运的几万番银，早已稳稳当当上了岸。

是怎样一个贸易季度?!

陈寿官走远，陈芳庭才说：“我这位老乡，不是说讨了西关小姐做三姨太，以后就不再纳妾，视三姨太为正么?”

谭康泰感叹：“他当日可是信誓旦旦呀。”

陈芳庭问：“三姨太会知道吗?”

谭康泰说：“三姨太给他打发到豪园后，就很少见出现在各种场面，固然三姨太好清静，独自在花园里赋诗弹琴，两耳从此不闻天下事，可只怕世上并无不透风的墙，她迟早会知晓的。”

陈芳庭明白：“这么说，三姨太是被他打入冷宫了。”

谭康泰长叹：“表面上是送三姨太一座花园，可实际上是让三姨太与世隔绝。寿官不惜巨资，也费尽心机。”

此刻，陈家花园小姐楼上，正值黄昏。

南音渐渐传来：

情绪悲秋同宋玉，
客途抱恨对谁言?
旧约难如潮有信，
新愁深似海无边。
触景更添情懊恼，
怀人怕对月华圆。
……
今日言犹在耳成虚负，
屈指如今又一年。
好事多磨从古语，
半由人力半由天。

琴前，三姨太几分忧愁却不乏刚毅的脸。

三姨太伤心自语，只怕今年乞巧节在园里办已成虚言。

琴声忽地终止，琴弦绷断。

三姨太陡地站立，泪流满面。她分明已知道了很多……

第六章　珊瑚树

陈寿官送走后，谭康泰回到客厅，陈芳庭终于抓住机会讲了对这个贸易季度的一些迷惑。

当然，最大的事件，莫过于骆官偷运番银被发现，导致谭康泰的商总被免职，这事闹得沸沸扬扬，而且对以后的贸易季度势必产生相应影响，闹得人心惶惶。本来，加一征收，无论行商还是夷商都不服，却也不得不执行，怕惩罚得更重。虽然一面“上诉”，一面亦尽量减少份额，偷运也是不得已的法子。可抓了个开头，以后的防范就更严了。

陈芳庭还知道的不少：“都说陈寿官运气好，他的刚运完，骆官就出了事。他的是大头，骆官是小头，把他吓得也不轻。”

谭康泰说：“陈寿官精明，出手快，骆官老实。犹疑一阵，再开运，就晚了，撞到了风头上，人与人不同。”

“当然，私下里也有人说，寿官与海关关系不一般，他各方都打点好了，睁一只眼闭一只眼，等他运完，才去抓偷运的事……”

“这也是没办法的事，骆官也打点不过来。”

“我们本也可以这么做的，法国人也动了心，不过，一出事，就不提了。”

“我知道，迪韦亚一直与其他国家一道，在向官府呈诉，称这‘加一征收’不合理。”

“这告得上去么？”

“如今，恐怕难，也难得他们锲而不舍，总相信，只要圣上看到，就能解决。他坚信圣上是个开明君主，一定能体察下情，宽柔待夷，还很抱希望呢。”

“夷人总是很执着。”陈芳庭沉吟了一下，终于说：“这个年度，还是出了些古怪的事，我也没弄明白，也许你有经验……”

“什么古怪事？”

“陈寿官，我这位老乡，差不多包了一大半的船，当然，他资金雄厚，别人没法比，只是有些蹊跷，有的行商，已同外洋大班签过约了，按常规，外洋大班视契约大过天，不轻易毁约的，但今年却不同，好几位都找这样那样的借口，要么说茶叶质量不合格，要么说绸缎的表面不行，改而向陈寿官进货，而进货的单价，比原签的还要高——这有点不合常理，你说是不是?”

“嗯，”谭康泰不敢轻易下结论，“你留意过各自的茶叶、丝绸的成色么?”

“我有些好奇，还真留意过，但一时真看不出有什么差别。”陈芳庭迟疑了一下，“比如骆官的茶叶，我就觉得，绝对不会比寿官的差。”

“骆官也退货了么?”

“不是退货，而是人家看也不看便中止了合同。”

“你是福建人，论茶你比我内行。骆官这回还真走麦城了。”谭康泰叹了一口气，“他不仅仅一处损失。那滞销的茶叶呢?”

“我帮他找了买家，价钱没变。”

“这就好。”

“陈寿官现在印堂发亮，满面红光，跟他的九个福建行，大都发了。”

“你也是福建人，怎么对老乡有微词了呢?”

“也许我在外边待得久了，跟你也不是三几年了，其实，各有各的长处。”

“怎么说?”

“粤人实在，讲自立，常挂口边的一句话，就是‘马死落地行’，不愿意死死依赖什么人，包括官府。闽人呢，敢冒险，不管三七二十一，搏它一回是一回。人呢，也能抱团，不似粤人，有些各管各，君子之交淡如水。”

“你呀，好话坏话都变得悦耳了。”

“其实，有的品格，说好即好，说坏即坏，好坏都有，好坏难分，此一时彼一时。”陈芳庭自己也笑了，“不是我当墙头草。”

“我明白，你是说，这次闽行行事，有些冒险的成分。”

“我是这么以为的。”

“仅仅是冒险么?”

“我不知道，也不敢武断，想听听你的。”

“我还没你清楚呢……这事，真还一下子不好说。”谭康泰表示。

“明白。”

谭康泰没给陈芳庭说起在南洋遭遇阿潘的事。虽然帮了陈寿官一回，可阿邝讲的一番话，却让他心里很不是味道。在南洋固然约束不大，欺行霸市，一时管不到，弄得海盗来打抱不平，这分明不是好事。到了这里，明的欺行霸市一时还不敢，可暗的呢?陈芳庭讲的疑惑，在他感到更严重，虽然不可以贸然下结论，也许是偶尔为之，这一年攀上了海关大人祖秉圭，有恃无恐，背地里有什么交易，谁说得准呢?而寿官一直的理念是，没官方做靠山，生意总归是做不大的，当然，他有他的理，这如今照此理去做，也有他的逻辑……唉，先不忙有太多的揣测，忙自己的事吧。

陈芳庭日后也不怎么提了。

寿官讨小的喜庆日子，则放在新春，即立春之日。

迎亲鼓乐声中，来宾一一步入。

陈芳庭与谭康泰在人流中，陈芳庭左右张望，末了，叹了一口气："怎么不见三姨太？"

谭康泰正色道："陈寿官当年是承诺过，三姨太之后不再讨小，而三姨太在广州陈家，实际上是坐了正的，再讨小，她生气都来不及，还能现身这喜宴上？"

陈芳庭恍悟了："这么说，三姨太出局了？"

谭康泰说："不好说，这新讨的未必比得上三姨太的精明。"

陈芳庭沉默了一下："我倒是听说，三姨太得知茶价的事，与陈寿官没少争吵，一气之下，上了豪园一住就几个月不回家。"

谭康泰点头："这不，小的就乘虚而入了。"

陈芳庭说："不，只怕是三姨太对陈寿官失望了，不再在乎自己在陈家的地位与身份了。"

谭康泰有点心寒："会这样么？"

陈芳庭说："你上巴达维亚的时候，三姨太没少来你家，与婶子谈得很投机。"

谭康泰说："谈什么？"

"琴棋诗画，这倒没什么，却有一事，让我觉得有点不对劲。"

"什么事？"

陈芳庭迟疑道："她把顺德女子不落家的习俗，问得很仔细。"

谭康泰说："当是好奇吧。"

陈芳庭点头："是呀，不落家，是出嫁当夜就出逃了的，她却是出嫁多年了，而且头发更不是自梳，以示不嫁人。"

谭康泰只能说："与她无关，只当奇闻逸事，听听罢了。"

排场很大，连海关大人祖秉圭也来了。

谭康泰在另一席，有一定距离，正考虑是否去打个招呼，可陈寿官却领着祖大人过来了，并且笑呵呵地说：

"我把你在南洋帮了我大忙的事，对祖大人说了，祖大人夸你够朋友呢。"

祖秉圭也笑嘻嘻地说："看来，你这个总行商还是称职的。"

却不提谭康泰被免职的事。

谭康泰只好客套道："哪里，哪里，刚巧碰上了，当然要帮忙的，小事一桩，不值一提，不值一提。"

祖秉圭又说："听说你是去给契女置办嫁妆去了，有什么新奇物件？我那夫人，对这些倒是感兴趣的。"

谭康泰心中一惊，说："小女乃一平民，出不得众，随便对付就行，用不上什么稀奇物件，大人见笑了。"

"你的眼光，寿官可是推崇备至的，有机会，也让我夫人见识见识。"祖秉圭索性挑明了。

"这我可献丑了。"谭康泰只能这么说。

原来，二人仅是为此而来。

但这却给谭康泰出了个难题。

还来不及想怎么办，盖着红头帕的新娘已被簇拥着出来了。新娘长得怎么样，宾客们此刻是无缘见识的，因为不到洞房是不可以揭开红头帕的，所以，寿官想请紫屏陪伴亦不无道理，至少可以借紫屏的亮丽，好去猜度红头帕下新娘的惊艳，这个悬念当是够长，也够揪心的了。不过，身段却还是可以看出来的，人道是"三分相貌，七分身段"，这女子，袅袅娜娜，走起来，颇有点弱柳扶风的味道，那步姿、那身骨子，当小家碧玉无疑。从娇嫩的程度看，当为二八妙龄。

这便拜起天地来了。

陈寿官喜气洋洋，风度翩翩，不住给左右两边的宾客拱手致意。

谭康泰略往后靠了靠，顺德乡下有句话，执输行头，惨过败家。此刻，自己被免了职，又撞上祖大人叮咛了几句，甚觉尴尬，万万出不得风头，所以频频后退，不想让人发现。本来上这里赴宴，也是不得已的，不能扫了陈寿官的面子。

退到边上，却有人轻轻在叫唤"泰叔"。

回过头，原来是那位眉清目秀的少年阿潘，自然，这个宴会，他得跑上跑下，操办很多事情，现在，拜天地了，当没他的事，才悄悄踅到谭康泰身边。

谭康泰说："是你呀，黑了，瘦了。"

阿潘笑了笑："也好，人不打眼了。"

谭康泰又问："回来这么久，生意都操持得不错吧？"

"大盘老板定，我只是个管账的，今年斩获的不少，主要靠你帮忙，不然，丢一条船加一船货，再赚也填不回。"阿潘很是感激地说。

"不要再提了。"谭康泰赶紧摇摇头，"回来后，寿官没对你怎么吧？"

"也没什么，我说清楚了。他只是对海盗的条件不解，不过，到底没亏什么，后来又赚更多，就没再寻究了。"阿潘说。

谭康泰心里一沉，显然，寿官是个多疑的人，表面不动声色，暗地里却怀疑海盗即阿邝提出的条件，是不是与他串谋的？如有这样的疑心，日后的交道就不好打了，而这不知又会延伸到什么方面……他说：“噢，没问就好，海盗自有海盗的想法，你说，当时你、我还敢问个究竟么?”

“我也是这么对老板说的。”阿潘说，“不过，后来英国大班来了，同他倒理论了好一阵，说他不守信约。事过后又喝了个花天酒地，一了百了。”

“那约定的货呢?”

“老板也还是想办法凑齐了，让我在广州交的货。”

“英国大班也就欢天喜地地走了?”谭康泰宽心想，也难怪陈寿官这年生意要做大，这个窟窿不填还真不行，不可以过分猜度人家。

“走了，噢，不，有一个还留下来，呶，就是他——不懂规矩，非要去揭新娘的头帕。”阿潘指了过去。

果然一个瘦高个、黄头发的英国人，被人从新娘身边拉开。可他还不服气，手往上扬着，叫嚷着：“漂亮的女子就该让大家尽情观赏，这红头帕盖得太没人味……”

好在能听懂的没几个。

阿潘笑了：“这巴纳里，也不懂入乡随俗，总讲他们那里的一套。”

谭康泰听到这个名字，感到有点耳熟，便重复了一下：“巴纳里?”

“你忘了，在巴达维亚，本应是交货给他的，他后来追到广州，兴师问罪，不依不饶的，好不厉害，老板都得让他三分。”阿潘苦笑道。

“一看就是个厉害的角色，鹰钩鼻，只钩进不漏出，死鱼眼睛，好吓人……”谭康泰也故意这么说，毕竟，阿潘是个少年，“不过，他同你们老板关系该不浅了。”

“有好几年交道了，在英吉利东印度公司的船上，他职务不低，夷人都听他的。”

“他怎么留下来了?”

“说要插手今年年初这边的采购，老板也拿他没办法。”

那边，巴纳里终于被劝开了，手里高举着一个酒瓶，仍在嚷嚷：“没有美人，有美酒也行，很妙，很妙!”

他亲得酒杯“扑扑”直响。

满座哗然。

“说他们讲规矩倒是很守规矩，可一喝上酒，什么规矩也没有了，酒大过规矩……千万别惹出事来。”阿潘有点担心，“我去劝劝。”

果然，阿潘走到巴纳里身边，叽里咕噜说了几句什么，巴纳里似乎一下子酒醒了，跟他走到一侧的厢房里，于是，宴厅里又恢复了热闹与喜庆。

谭康泰等到阿潘出现，便说：“我就不久坐了，家中还有事，先走一步，代我向寿官解释几句。”

谭康泰还真是有事回家。

因为，早几天便已有信捎了来，说趁春汛没到之前，彤平与紫屏，已早早启了程，从景德运出一批白瓷，由他们押运到广州的河南……谭康泰有些纳闷，运白瓷来干什么？不是要在那里烧好订制的彩瓷么？不过，既然他们这么做，自有他们的道理。这几天，他们也应该到了。

果然不出所料，一回家，就见到了彤平与紫屏。

彤平已一洗坐牢的暗晦，青铜色的皮肤，闪闪发亮，黑里透红的双颊，别是一种刚毅与沉着，眼神更是明亮了，好一个堂堂的男子汉。紫屏靠在他身边，有掩饰不去的幸福感。是呀，这次来，泰叔说好了的，当给他们完婚，他们能不满心欢喜么？

谭康泰问：“一路上辛苦了吧？”

“没有，很顺的。过梅岭时，连一捆白瓷都没损坏，船上就更不用说了。”紫屏笑吟吟地说，“彤平照顾白瓷，比照顾我还周到呢。”

“白瓷呢？”

“已运到河南窑上，放心，一件未损。”

“你们……运白瓷来，一定有想法吧？”谭康泰说，“事先我不知道，想听听。”

彤平连忙说了解过了，过去在那边烧好了青花瓷、彩瓷，再运到广州，一路上免不了有磕磕碰碰，不打碎也擦坏，成本就高了。只运白瓷来，一是白瓷成本低，路上有损耗，损失不大；二是来到这里上釉彩，还可以有更多的花样，尤其是听取迪韦亚及其他夷人的意见，画得更合他们的心水些。两个人，一个管烧制，一个管彩绘，一定能出绝好的瓷品来。这样，比起在那边定做再运来，要方便得多……

谭康泰说：“对呀，那边的高岭土比这边的好，但这边的烧制与彩绘，有你们俩，就不会比那边差。这一来，用最好的瓷土，绘最好的彩，烧最好的瓷具，我们一定能够把陶瓷外销这一块，做得最旺！”

“我知道，盈顺行最大的业务，就是外销瓷，所以，我们俩愿意为泰叔尽心竭力，哪怕肝脑涂地。”彤平说。

“千万别说这号不吉利的话，好好干，绘出、烧出世界上最美的陶瓷，记得迪韦亚说吗？中国陶瓷，都成为他们艺术时尚了。”谭康泰勉励道，“其实，在彩绘上，有很多的发展，要用心做到‘虽为人作，宛自天开’，还有‘外师造化，中得心源’，无论谁看到，都能赏心悦目、心旷神怡……我这是班门弄斧了，紫屏比我知道得更多。”

紫屏脸红了：“不，不，泰叔才是真正的内行，我听举叔说过，你是琴棋书画、吟诗作对，样样都行，他一直以你为楷模。”

“弟弟夸兄长的话，你也信？”

“不，那天你即席为我们写的那首《中秋明月》就是神来之笔。”

“那只是一时逞兴而已。”

“不，是诗兴大发。”

“那也只是诗。”

“诗与画，本来就是相通的，诗中有画，画中有诗，诗画不分，运思之妙，存乎一心，是吗？”

“鬼丫头，我可说不过你了。”

“我只想多品味一下你的诗，这样，我的画才会出意境。”

彤平插嘴了：“她画了一幅，名字就叫《醉饮中秋明月光》。”

“是吗，快拿来给我看看。”

“噢，当烧到瓷瓶上了。”

“快拿来。”

“看你急的，这还须绘到瓷瓶上。”

“画稿总有吧？”

“烧出来更好看，先别急嘛。”

“嗨，你们也会吊我的胃口了，好的，出窑时，我一定去守着，先睹为快。”

“这还得半个月才行呀。”

“我有这个耐心。”

“不想听听构思？”

谭康泰一怔，摇摇头：“不想，免得出窑时失去那一份惊喜。”

紫屏乐了：“你就那么肯定？”

“我信得过你。”

彤平说：“要是画稿带来了，也不看？”

“不看，不是说烧出来更好看么？”谭康泰笑着说，“我宁可等上十天半个月。”

紫屏与彤平对视了一会，只好说：“那好，我们会不只烧出这么一种，这些日子，想画的还很多。”

“有激情，就抓紧画，别耽误了。”

“那……我们告辞了。”紫屏欲言又止，脸先自红了，“我们画去了。”

两人依依不舍地走了。

谭康泰看到紫屏脸红，自是明白她想说什么又不好意思说出口，可是，自己今天能提出这曾承诺过的事么？

他还得认真想想。

祖秉圭称夫人想看看紫屏的嫁妆，话虽平易，可骨子里分明有几分逼迫，几分冷蔑，看你识不识相，甚至有更深的含意，费你琢磨的，这位在夷人面前温文尔雅，绝无咄咄逼人之势的海关大人，在行商面前却是另一副面孔，话中颇有机锋。

在他人而言，这可是个巴不得的好机会，要讨好官员，走夫人的路子当是捷径，况且谭康泰已经与祖大人有了过节，急需修复关系，祖大人可是主动给的讯息，要他上门拜拜，从此一笑泯恩仇，这一年的贸易季度也就好做多了。但是，谭康泰历来不愿与官场多打交道，这固然有祖上的遗训，而在他，也的确看到，真的纠缠上了，一时似乎可以得到庇护，生意上少些刁难，但从长远计，别说当官的要翻脸就翻脸，随时把你拿捏住，你想躲也没法躲，而且海关没几年便要换人，不是上边要换，而是无一不贪，到时势必案发，你行商走密切了，就脱不了干系。与杨文乾走得密切的黎安官，如今已失势，祖大人也不接他的白，日子正难过。这都是现世报，陈寿官与祖大人，如今如胶似漆，日后还不知会怎样，祖大人就真坐得那么稳、那么久么？朝廷严禁海关官员与夷商直接交往，固然有鄙夷之意，但也是设了一道关防，如同中国历史上，不让官员沾商字边一样。他谭康泰多少也知道，在西方，官员更是不得从商，所以，他们的海关不大，但税收却是保证的，不曾层层盘剥，真正入库，所余无几。而这里，每年几十、几百万两银元的交易，但国家最终得益多少，则难说了。因此，海关税收的获益、效率，都大大打了折扣。

正因为这样，祖秉圭提出让其夫人见识见识紫屏的嫁妆，就让他头痛了。

见识是假，索要是真。

一句话，这么好的珍稀物品，你那平民出身的契女配么？

这一来，你就不敢留下了。

谭康泰后悔极了。

当初，真要听了紫屏的话，让她平平常常做人，轻轻松松过日子，不放出话去大力操办什么嫁妆，会有今日么？怪只怪，自己昏了头，老从行商的体面考虑，骨子里，更有急公好义的冲动，既然救了一个人，就救到底——可这反而把紫屏害了。什么才是“救到底”？这回当好好反省了。让一个人，平平安安，平平常常地生活，不就是底么？对于紫屏来说，潜心做彩绘，在艺术的天地间自由翱翔，心无旁骛，身无羁绊，该多好哇！民间有民间的活法，民间的活法也许比天大的哲理更为广阔，凭什么要把自己的“好心”强加于她呢。

虽然买到什么，他口风很紧，丝毫都没透露出去，但在陈寿官、祖秉圭等人心目中，这一定很珍贵、很罕见。

这反而挑逗起更强烈的占有欲了。

是呀，你谭康泰眼光不俗，身家也不低，所挑的嫁妆，能差么？何况专程去的南洋，花了那么多的功夫，还有时间。人家夫人想见识，你拿什么东西去才是？

真拿最好的去，势必有去无回，能心甘么？这有违自己一生不巴结官员的志向，且有负于对紫屏一片爱女之心。

就拿上什么夜明珠之类，人家是必猜疑，认为你是哄人的。势必结下更大的怨恨。

让其满意，不存猜忌，太难做了。

而日后，紫屏出嫁，把真正的珍宝当嫁妆，让祖夫人得知，那事情就更麻烦了，堂堂二品大人的夫人，竟不如一位漂泊女子，太侮蔑人吧?!

左也难，右也难!

情急之下，只有找陈芳庭商量。

陈芳庭思索了很久，才对谭康泰说：“这事处理好不好，盈顺行可是性命攸关呀！你不在的这些日子，我没少与祖大人打交道。此人从京城来，又少年得志，虽说前年撤职留任，去年才官复原职，可不见有多少收敛，不易应付，不满足他，他会把你往死里整，这在他是做得出的。”

谭康泰点点头：“你说得没错。但真要把这回好不容易找到的祖母绿拿出来，我实在不愿意，宁可掷入大海，也不可让他得逞……”

祖母绿的事，只有他与陈芳庭知道，连同下南洋的船员，也无一知晓。他还是防了一手，可现在却防不胜防。

“你一定要把祖母绿给紫屏当嫁妆么?”陈芳庭追问一句。

“这孩子吃了太多的苦，况且，我是有承诺的，一诺千金呀!”

“我明白，这孩子，别说一枚祖母绿，再加上一枚猫儿眼，也都是应该的，日后，彩瓷还真少不了她。”

“她会很有出息的。”

陈芳庭沉吟了半天，终于说：

“只有一个办法，两不相误。”

“快说。”

“让紫屏把婚期推迟一段时间。”

“为什么?”

“等祖秉圭走人。”

“这得等多久?”

“少则一年，多则两年。”

“你是怎么算的?”

“以往的海关监督，很少有人干过三年的，不是调离，便是被免职，可以说，无一不贪墨，这祖秉圭也躲不过。你也知道，朝廷对粤海关，历来是很在意的，频频换人，当然是争夺厉害的结果。祖秉圭在这已有两年多时间了，就算超过三年，也过不了几个月。无论他怎么离开，那时，紫屏的婚事就好办了。”

“你说的不无道理。可这祖秉圭颇有来头，还看不出走的迹象。”

“不，他扣下普济堂的善款，就已经是征兆了，连圣上都叫他小心脑袋了，要是杨文乾，只怕立时就吓死了。这祖秉圭没当回事，所以，去年行事，根本不加节制，只怕早就又有人上密折去了。”

“可去年税银收得多，圣上颇满意。”

“今年还会更多，但这不见得圣上不警惕。我想，多行不义必自毙，他祖秉圭不会得意得太久了。”

“那好，我同彤平、紫屏说说。”

“再说这两年，用白瓷烧彩瓷，也须他们很用功才行，我也会去劝劝他们。”

谭康泰复又问:“那我怎么去应付祖夫人呢?祖母绿瞒得住，别的……”

“别的也就不算什么了。”

谭康泰省悟了:“对了，我这回带回了几株白里透红的珊瑚树，人见人爱，就让出一株吧，拿得出手，又好看，又大方，她从北方来，应该没见过，会喜欢的。”

果然不出他们所料，当两人一道，把鲜艳如玉的珊瑚树小心护送到祖家府上时，祖夫人高兴得合不拢嘴，绕着走了好几个圈。

陈芳庭说:“这也只在南洋才找得到，过去，可是皇帝送给臣子的礼品……”

谭康泰忙打断他的话:“陈芳庭讲的是一个历史典故。”

祖秉圭一听，饶有兴致，问:“你知道?”

陈芳庭说:“还是由我来讲吧。”

那是一千多年前的晋朝了。晋武帝有一位亲舅舅，对，是国舅了，叫王恺，是京城里的富豪。他呢，要同另一位有钱人斗富。另一位，是开国元勋石苞的儿子石崇，平日生财有道。晋武帝为了让亲舅舅斗赢，就亲自送了一株珊瑚树给他。王恺拿了这株珊瑚树去见石崇，夸口说玉树临风，价值连城，谁知，石崇竟不当回事，随手拿起一柄如意，把这珊瑚树给打断了。这下子，王恺可急红了眼，要他赔。他却冷笑道，这有什么稀奇的，我这里多得去了。果然，他让婢女一人拿了一株珊瑚树出来，一共五六株，而且都比打碎的那株高出一倍。他还说，你随便挑一株吧，我还有的是。

祖秉圭听了，无限感慨："看，这经商的，比皇上还更富有呢。"

谭康泰听了不是味道，忙说："三国两晋南北朝，那是个乱世，比不上今天，可是盛世，国富民强。"

陈芳庭也说："这回，泰叔是把带来的珊瑚树精心挑拣，选出最大最鲜艳的让夫人开开眼界。"

"不，不，请夫人笑纳。"谭康泰补充道。

祖夫人一听，高兴得满脸像开花一样，连声道谢。

这一来，祖秉圭也不说什么了。

出门后，一块石头落了地。

几天后，他们上窑场，向紫屏说明了为何要推迟婚礼的理由。他们说得很含蓄，但紫屏是个聪明的女子，很快就明白了，而且说："给恩人惹麻烦了，真过意不去，推迟就推迟吧，也不在乎这一两年。彤平也太忙了，我更想画出更好的彩图，都忙不过来呢，等等就等等吧，我们还年轻。"

谭康泰叹了口气："依乡下规矩，你们可都不年轻了。"

婚事就这么搁置下来了。

只是……已永远办不成了。

人算不如天算。

虽然没出所料，祖秉圭很快便倒了台，差点掉了脑袋，只是，到了那个时候，却因祖秉圭的倒台，无论是谭康泰、陈芳庭，还是彤平与紫屏，却都遭到了无妄之灾，九死一生，有的，更是阴阳相隔了……

潭 语

在史家笔下，我有四个字：水大而深。

大如何？深如何？仅几百年前，广州这边的珠江水面，其宽阔，都说是此岸见不到彼岸，所以，粤人过江，亦称过海；江边，亦谓海岸。恐怕是几百年、上千年这么叫下来了，直到如今亦如是。江有这么宽，潭就更不得了啦，那才真正可以称之为海。

明正统年间，黄萧养造反，率五百艘战船直赴广州，就聚集在我的水面上，试想下，五百战船，该有多大规模，我当有多开阔的胸怀，方可容纳下？一番厮杀，官方来援的总兵也一命呜呼，义军不到十日便聚有十多万人，可见人心所向。后来，朝廷从四面八方调集人马，集中数省兵力，水陆并进，与黄萧养义军遭遇在我的水面上。可惜黄萧养不幸中箭，殒身水中。相传有两只白鹅从水中腾起，驮着他没入云水之间。白鹅潭即因此得名。

人道黄萧养为“海盗”，其实，早些年，他与他的弟兄们，都是出没在南海波涛中的海商、水手、舵工。只是一禁海，没了生计，官逼民反，这才成了海盗。大概，如此大规模的海盗船队，且可以直上广州，当是空前绝后。目睹这么一场水上的鏖战，虽然敌众我寡，可他们敢以生命一搏，令后世也为之一振，故令我动了怜悯之心，召唤二白鹅驮走首领的遗体，也给义军一个美丽的结局。

我只能做到这些，并无起死回生之术。

几百年、几千年，甚至几万年，年年岁岁，我只是鼓胀起呼吸，吞吐万千白雾；我只会会振动膂力，掀起万丈波涛。人类给了我多少美名，留下多少故事。大通烟雨，鹅潭夜月，珠江帆影，还有……九牛出水！这却是怀念黄萧养的又一个传说，说的是潭底有个洞府，内里有一位鹤发童颜的老人。有人追寻而去，发现洞壁上显现出了两行大字：“九牛浮水面，黄萧养转回头。”原来，那鹤发童颜的老者便是当年的义军首领。自始，人们常常在江边数牛，在东堤至西堤之间，一旦退潮，便会现出许多块像牛一样的巨石。只是数来数去，总共只有八头牛，就差一只。一旦多一只出来，黄萧养便会从水中重新杀出……

我不懂得人间的恩恩怨怨、爱恨情仇。在我这个水的世界中，有汹涌的波涛，有谜一样的雾霭，有灿烂的阳光反射，有柔和月色的清照。恶浪扑来，很冷酷；迷雾来袭，更无助；酷日当空，水气如蒸，也很可怕，但尽管如此，大自然的造化，却不会有阴谋、贪婪、卑劣、萎缩、无理与无赖，更不会有把同类推进血腥自残的大骗局。我同情黄萧养，正是厌恶人间这种残暴与无情。人们想在江上数出九头牛来，虽说也是怀念这位我同情过的义人，可他一旦出

来，不还会厮杀，血流成河么？所以我不会让第九头牛出现的。我不希望在我的身边，再有什么剑戟闪光、刀枪交鸣……一潭清水，不应化为血腥。

可我的愿望能达到么？

千万年间，我已经见得太多了。江水流走了多少岁月，岁月推去了多少江水，可人类，仍要在我身边，继续上演一出出惨绝人寰的历史悲剧，而且从没有终止的意愿。

而且，一幕比一幕还要惨烈。

我甚至宁肯往后看，虽然那也是血与火——广州的几次焚城：汉军一把火烧了南越国的国都；而南汉国的宰相宣称宋军南下只为珍宝，于是把个金砌玉雕的兴王府几百宫殿上千离宫烧了个乌焦巴弓，满以为无宝可得，宋军即可鸣金收兵；还有，不到一百年前的清兵屠城。腥风血雨，刀光剑影几时消？

而往前看，则更为恐怖，更为残忍了——那已不是冷武器的铿锵之声，而是火枪、大炮的雷鸣般轰响，一条条沉没的船只，一队队覆灭的官兵，还有那索人魂魄的鸦片迷烟，当然，更有被炸毁的炮台，被劫掠的城乡，以及走投无路的商旅……

人类制造死亡，制造恐怖的本领，却是一天天的长进。

对于我，一潭清澈如明镜的水域，可以映照出纤云全无的蓝天的水域，怎么能理解得了这种残杀，这种凶狠、这种阴鸷与计算呢？也许，大自然与他们本就不是同类，但他们却是大自然滋生出来，反来了个恩将仇报！

我甚至不知道，在人类不可抑制的贪婪之下，我还能有多长时间与岁月相伴？因为，别说珠江两岸当年彼此都不相见，现在，潭的四周，连人影都可以辨认得出来。人类的无节制的摄取，使我被榨取得自己也认识不了自己了，血干了，乳汁没了，到最后，只能是一个干涸的大坑。

那时，连“潭”的称谓也都不存在了。

我不能再往前看了。

我的生命，也就止于这种不可阻遏的贪欲、狂妄、残忍以及卑鄙之中……只是我已无法逃遁，除非江海倒流。

可是，就算是海洋，也躲得过么？

“水大而深”，大已不复存在了，深更名不副实，已经有渔船在水中搁浅了……

那时，这世界不会知道我的存在。

第七章　可怕的漩涡

其实，彤平与紫屏此次来广州，便已经商量好了，不再回景德镇了，尽管那边一再挽留他们，甚至连唐英这位督陶官也亲自出面。当然，唐英不是那种高高在上的监督，而是平日里好在彩绘作坊与窑场里琢磨工艺的“艺术爱好者”，自然，只要有点诗文的功底、文人的清高，就不会不把心思用在做官这面，这也是唐英与历任督陶官不大同之处，所以在景德镇的名声也还不俗，尤其是陶瓷这个圈子里，何况他还亲自为窑神童宾写祭文，更赢得大家的敬重。

因此，他与“二平”的来往也不少，劝“二平”留下，当是深知二人各个方面的功力。一般情况下，他总是留得住人的。但这次，无论他如何苦口婆心，还是没劝住，反而让“二平”说动了心，日后要上广州看看那边的陶瓷业是怎样发展的，因为他已经感觉到了，广州的陶瓷外销业兴旺，势必带动制作往精美处发展，自成一格。

若干年后，他出任广州巡抚，正是冲着广瓷而去的。可惜，那时他已经找不到“二平”了。物是人非，广州这边政界、商界，回风舞雪、诡谲万端，他也非翻云覆雨的能手，最后也未能善终，怏怏而去。

不过，“二平”在广州一留下，便殚精竭虑，投入到利用白瓷烧制釉上彩的研制与试验之中，并未为婚礼延期而受影响。考虑到陈寿官的觊觎，祖大人的“关照”，他们也与谭康泰“约法三章”，轻易不过江，不上谭府，更不抛头露面，以埋头苦干。

这让谭康泰很过意不去，初时，一有空，便上窑场，给他们以鼓励。

但随着信风到来，外洋大班的船只最早六月就要到来，他忙得不可开交。

末了，更自顾不暇了。

对他来说，这一年充满了陷阱，危机四伏，几乎又是一次生死挑战。

还是开春，迪韦亚便已从澳门来到了广州，打早几年从谭康泰手中租下房子，法国也就正式在广州有了自己的商馆，他务必全力打理，不可比荷兰、英吉利等馆逊色。不是新开茅厕三天香，而是他这个人很认真，要把法国馆弄得像模像样，与称雄欧洲大陆的这么一个大国身份相称。

毕竟在法国受艺术的濡染很深，所以，他对谭康泰经营的陶瓷业格外关心，而且从国内带来了不少贵族的纹章徽号，让谭家烧制到瓷器上。他能把这些如数家珍的纹章所代表的贵族的来历、功勋，以及某个团体的来龙去脉一一述说出来，让重绘者加深理解。譬如，一只咖啡杯上，其纹章为何是狮子持一盾、鹰亦持一盾，从而“双盾拥簇”，以体现这个贵族历史上的辉煌，又如何形成巴洛克样式，色彩鲜艳，颇具贵族特色……

毫无疑问，紫屏不仅是他最忠实的听众，而且是他理念阐述的最完美的体现者，把这一批订货最完整地烧制出来。

当然，谭康泰亦不失为知音，不时还给紫屏以点拨。

两人每每在彩绘作坊里一待就是一整天。而且聚精会神地听紫屏讲每落一笔的作用，尤其是颜色的搭配。

青花瓷为什么长盛不衰，无论在中国还是外国都受欢迎，因为淡雅、轻灵又悦目，且与瓷质相匹配。其他色彩，如褐色，中国人喜欢，外国就未必了，虽然质朴、亲近。民间说的，红配绿，看不足，在瓷器上则不一样了，万绿丛中一点红，风景中可以，但用在画上并不好表现。夷人喜欢色彩鲜艳的，但不流俗，这在广州，须用心体察。本来，花鸟、兰草、树木运用得好，也能得他们欢心，可在传统方式，一味追求素雅、淡泊，人家便不好接受了。仅仅在广州，花卉的素材就很多，芍药、牡丹、菊花、杜鹃、兰花、玫瑰、大丽……好多好多，不少是人家所没有的，但色彩多姿，当然引起他们的兴致。还是那句话，运用之妙，存乎一心，假以时日，我们就能创造出与景德镇完全不同的广州瓷来。

紫屏娓娓道来，满脸红晕。

“妙，太妙了，简直是一篇美学文章，字字珠玑。”迪韦亚拍案叫好。

谭康泰若有所思：“她讲的是艺术的法则，可这又仅仅是艺术法则么?”

“你说得太对了，我们欧洲，自文艺复兴以来，讲的便是个性的解放，人性的复归，自由发展，这个世界，才五彩缤纷、多姿多彩、千变万化。”迪韦亚也兴奋了。

紫屏微笑道：“其实，彩绘的手法，也是千变万化的。中国水墨画有水墨画的技法。中国画本身，也有写意、有工笔的，各有不同的追求，有的讲神韵，有的讲逼真。其实，西方的画，也是如此，像水彩画、水粉画，画的效果、感觉就不一样，还有油画、玻璃画，也都不同。他们讲透视，讲色彩晕染，讲形式与材质……总之，各有擅长，如果运用得好，我们的彩绘一定能出奇制胜，广州瓷也一定能够独步天下，自成一体。”

谭康泰连连颔首，却没说话。

迪韦亚欣喜地说：“要在法国，我可要为你开一个专门的画室。”

“对，不仅绘画，而且收徒。”谭康泰补充说道。

紫屏脸更红了，连连摇手：不行，不行。

迪韦亚对谭康泰说：“这是不是你们说的中国人的谦虚，明明很行，非说不行，是缺乏自信，还是有什么顾虑?”

“你问得好。中国人有个毛病，是‘枪打出头鸟’。还有一句，出头的椽子先烂……”

紫屏向迪韦亚解释了这两句谚语后，方对谭康泰说：“我倒没想到这些，没什么怕的。我这条命是你给的，做什么都没什么顾虑。除死无大祸，讨米不再穷。”

谭康泰有些敏感了：“你听到了些什么？干吗这样说话？”

紫屏连忙否认：“不，不，我只想赶紧让你的瓷器更加好销一点，受更多的人喜爱，没什么想法。”

迪韦亚却摇头说：“可是，你们的官员，却一个个似满腹经纶，口气大得很。”

“那是朝下，对你们，对上边，对大官、皇帝，才不会呢。”紫屏笑了。

迪韦亚不谈这个了，说：“我看到，彩绘上已经出现了风景画，这太好了，白鹅潭、帆船、寺院、小桥、亭台楼阁，什么时候把我们法国商馆也画上去，我回国后还可以多得意几分，一定受追捧呢。”

紫屏说：“我这只是尝试，真行的话，那我可要多画了。”

谭康泰说：“古道西风、小桥流水、人迹板桥霜、月上柳梢头……这些古诗意境，也统统可入画。”

迪韦亚也说：“语言不通，可艺术是相通的。”

谭康泰说：“你也告诉国内，多拿些你们的式样、图样来，有紫屏在，一定会令你们对彩瓷如痴如醉……”

迪韦亚此番到广州，第一去的，便是这个彩绘作坊，他当是“艺术至上”，可这也是他的公务，是公务中的第一等工作。

不过，他的第二次，却更火烧眉毛。

出了彩绘作坊，谭康泰与他做伴，一同过了江，往商馆区走去。

路过城门时，迪韦亚却将一份公函，交给了守城的将领，一再叮嘱：

“请立即交给巡抚。”

守将很谦恭地收下了：“我马上派人送去。”

谭康泰不知就里，也不方便问。

离开城门，走出没多远，迪韦亚却先说了出来：“康官，去年的贸易，你不在这里，统统交给了陈芳庭打理。好在他还清醒，稳住了阵脚。你不知当时有多混乱。”

谭康泰当然已略有所闻，可这话从迪韦亚口中说出，还是让他很为吃惊：“是吗？我听说是不怎么正常，不过，不会太严重吧？”

“严重，非常严重，这完全是不可以容忍的。”迪韦亚神色非常严峻，“尤其在我们那里，就是触犯法律的，是犯罪，不可宽恕。”

谭康泰有点发愣了：“是吗？”

“完全是的。商人就是信誉，没有信誉是不可以充当商人的，当永远被逐出商界，这就是我们秉持的观念。我不知道中国怎样？但我在东方这么多年，中国商人同样是很讲诚信的。但是，我不明白，怎么在我们与你们人的交易中竟然会出现那样的事？”迪韦亚忽然地，攥紧了拳头在挥舞。

谭康泰忙问：“你能给我说说么？”

原来，去年的交易中，作为英国一方的东印度公司的代表，担任委员会主任的巴纳里，与陈寿官私下里不知搞了什么鬼，让其所有大班都进陈寿官的武夷茶，而陈寿官的价格，每担都比市面上最高价还高出一至二两银元，由于交易数额大，巴纳里要总付出的信用款，就高出了很多，这就很不合常理。

“还闹出一个笑话，原来跟黎安官的一个行商，给了一个外洋大班几个金元宝的回扣，本来生意也算做成了。可后来，他居然把金元宝退还给了黎安官，去购陈寿官的高价茶叶，人家说开了，这位大班却满不在乎，称，几个金元宝算得了什么？”

“你是说他背后获得的利益还要大得多？”

“正是。”迪韦亚说，“开了这样一个先例，以后，整个茶叶贸易，就要被陈寿官垄断了，他怎么抬价，我们也没法对付了。问题是，大班贪点小便宜，有负所委托的商人，这不算大事，而是整个东印度公司的代表，对英、荷，至少是这两个国家的大班都加以这种控制，情况就复杂了。当然，我不是直接的当事人，但我们的生意还是受到了不同程度的影响。”

“他们做得很隐蔽么？”

“也不怎么太掩饰，我还听到，前一年，他们已经开始这么做了，那时可能隐蔽一些，所以我们都没能察觉。大概前一年得逞了，所以去年便更厉害了。”

谭康泰心里想，只怕是有恃无恐，才这么胆大妄为吧，可口里说：“刚才，你就是向巡抚投诉这一桩事？”

“对的，得让他们管住陈寿官。”

“那对巴纳里呢？”

“这个，我不太好办。我们两个国家，打打停停，或战或和，几十年了，我去投诉他，只怕不会被理睬，再说，这边我也没更直接的证据，因为卖高价的是陈寿官，还可以推说其茶叶质量最优等。”

谭康泰不觉脱口而出：“可是，我在巴达维亚，也正撞上巴纳里与陈寿官的交易。”

“是怎么回事？”

谭康泰把阿邝路见不平，把寿官的船劫了的事说了。

“这事你也不好说，人家会怀疑你与海盗有勾结……”

“阿邝本也是海商……还真说不清。”

迪韦亚还很自信：“我想，巡抚会秉公办理的，他是明白人。”

“可他会把这事交给海关办的。”

“祖大人么？他应是皇族，是个谦和、礼貌的年轻人，对我们总是很客气。我们投诉，他一定会认真处理的。”迪韦亚很天真地说。

谭康泰点点头，又摇摇头。

“你这是什么意思？祖大人接事，不会处理么？你们当今圣上，可是励精图治，尤其是对腐败、贪墨，严惩不贷，祖大人当然是深知的……”

“中国有句话，山高皇帝远。”

“不，不，君主是不会有错的，这是我们西方的格言，应该说，开明君主是不会容忍下边犯错，尤其不会容忍对他的隐瞒与欺骗，祖大人当更明白这一条。”迪韦亚理直气壮。

谭康泰无话可说了。

如果没有祖大人主动要“借”银子给他的事，如果没有陈寿官得意地说起祖大人向他借银子的事，他也许还相信祖大人是个明白人。可现在，他分明比迪韦亚了解的事情，要知道得深多了，并已经隐约感觉到这背后隐藏着一个巨大的，而且非常凶险的阴谋。

也就是说，整个十三行已被卷进了一个可怕的漩涡之中。

而且不是一两年的事。

能制止得了么？

但是，不制止的话，又会有怎样的后果？方才，紫屏的话，令他有所触动，迪韦亚想到的是人性、是个性，而他想到的是商品，中国人好讲“货比三家”。三家之货，是必各有长短，而买家亦各有所好。如果只有一家独大，不允许别人经营，商品就不会有变化，有提高，人家也就不会再来了——这已经很可怕了。更何况这一家独大，是依仗某股势力，这股势力又能控制整个商业贸易，那后果就更可怕了……

显然，迪韦亚并不了解一切，所以，他向巡抚投诉，未必有什么效果，除非巡抚上呈到了圣上，这种可能性也不大。

看来，自己外出躲了这么久，照旧还是躲不开。所有的一切，都汇聚到了自己的头上。显然，骆官偷运番银被抓个正着，闹得沸沸扬扬，目的是用来压过这背后已经在进行中的阴谋，今年的贸易季节，只怕会更变本加厉。

想到这，谭康泰出了一身冷汗。

他站住了，对迪韦亚说：“你回去吧，我临时有急事，得再过江去。”

迪韦亚自己上法国商馆去了。

谭康泰先是回了家。

他让人叫来了陈芳庭。

陈芳庭是专门向他提及上一季度贸易中出了不少古怪事，当时，自己并没有往深处想，更不敢下什么结论。自己也没说在南洋发生的事情，所以陈芳庭只知其一，不知其二，对古怪事的疑惑，也只是疑惑而已……但现在不同了，法国人已投诉了陈寿官，也怀疑上了巴纳里，但他们也同样只知其一，不知其二，所以投诉的力度并不够……

陈芳庭匆匆赶来了。

谭康泰这才问："上个贸易季度，陈寿官及他一伙，包了多少船？提了多少价？主要与什么人打交道？"

"你怎么一下子要深究了呢？"陈芳庭问。

"至少，今年须防患于未然。"

"我是留意了，也大致记了一本账，当然不会很全，但八九不离十……主要打交道的，便是巴纳里，他统管了所有的外洋大班……"

"是啊，阿邝劫了陈寿官的船，让阿潘平价抛售了茶叶，巴纳里是必很火，所以找到广州与陈寿官算账。后来，陈寿官能把他摆平，还更加亲密，这后边的利益自是显而易见的。否则，光南洋的损失，巴纳里便会不依不饶……这里的水，深得很。"谭康泰说。

"既然南洋已经有名堂，证明前一个年度他们早已有勾结了。"

"可这没有真凭实据。"

陈芳庭微微一笑："这个当然是有的。"

谭康泰吃惊道："怎么说？"

"我在南洋经营了那么多年，回来后，你又那么放手让我去做，我自然对这里的出出进进，一笔一笔，都一目了然。一眼就看得出哪笔进账做了手脚……"

"太好了，你把凭证都摆出来。"

"我会的，不过，"陈芳庭有点迟疑，"从刚才我们汇拢的事情看，不仅仅是一方，两方的问题。陈寿官一伙，巴纳里一伙，还有海关，都结成了党……要出大事的，不是我们能对付得了，你认真想过了么？"

"没想过，我就不叫你来了。"谭康泰斩钉截铁地说。

陈芳庭脸上，一下子云开雾散了："既然你已经想过了，那我也就豁出来了……其实，上个年度，他们也没少整蛊我们，只是我一一解决了。但这笔账不能不算。"

"那好，这两天，你别的不要做了，把有凭有据的事情开列出来，由我来对付。"

"我是有备而来的，不用两天，明天就给你一份完整的。"

"太好了。"谭康泰看着他，"这一来，人家也会怀疑上你的。"

"有你在前边，我没什么好怕的。"

陈芳庭一下子又显示出了他的血性来了，这让谭康泰很是感佩。

也巧，第二天，陈寿官派人来请谭康泰，说他家的花园已经重新整理过布局，还须他去"验收"才行。

谭康泰不假思索，欣然而去。他寻思，可以趁这个机会，劝劝这位仁兄，已经两年了，不可以再与巴纳里玩花招了，犯了同行大忌。

陈寿官这回还把黎安官、骆官请上了。这四大家，当是十三行的大户了。上回，烹茶论英雄，陈寿官虽然不再把黎、骆放在眼里，可在场面上，还是不会轻蔑他们的。

黎安官多时不见，骤然间觉得他已呈现老相，不仅脸上皱纹密布，连步态都蹒跚了，背也佝偻了，不时还有几声轻咳，他见谭康泰也来了，很是高兴："该有一年不见了，到外面发财去了?"

"哪里哪里，只是访访旧人，生意让芳庭打理去了。"谭康泰说，"我当当老太爷。"

"此言差矣，你呢，日头才出山，我已经垂垂老矣。四年前的沉船，我是使尽了浑身解数，也还是不得翻身呀。"黎安官说。

陈寿官插了话："烂船还有八百斤钉，您老千万别诉穷了。"

"别提了，我那是竹钉，不是铁钉，取不下，也没那么重。"黎安官话中分明有几分讥讽，几分哀怨。

谭康泰安慰道："海上无风三尺浪，不要太放心上。"

骆官也说："潮起潮落，月盈月缺，往复轮回，不在这一起一落之间，咸鱼也有翻身之日。"

黎安官说："这话只有你们广东人才会说。"

陈寿官把话题岔开了："今天，是让你们游游我的园子，不讲生意，开心点，怡情养性，再听听康官叠山理水之道。"

骆官忙说："这样好，这样好。"

于是，一行人信步走进了园中。

三姨太迎了过来。

陈寿官抢着说："我这位园主不敢怠慢各位。"

三姨太凑趣道："我当尽一份职守。"

掉头对谭康泰说："上回你的意见不俗，我可照单全收了，不敢有半点马虎。"

陈寿官接着说："这几个月，她把全部心思、精力都放在这园子里了。"

谭康泰感叹："是得有个精通此道的人来打理，人尽其才，物方尽其用。"

三姨太一笑："泰叔过奖了。"

在人前，三姨太丝毫不显失宠的落寞，颇为得体。

这陈寿官在布园上对谭康泰倒是心悦诚服，言听计从的。所以，这回看了园子，自是同上回大不一样了，谭康泰指点的一切，几乎没有打折扣。曲径道幽、层林围屏、小桥流水、山石兀立……可谓跌宕生姿。而面向珠江一方，更借来无限景致，可谓是一步一景、一步一叹矣。连略通文墨的骆官也赞不绝口，称这是"奇文共欣赏，疑义相与析"，有的片段，意境更是无限。

"看来，布园亦有道。"黎安官附和道。

骆官说："布园为道，置景有术。道中有术，术中有道矣。"

谭康泰一笑："你们都过奖了。这里嘛，是岭南园林，更是我们行商园林，一如行云流水，随意之处，皆有文章。不比皇家园林，要突出中轴，立有高阁，让人高处不胜寒……"

黎安官忙道："打住，这么做，有僭越之嫌，是要落个身首异处的。"

"其实为商之道，也是如此。"谭康泰正要借题发挥，"不可一时得意，逞勇冒险，留下无尽后患……"

三姨太瞥了陈寿官一眼，欲言又止。

"康官此言又差矣。"陈寿官接了白，"闽人讲的，爱拼才会赢，抓住机会，岂怕铤而走险？搏中了一回，就是一世。"

黎安官摇摇头："我可没搏中，就误了一世。"

"运气这事，谁都难说。你搏的是大海，不是商场。"

"大海不就是商场么？"

"大海哪有商场风涛凶险，商场是时时刻刻如此，大海却以一碧万顷为常。"陈寿官有几分沾沾自喜，"所以，你是不好运，撞上了飓风。不是搏的问题。"

谭康泰接过了话题："海有海之道，商有商之道，不可混为一谈。"

陈寿官得意了："康官说的正在理上。"

"其实，这经商呀，有二层，上边一层为道，下面一层为术。为商之道，那是不可僭越的，务必恪守，诸如仁义、信用，而从商之术，则是一种智慧、一种技巧，抓住机会，不违商道出击，只要判断正确，就总有斩获。所谓在商言商，那是术而非道。商道巍然，不可动摇。如果视赚钱为道，就大错特错了。"谭康泰语重心长地说。

"经商不赚，那算什么道？错矣，错矣。"陈寿官连连摇头，"那去做别的好了。”

“我方才说了，道中有术，术中有道。”骆官说，“你们两人却各执一端，怎么合得拢？”

“咳，我让你们两人都弄糊涂了，玄之又玄，生意可是实实在在的。”黎安官说，“盈是盈，亏是亏，不可以自欺欺人的。”

陈寿官立即说：“刚才我已经说了，今天不谈生意，怎么又绕上来了呢？”

三姨太终于忍不住插上了话：“我看泰叔讲的是至理。”

陈寿官冷冷地：“你们西关小姐也懂得太多了。”

三姨太说：“既是至理，那做人与经商就不应有两样。”

黎安官打圆场：“不是今天不谈生意么？”

“不谈，不谈，”大家一齐表示。

园子走了一圈，谭康泰先是夸上了：

“这回，比上次好多了，该露的露，该藏的藏，露是露的妙处，藏是藏的拙处；当直的直，当曲的曲，直有直的道理，曲有曲的奥妙……你看，这虽说还只能算是方寸之地，可深入进去，却云蒸霞蔚，深邃无穷，一眼看不到尽处，让人觉得俨然为大千世界。我以为，这正是造园之道，也就是我们道家之道，不可穷尽，不可深究，神龙见首不见尾，让你有无限的遐想。”

“一滴水，可以映出大千世界。”骆官说，“佛家也有此道。”

“其实，道只有一个，道家、佛家、儒家，也是相通的。而入仕、从商、学艺，亦有道，也同样是这个道。”谭康泰说，“阴阳相济是道，天人合一是道，万物冲和是道，道无所不在，就看你怎么领悟了。”

“看来，谁要悟道，就来我这花园好了。”陈寿官又有几分骄矜之气了，“让人把康官这番理论勒于石上最好。”

“我是信口说说，勒石可万万来不得。”

三姨太立即说：“君子一言，驷马难追，我记住了，我来把这几句话勒于石上。”

陈寿官只好说：“那就由你去办了。”

“这个你大可放心。”

“行，你这就在园子里选块石头，让泰叔点头。”

三姨太问：“这就去？”

陈寿官点头：“去吧。”

三姨太稍有点迟疑，终于走开了。

其实，寿官只是信口说说而已。

回到主厅品茶，面对园林中的山山水水，似乎都心境平和下来。

凸起的小姐楼，颇有万绿丛中一点红的奇趣：红栏、琉璃瓦，韵味无穷，前边是一层又一层不同树种，不同绿色的林屏，或新绿，或苍绿，或黛绿，或墨绿，若雨过天晴，更会显出明显的层次。通往小姐楼的几汪碧水，上有亭台，水榭，下有曲桥，轻舟，浑然一幅雅趣图。其间隆起的假山，有瀑布溅起水花与清雾，于隐现之间，大有仙境之味。水边各色花树，借倒影更显五彩缤纷，恰如彩云浮动……营造意境，更在于心态，尽管今日各人心思不一，却一般倾倒这尺幅山水之间。

“寿官可是大手笔呀！”黎安官不无艳羡。

“不，不，全凭康官点拨，不然，我真要出丑了。”陈寿官说。

“我不过多了几句嘴，园子毕竟是你的。”谭康泰说。

骆官却指着绿云簇拥中的小姐楼说：“那里当不会有金屋藏娇吧？”

“见笑了，”陈寿官说，“都是些出不得众的凡俗女子，称不上藏娇，只是一份财产而已。”

谭康泰听他用“财产”二字来形容，不觉一惊，没想到骆官却补上了一句：“这话不假，家有贤妻，胜良田万顷，你这里边可有多少万顷呀？”

谭康官说：“不是三姨太住的么？”

陈寿官说：“她是园主，爱住哪间就住哪间。”

骆官说：“你这位三姨太，琴棋书画了得，何止良田万顷！”

一番话，说得所有人都开怀大笑。

品完茶，黎安官先行告退，看来，心情恢复了一些，骆官也随他一同离去了。

又只余下谭、陈对饮。

三姨太过来：“泰叔没走，等我挑石头么？”

谭康官问：“挑好了？”

三姨太说：“这就随我去。”

走了几步，三姨太指着一太湖石：“怎样？”

“果然不错。”

三姨太说：“你说不错，我就用它了。‘大道无亏，天人合一，阴阳相济，万物冲和’，是吗？”

三人进了水榭，三姨太斟茶。

陈寿官先自开了口：“这篇园林的大文章，全凭你康官一手写成。我当付你多少润笔费才行呀？”

“别笑话了，我不过是随口说说，也不是出口成章，哪能收费呢。”谭康泰连连摆手，“行商们有个这样的地方聚聚，倒是一件功德无量的好事，当是谢你了。”

“这话就见外了。”陈寿官说。

谭康泰就势接过这句话，不无认真地说：“我今天来，倒是真想讲几句不见外的话。”

陈寿官看了他一眼：“不妨说来。”

“还是从你在南洋那条遇劫的船说起。我知道，那位巴纳里，是英国东印度公司的代表，大班来了，就归他管。而大班各自为不同的英商雇用的。阿邝说他哄抬茶价，从中获利，是有根有据的。这只是一条船，我想，阿潘不明就里，船被劫与他没关系，他那么忠心救主，倒令我很是感动。不是你和他，我也不会出手救助这一回的。因为茶价哄抬，有违商道……”

三姨太锁起了双眉。

“茶价难免起落，旺季淡季不一嘛。”陈寿官仍想掩饰。

“这么多年同英商打交道，他们大都很讲规矩，很有诚信。当然，不同国家也不一样。英吉利人不是很大度，斤斤计较，一分一毫也不放过，你说他们以赚钱为道，倒有几分切合。这次，巴纳里肯定从中大捞了一笔，而且不止你这一条船，所以才会在巴达维亚引发民怨，招来海盗。这件事，我不知道你怎么看？”

“话说回来，巴纳里愿出高价，我何乐而不为，我管不了他们的大班，都找我要好茶，我只能应有尽有的提供。至于巴纳里从中得了什么好处，我自然不会去过问，也不能过问。”陈寿官脸色有点难看了，“我看，你也别过问的好，不要自讨没趣。”

“只是，他要在巴达维亚做，我不会理睬，自有人理睬，但到了广州，就不同了，事关所有行商，尤其是整个广州贸易，我亦身受其害，恐怕就不能不过问了。”

“你怎么过问？”

这反把谭康泰问住了。

“是吗？你也过问不了。”陈寿官站了起来，“我们还是不要谈这过问不了的事了，各自好自为之吧。”

没防三姨太走了过来：“我倒是要过问了。”

陈寿官一怔：“你来掺和什么？”

三姨太说：“这事，我早有耳闻，不是我掺和，而是你陷深了。我反对你与祖大人不清不楚，你当耳边风，这如今，又与外国奸商不清不楚，只怕是劝不住了。但我还得说，不说我对不住自己的良心。”

陈寿官脸上挂不住了：“回你的小姐楼去。”

谭康泰劝道："寿官，三姨太也是良药苦口，难为她了。"

陈寿官没话可说了。

三姨太扭头走了。

谭康泰也站了起来，叹了口气，告辞了。

小姐楼上，又传来哀怨的南音《客途秋恨》。

第八章　敢告吏状的行商

水面，竟是如此罕见的平静，微波不兴。莫非真有沉香在浦底，凝定了这千古的风涛，人们到此，多少也得收敛掉贪欲之心，复归无欲的宁馨？水平如镜，把一切都倒映在上边了，不多一点，也不贪一点，是什么就是什么：白云、远山、飞鸟、渔舟、风帆，都在上边凝然不动。任何贪鄙之念，都在这里得以净化，浊的下沉，清的上举，所以，才有此千百年间对天、对地、对人的一面明镜。

这当是过世不过三四十年的号称"南屈"的屈大均的遗作：

> 沉香浦，在南海偏南十里。昔无名，自吴隐之投沉香其中，浦遂名。浦亦幸矣。沉香在隐之，不如其在浦，浦存则沉香长存。士大夫有欲得沉香者，其问诸水滨可矣。自晋至今，南无沉香也，有则唯浦中沉香而已矣。

这段文字，可谓意味深长。

吴隐之何许人也？岭南无人不知。广州有处叫石门，当年为南越军拒汉军时所筑，那里有一道泉水，名曰"贪泉"。"饮者怀无厌之欲"，故"古人云此水，一歃怀千金"，喝上一口，便贪得无厌。可吴隐之在晋代出任广州刺史，专门来到这个地方，专门喝上了几口，反而"清操愈厉"，更以清廉传颂后世，并留下十六个字："不见可欲，使心不乱，越岭丧清，吾知之矣。"乃至离任，告别广州时，仍两袖清风。谁知，其妻子却没把持住自己，悄悄带上了沉香一斤，吴隐之得知，下令将沉香投入浦中，也就是这个地方，从此，这里便得名沉香浦。

其实，这沉香也是传说之物，自古至今，并无人见过。只是当日吴隐之，如此决绝，为的仅仅是一个清名么？

谭康泰离开陈家花园后，竟独自驱舟南下，来到儿时父亲领他到过的这个地方，而后，一任小舟在水面漂浮，他抱着头，仰躺舟上，看住天上，白云苍狗，变幻只在须臾之间。

是呀，古已称广州，“包山带海，珍异所出，一箧之宝，可资数世”，由于太丰厚的利益诱惑，历代官员，少有不贪渎的。到了海关，更几乎是无官不贪，就如杨文乾，世家子弟，还振振有词，番银并非公帑，多拿亦非贪污……面对他们，一个行商，能有多大作为呢？免不了多包几个红包，减少他们的一些刁难，这也是不得已而为之的。有生以来，他从来没有在生意上面临如此严峻的局面，这不仅仅涉及个人、行商们、夷商、官方，还牵累到了整个广州对外贸易的历史走向，而广州的这一走向，无疑也是整个中国的。

没有人似吴隐之，就算饮了贪泉水，仍能洁身自好。人的贪欲，当是与生俱来的。问题是让其泛滥，还是有所制约，否则，它便会把整个人类淹没掉了。行商们自知“裕国通商”的责任，这也同士大夫们的“国家兴亡，匹夫有责”所相通的，更何况不少行商也曾有过入仕的经历或过程。也许，到了这个时候，内心这种顽强的意识也会被召唤出来。

但不仅仅于此。在与夷人打交道中，彼方的契约意识、诚信、按规矩办事，也是显而易见的，固然不同国度有不同的表现，而在整体上，则是一致的。巴纳里在其国内，肯定是不敢这么做的，为何到了中国，却恣意妄为起来……

想到这，谭康泰心中不由得有点战栗。

是的，人家迪韦亚敢向朝廷投诉，当无后顾之忧，可自己若向东印度公司投诉，担心的不是人家不受理，而是这边官府的反应。毕竟，在中国，连通夷语的通译，都被人瞧不起，地位极为卑贱，而你向夷人投诉，更是有损人格，把自己看低了，这还不算，“通夷”的罪名，却是谁也承担不起的，动辄可以重罚，乃至杀头！

但不从夷方制止，事态只会愈演愈烈。

已经走到这一步了，进，抑或退，乃是一个生死攸关的问题。

但问题更严重的是，这几年外贸的不正常状态，背后则有海关大人祖秉圭的身影，而且，有很深的利益，他绝对不容忍任何人妨碍他这种贪婪的攫取，引起的报复更是非常可怕的。这不能不预料到。

仰望的青天，已泛起了橘红色的烟霞，在历经火红的燃烧后，复又黯淡下来，成为淡灰色，而后，又演变成了浅紫，好似巨大的帷幕，要把天地裹了起来……谭康泰只觉得口角间有了一股腥味，微微有点咸，一抹，竟是一缕鲜血，不知是什么时候咬破的。

他终于做出了应该做出的，却又是极为艰难、极为痛苦的决定。

借着微光，他离开了沉默如故的沉香浦，把船划回到了岸边。

回到了家，陈芳庭已在等候。

对谭康泰决定向英、荷东印度公司投诉，揭露巴纳里与陈寿官的营私舞弊，陈芳庭仍有点吃惊。

“告巴纳里没问题，可向英国公司投诉，一旦这边知道，可加的罪名就大了，你可得三思呀!”

“我想了很久，今天才下的决心，希望东印度公司从大局出发，不泄露我们的投诉。”

“天下没有不透风的墙。”

“就算要透风，也要在事情处理之后，这样，罪名就大不到哪去。”

“不可太抱侥幸心理。”

“可这不是一年两年交易的事，往后还有许多年，中国还有许多港口，没有规矩不成方圆，只要这一搏，令今后上了正轨，让想弄鬼的有所顾忌，也是值得的。”

“好吧，我专门加上一句，在事情处理之前，不得泄露。”

“不，任何时候，都不得泄露。”

“也算是加个双保险，只是东印度公司以为然否，就难说了。”陈芳庭仍不无忧愁。

“那也顾不得了。”谭康泰毅然决然地说。

陈芳庭的荷语、英语，都比谭康泰略胜一筹，他也就自告奋勇地把用夷文写投诉信的任务揽上了。除开巴达维亚那段外，其他情况，他要熟悉得多，写起来也有理有据，况且，主要问题还是发生在广州。

两人也都做好了最坏的准备。

外边，天黑得像倒扣了一口铁锅，没有月色，没有星光，更看不到流云，只听到一阵比一阵汹涌的风涛声。

不知是什么时候变的天。

半夜，更是雷声隆隆。

……

这两份投诉，迅速带到了澳门，迪韦亚动用了他的通信线路，把邮件发了出去，这当可以赶在本年度贸易季节之前送到其董事会。迪韦亚觉得这是他义不容辞的职责，至于文件的后果，则没有想到，他毕竟对官方的思路一无所知。他不知道，即便在他认为的开明君主制下面，也未必就是一潭清澈见底的净水，纵然他对康熙、雍正二帝推崇备至。

时间仅会展示一切。

六月的广州，每到下午，便会来一阵豪雨，清洗掉酷暑带来的不爽，并把所有的街道，涤扫个干干净净。于是，到了黄昏，所有的酒楼、食肆，都热闹了起来。

而河涌中的食艇、花艇，也多之如鲫，咸水歌更是此起彼落，逗得水声与笑声一同扬起、溅落。打扮得花枝招展的花妓，用团扇半掩着面，吃吃地笑个不停，不过，她们的歌喉，倒是珠圆玉润，唱出来让人动容：

> 脂粉落，河涌涨，
> 倩谁面镜理红妆？
> 瑶琴断，宝镜碎，
> 世间知音岂寻访？
> 花笺揉团掷无浪，
> 绣床冰凉尔何望？
> ……

外洋大班们，也少不了上这里寻欢作乐。水手可以在黄埔放肆，却很少来得了商馆，只有外洋大班才有这种特权与雅兴。

这一年，信风一路相送，第一批到达的英、荷商船，比往年里早到了几天。

陈芳庭已忙于与他们打交道了。

在第一批外国商船到达之前的这几个月，谭康泰与他，亦致力于各种货品的采买，当然心中仍惴惴的，不知信函送到了没有？更不知东印度公司方面有何反应？

正是在这种焦虑中，夷船提早到达了。

但似乎什么都没有发生。

陈芳庭几天下来，已有些筋疲力尽。这早到的几艘船，无一例外先与陈寿官打交道，几乎不大理睬其他行商。显然，上一年度陈寿官与巴纳里的私下交易，仍在进行之中。而很早就来了的巴纳里，更是春风得意，把外洋大班们哄得团团转，对他言听计从。

听陈芳庭这么说，谭康泰心想：也许信还没转到有话事权的董事手上，尚没人做主，当然，不排除他们没把这封信当一回事，对中国商人还信不过——如果这样，一切就难以逆转了。

骆官也来报了：“今年的生意难做，外洋大班几乎都约好了一样，除开小宗货品找我们外，大宗的茶叶、丝绸生意都奔陈寿官那几家去了，而且还出的高价。”

黎安官说是病倒了，但陈芳庭听说，他是气的，因为已无人问津他的商号。这么下去，唯有执笠了，而且，光执笠还不行，欠了一屁股内债外债，恐怕没法还了。

其他的小行商也都处于惊恐之中。

显然，巴纳里上两年尝到了甜头，这一年更加肆无忌惮了。

陈寿官几乎见不到人，显然，够他忙的了。

陈芳庭每次回到盈顺行，都面有愠色：“去年订好的约，今年居然可以不认了，夷人往常是不会这么做的……看，今年至少有三单大点的生意，就这么做不成了。他们宁可不要定金，也去要陈寿官的高价……”

这背后也太黑了。谭康泰直叹气。

看来，事态愈演愈烈。

第二批船，在七月份到达了。

谭康泰、陈芳庭已不指望这批船会有什么变化，好在这一批中，还有两艘法国船，他们是不会听从巴纳里的。

而迪韦亚也随船来到。

迪韦亚先行上了舜德行。

“无论如何，你们的信件已经送到了，也许他们董事会要慎重商量，毕竟，关系他们的重大利益。总会有个交代的，不会不答复你们，凡投诉必有回应，这是规矩。”迪韦亚这么对谭康泰说。

“看来，今年又让他们得逞了。”

迪韦亚忽地想起了什么，说：“我在澳门出发前，见到巴纳里到了那里，我出发时，他还在那里，脸上阴沉沉的。我问他，是否来广州。他说，我再也不去那个鬼地方了。当时就有点怀疑，他该不是东窗事发了吧？”

谭康泰忙问陈芳庭：“这么说，巴纳里离开广州这么多天，竟没人知道？”

陈芳庭想了想：“是呀，这几天我是没见到他了，我还以为他待在商馆里没出来呢。”

“嗯，他应是被秘密召去澳门的。他把广州骂成‘鬼地方’，而且不再来，肯定受到什么约束……”

迪韦亚点点头：“看来，至少是引起了英国东印度公司警觉。”

“那就等等吧，这一批商船还没靠岸，还得丈量，报关……总得有个十天半个月。”陈芳庭思索着说，“要有反应，也当在这些日子之内，快了。”

说话间，骆官来了，他带来了一个消息：

“陈寿官在大骂巴纳里，说这黄毛鬼子居然一下子就神秘失踪了，不知躲到哪去了，不会是上花艇翻了船，淹死了漂到外洋去了……还说，讲好了几单大生意，没了这个家伙，竟然就停了下来，做不成了。”

“巴纳里倒没做落水鬼，而是去了澳门，发誓说不回广州了。”陈芳庭说。

“有这样的事？”骆官奇怪了，“那陈寿官不就被他晾到了一边，人家还指望他重新出现呢。”

陈芳庭忍不住了，说：“这背后一定有名堂，我们等着看一出好戏吧。”

“那巴纳里，鬼名堂十足，他不来广州，这生意就好做了。”骆官说。

“也不会那么简单。”谭康泰这才说话，“不过，这总归是好事。”

“善有善报，恶有恶报。”陈芳庭有些兴奋了，他感觉到，事态正在发生关键性的变化，“不是不报，时候未到。时候一到，一切皆报。我们坐观其变吧。”

骆官双眉舒展了：“真要这样，我可得上庙里多烧三炷香。”

谭康泰还是冷静一些：“这不一定是报应的问题，你也别太达观了，再看看几天，看怎么个变吧。”

他仍有驱不去的一种预感：夷人的处事方式，是不同于我们的，巴纳里的突然“失踪”，固然让陈寿官猝不及防，但只怕也会引起别的反应……陈寿官从来就多疑！

不过，也许他多虑了。

仅是第三天，迪韦亚又来了，不过，这一回，不仅是他一个人，而且带来了一位熟客——曾多年与行商打交道的英吉利大班阿诺特。他一见谭康泰，便兴奋地嚷嚷：

“你可是一位了不起的骑士，敢于向邪恶宣战，刚正不阿，敢说敢做，我代表东印度公司向你致意！”

谭康泰一愣：“老朋友了，这么抬举，可折煞我了！”而后才反应过来，“你是说你代表东印度公司而来？”

阿诺特做了肯定的回答，而且说：“董事会已经向今年来的商船发出了训令，不许私下哄抬货价，与不诚实的商人打交道，巴纳里就是这个原因召回去询问的。”

“你们能认真处理这事，我们非常高兴。也很感激。”谭康泰表示。

迪韦亚插上一句：“不过，他们对你与陈芳观有一个要求，对此我没有把握，不知道你们能不能承诺，毕竟，这是在广州，大清的国土上，你们有你们的规则。”

谭康泰说：“请他说吧。”

阿诺特说：“按照我们的处事方式，我们会从总部，也就是伦敦派人来，

这个人是誓证委员，你们要在他面前发誓作证，证明你们所检举的一切完全属实，没有任何虚假。”

谭康泰说：“我知道，你们是要按着《圣经》发誓的，可我们不能这样。”

“也可以按你们的方式发誓。”

“那，我可以指天为誓。”

“这么说，没什么问题，你可以办得到。”

“不过，我也有个要求，发誓作证，应当不要惊动任何人，否则，我会面临很多的麻烦，你应该明白。”谭康泰说。

阿诺特说：“没问题，我们会绝对保密的。从总部来的人，一下子还到不了，不过，你可以先做准备。人一到，我们马上组织听证，把事情解决掉。”

谭康泰很是欣赏他们这种直来直去、处事利落的方式，若在中国，还不知要绕多少个弯才能办得到。

末了，迪韦亚正式通知谭康泰：

“我们的船，德国的、荷兰的、丹麦的，这一批七艘船，也已到了澳门；而已临近的英国船、法国船不能再在黄埔外边等了。本来，我们正在向海关施压，继续要求取消‘番银加一征收’，现在，你自己决定，是否代缴，我们立即上船，先把今年的约签下来，立即靠岸，完成交易，你看呢?”

谭康泰说：“抗缴‘加一征收’，不是一两年的事，但要表明你们坚持到底的态度。”

“这我们是一定坚持的。”

自然，上了船，合约签下来了，“加一征收”一项，多少也就有了保证。过去海关不管三七二十一，让行商代缴全部的“加一征收”，可生意尚未做，就得把本钱白白付出去，有谁愿意呢？但有了上次谭康泰入狱的警告，行商也不敢不从，就这么又两年下来了。

几天后，谭康泰领着平日与自己合作紧密的几位行商，在黄埔港外，登上了已经泊下的所有商船。

他和陈芳庭都忙得不可开交。

上了船，两人才算明确地知道，东印度公司向所有外洋大班发出了训令，务必与业已被证实是诚信可靠的谭康泰、陈芳庭及其麾下的若干商行签订合约。

既然有训令，外洋大班也不敢造次，而且，他们的茶叶、生丝、绸缎，以及白铜等商品，价格都比过去公道，所检验过的样品，质量亦为上乘，所以，一切都进行得非常顺利。无疑，这一年的份额有了很大的增长。于是，商船很快地靠了岸，丈量了尺寸，报了关，交纳了所有的费用。而谭康泰等行商的货品，也在陆陆续续地运往了船上。一切，都有条不紊地进行。

然而，陈寿官不仅没拿到新的份额，上一批到达的大班们，亦显得很是不安，有两位甚至找到他，要把已拿到的回扣退还，然后，依市面公平的价格重新结算。

这弄得陈寿官火冒三丈。

终于，他逼得一位因为他的拒绝而弄得疲惫不堪的大班吐露了真情：

“阿诺特来了后，把东印度公司的训令传到，说不能与你这样不讲诚信的商人做生意，因为你与巴纳里串通舞弊，谋取不当利益。巴纳里已经被召回去述职了。我再与你做，下一轮只怕连中国也来不了啦。”

陈寿官终于明白了。

他立即回想到当日约同四大行商游园之际，谭康泰一再借题发挥，旁敲侧击，讲什么商之道，什么道与术之类的话，分明是已知道得更多，不仅仅是南洋那一船货的事情，无非是同行生嫉妒，怕自己垄断了大家的生意。

“哼，什么君子爱财，取之有道。好哇，你这也是取之有道么？让夷人反过来整我，反了，反了……你做得初一，可就别怨我做十五，礼尚往来，来而无往，非礼也！”

陈寿官立即就理清了自己的思路：你告状，告到官府，还情有可原；可你要告到外国去，只怕外国人能容，官府这边可容不了，到底还有个“内外有别”，家丑不可外扬之理。谭康官呀谭康官，你可是犯了官家大忌，看你怎么收拾这个残局！

他整整衣衫，找上几件礼品，准备出门。

没防三姨太堵在了门口：“你要去干什么？”

陈寿官生气了：“你不是好久不回，弄你的园子去了么？那里够你盘弄了……”

三姨太不让开：“我问你干什么去？又去找祖大人了？”

陈寿官火了：“你还要管么？”

三姨太寸步不让：“我不管不行，这是最后一回了，你这一去，只怕万劫不复。”

陈寿官提高声调：“你这是咒我么？”

三姨太咬牙道：“我是最后拉你一把。我已经听说了，今年大班都不敢与你做生意，这就是你去年与巴纳里作弊的报应，你应当好好反省。”

陈寿官反驳：“不对，这只能是谭康泰他们捣的鬼。”

三姨太也气了：“你怎么能这样说泥？不是泰叔，你去年在南洋的生意就完全血本无归了，在这边抬的茶价都补不上这个大窟窿的一角，你该汲取教训，重建恢复已有的诚信。夷商也不是好糊弄的，人家是信守契约的。”

陈寿官说：“凭什么，今年他们只找谭家等几家，专门躲着我们，这不是谭康泰背后耍花招，大班怎么会听他的？”

三姨太说：“他对你有恩，你不该无端猜疑。”

陈寿官说：“他就是认为对我有恩，以为可以骗得过我，我才不上当啦。”

三姨太说：“你呀，斗米知恩，百担结仇，他也太帮你了，让你挽回的何止是百担的损失，而你还恩将仇报。”

陈寿官恨恨地说：“今年他这是卡了我的脖子，什么恩不恩，恨还来不及呢。”

“你怎么这么不明事理呢？”

“你们女人懂什么？我的财路全断了，不是一条船的事。”

三姨太让开了路：“你走出这一步，只怕再也回不了头！”

陈寿官侧身过去了。

这天，谭康泰、陈芳庭一道，上了在河南的窑场，看看试烧的广彩瓷有了多少进展。

这段订货很多，尤其是对瓷器的需求数量不断攀升，光凭过去的烧制能力，是应付不过来的。而夷人对已成的广彩瓷，已赞赏备至，为了扩大销路，更有必要提高质量。这番来，他们就听说了，由紫屏亲自绘出，由彤平亲自烧造的一组彩瓷，由于一反过去素淡、清雅的风格，而琢磨出满地加彩，不漏素胎的制作工艺，从而产生了辉煌浓重、色泽鲜丽的效果，与西方当前时尚艺术很是贴近，已有外洋大班前来看过，要下大订单。其中一只大瓷盘，花鸟纹的搭配、色彩的运用，令人叫绝。

现在，就等他们过目拍板，批量投入了！

谭康泰寻思，紫屏见识过西人的油画、水粉画等，绘制中更留意其阴影形成的立体效果，是必有所创新，当先睹为快。

当两人的轿子来到窑场不远的路口时，却从一侧闪出了一队差役，扬手拦住。

一位差役在问：“谭康泰来了么？”

陈芳庭一看阵势不妙，一步抢上前，道：“我就是！”

谁知，差役把他往边上一拉：“你捣什么乱？以为我们不认识他么？”

谭康泰也下了轿，问：“什么事？”

认识他的差役走上前，称：“对不起了，我是奉命行事，看来，你还得二进宫了，枷上！”

木枷已准备好了。

陈芳庭在旁惊呆了。

谭康泰却不无思想准备："你还是上窑场去吧。很遗憾，我不能先看到紫屏、彤平的新做了，但我相信他们的功力，就投入生产吧。"

这边，把木枷戴上，他却没走，差役多少有点熟，也没催，他又补上了几句：

"这事，谁也不要说，估计也不会有几个人知道。上我家，就告诉夫人，就说我上老家办一件急事，三五天就会回来了，免得似上次，落下个大病。她再也受不起了……"

"放心，我会对她瞒得严严实实的。"陈芳庭哽咽着说。

"唉，夷人做事还是太简单了点。其实，维持给陈寿官一定的份额，就不会让他狗急跳墙。我这位仁兄，以绝对绝，未必鲁莽了点。"谭康泰说，"我既然料到了，就有准备，放心，不会有什么大不了的事情。"

他回头对差役道："走呀!"

第九章　迸裂的碎瓷

黄埔村头，现在是一片混乱。

已经上岸的水手，衣冠不整，却被紧急召集回船，有的还东倒西歪，酒气熏天，让同伴扶着，自然口里也不干不净。

而已靠岸的好几艘多桅的大帆船，已在准备起锚，船员们紧张万分，随时要离岸开往公海上，似要躲避什么灾难，无论是英船，还是法国的、荷兰的，都一样。

尤其是来运货上船的中国行商们的小船，在水面上也乱成一团糟，有的想靠上大帆船，却被海关的官船阻拦；有的要回头，但又不甘心，仍在观望。况且船上的货物都载满了，不知怎么办好……

岸上，则有不少村民在观望，七嘴八舌，也不知道在议论什么。

总之，原先宁静的海皮——广东这么称沿岸，充满了不安与不祥的气氛，连江水也变得浑浊，水纹交互、错乱，不时隆起一两个大浪，甚至有把小船打翻的。水浪、水花、水雾，使整个港口都显得异样的吊诡，不知后边潜伏着怎样的危机。

此刻，海关派来的官员，已经登船了。

一上船，便召见大班。

脸上一副傲气凌人的样子，斜着眼，查问道："你们要的货物，是否已按合约运送到了船上?”

听通事译出后，大班不解其来意，但仍如实做了回答：“我们正在办理，有一部分已经进舱了。”

官员把脸一横，称：“现在，我奉命来宣布海关一个决定。”

“什么决定?”

“上司有令，今年不准谭康官把任何货物运送上船，并且不许与他们有贸易来往。”

大班自是吃惊：自己这边，来自东印度公司的指令，要求他们与谭康官签约，因为谭康官是最讲诚信、最守规矩的。

大班们急了，赶紧把阿诺特找来。

阿诺特正好在船上，他与这位官员也打过交道，便追问这有什么原因。

“没什么原因，去年，海关不是把谭康官的总商职务免了么?”

“可他还是行商，仍可以与我们做生意呀。”

“噢，这是我们海关祖大人吩咐的，至于别的理由，我也不知道。我们只是奉命行事，你们照办吧。”

这时，通事把阿诺特拉到了一边，大概说了一下，称，未被证实的消息，是谭康官把海关监督大人的夫人得罪了。怎么得罪，却不大清楚，大概是夫人得到的珊瑚枝，开始还光鲜艳丽，可没多久，便变得色泽黯淡，了无生气了，这分明是一种诅咒，所以夫人一肚子不爽，认为是谭康官捉弄了她，于是给祖大人吹了枕边风，结果弄成这样。

这通事说得闪闪烁烁、神神叨叨的，让人不得要领。

阿诺特沉吟片刻，回复官员道：“那好，我们遵命。”

于是，官员一副得胜回朝的样子，走下了船，上了轿子打道回府了。

阿诺特立时与迪韦亚等各国主要代表商量对策。

阿诺特郑重地说：“不与陈寿官一伙做生意，是因为他们不讲商业信用，不恪守已签订的合同，这在我们是无法容忍的，所以，公司总部根据上年的贸易出现的不正常状态，做出这样的决定，是要不折不扣加以执行的，今后，我们也只能与信誉卓著的谭康官、陈芳庭这样的行商打交道，这是一个原则问题，关乎我们今后长远的利益。然而，清政府海关当局，所考虑的不是这些，反诬有信誉的行商，甚至对我们下通牒，在商言商，我们不可能听从海关当局强行的指令，置我们的商业利益不顾。”

迪韦亚说：“对，决不可以屈从这一滥用的权力。”

一位大班表示：“我赞成。”

另一位大班义愤至极：“太不讲理了!”

于是，便有了所有靠岸的多桅帆船离岸，重新回到公海的大动作。

包括已到达澳门的另一批船只，也得到讯息，连夜开到了公海上。

因为，本年度的贸易，是以谭康官为主与外洋大班们当中进行的，海关这么一作梗，问题便严重了，已预付出的银两有上20万两，这可不能出岔。船只离港，目的在于施压，让海关收回成命，这已被证明是行之有效的措施，也只能这样。

与此同时，务必找到谭康官，把事情彻底弄清楚，方可以有下一步的对策。

平日，谭康官都在港口坐镇，偏偏这个紧要关头，却怎么也找不到了。

就在外洋大班们急得如热锅上的蚂蚁时，陈芳庭出现了。

陈芳庭赶来时，额头上已渗出了黄豆大的汗珠，白皙的脸已经憋得紫红，这位中年汉子谙熟中、夷两方的事务，他自然听明白了谭康泰与他分别时的吩咐，于是，便不再去窑场，而一路赶来，火烧火燎的，却没料到，祖秉圭却已同时出了手，已派人上了黄埔港。

在岸上一看阵势，他什么都知道了。

一见阿诺特、迪韦亚，他便立即说：“对不起，紧赶慢赶，我还是来迟了。”

迪韦亚抢先问：“谭康官呢？”

“他不在广州，不知道出了事，我会尽快把他叫回来。”

“可是海关不许买他的货。”阿诺特说。

“这事由我来处理。”

“是呀，你是他的合伙人。”

外洋大班一直是这么认为的，而陈芳庭的确已不仅仅是谭家盈顺行管账的身份，上年度谭康官便让他自立门户，进入了行商的行列，但实际上并没有真正公开，而与谭家盈顺行交厚的几家行商，实力不大，却都一同共进退，有着共同的利益。

“事到如今，我也不妨直说了。”陈芳庭抿上一口茶，压压上火的嗓子，方有条有理地说，“我们中国人同你们想问题的方式不一样。中国人办事，说怎么也得留有余地，不把事情做绝。而你们呢，一则一，二则二，没有任何商量的余地。当然，你们对陈寿官倚仗海关，上年度几乎垄断了广州贸易，尤其是与巴纳里相勾结，营私舞弊表示了义愤，这点，我们是一致的，投诉信上，我与谭康官共同签了名，你们都知道。你们完全有权利，把巴纳里召回去，把舞弊弄清楚。可这边，对陈寿官，如果官府不理睬，就管不了，更何况他有他的后台。可你们，一下子把事情做绝了，断绝了与陈寿官的贸易往来，从道义上，或者说，依你们的规则，这么做无可非议，要是在你们那边，也完全行得通，并且永远逐出商界，没诚信是不可以在商界立足的。这些，我都理解。但是，在中国，这却不行，做不到。”

迪韦亚表示：“这个，我明白。”

阿诺特却说：“我只按我们的规则办，不同他做生意，这只是我的事，有什么关系？”

“关系可大了。你们也知道，他同海关监督祖大人的关系非常密切，你们不同他做生意，他赚不到钱，能不生气么？能不动用他在海关的关系么？”

“这么说，今天海关派人来下命令，就是他陈寿官在背后活动的结果。”阿诺特终于脑筋有点活动了，“太可恶了。”

“本来，如果你们不那么生硬，那么决绝地下那么一个指令，不让外洋大班同陈寿官做生意的话，多少留一点份额给他，他也没意识到你们也怀疑上他，只是处理了你们自己的人，那他也不至于动用海关的关系，今天就不会闹得这么僵，那今年的贸易业也还是会正常进行。你们说是么？”

迪韦亚连连点头。

阿诺特迟疑了一下，还是点了头，却说：“为了挽回事态，我们把船开出公海，逼他们也让了步。”

陈芳庭叹了一口气：“怎么你们想问题，处理问题还是那么简单，不留余地？这么做，解决得了问题么？”

“不行，我们上厦门，上别的口岸。”阿诺特仍理直气壮。

陈芳庭说：“我就是福建人，厦门的情况，我比你们了解。况且，这么多年，包括你，也不是没有出过厦门，你说，那边的生意有广州好做么？”

阿诺特不作声了。

迪韦亚又说上话了：“这么说，你还是有办法解决这个问题的。”

阿诺特接着说：“好吧，我听听你的主意。”

陈芳庭这才算喘过一口气，脸上的紫红也消退了，他端起了茶盅，笑一笑：“我得消消火才行。”

而后，他讲了反复考虑过的方案。

显然，这次从中作梗，起到了关键作用的，便是陈寿官，他与海关大人的关系，也是众所周知的。因此，解铃还须系铃人，还得让陈寿官出面，解决目前的困局。当然，没有利益，他是不会干的，这边，我们也是只能让出一部分份额，让他参与交易……

“对，这回他已经不可能哄抬茶价，从中获取暴利。”迪韦亚说。

“还与他做生意，这不有违公司总部的指令？等于纵容他舞弊违法行为么?”阿诺特还是有点想不通，“不能这么做。”

迪韦亚劝道：“但这一年度交易，他已经无法进行舞弊，因此，不能说我们纵容了他，你要分清楚。”

阿诺特这才点了头：“陈芳官，你继续往下说。”

“其实，你们英吉利大班们，同陈寿官打交道的年份，比与我们还久，你们之间的交情当很深了。你们去说说，他一方面，自然要念及过去的交情，多少给一点面子；另一方面，也不能不考虑当前的利益和以后的利益，毕竟，今年让一部分份额给了他，他又没有巴纳里狼狈为奸，能到这一步，已经很不错了。”陈芳庭认真分析了其中的利害关系，“在我与谭康官这边，不会有什么问题，陈寿官只要分得一份，就不敢做得太过分。”

阿诺特思考了一阵，终于爽快地说：“行，那就照你的办。”

迪韦亚说：“怎么找陈寿官?”

陈芳庭说：“你们不能去找他，还得端点架子，得是你们请他来，上商馆，或者到船上，这样好说话。”

“怎么请?”

陈芳庭苦笑了一下，说：“既然是我出的主意，还是让我去请吧。也许，看在我这福建老乡的分上，他不会一口回绝。至于后边的文章，那就由你们来做了。”

“好吧，我们这就去写请柬。”

这是谭康泰“失踪”的第二天了。

其实，这个时候，陈寿官也是很焦虑地在他的广顺行中等待。谭康泰突然“失踪”，他是心中有数的，可外洋船只撤离码头，他却没想到，万一真离开广州，开到别的地方，海关税收锐减，他的生意也黄掉了，这是他决不愿意见到的……他背脊上一阵阵发凉，祖秉圭这一招是否做得太狠?看来，谭康泰的忠告不无道理，当官的狠，不是经商的人想得到的。事情到了这个地步，他也没把握了。

终于，听到了陈芳庭来访的通报。

“快，快请他进来。”

陈芳庭从容不迫地走了进来。

他看看陈寿官，那脸上有掩饰不去的焦虑，可嘴角仍有几分得意，于是定定地坐了下来。这时，一整套功夫茶的工具，已经备齐，陈寿官正在暖盅，说：“我们两位老乡，也难得在一起叙叙。你攀上了高枝，还挣了一份身家，不愧为八闽子弟。”

陈芳庭说：“我们还是同姓呢，一笔难写两个陈。”

“正是，正是。”

陈芳庭单刀直入：“早两天，我已经同谭康官商量好，都是行商，互相当有个关照，不知你与外洋大班发生了什么过节，巴纳里一走人，你今年生意就做不起来，所以，大家商量了，决定分一部分份额给你做，不可以冷落了你一个，你说呢？”

陈寿官心中一块石头落了地，却仍说：“这也不是你们一方说了算的事，外洋大班给不给我面子，就难说了。人家是死牛硬颈。”

陈芳庭拿出了阿诺特的请柬，说：“这一层我们也想过了，所以，也同外洋大班商量过了，这便是他们给你的请柬，好说好散。谈得成就成，谈不成也不要伤了和气。”

陈寿官颇有点受宠若惊的样子：“这么说，这里还是有戏了。”

“有戏没戏，全在你了。”陈芳庭话中有话。

陈寿官忙表示：“我也不是一个不通人情的人，这回，你算是够尽老乡情谊的了。”

“老乡见老乡，两眼泪汪汪。”陈芳庭说，“要不冲这个，我也就不来了。”

茶过三巡，同样耳酣面熟了。

陈寿官终于说：“这次，东印度公司把我拒之门外，不会没原因的，把好好的一个巴纳里硬给掠走了，太绝情了。”

陈芳庭知道他要说什么：“不过，外洋大班中，关于金元宝回扣的事，也传得太邪火了，我们不在意，可回到英国，传到了他们的总部，就非同小可了。”

“这里，仅仅是外洋大班的事么？”陈寿官摇摇头，“我可是听说到别的传言。”

陈芳庭只好说：“为人不做亏心事，半夜敲门心不惊。”

这话把陈寿官堵回去了。他装模作样看看请柬，问：“是上商馆，还是船上？”

“商馆，你会去吧。”

“当然，当然。”

“人家是诚意请你的。说是内外有别，巴纳里是巴纳里，你是你，你还是他们的座上客嘛，所以托我来请。”

“我会准时到的。”

陈芳庭站了起来，说：“请柬送到了，我也该走了。”

平日，陈寿官难得把人送出门，这回，出了门，还走上了一段。

陈芳庭旁敲侧击道：“祖大人这回在海关干得不算短了，超过了前任。”

“也许圣上让他专心致志办海关，往常，海关监督，同时也是巡抚大人。”陈寿官说。

“可他到底还是从二品，比巡抚不会低，与杨文乾一个级别。”陈芳庭故意把话打回了杨文乾。

“杨大人是死在任上。”陈寿官不接茬，“未到任期满，也没解职。”

“可他也够呛，都说是给吓死的。”

“众口铄金，别信那么多。病是有病。”

“他一死，跟他太紧的葵官，也就销声匿迹了，跑哪去了？”

“我哪知道？不过，他仅仅是依仗杨大人的权势发起来的。其发也速，其灭也忽，不足挂齿。这我是看准了。”

“这么说，我们经商的，还是得与当官的保持一段距离，不然，身家性命也都贴进去了。”陈芳庭分明是有所指的。

陈寿官笑笑，说：“你这话，与谭康官上回看花园时说的一席话当异曲同工，这回倒是让我听进去了。可当官的，也万万得罪不得，闹个倾家荡产也划不来。”

两人话中各有机锋，你有来，我有去，心照不宣罢了。

七月的广州，日光如炽，街道上，都有蒸腾的暑气，人呀、桥呀、狗呀，都在蒸腾中变得恍恍惚惚的了。而已长了叶子的木棉树，花朵已脱落了。唯大榕树下，还有几分可遮阴的地方。

两人道过别，各去各的了。

陈芳庭心仍惴惴的，谭康泰已进去两天了，几时方出得来？由于抓捕他是在几乎无人的空巷里，所以消息并未传出去，打发去南海县衙的家人，虽说上上下下都做了打点，免得谭康泰受委屈，但具体内情，仍不知多少，只说他得罪了海关祖大人，是祖大人下的令。知县只是个七品芝麻官，只有执行的份……唉，现在该跑的地方都跑了，该疏通的地方也疏通了，只是，能否做到水到渠成，他却没几分把握。

他茫然地在街巷中走着。

不觉间，竟发现自己已来到了通往窑场的路上。

这里正是当日谭康泰被抓的地方。

这时，他才想起，当日，本是与谭康泰一同去看看紫屏绘制、彤平烧出的新瓷。只是谭康泰被抓，他才临时决定上外洋大班那边，火急火燎地赶到黄埔，没想到黄埔那边也乱成了一锅粥。

这一折腾，两天过去了。

这才又下意识重回到原路上。

是该上窑场了，原先答应去的，却没去成，还不知道人家怎么想。喘上一口气，定定神，眼前的街巷又分明了起来，于是继续向前。

窑场的入口很快就到了，人们远远便认出他来，招手呢。一走近，才看清是彤平。

彤平看看他后面，焦急地问："泰叔呢？"

陈芳庭一怔，莫非他们已风闻什么了，却仍说："他回顺德老家去了，说是商量修缮谭氏大宗祠的事情。"

彤平又问："几时能回？"

"说不准，总要三五天吧，有急事么？"

"嗳。"

陈芳庭沉吟了一会："非得要他回么？平时有事，我做得了主。"

彤平说："事情……不小。这一窑广彩瓷，很出人意料，我们正在找原因。上一窑，小量烧制，很成功，泰叔说要先睹为快，可惜一下子没来得了。我们试烧一窑大点的，却几乎全烧坏了，还不知怎么向他交代呢？下一步，就不好走了。"

"平时，不是有个三成，就是成功的，这回怎么啦？"

"半成都不到，成色全不好……我们再琢磨，配料上、火候上，都还有问题。所以，下一窑怎么烧，还得等泰叔回来拍板，我们不敢愧对他一片苦心呀。"

的确，这事陈芳庭也做不了主，毕竟，瓷器是谭家的主打外销产品，泰叔多年主持这个窑场，近年又大大地扩建，分明抱有很大的希望。可真是，祸不单行，屋漏偏逢连夜雨，这消息，对泰叔而言，不失为一个更沉重的打击。他想了想，只说：

"我去看看泰叔想看的那些新款式吧。"

彤平领他去了。

果然如外边所传。这一小量试制的广彩瓷，称得上美轮美奂、惊艳绝伦。无论是鲜花、兰草，还是蜂蝶、小鸟，都栩栩如生，颇有立体感，这是过去中国画中没有过的。其中一枝凌霄花，就着花瓶的形状，盘旋向上，是那么引人注目，几乎要再攀上瓶口长出去了。这花草、这虫鸟，分明是倾注了心血，才如此充满生机注有深情，才让观赏者流连忘返。可以说，窑场近百年，还没出过如此绝色的精品，也难为做彩绘的紫屏与烧制的彤平了。毫无疑问，这在外销上，一定会大受欢迎。

陈芳庭驻足良久，终于开了口："无论如何，这是非常好的开头，开头好，就一切都好，当中有些曲折，也挡不住这好的势头，我是这么坚信的。"

彤平说："我也相信。"

"这样吧，泰叔回来之前，你们先在一起琢磨琢磨，磨刀不误砍柴工嘛，等泰叔一回，集思广益，群策群力，问题总会解决的。"

"好的。"彤平点头。

"紫屏呢？"

"她听说这边有一种特殊的颜料，找过去研习了，晚上才能回。"

"你们没有气馁，还在努力，这就好，泰叔也会放心的。"陈芳庭勉励道，"我得去了，这一段夷船来的多了，够忙的了。"

"不是说夷船昨天纷纷离岸了么？"

"我这去，就是劝他们回来。"

"这事大，我不留你了。"彤平说，"不然，我还想让你去看看没烧好的那一窑，好的要看，坏的也得看。"

"不用了，我也不懂，有成功总有失败，这次失败，自会带来更大的成功。"陈芳庭用手挡了挡，似乎要拦住什么。

"按行业上的规矩，凡是没烧好的，一律都得砸碎，不可以让任何有瑕疵的瓷品流到外面……这回，本想让泰叔看后，有个建议，我们才砸的……"

陈芳庭立即说："不用等了，先砸了吧，按规矩办，砸！"

"好，我们先砸了，也好向窑场所有人显示我们高质、保质的决心！"彤平表示。

陈芳庭还没走远，耳边似乎便传来砸碎次品的"吭啷吭啷"、连续不断的声响，他差点没用手指将耳朵塞上，他真不忍听。但耳边的脆响远去了，可眼前似乎又出现了被砸碎瓷具的纷乱、刺目的场面，简直惨不忍睹，各种色彩尤其是血红色，在迸裂，在飞旋，在纷坠，有的，竟似嵌入眼中，火辣辣的痛。

他几近要晕过去了，只是呻吟了一声，叫轿夫："走慢点，颠得太厉害了。"

不知多久，他才算恢复过来。

这一幻觉，竟如此强烈，在往后的岁月里，总是不断地出现他眼前，直到他被血红色所淹没，被卷进飞旋、迸裂的碎瓦之中。

直至……坠落！

无疑，他此刻并没有意识到，自身已经卷进了一个何等巨大的历史漩涡之中，而落进这漩涡的人，要从中脱身，是几乎没有可能的，但为了生存，为了发展，他们总归要挣扎，要浮出水面。

而得到的，每每是水底无尽的黑暗。

但历史的前进，不总是如急流中的一个小漩涡，在不断地毁灭中得以实现么？

第十章　退财消灾

的确，无论是阿诺特，还是迪韦亚，在接受了陈芳庭的方案，尤其是让陈芳庭带走给陈寿官的请柬之后，两人沉默了良久，还是阿诺特首先跳了起来：

“不行，这样不行，我们上当了！”

迪韦亚说：“不是上当，而是……投降，我是这么认为的。”

“也就是说，他们逼我们投降，逼我们放弃自由贸易的原则，向这种官商勾结、欺行霸市的恶行让步。”

“你说得完全准确。”

“这样，会后患无穷。以后，我们就会被他们任意摆布，任意勒索，成了他们砧板上的肉，专门挨刀。”

迪韦亚叹了口气：“他们的皇上还是英明的，下边，也还是会有些开明的官吏，这也许只是一次例外。”

“我并不认为是例外。”

迪韦亚反唇相讥：“那么，你们的巴纳里是不是例外？”

阿诺特无言以对。

迪韦亚却反过来说：“其实，也未必是例外，我担心，这一次我们不得不让步，以后的抗争就会更困难，已经有了个加一征收的恶税了，现在又加上一个官商沆瀣一气，再发展下去，成为有组织、有密谋的敲诈勒索，广州的通商就日渐艰难了。”

阿诺特说：“本来，我们只处理了一个巴纳里，与他们无关；而我们选择行商，本来就是正当的贸易行为，却弄出了一个这么严重的局面，光让步，能解决么？”

“我也在想。”

两人双眉紧锁。

还是迪韦亚有头脑：“光请一个陈寿官，不行，这证明我们向陈寿官与海关投降了，应该多请几位，不仅仅是谭康官、陈芳官，还有黎安官、骆官几位，表明我们只是来商量今年贸易各自份额，并不是为让陈寿官一份，虽然事实是这样。”

阿诺特耸耸肩膀：“看来，你长期待在中国，也有了中国式的智慧了，你不觉得是自欺欺人么？”

“那好，你最好向陈寿官三跪九拜了。”

“他又不是皇帝。”

“你现在是求他解套呀！”迪韦亚挖苦道，“不然，你的船今年就不进广州了，显示你们英国人的倨傲……”

阿诺特叹了口气：“这实在是一个太糟糕的结果，是我们所料想不及的。”

“是你们图一时痛快，下令不与陈寿官做生意。要是开始还给他一点份额，巴纳里又走了，他想捣鬼也不成，这一年不就顺顺当当，这可好，弄得人家把海关也调动了……”

“平日那温文尔雅的祖大人，没想到背后出手这么狠！”

“这后边的事，我们管不到，也揣测不出，还是先多发请柬吧。”

已经是谭康泰“失踪”的第三天了。

收到阿诺特请柬的行商们，几乎都同时到达了英国商馆。

米字旗在浩荡的长风中发出喧响，同法国旗、荷兰旗等飘扬的声音交汇在一起，这已经成了广州西城外边的一道景致，分外惹眼。而各商馆风格迥异的欧陆风情，亦各有韵味，在亚热带的骄阳下聚会，平添了几分闹意，院门前停泊的小舟，已经好些了，这都是行商们所用的。

自然，被任命为商总的都悉数到齐。陈寿官自不再说，不过，他不是第一个到，也不是最后一个到的。先到的却是骆官，他自然心中有数，虽然不知谭康泰的“失踪”。而后则有黎安官，他已步履蹒跚，十分显老态了，脸上有些浮肿，泛黄。在他之后，则是陈寿官了。陈寿官后边，还有两位，虽不是商总，但也是与阿诺特有过签约的行商。最后一位，倒是陈芳庭。

陈芳庭考虑再三，还是来了，不来，阿诺特未必能摆得平，毕竟主要是要从谭康泰的份额中划出一份来，也只有他能代表谭康泰，没他来，阿诺特的承诺作不得数。阿诺特无权代表谭康泰重新签约，或者自作主张一方废掉与谭康泰的合约。而这次聚会，虽说谭康泰已不是商总了，但仍是最有影响力的行商，这一点，夷商们心中是清楚的。在如今二十几家行商中，陈寿官能控制的有八九家，而谭康泰也有六七家，加起来，占去了全部行商的三分之二，其他几家，各自为政，起不到多大的作用。

阿诺特心知肚明，开始不见陈芳庭，急了，一直等到陈芳庭出现，才松了一口气，宣布开会。不过，第一句话还是问：

“谭康官还是不能来么？”

“我来了就行。”陈芳庭巧妙地做了回答。

“你可以全权代表谭康官么？”

“可以，我想，在座的也都会认可。”

阿诺特要的就是这句话，他强调的正是契约的合法性，而这，首先需要的便是陈芳庭的完全认可。而后，他才开宗明义地说：

“今年，应该是广州贸易又一个最兴旺的年份，已经到达或者即将到达的商船，都超过了前几年。所以，今年的生意完全可以做得更好。很遗憾，发生了一些不太愉快的事，迫使我们的商船前天不得不离港泊进了公海……”

迪韦亚插了话：“其实，这种不愉快，完全是一种误会，主要是我们之间没有及时地沟通，互通信息而引起的……”

“对，对，完全是误会，误会！”阿诺特特意如此强调，“这一误会，完全是可以消除的，更何况我们本来就是合作多年的伙伴，用中国话来说，我们有很多年的交情了，情义千金，所以，消除误会是不难的，譬如陈寿官，他历来是我们英国最大宗生意的包商。”说到这，他脸上竟不自然地抽搐了几下，不得不故意用手去抹了抹，“我们之间的友情是最牢固的，虽然我们当中一位雇员出了事，可他已经奉命回去述职了，所以，绝对不会影响我们的交情。只是因为交接上出了一些延误，毕竟人事更迭，免不了受点影响，很快也就会挽回的，这点，请陈寿官放心，马上就可以兑现，因为后边几条船的生意，主要还是你来做。”

陈寿官原先呆滞的脸色，渐渐有了松动，嘴角上挂上了一丝笑意。

而阿诺特似乎对自己这一解释有几分得意，又补充了几句，“前边的几艘船，法国的嘛，因为大都与谭康官有旧，所以，就签约在前了。其他的，我看，谭康官固然实力雄厚，但也未必面面俱到，都应付得过来。是不是能让出一些份额，有饭大家吃嘛。”

迪韦亚也说：“我们同谭康官关系式密切些，不过，也希望同你们打交道，货比三家嘛，骆官，你不也有我们的份额么?”他故意问上骆官，显然，他是为阿诺特打个掩护，不可以说得太赤裸裸了。英国人，就是这么头脑简单，说话也不讲分寸。

骆官立即点了头：“是呀，承蒙迪韦亚先生关照。”

其实，这却是谭康泰介绍的。

现在，轮到陈芳庭表态了：“今年，泰叔与我是捷足先登，签了好些约，在商言商嘛，不过，泰叔也觉得，是否太性急了点，别等到这一贸易季度结束，还找不来货，这就对不起主顾了。信用事大，罚款事小”。

阿诺特盯住问：“你与谭康官一直是合伙人，你看怎么办?”

陈芳庭故作思考状：“泰叔已经有话在先，我呢，更没问题了。这样吧，一艘荷兰船，还有一艘英国船的大部分份额，我们都可以考虑让出，只是不知谁有这么大胃口？安官，你呢?”

黎安官连连摇手：“我可不敢分这一杯羹，我的家底都连兜翻转过来了。”

另两位行商也都表示不行。

骆官自不作声，他的实力还不大。

陈寿官立时表示：“那好，我来接手好了，轻车熟路。”

“很好，很好。”阿诺特忙说。

陈寿官不是省油的灯，紧追着下文：“口说无凭，立字为据。我们还是要有个合约，都可以放心。”

“这个自然。”陈芳庭说。阿诺特忙说：“陈芳官已经向我，也向你们表示过，他可以全权代表谭康官，这样，我们三方都到齐了，重新签约应该不会有任何障碍了吧？”

“不过，事后也应得到谭康官的认可。”陈寿官是滴水不漏。

“只要他回来，我可以担保。”陈芳庭目光直逼陈寿官。

陈寿官心里很明白，躲开了陈芳庭的目光，只是点头说：“这个自然，这个自然。”

在骆官、安官等行商看来，这回，陈寿官几乎是不费吹灰之力，便拿走了谭康泰几乎三分之一的份额，而且还包揽了日后到广州夷人商船的大部分，胃口之大，令人咋舌。他们只是奇怪，这个时候，为何谭康泰迟迟不见出面。

当然，陈寿官是按正常的价格签下了几份合约，没了巴纳里，他一时也不敢玩什么花样，不过，仍是装模作样，半真半假地来了一番讨价还价。

尽管阿诺特已在咬牙切齿了，可迪韦亚不断抓住他的手腕，让他控制住自己，任陈寿官把这出戏唱完。

本来，已经向督府告过了陈寿官，而现在，却还得向陈寿官屈服。这样的屈辱，阿诺特从未忍受过，欺人太甚了！显然，陈寿官也是知道对方告过他，话语中亦不无得意：“一诺千金，签下合约，这回是不可以更改了，我这个人是最守信用的。”

骆官也签下了一份小合约，这却是陈芳庭事先约定了的。这么做，也让阿诺特内心多少得到一点平衡。

签下来，相安无事了。

只是临走时，来了段小插曲，黎安官一个人留下，要与阿诺特谈谈。

没多久，他便出来了，脸色死灰一样的白，斜眼看了陈寿官一眼。

陈寿官偏说：“怎么样，夷人就是夷人，从不讲交情、不讲义气的，一味只认契约，只认数字。”

黎安官叹了一口气：“他不肯再缓期，非要结清。就算做成今年的生意，我也填不了这个窟窿。本来，我还指望会答应的，可现在，他铁灰着脸，什么也不答应。”

陈寿官心里明白："你就不该这个时候去谈这个事。"

"你倒是挣得盆满钵满……"

"可他们并不情愿，这我知道。"

"可是，我成了陪斩，成了出气筒。"黎安官哀怨道，"我只有执笠了。"

"执笠"，在粤语中是关档，破产之义。陈寿官听出内中有求助的意味：你没事了，我的事却没法子了，多少看看同乡之情吧，但他却说："没事的，不起不跌，不成豪杰，过了这个坎，你自有发达的日子，三富三穷不到老，况且过去，你还比我们强多了呢。"

这话，完全是一口回绝，没有商量的余地。黎安官早识这世态炎凉，也不再求什么了，只是身子晃了晃，落到了后边。

黎安官为何与陈寿官说上这几句话呢？却自有原因。因为夷商中关于"金元宝"的笑话，就牵涉到他，所以，投诉陈寿官，便把他也给带上了，总之，这可以证明这是一种公平的竞争。如果仅仅如此，还没什么，因为陈寿官不被追究，他也就同样没事，但是，在这份投诉中，还连带提到，黎安官已经欠下了夷商上万银两，未能如期归还，因此向官方讨个公道，督促他尽快还清。

这一来，陈寿官的事了结，他黎安官的事却才开始，已传出各种风声了，说官府很恼火，大清国人岂可欠夷国小人的钱，大大有损国家的面子，当要严惩。风声一紧，黎安官惶惶不可终日了。

所以，他求阿诺特宽限时日，也是慌不择路了，他不知道，刚一走出来，阿诺特便在那里大发雷霆，几作狮吼了。

那份屈辱，在他是难以承受的。

"岂有此理，这陈寿官狗仗官势，欺负到了我们头上，恨不得把他那张伪善的脸撕个稀烂……刚整了我们一下，这边又来求我们，拖欠借款，简直岂有此理。"

他把黎安官也看作一伙的了。

迪韦亚让他吼完，才说："我看，暂时事态是平复下来了，谭康官让陈芳官这么做，也是迫不得已的，是必有难言之隐。事情远没有这么简单。遂了陈寿官的意，就默认了他与海关的勾结与合作，从而有可能左右今年的整个贸易……其实，去年也已经是这样。如果再这么恶性发展下去，恐怕，海关与行商联成一气，成为利益的共同体，我们就难以对付了，后果更不堪设想！"

"是呀，这事情才大了！"阿诺特沉吟了一会，说："看来，我们的船不可以轻易再回到岸边，我们也不是那么好摆弄的。"

"也只能这样了。"

已经是第四天了。

谭康泰被关进了南海县衙门的监狱里，好在木枷不久便取下了。没有像上次卡得那么紧，戴得那么久，手上的皮也没刮得太破。可坐牢毕竟是坐牢，牢里阴森森的，不时还泛起一股血腥的气味，墙上斑驳陆离，淤黑色的，分明是血痕。也有人在上面题有诗句，但大都有半句没半句，看不分明。还可以看到指甲划出一道道的印痕，大概是有人用这来计算在这里边的时间，不过，从长到短，从深到浅，也表明这个人正在衰竭，一天比一天乏力，最后失去了希望。凭什么这样猜想？没准人家已经逃出生天，如今已经自由自在了呢？解读牢墙上的各种颜色、水渍、刻痕、文字或别的什么，当可以成为好些天的功课，有得做的。但到了这第四天，谭康泰却已经失去了兴致，不知这一回海关葫芦里卖的什么药，一关四天，也不提审，算是怎么回事呢？哪怕就要杀头，也得给一个罪名才行呀！

已近中午了。

高高的天窗漏下的阳光，也是那么飘忽不定，若有若无。显然不是大晴天。浑身的湿气蒸得难受，汗水浸出，衣服都可以拧出水来了。在南方，在这种地方，说度日如年绝对不是夸张，连一个时辰，都比一年难过，尤其是处于不明不白之中。

看来，这一天就要熬过去了。

然而，狱卒别在腰间的串钥匙的铁尺，骤然间“吭啷吭啷”地大响了起来。

这已不是平日提审的时间。

最后，“沙沙”地响到了身旁。

狱吏打开了锁，冷笑道：“你就是谭康泰？好大的面子呀，坐牢还有二品大员来见你，这可是从未有过的事。”

谭康泰站了起来，问：“放我出去么？”

“说是见你，没说放你，别听错了。”狱卒把他一拉：“走吧。”

这一走，竟走出了监狱，走进了衙门。

知县已等在了门口，倒也客气：“来了？这边走，祖大人在等着呢。”

谭康泰跟着知县，绕过了几个天井，来到了一个颇为考究的大厅。大厅两侧，是两个高高的青花瓷瓶，分外抢眼，里边，是一色非常讲究的酸枝桌椅——居然不是审判的大堂，厅当中，则是“厚德载物”的几个颜体字大匾，很有笔力。

还显年轻的祖秉圭已经坐在那里，似乎在全神贯注地品茶，连瞥也不瞥谭康泰一眼。

倒是知县赶紧禀告："祖大人，谭康官已经给带来了。"

"哦。"祖秉圭仍头也不抬。

既然不是提堂，谭康泰也就垂手站立着，默不作声。

半天没见声响。

良久，才有一声："坐。"

谭康泰这才坐下。

祖秉圭先是问："今年，你代夷商缴的'加一征收'，全交了么？"

"凡是到岸了的，都交了。"

"那没到岸的呢？"

"没到岸，没报关，怎么加一？"

"如今，到岸的都离岸了，没到岸的还进不进来，你知道吗？"

"到岸的又离了岸么？这我不知道了。"

"你不知道？是你布置好了的吧？"

"祖大人也太看得起我了，外夷那么多的国家，远在万里之外，能让我摆布？"

"不，你是算计好了的。"

"我不通风水术数。"

"可广州这一潭水，都让你搅动了。"祖秉圭冷笑道，"算你狠！"

"我只是个生意人，没那么大的能耐。"

"那夷商为什么得到指令，只与你做生意，不准与寿官做，而且，还把寿官告到了总督那里去了？"

谭康泰早想过该怎么回答了："听说，去年做交易时，英夷巴纳里暗地里搞了不少名堂，中饱私囊，所以，今年就把他召回去了，他的交易，大都是与陈寿官做的，所以，他们自然怀疑上陈寿官了。"

"这事就与你一点无关？"

"去年贸易季度，我不在广州。"

"你撇得很干净，不在！"

"的确不在，陈寿官很清楚。我的生意，是交陈芳官打理的。"

"那陈芳官是在的。"

"他也只管我们的生意。"

祖秉圭没抓到什么话把，只好说："那你今年做成了大把生意，就没与夷商有私下里的交易？"

"我们是正经商人，君子爱财，取之有道。夷商更讲规矩……"

"讲规矩还出了个巴纳里？"

“所以把他召回了。”

“你这么为他们涂脂抹粉，不是有什么缘故吧？今年的生意做大了，有他们的照顾，知恩图报，是不是？”

“我只是据实禀报，不敢乱猜。”

祖秉圭慢慢呷了一口茶，忽又说：“你上回送夫人的珊瑚枝，不是冒牌货吧？”

“怎会呢？”

“你一走，它们就有些变色了，没那么鲜亮了，像是假的一样。”

“它们是长在海水里的，得用海水来养，那天我讲过，你们没留意吧？”

“你只怕是成心捉弄我们京城来的吧？”

“我纵然有十个胆也不敢。听说夫人口味很高，我岂敢糊弄她呢。”

“哼！”

照样没能震慑住谭康泰，祖秉圭心里有点火，三招下来都不接，这家伙实实难对付，于是，索性拉下脸来，声色俱厉道：

“你知道为什么把你关起来？”

“到现在也没人告诉我为什么。”谭康泰不卑不亢，“还请祖大人训示。”

“你自己还不明白，这个年度贸易，你仗夷人之势，一家独大，欺行霸市，垄断交易，搞坏了广州的规矩，如果让你再恣意妄为，连我这位海关监督也得听命于你了，是可忍，孰不可忍，不关你几天，煞煞你的气焰，那还了得，赶明儿不翻天了？”祖秉圭一副正气凛然的样子，挺直了腰杆，瞪起了眼。

谭康泰苦笑道：“这可真是误会我了。今年开始时，我做的生意是大了点，因为我往年包的船，今天都来得早，况且，安官、骆官，还有几位行商，也都有了更多的份额……至于寿官，我也对夷商说了，不能这样恩断义绝，太简单化，毕竟都有过十几年的交情了，所以，后来的船，还是会给他包的。”

“你都一口独吞了，还轮到他？”

“要是没他的份了，那我的这一份，多少也可以分点给他。”

“你有这么慷慨？”

“行内有句话，有饭大家吃，我不敢落个不好的名声。”

“这话当真？”

“当真，我这出去，马上就可以兑现。”谭康泰说，“我不在，陈芳官也会这么做的，因为我已经吩咐过了。”

祖秉圭不语了。话说到这个分上，他也没什么可以再威逼的，否则，便有损自己的身份了。有陈寿官一份，就有自己一份，昨晚陈寿官便来说过，陈芳庭已经松了口，为保险起见，还得让谭康泰加以认可……

祖秉圭站了起来，最后说："还算你识相，识做……听说你是一发犟脾气，九头牛也拖不回，我今天倒是来试试，看来，不完全是这样，识时务者为俊杰嘛。"

谭康泰自然听出其中侮蔑的意味，本想抢白几句，可一想，还是算了，何必与这种人计较呢，就忍下了。

祖秉圭摆摆手，让知县过来，说："把他带走吧。"

知县又叫来了狱卒。

谭康泰只好跟狱卒走了。原先，他还以为，这么过来，也算是个过渡，就这么算出了狱，没想到还得回去。

这让他想到牢墙上的长长短短的划痕。

待谭康泰走后，知县才问祖秉圭："还要把他关下去么?"

"是的。"

"总要师出有名呀!"

"我就是要教训教训他，煞煞他的威风。"

"大人还同他计较?"

"总之，不可轻巧放他，更不能这个时候放，懂不懂?"

知县并不曾听明白，可也只能说懂。

其实，无非是猫捉老鼠的游戏，让他祖大人出一口恶气罢了。

此刻，已日上中天。

广州，似在蒸笼里一样，暑气、湿气，全汇集在一些起，几可把人蒸熟。

在狱中的谭康泰感到，身上这一夜熬出来的已不是汗，而是黏稠的油了。暑夜难挨!

第十一章　赈灾款

这应该是第五天了。

陈芳庭心急如焚，本来，前一天已让出了相当多的份额给陈寿官了，满足了他的要求，也就没有再让祖秉圭继续羁押谭康泰的必要了，其实，大家心知肚明，这多得的份额中，少不了这位祖大人的利益，祖大人也不能不领情呀!这海关与行商的罗网一旦编织起来，当拢下多少银两与元宝，成为怎样的金元帝国?这让陈芳庭想起了不到一千年前的南汉国，当时，这个国家的君主，由于"笼海商得法"，成为世界巨富，连宫殿的沟渠，垫的都是珍珠，而其金銮顶，则完全是用纯金铸成。数以千计的皇宫、离宫、庭苑遍布广州四周。只是，皇帝在陆地上狩猎已不过瘾了，索性跑到了海上，把往来的商船当狩猎的目标，皇家扮成了海盗，把个珠江口搞得乌烟瘴气。

结果呢，商船不来了，偌大一个金元帝国，呼啦啦大厦将倾，成了最短命的一个皇朝，连五十年也不到。要富起来，在这片土地上很快，但要垮下来，也同样是旦夕之间。

祖秉圭不是南汉国主，更没其商品意识，他只是不择手段地在聚财，他也知道，任何人在这任上都待不了几年，不多捞一点，再全身而退，白白辜负了这样一个肥得滴油的、非常难得的职位。他不需要五十年，有五年就足够了。

因此，就在陈芳庭焦虑之中，骆官过来了，转达了海关一个重要的决定，让行商立即交出十万两银元，用于赈灾，说北方来的饥民，近日已逼近了广州北郊，一旦入城，后果不堪设想，捐输也是为了自保。

骆官说："海关这话未必当真，有几个饥民进入了广东境内，便大做文章，其实哪有那么严重？倒是要钱是真的，一个子都不能少。"

"怎么让你来跑？"陈芳庭问。

"还能有谁？四个总商，泰叔免了，安官老了，寿官这回得意了，忙着呢，这不就摊到了我的头上么？"

"找过寿官了？"

"找过了，他说，他今年生意只是刚有转机，还不知道能不能赚回来，出不了多少，满打满算，最多一万二。"

"他出一万二，我们比他差的，又能出多少？"

"到头来，没准还会落到我们两家头上，我看，海关早算计好了。"骆官长吁短叹，"这么下去，只怕我们也会像安官那样，倾家荡产了。"

"安官怎样了？"

"前天，从英国商馆回去，半途中摔了一跤，就起不来了，让人抬了回家，他口口声声要死回老家，不待在广州了。"

"可他欠了英国大班的银两，还不是小数，追讨得厉害。"

"夷人认钱不认人，交情再深，银两上的事一样没得商量。其实，安官借的，月利为一厘年利便是一分二厘，在外面，一年才几厘，算得上是高利息了。但夷人只认契约，你签了就该按这一分二厘付，没有通融余地，不管你是死是活，还一状告到官府。"

"官府呢？"

"肯定很恼火，只是还没什么动静。"

"这回，安官是交纳不了赈灾款的。"

"弄不好，他的商欠还会落到我们的头上。"骆官说，"我已经下决定了，有这一回就够了，坚决不当这个行商，回老家去了。”

“不当也不容易，你轻易退得出么？泰叔被免了总商，却还让他留在行商内，你以为海关就没算计过。”

“自然是老谋深算，再难，也得退出。”骆官咬咬牙，“总有办法的。”

“我也不劝你。说吧，这次估计我们各自得出多少？”

“没个三万下不来，而海关是要我们两家各自认四万。”

“是呀，我、你，加寿官，才七万二，还差二万八，其他行商，一个只能一两千，还真难凑齐。”陈芳庭算了算，“不过，这么大的数，泰叔不回来，我还真拍不了这个板。因为这已经不是生意了。”

“泰叔什么时候回得来？”骆官是不知道发生了什么事的。

“总之，你把这话回复给海关，到时，泰叔自然就回来了。”陈芳庭只能这么说。

他这也是一个不是办法的办法，主要的工作都做了，最大的让步也让了，这么一个小小的招数，能成为压垮骆驼的最后一根稻草么？陈芳庭这也是无奈之举了。

骆官还在说：“不会回得太晚吧？”

“不会，你先去交差吧。”

骆官迟疑了一会，站了起来。他知道，陈芳庭作为谭康泰的合伙人，不可能完全为谭康泰做主，而这事谭康泰当一无所知，更不可能由陈芳庭来决定。在临走前，他叹了口气：“海关的苛捐杂税，谁都应付不过来，没有一天清静的。有个借口，名堂就来了。几个饥民，就来个饥民入城的大恐慌，好让你大出血，谁知道最后这笔钱落到哪里？”

“我老家有句话，叫‘喝桐油，呕生漆’，你听说过吗？”陈芳庭问。

“听说过。”

“那就不用多说了。”

陈寿官还是再上了陈家花园，毕竟三姨太不可以太得罪。

陈寿官问丫鬟：“三姨太呢？”

丫鬟说：“这些日子，她总在刻石的地方。”

陈寿官在园中行走。

果然，三姨太已把三行字勒于石上，正在指挥石匠：“还可以刻深一点，广州雨水多，过些年，字迹就变浅了，不显，当加点力，吃深些。”

石匠说：“三姨太放心。”

陈寿官在身后搭讪：“三姨太的话，务必上心才是。”

三姨太有点意外，转身："难得你光顾呀。"

陈寿官称："心情好，逛逛园子呗。"

三姨太冷笑："怎么，雨过天晴了。"

陈寿官说："承你吉言，英国人还是把一部分生意还给我做了，本来，我也谅他们不敢做绝。"

三姨太摇摇头："是呀，祖大人把泰叔一抓，洋人就只好求你了，你也够老谋深算的了。

陈寿官说："夫人误会了。"

三姨太厉声："你敢说泰叔被抓与你无关？你可是直接受益者，明眼人一看就看穿。"

陈寿官忙否认："你恰巧说反了，泰叔被放出来才真正与我有关，是我亲自找的祖大人，为泰叔说的情，不然，还不知关到几时。"

三姨太敏感道："泰叔出来了？"

陈寿官说："出来了，现在应该到家了。"

三姨太缓和了口气："还算你会做，我姑且信你一回——是专门来给我报信的？"

陈寿官说："你也别把我想得太狭隘了……其实，这个家，我唯有你还能说上几句话，也只有你才真正贴心。"

三姨太扭过头："你不又有了小四了么？"

"夫人言重了，你一个人孤守园子一年半载不回家，我连个解闷的都没有，什么小四，无非是不会说话的花瓶。"

"是呀，我是你的良田万顷。"

"这话不错。"

"再有万顷，也只是财产而已。"

陈寿官一怔："不能这么说，我还指望嘉禾茂卉呢。回家去吧……"

"就这么轻巧就哄我回去了？"

"花瓶可以碎，良田不能荒呀。"

三姨太叹气：容我想想……"

这第五天特别漫长。暑天最难将息的是，酷阳未下，飓风欲来之际，那种闷热，让人恨不得把皮也给剥下一层凉快凉快。走不了两步，就喘不过气来。道边的黄狗，都拖下了长长的舌头，"哼哧哼哧"的。低飞的蜻蜓，成群结队，遍布在庭院之中。这种状态下，人与畜，都是一分一分地在挨，且不知捱到什么时候——也许，马上就飞沙走石，电闪雷鸣；也许，要等到半夜，耿耿难眠，“轰”地一下，大雷雨伴随大台风而来。

似乎连心跳都自己听得到了。

骆官走后，陈芳庭在盈顺行中不知自己能做什么好，坐也不是，走也不是，口里总是自言自语：“也该回了，也该回了呀!”

有伙计说，海关已在城北搭起了粥棚，准备把北方来的饥民留在城外。城中的百姓已有几分恐慌了，传言中，说饥民是成千上万地拥来，北上的路都堵得水泄不通了。这成千上万的饥民一旦进了城，那对广州便是一个大灾难，当累及千家万户。人一饿慌了，可是什么事也做得出的。广州人平和惯了，别说斗殴、抢掠，就是连吵嘴也懒得费精神，怎么受得了这样的大冲击？于是人人自危，巷巷都砌上了封堵的墙，只留下一个口子出入，一旦出事，马上便把口子也封了。

陈芳庭有点纳闷，平日，他的消息是最灵通的，没听说今年邻近的北边有省份大荒呀，怎么饥民说来就来了呢？广州人把南岭以北，全说成是北方，要真是北方，路途遥远，更不易来到。古代本已有句话：“船到郴州止，马到郴州死，人到郴州打摆子。”要过郴州，越南岭下广东，还真是不那么好走呢，十个有九个过不来的。

天气闷热，台风要来不来，加上这可怕的饥民传言，这一天真难过了。

到了黄昏时分，珠江水里已泡满了人，都热得受不了，一个个往水里跳。

就在这个时候，一个伙计汗流浃背，气喘吁吁地跑了进来，断断续续地说：

“泰、泰叔……回家了，让你……快过江，过江去。”

陈芳庭霍地站了起来，一下子满眼金花乱窜，差点站不住，问：

“什么时候到家的?”

“他一到，就吩咐我过来了。”伙计终于喘过了一口气，“艇仔就在江边等你。”

就在走出商馆之际，“呼”地一下，眼前顿时飞沙走石，黄尘滚滚，眼睁不开，人也几乎站不住了。

这飓风，说来就来了。

不过，闷热一下消失了，人全身立刻轻松多了，汗也给吹干了，陈芳庭定定神，冲进了一片浑浊之中。

没等他赶到江边，淋漓酣畅的一场台风雨便已经下了起来，雨线比竹竿还要粗，江面一片沸腾。电闪雷鸣，长空更是热闹。风助雨势，雷壮雨威，人都几乎站不稳，只觉得地面上在颤抖，显然，这时已无法过江，想抢时间也抢不到了。江涛汹涌，拍岸而来。

直到天完全黑了下来，这场骤雨才消歇，江面上才渐渐平复过来，几艘打翻的小舟，还漂浮在江心，而岸边的船只，已慢慢蠕动了起来。陈芳庭找到了接他的小艇，急急地往对岸划去。

雨还是忽大忽小，但已经没刚才那般劲头了，小艇划开了水面，在波光中跃动着……终于，抵达了谭家临水的一处小码头。

陈芳庭抹了脸上的水珠，直奔中厅。

灯已经掌起了，把个中厅照得亮堂堂的，平日只点两支，今日却多添了两支，所以分外光明。

谭康泰居然还要多点两支。

陈芳庭赶到，接过纸媒，帮他把两支点着了，一下子，厅堂更亮了。

谭康泰含蓄地说："少过了五个白天，现在先补上一个。"

最后，竟点上了八盏灯。

陈芳庭问："狂风暴雨，你怎么回来的？"

谭康官说："这回他们倒是很客气。"

方才的一幕，并没有过去——

牢门的锁"哗哗"一声响，门开了。

狱卒喊道："谭康泰，出来。"

谭康泰走到了门口。

狱卒嘲笑道："你好大的架子，出狱还得有马车接。"

谭康泰没睬他，自己上了马车。

风雨中，马车在疾行，溅起水花。

马车一直开到了谭宅跟前。

马夫说："你老下车，我的差使就是把你送到家。"

谭康泰问："谁派你的差？"

"我也不知道，反正有人给了车钱，我就来了。"

"倒是选了个好日子，天怒人怨！"

"贵人出门招风雨。"

"雨都漂进来了，我要成落汤鸡了。"

"广东人以水为财，你怕水？"

谭康官撩起车帘，只见雨水如竹竿竖立在前，又放下了帘子。

马车冲进了狂风暴雨之中。

谭康泰心中想，这么些年，十三行赶走了那些打着皇太子、王爷、将军牌子，以为仗着这些牌子就可以讹到银子，当上巨商的皇亲国戚、达官贵人，很

不容易，现在到底可以与外国大班正常做生意了，人家讲信用，一诺千金，未必与我们的太古纯风不一样。可没想到，海关却仍旧不得消停，吓死了个杨文乾，却又来了个更肆无忌惮的祖秉圭，心更黑，手更狠，加上行商自己内部也有人钱迷心窍，与外商串通舞弊，把一池水都搅浑了……唉，往后如何是了？

从牢里出来，他知道此刻，生死攸关。总督已当面警告他，再到夷人那里讨公道，小心项上人头。可是，海关能给得了他们公道么？给得了不愿官商勾结，更不愿与不法夷商串通舞弊的正直、诚实的行商公道么？给得了这几千年的海国商道的公道么？赴诉无门，果真得等六月飞雪才能还他们清白么？这世界，就没有讲理的地方么？

说他们是与陈寿官争夺订单，不对，他们争的是诚信、是公道、是正义，欺行霸市、钩心斗角，从来为我们所不齿。不把夷商巴纳里、尼什的丑恶面目揭露出来，不把内外勾结、破坏市场的可怕后果揭示出来，十三行就永无宁日。好好的一个陈寿官开口闭口吸取教训，竟然是这么吸取的，果真是鬼迷心窍了！

说告夷状会引发中外交涉，有损国体，莫非，一味为了大清国的面子，只要行商承担夷商的欠债，而不让行商向夷商讨还欠款，这哪有公平可言，连讲信用的夷商都说不可思议。纵然也有的夷商说这才是大清最好的制度，是因为他们怎么横行霸道都得不到追究，所以他们当中，一样有不法奸商，串通舞弊，欺行霸市，他们正是看到官渔商利之际，自己更有利可图，才肆无忌惮。愈要面子就愈没面子，愈给人面子就愈挨人耳光，不讲公平，尊严何来？如此下去，只怕后患无穷，到头到，只怕他们更会不给大清的面子了！

说他谭康官违反法律，不懂得自律，什么法律，对外纵容，让外夷胡作非为，这能是一个大国的法律么？一忍再忍，直到忍无可忍，倒是不懂自律，这又算是人么？趴下，只会被踩断脊梁，站起，方可顶天立地，中国人，怎可以在夷人面前匍匐爬行呢？是他们视中国为世界的机会，而我们又视世界为什么？一味退让，一味自辱，一味自戕，世界也就没了我们的机会，如此下去，这个世界也就会剥夺了我们，留不下我们的一席之地。

他是豁出来了，杀头，也得告夷状，官府不理，海关不理，哪怕夷人同样不理，我们也得发出自己的声音，总有一天历史会还我们以公道，无论多久！

历史总会受理！

很快，马车便到了。

谭康泰见家人迎了出来，忙说：“快，打赏这位马夫。”

家人掏出一点碎银。

马夫表示："那就多谢了。"

谭康泰追述到这里，陈芳庭疑惑地问："这会是谁差遣的马夫呢？"

谭康泰来不及深究："也不通知家属去接人，不说这个了，以后自会知晓。这几天，生意上怎样了？'

陈芳庭把生意上的事交代了一番，谭康泰点了点头，说："你办得不错。"

"只是有点不甘心。"

"有出有进，盈亏如常，太阳也有起有落，生意何尝不如此呢？"

"退这一步，后患无穷。"

"也不见得。几年前，我待了半个月，是一次惨败，还让大家破费很多才出得来。这次，算是打了个平手，先赢后输，也没输光，往后只会更好。"

"你总是这么达观。"

"所以，我一回来，雷电大作，飓风袭来，一扫早几天的郁闷，当拍手称快。"

"是呀，刚才，我也顿觉胸臆旷开，浑身一下子轻松了。"陈芳庭说，"尽管让出了部分份额，但今年的生意还是比去年好。"

"听说，大班们又把船开到了公海上了？"

"就是把你弄走的同时，海关通知他们不可与我们做生意，他们即时就做出了反应……直到现在，虽然与寿官的矛盾得到解决，我们还可以与他们做生意，但他们还是没开回来，不知为什么？"

"这样好，也算与我们撇清了关系，证明并不是因为我们才开出公海的……他们这几年都这样，对'加一征收'表示不满，当然不可以很快屈服，还会抗争下去。"

"这杨文乾的恶税，死了还在害人！"

"是呀，常大人，还有不少熟悉海事的官员，也都一直对这个不满，总有一天，会把它废除掉的，这样，才真正是彻底地开洋贸易。"谭康泰倒是有几分信心。

这时，陈芳庭才说起饥民入城，海关指定捐输数额的事，也讲起了自己的疑惑。

"城北搭粥棚，不过是掩人耳目罢了。只是这个时候，我们不拿几万出来也不行，海关借的这个名目，就叫你不得不从……对了，今天下午突然把我放了，不会与这事有关……"

"也未必，在那里边逼你出资更容易。"陈芳庭说，"怎么办？"

"出一个合理数，四万肯定不行，往后再狮子大开口，就一发不可收了。"

"那就两万。"

“不，同寿官一样，一万二。他现在的情况，比我与骆官都好，应该多出点，海关又不是不知道。”

“恐怕寿官这个数同海关已达成了默契。”

“这更好，看海关怎么说？”

这时，家人过来了，说：“骆官听说你回来了，连夜过来……”

“请他进来吧。”

骆官急步走进了中厅。

“你可回来了，怎么整个瘦了一圈，不过，精神还好，该不是一路舟车劳顿吧……不好意思，本应等你休息一下，缓过气来再来的，可我实在等不了啦。”

“就是捐输的事，他得等你回来定夺。”陈芳庭对谭康泰说。

“北门的粥棚真的搭起了么？”谭康泰问。

骆官说：“搭了几根竹子，熬粥的大锅还没运去呢。只是牌子写得很大，远远就可以看得到。”

“我想，广东并无饥民，外省饥民进来并不容易，无非是有几个乞丐，他们偏如此张扬，虚张声势，只怕其中有诈。”陈芳庭分析道。

“以往历次赈灾，我们都没打折扣，而且是朝廷发令下来的。这次却是海关直接下令，我也有点奇怪。”骆官说。

“出还是要出的，要不，见利忘义、见死不救的恶名就加到我们头上了。”陈芳庭说，“泰叔说，我们都按寿官的数额交，看他们能把我们怎样？”

“这倒是个办法。”骆官说，“只是总额十万，就没法完成了。”

“这个好说，我们只看城北施粥的情况怎样，再作计较。”谭康泰这么表示。

“试试看吧，祖大人可不是省油的灯，穷讨恶要的，很难对付。”

“有陈寿官为例，他也不好强索吧。”

骆官站了起来：“别的行商都在等我的消息，我得去告知他们……对了，刚才我得到一个噩耗，说黎安官死在了回福建的路上，他另一个儿子，本是留守商行的，刚才已关店匆匆走了，唉，没想到。”

陈芳庭没等他走出厅门，便又把他叫住了：“安官的死，有多少人知道？”

“暂时没几个。”

“你得想办法封住他们的口。这消息传得太快，不然，会有麻烦……”

谭康泰一下子泪如泉涌。

“没想到，我一出来，他却走了，我们共事都有二十多年了，风里来，雨里去，酸甜苦辣，什么都尝过……没想到他会走得如此匆忙、如此落魄，我们连去送行都不行。”

“这次，只怕他也是被逼得走投无路了。”陈芳庭把那天上阿诺特那里的事讲了讲，“大班硬是不给他再拖欠下去了。”

“这次，他无形中成了牺牲品。”谭康泰仰天长叹，“吾不杀伯仁，伯仁却因吾而死，这统统是我的罪过呀。”

陈芳庭劝慰道：“你无须自责，世事难料，事先谁也不会预计到会搅动偌大一潭的水，弄得这么复杂。”

“什么都想到了，就没想到他。”

“百密必有一疏。况且，安官也有自己的失误，夷商的银两也不是那么好借的……”

说话间，又狂风大作了起来。厅中八支灯，竟在一刹那间晃了晃，全熄灭下来。

暴雨倾盆……

片刻间，竟似地动山摇，江河倒堤，闪电撕裂了整个天空，惊雷撼动了大地，世界仿佛陷入了崩溃……多少年，未见过这样往复扫荡的强台风！连白鹅潭面，都陡起了几尺高的浪头，把岸边已系上的船舶都打翻了，有的，甚至拉断了缆绳，把船卷到了潭中，整个倾覆、沉没。

不管怎么说，安官还是一个出色的商人，在当年那么艰难的环境下打拼出来，一度成为行商的翘楚。如今的陈家、谭家几乎都是跟他走出来的。落到这个地步，谁也料想不到。他呀，时呀，命呀。先是沉船，血本无归，再是商欠，债主催命，无力回天……行商们，一天天如履薄冰，如临深渊，没准哪一天又该轮到当中的一个了，甚至更惨。各种官捐、赈灾、恶税，没完没了，比商欠要大得多。只是商欠更为官府所恼怒。

谭康泰无语，陈芳庭默然。

这一夜，疾闪、惊雷、狂风、暴雨，闹了个天翻地覆，几乎没有歇息，连庭院中都积满了水，只差没灌进厅室中了。

不知多少人一夜未眠。

然而，黎安官在返乡途中去世的消息，并没有瞒几天。本来，黎家人从商号中走空便已引起人怀疑，况且不是所有人的口都有把门的，百密一疏，还有漏话出来。

这一来，海关方面很快便知道了。

进而夷商大班们也就知道了。

这一来，陈寿官也没能躲得开。

因为是大班们告到总督那里，海关唯有把几位总商招来以解决商欠的问题。

陈寿官、骆官不得不去，这边，谭康泰免了职，却让陈芳官充大头，也得去。

祖秉圭与总督本就在暗中角力，可这事发生在海关，却不得不办理。

骆官心里惴惴不安，开始还以为是赈灾款的事情，虽说已交上了五万多，但只及一半，怕祖秉圭再追。一说是安官的事，他松了一口气，可是，没多久，他又喘不过气来。

原来，外洋大班报上来的欠额，竟将近十万银两之巨。

陈寿官第一个表示："欠债还钱，天公地道。父债子还，天经地义。他家不还有商号在吗？清清盘，总还能折算得出一点银两吧。他是老行商了，我们也是兔死狐悲，只是爱莫能助。一切，还是看清盘之后再说吧。"

祖秉圭仍很严厉地说："这事很严重，欠夷人的钱不还，大大丢了我大清国的面子，总督恼火，我也恼火，这事不解决不行，清盘自然是免不了的，但清盘之后，能否完全抵债，就还是问题。"

骆官说："要抵得了，当然是好事，可又有哪位执笠清盘抵得清的呢？我是没有见过任何一个先例。"

祖秉圭说："那就连带他的亲属，更何况，老家也应该有老底……"

陈芳庭本只觉自己人微言轻，说话也没用，可这时，还是想为黎安官说上几句话："人已经死了，我们也不可对死人太多苛责了。其实，黎安官也是一步一步进了外洋大班的套，先是一点点，用来放点债生点息，而后愈滚愈大。大班无非是想控制住他，让他言听计从。他也不是不明白，可索子愈挣愈紧，唯有一死了之。那位奸商巴纳里，就是他的债主之一，据说东印度公司已把他召回了，所以，他的债务该怎么清算，还不那么简单……"

陈寿官沉下了脸，他觉得陈芳庭是有意在敲打他，索性打断对方的话，称："人家夷商，才不理这一套，人是人，债是债，人与债，分得清清楚楚。那天我们不是一齐去找的阿诺特，安官后来留了步，就是想商量这个事情，结果，是碰了一鼻子灰，人家召回了巴纳里，就更要算清这笔账，因为是认为巴纳里欠了东印度公司的债……你这一牵扯起来，麻烦就愈扯愈大，最后不可收拾。"

祖秉圭立即说："事涉外夷，欠资巨大，关涉国体，伤我大清，此事不可延宕，不可饶恕，不是说什么死人坏话的问题。"

骆官说："我们总商，当然是监管不严，无可推诿，不过，安官本也是总商之一，我们也难管得到他。还是先清盘吧，一切，都等清盘以后再说。"

"这样吧，你们派人清，清了之后，能还多少也就多少。差额部分，再想办法。”祖秉圭居然没把话说死，不知何故。

陈芳庭自是没说话的份。

骆官提出：“陈寿官负责，你们是老乡，有些话好说。”

“不行，不行，正是有老乡的关系，我就得回避，免得事后认为我徇私舞弊，这回，外洋大班就背后插了我一刀。”陈寿官坚决推辞，“只有你最合适。”

祖秉圭立即拍了板：“就骆官主持，不用再推了。”

骆官的脸都黑了。

这事，谁都做不得，对行商而言，谁都得罪不起，清盘清到什么程度，都会伤人；而对自己而言，无论清得得力还是不得力，最后，所有债务，弄不好就得扛起来，成为冤大头，这才是最可怕的！官府不可能垫资，外洋大班更不会放宽，最后出血的是谁，恐怕已很明白了……天涯退步抽身早，早知道，这个贸易季度之前，打点好各个方面，争取早日全身而退就好了。

见骆官不吭声，祖秉圭又紧逼了一句：“你不当也得当。”

骆官无奈了：“也得给我宽限点时刻吧。”

“这就看外洋大班们逼不逼得紧了。”

“恐怕，今年是清不了。”

“他们明年就不来了么？”

骆官无话可说。

也罢，到明年，我未必就当这行商，受这夹板气，骆官心里想。

祖秉圭这回又盯住了陈芳庭：“你似乎很了解内情，是不是也参加一个？”

“不，不，我同寿官一样，都是安官的同乡，当回避，回避。”陈芳庭连忙说。

“你同寿官不一样，你是新人，涉水不深，他是老人，关系太深了。况且你对这些年的事情，该了解不少，这对于清盘肯定是有帮助的，不可不参加。”

“其实我所知甚少……”

“不，刚才的一番话，证明你深涉夷务，自有定见，骆官，你说呢？”祖秉圭问。

骆官是个厚道人，况且与泰叔相交不浅，自然不愿把陈芳庭也拉下水，他试探着说：“这样吧，如果我有什么问题弄不清的，再去向陈芳官请教。”

祖秉圭没想到得到的是这样的回答，一下子语塞了。

陈芳庭赶紧表示：“骆官有什么用得上我的，我当尽心竭力。”

祖秉圭只好说：“也好。”

不过，他已生了很深的疑窦，一是陈芳庭对夷人了解的程度，几乎是一语中的，不那么简单；二是骆官对他的维护，显然有不同寻常的关系，否则，会巴不得多个人垫背。看来，这位陈芳官并不简单。陈芳庭此时不知，这当给自己带来多大的后患。

各人告辞走了。

骆官出去后，直叹气：“这回，我不死也得脱层皮了。”

陈芳庭说：“也难为你了。”

“我以为，十万捐输，交了五万多，祖秉圭不再提了，总算是应付了过去，没想到又出了安官这一大事，比捐输更棘手，不知如何是好，我愈想抽身走人，却反而被缠得更紧……”骆官一直视泰叔为知己，对陈芳庭也一样。

暴风雨的街道，一片狼藉，有的地方积上了一氹氹雨水，水上面泛着树叶与垃圾，有的店牌被刮下来了，尚还没有人收拣……倒是遍街的木屐声，有急有缓，伴随着小买卖的吆喝声，别有一番韵趣。

陈芳庭说：“这里离北门不远，我们顺便去看看粥棚搭得如何吧。”

骆官一怔，而后才说：“也好。”

来到北门，原来听说用来建粥棚的几根大辘竹已不见踪影，当是让狂风吹倒后，让人搬走了，至于施粥的牌子，更是找不到了，一问旁边的人，一个个面面相觑：

“有这么回事么？”

“那就是粥棚呀？施舍给谁呀？”

“我们都没见到过饥民。”

……

陈芳庭这才对骆官道：“这事，也算是不了了之，明白了么？”

“所以不再追我们的捐输了？”

“只怕，这回祖大人的当务之急，已不是收赈灾款了。”

“是安官的事么？”

“与安官的事有关。”

“什么事？”

“外洋大班告状，不单是安官的事，还有别的，他只拿安官说事，别的不提，不是没事，而是提不得。我看他多少有点心神不宁的样子，显然别的事比安官的事大。”

“我也觉得他魂不守舍，心事重重，不过，发话还挺狠的。”骆官回想了一下，“那又会是什么事呢？”

“半年多前，曾与杨文乾一道去福建查察仓储的鄂弥达，不是来广东当巡抚么？巡抚也是从二品，与祖大人一样。原先，都是巡抚兼的海关监督，我估计，祖大人当了两年多海关监督，原还以为会把巡抚一职袭上，虽说同是从二品，但权力不同，升迁的机会就大得多。没想到朝廷另外派了人来，等于他的希望就此落空了。”

骆官立即想起了：“他来之前，本就是当过贵州巡抚、广西巡抚，可来了广东，只有个海关监督当，巡抚没份了。”

“圣上想用他，可他被人参过，所以对他也不怎么放心，这样安排，自有道理。”陈芳庭点点头，“所以，他这官，也当得战战兢兢。”

“但这个人不仅有野心，而且……贪。这次赈灾款，不了了之，可已到手的五万多，只怕不会有账可查了。”

“这是不消说的了。我看这风吹掉的粥棚，也不会再恢复了。”

“唉，我们当行商，动不动就这么被敲诈勒索上几万，长此以往，谁禁得起……安官今天的下场，也就是我们明天的结局。”

“干什么，都不会没风险。我们闽人，偏有个开顶风船的脾气，不冒风险还不过瘾。的确，大海变化无穷，没准就遇上白头浪。别说行商就是海商，面对的是大海。其实，光商业本身，也如同波谲云诡的海天，说翻船就翻船，是一个高风险的行业。但上了船，就总有个把船撑到岸的指望……”

“我只愿就到岸，马上抽身。”

“没那么容易。其实，祖大人当这个官，也一样是高风险的。”

“对呀，当今圣上，对贪墨、对渎职、对谎报的处理，要比圣祖严厉得多，你看，每年被弃市的官员也不少。”

“圣上明察秋毫，而且绝不手软。所以说，杨文乾是被吓死的。”

“圣上也警告过祖大人小心首级，这也够他心惊肉跳的了。他还想把巡抚揽下来，只怕也难。”

“所以说，当官与经商，如今可都是个高风险行业，你说做哪个好……”

“唉，我儿子明年就要参加乡试，走的是仕途……当然，我们祖训很严，家教也很严，这孩子很争气，当官嘛，只要不贪墨，总归有前程。不比我们，明明是正经生意，也还得被人讹诈上……”

“你以为当官的就不会被讹诈上么?”

“这几年，吏治清肃，官场风气还是好多了，没几个人把脑袋押上去吧。”骆官这么说。

陈芳庭听下来，知道骆官的心思，也不好再说什么了。

两人离开了北门，各自上了路。

说当官是“高风险行业”，须看何时、何地，更须看何人在主政。景德烧龙窑，康熙钦定的龙，是出水腾云，气势非凡；而雍正的龙，则是威严凛厉，

目光如炬；至于乾隆，又自有他的龙，慈祥仁厚又潇洒自如——那么，在这三条龙的治下，当官的风险性自有不同，无疑，雍正朝是最高的。

祖秉圭作为包衣奴才，几年间青云直上，成了从二品大员，这是别的包衣奴才所不易做到的，得意自在必然。所以，圣上亦少不了敲打敲打他，无非是充当一下严父的角色，还是盼他能成气候的。

况且这几年在海关，他筹办贡品，更是相当得力与出色。头年送的平板玻璃，圣上那么着急，他便摸准了圣上的心理。所以，上个年度，特地向外洋大班订造了大块玻璃，比上回的强多了。一如他呈报圣上说的“大玻璃一块，长五尺，宽三尺四寸，随白洋绒套木板箱”，这么大，定叫龙心大悦！

赏识他，自是没错的——从广州运这么块易碎的玻璃上京，先是水路，沿北江上，再是旱路，要过梅关古道，再下赣水、入鄱阳，然后，从长江进入大运河，方可抵京，这一路上得何等小心才行。然而，这却又是尽忠的表现……无论如何，这大块玻璃到京，喜欢用透明玻璃作屏风的圣上，自会笑逐颜开，记住他这一份孝敬之心，至于有人进谗言，也就必未奏效了。

无疑，他也许比陈芳庭更知道，当官是个高风险的差使，尤其是在当今圣上治理下，更是如此。前任杨文乾的结局，虽然有不同看法，不少人认为圣上是网开一面，但最后还是逃不了一死，这对他亦不无警示。

尤其又来了个鄂弥达！人家是满洲正白旗人，雍正元年授吏部主事，累迁郎中。五年便受圣上重托查福建仓库，六年，擢贵州布政使。而祖秉圭，早在他之前一年便是贵州巡抚了，升得更快。可不想贵州平乱出了岔子，再到广东当海关监督，他鄂弥达竟跟来当上了广东巡抚，虽说都是从二品，但鄂弥达的风头正劲。不服，也只能埋在心底。

不是对头，也成了对头。

偏偏，外洋大班又告上一刁状，直接告到了总督那里。

虽然下令清理安官的商欠，但是，祖秉圭心知肚明，人家告的是陈寿官，这事却不提，不排除陈寿官已经去打点过了，但这毕竟是个不祥之兆，压下不提，说不定后边会有更大的文章，不可不防。

也正在这时，也不知鄂弥达是何意，让他把当年圣上给杨文乾的朱批抄录一份送去。

朱批是这样的：

但务得中，不可暂邀一时之名。将来其于难措，非益事也。百姓亦不可令娇，属员亦不可令苦，天下事只要平。所以古人云，平治天下。几有一偏，其远恐泥，是以君子不为利不什，不变法害不计，不易制如此，通盘更移之举，为撤始撤，终筹划打量要当面为之，不可逞一时一兴而轻举也。

是鄂弥达自己要对照、自省，体察圣上的意旨与一片苦心，还是别有用意？

官场上每每覆手为云，翻手为雨，莫非是另有机心，暗中指责他祖秉圭“邀一时之名”，“逞一时一兴而轻举”，从而有违“平治天下”的圣意？

偏偏是这个时候。

寿官与巴纳里的串谋，他当然不知道也不必知道，但寿官不少事，却是倚仗与他的关系，才能够畅达无碍的，寿官这几年的发达，也少不了他的一份利益。官一时升不上去，利便是一种补偿，更何况商人自会把所有账本做得天衣无缝，应是无忧！

只是巴纳里一被召回，外洋大班拒绝与寿官做生意，如果不是迅速压了下去，传了出去，尤其是传到总督与鄂弥达耳中，加上那份告状信，事情就不那么简单了。

他庆幸自己处事果断。

但鄂弥达一索要圣上的这份朱批，就又叫他心中惶惶然了。

偏偏又是台风来了。

他同样是一夜未眠。

剪不断，理还乱，哪怕雨过天晴，他那漏雨的心，外边已停歇了，里边仍点点滴滴照旧下个不停，点点滴滴都化解不了。

天下事只要平，何以为平？！他也如杨文乾一般，盗汗心烦了！

第十二章　誓证

台风过后，难得有一段凉爽的日子。风和日丽，万木扶疏，千鸟鸣啭，百花争妍，广州城内外，都浸没在怡人的翠绿的云影之中。连白鹅潭都一片青，一片白，青是树影，白是天光。城墙内的翠塔，也如一个绿色的惊叹号，这当年水边的风信塔，如今已给围到了城墙里面，而江面的船只，也早就不是几百上千年前的阿拉伯商人，而变成了金发碧眼的西洋人了。塔下城中的番坊，早不给外洋人住了，统统住到了西城外的十三行及南边海珠岛上。

也亏这些天的风风雨雨，没什么要紧事，谭康泰在家中好生调养了一些日子，夫人还以为他真是在外劳累奔波才落的形，细心配制了燕窝、参汤。

这几天，除开看点古书外，小弟康举的来信，他亦反复阅了多次。

康举说在国子监里已习惯下来了，北京，天子之城，亦在天子脚下，乃国家之中枢，只是文化与南方迥异，一个个讲的是功名，讲进取，尤其是入国子监的，都想博个不世功名。高高的宫墙，夺目的白塔，还有气势轩昂、令人有君临天下之感的皇家园林，无疑可让学子们心志顿时高远起来。不过，这些对南疆来的康举而言，似乎总有些隔膜。他也接触到不少身居高位的官员，其中不乏见识颇高、谈吐不凡者，可在他听来，大都是空论，与经营营生无关，且鄙薄之。当然，达官贵人们，衣食无忧，开口便是与某某皇亲如何往来，怎么亲密；就算有见地的，似乎治国平天下亦不在话下，考个功名，就算外放，也能成一番事业。他提到当下几位名臣，如李绂等人，这位心学的有为者，因得罪了宠臣田文镜，被横加上二十一款罪名，下狱斩决，当日押到菜市口法场上问斩时，刀都架到了脖子上，主刑官问他："田文镜好否？"他却凛然道："臣愚，虽死未知田文镜之好。"后来，圣上也只好以他"学问尚好"革职免死。这是康举抵京前才一两年的事。李绂以天下苍生为念，圣上亦知民意，复又启用。亦让众多学子感佩。只是，康举列举了在京城的种种困惑后，方说起：兄长临别所赠之言，无日不萦怀，做官留京城，做人回广东，现已有几分体悟，官一直被认为是士子的唯一出路，学而优则仕，只是，在这里真能入仕途又有几人，入了仕途真能匡扶天下的又再有几人？再久一点，彼此间尔虞我诈，苦心钻营，明争暗斗，久而久之，真要做人就不容易了。官是做的，人是要做的。考不考进士，我已心中有几分惘然、愀然矣。

看毕信，康泰亦叹气，小弟学问好，固是在白沙之乡，从小耳濡目染，但修心性，做学问，毕竟与仕途不完全一回事。白沙学派的翘楚湛甘泉，便言"吾儒学要有用，自综理学务，至于兵农钱谷水利马政之类，无一不是性分内事，皆有至理，处处皆是格物工夫，以此涵养成就，他日用世，凿凿可行。"

无疑，"鸢飞鱼跃在我"，兵农钱谷水利马政，也当是行行出状元，首要的，还是做人。"在我"也！

让小弟在京城待上几天，也无妨，大千世界，各有精彩，只是到最后，落脚到什么上面，则在于自己的选择了。由他去吧……

冥想中，家人过来通报，英吉利大班派人来找，问见不见？

让他进来吧。

来人告诉他，东印度公司派来的人已经到了澳门，准备在澳门开个听证会，因此，还请他与陈芳官一道，去一趟澳门，不仅要指证，而且要在誓证委员前起誓。

来人见谭康泰面有难色，还特地说了一句，你们当初是有过承诺的。

谭康泰沉吟了一下："我们会信守承诺的，放心好了。我这就去联系陈芳官。”

来人这才告辞走了。

谭康泰立时派人去找陈芳庭。

到下午时分，陈芳庭才匆匆赶来。

谭康泰把事情一说，陈芳庭叹了一口气：“怎么是这个时候?”

“人家并不知道我们这边发生了什么。”

“不知道，也估计得到，连他们的船，都退到了公海，还不知这次台风把这些船怎样了？本来，寿官的事一了，他们就该回港了，外洋大班想的同我们不一样。”陈芳庭直摇头。

“他们说，听证委员是从本国过来的，一路上差点把命都丢了。”

“也难得他们这么认真。”

“我们不能不去。”

“去是要去的，我们有过承诺，可这个时候，正是风头上，万一走漏点风声，身家性命都贴进去了。能不能让他们拖一拖?”

“你去与他们商量一下。不过，人家认死理，未必可通融。”

“那也得试试。”

“那就试试吧，人家未必会考虑到我们的处境。”

“外洋大班历来自己第一。”

陈芳庭去了。

结果却是谭康泰所预料的，听证日期，雷打不动，不可以变更，人家不远万里而来，你这几步路能不去么？况且，放在澳门，也是充分考虑到这边的处境，会尽可能做到保密，毕竟，这只是针对巴纳里的。

“正义之举，有何犹豫。”迪韦亚捎了句话，“中国人说的，义不容辞!”

任何变更都不可能了。

“去就去!”谭康泰断言道。

“我一个人去，广州这边毕竟是我知情的。”陈芳庭也不犹豫了。

“不行，这事是我为的头，况且南洋那边的事情，我是见证人。”谭康泰坚定地说。

陈芳庭还是苦劝：“这个时候，对你太不利了，刚刚走出那个地方，海关一直盯住了，不会放过你的，就算你让出了份额，他们也不会手下留情，一抓住机会，非把你整死不可。不能送肉上砧板。”

“没理由你一个人去，状纸上我的名字还排在前边，我不去，就失去了信用，对这次听证不利。”谭康泰不无沉重地说，“我知道，当朝对这种向夷人告状会是怎么看的，连对会通晓夷语的人，尤其是通译，都要看低一等。我们这么做，更是不相信官府，尤其是无视海关监督大人，一旦得知，什么样的罪名都出得来，什么‘通夷’呀，什么‘犯上作乱’呀……可我们还回得了头吗？这时退下来，外洋大班会怎么看，巴纳里一旦脱罪，卷土重来，再与陈寿官，加上祖大人串谋一气，我们更是死无葬身之地，整个广州十三行，也就陷入了无底的深渊之中。”

“这么说，我们唯有一搏了?!”陈芳庭打起了精神，“搏赢了，日后的生意就好做了，至少近几年内，没谁再敢欺行霸市，一手遮天；要输了，大不了执笠走人……”

“如果能执笠走人也就罢了，还得要有更坏的准备。”

“你连牢都坐了两次了。”

“我是坐过了，大不了三进宫，只是你还年轻，没必要为我陪斩。”谭康泰反过来说，“真是要一个人去，那就我去，我署的头一名，你在后，当然我出证要靠前一些，有力一些，你就不一定去了……”

这回轮到陈芳庭斩钉截铁了：“不行，你去，我更要去，没有我不去的理由，这个就不用商量了。”

陈芳庭这么说，谭康泰也就不再劝阻了。

只有经历过那个时代的人，才能深切地体会到这次出行是如何生死攸关，两人此行，又是何等的悲壮，即将落到他们头上的罪名，以及有可能的命运，又当是何等可怕——事实上后来发生的一切，不是任何虚构小说所能编造得出来的。

历史，每每比小说更加精彩。

生活，每每比小说更加惊险。

本来，没有历史与生活，又哪来的小说？小说，不过是把历史生活背后的未尽之言尽可能的挑明罢了。

平日，上澳门去，都有一条专门的路，舟车相衔接，水路旱路，摆渡过河涌的次数都几乎数不清。但这一路上，当是熟人熟路，无法掩人耳目，你说是为做生意而去，可此时却只能在广州接待外洋大班，去澳门干什么？

如果不走老路，一路上不知有多少波折，况且珠江三角洲上，不时有土匪、海盗出没，撞上了，出一笔钱事小，万一被杀人灭口，那就什么也完了。

结果，经再三斟酌，反复考虑，决定先回顺德老家，好掩人耳目，到了那时，再雇上一艘小艇，穿行在三角洲的港汊河涌中，临近澳门再出海——那里相传叫“黑水洋”，风急浪险，可也顾不上那么多了，同样是冒险，找个有经验的船主，这风险也就减轻一些，比去听证要安全得多。

就这么决定了。

正好，顺德老家那边，谭氏大宗祠要开始大规模的修缮，一直在等谭康泰回去方可正式动工。两人就以这个借口，先行走了顺德。

一路上，都是台风横扫过后留下的残破景象，不少芭蕉树被连根拔起，不少鱼塘都决了口，成了一片黄汤，有的农舍，还被掀掉了屋顶，只余断壁残垣……还不知河堤有没有被冲垮、溃散……

谭康泰一路上心情极为压抑，没想到，广州城中所感受到的台风，与三角洲田野上肆虐的台风，竟有如此大的差别，简直是满目疮痍，遍地哀鸿。

这个时候，正急需赈灾款。只是，海关反而没有任何动静。显然，祖秉圭心思根本不在这上面。原先收上的五万多，也不知弄到什么地方去了。

回到老家，台风的后果，更惨不忍睹。

住持闻讯而来，只说万幸这回桑园围不曾溃堤，不然，后果不堪设想，只是大修缮的时日，当往后推了，况且近几日并非王道吉日，不可动土。

谭康泰把带来的银两，尽数捐出。

在老家没有怎么停留，专门找了一位有经验的老船夫，便匆匆驾船出发了。

珠三角水网交互，水路纵横，过去，本就是一片汪洋大海，只有几座小岛浮出水面。老家这边的锦屏山，便就这些小岛中的一个。几千年淤塞下来，沙洲连成一片片，再围垦造田，也就渐渐有了桑基鱼塘的格局，加上宋代大兴水利，著名如桑园围，便围出了一块块富裕的田畴，而后又发展蚕桑业，生丝的出产几乎冠于全国。

如果不是台风，在港汊中游弋，本是一件十分写意的事。两岸垂荫，几乎可以盖住了河涌，挡住了骄阳，水面自有几分爽意，去掉盛暑的溽热，各种野花，在岸堤上开得密密匝匝，开得欢天喜地——纵然经过台风，却没几天，它们便又重新抖擞精神，开得热热闹闹。亚热带的花树，就这般充满生命力，否则，它们怎么可以面对酷暑，迎接每年至少上十次的飓风，以及顶托而来的潮汛呢?

小船在河涌里滑行两三天，人多少有些疲倦了，可船夫却宣布：很快要出海，过黑水洋了。

在外人听来，这黑水洋，光名字就已十分恐怖了。传说中，这片洋混沌不开，黑潮滚滚，不时有魑魅魍魉与水怪从水中或云头中冒出，把人活活地吞没，连骨头都不留。其实，这边水面之所以险，是因为潮汐的作用，留下了犬牙交错的暗礁，一不小心，便会把船撞了个稀烂，人也一般粉身碎骨。在南北向的入海口上，凡是西岸，都会有这种自然现象，所以澳门自明中叶起，几百年了，都成不了良好的港湾，外来船只还是只能入珠江口，绕个弯，进到黄埔港。

其实，要是大船进黑水洋，就不会有多大风险，这里的浪急，但碎，波乱，却水紧，掀翻的只是小船。所以，谭康泰的小船一进黑水洋，便猛烈地颠簸了起来，一忽儿船头被托起，一忽儿船身又沉入谷底，一忽儿左侧，一忽儿左翻，捉摸不定。船夫的精神高度紧张，把舵，撑帆，击桨，力求船体再恢复平衡前行，片刻间，衣衫上已渗透了汗水。

倒是谭、陈二人，见惯了海上的风浪，反而没怎么当回事，两人依旧谈笑风生。

谭康泰先是说起："又快一年过去了，答应彤平与紫屏的婚礼，也该办了。"

"我看，祖秉圭已经快熬不过去了，近来处事，已乱了方寸。"陈芳庭说。

"他说我给他的珊瑚枝是假的，我还琢磨不出是何用意。没事找碴，恫吓一下？"

"可能这也是乱了方寸的表现，堂堂海关大人，居然拿这号琐碎事说事，就说明他什么事也掂量不出分寸了。"

"这么说，明年这个婚事可以操办了，我那颗祖母绿都从来不敢示人呢。物不能尽其用，当为明珠暗投，一般冤煞它了。"谭康泰说，"干我们这行，货畅其流，物尽其用，方有一种成就感。好好一颗名贵的祖母绿却见不了天日，冤哉枉也。"

陈芳庭说："物尽其用，得逢其时呀，快了快了。"

"我想也是这样，该快了。他们倒是懂事，没再追问了，埋头彩绘与烧制，我也在等他们的好消息呢。"

陈芳庭没有接这话了，因为上次去窑场的事，还不曾告诉他，现在也不是告诉他的时候，岔过了话头："听说康举从京城来了信？"

谭康泰把信中的内容说了一遍，而后道："做官与做人，他还没琢磨透呢，我正寻思如何给他回一封信。"

"想说些什么呢？"

"而今，要人尽其才，其实，这个才，讲的只是为官之道，康举之才，却未必是为官的，去做官，整天察言观色，与其说是尽才，还不如说是屈其人性了。记得《抱朴子》中有这么一段话，'专心凭师，依法行道，跻身度世，利在永亨'。我们从商，也一个道理。干这一行，不就是把生货转为熟货，令物尽其用，而在转化之间，更让民力生成财源，再加上如彩绘、烧制之工巧，令物用增值，多少可补国用，让更多的人得温饱。这比当官，不更人性一点么？祖上嘱我们世代不可为官，是有这个道理在其中。广东之富，益的是百姓。要把海贸引入歧途，最终受害的，也是老百姓。有的官员是看到了，一个商行，何止养几十个人手，这几十人手后边，就有几十个家庭。而我们让生货转为熟货，又让种茶、缫丝还有制瓷的，人人都有活路，就不是几十上百号人了……广州十三行旺起来，可是几万几十万甚至更多人的生计呀！”

“你准备这么劝康举回么？”

“是的，不过，让他考考也好，显示一下我们粤人的学识，但不一定就去奔仕途，他的大用，不在你我之下。”

“你说的大用，很教我开窍。”

“只是，在中国，自古以来，商为末业，连族谱都入不了。至于陶朱公以巨贾名世，也只因他曾经当过足智多谋，为越王打下江山的丞相范蠡罢了。”

“你说的切中肯綮。”

“往后还会这样么？我看未必，除非这个国家还继续穷下去，无视老百姓死活……我们的钱是挣得多，当然，也挣得很辛苦，可挣来挣去，心中只有钱，那却是最没出息的。”

“你是说，手中有钱，心中得无钱？”

“是呀，心里装的东西该更多一些，心中无钱，手中方可有钱；心中有钱，手中则不可有钱——那就不是巨贾，而是巨盗、巨贪了。心中无钱，手中的钱方可尽其用，为民造福，为国谋利。世人每每被钱迷住了眼，以为钱就是一切，这才出了那么多的巨贪、巨恶，可悲，可怜之至。”谭康泰缓缓地说，手攀住了船舷，目光投向了浩渺的云天。

“你这么一说，康举就一定会回来做人了。”陈芳庭亦颇受教益，从商以来，从没有人这么对他这样说过，凭此，他明白泰叔为何把他从南洋带回，为何早早让他自立门户，为何对他这般信赖……

船夫搁下了撑篙，长长地吐了一口气，有点诧异道：“我过去渡过不少人，没见过你们这样没事人似的，一路只顾说话，连浪花打湿了也不知觉。”

两人摸摸身上，不觉都笑了。

陈芳庭说：“我们可是下过南洋的，狂风恶浪都见识过了。”

谭康泰还补充了一句：“何止南洋，西洋也去过了呢，年轻时，没少在外闯荡。”

船夫惊叹道：“原来如此。”

陈芳庭看着谭康泰：“你下过西洋？”

“是呀，年轻时，去过法兰西，那时，我们的船也有往那边开的，如今却少见了。要还有机会，我还真想再去跑跑，长长见识，趁现在还不算老。”

“难怪你与迪韦亚那么熟。”

“也许是趣味相投吧。法兰西人好艺术，活得潇洒，也很看重我们的学问，几十年前，便译了我们的四书五经，不少人为之倾倒。好在我还算有点私学的底子，不然，在那边都让他们问倒了。”

“圣祖，还有圣上，也都很重视与法兰西的交往，朝廷上的画家、技匠，不少是法兰西的，上次陪我去景德镇的神父，就是个画师。”

“对了，康举在京城没少遇见他，也成了莫逆之交了。”

“他见到了圣上么?”

“当然是见到了，说圣上对他很客气。”

……

一叶小艇，在开阔的海面上摇荡着。

澳门已经在望。

船夫也搭上话来了：“夷人把澳门叫作马交，你们知道为什么?”

两人摇摇头。

船夫说：“如今，广州人与客家人还在争呢，当初，葡萄牙人靠了岸，问岸上的人，这是什么地方，那人不懂葡语，反问了一句：脉个？葡萄牙人听成了‘马交’，于是便起了这个名字。可‘脉个’这话，又似客人的话，又似广州人的话，广州人是‘麦够’，都差不多，你们说，到底是谁?”

“这得问骆官了，他是粤东的客人，不是潮人。依顺德口音，却也有几分相近呢。”

话说间，船已经靠拢了码头。

两人叮嘱船夫，回程还得雇他，不要走远了，可能不要多久时间，也可能会拖上一阵，不过，已经雇定他了，就不会变了。

船夫连说多谢。

澳门，完全是异国情调了，几乎感觉不到这是在中国，一色的欧陆建筑，有的临近海滨，有的依山傍水，有的却建在了半山腰上，几乎与十三行相近似。但十三行周遭，到底还是中国的建筑。

两人无暇旁骛，径直往指定的地方走去，他们对这里再熟悉不过了。

快走近了，对面门口走出了一位黄头发的年轻人，竟招呼道：

“是谭康官么？阿诺特大班正在焦急地等着你们来呢。”

一口流利的汉语。

定睛一看，这年轻人有几分熟悉呢。可一子又想不起来。

倒是这位年轻人看出他的困惑来了，笑了笑：“不认识我了，我是仁飞。”

谭康泰猛地想起，这便是当年随同大班们闯总督府衙门的那位英国少年，没想到几年不见，居然出落成一位秀硕标致的小青年了，自然，汉语也大有了长进，于是含笑道：“都成大人了，差点认不出来了。”

“请随我来。”仁飞说。

阿诺特正在案前翻阅资料，闻讯便迎出了房门口：“我相信你们一定会来的，因为你们是中国最有信誉的商人。”

谭康泰苦笑了一下，说：“但这个年度的贸易，被搞得一团糟，你们的船还没有回到黄埔港呢。”

“我们得保持一定的压力，以表明我们坚持要取消‘加一征收’的意愿。”阿诺特坚定地说。

“可得有一定分寸，这事不会一蹴而就的。”

“我们已坚持了几年了。”阿诺特说，“不过，今年海关特别刁蛮，不准我们的船员上岸去购买食品、蔬菜，要知道，我们的水手在大洋里颠簸了上一年，已经够疲劳、够辛苦的了，这无疑要置我们于死地，太不讲人道了。而且，我们过去用惯的通译，都被他们带走，另派了人，不懂规矩，托他买东西，价格又贵得惊人，形同勒索。”

这在谭康泰是料到的，却不好说什么：“不会是我们的投诉惹来的麻烦吧？”

“不会，不会，请你们来，就是要消除麻烦的。”阿诺特急忙表示。

显然，两人理解的“麻烦”所指的并不一样，仁飞倒是听出来了，却只是耸耸肩，摊开手，不知该怎么解释好。

听证会在谭康泰、陈芳庭两人到达之后的第三天举行。

从伦敦派来的董事会的代表、誓证委员等坐在中间，一个个神情严峻，目光锐利，他们来一趟也不容易，显然非常重视这一事件，认为是今后几十年乃至上百年对东方贸易起决定作用的一次听证，也就是事关贸易准则的关键所在，因此，一个个都感到责任重大，颇有历史感。

而两边分别是指控方与辩护方。

迪韦亚、阿诺特等均在指控方。

辩护方则没有认识的人，除开作为被告的巴纳里在被告席上。显然，他在澳门待上了好几个月了，神态很是颓丧，耷拉着脑袋，胡须拉碴的，头都很少抬起来。

谭康泰、陈芳庭作为证人，被传唤出庭。

当他们出庭之际，要宣誓时，誓证委员拿过了一本《圣经》，谭康泰一怔，幸好，仁飞作为译员，立即表示：“按照中国人的习俗，他们可以向天发誓，因为天就是他们的上帝，只要他们能指天起誓，证言便是可靠的。”

誓证委员接纳了他的意见。

谭康泰用手指向天，发誓道："本人的证言如若有假，当天打雷劈，不得好死。"

后来，陈芳庭也如法炮制。

听证委员会就他们指控的事例，一一进行了问证。尤其是每担茶的单价，这几年的总量……

听证按程序有条不紊地进行了。

阿诺特说到本年度海关的反常表现，竟下令不让谭康泰与大班做生意，并且执意与东印度公司决定对抗，一定要陈寿官加入本年度贸易，并分去相当大的份额，从而严重影响了今后的正常贸易——而这，都是与上几年度陈寿官与巴纳里非法勾结相关并由此引发的严重后果。

听到这，巴纳里打破了沉默，大骂了起来："笨蛋，蠢猪！一群不可思议的中国蠢猪!"

显然，连他也认为海关的措施不可思议，更把他陷入了不义之地。

尽管辩方仍认为控方的证据有这样那样的不足，未构成有效指控，但是，此事的恶劣影响及后患，都是令人担忧的。

也就是说，连辩方都默认整个事件的恶劣性质。

法官宣布："请控方作最后陈述。"

谭康泰大气凛然："这一茶叶交易舞弊是发生在我们贸易交往中近年来最令人痛心的事件，它不仅有违于你们历来的契约意识，也更严重伤害了我们的商业信誉。

"我们是有着几千年历史的古国，我们几千年的太古纯风，讲的是重然诺、讲信用，忠信论交是永远不可移易的第一位，我们的诚信，是历来让诸多蛮族所折服、所敬仰、所看重的。我们历史上的诚信故事，数以万计，比你们圣经上记录的要多得多，你们不妨问一下我们周边的民族与国家，中国行商卓著的信誉，是与生俱来的，我们辞典中无论是'礼'字、'仁'字、'义'字、'信'字，都包含这样一种诚实的品格，千万年不可以颠覆。对任何有违反这一本性的人，我们会毫不留情地割袍断义。同样，与我们能诚信交往者，亦当衔环结草以报，其实，迪韦亚主任更知道，白晋神父将我们数十卷古籍带到他们的国家，其中，包括我们最恪守的八个字——己所不欲，勿施于人，是令你们最为激赏与信服的。

"无疑，我们是一个泱泱大国，我们的财富令你们所有国家所艳羡，你们之所以梯航万里，不顾生死来到广州，难道不正是我们给你们的发达提供了机会，阿诺特说得好，当今中国，是世界的最大机会，难道你们不愿珍惜这个机会，反而去破坏它、放弃它么？我想，再蠢的人都不会这么做，所以，巴纳里、尼什两人，为了蝇头小利，丧失的是怎样一个巨大的机会？他们实在是愚不可及，鼠目寸光，去毁掉这样一个靠诚信打下的金航船。

“我们之所以来到这里作证，不惜冒上巨大的风险，不仅仅是这一两年的商业利益，而是为了双方交往互信互惠的共同基础。

“正是这一牢固共同基础，我们方可以建立起海上的黄金通道，建立起不同国度之间共富共荣的美好愿景。

“我始终隐隐担心的是，有那么一天，无论是你们，还是我们当中的某些人，只为一时之逞，会把这一基础统统毁于一旦，到时，再修补、再重建，恐怕百倍的努力、千倍的代价，也难以奏效！

“那种官商勾结、欺行霸市、串通舞弊，永远是我们所不齿的！

“更无法再容忍下去。

“于你们，更是一样，因为，这更让你们蒙羞。

“所以，我们不希望，这样的事件再发生！”

巴纳里等低下了头。

阿诺特站了起来：“讲得好，巴纳里的劣行，是不可宽恕的。”

听证会后，陈芳庭对谭康泰说：“如此郑重其事，到头来也只是让我们来指天发誓，问的事本就在投诉中写过了。”

仁飞在旁边听了，插上一句：“宣誓作证是一个非常重要的仪式，没经过誓证的证言，都不能成为有效的证言。其实，让你们来，就是要你们发誓。”

陈芳庭有点恼了：“我们来一趟容易么？旱一程，水一程的，万一被人知道，还不知道会落个……”

谭康泰拉了他一下：“人家看重的就是这一仪式，其实，同我们的许多隆重礼仪也是相通的，譬如拜孔子、祭帝陵。”

陈芳庭不吭声了。

仁飞忙说：“对了，这就对了，我原来还不知道怎么打这个比方，谭康官让我开了窍，又有了新的长进。”

陈芳庭半带讽喻说：“你倒是非常善于学习，难怪长高得这么快。”

仁飞听不出来，连声道：“谢谢，谢谢。”

一直悬在心上的听证，却变得这么简单，谭康泰与陈芳庭都觉得有点意外，不知是庆幸，还是不安——太简单了，每每又会变成很复杂，如同当初简单的处理，干脆拒绝与陈寿官做生意，结果惹出了一系列的大麻烦来。

不过，令他们耳目一新的是，这种听证，至少在形式上，表现出了公平与公正来。包括作为被告一方，显然是有罪的、中饱私囊的巴纳里，居然还可以平静地坐在那，没有像中国那样，不仅要当堂下跪，而且还得戴上木枷与脚镣，早就已给折磨得不成人形了。

谭康泰、陈芳庭也就以此为话题，与仁飞聊起了他们的“仪式”与“规矩”来——应该说，他们也一样有了长进，无论他们是否认同、是否理解，毕竟，谭康泰还有过法国之行呢。

只是，他们是否走得太远？

黑水洋的黑色波涛，于他们“不过如此”，可这之后引发的巨澜，却非他们所料！

福兮？祸兮？

个人？国家？

谁可以一语道破?!

我伫立在千百年云烟之中。

我凌驾于千万里风涛之上。

我是大地的骄子，我是岁月的宠儿，我更是历史的慧心。

丽日蓝天有我，清风明月有我。

惊雷疾闪有我，惊涛骇浪有我……

蛟龙出水，长鲸吸海，地动山摇，江海倒堤——全在我默默地注视下，我见的已经太多了，有时，恨不得自己挖掉这无所不见的眼珠，有眼珠，就有忧患，就有无尽的慨叹，历史的慧心，就颠沛在滚沸的灾难之中无法自已。人生识字忧患始，非也，人生有眼灾难肇矣。像我这样，一江春水，也会看成了滚滚的血脉，汇成了鲜红的血海！

人们把我叫作中途塔。

其实，他们并没辨认出我是哪一座塔——从珠江口进来，先是莲花塔，快到广州，便有琶洲塔，而后，则赤岗塔，经过三塔，才到白鹅潭，才有十三行。

总之，我便是外夷进入中国、进入广州的中途标志，所以，均以“中途塔”一概论之，不分彼此。其实，三塔各自形状不同，各自色彩不一，各自格局相异。就如外夷认中国人一样，个个一个模子，分不清谁是谁。于是，三塔皆成为“我”。

太平洋上，有个“中途岛”，在两百年后，成为一场世界大战海战的转折点，名垂青史。西方人大概好以地理上的位置来给某物起名，中途岛当在太平洋的中间。而我则在珠江口与广州的中间，只是，我记录在历史上却有漫长的几百年，从明代嘉靖年间一直到清代道光年间，也就是说，我正处于古代史与近代史的中途。

只是有谁把准我在这个“中途”的位置与意义呢？

让曾经在珠江滚滚的波涛中沉没的双桅、三桅以及多桅船来诉说，是那样一个大帆船时代，曾有过那么一批人，为货畅其流、物尽其用，令这个古老、垂暮的国家，一度焕发出罕有的活力，令西来的夷人惊叹咋舌，然而，那却又似回光返照一样，他们已无法挽回那已定下来的历史颓势，连同他们，也一同成了殉葬品，如同珠江口的沉船，久久地沉埋在历史的淤积之中，不为后人所认可。折桅沉江舵未朽，几何重见日月光?!

让远远沉没于南洋、印度洋，乃至大西洋以及斯堪的纳维亚半岛近海的瓷器来诉说，曾有过那么一个世界商贸的中心，不仅输出了美轮美奂的瓷器、惊

艳世界的丝绸，以及清香袅袅的名茶，而且输出了他们另一种品味的艺术，另一类生活的方式，让世界知道自身还有更丰富的色彩。只是可惜的是，这种绝伦之美，竟也是无法摆脱的宿命，成为晚霞上最后一抹的彩色，依旧归于沉沉的黑暗之中。这曾有过的鲜艳，都照不亮半页史卷。

而谁还记得他们——当日陶瓷上留下堪为绝品的彩绘的艺匠，当日把当之无愧可称之为艺术品的瓷具绸缎传送到世界每个角落的商家？

一部二十四史，只有帝王将相“你方唱罢我登台”的狭隘舞台，何时有其他人物上去亮相呢？当后人力图求证“历史是人民写的”之际，也未必想到了他们！其实，在历史的滚滚风烟中，被掩去的又何止汲汲于劳作的芸芸众生，如同一艘大船的沉没，人们也许只记住了船长，只记住了船上名贵的货物，却未必记得上边的舵工与水手——历史，总归需要有牺牲的，哪怕你显赫一时！

我——中途塔，只有我，才记住了这些在历史中途里踽踽独行的跋涉者！

他们是注定走不到终点的行者。

甚至，他们连终点是何处也不曾知晓。

可他们始终在行走。

如同我一样，送走了旭日青鸟，迎来了暮色昏鸦；送走了一江春水，迎来了渔舟唱晚。同时，无论是暴风骤雨、电闪雷鸣，还是大潮顶托、惊涛拍岸，似乎所到最后，皆是一片猩红的现场，断垣碎瓦——人类，永远在重复已有的悲剧，却从无反省。

我就如一支如椽大笔，把警示、把反思写上蓝天，又能有几人能去阅读？更有几人能够读懂？就算读懂了又能怎样？

如同中国人对历史的认识，一切都在循环，今天只是昨日的重演，未来永远不会有新意，那又何必去努力，去……读懂呢？你甚至不知道自己已在重演历史。

还原历史算是怎么回事？

重塑生灵，得到的是一副躯壳！

生命又在何处？

岁月只是劫难的计数……

那就剜去我的双眼，不再去注视；

那就禁锢我的慧心，不再有思绪……

中途塔呵中途塔，永远只在中途之中，所以永远也改变不了什么……

休问前途，休问前途！

我只在“中途”。

第十三章　琶洲行

又是一年春草绿。

彤平监守在窑口，时刻注视着炉里火色的变化，这一炉可是关键，出不得任何差错，因为，这是迪韦亚专门订制的他们在法国的那个曾经一度显赫的家族纹章，分别烧制在瓷碟、瓷杯与瓷瓶上。当然，烧成功了，运回法国，对这个家族可是一大盛事。因此，当样稿送到后，紫屏可没少下功夫……此刻，炉火纯青，似乎映出了紫屏那专注的样子，一双长有长长睫毛的眼睛不住地闪动，分明在琢磨每一笔该怎么下，是勾勒、是撇还是捺，尤其是如何线描、填色、织金、斗彩、包金口，一个程式都不可大意……且看她那如嫩笋般的手指，在白瓷面上游走，时而凝定，时而飞扬，让人眼花缭乱。也许，只有这个时候，才能更真实地感受到这位心中挚爱女子的存在，这一存在，是与她那洋溢的青春气息，以及与青春气息难解难分的艺术才气结合在一起的。炉火呼呼地响着，又似乎看到她头上的秀发在飘动，两颊泛起了描成功关键一处而兴奋出来的红晕……彤平知道，她不是为迪韦亚而描的，而只能为他，为爱而描，否则，笔下是不会那样出彩，那样灵动，那样情真意切。

不知谁在问："火候到了么?"

"到了，很快就可以烧成了。"

他头也没回，甚至没听出是谁在问，仍在全神贯注。

青色的火苗在跳动着、雀跃着，那么欢快、那么活泼，这分明是成功的预兆。当初，光为颜料的使用，紫屏可没少找老师傅请教，而且跑到了几十里外的山乡，寻找必不可少的配料。原先，想一举烧成织金彩瓷，让泰叔高兴，没想到欲速则不达，大半失败了。于是又重新做起，把迪韦亚订制的纹章瓷作为开始，因为这同样需要织金，织金的彩瓷，自会金碧辉煌……咳，当年在山野中，小小的紫屏，不也喜欢摘下满山的野菊花，那金灿灿的野菊花，扎成花冠，戴到头顶上，大人笑她想当新娘子了，她只是冲着自己咯咯直笑，一点羞涩也没有。那是怎样一颗纯真无邪的童心呀，两小无猜，总角相交……从那时，两人不就一直在编织着一个又一个金色的桂冠，燃烧起一个又一个金色的梦，虽然一度消灭了，可这几年，尤其是意外的重逢，更让两人相信，这个梦又回来了，金色的桂冠，当在婚礼上重新戴到紫屏的头上，如同儿时那样，他将得到的，当是一个更开怀、更烂漫也更真实的欢笑!

他甚至幻想起已经生活在一起的日子了。就在近郊找上个小农舍，简简单单、平平常常，屋前山后，种上几畦瓜、菜，一年四季，都断不了绿色与各种花色，油菜花、茶花、桃花、冬瓜花、南瓜花、豆花、茄花……当然，会有孩子来采摘丝瓜呀、木瓜或葫芦瓜呀，满园都是童稚的笑声，用不着山盟海誓，自会有白头偕老，因为彼此都知道各自的心，不会有猜忌，更不会生分，两颗心就是一颗心。

好了，最关键的时刻过去了。

彤平仍恋恋不舍看了看开始淡下去的炉火，这一窑肯定是成功的，凭借平日的经验，迪韦亚当可以来验收了。

炉火淡下去了，可彤平生命的火仍在飞扬，这会延续到下一炉火去。火，便是他的生命，他从懂事起，便与这炉火相伴，最终交融在了一起。他喜爱这火，尤其是纯青的火，那是燃烧得最旺的时刻才有的，火也是有生命的，有情感的。火，更有它的喜怒哀乐，高兴时，蓬蓬勃勃；愤怒时，呼啸吼叫；哀伤时，低迴沉郁；欢乐时，活泼雀跃——也只有彤平，才读得懂它，才会设法让它欢喜起来，因为火就是他，他就是火，他的生命只有火才能生色！

“彤平，迪韦亚来了……”

正在思念之际，起了紫屏的欢声。

真是，窑场与彩绘作坊，近在咫尺，只隔开这一点点距离，却偏偏搅起这无尽的思念，是不是太没出息了。只是，两人难舍难分，已经无法控制了。

彤平立即便见到了紫屏。

紫屏的笑容，像鲜花一样盛开，是那么有感染力，连他也咧开嘴笑了——这时，他才发现紫屏身边，也是笑逐颜开的迪韦亚。

迪韦亚大声道：“看见你笑得这么开心，这回一定烧成功了！”

彤平这才回过神了，连忙掩饰自己的失态，改为矜持的微笑，说：“成功，一定成功，只是你也太性急了点，炉窑要冷却下来，还要一定的时间。”

紫屏也附和道：“是呀，泰叔没来，他倒抢着来了。”

迪韦亚笑了笑，说：“我这回从澳门过来，顺风顺水，比往日快了两天，不是我急，是马急、船急。”

三人都乐了。

没多久，谭康泰果然也来了。

“又来了一个性急的。”紫屏说。

谭康泰见到迪韦亚，也就明白这话了，不约而同又笑了。

当然不可以干等。

谭康泰出了个主意：“这样吧，紫屏对这里很熟悉，迪韦亚老说，过去一进珠江，就见到几个几乎一模一样的塔，很想上去看看，就没机会，现在有时间了，就由紫屏做向导，上漂亮的一个塔去看看。”

“哪个塔呢?”紫屏问。“琶洲塔吧，这可是羊城八景之一，叫琶洲砥柱，说明它很高，何况，它周边还有北帝庙、海鳌寺。”

彤平赶紧说：“我正好去拜拜北帝庙，求火神保佑。”

紫屏嗔怪道：“就怕不让你去是吗?”

谭康泰笑了：“怎么会以为你没份呢? 我总不能让一位女子陪迪韦亚吧。”

彤平讪笑了一下。

谭康泰对迪韦亚说：“我陪你去过了海幢寺，这里‘海’字头的寺庙可多了，海幢寺后边还有个海辐寺，再往南，还有一个更出名的海云寺，当年屈大均就在那里出家的，他著的《广东新语》，用你们法兰西人的话说，就是广东的大百科全书了。”

“那可了不起。”

“可惜，如今散逸民间，还不知道能不能找齐……改朝换代，失去了多少典籍，他是前朝遗民，其实《广东新语》却是当朝写的，却仍不能容得下。”

迪韦亚搔着头，半理解半不理解：“你们并没有宗教裁判所，怎么会这样? 我们过去的宗教裁判所也是这样，不仅取缔异教的典籍，还滥杀异教徒。不过，这在我们那已经成为过去。你们……一个朝代就等于换一种宗教么? 不，并不是这样，我搞糊涂了。”

谭康泰赶紧说：“我们不讲这个，还是让两平带你去痛痛快快游玩一回，到时候，回来看你们那大家族辉煌的纹章吧!”

迪韦亚说：“太好了!”

“去准备一下吧。”谭康泰乐呵呵地说，“抓紧一点。”

此际的琶洲周遭，被视为广州近郊最为亮丽的风景名胜地，这里，不仅有著名的琶洲塔，高耸入云，色泽艳丽，气势非凡，而且还有北帝庙、海鳌寺——如果没有这两处氤氲香火，这片地头也不会如此出名，更不会把“琶洲砥柱”列入羊城八景之一。

也因为如此，琶洲人气才那么旺。

上千年，甚至更长的时间，广州人对夷人的出出进进，也已经见怪不怪了。更何况法国人也有黑头发的，没似其他国家的金发碧眼那么惹人注目，汇入进香的人流之中，就更不起眼了。

一路上，万木耸峙，绿叶扶疏，一阵阵花木的清气沁人心肺，让人顿时觉得神清气爽。正是春深时分，一路上游人如织，这里自是春游的第一去处……小鸟成群在头上飞翔，不时还有一只长尾巴的山鸡“扑簌簌”地越过山路，一头扎进了树丛。林子里不时还有“嘁嘁喳喳”的声响，不知是什么小兽在奔跑，不时惹起游人一阵阵欢快的惊叫声，分明是见到了什么。

拾级而上，便来到了琶洲塔。

一般的古塔，不是褐色，便是白色，但是广州的古塔，却很讲究色彩，不仅仅用红色的栏杆，而且在塔身上，用红色画出门框，装饰则红绿相间，乍一看，犹如大地上凸起的花蕾柱心，在灿烂的阳光下分外夺目。

在塔上看珠江，一湾清流，倒映着白云红日，闪动粼粼波光。帆影片片，舟楫竞逐，远远还能听到船家的号子。水太清了，天太蓝了，船儿太多了，要是到了夷商的多桅船到来，更是一番气象。珠江从广州城南流过，就在三座风水宝塔脚下，蜿蜒东去，再一个急转弯，向南进入珠江八大入海口中最大的虎门，汇入到浩渺的南海。

迪韦亚看得如痴如醉，对紫屏说："这比我们的塞纳河气派多了！"

"那也是绕城而去的河流么？"

"它从巴黎市区中心折了个弯。"迪韦亚指着下边的水泊、稻田，感叹道："这就像一面面嵌镶好的明镜，太美了。"

到了最高一层，他都不肯下来了，"你们要去拜北帝庙去好了，我得在这上面多待一会儿，养养我的眼。"

紫屏只好说："那你别跑开了。"

"我又不是孩子了。"

于是，彤平与紫屏两人一同下塔去了。

去拜北帝庙的道路，弯弯曲曲，上上落落，宽宽窄窄，错落跌宕，似乎是成心考验人的诚心。这北帝，又叫真武帝，亦即玄武帝。"玄"即是黑，所以又有个"黑帝"的名字，这一"黑"，也就与火相关了，民间就视他为火神爷。因此，凡是与火打交道的行业，无疑都得拜他，方可祈祷获得成功，所以，彤平是必要来拜上一拜的，不完全是给紫屏做伴做借口。

上琶洲塔人多，去海鳌寺人旺，拜北帝的人也不少。但曲折错落的路，毕竟让老人、小孩少了许多，所以，到达北帝庙时，两人前后都没多少人。

玄武帝自是威武，黑里透红的脸，漆黑的胡须，双眉竖起，心中有鬼的人自是不敢来拜，一见就会吓得落荒而逃了。倒是胸怀磊落者，每每还有求必应呢。

两人双双在火帝面前跪下。

都在默默地许愿。

彤平许的愿是：愿这一窑件件出彩，从这一窑开始，织金彩瓷也马到成功，从此作为广州彩瓷的外销精品，与景德镇瓷共享盛誉。是呀，一位烧瓷师傅，最大心愿莫过于此。

紫屏毕竟是女子，她的心愿是：早日与彤平结成连理，不图荣华富贵，只求鸾凤和鸣，不求锦衣玉食，唯求粗茶淡饭顿顿香，白头到老天地和……

磕过了头，烧过了香，这才安安心心往回转，彤平见紫屏脸红红的，故意问："起了什么愿？能告诉我么？"

"那你呢？"

"我可以说。"

"可我不可以说，人家说，一说出来就不灵了。"紫屏脸更红了。

彤平说："我一看你，就猜得出来。"

"不让猜。"

"偏要猜！"

紫屏一脸涨红，往前跑去。

彤平跟追不舍。

这一路上，人或多或稀，情急之下，紫屏跑进了一条岔路，彤平也就跟了进去。

岔路上，古木参天，几乎不漏几线日光，跑出几十丈，天都昏了，周围岑静得瘆人，只有浅浅的泉水回音。

紫屏不敢跑，也跑不动了。

彤平追上了她，在他耳边悄悄地说上一句。

紫屏连忙捶他的胸："你坏，坏！"

彤平却就势把她揽在了怀里，而后，便俯下了头，寻找她那正喷着热气、鼓胀了的双唇，深深地吻了下去。

原来，他说的是："让我们来做一个'吕'字。"

两人都是读过诗书的人，知道古文这个词的意思。

这是他们生平第一次。

紫屏只觉得全身都酥软了，上上下下就似点着了火一样，头晕乎乎的，脚软绵绵的，只能紧紧地把彤平抱住。

海已枯，石已烂；天亦荒，地也老……瞬间也是永恒，生命也都凝聚在这一刻了。

……

也不知过了多久。

紫屏软软地坐在了树根凸出的地方，仍久久地喘着气，两眼噙住了几颗热泪。

彤平深情地注视着她，控制着心跳。

四周一片宁静。

良久，紫屏才开了口："算你猜对了，泰叔几天前告诉我，今年一定要给我们把喜事办了，他已经藏不住那份宝贵的嫁妆了。”

彤平说：“我实是等不及了，只怕他又得拖过马上到来的贸易季节。”

“不会的，他会找人选一个黄道吉日。”

“也太隆重了。”彤平叹息，“其实，照你当初说的，办个平平常常、普普通通的婚礼该多好，不用等这个等那个……最好是在乡下，找一间农舍，只请我们的工友，喝上几盅酒，炒几个农家菜。太张扬，心里反而不踏实了，你说呢?”

“我何尝不希望这样，可泰叔老说怕亏待了我们。”

“他也是一片好心……可是，唉……”

“是呀，要不，早一年也该把事办了。不知怎的，我总有点怕。”紫屏紧紧地搂住了彤平。

“没什么好怕的，有我呢。”彤平让紫屏贴紧自己的胸膛，安慰道。

“好了，我不怕了。”紫屏终于说。

两人这才站了起来，整理了一下衣裳，却不知道自己在这片古木森森的林子里跑进有多深，全然迷失了方向，左冲右突，好不容易才找到了一条像样子的路，渐渐地，又听到了人语的喧闹声，这才放下心来。

终于回到了大道上。

“迪韦亚只怕等急了。”彤平说。

“不要紧，他要迷上了什么，也准忘记了时间。”紫屏说。

果然让紫屏说中了。

原来，琶洲塔，除可登高望远，观赏景色外，它的内部亦有很多的奥妙，迪韦亚自然没有忽略过去。在塔中，有许多的明代石雕，做工精巧，在广州颇为罕见……彤平二人到达后，好不容易在石雕旁找到了他，他正在比画、摩抚，感叹这，感叹那，头都不抬。

直到紫屏叫响他的名字，他才“呵”一声，仍没抬头，只说：“鬼斧神工！鬼斧神工呀!”

紫屏一笑：“可惜，就算把石雕给你当礼物，也太沉了，运不走。”

迪韦亚却说：“这也不见得，石头可用来压舱底，问题只是我们的大班识不识货，干不干？你说呢?”

出了琶洲塔，已是暮云四合，百鸟归巢了。

“看来，海鳌寺今天去不了，天色已暗，去了，折不回了。”紫屏说。

“留待下次吧，这次成品如果大获成功，我会让你们的泰叔准几天假，陪我好好游一游。”迪韦亚爽快地说。

沿着回广州的大道，三个人仍兴致勃勃说个不停。

走出不到半个时辰，突然间，后边有一抬轿子赶到了他们前头，停下来了，一个人掀开了轿帘，走出来挡在了前边。

“这不是迪韦亚大班么?”那人先对迪韦亚说。

迪韦亚一愣，认出了对方：“呵，久违了，是陈寿官。”

彤平并不认识这位陈寿官，可他听紫屏说过这个人，心头不由得一惊，站在了紫屏的身侧，挺直了腰。

陈寿官这才转脸看着紫屏：“哟，紫屏姑娘也来了，你身边这位是谁?”

彤平抢先答了：“我叫彤平。”

陈寿官仰脸大笑：“我知道了，你就是‘二平’中的一个，谭康泰还为你们俩即兴写了一首七绝，可惜我不通文墨，要不，一定背下来给你们听了。”

彤平说：“谢了。”

“我没背，你谢什么?”陈寿官仍死死地盯住了紫屏，“我还没吃你们的喜糖呢，该好好祝贺一下才是。”

紫屏躲过他那逼人的目光：“快了，快了，到时，泰叔一定会请你的。”

说过，她却后悔了，干吗不动脑筋就这么快回答呢?!

“不用泰叔请，我会不请自来，这么漂亮的小娘子，谁都愿抢个眼福呀!”

这话，说得彤平眼里冒火，连拳头都攥紧了，可他还是忍住了，陈寿官瞥了他一眼，竟说：“后生崽，你倒真有福分消受呀!”

分明话中有话。

彤平只好回答道：“中呀，这都是苍天有眼，把她给找回到我身边来了。”

迪韦亚这时才插上了话：“简直是天造地设的一对，一个彩绘，一个烧瓷，把中国最高贵的艺术珠联璧合……”

陈寿官一笑：“看来，你把中国话也说得很标准了。不聊了，打个招呼，我先走了。”

他回到轿上，催轿夫快走。

还有几顶轿子跟随在他后边，显然，都是与他关系密切的几个行商。

他们倒是上的海鳌寺。因为紫屏三人独独只没上海鳌寺，所以先前未能遇上。不过，人一多，有时也会擦肩而过没认出来的。

只是，陈寿官方才分明是先认出紫屏。

那双充满了欲望的逼人的目光，仍教紫屏后怕，紫屏不觉问道：“他们要拜的什么?”

彤平说：“海鳌寺，还不是祈求大海赐福，保佑今年的生意。”

“这么说，他是担心今年会不顺。”

“去年他已经不怎么顺了。”

“其实，规规矩矩做生意，也就大都会顺的，”迪韦亚意外地插上了一段话，“如果还不规矩，求神也没用。”

二平深深地注视了他一眼，两人明白，迪韦亚的这番话，绝对不会是空穴来风。只是这样，反让两人心中更为忐忑不安，这陈寿官可是好对付的么？

似乎三个人一下子都失去了说话的兴致。

果然彤平看窑火的眼力非凡，这一窑烧出来的纹章瓷，成功率有三成七，超过了平常的三成。

尤其是紫屏的彩绘，烧制出来，更是精美绝伦，无懈可击。那作为家族标志的几头狮子，简直神了，活灵活现，生动、形象，在几近透明的瓷底上凸出，富于立体感——这却是过去彩绘中未曾有过的效果。

迪韦亚大喜过望，总算了了平生最大一桩心愿。

他拿出了上倍的价钱，叮嘱谭康泰：“一定要好好犒劳二平，他们不仅劳苦功高，而且技艺精湛。真想把他们带到我的国家去，让那些艺术家好好见识一下。”

谭康泰说：“这也算是你送给我契女一份嫁妆吧。”

“太好了，到时可别把我给忘了。”

直到这时，迪韦亚才提起上琶洲塔回来时遇到陈寿官的事：“对了，寿官也说要吃他们的喜糖呢。”

没想到谭康泰竟一怔，问：“他怎么知道他们还没有成亲的事呢？”

迪韦亚不解，说：“是紫屏讲的，快了快了，到时会请他的。”

“原来是这样。”谭康泰不语了，唉，紫屏这孩子，也太没心机了，吃过那么多的苦，逢人仍那么坦诚，明明知道寿官不怀好意，为什么不说已经成了亲，好断了寿官的念想呢。大概，她也知道自己失言，回来后，竟没有提及一个字，怕别人为她担心。

看来，二平的婚礼，延误不得了。只是祖秉圭还纠缠住珊瑚树不放，定别有用意，已怀疑上他手上还有更好的珍宝。

这如何是好？

本是一心为紫屏好，却无端为她惹出了那么多的麻烦。

谭康泰深知，这一年的日子不会好过。

不过，不应该是最不好过的。

最不好过的当是黎安官的一家，黎安官撒手走了，欠下了一屁股债，而且是夷人的债，被夷人告到了官府，如今正在清偿家产以抵债务。骆官被迫接受住持清偿一事，左右为难，一拖便又拖了将近半年。

再拖却不行了。

因为又一年贸易季度到来，外洋大班一上岸，无疑便又会追起债来。这时，黎家就没办法挨下去了。

迪韦亚一走，谭康泰便上了账房，取出了五千两银子，让家人给黎家送去。

可不久，家人又把银子原封不动送回来了。

“为什么不收?”

家人说：“这些银子，他们心领了。平日，你没少给他家关照，这个时候，他们不想再拖累人家了。”

“傻呀，给他，请他先还上一点，争取拖过这一贸易季度，再从长计议。”

“我也是这么说的，可他们说，你的日子今年也未见得好过，多留点钱，说不定能消灾祛祸，少一点磨难。”

这话令谭康泰一震。

“噢，还是由我亲自去送吧。”

黎安官的儿子一见谭康泰来了，连连摇头，说：“你不该来。”

“救急不救穷，我能不帮你一把么?”谭康泰摇摇头。

“唉，我只不过是执笠罢了，没什么大不了的，除死无大祸，讨米不再穷。”黎安官儿子叹了一口气，“你还是顾顾自己吧，去年，你进了南海衙门几天，行商大都不知情，可我们却是知道的，只怕，那只是给你一点颜色看看，今年绝对不会那么轻松。”

谭康泰来，就是要知道这些话后的一切，便问：“何以见得?”

“平日，你们粤商与我们闽商，面和心不和，免不了有些明争暗斗，这也难免，出门少不了靠同乡。而你，当总商的几年，一直在弥合这些矛盾，我们都觉得你大度……可去年的事，分明是我们这边的人不对了，在商言商，商人不食利那是假话，可商有商道，不可以不择手段，仗势欺人。父亲也劝过寿官，寿官却执意不听，反指责父亲胳膊往外拐……其实，闽商中大多数人也看不惯寿官的作为，却阻止不了他……我只能说到这里为止了，这个贸易季度一到，只怕你比我们更难捱。”

谭康泰多少有点明白了。

“再难挨，也不在乎这几千两银子，你们家加以清盘的数，能抵多少就多少，总不至于把人往死里逼吧，能拖过今年，还可以从长计议吧。”

谭康泰硬是把银子留下了。

虽然人家话没说穿，可他心里还是明白，寿官的所作所为，黎家自然比他清楚。本来，去年的事，虽说打了个平手，让出了部分份额，相安无事了，却已留下了更大的后患。外洋大班这一年，不可能不进一步抵制海关与陈寿官相勾结设下的局，而海关、陈寿官是必会有更大的反弹，而这意味着，他们更不会放过他谭康泰。显然，在闽商中，陈寿官至少已暗示了什么，或者会有什么大动作。

而且，这不仅仅是行商之间的争斗，也不仅仅是海关与外洋大班的争斗，更不仅仅是某种商业道德、商业规则之间的争斗，而是更深刻、更久远的矛盾的显示——却不会有多少人意识到这一点。

显然，比去年更大的暴风雨正在来临。

去年到最后，外洋大班在获知行商已代缴了“加一征收”之后，方无奈地重返了黄埔港。

——这似乎已成了近五年来的，必不可少的一番仅流于形式的较量。

今年，自然还会重演一番。

陈家花园大门口，谭夫人艰难地行走着，叩开了院门，提着茶壶走了进去，问：“三姨太可在园里？”

一打扫残叶的老圃答道：“她还能上哪去？”

小姐楼，先自传出幽怨的琴声。

谭夫人在门口喊：“好多时日不见你了，你就一直没出去？”

三姨太迎了过来：“你怎么还过来找我？”

谭夫人反问：“怎么，不可以来么？”

三姨太摆摆手：“寿官把泰叔往死里整，两家当是结下了仇，我不敢见行商们的女眷，更不敢见你憔悴、愁苦的样子，这都是寿官作的孽啊。”

谭夫人说：“我知道你没少劝寿官，看，你都急得上了火，一脸的燎泡，我这是给你送凉茶来的。”

谭夫人走了进去，把茶壶放在桌上，取过杯子，慢慢斟上。

三姨太回到自己的座位上，“这回，他是不见棺材不落泪，与祖大人走得那么近，没少人背后骂。”

谭夫人说：“早几年，他并不这样。”

三姨太说：“他算是鬼迷心窍了，他明明知道，每一任海关监督，都挨不过两三年，不是给吓死，就是给抓走，没一个不贪的，也没一个有好下场的。本来，你当你的行商就是，干吗同贪官共一条裤子，一同去死。”

谭夫人皱眉道：“他莫不是认为，祖大人是包衣奴才，皇上看好。”

三姨太说：“祖大人是出过事的，江山易改，本性难移。”

谭夫人侧过眼：“你这么劝过他？”

三姨太说：“他反过来了，出了事，皇上还重用，再出事也没什么大不了，这才一条道走到黑。”

谭夫人端过凉茶：“这可是一位郎中推荐的凉茶方子，该能压压你的火气。”

三姨太慢慢品味着。

谭夫人劝说：“心烦，该多出去走走，散散心，别窝着上火。”

三姨太摇摇头：“别提了，我一出门，就说我给你们通风报信，说我背叛了他，所以，他一反过去的承诺，四姨太、五姨太都讨回家了，就把我一个人撇在这园子里。”

谭夫人感动地说：“原来是这样，也难为你了。”

三姨太苦笑：“这座花园，说是送给了我，却成了雕花的笼子，成心把我困住，出去不是，不出去也不是……”

猛烈地咳嗽了几声。

谭夫人叹了口气：“还说明年有乞巧节到这里斗花，看来已成虚。”

三姨太说：“只怕那时，我也未必在这里了。”

谭夫人一惊：“怎么了？”

三姨太说：“第一，他未必再容我住在这了，找个借口把我撵出去，好再给他新欢，这完全有可能……”

谭夫人点点头：“他做得出的，当初与泰叔那么好，说翻脸就翻脸，连泰叔都不相信会那么快。”

三姨太咬咬牙：“第二，我也不愿再寄人篱下，就算他不赶我走，我也得给我自己自由，找出路……”

谭夫人问：“你能怎样？”

三姨太仰起头：“我还没想好，西关总归找得到生计，学紫屏妹妹当个彩绘师也不错，当然，女人挣一份能养活自己的钱并不容易……对了，听说泰叔顺德乡下，当缫丝女的也很硬气，不信什么父母之命，媒妁之言，自己头发梳起，发誓不嫁人。”

谭夫人点头：“有这么回事，可这并不容易。”

三姨太坚定道：“既然已经有女人走出了这条路，也就不算难与不难了。”

谭夫人劝：“把凉茶喝了，等压下了火，你再细细想想，不急。”

三姨太把凉茶喝了。

谭夫人说：“改天，我会再送来的。”

三姨太说：“不必了，或许已不用送了。”

谭夫人说：“要好得快，自然不用送了，我这就回去了，你不方便去我那，我还是会过来的。”

泰叔感激道："先谢过了。泰叔现在怎样？"

谭夫人只说："他不在城里了。"

走出了门。

"这就好。"传来三姨太低低的声音。

谭夫人走到院门口，身后，又是幽怨的琴声。

她心中很是不安，不知道，还能见不见到三姨太。

第十四章　祸起萧墙

祖秉圭实在是无法忍受广州的回南天气。

春天，南风一来，虽说未曾下雨，可整个广州都沉没在一片迷蒙的雾霭当中，稍远一点的树木、楼宇，全都给雾气掩去了。空气中一阵阵发霉的湿气，几乎可以让人窒息。更难受的是，衣服在身上，都粘粘巴巴的，一阵阵透着湿气。连被服也不例外，夜里睡不着，竟那么黏身，辗转反侧，湿气与闷出来的汗，都分不清了。

别说室内的地上湿漉漉，一步一个湿脚印，连墙上都在滴水，有时，竟化作一条条水线，从上到下流了下来，墙边居然积起一小摊一小摊的水。房子都受不了，人何以堪？

家人总是不时来报，什么东西起白毛了，什么东西发了绿，还要不要？

祖秉圭唯有恶狠狠地回答："问什么？统统给我扔了！扔了！"

难得有几个晴朗的日子，心情才稍为舒畅一点，陈寿官却来叩门了。

在祖秉圭的心目中，这陈寿官财大气粗，富可敌国，是个不可轻视的主。既是"主"就得客气一点，不能对他颐指气使，还时刻得捧在手上，加以呵护。好在陈寿官不是谭康官，愣是不买他海关大人的账，而是有求必应，可视为贴身的幕僚，每每还能出点主意。当初，他祖秉圭刚到任，陈寿官便打蛇随棍上，十分热乎，让他顿生疑窦，毕竟，过去自己也涉足过商界，在京城也拿出过银子让人代做生意，无商不奸，是他心目中固有的理念，这些人只可以利用，而不可以信用。这陈寿官与前任杨文乾监督闹得很僵，他是略有所闻，所以，也不得不防，可日子久了，他这防范之心意渐渐被陈寿官甜言蜜语所融化了，他反而认为，陈寿官是吸取了与前任交恶的教训，这才设法与他套上了近乎，当然也是有求于他，生意上可少一些曲折。开始，他还试探性地"投资"，说放点银子在陈寿官的生意上，陈寿官却也乖巧，日后，只要个数，并不要真正的银子，息就送过来了。而且还说，你说个数，我就代你投入了嘛，这自然要生息的。你不说，我就不投，也就没息。后来，这息愈来愈大，但陈寿官总说得出道道来，毕竟，外贸这一块，利润是最大的，这也是人所共知的。他也就心安理得了……就这样，两人的利益也就愈来愈紧密地捆绑在了一起，而陈寿官也从言听计从，发展到了出谋划策。他成了陈寿官的“合伙人”，陈寿官也成了他的生意顾问，难分难解，一荣俱荣，一损俱损。

陈寿官倒是不好登门的，因为他叮嘱过，我们已经这么默契了，没有什么特别情况，犯不着让人议论我们过从甚密，飞短流长，所以，不妨少来一点。

这番来，自不寻常。

陈寿官开门见山：“昨天靠晚，我在琶洲塔下，遇到了法国大班迪韦亚了。”

“他这么早就来了?”祖秉圭问。

“不，法国人早早在中国设了常年的办事处，这迪韦亚一般不回去，留守在澳门。”

“噢，圣祖与法兰西关系不错。”祖秉圭想起了什么，“这我早就知道了，不过，他们不主要与谭康官、陈芳官做生意么?”

“对，昨天迪韦亚就是与谭康官的人在一起。”

“这么早就在一起了?”祖秉圭警惕了。

“我也这么想，你知道，迪韦亚针对我们说了一番什么样的话?”

“什么话?鬼话?广东人叫他们鬼佬，说他们长得鬼一样。”祖秉圭揶揄道。

“我昨晚琢磨了一夜，后半夜才迷糊了一阵，所以一早就过来了。”

“有这么严重?”

“迪韦亚说，规规矩矩做生意，生意就会顺；如果还不规矩，求神也没用。”

“你去求神了?”

“每年都得去拜的，求得一年和气生财嘛。”

“迪韦亚会这样对你说吗?”祖秉圭觉得不那么对劲。

“他当然不会这么对我说，却是对谭康官的人说的。”

“你在谭康官那边有眼线?”

“我的随从拉在后边，我离开他们后，他们是这么议论我的，正好被听见了。”

“你不是说，夷人天生愚钝，直来直去，不会拐弯抹角，怎么又讲半句，藏半句呢?”祖秉圭追问道。

“是呀，去年他们做得就很蠢，明令不与我做生意，当然，还是让我们扳回了一局。可今年，他们就不会这么做吗?夷人脑子不会拐弯，还会照做不误，尤其是英吉利那位首席大班阿诺特，与我做生意做了那么多年，说翻脸就翻脸，把我当作寇仇一样，不懂。”陈寿官愤愤不平地说，“迪韦亚的话，也就是他们外洋大班的话，更是阿诺特的话，这不就等于放出了话，求神也没用，他们就不与我们做生意了。”

“我们？”祖秉圭一蹙眉毛。

“我这是说我，还有跟我的七八家行商。”陈寿官连忙解释。

祖秉圭双眉锁得更紧了：“看来，这是一个不寻常的讯号。”

陈寿官不无怨怼地说：“原先与我们交好的巴纳里，去年底被召回，听说已押送回英吉利了，不仅永远被逐出商界，而且说不定要坐上几年牢。夷人做事就是不牢靠，外洋大班把回扣的事当歌唱，弄得全世界都知道了。虽然没对我们怎样，也不能对我们怎样，却已经陷我们于不义，太气人了。”

祖秉圭只没对陈寿官说，人家外洋大班早已把你告到了总督与巡抚那里了，如果没我压住，这边的局面更难以收拾，他只暗示道：“各个国家有各个国家的法律，看来，你以后是出不了国了。”

“我才不出去了。”陈寿官并没认真想想祖秉圭为什么会这样说，“今年贸易季度一到，我们得赶紧商量个对策才是。”

“兵来将挡，水来土掩，去年不是顶回去了么？”祖秉圭这么说。

“问题是，去年开始我们没防备，后来则是他们没防备，打了个拉锯战，双方都没占到多少便宜。只是今年，我担心他们是有备而来，而且事先也与这边不少行商打过招呼，我们的日子恐怕不好过了。”

“他们敢?！这是在大清的皇土上！”祖秉圭倒显得很硬气。

“有你这句话，那我就放心了。”

陈寿官站了起来，告辞了。

他的目的，只要把祖秉圭激怒，这就够了。海关还对付不了那些夷商么？只要一动用官府的力量，在中国，一切都可以迎刃而解，这是历史的经验。

祖秉圭没有送他。

尽管祖秉圭一直表现出不卑不亢、不愠不火的样子，但从内心说，近一两年，他发现自己很容易被陈寿官所左右。毕竟，自己是大清堂堂的从二品官员，陈寿官只是个商人，再有钱也还是商人，无品无位，怎么可以被他控制呢？权力对金钱的控制，官员对商人的控制，这才是天经地义的，切不可以反被金钱与商人所控制了……只是事到如今，竟身不由己，似乎每每让陈寿官所摆布。这是他从内心不愿意并感到有几分恐惧的。

显然，今年是不可以似去年那样如法炮制了，因为这么做，太明显地袒护了已被外洋大班告到总督与巡抚那里的陈寿官，势必引起鄂弥达这位春风得意的家伙更大的怀疑。听说，总督要调走了，按一般规矩，如没有从京城另派，那必定是鄂弥达接任，由从二品成正二品，从而真正高于他祖秉圭了。而外洋大班告陈寿官的状子，就一直攥在鄂弥达的手心，至今仍不动声色，是否另有所图？这正是他祖秉圭所担心的。

但外洋大班如果执意挑起纠纷，又不能像去年那样处理，又该出怎样的招数?!

他祖秉圭不是没手腕、没魅力的窝囊废，绝对不会被动应付，让人玩弄于股掌之上。他当有一次雷霆出击！该出手立即出手！

不是鱼死，便是网破！

他已经没有退路了，外洋大班们咄咄逼人，鄂弥达更是虎视眈眈，气焰嚣张，如果不下狠心，必为他人刀下之俎。

要出手，就得来个迅雷不及掩耳！

已有好几个月的盗汗、畏风了，不可以再这么下去，一下定了决心，似乎汗也收了，风也不觉得了，他须做出周密的筹划，上可对天庭，中能应诸官，下则噤百姓！先把海水给搅浑，再看我出手！

不觉间，手中一个厚实的瓷杯，竟“啪”地一下，给捏裂了，化成了碎片。

窗外的日头一下子没了颜色。

对于谭康泰来说，这个贸易季度的开头，就已有了不祥的预兆。

先是迪韦亚告诉他，正直的阿诺特，已被东印度公司任命为这一季度四艘来广州贸易的商船的首席大班。而巴纳里则再也不会出现在商船上了。阿诺特早就承诺，日后的生意，是必与谭康泰先做，本来就是多年的老友了，互相之间，心有灵犀一点通。商人之间，重的就是这种信任，这方可有双赢。生意愈大，这种信任就更是重要。况且陈寿官已靠不住，他就更倚重谭康泰及与之相协调的各大行商了，他固然可以与更多商人做生意，但最大一宗，也只能是谭康泰的。

然而，谭康泰万万没想到，就在最早抵达澳门的近洋面的英船上，传来了关于阿诺特的噩耗。

阿诺特在巴达维亚登船后，一路上还好好的，可在快到澳门的时候，竟发了热病，满以为还可以挨到澳门，那里有几位不错的医生。谁知道，他到底没能抗得住，两脚一蹬，再也没睁开眼了。

“林讷号”上的船员们，用小船把他载到就近的小岛上，垒起了一堆木柴，按他们的习俗加以焚化了。从此，成了两头不靠、游荡在东西方洋面上的孤魂。

这消息让谭康泰很是悲伤，毕竟，这是与行商们的交好的外洋大班中，第一位死在茫茫大洋上的。平日，为生意上的事，没少争执过，阿诺特的较真，谁都领教过，本来，几万、十几万的交易，出现几两十几两银元上的出入，行商每每就一笑了之，可他偏不，可以通宵不眠，把账目反复核算，硬是把这几两算出来，找出差错在哪，而且理直气壮地要行商支付。却也有一次，他算了一夜，发现少付了一百三十多两，第二天一早，居然早早到了骆官的商行，非要骆官收下。不知这是不是英国人的脾气，物质上厘得清清爽爽，一丝不苟，锱铢必较，丝毫不讲情面。一旦生意做完，请水手们喝酒，他又可以挥金如土，绝不吝啬，一定让所有人尽兴。这一点，与作为法国人的迪韦亚，就成为鲜明对照。

唉，真是天有不测风云，人有旦夕祸殃，谁料得到呢，愿他的灵魂在大洋上安息吧。

在得到阿诺特噩耗后不久，谭康泰正式接到英国船的邀请，让他上还停在外洋海面上的船上，接洽相关事宜。这也是多少年的惯例了，英船做的生意大，每年动辄几十万两银洋，当有一位有能量、有名望的行商先到船上联系，把可能先行解决的问题谈妥，而后，靠上码头，丈量船只，核验银两……也就好做了。

于是，他带上了陈芳庭，雇了艘小艇去了。

接替阿诺特的一位大班，看上去还年轻，人还直爽，见到了谭康泰，热情极了，连声道："阿诺特还留下了一句话，让我们联系你，说你是最值得信任的……"

"阿诺特是个好人。"谭康泰有点哽咽。

"是呀，我们都很尊敬他，听他的。他在这上万里的海路上颠簸了一辈子，把一生都献给了大英帝国的航海事业，太可惜了，离澳门就咫尺之远……"

"阿诺特就嘱托了一句话，你们就这么信任我，亦可见他威望了。"谭康泰说："我这还得感激他的在天之灵。"

新大班很是认真地说："当然，我们是非常在意阿诺特的嘱托，不过，我们仍有更重要的依据，对你表达绝对的信任。"

谭康泰有点诧异："什么依据？"

大班拍拍手，把一位副手叫来，嘱咐了几句，陈芳庭听出他那浓重的地方口音，知道他是召集全体船员上甲板。

很快便听到了口令声。

大班对两人说："请跟我来。"

一片杂乱的脚步声，很快便又都归于了平静，只有海风在桅杆上吹着呼哨，一群海鸥在船边翻飞。

未到甲板，居然传来了一阵十分好听的乐器声，有几分庄重，有几分激情……陈芳庭问："你听到过么？这可是风笛。"

谭康泰说："是呀，上万里海路，没有乐器玩玩，就太沉闷了，悦耳动听得很。"

新大班很是得意地扬起了脸。

来到了甲板上，水手、船员们成两排站着，形成夹道欢迎的阵势。

风笛手跟在了大班与行商的后边，笛声更加悠扬，在海风中更让人兴奋。

显然，这是刻意安排的仪式。

来到了船头，三人转过身，面对着全体水手和船员。

大班从贴胸的口袋里掏出了一卷类似于文件的纸笺，他极为郑重地把文件展开，清了清喉咙，大声地讲话。

"现在，由我代替业已过世的阿诺特大班，宣布英吉利东印度公司对今天应邀前来我船的两位中国公司的商人，予以表彰与奖励。"

他把商行说成是公司了。

谭康泰与陈芳庭交换了一个眼色，有几分意外，几分无奈，几分莫名的兴奋与担忧，但在如此隆重的仪式上，两人都肃然了。

大班宣读了公司的信件。

信中，表彰了谭康泰、陈芳庭高贵、坚定的商业操守，夸他们是最有诚信的商界杰出人士，尤其是直率地揭露了巴纳里的卑下行径，显示出其正直与正义感，堪为国际贸易中出色的表率。而他为扭转这种商业运作中的不正常的局面，更蒙受了种种打击，遭到了不法官员的敲诈勒索，付出了沉重的代价，但也表现了一位正直、诚信商人的可贵的勇气。

在热烈的掌声后，大班又宣布：

"为了表示我们，英吉利东印度公司、全体大班以及所有的参与中国贸易的船员、水手们的敬意，我们特地制作了精美的茶碟，上面写有我们的表彰，奖励给谭康官与陈官。同时，还有几件美丽的衣服，以及高级的家具。用中国话来说，这仅仅是我们的一点点心意，务必收下。"

声音一落，风笛又响了。

风笛声中，一队水手，各自捧着制作精致的绒衣一件走向前来；另一队水手，更抬着一套英式的家具，踏着方步，跟在后头。

大班举起了闪闪发光的茶碟，向船上展示，而后郑重地赠给谭康泰。

谭康泰接过茶碟，含笑地表示：

"谢谢，谢谢。中国人有句话，叫'君子爱财，取之有道'。我们商人，

当然是要让钱生钱的，要赢取利润的。不过，就像生孩子一样，胎位一定要正，头一定要先出来，如果胎位不正，别的什么先出来，那不仅要伤及婴儿的生命，弄不好，连孕妇也岌岌可危。经商也一样，心要正，要讲商道，守规矩，不可以欺行霸市、独家垄断，否则，势必伤及整个海上贸易的大局。我想说的是，我所做的，只是一位普通人所应该做的，并没有什么特别，我所感谢的，是你们对我这么高的信任。两次谢谢。”

仪式在更为热烈的风笛声中结束。

就近三条船上的船员，都在向这条船挥手致意。

大班又领着谭康泰、陈芳庭回到了船长室。

大班说：“待船被批准靠岸后，我会请人把奖品送到你们商行的。”

陈芳庭连忙说：“这个不急，尤其是刚开始时更不要送，免得引起误会……”

“这又有什么关系？我们堂堂正正，不似巴纳里背后捣鬼。”大班说。

谭康泰明白，阿诺特甚至都没来得及把上个年度发生的事情向他交代，而要向他说明白却不那么容易，大班们或者说英国人的思维方式就是这样，他只好说：“如果要送，也得秘密一点，不可以让人知道。这边的事情比较复杂，阿诺特是有所了解的，当然，最好是等这个季度快结束了，再送，就不会有什么问题了。”

大班似乎明白了一点：“噢，生意做成了，就没有贿赂的嫌疑。”

也只好让他这样理解了。

这时，大班再说：“我们当务正业了，今年的生意，该同你们谈了。”

“好哇。”谭康泰回应道。

大班打开了抽屉，从里边取出了又一份信件，说：“除开阿诺特外，上一年度的大班们，也留下了一份专门的保荐信，他们已经回去了，是特意留下给我们今年来的东印度公司的接任者的。这不会是秘密，所以，特向你们公开，请看一看。”

谭康泰接过一看，上边落款的是上年度两位大班的名字。

本来，这两位是要与他们做成大宗生意的，可后来却不得已让出了一部分给陈寿官，多有不满，可是，两位竟然没有怪罪到他们头上，而且在信中，非常明确，十分诚恳地写道：

> 请允许我们向你们推荐谭康官与陈（芳）官，正如公司之前介绍给我们一样，我们确证他们对于我们尊贵的雇主交托的任务，是会用高度负责的态度（去履行）的。

读罢，谭康泰、陈芳庭都很感动。

如此直截了当，简明扼要，却字字句句都十分到位，这当是夷人行事的风格吧。要在中国，要写一封推荐信，绝对不会这么简单，势必铺垫半天，最后才切入主旨；有的，更拐弯抹角，末了，还不得要领。

陈芳庭也读了一遍，才交还给了这位新的首席大班。

新大班说："既然前任有了嘱托，我会不折不扣地执行的。我已经打了旗语，让另外两艘船的大班马上过来。"

"你们真有效率。"谭康泰夸赞道。

这一年度，仅英吉利几艘船运来的银元，就有近百万两，超过了去年的七十多万两，当然，这包括数量不大的，当折换为银两的一些西方来的如长绒布等货物，这不过一万两左右，还有上年留下的余额以及借贷所得的利息，这部分也就几万银两。显然，英吉利的胃口一年比一年大，早已超过了西班牙、荷兰，成了老大。法国作为老二，已被他们拉下了一大截。当然，行商都乐意与他们做生意。尤其是清除了巴纳里这号败类后。

只是"季孙之忧，不在萧墙之外"。

谭康泰、陈芳庭与大班们都谈得很融洽，也很到位。

该签的合约也都签了。

只要没什么意外，这应该又是一个丰收年。

外洋大班一个个都喜气洋洋。

但谭康泰、陈芳庭在兴奋之余，总有一点隐隐的不安。

果然，萧墙之内，祸不单行。

所谓百密必有一疏，天底下无有不透风的墙，谭康泰、陈芳庭与夷人通信还被受理的消息，没多久便传出去了，而且有了各种版本，这种"通夷"形同"卖国"，与后来的"里通外国"的罪名不分上下。尽管广州人在这些事情上还比较开通，不怎么在意，可到了官府那边就非同小可，尤其是被生意上的对手获知，就更是十恶不赦。

幸而在传言中，这件事被说得闪闪烁烁，语焉不详，谁也搞不清其中的关节在哪，而得到大班表彰一事，更无证据可凭，无法坐实，可见，那些奖品仍留在英船上，就成不了什么借口，这在谭康泰是预见到了的。

可这总归是事！

陈寿官自然是最关注的。

这一年度，十七家行商，有闽商、粤商、徽商，也有其他商行，彼此间，或深或浅都有关系，甚至是你中有我，我中有你，各有眼线。当然，大的机密不一定透得出，但蛛丝马迹却不难发现。

谭康泰、陈芳庭从澳门回来后，便同与他们关系密切的六个行商打了招呼，六位之外，包括骆官等，也透了些消息，让大家做好准备，说今年的生意会很旺，千万不要弄到供不应求，错失了机会。所以，大家都加大了采购的力度。

这哪有不惊动陈寿官的？

上年夷商已一度断绝了与他的交易，后来才逼不得已让出部分份额给他，显然还想把他排除在外。他深知夷商行事的风格，这巴纳里一撒手走了，把他撇下，一屁股的屎也只好由他来揩了。

不可坐以待毙。

陈寿官如坐针毡，尽管祖秉圭近日一再传话，不让他过去，可他实在是等不及了，只好一封信一封信搭人捎过去，说不去你那里可以，可你还是可以过来的，当有要事相商。陈家花园已虚席以待。

当然，还有粤菜大餐。

其实，祖秉圭比陈寿官更为焦虑，几度急火攻心，差点要吐血了。

显然，挨了几个月，一听到外洋大班的船只，已停在了澳门外洋面，他一下子便亢奋了起来，他深知，一切矛盾，都会在这个时候一下子激发起来，他已经深思熟虑的出手方案，此刻要不要实施，则是关键。

当断不断，反受其乱。

只是，他一直在观察鄂弥达的动静。

而他也深知，鄂弥达更在密切地注视着他的动静。毕竟，夷人告陈寿官的状子，还攥在鄂弥达的手上，这么久了，却始终不动声色，自有很深道行，不出手则已，一出手，只怕不那么好招架。尤其是最近，鄂弥达关于清理广州传教士及在当地发展信徒的奏折，深得圣上称许，升总督的可能性大大提升，而自己再上去，眼下却很渺茫。弄不好，又会走了杨文乾的路子。杨文乾是死了，没有再被追究，当有祖上荫庇，但自己呢？跑了很多关系，却还是没个过硬的老子！

不怕被贼偷，就怕贼惦记，祖秉圭一天到晚，也算是提心吊胆，偏偏这个时刻，陈寿官还来邀请他上陈家花园作客，这不是自我麻烦么？鄂弥达早就要抓这个证据了。这商人，竟然不知官场深浅，动辄就叫请客吃饭，也不管自己已被盯上。

其实，鄂弥达有没有盯住他，并没多少迹象，最多，无非是要了那一份上谕，人家说不定只是想领会一下圣上的治国的韬略，并无他意，只是他想入非非，生怕有什么暗示。说到底，则是有几分做贼心虚。这么多年，在海关这一肥缺上，他是实实地捞了一把，多少且不论，可要向上疏通关节，少一个子也是办不到的，他深知其中的利害关系。你鄂弥达就不能体谅这一点么？你就不一样要奔自己的前程么？当将心比心才是。

只是陈寿官一份接一份请帖，一次接一次说有要事相商，他又乱了方寸。

无疑，陈寿官也是个手眼通天的人物，虽说不是本地人，但在十三行中作为独一份，牢牢站稳这么多年，与他交恶的杨文乾也无可奈何，必是颇有能耐。这么些年，彼此均有所求，祖秉圭给他行了不少方便，去年甚至不惜动用海关的名义拘禁了谭康泰，应是为朋友两肋插刀了。当然，投桃报李，陈寿官以生意中有他的份额为由，所付的“利息”，不是一两万的事了。如果没有夷人告状，这一合伙生意还得做下去，而且获利会成倍上涨……凭此，这时陈寿官相请，不去还真说不过去，有点不够意思了。

听说陈家花园，称得上是当今岭南第一园林，已有不少文人墨客去造访，留下了若干诗文与墨宝，要在平日，光为附庸一下风雅，也早就该去了。

只是今日，却又有被陈寿官挟持的感觉，堂堂从二品大员，岂可让一位商人所左右?！是我在当海关监督，不是他陈寿官呀！

况且该如何出手的谋划，已成竹在胸，无非在等一个合适的时机。

时机？他打了一个冷战！

快了，快到了，只要外洋商船一拢岸，时机就成熟了。

到时，该做给陈寿官看看，看我这位从二品的大员的魄力、海关大人的杀气。

也让鄂弥达看看，到底谁最狠！

既然我有密奏的特权，我自然要把这权力用到尽处，岂可受制于人?！

脑子里横七竖八，不知道塞满了怎样的柴火麦秆，只觉得一阵阵发胀，想不分明了。

忽地看到博古架上，有几个去年上船丈量时，顺手在人家船长室抓到的鼻烟壶，当时只觉得很漂亮，很抓眼，抓过来就塞在口袋里了，日后也没想到有什么用处。

现在，不妨一试。

他拿过一个，拧开了口子，用鼻子深深地吸了一口，立时打了个喷嚏，整个脑子里的乱七八糟东西一下子全没了，有了一种异样的清醒。

他明白：该出手了！

第十五章 “三进宫”

平日，外洋的商船在澳门稍事停留后，进入了珠江口——这自是后来出了名的虎门，珠江入海口有八个口，被称之为“八门”，诸如洪奇门、虎跳门、鸡啼门、蕉门、崖门、磨刀门等等，只有虎门是最开阔的，且可以直达广州古城。

西洋船只前来，因为西方战事时断时续，英、法、荷、西等如同战国的连横合纵一样，互相你打我，我打你，分不清彼此，甚至到了南海，英国人还俘获过荷兰、西班牙的船，所以，船上是少不了枪炮的。就算没有战事，进入马六甲海峡，尤其是南中国海，海盗更是层出不穷，一不小心，一船金银财宝也就被劫了个无影无踪了。所以，虽说是商船，船上的炮位则是固定了的，断不可少。但带枪架炮进入中国，则是清廷大忌，所以，在虎门口上，海关就得清点炮位枪械，并一一上报。

按规矩，这些枪炮在上岸前，都得交海关妥善保存，待商船载满货物离岸时，再交还上去。只是炮位本是死的，又怎么交得了呢？于是，上有政策，下有对策。圣上一直认为已依律办理了，从康熙、雍正到乾隆都这么以为的，可实际上，只是装模作样清点了一下，根本不可能挪到岸上，顶多也只是做做样子，搬上几件可以挪动的上去罢了。这一件事，直到乾隆登基时还不明白。后来，则成了一起重大的外交交涉。

可见皇帝也一样好忽悠的。

清点枪炮，丈量船只，确定须缴纳的“船钞”，这才正式进港，大班也就租上艇仔进广州，上十三行了。这已是惯例，不过，也有的大班，早在澳门与行商接上了头，开谈了生意，因此，未等完成所有的验核程序，船没等开进黄埔港，大班也有的先行离船，租上艇仔，直接上了广州——由于水道很多，艇仔与大船不同，可以抄近道，所以，大班到广州的时间，有的比船靠黄埔港还早。这本来也没什么，多少年里，也都习以为常了。

这回，由于谭康泰、陈芳庭上澳门外洋，参与了“授奖”仪式，尤其是前一年的大班极力推荐，他们在船上已就几单大生意取得了一致，所以，大班也就来劲了，这一年，未等进港便径直租艇仔进广州了。

因为，谭康泰当介绍更多的行商与他们接洽，他们也想把这一年生意做得更漂亮，这都是情理之中的事。虽然他们当中好几位也来过广州，但是，却不可能有一位经历过去年那样一场风波的——因为商船一般是一年来，二年回，来回至少得两年，而一度留守的阿诺特偏偏又死在澳门外洋，对这件事也没作交代。

既来之，则安之，谭康泰也就介绍了几位行商与他们洽谈。

由于不知道上一年的风波，这些外洋大班们在十三行中的出出进进，也就没什么顾忌，夷人须批准方可进城，但十三行在西门外，本就是他们的驻地。

况且，十三行中，也有常驻的通市国家的人员。

这本来是什么问题也没有。

然而，祖秉圭却盯住了。

虽说未能去观赏陈寿官那号称岭南第一园林中据说是集中国园林大成，又颇有南方特色、旖旎多姿的美景，失去了一次领略广州大菜美味的机会，眼福、口福都错过了，但他并没有遗憾，因为，即将出手的打击，比任何美景、大餐都更具刺激！

他派出了几位得力的手下，专门盯住这几位外洋大班，看有什么行商同他们打交道。

手下很快便回来禀报。

一共有四五位，包括骆官在内。

那三位又是谁？

一个茂德行，一个丰进行，还有广义行。

骆官还是总商，不大好动，平时，为退出行商，他没少来打点，到底拉不下面子。

而另外三位，他觉得奇怪，只有一位是粤商，与谭康泰关系不错，另两位，一位是徽商，一位还是闽商呢。这谭康泰搞的什么鬼，不照顾他的弟兄们么？

莫非是生意太大，吃不下?!

这么一揣度，就更刺激他的胃口了。

哼，且看我的厉害！来个——先发制人！

骆官与那位闽商先不动，就动那两位粤商与徽商，这两位，虽说有一定实力，但比不上谭、陈二位，腰杆子不会那么硬，好对付！

祖秉圭一声令下：把这两位行商给我抓来！

手下只管抓人，才不问什么缘由。

没两个时辰，两位行商便被押到了。

两人面如土色，身上戴着木枷，战战兢兢，一见祖秉圭便跪下了。

“你们知罪么?”

“不，请大人明示。”

“给我打，到了这个分上，居然还说不知道自己犯了什么罪？装什么装?”

“大人息怒，大人息怒，小的认罪，认罪。”

两位阶下囚，屁股都已给打烂了。

“我问你们，这两天，同外洋大班搞了什么名堂?”祖大人一脸严肃。

“每年都是一样的，洽谈生意上的事情，在商言商。”两位小行商不知祖大人为何会这么发问，这不是明知故问么？

“谈得怎样？”

“总有个讨价还价，核验成色……许多过程，才能正式成交。”

“你们不觉得太性急了么？”

“今年同往一样，不急也不慢。”

祖大人一拍惊堂木：“难道你不知道，这几位外洋大班的船，并没有拿到允许入港的批文，他们进入广州，首先就是非法的，而你们竟与非法入境的夷人勾结，该当何罪？”

行商这才大呼冤枉：“这不独独今年如此，往年也是这样的。况且这些商船不会再到什么地方去，一定是要在广州做的生意，过去可从来没说什么不是……”

另一位也说：“今年，每一条船都几十万两银元，笃定是在广州用的，莫非广州不要，把他们挡在外边？”

祖大人声色俱厉：“事实俱在，你们还敢抵赖，办了入关手续就是合法，没办入关手续非法的，你们不至于愚钝到这种地步，连这前后界限都分不清？”他又一拍惊堂木，“给我用刑！”

行商吓得浑身筛糠：“我们有罪，我们参与了非法交易，我们认罪！”

“认了就好。”祖大人脸色还是那么铁青，接着问，“是谁让你们与非法入境的大班去洽谈生意的？”

两位行商互相看了一眼，其中一位说：“这个，不是由总行商统一吩咐的么？”

“哪个？”

“骆官，他是总行商呀。”

“你不老实，骆官这一年都在设法退出，连行商都不肯作了，他还管这么多？”

“他自己这次也参与了洽谈。”

“我的确是骆官吩咐去的。”

这位行商没有说假话，的确是骆官让他参与的，因为他与谭康泰交情不错，这回，谭康泰为了避嫌，没有叫他。而骆官则不想在生意上卷入太大，不利于及早抽身，见他没去，所以才拉上了他。

偏偏祖秉圭认为他与谭康泰同是粤商，可以诈出什么来，没想到却失算了。其实，骆官同样也是广东人，只是老家在粤东北，方言不同罢了。

这边审不出名堂，转而审另一个，没想到却来了个歪打正着：“你说，是谁指使你同非法入境的外洋大班接触的？”

这一位倒也是“从实招来”：“我是谭康官的管家陈芳庭通知去的。”

“这谭康官，哼，我早已免了他的总行商职务，他有什么权力通知你去？你又凭什么听信他的？这里边必定有鬼！”

“只是做生意，并无他事。”

“他不是总商，你早就知道了吧？”

“是的。”

“那你还听他的，又是什么关系？”

“……”

“你们之间，加上外洋大班，有什么不可告人的秘密？”

“……”

“不是总商的指令，反而还跑得这么紧密，这里面到底有什么鬼？”

“……”

这一声一声的叱责，已教这小行商冷汗淋漓，魂飞魄丧，又是非法入境，又是非法交易，再加上一个非法团伙，层层加码，谁都明白，当有多大的罪名落到了头上。

祖秉圭最终达到了自己的目的，让这位行商在供词上画了押。而另一位，虽说没涉及谭康泰，但有前两条为佐证，也够了，照旧画上了押。

书办拟供状，自然是有一套的，所有罪名都要一一坐实，这自然还要加一个前提，海关早就三令五申，未获批准进港的夷船大班，是不允许私自进广州的，谭康泰明知这一政令，有意违反，且在免掉总商之后，更胆大妄为，私自放外洋大班入广州，进行非法交易，分明另有所图，狼子野心，昭然若揭。

取得了如此重大的证据，祖秉圭的“雷霆出击”便可以实施了。

首先，是来一篇“密奏”，抢在鄂弥达之前，把谭康泰一伙几项“非法”一一列举，反正，圣上并不知道外洋大班平日入城的习惯，这一奏必准。不过，这自然得下点功夫，字斟句酌，切切不可出现什么漏洞，圣上最喜欢抓住什么前后矛盾的地方做文章，所以得小心点，把文章做足。

同时，凭此证据，迅速派出差役，把谭康泰，还有那位形同军师的陈芳庭捉拿归案，而且立即封行抄家，查找更多更有力的证据，务必一击直中要害，教他永世不得翻身，不留任何后患。斩草除根，永绝其死灰复燃之可能！切切不可手软！

出水才看两脚泥，看谁狠?!

祖秉圭压下了心悸，终于下令了：

“给我去抓人！”

还在两行商突然“失踪”之际，已经有人赶紧告知谭康泰。

他立即意识到，事情不再那么简单了。

毕竟，这是积了好几年的矛盾、冲突、明争暗斗而导致的一次总爆发，而在林呐号上“领奖”时产生的隐隐不安，这时终于显现出来了。去年发生的事件，不会简单地重演，只会更变本加厉。祖秉圭上年已做得那么露骨，今年只怕不会再收敛了。

陈芳庭也闻讯赶来。

“这一回，不应该束手就擒。”陈芳庭神色严峻，“这样，我们太被动了，成了人家砧板上的肉，任人宰割。”

“看来，对这位贪官，我们已经不可以太迁就了，应该认真对付了。”谭康泰叹了一口气，“本来，我以为他们在官场上钩心斗角，自会有人收拾他的，用不着我们操心。可他这次实在是要把事情做绝，不放过我们，我们也别无选择。”

“怎么办?”

两人还没商量出对策来，骆官已神色惶然地赶了过来，一见谭康泰，便说：

“你赶快走吧，到乡下避上一段时间，祖秉圭这会真真切切要拿你开刀了!”

“身正不怕影子歪，我就不信他能把我怎么样?”谭康泰说。

“唉，你也真是，平日老说，祖上有话，做人不做官，做官不是人。那祖大人是不是人不说，至少，他没把你当人，只会往死里整。你不可以三进宫了。”陈芳庭急了。

“这次，只怕是竖着进去，横着出来，没上两回那么侥幸了。”骆官也说，“快走吧，再不走，就来不及了。”再掉头对陈芳庭说：“这回，你也牵连进去了，你也得走，不能待在广州，就听我一回。”

事到临头，谭康泰反而冷静下来了：“芳庭你走，我留下，祖秉圭一直不是很摸我的底，对我，多少有点投鼠忌器，不敢下手太狠。你不同，你在本地没有根基，只会被他猫玩老鼠一样玩残。况且，你掌握的情况最多，他们也最怕你。我留下，至少可抵挡一下，你还是快走，找个地方，把情况写下来，免得他们来个杀人灭口。”

“你以为他们不会一样对付你么?”陈芳庭连连摇头，“我顶在这，你好去搜集祖秉圭贪墨的证据，像什么饥民赈灾款之类，明的、暗的，我都给你讲过。”

在两人互不相让之际，骆官终于说话了：“别争了，都听我的，行不行?”

“好，由你定夺，我们都听你的。”两人同时表示。

骆官说：“陈芳庭，你年轻，平日东奔西走，联系的地方也多，我想，这次不可以再让祖秉圭胡作非为了。你平时留了心眼，祖秉圭在海关贪墨的事，也当心中有数。这样吧，我在惠州有个亲戚，为人正直，最看不起那些贪官污吏，虽说他官职比祖秉圭小，但也是一知府，收留下你当没问题，而且还会给你一些帮助，天无绝人之路……”

“那泰叔呢？”

“依上两次看，这回祖秉圭一手会更狠，但也证明他心更虚，所以这次，他会对你怎样，我也心中没底。但刚才泰叔说了，也可能他还心存顾忌，不敢一下子置人于死地，毕竟泰叔在地方上也算是一名绅，德高望重，平日捐输也多，百姓中有口碑，他要下手，除非不顾一切……不妨留下来抵挡一下。”

谭康泰立即表示：“骆官说的有道理。芳庭，你赶紧走吧，我还指望你呢……”

陈芳庭含泪道：“你放心，我一定尽快抓到祖秉圭贪墨的证据，不让他再胆大妄为……你还是先躲一躲，不要往刀口上撞。”

于是，骆官带着陈芳庭先离开了。

骆官此番在危急关头相助，令谭康泰很是感动，本以为这是个本本分分、胆子不大的人，可在此刻，却显示出其铁肩担道义的本色，无视如此之大的风险……患难之中见真情，骆官到底是一个讲义气、够朋友的铮铮汉子。

谭康泰立时让家人领着夫人及孩子们离开，说是让他们回老家准备参加谭氏大宗祠重修的典礼，并且告诉他们，自己随后就到，过不了两天。

这时，他最放心不下的是又一窑广彩瓷的烧制。自从彩色的纹章瓷烧制成功后，彤平、紫屏及窑场，就一鼓作气，要烧制出最能出彩也最有创意的广彩瓷来，以在瓷业界中占一席地位，当然，这也是紫屏、彤平最大的心愿。

虽然上一回就是在通往窑场的路上，被祖秉圭派出的差役来个突然袭击，中途拦截而抓走的，此刻，也不知这一路上是否设有新的埋伏，只是顾不得了。

他派了人在前探路，并且绕了道，几经迂回，还是来到了窑场。

紫屏喜出望外，告诉他，过几天，广彩瓷就可以出窑了。彤平说，直至今天，火色一直不错，应是成功在望。

谭康泰感慨万分，说：“可惜，这一回不似上回，能先睹为快了。”

“你要出去么？”

“可能要出趟远门。”谭康泰冷静地说，“我走了之后，不管发生什么事情，你们都不要惊慌失措，一定要保证广彩瓷的成功，往后的日子还长着呢。”

紫屏有点奇怪："你怎么会这样说?"

"不过是怕万一，并没什么事。"

"没事的，一切都会好的。"

"承你吉言，一切都会好……"

然而，话音未落，彤平跑了进来，一见谭康泰，便说："快跟我走，果然你在这里，有差役上窑场搜查来了。"

紫屏大惊失色："又要抓你么?"

谭康泰说："别怕，我这就走。"

彤平牵上谭康泰的手，闪进了一旁的作坊，抓住了一套彩绘师傅的衣服，让他赶紧穿上，顺便也抹了一把颜色在他脸上，再上下看看，才说："这下行了，我可以领你大摇大摆往外走了。"

说是大摇大摆，可彤平还是多了个心眼，叫上了几位彩绘师傅做伴，而且尽量绕过了传来喧闹声的地方。

可走出窑场之际，仍有几位差役在把守："不行，一时三刻，任何人不得外出，等里边搜查完才行。"

只好回头。

彤平想了想，说："就到窑上去，当然里边有点热，人待久了会受不了，可那些差役未必愿意进去。"

也只能这样了。

于是，彤平又叫上几个烧窑师傅，一同到熄火不久，正准备把烧制成的瓷具取出来的窑中。大家都捂上了湿毛巾，把头包住，一同忙碌着。

差役过来搜查，探进身子张望了一会，就受不了啦，忙说："没人!"

他们心想，像谭康泰这样的名绅、富商，细皮嫩肉的，如何受得起这般炙热，肯定不会在里边。

折腾了一个时辰，差役才算撤走。

不过，最后，谭康泰也没从前门出去，而是翻墙到了江边。

在那里，他听到一位艄公说："今天十三行好热闹，一下子封了四五家商行，连最有名的盈顺行都封了，还派了士卒在那里看守，不知道出了什么大事!"

谭康泰明白，这回，祖秉圭已不再是与你讨价还价了，而是要一剑封喉，置你于死地而后快，好狠呀！竟然把几家粤商的商行也一并封了，株连无辜……只是，外洋大班这几天就要进黄埔港了，他们上岸，却找不到人了。

船上，彤平问及谭康泰是怎么一回事。

谭康泰把大致情况追述了一遍。

彤平听罢，两眼冒出了火星："这帮贪官奸商，同流合污，坏事干绝，多行不义必自毙，我就不信老天没眼，他们一定要遭到报应的，走着看吧。"

显然，他已经有了什么想法。

谭康泰听出了什么来，有点担忧："彤平，恶有恶报，不是不报，时候未到，时候一到，一切全报。你切切不可冲动，铤而走险，白白做出牺牲，明白吗？"

"明白，我会有分寸的。"彤平说。谭康泰还是不放心，一再叮嘱："做什么事，要问过紫屏，女孩子心细，会想得周到一些。我对不起你们，这次，又误了你们的婚期。"

不觉间，小船已到了沉香浦。

彤平在谭康泰劝说下，确定了这路上不再有什么危险，这才找地方上了岸，往回走。

小船进入了河涌之中，在一片茂密的林木间穿行。

天色已暝，百鸟归巢了。

这边，祖秉圭接到了手下的报告。

——与谭康泰有关的五家商行已经全部查封了，并派了兵把守。

——谭康泰、陈芳庭在我们出动前一个半时辰左右，便得到了消息，畏罪潜逃，现在已发出通缉令，广州、番禺、南海、顺德，都已派人封住了每个路口。

跑了？！

这让祖秉圭多少有些失落，本来，他早在脑子里设想了审讯谭、陈二人的场面，这回绝对不会客气，木枷、脚镣，断然是少不了的，好好杀杀他们的威风。

只是他们怎么跑了？跑到哪去？还敢上京城告御状么？

不能排除这一可能，这谭康泰一度是十三行的巨商之一，这两年也未能伤得了他多少元气，在当地有不少关系，据说与前几任的总督、巡抚也有结交，不可掉以轻心，真要告御状，还必能找到什么关系。

看来，给皇上的密奏不可再耽误了，别在斟酌字句上耗时间。

这是雍正十年农历的六月初六。

祖秉圭奏折上落的就是这个日子。

祖秉圭在奏折上称，为了规范外洋船入港的方式，在这个贸易年度，他便拟定了专门的条文，目的是防范奸商与夷人相勾结，特地规定，在洋船未曾办理好入黄埔港的正式手续及报关之前，船上的大班不可私自进入广州找行商。然而，由于巡抚鄂弥达的纵容，有的行商竟然不顾这些条文，仍旧私自带大班进入广州，企图控制这一年度的贸易。对这些不法行商，海关业已采取了果断措施，予以缉拿并查封其商行，以确保这个季度对外贸易的正常进行。

你鄂弥达可以以清理传教士邀功领赏，我岂不可以制裁不法行商与外洋大班投圣上所好？

不过，他在奏折中只点了来自福建的陈芳官的名字，显然，为的是把水搅浑，免得说他袒护闽商。

六百里加急。

谅你鄂弥达再有密奏，我已抢先一步，一旦有了朱批，再翻盘也难。

第十六章　人有病，天知否

陈寿官左等不到，右等不到祖秉圭的回音，心中已是不快。在我面前，你还端的什么官架子，莫非还没被喂饱么？这么几年，你不比历任海关监督都风光得多么？当初你到任，那副寒酸样子，能与今天相比么？你在京城的一路打点，没了我，成得了么？当然，避避嫌，这可以理解，可这已是什么时候了？

可惜了陈家花园花团锦簇，万木葱茏，曲桥柳影，清清涟漪，几行白鹭，或近或远，尤其小姐楼于万绿丛中一点红，当有万种风情，尚不能取悦于这位祖大人么？

……

正是焦虑之中，一声炸雷响了！

家人来报，称祖大人已获得谭康泰一伙与夷人勾结的证据，采取了前所未有的铁腕手段，不仅一举查封了资产巨万的盈顺行，还把与之有关系的一个个小行商收拾了。他们抓的抓，逃的逃，十三行不再有他们的立足之地，这已成了铁的定局，除非咸鱼翻身，借尸还魂，否则，十三行将是，而且永远是陈家的天下了！

黄埔那边来报，外洋船已经靠岸了，祖大人亲自上船主持丈量，飨以牛酒，可谓风光八面。但外洋大班一下子找不到谭康泰、陈芳庭，已惶惶不可终日，新来的大班，正试探与陈家这边接触，只是，这边当还得端端架子，抬抬身价，到时，再狠狠敲上一笔。听说，本年度还有新的国家的商船到来。

最让陈寿官快意的是，那位诸多挑剔、自诩铁面无私的阿诺特，居然在离澳门外几十里的洋面上一命呜呼了。本来，就是阿诺特把巴纳里给整走的。真是天报应，这一年度，再没这个阿诺特搅风搅雨，新来的首席大班两眼一抹黑，还不被牵着鼻子团团转？

谭康泰说是跑了，官府已派捕快上他老家顺德去搜查了，陈芳庭则不知去向，可天网恢恢，疏而不漏，跑得了初一，走不了十五，这下子，这帮粤商，也算是彻底垮了，少了一个最大的竞争对手，日后，陈家当在十三行中一言九鼎！

不过，陈寿官却难免有点兔死狐悲，毕竟与谭康泰也是十几年的生意伙伴了，没了个敌手，反而有点空落落的，少了一点劲头。这祖大人是否有点太狠了点，把官场一套用到了商场上面？官场上，不是我上你下，就是你死我活，整谁就得把谁整到底，不能留后患，否则，一招不足致命，反被咬一口，那就惨了。这样的先例实在是太多了。而商场上，无非是赚多赚少或盈或亏，最多破产走人，还不会置你于死地，除非债台高筑，一死了之，但这只能是自行了断，怪时运不好……对谭康泰，采取查封、抄家的方式，在商业竞争上似乎不大地道，形同掳掠了，这名声落下来，反而对自己不利！

但事已如此，但愿祖大人不仅手狠，而且处理得利落干净，少留话把为好。

总之，祖大人这次干得还是够漂亮的，迅雷不及掩耳，而且不是首鼠两端，比去年只关个谭康泰几天那种讨价还价的方式，自是一大变化，够气魄，够凶狠。

事前，祖大人不过来，当是为他陈寿官撇清关系，省却了外边许多口舌。

这一条，倒是不该有什么可抱怨的了。

……

往下，就等外洋大班上门叩头吧！

这一年，不挣个盆满钵满，就枉负了祖大人这番心机。

来的家人得意称："除非咸鱼翻身，借尸还魂，否则，十三行将是，而且永远是陈家的天下了！"

另一位则说："祖大人说要来感谢你。"

正在端茶过来的三姨太，一下子怔住了。

陈寿官回头见着了三姨太，说："不用你张罗了。"

三姨太说："祖大人真要来，只怕我已经不在了。"

陈寿官没领悟："我知道，你见不得官。"

三姨太说："是不愿见官。"

陈寿官说："是呀，西关小姐什么世面没见过，一个海关监督算得了什么。"

三姨太说："你就讲对了这一句话。"

陈寿官放低身段："回家吧，你不是早答应我回家么？"

三姨太说："我只是说考虑考虑。"

陈寿官说："考虑好了吗？"

三姨太说："考虑好了。"

陈寿官说："考虑的结果是……"

三姨太说："你很快会知道的——等勒石的事办完。"

陈寿官只好说："那我等着。"

这边，骆官已在催陈芳庭立马就走。

陈芳庭还不着急："你不是说等两天，亲自领我上惠州么？"

骆官说等不得了，我这就陪你走，我已经在江边备好船。

入夜，珠江，水面上一叶小舟在划动。

骆官告诉陈芳庭："你现在比谭康官更危险。"他自有消息来源，讲了陈芳庭被点名一事。

陈摇摇头："不过是说让原籍收管，还能对我怎样？"

骆官恨恨地说："祖大人心黑手狠，真抓到，没等送回福建，只怕就把你做掉了。"

陈芳庭认为："按御批，得保我不死才对。"

骆官说："你也太天真了。"

船已经靠上了惠州古城码头。

骆官、陈芳庭上了岸。

陈芳庭借渔火，四周看看，说："久闻惠州古城，盛名在外，今日终于有缘一见。"

骆官叹气："你还有这份闲情逸致？"

"人嘛，临事而危，又随遇而安。我得在这里好好观赏。"

"会把你安排好的，只是，还是少点抛头露面为宜。"

骆官在清晨时，把陈芳庭带到知府家中。

知府很痛快，当即表示："你的事就是我的事，好说，好说。"

骆官介绍陈芳庭："这是我的好友，生死之交了。"

"想必也是个侠义之士。"

"你可说准了，这些年，他帮了我不少忙，如今，他有难，我当出手相助。"

"喝上杯茶，不急，不急。"

各自入座。

好一番长谈。

骆官说：“就这样，他得在你这里多住些日子，避避风头，事情总归会有转机的。”

知府道：“我明白，否极泰来，你放心好了。”

骆官站了起来：“我得马上走了，这些年，行商都不得安宁，如果发现我也不在，势必惹上怀疑。”

陈芳庭没想到，才住下不到三天，知府匆匆过来，显得有点神色紧张。“芳庭，你得暂避一下，不能住在这了。”芳庭抽了口冷气：“他们找到这里了?”

知府说：“还不至于。今天在衙门里，也来了位老乡，是粤海关的书吏。”

“是吗？他知道我么?”

“我一提到你的名字，他就很紧张，问我为什么知道你。我只说，上边有文牒，说要解你回福建，他这才没疑心。”

“他不是有意来刺探的吧?”

“我也拿不准。不过，他说，他已经离开了海关，想到我这里谋个差使，况且我与他相交甚厚，不会有事，只是得让你委屈一下，安排你住别处，从长计议。我在乡下有个地方。”

“太让你费心了。”

“请随我来。”

芳庭匆匆收拾行李。

陈寿官可是踌躇满志几天，各种报告接踵而来，更得意了。

不过，也有小小不快。

大概是三四天后，家人说是从广州城里大街揭来几张帖子，不知有什么玄机，说要请他过目。

这有什么了不得的，看看呗。

家人将帖子递上来了。

他先是夸上一句：“何人所写，字迹颇为娟秀……”可马上就打住了。

原来帖子上写的是：

海关大人祖秉圭，
赈灾捐输频频催。
城外岂见粥棚在，
五万巨款未见回。

赈灾的事，与这回查封盈顺行的事，自然搭不上界，让人家说去吧，何况自己也掏了个一万二。只是祖大人这事做得不甚高明，哪怕支几个锅，养几个北方饥民或乞丐，不就没什么飞短流长了么？

陈寿官没把这当一回事，而且与自己也没什么关系，揉成一团，往地下一扔，就不再去计较了。

可到了吃晚饭时分，他又觉得有点不对头了，这帖子明是冲祖大人去的，这赈灾款，自己也有份，万一钦差来查，自己该怎么应对？说也捐了一万二么？祖大人要出事，自己恐怕也不会有什么好事，至少是少了一个靠得住的后台……

而且，这帖子后边又是什么人？

他又下令，让家人把那帖子找回来。只是家中已打扫过了，上午扔的那个纸团怎么也找不到了。

过了一天，家人说是在海关旁找到帖子，赶紧送了过来。

陈寿官拿过一看，字迹还是那么娟秀，这回，还有似曾相识的感觉，不过，他也没多大在意，因帖子上写：

> 五万赈灾款，
> 袋袋落平安。
> 卅万海关税，
> 监督成太岁。

这个帖子，已不仅仅讲赈灾款了，唯有上一年，即雍正九年，粤海关税收首次突破了三十万，达到三十七万四，这是一般人所不知道的。上报税收三十七万，而祖大人黑了多少，另又从别的方式获得了多少，在陈寿官而言，多少是有点数的。这一扯到海关税收上，事情就不一般了，因为户部对此是十分关注的，写这帖子的人，多少是知道一点内情的。不知祖秉圭知不知道外边有这样的帖子，会不会追查这些帖子的由来？

一想到这，他才对字迹真正留了心，似曾相识，不错，可这是从什么地方看到的呢？

却一下子想不出来。

他打发家人把帖子转送去祖秉圭。

谁知，家人却挨了一顿臭骂回来，说祖大人早知道了，这无非是市街无赖所为，不可为其张目，更不必紧张。

祖秉圭是这个态度，或许是吃了什么定心丸吧，毕竟人家是包衣奴才，总是有靠山的，不必为他操空心，罢了罢了。

可到了第五天，他又有点坐不住了。

因为家人回来说，城里的帖子平息了几天，又多了起来，而且内容也更尖锐了，连他也可能成了被影射的对象，且讲的是近年发生的事情，不可不睬。

本不想再惹心烦的，因为外洋大班，已经规服规法，大都找与陈家相关的商行洽谈生意了，去年积压的茶叶、丝绸，估计这一年完全可以推出去，大发一笔洋财。自然，外洋大班是不知道这些帖子，知道了，也弄不懂，不会干扰到今年的外贸，大可放心。但家人说得邪火，说这些帖子，已引发了商家的义愤，街头巷尾、食肆酒楼都七嘴八舌，议论纷纷，群情沸腾，只怕官府也不好应对，防民之口，甚于防川。

这才让陈寿官上了心。

尤其是这样的帖子：

官渔商利控行情，
监督欺昧养奸佞。
一十七家洋商行，
几家垄断几家荒？

这分明已点到了陈寿官的头上。

这字？这字是何人之字？

兀地，脑子里电光一闪，马上叫家人：

“去把厅中的梨花彩瓶给我抱来。”

家人有点纳闷：“你怎么想到这个？”

“去，快去，我自有道理。”

家人不敢怠慢，赶紧小心翼翼地把有大半个人高的彩瓶抱了过来。

陈寿官围着彩瓶转了一圈又一圈，而后，在题款前蹲了下来。

这上边题的是一副诗联：

粉黛三千夸独立，
碧栏十二影同孤。

后边写的是“录先祖谭湘诗。”

家人在旁提醒道：“这当是前年的事了，你到谭康官的商行，无意中看到了这个彩瓶，说它有如美人，亭亭玉立，执意索要，谭康官也就忍痛割爱，赠

予你了。”

“没错，这是谭家烧制的彩瓷。这个谭湘，是前朝末的诗人，那时，只有窑场，并无商行，谭湘出入于市廛之中，却能脱俗，有诗流传于世上，谭康泰颇以此为荣。”

“主家何以翻起了这段古？”

“这是题外的话了。你来看看，这上面的字迹，同帖子上的字，是否同出于一人之手？看仔细点?!”

家人接过帖子，反复对照，终于说：

“虽然找不到同一个字，可从笔画、构架、风格来看，应该是一个人写的。”

“这么娟秀，当出于女人之手。”陈寿官脱口而出。

“是呀，你说过，谭康泰有一位天姿国色的彩绘女，不仅一手好画，而且一手好字，十分了得。”

“可惜，她本该是我的八姨太，谭康泰愣说她已名花有主了。可上回见到她，却又说还没吃喜糖……现在，我老九都有了。”

家人自是阿谀奉迎的老手：“既然她还没嫁出去，那还有机会成为你的老十，十全十美，这意头太妙了!”

“十全十美?! 你说得太好了!”陈寿官开怀大笑，“对，当我的老十，来凑个十全十美，这美人命中注定是我的!”

家人问：“怎么又命中注定了呢?”

“你看，这些帖子，都出她的手笔。”陈寿官得意了，引而不发。

“这么说，背后正是潜逃的谭康泰在暗中策划，通过她，官府就可以把谭康泰捉拿归案，对不对?”

“你还有点小聪明。”

“这谭康泰一抓，树倒猢狲散，这位美人不就顺理成章当你的老十了么?”家人谄媚道。

“这你又不聪明了。”

家人忙垂下了头：“愿主家明示。”

“把谭康泰一抓，我再娶她，岂不等于乘人之危了么？我不想留下这样的恶名，做人嘛，还是要与人为善的好。”

“那该怎么办?”

陈寿官高深莫测地说：“我会叫她自愿献身于我。”

“主家一定有高招！佩服！佩服!”家人一副五体投地的样子。

“且看我的手段!”陈寿官已志在必得了，“拥美人在怀，当得上家财万贯。前边九位，无非是花瓶而已，没几分灵气，最强的，也只能是小家碧玉。独有这位老十，才称得上大家闺秀，又能诗文，又能字画，谈吐不俗，楚楚动人，岂可为一位窑黑子所埋汰，哼，非我莫属！非我莫属！”

如此一一吩咐。

陈芳庭隐居到了郊外的一处农舍。

他正执笔，一一记录什么。

知府领了一人走了进说：“芳庭，我给你介绍个朋友。”

陈芳庭站了起来。

来人向他拱手：“鄙人姓吴，原粤海关一书吏。”

陈芳庭吃了一惊：“你是——”

知府大笑：“不是冤家不聚头。”

“这是——”

“你们呀，合当有缘分。一个是逃避海关抓捕而来，一个却是从海关脱逃而来，巧不巧？”

陈芳庭仍不明白：“都与海关脱不了干系？”

姓吴的书吏说：“你的事，我太知道了，是祖秉圭成心陷害的。”

陈芳庭这才松了一口气：“你这么认为？”

“一五一十，都了如指掌。”知府说，“他是我老乡，自小饱读诗书，文天祥的‘天地有正气，杂然赋流形’倒背如流。所以，对海关的贪墨看不惯眼，对祖大人的敲诈勒索更加愤恨不已。无法与他同流合污，愤然出走。”

陈芳庭立时省悟：“这么说，你了解海关的贪墨？”

“这两年，我都悄悄记下了几本账，我想你一定有兴趣。”

“太好了，天助我也。”

“其实，祖大人做了那么多的坏事，内心虚得很。偏偏他又嫉妒巡抚鄂弥达没他资历深，虽然同样是从二品，可实际上他还是不如人，所以又每每风闻奏事，告鄂弥达黑状，可告了几次，皇上都没反应，他急了，这回，又狠狠再告一次，说鄂弥达袒护你，虽说皇上信了，要解送你回原籍，却还是一字不提鄂弥达，这不更让他心虚么？”

“原来这样。”

“我正想找个人，把我带来的账本好好清理一下，把祖大人贪墨的证据，一款一款列出来。”

“我也是干这行的。”

“是了，海关外的帖子，是你们贴的吧？”

陈芳庭点了头："是呀。不过，不是全部，后来，就不知道有什么在继续贴了。"

书吏更高兴："我也凑兴贴了几张。"

陈芳庭问："我在商行里，一开始就是管账的，你的账本可以给我理一理么?"

"我正是要找你。刚才听知府一说，就觉得，此乃天意，是上苍让我们不约而同走到这里。"

知府很高兴："我看这是天意加民心，海关太黑，终究瞒不过了。"

陈芳庭兴奋了："这下子，谭康泰有救了，我们也有救了。"

知府吩咐："这两天，你们就在这里忙，把证据理好，我会立马呈上去的。扳倒贪官，责无旁贷!"

"我也有一本账，正好与吴生一对，各自不明白的，很可能就会明白过来。行商的捐输、缴送、征收，与海关的进账，两相比对，问题就更容易暴露出来……"

账一对，大量贪墨的罪行一目了然，陈芳庭兴奋万分，急着要上广州，怎么也劝不住。

书吏把他送到了码头。

书吏叹了口气："知府一再叮嘱，让我劝你，风头上，还是不要上广州去，那伙人心狠手辣，真要被他们发现，只怕……"

陈芳庭不以为然："我广州熟，躲得过的，放心。"

"你不是已托人送出了几份给谭康官么？他一定会设法呈上去的。"

"这正是我担心的，他现在的处境比我更危险，未必把状子交得上去，我还是得亲自走一趟。"

"我劝不过你，只是，你千万小心。"

"放心，凡人都说我有福相，定能逢凶化吉。"

陈芳庭伫立船头，小舟飞流而下。

一副沉毅的面容。

其实，满城的帖子，都是彤平所贴的。

主意也是他出的。

那一夜，送别了谭康泰，他便起了心。原先，他只知道官府黑，因为有过一次狱中的经历，现在，他更知道官商勾结，愈是黑上加黑，令他的恩人也被置之于死地。

他只能以这种方式报答恩人!

他不相信，这天下没有公理!

他没有什么关系，更是赴诉无门，那么，只好诉诸百姓，让天下百姓来评个公道，说不定，某位廉明的官员也能看到，举报上去——虽然他对此并不抱太大的奢望。

可他没有想到，这竟会给他心爱的人惹来无妄之灾。

确实，做这件事，人愈少，就愈能保密，也就愈安全。不过，他却不可以瞒住紫屏，两个人本就是一个人，自己不可以瞒自己，况且紫屏写帖子，是比自己高明。

所以，他就找紫屏商量。

能为两人的大恩人做一件好事，自然是求之不得。紫屏果然更有主意，说这样的帖子，最好写成既顺口又押韵的文句，而且还通俗易懂，这样，更便于流传开去，使更多人知道。同时，又要击中要害，入木三分，让那些丑类完全暴露在照妖镜下，无处逃遁。

就这样，两人反复推敲、反复斟酌，最后写成了七八个帖子，都是老百姓喜闻乐见的顺口溜，却又颇具一针见血的力度，从而能迅速流传开来。

一连几个昼夜，他们在一个偏僻的地方，把帖子抄写出了几百份。

一到晚上，彤平便出发了，过了珠江，进了广州城，在夜深人静之际，趁巡夜人之不备，把帖子贴了出去。

总督府、抚院、海关、县衙门……当然，也包括十三行，一夜之间，便出现了一张张帖子。第二天一早，势必引起很多的人围观，一个个都抢着背诵：

官商狼狈成奸，
欺行霸市张狂，
抬价回扣垄断，
十三行还能余几行。

一时，可谓民怨沸腾。

自然，这些帖子，也有被士兵揭下，送到了巡院、总督府等地方。只是，这类帖子，过去也不少，且内容不同，良莠不一，能否引起关注，就难说了。

彤平人还是机敏，好几夜差点被人察觉，他都机智地闪避过去了。

然而，紫屏却没有避得过去。

本来，有什么人会关注这帖子上的字迹呢？官府历来没把这当什么了不起的事情，更不会当案子来破。贴上几天，不也就过去了么，天下无事！

偏偏让陈寿官留意了。

一日，紫屏在用心细描一幅画有十三行各夷馆的彩绘，却有人找来，说要

与她商量一件好事。

“什么好事？”

“当然是好事，不过，得找个地方好好说，这作坊里不合适。”

“你是什么人？”

“待会我会告诉你的。”

“我忙着呢。”

“这事关谭康泰，就是你义父的生死，你还忙么？”

这么一说，不由紫屏不站起来：“那好，我随你去。”

那人把紫屏领出了作坊，到了郊外一个简单的茶室里。

“说吧，是怎么回事？”紫屏有点紧张了。

那人拿出了几张帖子，问道：“这些帖子上的字，都是你写的吧？”

紫屏点了点头。

“这上面的事，你应该是不知道的，假如谭康官不告诉你的话。”

紫屏不作声，不说是也不说不是。

“官府正在通缉他，完全可以凭借这一字迹，把你抓去追查，问你一个窝藏罪犯的罪名，你明白吗？”那人眼睛直眨。

“不至于吧，帖子上的事，泰叔很早以前就给我们讲过，也不是现在才知道，要追查，我就如实说就是了。”紫屏反而冷静下来了，她分明已感到来者不善。

“那么，又有谁教唆你写这些帖子的呢？”来人斜眼道，“刚才你说‘我们’，那是指什么人？谁是教唆者？”

“我们，当然是指泰叔所有的伙计、工匠、店员，这还不很清楚么？”

“你不要推诿，这些事，只有几个心腹才知道，陈芳庭是一个，他也跑了，你是一个，已经涉案在身，要跑就难了。”

紫屏却硬气了起来：“你是要带我走吗？”

“不是。我只不过是好心来劝劝你，给你指一条出路。”

“是吗？”

“你不会敬酒不吃吃罚酒吧？”那人深深地看了紫屏一眼。

紫屏坦然道：“我不知道是什么酒。”

“直说了吧，你现在很危险，当然，我们也知道，谭康泰对你有救命之恩，你自然一直想报答他，现在，机会正好来了。当然，把你抓起你，你也不会招出谭康泰躲藏在什么地方，但这种报答又有什么用呢？无非把自己也赔了进去。所以，有人要救你一难，同时，也免得有人逼你招出谭康泰，两全其美，不知你愿不愿意？”来人谄笑道。

“那我得看是什么人。”

“这个人，与官府关系很硬，而且资产巨万，他打个哈欠，十三行也得震上一震，谭康泰一时无法与他相比。”

“这我倒没听说。”紫屏已听出端倪来了。

“你只知道彩绘，当然不知道这么多。他一直很看重你，说你才貌双全，大家闺秀，百里挑一。假如你愿望为谭康泰做出牺牲，不让人逼你招出谭康泰的话，不妨投到他的门下，他自然会保护你的。”

“他凭什么保护我？”紫屏摇摇头。

来人以为紫屏入彀了，说：“那当然得给他一个名分。”

“什么名分？”

“当他的姨太太，靠他过一辈子，绮罗绸缎，山珍海味，一辈子享用不完。”

“承他看得起，可我已婚约有先。”

“婚约？那不过是一句话，只要未成大礼，都是可以改变的，给那穷小子一笔钱，就一了百了。”

“我那位从不看重钱。”

“可你得看重谭康泰的安危，你可以这么对他说，为了保恩人我才做出牺牲，嫁给了他人，他能不原谅你么？”

“恐怕不是这么简单吧。”紫屏站了起来，“我也知道你的主人是谁。”

“知道了更好，打开天窗说亮话，我也不用这么拐弯抹角了。”

“而且，我还知道，他已娶了九位姨太太了。”

“是呀，加上你，就十位了，正好来个十全十美，你的地位，自然不让位于那九个了！”

“那只是你们一厢情愿罢了。”紫屏就要往门外走，“这事，免谈。”

“你，你……怎么一下子翻脸了？”

“我刚才给了你脸么？”紫屏冷冷道。

来人顿时气急败坏了，说：“你真要敬酒不喝喝罚酒了？！”

“你那是毒酒！”紫屏大声道，“休想！”

来人厉声道：“那好，十姨太不当，就等着坐牢吧！”

“悉听尊便。”

“你跑不了……”

来人话音未落，后边却响起了一个更响亮的声音：“只怕你现在就跑不了！”

来人吓了一跳，转过身，只是一尊黑面神似的汉子就直立在他身后，两眼喷火，手指握得“吱咯”直响，一口热气直冲他脑门芯，他浑身都软瘫了，差点跪了下来：“你……你是什么人?”

“我是你的克星！说，你来这来干什么?”黑面神双眉倒竖。

原来，这位黑面神正是彤平。在紫屏被人叫走后，彩绘坊立即有人告诉了他，因为来人形迹太可疑了。他来不及揩去脸上的炭灰，便一路打听，跟踪而来，终于在这里找到了紫屏，听到了后边的一番对话，气不打一处出呢！

那人哆嗦着说：“我只不过是受人之托。”

“谁?”

“陈寿官。”

“哼，自会有人找他算账！”彤平大声喝道：“滚！”

那人赶紧落荒而逃。

紫屏叫上一声：“把那些帖子留下。”

那人赶紧把帖子扔到了地上。

片刻，便隐没在竹丛后边了。

紫屏见门外没人，禁不住扑到了彤平怀中，两眼泪如雨下。

“陈寿官真不是好东西，这不分明是趁火打劫、落井下石么?”彤平咬咬牙，“看来，他是盯上你了。”

“就怪我，上回在琶洲塔下说漏了嘴，没想到会引来这条豺狼！”

“不，是狼，总归是要吃人的，不怪你。”彤平说，“不过，我们现在要好好合计一下，陈寿官绝对不会善罢甘休的。”

两人走到一个僻静的地方，在草坡上坐了下来。

彤平想了想：“我这一窑广彩瓷眼看就要成功了，一下子走不开。可你那边，描下的彩瓷已经够多的了，停下一段时间，不会有什么影响。现在一下子还没有泰叔的消息……”

“他安全么?”

“那天我送他，他说，只要回到家乡，就绝对安全了，父老乡亲们都会保护他的，就是派上几百上千兵丁去抓，也只能是大海捞针，请我们放心。”

“那就好。”

“可现在危险的却是你。他们认出的是你的字迹，并以此来胁迫你，你不从，他们就会老羞成怒，对你下毒手。”

“我不怕，有你在。”

“还是躲躲的好。”

“可是，我们不能束手待毙。”

“除开帖子外，我们还能干什么呢?”彤平一脸无奈、无助、无靠。

紫屏说：“你倒是可以去找一个人。”

“谁？”“那位守城的副将。当初，就是他拍马上南海县衙，找到文书，翻出关于你的文牒，让他们立即放的人？”

“是呀，泰叔还专程领我去感谢他。他说他是武将，看不惯那些文官贪渎，他不去，那份文牒又不知要敲诈多少钱……”

“这就是说，这个武将为人正直，泰叔的事，也能拔刀相助。”

“泰叔与他相交不错。只是，他级别比祖大人要低，能有什么办法么？”

“我不知道，多一个人，多一份力，或许他能帮得上忙。你应该试试。”

“好的，我去试，可你呢？”彤平说。

紫屏摇摇头，说：“我暂时不会有什么危险，方才那家伙无非是利诱加威逼，他真要去举报，也未必有什么用，因为帖子本身，并没什么犯法的，官府要抓的，不是这类帖子。如果真把我抓进去了，陈寿官要娶十姨太的事，不也同样竹篮提水一场空么？这家伙一直对我紧追不舍，不会贸然去做这号事，且会在行商中落下个令人不齿的名声。商人嘛，蚀本的生意是不会做的，更何况钻到了钱眼中的陈寿官，讨小也视为添财，会这么做么？我们吃定这一条，他们未必敢这么做，所以，如果没有什么大的变化，我不会出什么事的。”

彤平认真想想，紫屏说的也不无道理，却仍说：“不过，还是要提防。”

“在作坊里，人多势众，陈寿官要来人，也不敢造次，大家都会保护我的。主要是住处，都是女工，我得谨慎一些。姊妹们也会帮我眼观六路……这都不用太操心。”紫屏说，“只是泰叔，是官府派了捕快去抓的，就怕万一落到他们手里，这一回就不会像上两次那样好过了。不死也残，那些人是下得了手的。”紫屏忧心忡忡。

两人依旧回到了窑场，仿佛什么事也不曾发生过一样。

只是外边的帖子，并不曾减少。

但原先那娟秀的字迹，已变得粗犷，且大多了。

依旧那么犀利，那么入木三分。

祖秉圭并没怎么当回事。

陈寿官仍在观望。不过，生意上的事，已教他无暇分身了。

他也认准了，只要谭康泰让祖秉圭吃死，紫屏早晚也都会是他的。

整个十三行，已经是他一手遮天了，何况区区一小女子？

陈氏系统的人，更早已在弹冠相庆了。

却传来了消息，三姨太不见了。

一行人簇拥着陈寿官进了园。

陈寿官不信：“这回，我看她三姨太还有什么能耐跟我较劲，去，叫她来。”

家人出去，很快又回来了。

家人说：“里里外外，不见三姨太踪影。”

陈寿官说：“她有也雅兴，去和那帮夫人们打闹去了？走，上小姐楼看看。”

小姐楼内。

琴尚在，屋里却冷火秋烟，不似有人呆过。

陈寿官好生疑惑。

家人发现琴台上留有一纸笺：“这……是三姨太留的话。”

陈寿官道：“说上哪了？”

“……”

陈寿官道：“拿过来！”

三姨太留下一信：

我走了，我对于这个花园、这个家，已经没有什么留恋的了。

可我仍信守了自己的诺言，在走之前，把“大道无亏，天人合一，阴阳相济，万物冲和”十六个字，勒于石上。

其实，这对你已经没什么意义了，因为你对这十六个字早已麻木了，起不到警示的作用。

我只是让你记住。

或许，会有一天，你会想起，何谓大道无亏。

只是那时对你则不再有什么用处了。

已经开始，而且会愈演愈烈的一场暴风，不会有赢家与输家，你一时的得意，只会以最后的惨烈为代价，勿谓言之不预，你已经绑上了官家的纸船，焉有不一同沉没下去的理由，天涯退步抽身，为时已晚矣。

到时，园子会荒芜，小楼会凋敝，琴声亦不再。

祖大人靠得住么？你靠得住么——我原来以为还靠得住，当你以一己之力，抵制杨宗仁大人要搞的公行，那时，你是靠得住的，可当你巴结上杨宗仁的儿子杨文乾，之后更与祖大人称兄道弟时，你就再也靠不住了。

我只能靠自己。

这几十年间，顺德、番禺、南海一带，那些自食其力的缫丝女们，因为不满媒妁之言，在新婚之夜来了个“不落家”，姊妹们先后离家出走，梳起之后自建了姑婆屋，以示自身的冰清玉洁，活得很艰难，但也很自在。我敬佩她们。

她们能做到，我想，我也能做到。

我走了，不要找我，而且不会找到的。

陈寿官看完，颓然地坐下。

家人问去找么？

陈寿官摇摇手：由她去吧……只是……

珠江三角洲。

烈日下。

骤雨中。

三姨太在泥泞中艰难地行走。

雍正十年的广州，气候尤其燠热，尚是农历六七月，竟仍无台风来调节一下，热度一天天往上升。

珠江水中，热得受不了的市民，几乎一整天都泡在江中，末了，连流动的江水，似乎都有些发烫了。

再这么下去，必会热死人了。这在广州，过去是绝少有过。只是今年，郁积如此之久的炎热，仍不见有消散的迹象。

老天，你该扯闪、打雷、行云、布雨了！

人有病，天知否？

自古以来，作恶者几时受过良心谴责，照旧活得花天酒地。倒是君子常戚戚，反而度日如年。良心，只能是痛苦之源。

历史果真有良知么？

谁能回答?!

还是等上苍的一声霹雳！

第十七章　不跪的钦犯

贪泉水尚温，

清官心已冷。

岭海银两重，

谁言天地衡。

紫屏没想到，这竟会是自己写下的最后一个帖子。

显然，她的分析不无道理，可她的心也太善良了，对人心的险恶实在太缺乏估量，纵然她也是九死一生过来的。后来发生的一切，完全出乎她的意料之外。尽管陈寿官垂涎于她，的确不会轻易把帖子的事报官，可是，人家更狡黠的心计，她又能设想得到么?

危险在一步步向她逼来。

彤平也试图去找那位守城的副将，可是，人家却随军队外出巡防了，十天半个月也未必回得来。

也正是这个时候，传来更让人震惊的消息。

原来，祖秉圭上奏圣上的折子，圣上很快就准了。

这一来，便确认了谭康泰、陈芳官勾结外夷，在外洋商船进港前便把大班私自领入广州进行非法交易的事实。听说，圣上还点了陈芳官的名，既然是闽商，那就把他驱逐回福建去算了。如此，查封盈顺行等商行，捉拿一干行商，自然是完全有必要的。

显然，朝廷是不能容忍行商与外洋大班勾结，操纵行市的，这势必影响到了海关的收入，进而影响到了北京的收入，广东海关上缴的银两，在户部可是重要的一部分。

祖秉圭本就是抓了鸡毛当令箭的角色，这回，更不得了啦，圣上准了我的折子，我还不要大干一场?!

可恼的是，两位钦犯一直未能捉拿归案。

他清楚地知道，谭康泰跑不到哪里去，他一定是回了顺德老家，他在那里根深叶茂，随便往哪一藏，就会被瞒得严丝密缝。因此，大摇大摆去拿人，惊动一大，人早就不见了。只有派出细作，暗地里查访，发现线索，方可出其不意出击，缉拿归案。至于陈芳官，当是跑远了，务必发出通缉令。

他发誓要把这两位抓到不可，这已不仅是一泄心头之恨，而是负有圣上的使命。

该派出去的，都派出去了，就等水紧鱼跳。

他已经抑制不住自己的兴奋了，从今之后，谁敢在海关叫板，谅他鄂弥达也知道圣上的朱批，不敢再插手海关了吧。至于夷人告陈寿官一事，也就成不了什么把柄了。

此刻，已无须让陈寿官避嫌了，索性派人把陈寿官招来。

陈寿官自是喜出望外，招之即来。

还没坐下，陈寿官便满口美言："祖大人当是人中豪杰，此回出手，有魄力，有胆识，打得谭康泰无招架之力，只能落荒而逃……"

祖秉圭笑笑："跑得了和尚跑不了庙，过不了几天，看他束手就擒……"他正色道，"这回，圣上批准了我的奏折，要严惩他们，把陈芳官驱逐出广东！”

“圣上英明！圣上看好了你，你自是有大才可用，我们当趁热打铁……”

“你说得对，我们要乘胜追击，不仅要缉拿逃犯，而且要让他们倾家荡产。”祖秉圭咬牙说，“看以后谁敢与我作对?!”

陈寿官却抽了一口冷气，假如自己也被整这么一下，同样落个倾家荡产，那就不得翻身了，商人怕的正是这个，却仍讪笑道：“这么说，那跑不了的庙……”

“我已查封了，当折价拍卖……你的机会当是来了！”

陈寿官一下子转忧为喜了：“是吗？不仅商行，还有他的工场、作坊？”

“这个当然，当教他片甲不留！”

“我倒是看上了他的作坊、工场，那些彩瓷，让夷人喜欢得不得了，能卖大价钱，这个你可得留给我！”陈寿官心中更是大喜，只要作坊、工场落到了他的手上，那紫屏岂不顺理成章成了他的雇工，不服也得服。看来，有意栽花花不发，无心插柳柳成荫，这“十全十美”的梦想，竟无意中得以实现了。

“你的眼力不错，不会是那里边有你的十姨太吧。”祖秉圭调侃道，陈寿官要娶十姨太的消息，早就不胫而走了。

陈寿官倒也不掩饰：“我这当然是一举两得，一箭双雕，就看祖大人成全不成全我了。”

“这等美事，岂能不成人之美么？你一万个放心。”

“什么时候拍卖？”陈寿官赶紧问。

“你急了？”

“我怕夜长梦多，日久生变。”

“这话可说的不好，这回，有圣上朱批，事情当是铁板钉钉，十分牢靠了。”

“我当在酒楼为你摆上一席，庆贺庆贺！”陈寿官不失时机，献上殷勤。

“好哇，我该向行商们报告上这个好消息！”祖秉圭有点得意忘形了，“这当是庆功宴！大功告成矣！”

也就在陈寿官讨九姨太办喜宴的酒楼里，以陈寿官为首的一批行商，大张旗鼓地为海关监督祖大人举行了“庆功宴”。

当然，为了炫耀这次胜利，除开在逃的谭康官、陈芳官外，其他行商也都请了。不难理解，他们一个个都服规法地来了，尽管在这一年度的贸易中，没少受陈寿官这一伙人的欺压与捉弄。

更何况打了圣上朱批的旗号呢，敢不来？

骆官更是不能不来，不过，此番前来，他却另有打算。谭康泰的结局，令

他心寒至极，没准下一个就轮到了自己。

一开始，陈寿官便大吹大擂，称祖大人手眼通天，一份密奏，直到天庭，迅速获得了圣上的批准。可见圣上很信任祖大人，今后前程无量，远不是一个总督的位子满足得了的，以后，当是大学士、宰相的地位，马上就可以当上一品大员了。

祖秉圭也不故作谦虚了："有了圣上御批，广东外贸大局已定，这说明我没有看错你们，今后，我们当精诚合作，同舟共济，我升官你发财，两相不误，互相促进，好风凭借力，送我上青云……"

片刻间，他已喝得满脸猪肝色了。

骆官与其他行商，酒过三巡后，似乎沉默了下来，只有陈寿官一伙，酒兴犹浓，不停在举杯，为今年的生意大发而庆祝。甚至有两位，喝得太多了，不知什么时候，一哧溜，滑到了桌子底下，打起了呼噜。

从此之后，十三行当是他们的一统天下。

骆官对一位行商使了个眼色。

那行商瞅准机会，也举起了杯："今天，当是三喜临门，除了敬祖大人、陈寿官外，我们当还敬骆官一杯！"

陈寿官一怔："骆官也有好事么？"

骆官连忙说："我那小事一桩，不足挂齿，免了，免了。"

"快说，什么喜事？"祖秉圭也好生奇怪，怎么骆官的事，他这个海关大人竟没听到什么呢。

那行商说："骆官已得了一官职，立即要走马上任了。"

"什么官呀？"另一行商好奇地问。

骆官摇摇头："不值一提，不值一提，仅仅是个七品芝麻官而已。"

"七品至少也是个县令呗。"那行商说，"比我们这一等行商还是要强。我们口口声声这个官那个官，不过是大老倌罢了，叫着好听，听的却心怵，才不是官呢。"

祖秉圭诧异了："你行商不做，去做个小县令，什么地方？"

骆官说："云屏县。"

"那是大山，鸟不拉屎的地方。"陈寿官一方的行商轻蔑地说。

陈寿官瞪了他一眼："那也是一方的父母官呀，理当祝贺！"陈寿官寻思，谭康泰、陈芳庭垮台后，自己最大的对手不是别人，正是这位骆官。这骆官的声望，并不在其他几位之下，而且为人正直、厚道，办事公允、痛快，很得外洋大班称许。这一年度，他的生意仅次于陈寿官。因此，他一退出，这十三行中，陈寿官就再也没有强劲的对手，这自然求之不得。

陈寿官仰面一杯，喝了个见底。

骆官说："谢谢大家，我是笔走偏锋，不知自己何以混上了个行商，在十三行中混迹多年，早就该出行了。幸亏一位长辈力荐，我才有机会上云屏县任职，当为一方父老谋福祉，过去与各位有什么对不住的地方，还盼多多原宥。"

祖秉圭见陈寿官也举杯祝贺了，不好再说什么了，只笑了笑："骆官倒是真把这官字扶正了，不然，我还想多留你几年……没理由不让你当官呀！"

原来，他多次拒绝骆官退出行商的申请，无论收了多少礼也不松口，可现在，他却无法拒绝了，况且，礼也收够了，不如来个顺水人情吧。

听到祖秉圭这话，骆官心中一颗石头落了地——这已很明确应允了他的退出，不过，这番话分明也暗示，你不可以说走就走，祖大人毕竟是从二品，不知高了多少级，真要作梗，退行也就未必成得了。

不过，他也暗自庆幸，这回"曲线退行"，总算是成功了，虽然费了不少心机，到底还是避免了如谭康泰一样的可悲命运——此刻，谭康泰还不知逃往何方，日后又有怎么可怕的下场，这在他是不敢想了。这次获得官职，倒是在送陈芳观上惠州之际，与那位在任上的亲戚说起，在他们的乡下，家财万贯，也仍叫人瞧不起，可只要在县衙门里当个小小的书办，却令所有人百倍尊重。所以亲戚写了份推荐书，让他找了一位要员，正好那边一个县的知县有了空缺，便把他补上了。

不过，他去不去，尚在犹豫之中，那里的确是"鸟不拉屎"的穷地方。但第一步，总算是离开了行商之列，便是一个莫大的成功——天涯退步，抽身要早呀！

这天，所有人都喝了个天昏地暗。

有高兴喝的，有侥幸喝的，有伤感喝的，有喝的是喜酒，有喝的是苦酒，有喝的是闷酒……

酒，总归是喝的！

只是，在不胜酒力之际，骆官晕晕然，仍闪过一丝念头，难怪谭家祖上一再说做官不是人，这祖秉圭真不是人，硬是把谭康泰往死里整，居然还哄骗上了圣上。欲加之罪，何患无辞，什么私自领大班入广州，这哪一年不这样，可今天一整人则成了大罪，这商做不得，只怕，官更做不得矣。

别人保不住，看来，只有洁身自保了，可谭康泰不是洁身亦难保么？

儿子今年还要参加省里三年一试的秋闱，要走仕途，满口背的是道德文章，以历史上的忠臣廉吏为榜样，为国家效力，进则心忧天下，退则独善其身……到底还是太年轻了点，可能打击孩子的上进心、积极性么？

宴席几时散，人又几时回到了家，他已经记不住了。

只是第二天醒来，脑袋就像炸裂了似的痛，浑身上下发酥，却偏偏又传来一个让他更惊诧的消息：

谭康泰被抓住了！

确实，谭康泰并没上什么地方，一头一脑扎回到了顺德龙江的老家。

不过，他并没有躲在哪位老百姓家，因为他担心，万一被抓，必会株连他人，何苦呢？这祖秉圭来势汹汹，不可对其有什么幻想，所以，不怕一万，只怕万一，早作准备好。

其实，明清易朝，不少前朝遗老，都隐居于寺庙之中，所以才有“十年王谢半为僧”一诗。如今，明亡清兴八十年了，遗老们早已不在人世了，但寺庙作为避难场所，却成为一种传统沿袭下来。兵丁是不可进寺抓人的，他们不敢触犯菩萨；官员亦不敢下令进寺抓人，这更会触怒天庭，所以，寺庙一直是远避尘嚣的绝好去处，更是斩断人间是非的安身之所。谭康泰一回乡，住持便抢先找到了他，请他入寺躲避些日子。

谭康泰觉得也好，应允了下来。

头几天捕快未到，他还参与了乡间的一些事务，后来，便深居简出了。

即便在寺里，他还是耳听八方，且与陈芳庭始终有着密切的联系。

他没有看错陈芳庭。

打骆官领走陈芳庭后，陈芳庭一直凭借这么多年过人的记忆力，以及众人建立的各种关系，再借用骆官的亲戚，即那位知府的能量，他很快搜集到了祖秉圭的罪证，这祖大人平时对洋人大班彬彬有礼，可对手下，却颐指气使，甚至呵斥叱骂，下边不少人都敢怒不敢言。所以，一有人说起这位包衣奴才的德性，自会情不自禁，说个滔滔不绝，不会为其打掩护，这也给了陈芳庭很大的便利。于是，一笔一笔的款子，几方参核，也就做成了铁证，不怕这祖大人日后赖账。

这些材料与证据，陈芳庭以稳妥起见，做了好几份，一份送到了谭康泰这边，一份辗转送给总督鄂弥达，一份送给去年上任的巡抚杨永斌，还有一份，为保存妥当起见，还送到了紫屏那里——他倒是没料到，彤平与紫屏竟会铤而走险，满城去张贴帖子，引火烧身……

而谭康泰却万万没料到，祖秉圭恶人先告状，先让圣上准了他的奏折，甚至圣上朱批还点了陈芳官的名——这下子，陈芳庭的处境，就比他更为凶险，有了御批，祖大人可是什么也做得出的，把人黑了都毫无顾忌。

他的心，为陈芳庭悬到了半空中。

他不知道，祖大人的奏折具体是如何写的，为何圣上只会点陈芳官的名？分明自己原来就是陈芳庭的老板，后来让陈芳庭做了合伙人，加入了行商的行列，但祖大人毕竟知道，还是他谭康泰为主，陈芳庭从之，大概，还是怕他谭康泰是当地人，树大根深，不易对付，所以才把陈芳庭顶在了前边。这一来，陈芳庭当危险万分。

这天，他到了大雄宝殿，在佛祖面前祈祷，一定要保佑陈芳庭，切切不能落入虎口之中。

祈祷后，他心里略为放宽一点，回到了平日居住的地方……

天色渐暗，晚霞褪尽了最后一点赭红。

天幕也由深蓝，化作了紫色。

夜风起了，院中的大榕树沙沙作响，惊飞了刚刚栖身的一群鸟儿。

谭康泰晚膳后，习惯在这院中走走，有时，还吟上了几句诗。

只是今天的诗句连影子也没有。

他来到了树下，找个清凉的石凳坐下，忽地觉得，一股急风从叶丛中掠出，向下裹住了他的全身，他正纳闷，伸手一拂，却遇到坚韧的渔网丝，惊疑间，却已有人从背后伸过手来，捂住了他的嘴。

原来，是树上撒下了一个渔网，把他罩住了。

渔网裹住被塞住了嘴的他，提升到了浓密的树叶中，再一甩，扔到了院墙外边。

谭康泰就这么给掟走了。

他不曾走出寺院。

寺院在第二天，才发现他的失踪，并在大榕树下捡到他的一只鞋。

是右脚穿的鞋。

待谭康泰押到祖秉圭跟前时，连祖秉圭也几乎认不出他来了。脸已经肿得笆斗一样大，两只眼只余一根丝漏出些微的光，鼻孔下、嘴巴边，全是瘀血，耳朵也豁了一个口。头发有一绺没一绺，乱糟糟，似一丛杂草。哪有过去红润富态的行商的样子。

幸而身上还有衣衫遮盖，否则，背上、胸前的伤痕、烙印，就更触目惊心了，用"遍体鳞伤"一语，半点也不过分。其实，衣衫也已是丝挂丝、缕挂缕的，上面也是发黑或紫色的血痂。他走路一跛一跛的，左脚还有一只鞋子，但烂得差不多了，右脚则是光的，青筋暴起，血渍一块一块的。

双手自然是锁在木枷中。

一带到堂前，便不由分说，被一脚踹倒，半跪半趴在了地上。显然，用过刑之后，他已无力挣扎了。当日，他不忍看到彤平受刑后的惨状，可今日自己受刑后是什么样子，不难设想。

不过，他却在冷笑。

“你冷笑什么？”祖秉圭有些诧异。

“伤了也好，想跪也跪不了。”

“这么说，你本是不打算下跪的。”

“大人倒是说中了。”

祖秉圭已犯不着假惺惺说些什么了，而是来个先声夺人，一拍惊堂木，声色俱厉：

“谭康泰，你已经是朝廷的钦犯，知罪么？”

谭康泰顽强地抬起头：“钦犯，我知；罪过，未知也。”

祖秉圭冷笑道：“听说，会审时，你拒不承认通夷的罪名，那么，你给夷人写信，告中国人官商勾结，这又算什么？”

“我告的是夷国大班巴纳里，与陈寿官串通一气，垄断茶价，陈寿官获取暴利，巴纳里得到巨额回扣。这告的不是中国人，而是告的夷国不法大班。”谭康泰喘着气，艰难地说，“这官无非是寿官，这商，无非是行商与外洋大班。你说的官商勾结，当是另有所指，这个官，是货真价实的官，我倒想知道，你说的与陈寿官勾结之官，又何许人也？”

一番话，反把祖秉圭说得脸上一阵红一阵白，老羞成怒：“你不要混淆视听，本官审你，就是审你里通外国之罪，审你私运大班进广州之罪……你老实交代！”

“我到东印度公司告巴纳里，依其法律，告他与陈寿官串谋，抬高茶价，而这是法律所不允许的，因为，彼方明确规定，须确保不会形成任何可操控的价格垄断，否则就会扰乱市场，有损公平交易，久而久之，则无市场可言……”

“你不可以口口声声讲夷国法律，卖弄你出国长的见识，你是个中国人，须按中国的规矩行事……”祖秉圭怒不可遏，“你是不是个中国人，大清子民？”

谭康泰终于改变了半跪半趴的姿势，成了半坐的样子，喘过一口气，揩了揩嘴角上的血渍，用力说道：“那好，就讲中国的，在商言商，商有商道，君子爱财，取之有道。自古以来，从周朝始，就不允许官员涉足商贸，甚至市场都不可以走近，尤其是官渔商利，霸占生理，把持行市。任何官员纵容奸商欺行霸市，都是不允许的，更不用说官商勾结……”

“住口，我只问你是不是中国人！”祖秉圭被说得脸上呈酱紫色，气急败坏了。

“我当然是中国人，所以才不能让人败坏了中国市场的风气，尤其是不能让夷人搞乱了海关的秩序，所以揭露了巴纳里!”

“你不要左一个巴纳里，右一个巴纳里。”祖秉圭双眉倒竖，“你揭露的是他一两个人，勾结串通的是他们的公司与国家，数典忘祖，十足汉奸!”

“昨天用刑，无非就是要我承认这个罪名，大错特错了！那些图谋暴利，自以为有靠山，不惜与巴纳里私下里提高茶价、垄断茶价的商人，才真真正正丢中国人的脸，损害大清国的利益，让海关收不到税……”

“呸，你有什么资格说到海关头上，这是你管得了的么？这分明是你的狼子野心，把手伸到了海关……”祖秉圭不明白，这谭康泰居然还有力气来争辩这些。

谭康泰又喘不过气来了，停顿了一阵，才说：“一个市场要兴旺，这在我们粤人是再清楚不过的事情了，所以民谚中早就有‘广人旺市，福佬霸市’这句话。其实，做生意，货比三家，谁好谁坏，有个比较，生意才做得成，货才有好成色。如果一家独大，货没有比较的，货的成色差了，人家就不来做生意了，那广州还能旺起来么？贸易量还上得去么？有比较，有竞争，价格会趋向合理，价格合理了，才让商品具有吸引力，贸易量也就会节节攀升，海关的税收……”

“不许你讲海关!”不知是有点心虚，还是别的原因，一听到“海关”二字，祖秉圭就容不得谭康泰说下去了。

谭康泰停了一会，仍继续往下说：“如果官商勾结，操控市场，可能会有一时的暴利，可从长远之计，市场必定萎缩，税收只会大跌，于国于民，都是极大的不利……”

“你不要危言耸听!”

“当然，谁也不会这么认真去想，尤其是为官一任，才三五年，三五年后，拍拍屁股就走了，所以，历来派任广州的官员，无有不贪墨的，因为他们管不到以后。可我们行商不能不这么想，我们要做的生意，不是三五年，而是三五十年，甚至更久，一代又一代，好几代人，我们不能断了子孙的命脉……”

祖秉圭越听越不是味，这不分明是影射官员们要断子绝孙么？而且还挖苦自己必定属贪墨之列，于是，猛地一拍惊堂木；“你也太猖狂了，不让你说海关，你竟然还说上了广州，说上历任官员，你算什么?”

“我不算什么，我只求做到内不负心，外不愧影；上不欺天，下不食言!”

这分明又有所指他，“不欺天”，谁在“欺天”？祖秉圭脊梁骨一阵阵发凉，但仍色厉内荏：“你还把自己当什么正人君子，却忘了此刻是阶下囚了吧？”

“阶下囚就不可以有人格么？”谭康泰声调居然高了起来，“可那些衣冠禽兽，又有什么资格讲道义？”

“你……你，你，不要含沙射影！”祖秉圭气坏了，浑身竟哆嗦了起来。

“我说谁了？我说了‘加一征收’，没进户部的簿本了么？我说了每回几万的赈灾款，没有了下落了么……”谭康泰语言锋利了起来。

“你不要信口雌黄！‘加一征收’，不是我搞的，圣上也没见批驳……”

“但圣上也从未提出过‘加一征收’，没有批驳，也不见得首肯了，杨文乾如果没死，我看，还会追查下去。正因为圣上没这一条，这‘加一征收’，上十万银两，又到哪去了？人家还没有购货，就凭人家手上有多少银子，就硬要先抽走一成，这讲理么？”

“你看，你看，公然又为夷人说话了，番银加一征收，这是前任定的……”

“我这话，是由常赍大人说在先，参的是杨文乾，说的是‘番银不论是否买货，先加一征收，得银四万两’。”

“那是杨大人的事。就算收了，入了他个人口袋，那也是夷人的，不算公帑，够不上贪墨……”为杨文乾辩解，在祖秉圭来说，更是为自己开脱。

“那是杨文乾自己认为的，可圣上批的是：自以为不关国计民生，设法巧取，名实兼收，不知人之耳目，如何能欺，所谓弄巧成拙。若不改悔，立见……”

祖秉圭打断了谭康泰的话，没让最后四个字“名实俱败”说出来：“可圣上最后也没对杨大人怎么样……”

“杨大人怎么死的，你不知道。”

“你不要乱说，那只是生病，大病。”

“只怕是心病，畏风心烦！”

祖秉圭被抢白得乱了方寸，竟说：“人说杨文乾贪墨了几十万银两，其实，他个人何尝贪得了那么多呢？无非是往上边打点，户部呀、军机处呀，哪个部门，都少不得一份；还有各个亲王，一个也惹不起，都得摆平了。为了讨圣上欢心，还得采购贡品，这也得花工夫，花银子……”

“是呀，贡品这一笔，户部可是舍得把银子下拨的呀……”

“这不好说，有时多，有时少，少了，还不是海关倒贴，又进不了账……”

“圣上一直以高薪养廉，你倒是借口多多，认为不廉也在理上，”谭康泰冷笑了起来，“还以杨文乾为榜样了？”

“不，不，我没这个意思。海关是块肥肉，谁都盯住不放，没一家是省油的灯，我只是理解杨文乾杨大人的苦衷，你不在我这个位上，能知道什么呀?”

“我只知道，海关收的关税合理了，没有这样那样的苛捐杂税，外贸就会发达，国家收入也会水涨船高；反过来，如果海关巧立名目，巧取豪夺，贪墨成风，弄得外洋大班苦不堪言，行商众口交谪，国家收入锐减，这往后就不好说了。”谭康泰挖苦道，“你道的是杨文乾的苦衷，可也知行商的苦衷么？黎安官原是富甲天下，如今不也落个家徒四壁么?”

“那是他不该借夷商的钱。”

“他不过是拆东墙补西墙罢了，抵挡不了海关这样那样的征收。”

“他是他的事，你有你的事，不可同日而语。”

“那你的事呢?”谭康泰哈哈大笑了起来。

“大胆!”直到此刻，祖秉圭才忽然恍悟过来，一场审讯，竟不知何时，居然被谭康泰牵着鼻子走，反而向其吐起了苦水来，为自己的贪墨做辩护。而身为阶下囚的谭康泰，竟教训、挖苦身为主审官的他来了。

谭康泰没再理会他，仍在笑。

“他疯了，押下去!”祖秉圭只差没跳起脚来。

谭康泰被从地上架了起来，往外拖去。

好久，祖秉圭才平静下来。这谭康泰到了这个地步，居然还死鸡撑硬颈，数落出一番番的道理，几乎每一句话，都针针见血，当时没省悟，现在回味过来，实实教人心惊胆战。

凭什么他还会这么硬气。

看来，这人还不大好惹!

不，这回，有圣上朱批，他再有本事，也翻不了天。

不如趁早把他做了，让他后面的人无话可说?!

当断不断，反受其乱!

几千年，才有一个吴隐之的故事，令这一浦清水，拥有了万古不销之沉香，传诵下千秋警示的典故。

可这却也是南方的无奈，这样一个华夏古国的无奈。

于是，这样的故事便会不断地演绎，否则人类也太健忘了。

过了近千年后，就演绎为另一个异曲同工的故事。

只是那个故事的物件，已不是一块沉香，而变成了一方端砚。主人公，更成了名垂千古的包公，黑脸包公，其知名度，无论在朝廷，还是在民间，都比吴隐之大得多。

而故事发生的地方，却还是在同一条江上，只是在上游一点的地方，离沉香浦也就百里地。

那便是端州，亦叫肇庆的地方，一度是南方的重心。

包公在那里为官多年，以清正廉明著称，这话已经不用我说。可当他离任时，船只要离开端州，同样遭遇上了狂风暴雨，所驾的船眼看就要倾覆。包公百思不解，向苍天呼吁，我为官清廉，办案公正，当无负于天，为何还要降此灭顶之灾？

刚吁毕，他便猛醒，同船人中，当有人私藏不义之财！

当他厉声叱责之际，居然是自己的书童，战战兢兢地从包袱中掏出了一块端砚来。

包公长叹一声，接过这砚中奇珍，奋力一掷，扔入了西江之中。

就在这一刹那间，风平了，浪息了，雷雨也都遁去，船终于可以平安地驾出端州了。

只是，在端砚掷去的江面上，却陡地升出了一个江心岛。

岛的样子，就与端砚完全相像。

于是，这个岛，也就得名为“砚岛”。

这样一个故事，分明是吴隐之传说演绎而成。

但是，无论传说与神话，无一不包含有一个民族先祖留下的遗训。

只是，仔细品味，却难免有几分悲凉。无论是吴隐之，还是包公，这么些历史上如雷贯耳的清官，尚且都管不住自己身边的人，包括自己的书童，那清又何在？廉又何来呢？

莫非所有的世道，都那么污浊，如同黄河，可以拿“俟河之清”来形容完全不可能发生的事？

莫非所有的天空，只能有雷电风雨肆虐?!

莫非所有的大地，只能任虎豹豺狼横行?!

莫非所有的海洋，永远有飓风狂涛逞凶?!

我，一个小小的沉香浦，再加上百里外一座小小的砚岛，又能改变得了人的贪婪本性么？欲壑难填哪！

其实，所谓万古不销的沉香，早已经消失殆尽了，连浦面的清流，也已见缕缕血影。

吴隐之清得了么？包公净得了么？

我早已经不相信了。

那我还能相信什么？天地轮回，因果报应……几许灵验过?!

这个世界早已经沉沦！

这样一个世界万劫不复！

第十八章　以骨为薪

谭康泰被抓的消息，很快传到了窑场。

最早得到这消息的，不是别人，是紫屏。而给她送来这消息的，也不是别人，却是陈寿官当日派来劝她当十姨太的家丁。

不过，这回，这位家丁却不是来找她的。而且，不是一个人来的。同行的，有七八位，径直到了窑场的场主那里。

当然，这场主是谭康泰的人，是受谭康泰委任，负责管理整个工场的。

那位家丁来后，只说来参观一下，看看有什么存货，有什么绝品，还要看看绘制、烧制的过程，俨然是一位大买主。这一来，场主自然不敢怠慢。因为泰叔逃亡，陈芳庭也跑了，今年的生意受了很大的影响，他也得为老板分忧，来了个大买家，焉有不热情接待之理。

这一行人，走走看看，指指点点，俨然成了主人一样，已让场主起疑了。

当他们来到彩绘作坊时，紫屏正有些心神不宁，没有再绘制新瓷样，见来这么多人，便迎了过去。一眼，就认出了陈寿官的那位家丁。

家丁也发现了她。

她冷眼看着对方，问道：“你又来这里干什么？休想再打坏主意！”

家丁却冷笑道 ：“还犯得着打你一个人的主意么？这整个作坊、工场，统统都是我们老板的了，你当然也包括在里边。”

场主这才有点明白：“你们是来干什么的？”

家丁说：“打开天窗说亮话好了，你们的老板已经不行了，昨天晚上，就已经从顺德押回到了广州，关到了大牢里边。一辈子只怕不会再出来了！”

这让场主与彩绘作坊的几位工匠为之震惊："胡说！这不可能！"

"这不用赌咒发誓，海关说，钦犯已经到案，他的产业也就可以清理了，统统当赃物拍卖，我们陈老板就看上了这里。方才，我已转了一圈，大致有数了，改天，老板就会亲自前来接收，听好了没有？"

场主说："不管怎样，我们的泰叔不发话，这里你休想来霸占。"

"他来得了么？早就木枷加身，脚镣钳足，寸步难行了。你们等着海关的告示好了。商行那边不早已经封掉了么？因为这是工场，一窑窑的瓷具还没烧出来，不然，我今天也就带封条来了。"那家丁一副张狂的样子。

"海关的封条也由你来贴么？哼！"场主反讥道。

"谁不知道我们老板同海关祖大人的关系？海关就是陈寿官，陈寿官就是海关！"家丁气昂昂地说。

场主扫了他一眼，说："那好，你们哪天来接收，我们哪天就卷起铺盖走人，留下一个空场给你们！"

"你敢？"

"我们不干了，你们还怎的？"

"我们买下了整个工场、作坊，也就买下了你们的人，除非你们不想养家糊口，那悉听尊便！"家丁气势汹汹。

"此地不留爷，自有留爷处！"场主说，"我们这是工场，不是庄园，我们是雇来的，不是买来的，去留有我们的自由！"

"你们就是奴隶！"家丁口出狂言，"谁敢违令，看我打断他的腿！"

紫屏站到了前边，说："你休想抢夺这个工场，我告诉你，泰叔就算被抓走了，也还有回来的一天。你以为巧取豪夺，就可以阴谋得逞，错了，光天化日，世间自有公道，由不得你们胡作非为。"

家丁却涎着脸对场主说："你看，我们老板的十姨太，一开口，口气就不一样。这样吧，我先交代上一句，这个女人，你们得好好待她，千万不能让她跑了，不然，老板来接收，你吃不了兜着走！"

"呸，我现在就走，看你又能怎么的？"紫屏大声道。

"你现在走，我现在就把你抓回去！"家丁狗仗人势，一副凶相。

"你敢？"

"你以为我不敢么？"家丁左右看看，除开场主是个中年人外，彩绘作坊里的四五个人，大都是年过半百，甚至是花甲之年的老人，而他随行的七八个手下，一个个剽悍年轻，力大如牛。

紫屏转身就走。

"给我上！"家丁下令。

三下五除二，七八个打手，便把场主与老人们一个个打倒在地，而后追上了紫屏。

“怎么样，你是乖乖地跟我们走，还是动粗的？你说到底是十姨太，我们可不敢伤了你的金枝玉叶之体，一怕不好向老板交代，二怕日后你要对我们报复……”家丁不阴不阳地说。

“闪开，让我走！”紫屏左冲右突。

但七八条壮汉把她团团围住。

家丁冷笑道：“今天，我奉命前来，是先礼后兵，到这个时候，已由不得你了，你再不从的话，我们就来硬的了。”

“你来硬的，我就撞死在这里！”紫屏显示出了她刚烈的一面。

果然，就在壮汉逼上前之际，她一头撞向了最近的砖墙。只是在撞上的一刻，被一位壮汉拽住，但额头已撞出了血花。

昏过去的紫屏，被两位汉子架着，往工场门口走去。

家丁得意扬扬走在了前边。

然而，就在他们围追紫屏的时候，倒在地上的场主，却悄悄地爬了起来，借工场里的什物遮掩，跑去了窑场。彤平正在守候那座新窑。

也正是此时，陈芳庭悄悄地潜入了案场，轻声喊：“彤平。”

彤平转身，大吃一惊：“你怎么还在广州？”

“我是离开后又回来的。”

“你不知道，泰叔已经被祖大人抓走了，听说受了酷刑，我们想尽办法，也没能见上他一面。

“这样，我更要回来了。”

“为什么？”

“我找到祖大人贪墨的证据，先送一份给他，看样子，他已经没办法交上去了。”

“那……怎么办？”

“现在，只能靠你了。”

“你说。”

陈芳庭从贴身处取出材料：“无论如何，你要把它送上去，哪一级都行，只要把祖大人的贪墨揭露出来了，泰叔就有救了。我自己也留了一份，也在设法交上去，只是我没有你行动方便，拜托了。”

彤平保证：“也是我自己的事，我一定会送上去的。”他迅速把材料收了起来，“你赶紧去，广州不是你久留之地。”陈芳庭迅速离开了。

就在这时，场主冲了进来：“不好了，不好了，紫屏被抓走了！”

场主一说，彤平立即领着十几位窑工，拔腿追到了大门口。

刚好，那位家丁先走到了。

就这么一个扫堂腿，家丁就摔了个狗吃屎，半天也爬不起来。

那些壮汉见彤平这边人多势众，赶紧把紫屏扔下，落荒而逃。

紫屏额头上还在渗血，人也昏迷不醒，大家赶紧把她抬到就近的一位郎中家，止了血，煎了药……良久，她才有了一点反应。

彤平一口一口给她喂药。

紫屏还是恍恍惚惚，不知自己身在何处，口里仍有谵语，分辨不出说的什么……只是眼里仍流出泪水来。

彤平轻轻地揩去她的泪水，告诉她："那帮恶人被我们赶走了，你没事了，没事了……"

紫屏终于说清楚了："快跑，快跑……"

"不用跑了，我们来了。"

"快跑，泰叔，恶鬼来了……"原来，她还在谵语，"要吃人的，天哪，怎么吃人的恶鬼咁多，还衣冠楚楚，这世道……太黑、太黑，我看不见了。"

她总算喝下了一碗药，又昏昏沉沉地睡过去了。郎中说，她的外伤不算重，但脑子里边怎样，就不知道了，加上受了刺激，能否好起来很难说。

然而，她还能回彩绘作坊的宿舍么？而作坊日后的命运，又会怎样呢？谁的面前，都是一片漆黑。

好在一位工友住在附近，虽说房子不怎么宽敞，却还偏僻，没什么人注意，让紫屏在那里调养一些日子，当无大碍。这个时候，也别无选择了，就近安顿下来，再从长计议吧。

却说那工友，本是疍民，所谓"房子"，便就是在船上，所以不宽敞，但这也方便，一有什么事，起锚解缆便可以走了，至少安全是有保障的，彤平也就同意了。

安顿好了紫屏，彤平还要上工场去。

窑工们都劝他，你还是不要去了吧，那帮家伙鼻青脸肿逃了回去，还不知道会告上怎样的恶状，到时，你是首当其冲，还是避避的好，来日方长。

彤平却放心不下烧广彩瓷的新窑，都快要出窑的，不可出任何纰漏。

不过，他说："我还得出去办一件事，是紫屏嘱托下来的。办完了，我再来看看，如果没问题了，我会闪避的。"

他说紫屏嘱托下来的事，是紫屏的谵语所提醒的，当去找一下那位解救过他的副将，让他帮泰叔说几句话，尤其是泰叔已经被抓，肯定会吃苦头的，这回，海关不再会对泰叔讲客气了……想到这，他就不寒而栗，因为自己是尝过这种滋味的，各种各样的酷刑，令人生不如死，只盼尽快解脱，自己那么年轻都顶不住，何况泰叔呢，都年近半百了，怎么受得了。只是，这回救得了他么？

看着昏睡中仍痛苦不堪、头上包扎着的紫屏，彤平心如刀绞，此刻当守在紫屏身边才是。

可泰叔的事更大，不仅关系到他自己，还有整个广彩瓷的制作，这也是他彤平、紫屏很多人的心愿！

他终于告别了被送上疍家船的紫屏，走向广州城，叫上了过渡的小艇。

小艇在码头靠岸，彤平一上去打听，那位副将昨日已回到了广州，他赶紧大步赶了过去，请守兵通报。

听说是自己曾经搭救过的烧瓷师傅，那位副将倒很爽快，立时叫他进去。

一见他，便说："如今，你的技术派上了用场，泰叔一定很高兴吧。"

彤平说："泰叔这会儿高兴不起来。他被海关抓起来了。"

"为什么？"

"明明是陈寿官与英夷巴纳里串通一气，哄抬茶价，牟取暴利，泰叔看不惯，告了英夷一状，反被诬通夷，把持行事……"

这位副将一怔："泰叔为人，有口皆碑，告夷人的状，怎么成了通夷，岂不是黑白颠倒了么？岂有此理！这必定是祖秉圭干的好事，我回来，就见到城门内外，都有帖子，称他们官商勾结，欺行霸市。可见，这事已引起了民愤，我正想了解一下，你来得正好，给我一一道来，我自会秉公而断。"

彤平没想到这位两鬓斑白的武将，说话依旧如此直截了当，顿时松了一口气，立即把当日在船上听谭康泰所说的一切，原原本本做了转述，十分具体。而且，把陈芳庭送来的完整的证据材料交给了他。

"我也早听说了，几家闽行，加上他们的亲族，把个十三行差不多垄断霸占了起来，别的行商，只能吃他们的残羹剩饭，敢怒不敢言，这背后，就是祖秉圭在纵容，而且分得很大的好处，你这一说，我全明白了。"副将收下材料，一拍案，霍地站了起来，"文官不爱钱，武将不怕死，这天才太平，文官一贪墨，这世道也就黑墨墨了，太平不了。祖秉圭以为自己可以一手遮天，没那么容易！"

彤平说："现在，连陈寿官也穷凶极恶了起来，竟跑到彩绘作坊，强抢沈紫屏去当他的十姨太……"

"就是那位一手好字，一手好画的江南女子么？我听泰叔讲过。一个行商，狗仗人势，居然敢强抢民女，真是狗胆大包天了！反了！反了！"副将更是义愤填膺！

"紫屏不从，一头撞到了墙上，到现在还昏迷不醒。"彤平痛心地说。

"好一位刚烈的女子，千万要把她救过来，可惜了她一手好画呀!"副将感慨道，"烈女呀，烈女，这当入方志，立牌坊的!"

彤平说："可现在，工场危在旦夕，陈寿官口口声声要接收过来，实际上就是要强行霸占，他也太狠了!"

"抢人霸物，无恶不作，就仗一个祖秉圭，居然敢这么放肆，这还得了?"副将说，"行，我都知道了，我正在考虑如何给圣上写折子，看来，是非写不可了!"

"那就快写，不然就来不及了。"彤平哀声恳求道。

"行，你去关照一下那位女子，这边的事，你尽管放心，不参倒祖秉圭，断无天理。"副将大声道，"我已经查过不少问题了。像去年，税课计算下来，好几十万两，可海关只报了二十四万两，当中差了一大截，上哪去了？今年，也就更厉害了，再这么下去，欺上瞒下，垄断行市，这海关还是国家的海关么?"

彤平连连点头："对，你更是从大处着眼，这么参一本，谅他祖秉圭狡赖不掉……我等着这一天。"

彤平起身告辞了。

这边，副将已把文书叫来，让他把所说的事一一记下，再拟成奏折。没人知道，他也有密奏权，而且是雍正亲自安排的。

天再黑，总还会有几点星光。

何况在雍正皇帝厉行整顿吏治之际，那些贪官污吏，再要花招，也能瞒天过海么？只怕没那么轻巧吧。苍天有眼，泰叔这一冤案，总归要翻过来的!

只是还有时间么?

祖秉圭一定要下毒手的!

想到这，彤平加快了脚步，赶到了江边，上了渡船。

他得让场主顶住，不让陈寿官一干人早早"接管"，鹿死谁手，还说不定呢!

过了江，彤平从暮色中点点升起的渔火中，认出了紫屏所在的疍家船。

工友告诉彤平，紫屏的谵语仍不时发出声音来，一惊一乍的，有时还十分骇人，可见脑子还不清醒，郎中开的方子，已抓了几副，不知要服多久。

看着紫屏昏迷的样子，尤其是额头上渗出的大片血渍，令彤平痛不欲生。多姣好的女子，才艺过人，又善解人意，偏偏还得应了"红颜薄命"的老话。可是，当时紫屏不作这样的选择，生生被抓走，到了陈家，那种侮辱，又能受得了么？紫屏毕竟是有骨气的!

不管怎样，也要把她救过来。

突然之间，紫屏竟又端坐了起来，在那里大骂：“衣冠禽兽、人面兽心、毒如蛇蝎、猪狗不如……不得好死，十恶不赦……”这些话似有连贯，又没连贯，只可见她心头恨有多深，可一会儿，她又惊呼起来了，“恶鬼来了，快跑，快跑……天太黑了，地太黑了，这个世道太黑了，我看不见了……”

惊呼后，又往后一倒，依旧不省人事。

彤平的泪水终于落了下来。

儿时的青梅竹马、两小无猜，此时都一一出现在脑海里，那时，紫屏就表现出了绘画的天赋，用竹片在泥地里划那么几下，就是一个小男孩淘气的样子，而且还写上“彤平”两个歪歪斜斜的字，逗得他追了个团团乱转……那是怎么一段美好的时光呀，当然，还有后来的意外的重逢——那当是上苍的眷顾，可现在，老天爷怎么又不管了呢。

一匙一匙地喂下药去了，却不见有变化。

一天一天地过去了，仍未有起色。

彤平守了三天三夜。

精诚所至，金石为开，终于，第四天一早，紫屏的谵语停了下来，发出了呻吟声。

“怎么啦？紫屏。”彤平赶紧问。

“我疼。”这当是很清醒的话了，可眼睛仍未见睁开。

“什么地方疼？”

“头，头裂开了。”

“没事的，伤了个口子，血已经止住了。”彤平安慰道，“很快就不疼了，你会好起来的。”

他握住了紫屏的手，发现，紫屏的手也渐渐地变得有力了。

在慰藉声中，紫屏又不知不觉入睡了。

而且再也没有谵语了。

显然，郎中的方子起了作用。

又过了一天，紫屏的呻吟停止了下来，眼睛也慢慢撑开了，她第一眼便看到了彤平：

“这是什么地方？”

“在疍家船上。”

紫屏露出了微笑：“难怪，我一直在做梦，梦见自己又变小了，睡在了摇篮里。妈妈不断地摇，摇呀摇，好舒服……”

“你可是睡了五天五夜，把人急死了。”工友在旁边说。

“我怎么会睡得这么沉?”紫屏不解。

工友想说什么，被彤平的眼色制止了。彤平说:“你呀，一描起彩画来，太入神，就不分昼夜了，太累了，所以，一睡下去，就睡过了头。”

“可我的头……怎么啦，还阴阴地痛?”

“那也是累的，一打瞌睡，头砸下去，不就磕破了皮么?”

紫屏终于叹了口气:“是呀，我觉得好累，好累，我又要睡着了……”

说着说着，她又合上了眼睛。

彤平对工友说:“就让她好好睡吧……她太累了，别惊醒她。这回，她不会做噩梦了。”

“不做噩梦就好。”工友说，“她太命苦了，连梦里也不得安宁。”

这一夜，彤平又去城里贴帖子了。

他惊奇地发现，不仅紫屏写的帖子，有人重新抄写出来，贴了又贴，而且，还有一些新帖子，不知是何人所写，很是辛辣:

> 海关大人本姓祖，
> 花边再多仍不足。
> 千儿八百湿湿碎，
> 十万八万算凑数。

显然，副将看到的不仅仅是他们的帖子，而且有可能了解更多的情况。

清早回到疍家船上，他发现，紫屏已睁大了眼睛，看住船篷外的霞光，若有所思，一见他，眼有点湿了:“你可回来了，又去贴帖子去了吧，千万得当心呀!”

听这话，紫屏的脑子已完全恢复正常了。

彤平把发现新帖子的事告诉了她。

“这就好了，民心不可欺，老天会还我们公道的。明天，你不要再去贴了，自会有人贴，而且会越来越多……”紫屏关切地说，“你还会有更多的事做，找过城守了么?”

“找过了，别看是武将，是非却很清楚，他听我一说，就明白了。他还说，见到了不少帖子，民怨沸腾呢。”

紫屏说:“只不知道泰叔怎样了?”

“我也很担心，祖秉圭这人，心狠手辣，什么都做得出。我也让城守关照，但他不一定办得到。他进去也有几天了……”

“但求上苍保佑。”紫屏泪光闪闪。

“还有芳庭大哥，听说，圣上朱批，依了祖秉圭的折子，要把他解送回福建管教。只是，芳庭大哥一旦落到祖秉圭手中，不死也得脱身皮，回不回得了福建也难说，这个更让人担心。”

紫屏合上了眼，泪水仍不断地从眼缝中涌出来：“这世道，好人为什么总是不得安宁？泰叔是多好的人，芳庭大哥又是多好的人，没他们，我们都活不到今天。我们该想想办法呀！”

“本来，那天我们都上琶洲拜过菩萨了，就少了个海鳌寺没去，不巧还撞上了陈寿官那个坏种……”

“我们是不是再上一下琶洲，拜海鳌寺？”紫屏急切地说。

“海鳌是在狂风大浪中可以救助翻船落水的人，传说就像海当中的一座小山……可我们这些事，却发生在陆地上，不如进城去拜一下华林寺，当更灵验，让菩萨保佑泰叔和芳庭大哥化险为夷，逢凶化吉，渡过现在这个难关。”彤平到底是有主意的。

紫屏挣扎着，端坐了起来。

“你又怎么啦？”彤平问。

“不是拜华林寺么？宜早不宜迟。”

“可你现在…….”

“我还有些碎银子，叫个轿子抬我去。”紫屏也是很有主意的。

“可你身体还没恢复，而且，陈寿官那帮人还盯着你，出去太危险了。”

“这我知道。可坐轿子就不怕，外边看不到人。进了寺里，坏人也不敢胆大妄为……我都想好了，不会出事的。”紫屏很有信心地说。

彤平想了想：“也好，不过，得择一个时辰，一大早人少，现在已经有点晚了。”

“那就明天一早，坏种们是不会起早的。”紫屏点了点头，又躺下了。

他们已在谋划一早如何出发，如何过渡，如何打轿，又如何在寺门前再相聚。彤平自会或前或后守护好这顶轿子……为了一个善良的愿望、祈求祛祸得福，他们已决定不惜冒上生命危险。他们只能这么做，他们也只能做到这一点。在这个等级森严的社会里，他们的声音实在是太微弱了，不祈求神祇，还能祈求谁呢？

然而，他们这一愿望，却未能实现，而且更遭遇到巨大的惨祸。

已是下午，日头开始西斜了。

那位住在疍家船上的工友提早回来了，一见彤平便说：“这几天你不在，窑里的火色，头两天还正常，但今天却有点不对头了，别的师傅都想办法了，都不行，只有请你去看一下。”

这可是至关重要的一窑，彤平坐不住了，披上衣服就要往外走。

“千万当心，一路上多长几双眼睛。”紫屏千叮咛，万嘱咐，心里扑扑乱跳，一双泪眼，深情地看住了彤平。

彤平仿佛比往日更加英俊，更为魁梧，用洪钟般的声音回答：“我会的。明天，我们还要去华林寺。”

“去华林寺，一起！”紫屏坚定地说。

彤平转身走了，只见他厚实的背影。

去窑场的路，左弯右拐，曲曲折折，不时还得穿过一两处人多繁杂的地方。彤平也很警惕，上次把陈寿官的家丁们撵走后，一直没什么动静，他们当是伺测时机。这帮人正得势，岂会善罢甘休？须一百个小心。

还好，一直到走进工场了，都没见有什么异常。

一见炉火，彤平便忘记了自己。

的确，这几天，由于陈寿官一伙人放风说要接收窑场，弄得人心浮动，有的人说，做工揾食，管他老板是谁？也有的说，泰叔为人厚道，干活不仅气顺，而且有盼头；陈寿官为人刻薄，还用不用我们则难说，即便留用，也没过去的顺心日子了，不如散伙的好……这一来，窑火没好好看，这才出了问题。

到了这个时候，要把握火候，让里边的彩瓷烧制成功，已很勉强了，毕竟是出了岔，亡羊补牢，悬得很。

彤平不断地指挥如何添火，让窑火恢复到正常……

然而，正在这个时候，一帮差役扑了进来。

“谁是彤平？”

所有人都惊住了。

也到了现场的场主，担心的是这一窑的成败，一旦彤平抓走，这一窑就毁了，他向前了一步，问道：“你们找他干什么？”

“有人告他拐骗民女，藏匿了起来，务必缉拿归案！”差役说。

场主道：“你们搞错了，是有人要抢他家里早已指腹为婚的未婚妻，反而还恶人先告状，千万不可上当。”

差役说：“我们只是奉命抓人，方才有人说他逃匿到了这里，你们还是老老实实把他交给我们吧。有什么话，公堂上去说。”

“没看见我们正在烧窑么？这里没有这个人，你们上别处去找吧。”场主只好这么说。

正在这时，又有一拨人进来了。这拨人正是陈寿官的家丁。

他们立时指着站在窑口边上的彤平：“就是他，把他抓起来，让他把拐骗的民女交出来！抓呀！”

他们同差役一同往前扑去。

彤平瞪圆了双眼，大声呵斥道："我就是彤平！谁敢上来，我一脚就把谁踹进炉火里，不怕死的来呀！"

差役与家丁吓得倒退了几步。

彤平悲愤地喊道："这天下还有公理么？你们强抢民女不成，反而还倒打一耙，诬陷上了我，还动用了官府的差役。你们害人还不够么？泰叔被你们害了，芳庭大哥被你们害了，你们还要强夺紫屏，诬陷到我的头上，苍天有眼，你们会遭报应的……"

家丁居然说："你只要把紫屏交出来，就没你的事了，识时务者为俊杰，保命要紧呀！"

"你别痴心妄想了！"彤平回答道，"紫屏姑娘宁死不从，撞墙而死，我们正要告你们逼死人命呢！"

"哼，想讹我们，她要死了，总有个埋的地方，别以为我们不知道，还是快把人交出来吧。不然，罪加一等！"家丁扬了扬手中捕人的网，"你跑不了啦！"

果然，在乱枪与撒开的网下，彤平闪避不及，被绊倒在了地上。

差役如狼似虎地扑了上前。

就在这片刻中，彤平眼前升起万丈烈火，火焰像一群密集的红色的鸟儿，飞腾起来，铺天盖地，是那么热烈，那么壮观，眼前整个世界，都是一片火红。那里，是何等的温暖，何等的亲切，他本是为火而生的，当与火最后交融到一起，成为一把更猛烈，更鲜红的火！

他绝对不会交出紫屏，哪怕付出生命的代价！他也不可能被抓去，因为，他也无法再一次忍受狱中的种种酷刑了。

为了心爱的紫屏，也为了不再接受任何的凌辱与酷刑，他别无选择！

想到这，他的心反而安然了。

巨大的火幕升起来了，他在那里看到了整个的世界，无论这个世界是黑是白，是冷是热，他都见识过了，他已经不枉这一生了。他耳边甚至响起了唐英祭童宾的句子：以骨为薪，以生命为火……

他裹住了网，抓住了一支长矛，翻身滚进了熊熊燃烧的窑火之中！

在这一刹那，他竟意外地看到了芳庭大哥的笑容，芳庭大哥仿佛说："你怎么也来了？来吧，我们就一路同行，走过奈何桥……"

被扯住长矛的差役赶紧撒手，家丁也吓得往后仰身倒下。

一束鲜艳的火，跃出窑口，升上了天空。

天也红了！

第十九章　雷霆出击

潜回广州，陈芳庭简装而行，不想见到城墙上贴有自己的通缉令。他压低帽子，走了过去。

可后边却有人察觉了他，跟了过来。他似乎也感觉到了，闪身到了一断墙后边。

一队兵丁从他身边走过。

他上了江边，

招呼一条小船，准备过江。

小船应召而至。

陈芳庭跳了上去：走！

船主问："就你一人，银两怎么给？"

"我包了。"

陈芳庭拿出一枚银洋。船主把船撑离了岸。

正在这时，岸边走来了一群兵丁，招手：过来！

船主摇手："我这条船已经包了，你们另外请吧。"

陈芳庭只把背对着兵丁。

兵丁呵斥道："你好大的胆，误了公差，有几个脑袋？"

船主有点慌了："还是去接这帮兵痞吧。我以后还得在这里撑渡呀。"

陈芳庭沉吟片刻："去吧。"

小船靠上了岸。

陈芳庭低下了头："人太多了，我再叫船吧。"

船主把银洋还给他。

陈芳庭用手一挡。未等他说话，一兵丁起了疑心："咦，你还真是财大气粗，把船都包了，用的还是银子。"

陈芳庭摆摆手，侧身要上岸。

兵丁一挡："你什么人？抬起头来！"

另一兵丁怀疑："你还真有点像……"

又一兵丁道："不是像，就是他了——陈芳庭。"

陈芳庭见势不妙，纵身跳入水中。

兵丁用长矛往水中戳。

但水面波纹平静下来，始终不见人影。

兵丁皱起眉头："奇了，怎么不见浮上来。"

船主说："这么跳下去，只怕给呛死了，过几天才浮得上来。"

一兵丁夺走他手中的银洋："哼，你竟然用船运走逃犯，如果不是我们眼尖，真让他躲过去了……不，他跑了。你跟他是什么关系？"

船主答道："他要上船过江，我又不知道是什么人。"

兵丁发狠了："休想狡赖，人没了，你得代他去吃官司！抓起来！"

船主说："我家中上有老下有小，饶了我吧。"

"你这贱民就是狡诈，不见棺材不落泪，给我打！"

兵丁们围住船主，拳打脚踢。

船主惨叫起来在地上打滚。

这时，陈芳庭却从船底探出身子来："住手！放了他，好汉做事好汉当。"兵丁犹豫了一下，把船主放了。陈芳庭冲船主喊："我们都不用船了，还不快走。"

船主赶紧把船往江心划去。

兵丁们用绳子把陈芳庭扎扎实实地捆了起来："我让你跑！"

陈芳庭叫了起来："手都麻了，松一点吧。"

兵丁冷笑道："做梦吧！走，你是钦犯，逃到天边外，也还会被抓回来！"

陈芳庭见船已驶远，忽地一转身，一头扎到了水中，都不见冒出什么水花，人就不见了。

一兵丁摇头："这小子寻死去了！"

另一兵丁也说："捆得这么扎实，他还能浮得起来？"

他们观察一阵，摇摇头，终于走了。

船主在划桨，已划到江心。

忽地，船头冒出了陈芳庭的脑袋。

船主失声："你！"

"嘘，你只管往前划。"

船主不敢作声了。

好一阵，岸边看不着了，陈芳庭踩水露出半个身子，双手仍捆在身子背后："帮个忙，捆得太紧，两只手都麻了。"

船主赶紧找出了刀具，给他割开了绳索："你好水性呀！"

"自小在海边长大，这小江小河就不算什么了。"

"难得你那么仗义，不然，他们真要把我抓走了。"

"顺流而下，远一点我再上岸吧。"

船主扯上了风帆："今天刮西北风，顺风顺水，可走快点。"

"过了黄埔，我就可以上岸了。"

“还是走远好。”

“还拿不定主意，一是仍旧回惠州，反正，该做的做了，尽人事，听天命，静观其变吧。”

“二呢？”

“索性回漳州好了，他们不是要把我驱逐回福建么？我自己回去，还有什么话说，至少，不违皇命。”

船主问：“家里还有什么人？”

“禁洋那些年，我回不来，老母亲也随老父走了，如今，夫人带着一小女，还有牙牙学语的小儿，一直想回家看看，没时间，现在总算有时间了。”

船主说：“回家总归是福。”

陈芳庭说：“你说得对，回家是福，该回去了。”

风正劲，帆鼓满，在黄埔水面掠过。

猛地，传来了一阵枪声。

每三年一次的乡试，正好也在雍正十年举行。这年的乡试，就设在了黄埔，因为是在秋天举行，所以叫“秋闱”，而试院为了避免闲人干扰，周围则布上了荆棘，于是，试院也被叫作了“棘闱”。中国的科举，自是国家大事，关乎挑选执管国事的人才。乡试是省一级的考试，考上了便是举人。而后再到京城参加会试，要是榜上有名，便是进士了。所以，莘莘学子，都视省城的乡试是一生中的头等大事，整个前程都押上去。皓首穷经，两广甚至有上百岁参加乡试的，让圣上得知，方赐个举人。很多人就这么考了一辈子。当年，也有春风得意的，年纪轻轻便考上了，仕途坦荡，青云直上，甚至中了状元的也有。

骆官的儿子骆秦，二十刚出头，秀才早拿到了，但举人却考的是第二次。当然，这回是志在必得。为了他赶考，骆官特意在广州多滞留几十天，未曾上云屏县到任，儿子的事大过他的事。这天，他是亲自把儿子送到黄埔的，因为与外洋大班打交道多了，黄埔一带很是熟悉，不似别的考生，要早早来探路。

一路上，他对儿子谆谆教导：

“士农工商，我们家在粤东北，本来是耕山出身的，士与农，本就是相通的，如同工与商相通一样，从工者，须出售货物，务必经商也，两者分不开。务农者，唯有仕途是出路，学而优则仕。大山里能有什么造化，还不只有读书，读书才会令人敬重。农往上跨一步，也就是士了。乡下有句话，有穷秀才，无穷举人，一旦中了举，就不愁吃穿了，财富是无须忧虑的。农者，有土，无地者，下一层，便是工了，两手空空，唯有凭技术与苦力。至于从商，则什么本事也不算，所以在乡下让人瞧不起，被叫作吃甩手饭……”

骆泰不解地说："那父亲何以从商呢？"

"我是误入歧途，一时不得脱身呀。当年，乡下没了地，我跟人上广州卖苦力，那人见我能吃苦，又诚实，就把他的铺头托给我管，他自己外出逍遥去了。没想到那几年生意特别好，人家说我是福将，一下子便发达了起来，乡下终于又能赎回几亩土地。可那人后来托了封信，把他原来的铺头折了一笔银两拿走了。我这边却愈搞活流通愈旺，脱不了身。后来又成了十三行行商，更是骑虎难下了。可商界里的是是非非，我是看透了，今年泰叔出事，更让我下了决心，才来了个曲线退出，说要去当个七品芝麻官，方把行商辞了。这如今，钱是靠不住的，土地才实实在在。泰叔当得上富甲一方了，可官方一查抄，也就立时败灭，片甲不留了。别看一时显赫，银钱堆成了山，说没收就没收了。什么'三丝八丝广缎好，银钱堆满十三行'，那其实也只是海市蜃楼罢了。"

骆秦似有所悟："父亲放心，上回落了榜，可我知道自己只差那么一点点，这又三年寒窗了，我是必中无疑的。"

"我们骆家就看你的了，父亲早年也饱读诗书，本也一心奔仕途的，奈何家贫无告，外出做工，最后误入歧途，当了四业之末，有的只是最不实在的钱，悔之晚矣。"

"你不马上去当县令么？"儿子说。

"你以为我真属意那样一个官职么？要是你的年纪去当还差不多，我都快到知天命之年了，能当出什么名堂。刚才我不是说了，这只是从十三行脱身的办法罢了。"

"儿子明白了，我会趁这青春年华，努力奋进的。"

说话间，棘院也已走近了。

父子就此道别。

骆官也顺便上黄埔港一趟，虽说已顺利地退出了十三行。可与当地人的交情，还有外洋大班的交情，毕竟还在，不能不打一个招呼便没了人影，尤其是不能让他们以为自己同泰叔一样出了事。

然而，他没走到港口，却突然听到了雷鸣一般的火枪响起。

他吓了一大跳。

开始，他还以为只响一两枪，可没料到，没一会儿，竟接二连三都炸响了，而且声音愈来愈骤密，愈来愈骇人……

他两脚一软，走不动了。

出什么事了？不是官府到这边抓人吧？

可在他身边走过的人，都没当回事，照旧忙自己的事。

他赶紧拦住一个当地乡民询问。

"没事，是番鬼佬们酒喝多了，又没地方去，开枪取乐，热闹热闹。"

乡下都称夷人为"番鬼佬"。

不过，骆官却担心，弄得这么大的动静，试院那边会怎么样？早不放枪，晚不放枪，偏偏这个时候。那些水手，是进不得广州城的，平日只能在船上待着，顶多，黄埔港划定一个范围，让他们活动活动一下筋骨，乡民们亦趁机向他们推销烧酒。这些家伙喝醉了，大呼小叫也不过瘾，便索性放起枪来。

正在这时，传来一阵马蹄声。

骆官一看，正是从试院那边过来的，分明就是考官。显然，对这边的枪声很是气愤。

骆官赶紧跑了几步，到了港口。

试官们正在呵斥那些鬼佬水手们："你们这是弥天大罪！乡试是国家的大事，你们竟然进行干扰破坏，非问你们罪不可！"

然而，就近并没有通译。

骆官多少还通晓一点，赶紧译给那些水手。

水手们早已烂醉，才不知道什么乡试不乡试的，仍在朝天开枪。

考官对骆官发火了："你怎么搞的？"

骆官赶紧说："我不是通事，只不过通点夷语。我的儿子还在试院里考试呢……"

考官这才明白是误会了，说："这事情闹大了，不少考生惊得笔落在了试卷上，这试卷一人只有一份，而且是京城制好专程送来的，一纸墨渍，分数怎么打，所以，当场好多老生都号啕起来了，三年准备又一次落空了……"

正在这时，与陈寿官一起的几位行商赶来了，赶紧哀求水手们不要放枪，一个个急得头上都爆出了黄豆大的汗珠。

但水手哪里会听？

考官火了："你们再劝不住，小心脑袋！"

一拍马跑了。

这边，行商们使出了浑身解数，才勉强让枪声平息下来，可醉鬼们还在鬼哭狼嚎，依旧不得安宁。

骆官也急急往试院赶去。

还没赶到试院，但见到外边有一群考生在号啕大哭了，显然，这是因为枪响而影响了考试，他们不是被枪声吓掉了魂，一个字再也写不出来，就是笔掉下来，把试卷弄得一团糟……总之，这三年一试，在他们是彻底失去了机会。

快走近了，却见一个年轻人从人群中跑了过来。

骆官这回脚真软了，跌坐到了地上——这年轻人，正是他儿子骆秦。

完了！

果然，骆秦的笔在枪声中落了地，他弯腰去拾，心慌意乱之中，竟碰翻了墨砚，弄得试卷上一塌糊涂，没法再考下去了。

又一个三年寒窗白费了。

骆秦把父亲扶了起来，只见父亲已是老泪纵横。

“怎么今年秋闱，偏偏安排在黄埔这个地方呢？”儿子不解地问。

“是呀，平时都不会上这里来的呀。”

只是这么说，又有什么用呢？

不过，此刻，还有比他们更心烦的人。

那便是祖秉圭。

船出黄埔，船主扯帆，借风疾驰。岸上发生的一切，陈芳庭一无所知。码头已是黄昏。

船主正要把船靠上码头。

码头上又来了一群兵丁。

船主犹豫，又试图把船撑开。

兵丁们吆喝：“过来，我们要过江。”

陈芳庭说：“过去吧，免得生疑，我这就上岸。”

船主把船靠了上去。

陈芳庭装揩汗，侧身从兵丁身边过去，跑上码头。

没防一兵丁身子摇晃了一下，拉住了他，把他揩汗的毛巾扯了下来。

有几位兵丁盯住了陈芳庭。

其中一位斜着眼：“咦，有那么点眼熟。”

另一位惊叫：“这是朝廷钦犯！”

于是，立即扑了上去。

陈芳庭又一头扎下水中。

没想到，这几位兵丁也跳下了水。

水中一阵混战，陈芳庭水性虽好，却寡不敌众，终于被执。

兵丁把陈芳庭捆了个结结实实：“走！”

兵头对船主说：“不过江了，你走吧。”

船主泪如雨下。

海关里，弥漫着不安与焦虑。

祖秉圭一直追问关在牢房里的谭康泰“做掉”了没有？

师爷告诉他：还没想出个恰当的名目。好在陈芳庭也已经成了瓮中之鳖了，圣上点了名，谁也不敢收留他，他便无处可逃了……

祖秉圭生气了："这么说，连陈芳庭还没抓到？"

师爷马上说："不，刚得到信报，他已落在我们手中。只是这无端惹来的惊天大案'秋闱事件'，把一切筹划都打乱了！"

"尽快处理掉。"祖秉圭一说完，马上又改主意，"还是把他先往福建解，这可是圣上的意思。"

师爷心领神会："明白，出了广东，就不关我们的事了。是死是活，谁也管不了。"

"马上送走，免得节外生枝，走之前，不要让任何人透露消息。"

"不审了？"

祖秉圭主意又变了："审谭康泰都审不出名堂，这陈芳庭只是个合伙人……也罢，押上来问上几句。"

"是。传令，押陈芳庭上。"

陈芳庭一身水淋淋地被押了上来。

祖秉圭嘲笑道："不是家财万贯么？怎么落汤鸡一样？"

陈芳庭回答："你没听说，粤人以水为财，我这一身打湿，当大发了。"

"死到临头，你还有闲心说笑。"

"圣上只吩咐把我赶回福建收管，连收押都不是，我要是死了，岂不等于抗旨么？"

祖秉圭阴狠狠地说："这么说，你死不了？"

"是不敢死！"

"鸭子死了嘴硬不是？"

"嘴硬不算什么，银子才是硬货。"

祖秉圭一惊："你什么意思？"

"银子化水，也就硬不了啦！"

"你是说我硬不起来——我看你比大棒硬还是不硬！看刑！"

师爷忙提醒一句："祖大人。"

祖秉圭愣了一下："陈芳官，你先交代，你与谭康泰是怎么与夷人勾结的？怎么与夷人串通妄图把持十三行的？"

陈芳庭一侧身："这个，你问错了人。"

"问谁？"

"陈寿官！"

祖秉圭老羞成怒："你还真是不打不行，来，大刑伺候。"

师爷只好再插话了："大人不与小人计较，得让他上路。"

"说的也是，给他点教训，不成抬他上福建，押下去。"

也就是这一天，祖秉圭收到了两广总督鄂弥达、广州巡抚杨永斌转过来的这一届乡试的主考官的状子。

这状子当然是强调乡试作为国家拔擢人才的全国统一考试的无比重要性，而海关居然疏于管理，尤其是对外夷教化不够，居然闹出了如此惊天大事，使众多学子错失了被选拔为国家效力的机会，是可忍，孰不可忍？当严厉加以惩处，追究罪责！

这不搞到他祖秉圭头上么？

况且他早就风闻，总督、巡抚要具名参奏他贪墨海关税银、侵吞赈灾款项，这倒好，又出了这样的大事，他脱不了干系，岂不被告得更严重?！尽管在陈芳官一案上占了上风，但圣上却没对他折子中称“督抚纵容包庇”一语表示任何态度，他仍惴惴的。

恼火之余，他让陈寿官把其他几位行商叫来——今年可是他们成了最大的包商，大骂了一通，而后，又下令将夷馆中被雇的中国人统统撤出，不让任何中国杂工为他们服务。

紧接着，更把负责翻译的通事，统统枷号示众，就跪在放枪的船只不远的岸边，且一个个都把屁股打了个五颜六色。

这么做，都是为了“杀鸡给猴看”，让外洋大班与水手们受受惊吓。官府虽不敢对夷人动刑，可与夷人有关系的，当代人受过。只是这么做，外洋大班未必领情，水手只当看热闹，真个收到什么警告的效果，也就很是渺茫了。至于日后会造成怎样的后患，这却不是祖秉圭所要考虑的，他这么做，只是为证明他在处理“秋闱事件”中雷厉风行，从而减轻他应负有的责任。

要是通常情况下，枷号示众的，就不仅仅是通事了，不仅仅赖他们翻译沟通不够，而且要把包夷船的行商也押出去。但祖秉圭怎么会把陈寿官推出去呢？真把陈寿官推出去，逼得反目了，他才真麻烦了。

总而言之，该抓的抓，该罚的罚，对移文至海关的督抚来说，也算有个交代。不是我海关管教不严，而是夷人冥顽不灵，作为中间环节的行商、通事罪责难逃。

但不管怎样，这雍正十年夷人放枪惊了秋闱，已成了华南一大事件，这一事件的严重性，祖秉圭当然是意识到的，所以成天战战兢兢、魂不守舍，似乎在等候大祸临头。毕竟官场的规则，他是深知的，之前自己又告了总督与巡抚，未曾得逞，这树敌就多了。

本来，这几天，他已打算把关在牢房里的谭康泰“做掉”，却还没想出个名目。好在陈芳庭也已经成了瓮中之鳖了，圣上点了名，谁也不敢收留他，他便无处可逃了……

唉，这无端惹来的惊天大案“秋闱事件”，把一切筹划都打乱了！

他始终怀疑，广东本朝及前朝，已不下百次进行过秋闱，却没一次选点在黄埔，为何偏偏这一次就选到黄埔，终于让夷人闹出事来，是不是分明给海关下的套，成心让他祖秉圭乐极生悲?!

祖秉圭方寸大乱，度日如年了。

说是秋天，广州依然溽热，入夜仍热得喘不过气来，辗转床笫，始终睁大眼睛看窗外，连月光也像日头一般带有热度，直逼帐内。偏偏蚊子还不甘寂寞，在周围“嗡嗡”乱叫，更让人心烦意乱。

祖秉圭怎么也睡不着，却觉得自己分明在等候什么。

等候什么呢?

终于，天亮之际，大门已经被踹开了，紧接着，内室的门也给撞开了——谁这么鲁莽，这般粗暴，莫非来了海盗? 这些年，没少得罪过海盗，人家铤而走险，潜入城中，要取他的首级也难免……

他吓坏了，一个跟斗，翻到了床下，而后，没头没脑地往床底下钻。

却被人抓住了脚踝骨，使劲一拔，拖到了外边：“祖秉圭，朝廷派人来拿你了!”

祖秉圭已经魂飞魄散：“这秋闱的事，我只是监管不严呀!”

“呸，这笔账还没给你加上去。”来人厉声道，“你贪墨了海关税收、赈灾款等等，丢十个脑袋也足够了！枷起来，带走!”

可怜的祖秉圭，连来人是个什么样子也没看清，便被枷号了。

一时间，海关够热闹了。

方才，并非祖秉圭在秋闱事件之后做的噩梦，而是完全真实的一幕。

朝廷派人来查他，更一点不假。

从他六月初六给圣上上折子，称总督、巡抚庇护、纵容陈芳官一干闽商，私通外洋大班，到七月中旬，圣上却来了个大扳局，前后也不过一个月的时间。其间之波谲云诡、风云突变，当是清朝十三行初中期历史中值得大书特书的一页，因为这关乎日后几十年乃至上百年的中国外贸之大局。

紫禁城内，这一年的雍正，也一如既往，似过去十年一样，一天不批上个几十个乃至上百个折子是绝不安寝的，其勤勉辛劳，当为中国帝王之冠。

而他最容不得的是，下边的官员，以为山高皇帝远，妄图瞒天过海，把他耍弄一番以谋求私利。所以，任何一个折子，他都要鸡蛋里挑骨头，一旦发现内中有什么吞吞吐吐之词，自相矛盾之处，他便会大加挞伐。

祖秉圭六月初六的折子，说到了鄂弥达、杨永斌“暗中袒护”陈芳官，“把持包揽生事”，他便有些将信将疑。不法奸商在经营中舞弊，这自然是有的，但是，说总督、巡抚袒护他们，只能是捕风捉影，况且鄂弥达素来与商人无涉。因此，在对祖秉圭折子加批时，圣上便只点商人的名，没有涉及总督与巡抚。

没想到祖秉圭竟拿了鸡毛当令箭，弄得广州城民怨沸腾……于是，下边关于祖秉圭贪墨的折子，更接踵而来。

这么些年来，圣上对海关的运作、收入，是非常关切的，毕竟，运作得好，公平、公正，万邦来朝，海关的收入倍增，国库也就殷实了，否则，财税枯竭，户部进账少了，国家能用的钱不足，问题就大了。

而这时，刚升了两广总督的鄂弥达、新任广州巡抚杨永斌，更联名上奏，严参海关监督祖秉圭的贪墨。由于陈芳庭做的材料，证据充分，条理清晰，没有虚词，扎扎实实，令人信服，这祖秉圭也就无可推诿了。圣上没想到，苦心栽培的亲信，不吸取在贵州的教训，仍一意孤行，到了广东海关，竟贪婪至极，鄂弥达、杨永斌参其贪赃的九条，条条是实，有证有据，实在是可恶。他分明是来个恶人先告状，以为把鄂弥达、杨永斌参倒在前，他们再告也就不会为圣上所理会了！

可圣上会轻易上当、能被糊弄得过去么?

这欺君大罪，祖秉圭居然敢犯?!

紧接着，圣上又收到了守城副将毛克明的密奏。本还在踌躇之中，一见这一密奏，就更加明了全部事态了：竟是祖秉圭勾结陈寿官一伙，垄断交易、欺行霸市，把个海关搞得乌烟瘴气，却还妄图一手遮天。

一位武将，本与海关无涉，更与督抚没什么利害关系，却忍耐不住，挺身而出，揭发这一惊天大案，精神可嘉。

毛克明列举了祖秉圭如何巧立名目，设立各种苛捐杂税，从中贪墨之后，更明确提道：

> 洋行共有壹拾柒家，唯闽人陈汀官、陈寿官、黎安官叁行，任其垄断，霸占生理。内有陆行系陈汀官等亲族。所闻现在共有玖行，其余卖货行尚有数十余家，倘非钻营汀官等门下，丝毫不能销售。凡卖货物与洋商，必先尽玖行卖完，方准别家交易。若非监督纵容，伊等焉敢强霸？是官渔商利，把持行市，致令商怨沸腾，众口交谪。事关欺昧罔利，理合据情密奏。

这么一说，便一目了然了。

压倒祖秉圭这一大骆驼的最后一根稻草，就这么有了。

圣上阅后，很是兴奋，随手批道：

“为能如此属心忠诚事朕，何患不大成人也，莫移此志，勉之。”

他太高兴了，终于识破了祖秉圭要的阴谋诡计，一正海关的邪气。

对，就让毛克明暂署理海关事务，不在于他对事务有多少理解，而在于他的忠诚可靠，对贪墨的深恶痛绝，武将为什么不可以担此重任呢？“莫移此志，勉之”。

决定既已做出，雍正那冷峻的脸色却未曾舒缓过来。

又是深夜，秋凉如水，他提起了笔，饱蘸墨汁，淋漓酣畅写下了圣旨，以纠正上次对祖秉圭折子批复的失误，指出祖秉圭先发制人之可恶，严惩这一事件中的有关人等。

> 旨：前日祖秉圭具折奏，称有洋行商人陈芳官把持、包揽生事，不法署督臣暗中袒护等语，朕料鄂弥达必无袒护商棍之事，只降谕旨，令该署督将陈芳官解回原籍收管。今览鄂弥达、杨永斌恭奏祖秉圭欺隐婪赃九款，是祖秉圭前日之折奏乃已身劣绩败露，探知督抚纠恭，而为先发制人之计，甚属巧诈可恶。祖秉圭深负朕恩，着革职交与该督抚，将所恭各款严审追，拟具奏陈芳官暂停遣解，俟审明再关其关税事务，着该督抚委员暂行署理。该部知道。

写毕，雍正把笔一掷，坐在了椅上。

不觉间，窗外已透出了一片曙光。

鸟语开始喧闹了起来，似乎还飘来了一阵花香。

雍正深深地吸了一口清晨那纯净的空气，看来，中国最大一个海关的问题，最终真相大白于天下，谁再敢一手遮天，扰乱海关贸易，影响国家这一重要的收入，只能自食其果，河清海晏——这海，当要晏了！

这一天，是雍正十年七月十四日（农历），距六月初六祖秉圭上奏，仅一个月零八天，可这不足四十天的时间，在古城广州上空，其风云变幻、惊涛乍起，却是有史以来从未有过的。

南中国海，又恢复了它的明净湛蓝，向大洋铺出了一条阳光水道。

监狱的大门，“轰”地打开了。

已遍体鳞伤的谭康泰，每每有什么动静，都要挣扎起来，透过送牢饭的小口往外看，究竟又发生了什么……

一次又一次。

他始终坚信，祖秉圭如此胆大妄为，凡事无不用其极，只会走到自己的反面。但是，他却一次又一次地失望，一个多月了，甚至还有人悄悄告诫他，你要有准备，祖大人只怕要把你置于死地而后快，把你“做掉”，到时连申诉的机会都没有了。

告诉他这话的，是南海县监狱中的一位师爷，毕竟，总有不平则鸣者。

他相信，祖秉圭是做得出的。

他等着，他也做了准备，这个时候，哪怕是告饶，也是无济于事的，那就坦然地去迎接生命的最后时刻吧。哪怕死了，他仍相信，后人会还他以清白的。陈芳庭不是已抓到了祖秉圭的贪墨证据么？他唯一遗憾的是，他嘱托紫屏、彤平，绘出、烧出广彩瓷的极品，当在这几天出炉了，却无缘再去见识了，更别说先睹为快了。迪韦亚他们也都在期盼着，并且坚信这将在西方引起巨大的轰动——这毕竟是东方艺术的奇葩呀！

这次狱门的轰响，却只能是祖秉圭一手的宣示。

他已坦然了。

果然，牢房的门钥又“叮当”作响了。

门一拉开，有人在喊：“谭康泰，出来！”

出去就出去，没什么了不得的，除死无大祸！他一脚就跨出去了。

可跨出去之际，他却发现，外边一个被枷号的人，正准备进来顶他的位子。

狱中光线不好，昏暗之中，他试图辨析来人是谁，狱吏却先叫出来了：

“祖秉圭，进去！”

谭康泰还以为是自己听错了，仔细看住对方，果然依稀可辨，正是祖秉圭那狭长、刻薄的脸，那几乎眯成一条线的眼，正略微撑开，闪过一道寒光。

谭康泰先说了两个字：“是你？”

于是，有了如下对白：

祖秉圭：是你，出去么？

谭康泰：我出去了，你进来了。

祖秉圭：我们都被圣上点了名。

谭康泰：应该是，我先被点，你后被点。

祖秉圭：圣上点你，也太抬举行商了。

谭康泰：圣上点你，难道是对官员不恭？

祖秉圭：恭不恭，总归还是自家人。

谭康泰：这么说，你当是依家法惩治了。

祖秉圭：那你是法外开恩了。

谭康泰：我并未犯哪家子的法，而你的家法却是王法。王法内能开恩么？

祖秉圭：我的前任，不是死了才得到封赐么？

谭康泰：你是说，你这回活不了啦，只能等死后封赐了。难得你有自知之明。

祖秉圭：圣上还是怜惜自家人的，我比杨文乾更亲近些。

谭康泰：可我知道，圣上更痛恨官商勾结、官渔商利、欺行霸市，只怕你这回不会再有什么侥幸了。

祖秉圭：自会有人为我说情的，我贪墨再多，并非我个人所占，还不是打点了皇亲国戚，他们焉能坐视不管？

谭康泰：非也，这些皇亲国戚，只怕为撇清关系，巴不得早日杀人灭口呢。

祖秉圭：我不信，我到底是皇家的家奴。

谭康泰：勿谓言之不预，我们都看得到的。

祖秉圭：你不过就躲过了初一。

谭康泰：现在轮你躲不过十五了。

祖秉圭：你就仗着钱可通神么？官府一声籍没，只怕你只剩下一条短裤遮羞了。

谭康泰：这就是你的本色了，权力大过一切，只是，这也不是绝对的，权力再大，一般投鼠忌器，你把持海关，以为能操纵行市，也未必。好端端几十年的十三行行市，就这几年，被杨文乾与你，搞得乌烟瘴气，就算圣上不收拾你，激起民愤，你也不会有好日子过，你不以杨文乾为前车之鉴，只怕死得比他还难看。

祖秉圭：关了这么久，你还这么嚣张？

谭康泰：只是你嚣张得起来么？不是不报，时候一到，一切皆报。

祖秉圭：你也太小看我了。

谭康泰：能把你怎么看，在这里边还得称你大人么？

祖秉圭：你——

谭康泰：我让你，进去吧！

祖秉圭把头一低，走进了号子里。

两个人的历史，就在这一刹那间交错，互替。而一部新的历史，就此展开。

谭康泰拖着伤残的躯体，慢慢地走出了牢门，走到了大街上，他知道，这一回，他是真正恢复自由了，事不过三，他也将不再会有牢狱之灾了。

朗朗乾坤，阳光多么灿烂！

浩浩南海，航路全然畅通！

他振作了起来，叫过一顶轿子："上盈顺行！"

轿夫见他一副落魄的样子，略有犹豫。他冷笑道："到了那里，还怕少了你的银子？"

"盈顺行不是封了么？"轿夫说。

谭康泰说："现在封的不是盈顺行了！"

轿夫恭恭敬敬地掀起了轿帘，让他坐了进去："是吗？理当如此！"

轿夫也是明事理的。

谭康泰一轿坐到了盈顺行前，封条尚未撕下来，却已被风雨打得快脱落了，半张飘荡在空中。他的一位伙计，依旧守候在商行边上一个小开间里，早就见有轿子打到，迎了过来，见是泰叔，喜出望外："您可回来了！"

谭康泰也老泪纵横："你先打赏这位轿夫，没他，我可走不回来了。"

封条未撤，还进不去，店员说："骆官还没走，他一直在打听你的情况，先过那边去喘一口气吧。"

店员携扶着谭康泰，向不远处的商行走去。

骆官的商行，已收拾得差不多了，里边显得空落落的。骆官这是来作最后的打理，准备启程了。

一见谭康泰，他那悲戚的脸容上总算有了一丝笑容："你……到底出来了！"

"祖秉圭进去了。"

"大家都知道了，海关大门前贴出了告示，是由总督、巡抚签署的，称，已接上谕，原海关总督祖秉圭欺君罔上，贪墨海关税银、敲诈勒索商家，罪行累累，正在清算。圣上明察秋毫，及时识破了祖秉圭种种阴谋，已将其下狱，罪不可赦……这一来，你也该出来了，不过，这一回，你苦头可是吃大了。"骆官看着谭康泰未曾消肿的脸，痛心地说："你不赶紧过江回家看看，夫人日日以泪洗面。"

"我这就回去，刚才打轿，心里牵挂商行，不觉就来这里了。"

"这马上就会解封了，你这不是出来了吗？能见到你，也算是我幸运，不然，我这一走，只怕再也见不到你了。"

"你要走哪去？"

"我是上云屏县当个芝麻官，就以此理由把行商辞掉了。不然，还走不了。"

"你到底是下了决心。"

"有你为前车之鉴，我能不退出么？"

"我都不退，你怕什么？"

“你进去了，还有办法出来，我要进去，只怕就出不来了。”

“怎么会呢?”

“你进去没看透，我没进去却看透了。士农工商，哪怕当个农民，也比当商人高两等，士只与农连在一起，耕读传家、耕读不分家，学而优则仕，我们那边乡下，你再赚大钱，照旧被人瞧不起，可我这回当上个七品芝麻官，乡下又是送匾又是报喜，热闹得不得了，老父都高兴得喝醉了……”

“噢，你们客家，从中原来得迟，所以，很看重仕途，只是在南番顺这里，洗脚上田，弃农从商，甚至弃士从商，前两朝就已经有了。你也知道我家祖训，做人不做官，做官不是人，你别听了不高兴，祖秉圭这个官是人么? 诚然，古训中更有为天地立心，为生民立命，为万世开太平，处庙堂之高，心忧天下，让为官者负起国家栋梁之责，确实也有过如包公、海瑞这样的清官。但不少人一旦权在手，别说百姓，连糟糠之妻都一脚踢出了门外。所以，粤人也算是看开了，还不如做人，包括做商人，裕国通商，一样能为万世开太平……”谭康泰不无沉重地说。

“把你关进牢中，你还做得了人么?”骆官叹息道。“没变鬼已是万幸了。没想你还有这么大的雄心，裕国通商，开万世太平，能么?”

谭康泰说：“我去过不少国家，平心而论，他们现在并没有我们这么富足，可人家更雄心勃勃，不断革故鼎新，发展得快，他们靠的正是经商，把货盘活，让物尽其用，讲诚信，重然诺，守契约……我不愿设想，几十年后，像紫屏在外洋被掳为奴的命运，会落到更多的大清子民的头上。可是，要是像这几年，官商勾结，官渔商利或者官商不分，欺行霸市，这通商最后就成了一纸空文，谁也不敢来了，那还裕什么国? 国家要强，要眼观六路，耳听八方，靠公平交易，聚天下之财，方可让百姓富足，开万世之太平。这么多年，我一直在琢磨这些道理，大清帝国，无所不有，万邦来朝，却不可故步自封……不说远了，现在，仅商船一样，人家已经比我们强多了，我们限制两桅五百担，比起人家已是小巫见大巫了……当土地主，鼠目寸光，自以为是，不得长久矣。”

骆官摇摇头：“别说这些，我已经没心思听了。儿子这次秋闱落榜，更叫我心灰意冷。云屏是否到任，我也没考虑好，这里只求脱身罢了。不过，你可别让了。普天之下，莫非王土；率土之滨，莫非王臣。你再有孙猴子的本事，也跳不出如来佛的手心……我们谁也别劝谁好了，你再富有，富可敌国，也还是归皇上的，这回把你一抓，不很明白吗?”

谭康泰艰难地站了起来：“我得回去了，现在也不是谁说服得了谁的时候，我只是在牢里穷想罢了。不知家中怎样，更不知窑场怎样。现在紫屏、彤平烧制的广彩瓷，最后也该成功了……”

骆官想说什么，却还是打住了。

伙计扶谭康泰慢慢走出商行，叫来了轿子。

谭康泰正准备上轿时，街头一阵骚动，走过来了一队差役。

伙计脸都青了：“不会又……”

可差役们正眼也不看这边，直奔前边的广顺行等几家。

很快，陈寿官与其他几家行商陈汀官等等，都被差役戴上了木枷，押了出来。

谭康泰已坐在了轿里，只从帘缝往外看，显然，祖秉圭把他们给供出来……不过，他竟发现，黎安官的大儿子，也一并被枷号了，走在当中。

待一干人等走后，骆官在轿边问：“你怎么还不走?”

谭康泰却掀开帘子，说：“奇怪，安官并非他们一伙，怎么也把他的后人一并抓了?”

骆官说：“夷商不早把安官告了，说他拖欠好几万不还……所以，督抚这回也把他们一并处理了，何况，黎家也是闽人。”

“那陈芳庭也是闽人呀，当初为何又抓他?”

“因为他这个闽人与你在一起。”

“有陈芳庭消息吗?”

骆官摇摇头：“音讯渺茫。自从圣上点了他的名后，我那亲戚留他不住，他说要来广州送材料，所以自己走了……从此就不知下落了……”

“他要知道今日巨变，当会回来……”

“但愿……”

在历史的大风暴中，几片相关或无关的落叶，诸如芳官、安官之类，毕竟不似大树一般，尚能支撑些时日，而是被卷飞上无涯的天际，去接受无常命运的摆布，甚至万劫不复。

谁担保得了呢?

若谭康泰得知他入狱后发生的一切，还会与骆官讲那样一番话么?

他让骆官一同回了家，专门找了一个广彩的八角碟，上面烧制的是十三行的全景，背面则有“谭康泰，雍正十年”的字样，送给了骆官：“算是留下个念想，记住我们这么多年在十三行的同舟共济。”

骆官默默地走开了。

此刻，在通往福建的道路上，已是遍体鳞伤的陈芳庭，被牵着绳子，趔趄而行：

“你们不如把我打死好了！”

兵丁却说："你们不能死，至少不能死在广东地面上，这是上头吩咐的。"

"出了广东呢？"

"那我们就管不了啦！圣上已经叫福建把你收管。"

"收管，不是收押，坐不了大牢。"

"所以，我们也还得对你讲点客气。"

"福建派人来接管么？"

"这个自有安排，用不着你打听。"

陈芳庭一咬牙，走快了几步。

粤、闽地界的驿站，已经有人在守候。

兵丁牵着陈芳庭走近。

守候者上前问："是驱逐过来的陈芳官么？"

互换了文牒。

兵丁道："陈芳官，你好自为之。"

守候者叮嘱："陈芳官，你还是回福建做生意好了，犯不上到广州搅局，不过，在这边你还是得老老实实，别再让人奏上一本。"

兵丁说："他可成了大人物，连皇帝都知道他了。"把牵人的绳索解了下来，又道："这是你的地头，他们把你怎样，我们就不知道了。"

兵丁向同行的押解人递了个眼色。

这却是诡异的目光。

漳州临海小镇，已经稍有翻新的陈家庭院。

陈芳庭夫人正在轩中做女红，飞针走线。

一仆人过来："夫人，陈官回来了。"

陈夫人一惊，针刺破手指，渗出一滴血来："回？回来了？"

仆人说："是官家把人送来的。"

夫人赶紧起身，往前庭走去。

陈芳庭已换上了另一件外衣，看不到身上的累累伤痕。

夫人赶紧扑了上去："怎么事先不打个招呼。"

送解的福建官员："皇上要他回福建做生意，不可以到广州了。"

夫人诧异道："……不去也好，得背井离乡，抛妻别子，孤单一人，皇上圣明，皇上圣明。"

官员劝说道："陈官，夫人还真能识大体、知分寸……好吧，既然皇上批的是原籍收管，不是收押，我们就没有理由把你关押起来。你就好好在家中待着，随传随到，千万别再去广东，到时出了问题，谁也保不了你。月是故乡明，茶是家山浓，广东有什么好去的，厦门一样能出洋……哦，厦门你也不能去。”

夫人叠声道：“哪也不去，哪也不去，金窝银窝，都不如自家的草窝。”

官员点头：“有你这句话担保，我就不多话了，不要轻易外出，倒不是为的传唤，江湖险恶，小心要紧。走了。”

两人把官员送到了门口。

待官员一走，夫人就扑到芳庭怀中：“出什么事了？”

陈芳庭不觉“呀”的一声。

夫人往后一闪：“怎么啦？”

这才急急解开陈芳庭的衣扣：“天哪！”

她被遍体伤痕吓坏了：“谁这么凶狠？”

“除开官府外，谁下得了这种狠手。”

“快，坐下，我来洗洗衣……阿香，快到镇口请郎中。”

仆人应声道：“这就去。”

仆人出去后，夫人脱下陈芳庭的外衣，端上一盆清水，小心地清洗伤口。

她泪水不绝，不得不断用手背揩去泪水：“你被打成这样，那泰叔怎样了……”

“唉，只怕他更惨，海关大人……”

“得打发人去打听打听。”

“这天下总要有公理。”

夫人细心护理一旬，陈芳庭已有所恢复了，可以逗着两岁的孩子玩。

也算在尽享天伦之乐了。

“我们去看姐姐好吗？”

孩子说：“姐……蔗。”

陈夫人明白：“想女儿了？”

陈芳庭叹一口气，说：“她出嫁，我都没能回，这次回来，不能不去。都好几年不见她了。”

“官府不让你出家门呀。”

“又不远，不算出门。”

“有这个理么？”

“周围都是乡亲，没事的。”

“我陪你去。”

“你还是在家带孩子吧。”

“我不放心。”

“我走水路，没人动得了我。我是浪里白条！”

海边，一排排白浪扑上沙滩。

陈芳庭上了一条船，仆人把礼品抬了上去，这是给出嫁的女儿送去的。

他对夫人说："逗逗小孩，走走亲戚，已经是神仙式的日子。"

夫人说："是呀，无欲无求，平安是福。"

陈芳庭一扬手："过两天我就回来。"

夫人怀中的小孩，也呀呀地扬起了小手。

都没留意，曾出现的诡异的目光，在不远的岸边闪过。

小船渐渐划出几十丈远。

夫人仍在扬手。

正准备转身之际，兀地惊住了。

只见一条鼓满了风的帆船，径直向陈芳庭的小艇冲去。

片刻间，小船倾覆，化作了碎片，水面漂着未沉的礼品。

夫人沿岸跑着："陈官！陈官！"

孩子也在哭喊。

陈夫人在沙滩上奔走，小孩也跟着跑。

陈夫人耳边响起芳庭的声音，他在奋力踩水，冲出半身高来。

可一揉眼睛，又不见了人影了。

陈夫人叫道："不，你死不了的！你总有一天会回来的！"

又在呼唤："陈官，陈官。"

白浪扑来。

第二十章　生命之火

尽管谭康泰终于走出了暗无天日的牢狱，可到了外边，那颗心比被仍紧锁在牢笼中更为难过，寸寸节节都在滴血！

一个接一个的噩耗，如同晴天霹雳，劈在他心上！

本来，见到祖秉圭得到应有的惩罚，他还有些兴奋，所以，才有对骆官的那番颇负雄心的话，可后来得知一切后，便让他一下子跌落在冰窖中。

体弱多病的夫人，这次终于没能捱得下来，在他出狱前三天已撒手尘寰，这已叫他痛不欲生，几十年相濡以沫，竟一下子就阴阳相隔了，这一打击，几乎让谭康泰回不过气来。

在谭康泰的亲戚朋友中，能见过其夫人几面的，恐怕为数不多。他们大都是在谭康泰最后一次落难时，夫人终于气绝身亡时，才真正见上其夫人的，惊叹这位夫人的雍容华贵、超拔尘寰的面容。可那时，她对这人世更无留恋了。

在这滚滚红尘中——她就这么悄然而来，悄然而去。

祸不单行，本来自己一手搭救出来的彤平竟殒身火海，以死明志，烧成了广彩瓷的绝品。讲到他被差役所逼，退守炉火边上，最终一跃，化为冲天一炬，所有人都不胜唏嘘。谭康泰仍在自责，我不曾杀伯仁，伯仁因我而死，如果不动员他从景德镇回来，断无此事。

而紫屏，则不知去向。只晓得她一头撞上了石墙，昏死过去，被人抢去又抢回，如今则不知死活——原来，仅彤平知道她在哪里。有人听说，紫屏得知彤平已死，拒不喝药，头上的伤又发作了，终于不治而死，如今，两人早在天堂上会面了。

还有陈芳庭……

而这，也令谭康泰更深深自责：付出了如此巨大的代价，究竟为什么呢？就如人们所说的，只怪自己犟得九头牛也拉不回，当日真肯低个头，会这样么？

自由了，祖秉圭被问罪，陈寿官也抓起来了，似乎对手都输了，但自己便胜利了么？

谭康康陷入了深深的悲凉之中。

夫人的丧事，直到断七，才送上了山——那是送回到了顺德龙江的锦屏山，当棺木徐徐落下墓穴，谭康泰差一点就跳下去了，反正以后也要进去的，不如早早解脱好了。

住持率众僧，为亡灵诵了三天三夜的经文，夫人当能在西天乐土上释然了。

丧事办毕，谭康泰与住持告辞了。

住持却摆摆手："不必了，人生如过客，天地乃逆旅，哪有这么多的聚与离，哪有这么多的礼数，免了吧。"

谭康泰似有所悟："是呀，生下来，聚的礼数，挂灯添丁做满月酒，自己并不明白；死过去，离的礼数，点七星灯做道场，自己更不知道。说到底，聚离、生死，皆是他人的事，与我何涉。我去也……"

住持说："大千世界，无出处也无去处，无此岸亦无彼岸，足下乃是佛所。"

"这与老庄相通，虚者，心斋也。"

"本来无一物，何处惹尘埃，空即是悟，悟即是空。"

"世上本无我，我又何有世。"

住持双手合十，不语了。

谭康泰又回到了广州，回到了十三行。

骆官已经走了，能说得上话的行商，也就那么几个，但经这一个多月的折腾，大都伤了元气。外洋大班也不找上门来了，此间，他们已千方百计，找到了行外的散商，七拼八凑，要把这一年度的贸易额凑够。本来，先是谭康泰这边出事，倒了半边山；而后，又是陈寿官下狱，又塌了半边山，十三行一时间，已生意萧条，门可罗雀了。

虽然督抚这次追究陈寿官的罪责，没有像祖秉圭那般下毒手，但也把商行封了。虽然，广顺等行仍旧在维持中，但陈寿官信誉丧尽，愿上门的外商寥寥无几，颇难出货。

这一天，谭康泰回到已经启封了的盈顺行，让伙计们打扫整理了一下，勉强再行营业，可毕竟最旺季的日子已经过去了，又少了一个像陈芳庭那样能干的帮手，加上自己又心灰意冷，一时也未能有什么起色。

世上本无我，我又何有世?!

任由这世道翻云覆雨，与不曾有过的我又有什么关系，何必过问?!

窑场他是不敢去的，因为那是最不堪的伤心地，当日听场主说起彤平殒身的经历，他的心也就碎了。所以，他也不去过问那一窑最为极品的广彩几时可冷却下来，能够出炉。没有人敢下令出炉，那里可是吞没了一个活泼的生命——就把那个瓷窑，当作彤平的墓所好了！

此生已了无生趣！

这天，他又雇了一叶小舟，独自荡向离白鹅潭十里的沉香浦。

他不知道自己为什么要到这个地方?

这当是三上沉香浦了。

正是在这里与彤平最后一次道别，而且还在这里说起了彤平与紫屏婚期被延误的事。多好的一对年轻人呀，却完全为了我，如今一个已不在人世，还有一个生死不明。这都是为什么？为什么?

他的手下意识地摸向衣褡中的一个小袋，那是他出门前下意识揣到手心带上的。

那里边，装的正是曾许诺给紫屏的嫁妆，那颗价值连城的祖母绿宝石！

都是它，太名贵了，当时不敢得罪祖秉圭的夫人，所以没拿出来，从而推迟了两位年轻人的婚礼，结果铸成了这遗恨终生的大错！不然，两人早早成亲，说不定如今孩子也早有了，留下了两人的根苗。可现在，什么也没了。

人呀，每每为一个世俗的念头，误尽了多少大事，断送了多少光阴?!

其实，当初听紫屏说的，就当是一个普普通通的人，办一个普普通通的婚礼该多好，什么事也不会发生！

都为了这一枚祖母绿。

谭康泰好恨呀，好恨！

谭康泰把这装有祖母绿的锦囊，高高地举过头，悔恨交加，欲向深水中扔去。

正在这时，却传来了一声呼唤：“泰叔，泰叔，等等我！”

这声音何等熟稔，何等亲切，何等清婉，仿佛有如天上传来。

他一怔，锦囊落在了船中。

转身，却发现一条疍家船疾驰而来。

他平日从没与疍家人打交道，在珠江边上，疍家人几乎就是不可接触的贱民，让人蔑视，连同他们打交道，也一样被人看不起。可今天，这疍家船上，怎么会有人叫起他的名字呢？而且是那么熟悉的一个女声。

“泰叔，是我……”

那声音更近了。

在水光的辉映下，疍家船头，分明站着一位周身粼光闪闪的女子，不，女神！她高高地扬起头，眼中含着晶莹的泪水，目光却穿越过水上的波光、淡雾，来到谭康泰的眼中，这一目光，终于在谭康泰心中唤起了这些天几近冰封了的记忆！

这竟然是紫屏！

这不会是做梦吧？不会是到了另一个世界，才能见到的已经逝去的故人？

心已经死了，心不相信这一切！

他呻吟了起来：这不会是真的。

可疍家船正在驶近，紫屏的面容更加清晰、更加真切了，而且，她还叫道：“泰叔，我是紫屏，我是紫屏呀！”

谭康泰终于听清了，终于看清了，他讷讷道：“果真是你么？紫屏！”

两条小船终于并在一起。

紫屏不顾一切地跳了过来，扑到了谭康泰的怀中：“泰叔，我还活着，我已经死过一回了，我已经不会再死了！”

谭康泰抚摸着她的秀发，泪如雨下：“活着，活着，你不会死的，不会……”

疍家船上那位工友，大声道：“终于让你们见面了，我就放心了。”

原来，彤平殒身之后，这位工友害怕陈寿官一伙加上祖秉圭的走卒继续追查紫屏的下落，便放出了风，说紫屏撞墙之后没几天，终于不治身亡……而他，撑着小船，白天不敢靠岸，始终在珠江上漂泊着，就这么一漂就半个月，岸上发生的事一无所知。直到这一天清晨，他上岸买盐，无意见到早些日子督抚贴出的告示，虽然那已残缺不全了，可一打听，便知道是怎么回事，这才料到，泰叔有可能已经出狱。于是，两人赶到了窑场，一路打听过来，才驾船追到了沉香浦。自然，这一路上，什么也都知道了。

紫屏含泪道："这里是沉香浦，那天，彤平送你到了这里，回去就与我说了。"

谭康泰点点头："没想到，那竟成了生离死别……真对不起，这一切，都是因我而起，都是我害的。"

紫屏说："这能怪你么？都是那班狼心狗肺的东西，忒歹毒了！"

"可没我，你们又何以受连累？"

"不，泰叔，当是我们连累的你，如果我不想在彩绘上出新，如果彤平不想烧出广彩瓷的极品，我们早双双远走高飞了，不会赖在你这里不走了。如果不是我们共同出的广彩瓷，引起外洋大班的兴趣，大批采买，也就不会惹起祖大人、陈寿官眼红，这才下的毒手，把你抓了起来……"

"不，不，怎么能这么说呢？不能，不能。"谭康泰说，"都是因为我，我早点让你们像普普通通的人成了亲，和和美美过上普普通通的日子，有一个甜甜美美的家庭，甚至，连孩子也有了，也就不至于像今天这样。"

紫屏说："你给我们的一切，我们的心愿，我们的梦想，这，我们至死不悔，永远感激不尽。甚至，还给了我们孩子……"

"孩子，你们有孩子了？"

紫屏有点羞涩地摸了摸腹部："那是上琶洲的那一天，迪韦亚一个人留在了琶洲塔上，我们去拜了真武帝，许了愿，回来路上，走迷失了，进到了一片大树林里，没想到，就有了。"

谭康泰感到了一份欣慰："有了，有了好，生下来，不是小彤平，就是小紫屏，你们终于有后了！"

"要是小子，让他干彤平的烧窑师傅，要是女孩，就带她学彩绘，一定要比我强！"

谭康泰冰冻的心，终于有了一点回暖："是呀，有了后人，就有了希望……你可要好好呵护着他。"

"我会的，这毕竟是彤平的骨肉。"紫屏的泪水又夺眶而出了。

"这孩子，无论是男是女，就叫'双平'吧，我先给取名了。"

"太好了！"紫屏轻声叫道，"他就是我们大家的希望……我们有希望了！"

可这回，谭康泰却念叨着"希望"两个字，一脸的苦涩。

紫屏凝视着他，自然深知，这位长辈的心究竟有多苦，比烧焦的一切都苦，心如死灰了，可是，他不应该这么沉沦下去，颓丧下去，他还应该振作起来，还大有可为。于是，她抓住"希望"两个字，说了如下一番话："泰叔，孩子是我们共同的希望，希望他能把我们的事业继续下去，也就是说，我们的事业大有希望，不是么？祖秉圭的罪行已被追究，巴纳里与陈寿官串通舞弊，不仅在我们这里，也在外洋大班那，也都一一得到清算，整个十三行的贸易，终于又一次闯过了暗礁，前景看好……”

谭康泰却说：“孩子，你还是天真了一点，你以为当局的看法就同你一样吗？他们会认为我与陈芳庭向东印度公司告巴纳里的状是正义合法的举动么？他们心目中真正有一个公平、公道的市场贸易的法则么……不，我们不可以把他们想象得那么开明，那么开化。我还知道，陈寿官抓进去了，但还要一样审理陈芳庭的事，这也牵连到了我，他们无非认为，我们与陈寿官一样，为的只是争夺市场，而无是非对错之分。总之，商为末业，商人不过就是商棍，永远置于最贱的一层。这也是骆官为什么宁可去当个七品芝麻官也不愿做个富甲天下的行商……”

紫屏却说：“不过，你还是一直在劝骆官不要退出，说粤人并不这么认为，百姓不富，何来为万世开太平？”

“是的，我是这么不止一次地劝过他，这次出来，我也这么劝他。我也只能是劝，可我又能做什么呢？”谭康泰叹息道。

“不，你能做的还很多，很多……”

“我做不了啦……”

“就算今年的生意难得逆转，可你还能有更大的成功。”

“这话又怎么说？”谭康泰疑惑了。

“我想，生意的事，有起有落，有盈有亏，不在一时一日。可有一样，却是只会一直向前，不断辉煌……”

“你是说——”

“彩瓷艺术。”紫屏沉稳地说，“还有我们整个的制瓷业。”

谭康泰一愣：“你是说工艺、工业与艺术。”

“是的，彩瓷业在中国有着多么悠久的历史，不一直在向前发展么？远古不说了，唐三彩、元青花，一直到前朝的釉彩，这才有了童宾窑神的出现。如今，广彩瓷分明要异军突起，成为整个陶瓷业中一个新兴的门类，尤其是得到海外客商的追捧，至少这几十年间，很有希望……”

“而我们，在广彩瓷上，已经做了很多试验，取得了不少成功，完全可以独领风骚，让世人刮目相看？”谭康泰有点兴奋了，“当然，这都全靠你，还有……”他又说不下去了。

“还有彤平。”紫屏忍泪说道，“他为烧制出广彩瓷的极品，耗尽了全部精力，最后投进了整个的生命。他之所以最后离开我，要上窑场，就是因为这一窑火色不对，因为你出事后人心浮动，影响了烧制，他赶去后，设法改善了火候，到最后，他是以唐英祭童宾的文章的一句话‘以骨为薪’为激励，方投身于窑火当中……窑工们说，在这之后，火色极佳，称得上炉火纯青，这一窑一定很成功……”

“是吗？你看到了？”

“不，这一窑已经冷却下来了，却一直没打开。”

“为什么？”

“没有人敢下令开窑，因为，那……已是彤平的墓冢。”

谭康泰垂下了头：“是呀，他就殒身在里边。有人问过我，我是说过，别开了，我不想去看了。”

“所以，你不下令，这一窑就不能开了。”紫屏沉痛地说。

“你是说，这窑应该开，是吗？”谭康泰艰难地问道。

紫屏的泪水爬满了双颊：“应该。我本来也觉得，别开了，别再惊扰彤平，也别再动我心中这个伤口，就如你说的，让那一窑成为他的墓冢，永远纪念他……可这些日子，我又反复地想，彤平最大的心愿，不就是要烧出极品的广彩瓷么？他以骨为薪，不也是要把这一窑烧好吗？如果我们不开窑，就此把已烧制的广彩瓷埋没下去，岂不有负于彤平的希望么？”

谭康泰的面部痛苦地抽搐了一下：“你让我……再好好想想。”

沉香浦的水流，也许是有千年沉香在起作用，变得如此凝静，如此平缓，两条小船，似乎在水面上凝然不动。纵然风起了，鸟飞了，水面仍波浪不兴。

良久，谭康泰方说：“我也同你一样，认为那不仅是彤平的墓冢，更是我们心中最不可触动的痛处，那也是心中的墓，不可以动的，不可以。我的心，也已如墓地一样封了起来……可你刚才所说的，却更有道理，那不应是彤平的墓，那更是彤平的心愿、彤平的希望。彤平如果在世，他更热切要开窑，把他用生命烧制出来的广彩瓷极品取出来，让世人都能看到，让行家们好好鉴赏，这方能体现他生命的最高价值。他是为瓷而生，为瓷而死的，他的生命当闪耀在广彩瓷的光辉之上！我们没有理由不去实现他这一心愿，不去打开这精彩的一窑，打开这广彩瓷历史新的一页……”

紫屏揩去了眼泪：“你说得太好了……”

“不，是你说的，生意，有起有落，有盈有亏，可艺术，永远会闪光，千秋万代！”

“广彩瓷的艺术，应当这样。”紫屏沉吟了一会，仰起头，看着紫色的星空，“这些日子，我什么都想过，包括死在内。是的，无论是你，还是我，都躲不过时刻向我们压迫过来的一股力量，一股很大的力量，它来自何方？不仅仅是那些恶吏，四面八方的，都汇集起来，有时，你只能屈服，只能放弃，你斗不过的，可我们至少能活在我们的艺术里，艺术是我们的荫庇，艺术给了我们活下去的理由。活着，证明给自己看，我们还没有最后趴倒，这也是一种反抗，最后的反抗。”

谭康泰点点头，说：“李白、杜甫的诗，该有多少保留了下来？可当初欺诈、压迫他们的恶势力，敌得过他们诗的寿命么？李白、杜甫就活在万古不朽的艺术之中，可那些恶霸们却早已灰飞烟灭了！”

“所以，这些日子，我才更发愤，要让广彩瓷的艺术日臻完美……”

“你这话，对我太多启发了……”谭康泰感慨万千，“我应该做的，还很多，不过，现在的第一件事是——”

“回去！”

“对，回去，开窑！”

“开窑！”

紫屏掉转脸去，向工友喊道：

“掉转船头，回广州去！”

从沉香浦到广州，当是顺流而下，虽说水流已趋平缓，但晚风乍起，扯起白帆，也似鸥鸟在水面上飞驰一般。

十里水路，不到一个时辰。

临近码头，紫屏却突然说道：“泰叔，我们还是不急于上窑场吧。”

“怎么，你心里难受了？缓缓，也好。”谭康泰轻声地回应道。

“不，我们应该有所准备，不要这么说开就开……”

“你是说，当有一个典礼。”谭康泰脑子里灵光一闪。

“正是，这个意思。”

“是呀，应该有一个隆重的典礼，为了庆祝，也为了祭奠，为了希望，也为了纪念……我们要好好谋划一下，不要辜负了彤平的一片心愿。”谭康泰不无沉重地说。

紫屏点点头，说：“芳庭大哥不在，我来操办请柬的事。我要把请柬设计得大方得体，漂漂亮亮的。”

“把我们的同行都请来，所有的窑场，所有的彩绘场，所有的陶瓷商人，所有的……”谭康泰说。

“还有，所有的外洋大班！”紫屏补充道。

“对，让他们见识一下中国艺术的极品，见识一下广彩瓷极品的出色！”

“那么，总督府、抚院，还有海关，请不请？”紫屏问。

谭康泰迟疑了一下，才说：“请吧，来不来，那是他们的事。”

“听说，圣上任命了城守副将毛克明当海关总督，他可是向圣上上了密折，是扳倒了祖秉圭的一个。”

“那一定请!”

“是呀，彤平临死之前还找过他。”

“难得一位武将的侠义心肠!”

船靠岸了，谭康泰要紫屏住到家中去。

紫屏却说：“过些日子吧，我在船上漂泊惯了……”

“可是，你已经怀上孩子，应该小心保养了。”

“山野之人，贱生贱长，反而还平安无事，没那么矜贵。”紫屏淡然地说。

这话触动了谭康泰的心事，他沉默了。

与紫屏道过别，约好第二天来接她去做请柬，谭康泰便一级一级地上了码头，往回家的路走去。他似乎觉得，有什么已经又回到了自己的身上，脚下变得有力，无须再叫轿子了。而回家的路，也比过去变得短了、近了。

漫天的彩霞。

第二十一章　极品

如以“秋江澄如练”来形容珠江，那就掩盖了她浩浩荡荡、辽阔宽大的一面。即便是清代中期广州的珠江水面，两岸之间，虽不似唐代互不相见，却也很开阔，彼此只影影绰绰，闪现在迷蒙中。不过，水量之浩大，水流之清澈，却名不虚传，几乎一个个波涛，都似有珍珠闪烁，明净晶莹，宛如珠链。

虽说是深秋，广州还是春天一般朝气勃勃，绝无秋天的萧瑟之气。各色鲜花一如既往地开放着，全城更弥散着桂花的香味，也许，桂花星星点点的金黄，秋菊一束束的橙黄，才算是透出了南方独有的秋的气息，只是这同样为热烈、为喧闹，如同春夏一般红火。

盈顺行似乎在几天之内还了阳，也如同这深秋火热的黄花。

这主要是其窑场里有一窑广彩极品即将开窑的消息，引发了全城的关注。人们奔走相告，闹得几乎是家喻户晓。

一早，河南的码头上，大船小艇云集，大轿小轿相拥，黑头发的，黄头发的交互，黑眼睛、蓝眼睛的混在了一起，这恐怕是雍正十年这一贸易季节中，少有的兴旺场面，车水马龙，熙熙攘攘。

谭康泰一早便恭恭敬敬地守候在了码头上，所有船只是他雇的，所有的轿夫也都是他请的，他显示的慷慨大度，立即便为市民啧啧赞叹不已。

迪韦亚是来的第一位“外宾”，他一直在关心谭康泰的消息，却始终打听不到，没想到，竟从半天云中掉下了一份精美的请柬，称这位失踪了多时的行商，有一窑堪称极品的广彩瓷要开窑，他喜出望外，焉有不抢先一步之理。法国人对中国瓷器的欣赏，已到了如痴如醉的地步，以至于路易十五还下令将宫中的银器统统撤下，换上中国美轮美奂的瓷具。而迪韦亚更知道，谭康泰的广彩瓷，更是异军突起，别具一格，技压群芳，更令法国人乃至欧洲人为之倾倒。

一上岸，他与谭康泰紧紧相拥，称：

“你小子一个来月不见踪影，急得大班们团团乱转，不知道你玩的什么把戏。没想到你躲起来，竟是为了今天的一鸣惊人，为了创造陶瓷业的一个艺术奇迹，我算是服了你了。孔子怎么说老子的，神龙见首不见尾，你也是如此，佩服，佩服！”

谭康泰不动声色地回答道：“你来了，真是太好了，就让你亲自见证广彩瓷出窑的历史性时刻！”

“三生有幸！三生有幸！”迪韦亚用中文说上了一句成语。

这一年度代理阿诺特职务的英国新大班也随后到了，一见谭康泰，便声称：

“可惜，可惜，你的广彩极品我已经不够银元再多买一点，不过，明年你可得给我们英国大班们留着，多多益善，多多益善。”

他也卖弄起刚学会的中国成语。

随他而来的，却有一个人令谭康泰颇感意外，那便是广顺行的管账，也就是当年在三宝垄遇上的阿潘。谭康泰是很看好这位小伙子的，只惋惜他明珠暗投，到了陈寿官名下。他还听说，陈寿官入狱后，阿潘仍忠心耿耿把拉下的业务办得有条有理，不似别的商行，头没了，就乱了阵脚。

阿潘一见谭康泰，便连声道贺，并说：“干我们这行，就不能光靠上外边去采办，还得有自己的实业、自己的名牌……有机会，我也会回老家，买下几座山头，种上名茶，这方可立于不败之地。”

谭康泰说：“你这是为东家去买么？”

阿潘笑了笑：“我早就想自立门户了，你也知道，我们闽人就这个气性。不过，现在寿官正在遭难，做人不能不讲点义气，等他出来后，再做打算。”

“有志气。”

“还是你最早帮了我。”

“这不值一提。”

“这回，你重整旗鼓，我很欣慰。”阿潘俨然已老到了，“不起不跌，不成豪杰，你渡过这一难，必有后福。”

“承你美言。”

“有你的古道热肠，再加上不屈不挠，我们以后会有携手共进的机会。”

谭康泰很诧异阿潘何以有这么大的口气，忙说：“后生可畏，后生可畏矣。”

跟在他后边，一般年轻的英国通译仁飞，跨上前学上了一句：“后生可畏，我又学了一句中国成语，这与‘后来居上’是不是一个意思？”

阿潘笑了：“一样，也不一样。这我得费些口舌向你解释了。”

两人说笑着，上了一辆马车。

谭康泰微笑着，看他们远去，的确，未来十三行的格局，可少不了这两位年轻人的“横冲直撞”，化乱为治，不过，这已是后话了。

突然之间，他眼一亮，赶紧下了几级台阶，迎了过去。

来的，是那位守城副将毛克明，不过，今日的身份，却是海关监督，顶替了祖秉圭，他一见到谭康泰，便使劲拍了拍对方的肩膀，爽朗地大声道：“好哇，到底是一条好汉，真金不怕火炼！”

谭康泰感慨地说：“广彩瓷也是火炼出来的，只可惜了彤平啦！”

毛克明长叹一声：“可惜了，一身绝技，竟被逼得无路可走……是位好后生，为了你，他还直接找了我，列数了祖秉圭、陈寿官的种种劣迹，呈上了陈芳庭整理的材料，没想到……”

“可是，陈芳庭至今生死不明。”

毛克明说：“我发了文牒到了福建，说他已经回了家，只是没多久，一出海，船被撞碎，活不见人，死不见尸。”

“只怕是祖秉圭杀人灭口。”

“祖秉圭并不知道证据送给我了……可他们却盯上了彤平，没想到……”

谭康泰说：“两条人命呀！”

毛克明想起什么，又问：骆官呢？

谭康泰的思绪被打断说：“他到底也没上任，半路上，老父病故，他正好回去“丁忧”，从此也就销声匿迹了，他终于脱身了，他是十三行中唯一一位客家人。当在粤东北山区，‘悠然见南山’去了。”

谭康泰眼湿了：“他与紫屏，都是因为我，我欠他们太多了……”

“对了，紫屏姑娘呢？”

“她就在窑口等候大家，广彩瓷大都出自她的彩笔之下。”

“才女呀。”

“她与彤平，本是多好的一对。”谭康泰泪水终于落了下来。

“今日是大喜事，凡事须往好处看，恶人不已受到了惩罚么？他们二人的成果，当更加惊世骇俗，我当先睹为快。”毛克明劝说道。

有人把马牵来了，他一偏脚，踏镫上马，“的的的”地跑远了。

该来的，都来了，没什么可抱憾的了。

在码头上接了上百位同仁、朋友，包括一批文人墨客，估计时间也差不多了，谭康泰准备转身上窑场了。

在他转身之际，忽地听到江中有一声呼叫：“大哥，别把我拉下！”

他回过头，一看，在不远处的江水中，一叶小舟迅疾驰来，其中一位正是自己的弟弟康举，而另一位，竟是那位画家神父。

他赶紧下到了江边。

在伸手拉康举时，他问道：“你这是赶巧了，还是就此回来？”

“都是吧。”康举说，“这位神父一听说你烧出了广彩瓷的极品，非跟我南下不可，想挡也挡不住。”

“这一路上走了多久？”

“也就一个来月吧。”

“噢，你当是赶巧了，你知道，就在你路上这一个多月，这里发生了多少事情？你大哥已是两世为人了。”谭康泰哽咽着说。

“方才，在过江的船上，艄公都给我们说了，这当是雍正十年广州的惊天大事，有的人关进去又放出来，有的人自以为得计平步青云却跌倒了，有的人付出了生命，有的人……”康举眼里也泪光莹莹，“做人的做人，做鬼的做鬼，这也应了你的话。”

神父的汉语也已见水平了，搭讪道：“今天开窑，我们为贵国的两位艺术家，可不能错过这千载难逢的好机会。”

“欢迎！欢迎！”

“还是紫屏姑娘的杰作吧？”神父说，“我早看好了她。”

“是的，是的。”

“她是一位女神，艺术女神，维纳斯！”神父说，“能与她为伍，我当引以为荣。”

“我代她谢谢你。”

“不，该谢谢她才是。”

三个人，一同往窑场走去。

窑场里已是人头涌动了。

一见谭康泰一行人过来，还在喧闹的人群一下子鸦雀无声了，而且主动地闪出了一条路来，让他们径直地走到了窑口。窑口上，已贴上了大红喜报，还有人精心地剪出彩色的纸花，悬挂在上边，甚至有人依照粤人的习俗，供奉上了几盆比人还高的菊花，黄澄澄地似迎风蓬勃而起的火焰。

依照习俗，一位师傅举起了一只不知从何处找来的、几乎有半人高的雄鸡，迅疾地一割，只见血花溅了出来，洒在了窑口周遭。这同民间上梁，用雄鸡血溅上梁木的礼俗几乎一样，为的是昭示红火与成功。

待师傅携尖镐走进窑口，准备打开封泥时，谭康泰却叫道："等等。"

只见他斟了满满的一碗酒，含泪道："这一窑广彩瓷极品，是我们一位有名的烧瓷师傅彤平用生命换来的，因此，我先用这一碗酒，祭奠我们今天的童宾！他，同样是我们心目中的窑神！"

在他用酒浇地时，人群中不少人失声痛哭了起来。

"彤平呀……"

谭康泰听出了紫屏的哭诉声，刚才从人群中走过，一直没有发现她，这才循哭声寻过来，发现她几乎是趴在瓷窑的一侧，痛不欲生。谭康泰走了过去，扶起了她："别哭伤了身子，彤平在天上看着呢……当好好护住他的血脉，不要哭了。"

紫屏终于止住了哭声。

这时，迪韦亚走了过来，一脸诧异："这可是个喜庆日子呀……"

谭康泰使眼色制止了他说话。同时，叫上了几位彩绘女，好好照顾紫屏。这才同迪韦亚一同走开。

迪韦亚分明已感觉到，发生了许多不寻常的事情。是呀，彤平不见了，陈芳庭怎么也没有来，还有平日走得很密切的骆官……他一一问起了谭康泰。

在烧制好的广彩瓷还没被推出来之际，谭康泰把彤平之死、陈芳庭的失踪，大致给迪韦亚讲了。迪韦亚是个聪明人，立即明白了一切："你们的皇上，到底还是一位英明的、开明的君主，能明察秋毫，不为下边的贪官所蒙蔽……太好了，这证明，皇上在维护海关贸易上的立场与原则，与我们东印度公司的商业规则，可以说是一致的，不允许官商勾结，不允许私通舞弊，不允许欺行霸市搞垄断……"他一下子归结出了不少条来，很是兴奋，"往后，我们的生意就好做多了。"

"也不会一蹴而就，可这总归又是一个好的开始。"谭康官说。

"对了，骆官呢？"

"他儿子参加秋闱，被你们的人放枪惊吓，没考好，正伤心呢。"

"我知道这回事。你们国家如此重视这种考试，拔擢人才，值得我们好好学习。"迪韦亚说，"听说，惊了秋闱，也是祖秉圭的罪恶之一。"

"不，没出这事，圣上已经决定办他罪了。"

"是我们的水手不对。这么重大的考试是不可以惊扰的，但不知者不为

罪，我已同大班们讲了，要尊重这种考试制度。你们如此高度的看重这种考试，我先是吃惊，然后则是敬佩。”迪韦亚诚恳地说，“要见到骆官，请代我们致歉。”

就在这时，第一批从窑中取出的广彩瓷，终于送到了谭康泰跟前。

谭康泰眼前为之一亮！

天哪，彤平的预计果然分毫不差：瓷碟上的花鸟，光彩夺目，栩栩如生，让人耳目一新。而仿珐琅瓷的金边，更闪闪发亮，呈现出迷幻的色彩。莹白的瓷底，反射出柔和的光线，让当中的花鸟与草木更为生动与突出。怀银汉于襟抱，揽星月于方圆，状飞花于彩绘，纳天籁于毫端，通透如纱，温婉若玉，星星点点的反光，却又如晶莹的水滴，不，那是哀婉彤平的清泪——这广彩瓷，分明就是他又一个全新的生命！

瓷瓶、瓷屏、瓷具……都陆续送上来了。

这完全是另一个彩瓷的世界。有别于诸如青花瓷那种古朴、清纯，而变得鲜艳、璀璨、多姿多彩，有牡丹的雍容华贵，有大丽的潇洒豪迈，有金菊的热烈奔放……巧夺天工，妙手回春！

当可以向全中国，不，向全世界宣布，中国瓷器的又一朵奇葩，今天成功开放了！

紫屏扑了过来，看着新瓷，欲哭无泪。

对这些上乘的广彩瓷，她又爱又恨。爱的是它们的绚丽多彩，无负于她多年的心血，终于惊艳于世界了。可也恨，毕竟，她心爱的人，把生命奉送了进去……不过，此刻，除开同事与谭康泰，并没有谁留意到她复杂的表情。

尤其是平日与谭康泰还有笔墨往来的文人，已执笔在大书特书了：

中西合璧，天造地设。
上师造化，中得心源。
莹洁如雪，轻灵似翼。
神女妙笔，巧夺天工。
羚羊挂角，无迹可求。
玉树临风，昭阳当空。
能工杰匠，巧结天缘。
鱼跃鸢飞，花舒花放。
……

无论这些题书，俗与不俗，即兴的、应景的或发自内心的，用来形容这批出窑的极品，也都绝不为过，当有更出神入化的评述。

来宾纷纷上前来祝贺。

谭康泰牵过了紫屏，说："这些美丽的图画、图案，都出自于她的手，没有她，没有她已故的丈夫，就没有今天的成功。当我对一切失去信心，是她唤起了我对生活、对美的追求，她说，生意可以有起有落，有盈有亏，但艺术却永远是在一直向前，不断辉煌，而且流传下去。我明白她的话，生意可以不要，万贯家财亦可毁于一旦，但艺术却是永恒的，是谁也摧毁不了的。只要留下一个彩绘坊，一个瓷窑，我们就有希望，就能立于不败之地，千金散尽还复来，唯有艺术永远鲜活，万古不朽！余生，我会努力把广彩瓷制作得更好，倾家荡产亦在所不惜……紫屏，你给大家说说。"

紫屏使劲揩去眼中的泪水，这么说："在我的眼里，一支笔，一滴墨，一缕水彩，都是有生命的，有情感的。今天，这么多烧制成功的广彩瓷，更是一个个顽强的生命，在展示它们不同的情感，显示它们永恒的活力……尤其是，它们更融进了我所挚爱的人——彤平的生命，他在每一朵花上，在每一株草上，在每只鸟上，在一笔一捺中，都在看着我，看着我们的今天，我们不能辜负他的期望，还会制作出更加惊世骇俗、精美绝伦的广彩瓷极品来……"她哽咽了起来，说不下去了。

谭康泰继续说了下去："裕国通商，这是我们十三行大多数行商的心愿，我们的国家，现在很强大，也富裕，商人们通过把货盘活，让物流通，旺了市，也富了国，同样以天下为己任，去开万世之太平。不过，今天我更觉得，如果没有实业，商人手中也没有货物去流通，裕国通商也只能是一句空话，因此，让陶瓷业更加发达，还有，包括丝绸业、茶业，更加兴旺，我们才有足够的底气。所以，这个瓷窑场，我们会斥资一倍、十倍，办得更大，把广彩瓷的实业做强，把其他实业做强，盈顺行也就永远立于不败之地了。"

大家欢呼了起来。

英国的那位新的首席大班，在琳琅满目的广彩瓷中走来走去，觉得这个好，那个又更好，拿不定主意。迪韦亚对他说："你挑上几件做样品，拿回英伦，就可以有订单了。你现在钱已快花光了，不能什么都要呀。"

大班如梦方醒。

他终于挑选了比较合口味的又大众化的几件，喜滋滋地对谭康泰说："我就要这几件，给个价吧。"

谭康泰笑了，说："就这么些么？那我送给你好了，不收钱。"

"你说的当真?"

"真的，来年，你要带回大批订单，我会在乎这几个钱么?"

大班这下子懊悔方才没多挑一点，不由得对迪韦亚叹了口气。

迪韦亚说："这就是你们英国人的德行，告诉你，真挑多了，人家就未必白送了。现在，你总算可以用手上所剩的几个钱，选几样精品回去，欣赏欣赏。"

大班明白了："原来这样……咦，我看你挑的……"

迪韦亚的口味当然高级得多，每一件都是精品。

"你怎么挑的？"大班问。

"是行货，还是艺术品，这得问我们法国人，我们连过日子都得讲艺术呢。"

大班总算听出了弦外之音："我自己去挑。"

结果，他走到几件最高档、最富艺术魅力的广彩瓷跟前，说："这个我要了，多少钱？"

谭康泰走过来，摇摇头："艺术无价，不可以用钱买的。"

"可你总得卖出去。"

"艺术品是不卖的。"

"你今天开窑，不就是想揽生意么？"中文已很流利的仁飞走过来，为他的大班帮腔。

"可这不是生意。"

"不是生意？"仁飞也不明白了。

迪韦亚见这边争执起来，便走近，劝仁飞说："你没看到，这是整整一窑中最为高档的几件么？"

"是看到了，所以大班才要。"

"可一般情况下，人家当留下做纪念。"

"那还可以再烧制嘛。"

谭康泰终于说："这些，是紫屏专门留下的，用以纪念为这一窑广彩瓷而牺牲的彤平，这种念想，是不可以用金钱来衡量的，明白吗？"

迪韦亚不得不向大班做了详细的解释，大班这才摊开了双手，说："哦，我们不能夺人所爱，只有放弃了。"

几乎所有人都得到了一份礼品——这一窑出品的一件广彩瓷，却有一个人没要。

他便是毛克明。

谭康泰劝他收下一件，他摇摇头："我是个粗人，只觉得好看，不懂得欣赏，我现在已成了海关监督，瓜田李下，还怕说不清呢。"

谭康泰也就只好不劝了，不过他心想，十三行总归要有几年的既清静又红

火的日子了。也该有个否极泰来吧！

这一天，所有人都欢天喜地。

十三行夷馆，也一般欢天喜地。

这天，各国的大班回到了夷馆后，就不约而同聚到了法国馆，要听迪韦亚说分明。这一个月中，广州海关风云变幻，人事沉浮，走马灯似的让他们看花了眼，他们知道，自己看到的仅仅是表面现象，急流下边潜藏有什么，却一无所知。而迪韦亚与奇迹般复现的谭康泰相交甚厚，一定知道更深的内幕，所以一定要来问个究竟。而且，他们一致认为，谭康泰这番开窑，请了不少人，必有更大的目的，不会那么简单，只图个热闹。

迪韦亚说，自己也只知其一，不知其二，平日来得多的陈芳庭，如今仍不见影踪，不然问他是最合适的。不过，他认为，广州海关，已有了很大的变化，尤其是雍正皇帝的外贸政策，更趋近了各国商务的原则。

他甚至认为："雍正惩治了祖秉圭、陈寿官就同我们东印公司惩治了巴纳里一样，要维护的，该是同样的商业准则。"

大班不由自主地欢呼了起来："万岁，我们不会再受海关贪官们的盘剥了，生意好作了，日子也好过了。"

他们被前些日子困在外洋海面，几乎没吃没喝的日子折磨苦了！

于是一致决定，请谭康泰来"讲讲形势"，讲讲究竟是怎么一回事。

谭康泰倒是如约前来了。

自然，他把能讲的，都讲了，很多的事已不再是秘密：祖秉圭正在接受审查，陈寿官及他的几个哥们已打入大牢，的确与巴纳里一案密切相关。圣上最不能容忍官商勾结，官渔商利，尤其是垄断交易，欺行霸市，所以，开始差点信了祖秉圭的话，却马上警惕起来，雷霆出击，事态得以逆转……

这一说，不少大班均称："明白，明白。"

迪韦亚更说："圣上英明，自从雍正五年废除了南洋禁航令，接连惩治了海关杨文乾、祖秉圭两位墨吏，把与巴纳里串通舞弊的陈寿官抓了起来，这证明他对开海贸易是心中有数的，容不得谁来操纵。"

那位英国首席大班更进一步说："我以为，雍正皇帝这次采取的打击措施，就分明是接受、认可了我们公平贸易的原则，愿意遵循自由贸易、公平竞争的规矩了！"

另一位大班亦说："这证明，大清朝廷在进一步打开海洋贸易的局面了。"

迪韦亚问谭康泰："他们是这么认为的，尤其是这次，宣示了圣上对外贸易所确定的许多准则，不准官与商、商与大班中的不法分子相勾结，不准垄断，不准欺行霸市，不准……"

谭康泰笑了："你们也真会总结。"

"难道不是么？"

谭康泰认真想想，说："这些不准当然是很明确的，不过，这只是我们国家历朝历代对官员与商人交往的禁忌，这我是说过的，是不是认可了公平贸易的原则，接受自由贸易、公平竞争，就不好说了。"

"那又是什么？"

"朝廷不愿在外人面前丢丑，所以，对你们而言，这仅仅是怀柔远夷的一贯思路，与平等的开海贸易还不能画等号。"谭康泰摇摇头，诚恳地说，"你们应该换一个位置，重新思量一下这些日子的变化，变，是在变，而且是在往好变，但是否与你们所认为的变是一回事。"

首席大班说："你别把话岔开了，是这么回事就这么回事。"

迪韦亚想了想，说："不，你们得听听谭康官的话，开明的君主制与你们说的自由贸易制恐怕很难混为一谈。"

首席大班冷笑道："是呀，法国人追求的还是开明君主制呢。"

迪韦亚却说："可你们的等级意识比我们法国人还厉害。"

荷兰、丹麦、瑞典的大班们，也各自讲了一番理解。

末了，迪韦亚对谭康泰说："不管怎样，我们都认为，中国海关已经在变化，这证明我们这么多年的努力终于有了回应……"

"你是说，这连续五年，为抗议'番银加一征收'，每年都停在外洋不进港以示不满的举动是吗？"谭康泰问。

"是呀，杨文乾、祖秉圭就是这么贪的，现在圣上已经察觉了。"

"这么说，你们觉得这次有希望取消这'加一征收'了。"

"是的，我们想趁此机会，集体上书，最终取消这圣上未必知道的'加一征收'的恶税。"

谭康泰点点头："这个恶税转嫁到我们行商头上，已经够我们受得了。"

"太好了，我们马上拟文，一边直接呈给海关、总督与巡抚，另一边，也还想请你想办法，给圣上送去……"

"我可没这么大能耐。"

"可你一定有办法。"

"这个……你们先拟出来再说吧。"谭康泰只能这么表示。

几天之后，在广州的英国、法国、荷兰、瑞典、奥斯坦德全体外洋大班们，几经商榷，几经斟酌，终于拟出了一份联合请愿书。

这份请愿书，综合了所有外洋大班们在广州经商的意愿。没什么拐弯抹角，而是直截了当地加以表述。

主要有五款。

第一款，是希望皇上，也就是朝廷，正式公布已确定的税率。

第二款，正如他们所知的，其多年所缴付的百分之六附加税，是未经皇上认可的。对此，在得到确认后，他们则不再予以缴付。

第三款，自雍正五年始，由杨文乾制订的番银加一征收，即百分之十的课税，一直是强行加收的，他们相信，这是没有经过皇上认可的，因此，希望予以撤销。

第四款，充当买办的行商，由于被迫缴付巨额的款项方可领取与之交易的执照，以至转嫁到他们头上，须付出高价购买置办伙食，因此，希望今后领取执照无须收费。

第五款，每船缴纳规礼银一千九百五十两，实在是过于巨大，他们认为，这也是未经皇上认可的，也应予撤销。

这五款，他们是充分考虑到了中国这种君主制，所以，方认为最终解决还在于最高的决策者——皇上，而有了这一年皇上对海关前监督祖秉圭的严惩，对贸易秩序的严重关注，他们满怀希望，趁这个机会提出来，解决的可能性已大大增加了。

他们按照过去的规矩，直呈至海关与督抚。

当然，无论是海关，还是督抚，都非常客客气气地接待了他们，而且，态度比过去那位从二品的大员祖秉圭要诚恳得多，认真得多。

不过，他们也都表示：你们也懂得我们国家的规矩，像这样的大事，即国家的税率，不是下边能定得下来的，只有皇上才有权力最终拍板，而当今皇上，是历史上最为圣明的，他一定会严谨地加以审理。

当然，这份请愿书，自会按程序往上呈报的，请放心。

客套，却也是实情，态度上更无可挑剔，还能怎样呢。

那就……等待吧。

西方有一句话：人类的一切智慧，都包含在两个字当中——“等待”。

谭康泰也收到这份请愿书，他的答复也是：等待。不过，这次应该不会太久了。时间会站出来主持公道的。

迪韦亚对这句话很是欣赏，说：“这是对等待的智慧予以的最好诠释。我们拥有的正是时间。”

是呀，从康熙废除了禁海令，到雍正五年开放了南洋航路，一直到今天，雍正十年，整肃海关，不就在一个等待么？

而且，条款中所提到须废除的内容，基本上是从雍正五年开始的，每次皇上做出开海的进一步决策，下边便立即对这一决策进行所谓的规范化，加以种种的限定，这一来，“番银加一征收”便征了五年，杨文乾倒了，祖秉圭沿袭下来，成了一道又一道的紧箍咒——也许，下边官员就是这样思考的，认为是尽忠尽职的表现。

等了个五年，还要等多久？

不知谭康泰何以有这种信心：不会等多久了？他的依据又何在呢？或者如祖秉圭所认为的，他有牢靠的后台？或者别人所说的，“手眼通天”？

这毕竟都只是猜测而已。

或许，只是对历史的一种坚定的信心！

不过，有了谭康泰的这些话，外洋大班们也都认为，托付给他的请愿书，也许会比那些官员们的承诺，更快直上天庭，从而会有一个根本的转折，历史性的转折。

对于中国人来说，他们仍有几许天真。

问题是，是我们太老成了，这才认为他们天真吧。

中国太古老了！

不过，后来的西方哲人却说：长不大的中国人。又云，中国乃是泡在药水中的胎儿。

孰是孰非?!

第二十二章　恶税终结

两年多以后，一如谭康泰所说的，刚登基的乾隆皇帝终于发布了一道圣旨，不准再对番银加一征收，也甭缴送一千九百五十两规礼银。

圣旨还没到，行商们已奔走相告，外洋大班们也立即知道了。从雍正五年，到乾隆元年，可谓“八年抗争”，在南洋通航后，又进一步取消了制约外贸的地方恶税，可以说，大清帝国对外开放的经济格局，已经得以完成了。因此，无论是行商，还是外洋大班，都欢欣鼓舞。

没几天，圣旨到了。

上谕。

朕闻外洋红毛夹板船到广时，泊于黄埔地方，起其所带炮位，然后交易，俟交易事竣，再行给还。至输税之法，每船按梁头征银二千两左右，再照则征其货物之税，此向来之例也。乃近来夷人所带之炮，听其安放船中，而于额税之外，将所携置货现银，别征加一之税，名曰“缴送”，亦与旧例不符。朕思从前洋船到广，既有起炮之例，此时仍当遵行，何得改易？至于加增“缴送”税银，尤非朕加惠远人之意。着该督查照旧例按数裁减，并将朕旨宣谕各夷人知之。所为“缴送”，即此“百分之十”之税是也。

英国大班立即让仁飞译成了英文，读下来，则几乎“白话”化了，更好理解。

英吉利及其他欧洲人等一应船只到广州时，其火药、炮位及各项武器例应交给官员，然后准予交易订约。待交易完毕，船只开行，再将其交还。至征税之法，丈量各船，每船征银2000两左右，再照例征其出入口货税。近年以来，不知何故，欧洲人将其火药、炮位及各项武器仍留船上，而别征货税10%，作为自愿送礼。此事与向例不符。朕思从前欧洲各船到达黄埔，既有交出火药、炮位及各项武器之例，今特谕令，其后欧洲各船到达黄埔，仍应将其交出。至向外国人征收10%作为礼物，尤非朕意，为此特谕，着该总督于到达广州时，与巡抚、监督会商办理。

可以说，早几年外洋大班集体请愿书上的几款，大抵都得到了满足。

无疑，作为“康乾盛世”的中兴者，乾隆皇帝，这位二十五岁的年轻人，自有一番雄心，要显示其盛世气象，在当下世界，其富裕无处可比。而从小对海外的奇珍异宝入迷、技艺画法上心的少年天子，对海上贸易自是关注，要革除陈规陋习，展示天朝上国的气度，尤其是帝国励精图治的雄才大略。因此，一登基，便有了这道上谕！

迪韦亚召集了全体大班开会。

他告诉大家，这一回，我们的意愿，是通过朝廷中六位重臣的奏折，方上达天庭的。这六位重臣，均是大清最高一级的大官，他们是：

大学士　张廷玉

户部尚书兼内务总管　海望

步军统领　托时

左侍郎　申珠浑

左侍郎、大学士　李绂

左侍郎　赵殿最

他们不仅可以随时向皇上面陈，还掌管了内务府、国库等重要部门。正因为这样，新的天子才高度重视，方有如此大的收获，从此改变了海关税收的局势。

他说，为这个上谕的获得，谭康官功不可没。有可能是他在国子监的弟弟康举，得到了几位颇有才识的官员，如当过广西巡抚的李绂的赏识，进而联络上这么些重臣。而且，这些重臣，有的互相之间矛盾很深，却为这件事走到了一起，共同署名，可见不容易。正因为这样，方才让皇帝更加信服。

奏折是这么写的：

> 臣等因前任业已奏报归公，是以遵循照收解部，但既收正税又缴规礼未免重叠，似应敬请邀恩悉予减免。以上各项，每年约共免银八九万两不等。

内阁折腾了近半年，直至十月初四，乾隆皇帝终于做出决定，废除其父雍正时期所增加的全部额外税，而且下令，出入口关税，不得超过其祖父康熙年间所定的税率。

他还说，康举这就要回来了，婉辞了上面欣赏其才学的重臣的推荐，不愿为官，而来接替康泰的商行，成了少康官。以后，我们须与他打交道了。

紧接着，迪韦亚率法国的大班们，到了花园里，面朝北方，点起了特意购来的香烛，一齐叩首致意。

他这是向又一位心目中的开明君主礼拜。

其实，法国商人焚香顶礼，庆贺"加一征收"被取消，是认为中国走向开放、公平贸易最关键的一步，而非当局的"怀柔远夷"。因为，自康熙解除海禁、雍正开洋以来，海关一方，重新祭起前朝贡舶来朝的"加一征收"的法宝，就成了真正的平等贸易的最后障碍，仍视商舶为贡舶。而"加一征收"的最后取消，则被视为完全互市的开放。从杨文乾以"加一征收"来限制开洋，至此，外国商船已抗争多年了，以谭康官为首的十三行行商，更为此付出了惨痛的代价，今日，用中国话来说，当"终得正果"了。

袅袅的烟香，升至渺渺的长空，是向造物主的报喜，这当是顺乎天时地利人和之举吧。

英国大班却不屑为之。

这边，两广总督杨永斌，立即便写了折子，告诉新皇帝，由于皇上特旨裁减了"加一征收"，圣主怀柔之德，让夷商仰沐恩波，无一不欢欣鼓舞，踊跃叩首焚香，突出中心之感。

他也许没见过夷商叩首的，听说法国大班有此举，于是决定接见他们，体验一下夷商对自己叩首的感觉。

迪韦亚接到通知，忙来征求谭康泰的意见，该有怎样的礼节？

谭康泰告诉他，在皇帝的宝座前，跪拜叩首是必需的，但对总督之类，则不必了。不知你们对法国国王是怎样的？

迪韦亚明白了。

谭康泰自是想起当日被折磨成重伤，在祖秉圭面前无法下跪的一幕。对地方官员，凭什么要下跪呢？男人膝下有黄金，就这个下跪，把老百姓的尊严都剥夺了。

杨永斌得知夷商不对他叩首，一肚子不快，索性不来广州了。那时，两广总督府还设在肇庆，广州仅是个商埠。这也算是谭康泰玩了个小小的黑色幽默。

谭康泰知道，杨永斌自以为这次让皇上取消“加一征收”尽了力，夷商当对他感恩戴德，所以才打算接见夷商，以示关怀。只是，为让夷商请愿的内容，一层层上去，他不知打通多少关节，耗费了多少银两，包括向这位杨永斌进言。好在行商内部，彼此还理解，承担了一半费用。夷商一方，法国人最为通情达理，也拿出了五分之一，可利益最多的英国人，却摆出一副公事公办的样子，说写封感谢信呈上，一毛不拔。后来，实在是过意不去了，又提出一个苛刻条件，要求第二年取消将军火交出的这一要求，否则，承担的这部分资金就得退还。

谭康泰倒是答应了。

而且，第二年，皇上果然取消了将军火交出的要求，事实上，外洋商船从未把军火交出过，本来火炮在船上，就不曾拆卸过，平日，海关只是向上报告说卸了，却不曾真正去卸过。商船上的军火，是一路上对付海盗用的，没必要这么在意。

于是，皆大欢喜了。

可惜，毛克明没看到这天，临危受命的他，虽不懂海关业务，却始终克勤克俭，一丝不苟，早一年死在任上。他恐怕是大清海关中，几百年间，唯一不曾贪墨的海关监督，接任他的原副监督郑伍赛，也没过几年，则因贪墨被革职了，随后的海关监督，亦一般前仆后继，都当不了几年。

而陈芳庭，自从雍正十年之后，无论在任何地方，包括在外洋大班的航海日志上，也再没出现了。本来，早年谭康官与陈（芳）官，都是同时出现在外文文献上，称他为谭康泰的合伙人。他的“人间蒸发”，也就成了永远的历史之谜，如果不是被雍正提及，恐怕没有什么人知道他了。他离开惠州府后，是被抓了，从而让祖秉圭“做掉”——这很容易，诸如“自行失足落水”则可，才不管他水性如何，还是隐居深山老林，不问世事……这统统都不得而知。

骆官到底也没上任，半路上，老父病故，他正好回去“丁忧”，从此也就销声匿迹了，他终于脱身了，据说，他是十三行中唯一一位客家人。当在粤东山区，“悠然见南山”去了。乡下，茅屋中，骆官在奋笔疾书，对儿子说：官可以不做，史不可不录，就给后人留下十三行的雪泥鸿爪吧。

紫屏生了个儿子，活脱脱是彤平的模样，那颗挚爱之心，终于有了寄托。她已仿珠三角的习俗，把头发梳起，住进了姑婆屋，以示不再嫁人了。

祖秉圭结案后，陈寿官被放出来了，对于清廷这边而言，他只是从犯，而他与巴纳里串通舞弊一事，并不曾受到巴纳里“永远逐出商界”的处理，在官员“无商不奸”的定势思维下，这也就不算什么大不了的事了，所以，他仍旧回到广顺行经商，日后外洋大班的航海日志中，仍不时出现他的名字，但比起过去则少多了，这证明他已声名狼藉，没多少人与他做生意了。没几年，他便最终消失了。据有关记载，是已独立出去的阿潘最后接收了他的全部资产——这也算是阿潘念及昔日的主仆之情。阿潘，叫潘振承，后来成了十三行中的首富，潘家在十三行中经营有百年之久，是唯一百年不衰的十三行家族，谭康泰没有看错他。

但谭康泰的家族，也绵延了几代，迄今，在海内外不少青花瓷、广彩瓷上，都仍有他后代谭世经、披云堂的名号，并署有乾隆、嘉庆的年号，一直延续到道光年间。所以，那时，民间仍有谣谚：

潘卢伍叶，
谭左徐杨，
龙凤虎豹，
江淮河汉。

谭家已由早期的前几名，退后到了第五位，前四位除“叶”外，全是如潘振承一样的后起之秀。谭康举听了兄长的话，回广东来“做人”，承担了兄长的事业，如迪韦亚说的，成为“少康官”。显然，如后来的研究者所说的，谭康泰的商业理念未免有些超前，而当日的中国显然没有做好这一准备，诚哉斯言。

也许因早年在南洋建立的关系，十三行之后，谭家迁至南洋，从事实业，经营橡胶与开锡矿，直到20世纪太平洋战争毁于一旦。

而谭家在广州，仍一直住在河南，与潘家比邻，两家的交往也一直延续到太平洋战争爆发前夕。但到了21世纪，他们的后人，又在同一所大学相遇，不过，彼此的身份，均已是大学教授，还带着博士，研究十三行了。从雍正年间到乾隆元年，中国开洋的大势就此决定下来。

乾隆元年取消恶税后，海洋贸易大开，国家外贸收入飞涨，广州更成了“天子南库”，为“康乾盛世”添上了最绚丽的一笔。

西来的商船，更从雍正年间的七八艘，十来艘，上升到二十来艘，甚至几十艘，数以百万计，乃至上千万的银元，源源不断地涌入了中国……

以至乾隆七八年间，那时离雍正开洋才不过十来年，乾隆废除恶税才几年，十三行一场大火，匝地而起，烧了个天昏地暗，所有的商馆都化为了灰烬。著名诗人罗天尺曾写有一首长诗记述，题为《冬夜珠江舟中观火烧洋货十三行因成长歌》：

广州城郭天下雄，岛夷鳞次居其中。
香珠银钱堆满市，火布羽缎哆哪绒。
碧眼蕃官占楼住，红毛鬼子经年寓。
濠畔街连西角楼，洋货如山纷杂处。
我来珠海驾孤舟，看月夜出琵琶洲。
素馨船散花香歇，下弦海月纤如钩。
探幽觅句一竿冷，万丈虹光忽横亘。
赤乌飞集雁翅城，蜃楼遥从电光隐。
高如炎官出巡火伞张，旱魃余威不可当。
雄如乌林赤臂夜鏖战，万道金光射波面。
上疑尧天卿云五色拥三台，离火朱鸟相喧豗。
下疑仲父富国新煮海，千年霸气今犹在。
笑我穷酸一腐儒，百宝灰烬怀区区。
东方三劫曾知否？楚人一炬胡为乎。
旧观刘向陈封事，火灾纪之凡十四。
又观汉史鸢焚巢，黑祥亦列五行志。
只今太和致祥戾气消，反风灭火多大燎。
况云火灾之御唯珠玉，江名珠江宝光烛。
扑之不灭岂无因，因禄尔是趋炎人。
太息江皋理舟楫，破突饮烟冷如雪。

开篇写尽当年十三行极盛的商贸业，可刹那间火从天降，“百宝灰烬”，令他想起佛教讲的水、火、风三劫，还有历史上项羽火烧秦咸阳宫等旧事。

大火过后，新商馆又如雨后春笋一样迅速破土而出，而且比大火前的更富丽堂皇。

以至有了新谣谚：

> 火烧十三行，
> 愈烧愈排场。

SHISANHANG
SHIJIA

十三行世家

古代卷

百年行商之三　海天

谭元亨◎著

广东省精品出版扶持项目

图书在版编目（CIP）数据

十三行世家. 古代卷. 百年行商之三海天/谭元亨著. —广州：中山大学出版社，2019.5

ISBN 978-7-306-06009-9

Ⅰ.①十…　Ⅱ.①谭…　Ⅲ.①长篇历史小说—中国—当代　Ⅳ.①I247.5

中国版本图书馆 CIP 数据核字（2019）第 021590 号

出 版 人：王天琪
策划编辑：李　文
责任编辑：靳晓虹
封面设计：林绵华
责任校对：罗雪梅
责任技编：何雅涛
出版发行：中山大学出版社
电　　话：编辑部 020-84111946，84113349，84111997，84110779
　　　　　发行部 020-84111998，84111981，84111160
地　　址：广州市新港西路 135 号
邮　　编：510275　　传　　真：020-84036565
网　　址：http：//www.zsup.com.cn　E-mail：zdcbs@mail.sysu.edu.cn
印 刷 者：广州家联印刷有限公司
规　　格：787mm×1092mm　1/16　总印张：45.75　总字数：871 千字
版次印次：2019 年 5 月第 1 版　2019 年 5 月第 1 次印刷
定　　价：128.00 元（全三册）

如发现本书因印装质量影响阅读，请与出版社发行部联系调换

目录

之三　海天

之三　海天

有人说，我的始建，带来了十三行的好运。

立堂之时，已是“禁洋”多年，东南沿海，民不聊生，暹罗米运不进来，老百姓没有饭吃，总不能把早年“废稻树桑”、经营蚕丝的经济方式倒退回去，伐桑种稻吧？此刻，先皇驾崩，新帝登基，年迈昏聩的换成励精图治的，“禁洋”之昏断也当结束了。

也就是这一年，雍正元年，即公元1723年，在紧挨着十三行的西北部，一个三百年延续至今的行业会馆，就是我，即锦纶堂，得以创建，其时所在的街名为西来新街。顾名思义，锦纶者，乃丝绸也。十三行时期，正是全球大航海时代兴盛之际，而自广州下南洋，走西亚，上欧洲，则是自古以来的海上丝绸之路。

我的建立，是中国丝绸外贸发展的一个里程碑。

意味深长的是，在我这里拜的祖师爷，乃汉代通西域的博望侯张骞。张骞通西域，走的是陆路，与南方的帆船贸易似乎没什么干系，为何会被尊为这边海上丝路的祖师？

而且，雍正元年，在会馆建成之际——又为什么会把这位祖师“隆重推出”？

历史的吊诡，竟分有两重，一重是远古，一重是当日，二者，都有不得不探究的原因。

先说古代。

建堂所立的碑文是一个解释。

《锦纶祖师碑记》有云：

> 郡城之西隅业蚕织者，宁仅数百家？从前助金修建关帝庙于西来胜地，以为春秋报赛及萃聚众心之所。迨后生聚日众，技业振兴，爰于癸卯之岁，集众金俭题助金，构堂于关帝庙之左，以事奉仙槎神汉博望张侯焉。
>
> 盖蚕织之事，虽肇端于黄帝之世，然机杼之巧，花样之新，实因侯于元狩年间乘槎至天河，得支机石，遂擅天孙之巧，于是创制立法，传之后人，至今咸蒙其利。赖兹构堂崇奉，实食德报本，不忘所自之舆情也。征予言以记其事，予不禁为之喜，曰：“即此可观世道之隆焉。”

无疑，文中尊师最大的依据是一则神话，无神话也就无神人，被尊为祖师，当然属神仙之列，“乘槎至天河，得支机石，遂擅天孙之巧，于是创制立法，传之后人，至今咸蒙其利……”这是一个非常美丽的传说，说的是汉武帝派张骞寻找大河之源，张骞驾木筏直上天河，遇一仙女赠送一块石头。返回后，张骞把石头给会占卜的严君平看，严君平马上就认出来了，这是天上织女用来支撑织机之石，遂创制立法，把织造之木传之后人，从而让丝织业发达起来。

这一传说，最早出现在西晋张华著的《博物志》上，到锦纶会馆这一次立碑，已近十五个世纪了。

其实，张骞出使西域时，在中亚的大月氏看到了盛产于中国南部的众多物产，如蜀布、邛竹杖与枸酱等。一追问，原来这些物产是从一个名叫身毒的国家买来的，身毒就是今日的印度。再查问，才得知，身毒是通过海路，从广东运去的。这一来，张骞回国后，即向汉武帝禀报，派黄门驿长（即皇室内务官员）率船队，从广东的徐闻、合浦出发，远涉重洋，过南海，入印度洋，最后抵达南亚、西亚，乃至东非——这被后人称之为“海上丝绸之路”。

也就是说，他在亲自打通陆上丝路后，又倡言打通了海上丝路。

他为中国的丝绸走向世界，立下了奇功。虽然那时还无“丝路”一说。所以，在这里立碑尊他为“祖师”，不仅是铭记他的功绩，把他升格为神，更重要的是，希冀他今后保佑丝绸业的兴盛，尤其是海上丝绸贸易的一帆风顺。

果然，不到五年，“禁洋”令废止了，一下子，珠江口百舸争流，千帆竞举，十三行又生机勃发了。

却也有人说，这也未必。

因为我拜祭的汉代博望侯张骞，却是历尽磨难，九死一生。

这也预示了同走丝绸之路的十三行行商们，摆脱不了同样的命运。

纵然张骞走的是陆路，行商走的是水路、海路。

噢，不，行商也得上陆路。

而且，同样得翻过火焰山，同样得穿越大荒漠——之后一百多年间，又有多少行商因为“商欠”或者别的原因，被判处流放新疆，大都走上了大漠的不归之路，抛尸异乡，包括在十三行结束前夕，曾在虎门销毁了数千箱鸦片，被誉为民族英雄的林则徐，也同样被皇帝判处流放，押往了去大漠的漫漫长途，他总算侥幸留下一条命，可没多久也死在路上了。

张骞保佑了他们么？

祸兮福所倚，福兮祸所伏，福耶祸也，谁说得清？

生命是死神唇边的笑。十三行的兴亡，同样是来自地狱最凄凉的歌声。

且让我们追随这歌声而去。

第一章　杀鸡儆猴

尽管在雍正十年的大风大浪中，谭康泰否极泰来，在牢房里与那位包衣奴才、从二品的海关监督祖秉圭最终换了个位，祖秉圭判了个“死缓”——“斩监候”，而他则死里逃生，重新回到自己的商行。

然而，商行毕竟被抄了一次，元气大伤，几年间，几乎抬不起头，连外商，包括法国主任迪韦亚，也以为他不是失踪，便是退出十三行，从此不得相见了。

整整三年间，都没有谭康官在十三行的任何消息。

显然，他已经没有财力再与外商做生意了，更何况在杨文乾任海关监督之际，他已被撤掉了“总商”的职位，也不可能插手其他行商的商务。他在十三行举足轻重的日子，一去不复返了。

那么，三年间，他干什么去了？

韬光养晦，回老家顺德龙江经营那里仅剩的一亩三分地，重操祖上在桑园围里种桑养蚕的旧业，再去体会北宋名相寇准的侍妾蒨桃所作的七绝《呈寇公》：

> 一曲清歌一束绫，美人犹自意嫌轻。
> 不知织女萤窗下，几度抛梭织得成。

这诗，是放在锦纶堂最醒目的地方，让行商们知晓织女们的辛勤汗水，也让官员们不可奢侈靡费，当为警世。

还有另一首诗，或许更合谭康官的心境，这是北宋大诗人黄庭坚所写的：

> 四顾山光接水光，凭栏十里芰荷香。
> 清风明月无人管，并作南楼一味凉。

其实，当年也正是他，提议选用的这两首古诗。

没想到，仅仅十年，他选的这两首诗，恰恰应验了他今日的“下场”——并作南楼一味凉——商行凋敝，夫人死节，自己也心灰意懒，落个肉体与精神的“遍体鳞伤”，几欲不可修复了。本来，这么些年来，在十三行进进出出的行商，少说也有上百，你方唱罢我登台，没有商业才干，没有实

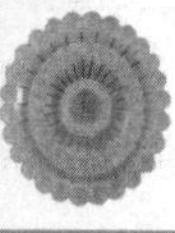

力，再有背景也是枉费心机。连皇太子的亲信派下来欲垄断十三行，最终也铩羽而归，什么也没捞到。可是，有实力，有才干，就能一帆风顺么？你谭康官自以为谙熟与中外商贾打交道的规律，尤其是商品与金钱的运转，可最终还是逃不过权势之手，叫你立时灭绝就灭绝了。

这三年，在他也是反思之年、抉择之年。

他一度选择放弃，永远退出十三行，甚至打算把所剩的家业捐给国明寺——不，如今已改名为“积善居寺”，因为“明”字犯忌了，这可是有杀头之罪的，从此，在古寺孤灯下了此余生，这恐怕也是唯一的退路了。只是，他仍心有不甘，夫人白死了，陈芳官白死了——陈芳官的家人还有待他去接济，就这么不负责任地遁入空门，于心何忍？还是抛舍不下！只是，年近半百了，自己还能干什么呢？不入佛门，莫非还重操旧业，而旧业早让自己身心俱惫了。

还是得早下决心。

这天，他一早起来，打扫院落，看天边一抹猩红，不由得心中一惊：莫非又有血光之灾？还是自己心情不好，连朝霞也一并看成了血色？

把扫帚一扔，退回到了屋里。

却有人拍响了院门。

他只好走出前厅，来到院子里，打开了门。

面前，是个二十岁左右的后生，眉清目秀，只是两颧晒得赭红，身上更发黑了，俨然似南洋的土著，有几分陌生，却又似曾相识，只是一下子想不起来了。

对方也愣住了，问道：“你是泰叔么？”

他却也被问住了：“我……不是吗？”

后生摇摇头：“认不出了，你这两鬓的白发，过去从来没见过，脸上也布满了尘似的……应该是你，只是不敢相信。”

谭康泰苦笑了一下：“我……如假包换，真的，就老得认不出了么？……噢，快进屋去，外边凉。”

两人这才入了前厅。

后生倒也直来直去：“三年多之前，你看上去比实际岁数要小差不多十岁，这如今……”

“比实际岁数要大差不多十岁？”

“我不敢说。”

“也就是说，我三年里老了二十岁，如今，年过半百了还多。”

后生沉默了。

谭康泰盯着后生，使劲回想什么，却还是想不起。

后生终于开了口："你也认不出我了？"

"老了，记性不行了。"

后生有点湿，哽咽着提醒说："你救过我，帮过我的。"

谭康泰还是摇摇头："水过鸭背了。"

后生大声说："我是阿潘呀，在爪哇你帮过我的！"

这下子，谭康泰终于想了起来："是阿潘呀，几年不见，你都成了大人了，高了整整一个头还多……应该猜得到，认得出的，老眼昏花，还是没认出。"

"你不老，不老的。"

"心早老了。"

"我没认出你，是算了你仅四十左右，实际岁数！还可以大有作为，这几年，不少你这个年龄的行商才刚刚起步呢，你还应该出山，继续关照我们年轻的一辈。"

"看你一身黝黑，这几年没少出海？"

"大半时间都在南洋。"

"为谁押送？"

"开始做过几家，都是陈姓商行的，他们还算关照我，如今，让我上账房了。"

"你是够格的，讲诚信，善变通，又细致……"

"泰叔过奖了，我不过是恪守本分，祖上是这么叮嘱下来的，父命不可违呀。"

"也不是任何年轻人都能像你这样的……喝茶，沏的正是时候，正是你们家乡的茶。"

"武夷山云雾茶，好久没品尝过了。"阿潘感慨地说，"喝得出家乡的味道。"

谭康泰这才问："你从广州赶到龙江，这么远，一定有什么要紧事吧？不光为看望我。"

"也没什么事，只是报个讯。"

"什么讯？喜讯？"

"当然是喜讯，当时抓你，整你的那位祖大人，过几天就得砍头了，恶有恶报，老百姓都拍手称快。"

"是吗？三年前，判他'斩监候'，我以为是皇上要留他一条活命，到底是皇族，又是包衣奴才，不判说不过去，砍头还是舍不得的，怎么现在真要斩首了？”谭康泰将信将疑。

阿潘肯定地说：“这事不会有假，刑场已经在布置了，时辰一到，他祖秉圭脑袋就得分家了……你应该去看看，当日，他可是把你往死里整的，不为你自己，也要为冤死的夫人、死得不明不白的陈芳官，去看看这家伙落个怎样的下场！”

谭康泰沉吟了片刻：“还是不去了吧，看多了血腥的场面，再看不会有什么快意的。他也是咎由自取，皇上不放过他，我们就用不着多话了。”

阿潘叹了口气：“都说你宅心仁厚……我本以为你会立马起身赶去的，这也是人之常情。”

“老天爷有眼就够了。”

阿潘一时无语，半天才说：“听说，当年与祖秉圭一并被抓的几位行商，也得一同押上刑场。”

谭康泰一拧眉：“他们倒是没有死罪……”

阿潘这才说：“所以，我得去送送他们，毕竟，我也在他们商行里历练过，无论他们待我怎样，总归还是给了我一个机会，不然的话，我也不会有今天。”

谭康泰点点头：“都是陈姓行商？”

阿潘说：“所以都被连累了，无论有错没错……”

“海关贪墨，却要行商埋单，不公平。对我这样，对陈姓行商也这样。”

阿潘起身了：“我该告辞了。”

待阿潘走出院子，谭康泰忽地叫了一声：“等等。”

阿潘站住了：“你有事托我么？”

“不，我同你一起走。”

“去看祖秉圭斩首？”

“不，该去送送同行，他们不该被陪斩……包括陈寿官，也罪不至死！”

“泰叔！”阿潘走回了前厅，感慨万端。

收拾好行装，谭康泰向家人做了交代，便同阿潘出了门。

旱程、水程……

挨晚时分，两人终于回到了广州城。

黑魃魃的城墙，水中倒映的白塔……广州，久违了。

被押出牢门，上了囚车，陈寿官已经魂不附体了。关押了三年，天天都在提心吊胆，不知道最后是死是活，小小的囚窗外，三年间依旧黑白更替，但不曾有阳光透入，倒是夏秋间的雷阵雨，会把瓢泼的雨水浇进来，每每积成一汪

汪的水，日子总是得过的，度日如年也得过，终于，这天等到了解脱。

可无论如何，自己罪不至死！

他发现，一同押上囚车的，不仅有几位陈姓行商——他们都是雍正十年那一年同时抓进来的，罪名也一样，都是官商勾结，还有前海关监督祖秉圭，所谓“官商勾结”的官就是他。这小子一到广东，就见钱眼开，仿佛没捞到过钱似的，敲诈勒索，无所不为，末了，还倒打一耙，全栽赃到行商头上，却瞒不过皇帝，最后，落了个“斩监候”，缓几年，让他把吞进去的银子吐出来，只是，三年过去，吐了多少，到头来没能让新皇帝满意，那就只有死路一条：立斩！

显然，被牵连的行商也都跑不了。

连皇上百般呵护的包衣奴才，都挥泪一斩，那非我族类的行商，岂不更除之而后快！

陈氏行商们都死定了！

牢里，多少还是能听到狱卒说上几句“闲话”的，这祖秉圭死扛，说自己没贪污那几十万银元，就算有，也不多，所以怎么也吐不出来，其实，他是孝敬了京城里的皇亲国戚，大小官员，可他能说出来吗？说了，没准死得更快，还熬不到三年后的今天呢。指望有谁出来保他，却一点影子也没有，收了他银子的，如今都避之不及，谁还会惹火上身呢？

陈寿官发现，几部囚车里，大部分人的头还卡在外边，眼睛半睁半闭，只有一个，像一堆烂泥，瘫在了笼子里边，没法站起来，只怕给吓死了。

这个囚犯，只能是祖秉圭。

偏偏他的囚车，还走在最前面。

耳边，只听到老百姓的咒骂声，以及囚车的车轮声。

虽说朗朗乾坤，可在囚犯面前，依旧昏天黑地，天堂地远，黄泉路近……这天早吃的最后一餐，只怕也因大小便失禁全排干净了，有点意识的只怕比祖秉圭更惨，脖子卡住，两腿发软，吊在半空中，晃晃悠悠的。吃了那么丰盛的一顿，谁都知道自己的日子近了，让你最后当一回“饱死鬼”，这也许是最后的“仁义”。陈寿官没有吃得下，一见三年没见过的酒与肉，他就明白了。

快到刑场，他眼前就黑了。

他都不知道自己怎么被按到了“砧板”上，去等待那一刀的。

倒是执刑官一声吼“开斩！”却听清了。

他立时就不省人事。

也不知过了多久，又感到晃晃悠悠的，似乎在软绵绵的云雾中漂荡，不知会漂向何方。

莫非这就是地狱么？

却分明听到有人在喊：“陈寿官，陈寿官……”

莫非是一同被问斩的陈姓行商在喊？

终于，晃晃悠悠的感觉没有了，自己被人托起，放到了一个地方，不会是棺材吧，那么硬，让人透不过气来……

只是，这回听清楚了，是熟人的声音：

“没事了，你回家了，快醒醒，醒醒……”

谁的声音？

竟有点像谭康泰的声音，只是苍老了一点。

他终于撑开了沉重的眼皮，艰难地问道：“我这是在哪里？”

“你回到家了。”一个声音回应道，声音很年轻。

他终于看到一张张脸，谭康泰、阿潘，还有几位熟人，热切关怀，还带几分庆幸。

“我怎么啦？”他终于问道。

“你没事了，你已经被放出来了，我们把你带回家了……”阿潘抢先说了。

“我的头……还在脖子上么？”

“陪斩，不是真斩，吓唬吓唬你，杀鸡儆猴，你只不过当了一次猴子，明白了么？”谭康泰安慰道。

这下子陈寿官真的明白了，一下子在床上半坐了起来：“那祖大人呢？也是吓唬他的？”

“他可没你好彩，脑袋早与身子分家了，今天斩的是他。”插话的年轻人，居然是曾在他商行中当过伙计的阿潘。

谭康泰冷笑道：“人都斩了，别什么祖大人不祖大人了，他害了我，也一样害了你们。”

这话讲得陈寿官心中好是惭愧，如果当日不是屈服于祖秉圭的淫威，与“祖大人”合谋把谭康泰往死里整，到最后，也不至于被当成祖秉圭的同伙，一同入狱，一同陪斩……

好在谭康泰也不计较，换过一个口吻，说：“斩了祖秉圭，有法可依，且有判决在先的，谁叫他爱财如命，就不把银子吐干净，这下子，落个人财两空，活该！”

阿潘说：“这也是海关首次把贪墨的官吏问斩，以儆效尤，朝廷自然知道广东海关油水有多重。”

谭康泰却说：“有第一个，还会有第二个……杨文乾没被问斩，可也是被活活吓死的，这么说来，祖秉圭已是第二个了，以后还会有第三、第四，好不了。”

陈寿官听出他话中有话，赶紧问：“我们就这么了结了么？”

谭康泰说：“你死而复生，又太天真了，朝廷会轻易放过你们么？斩了祖秉圭后，就宣布你们几个之所以不斩，是先放你们回去，筹措足罚金，千万不能学姓祖的，死了也不吐银子，钱比命大。”

“明白了，还得让我们行商为朝廷赚钱。”

阿潘赶紧说：“你这是说到了点子上了，行商是摇钱树，不能都砍了，所以，生意还得让我们照做。”

谭康泰苦笑道：“也没这么简单，放了你们，外商也能松一口气，与你们生意往来的银元也就保住了，把你们斩了，官府会代你们还外商的钱么？抄没你们的银子，早就中饱私囊了。所以，还得你们去打交道，设法还钱。从远处说，新皇帝本于‘怀柔远人’，也得维护对外贸易正常进行，每年上交的银子不能少，你去准备罚金好了。”

陈寿官抽了一口冷气：“多少？”

“已经在现场宣布了，五万到八万不等，你名下是六万。”

“我立马上哪去找六万？”

没想到阿潘抢着开了口：“我代你出一半。”

陈寿官有点吃惊：“你……有么？”

谭康泰一笑：“这三年，你我都没见着他，你当知道一句话，士别三日，须刮目相看。何况三年呢。我是帮不上你了，我伤的元气，比你更甚，余下三万，你自会有办法。”

他招呼阿潘：“人没事，我们该走了。”

乾隆二年，皇上将祖秉圭的“监斩候”改为“应斩”，并予秋后处决。

《清实录》有记载：

高宗卷四七，干隆二年七月下（七月丁亥朔，丙午即二十日）

刑部等部奏：原任粤海关监督祖秉圭侵欺各项银共一十四万余两，奉雍正十一年十月谕旨：“祖秉圭依拟应斩监候，将应追银两限二年交完。尚逾限不完，著请旨即在广东正法。”今届二年限满，仅追银二万余两，尚未完银一十二万两有零。祖秉圭应即在广东正法。其未完银果否家产尽绝，仍令该督该旗确查，送部核办。得旨：“祖秉圭，改为应斩。著监候秋后处决。余依议。”（《清实录·高宗》第九册卷四七，第812页）

十四余万两，仅是查实部分，未查实的，则不知有多少，毕竟，被勒索、侵欺者，不是每个人愿意站出来证明的。但祖秉圭在认账之后，仍在喊冤，因为这些银两，大都拿到京城打点去了，以谋晋升，可他敢一一说出来吗？没准，死得更快。他唯有一点没说错，在雍正朝，做官也是一项高危职业。这位曾被圣上看好的青年，本是大有可为的，却在海关断送了自己，金钱的诱惑对于他竟是那么不可抗拒么？

祖秉圭结案后，陈寿官被放出来了，对于清廷而言，他只是从犯，而他与巴纳里串通舞弊一事，并不曾受到“永远逐出商界”的处理，在官员“无商不奸”的定势思维下，这也就不算什么大不了的事了，所以，他仍旧回到广顺行经商，日后外洋大班的航海日志中，仍不时出现他的名字，但比起过去则少多了，没多少人与他做生意了。没几年，他便最终消失了。

谭康泰照旧回到了顺德龙江老家，没留在广州，三年了，他也疏远了当日生意的同伴，陈芳官之死，让他太伤心了。

没想到不到一个月，陈寿官竟“打上门”来。

陈寿官让人挑了一担厚礼，旱路、水路，从广州来到龙江。

这让谭康泰很是诧异。

更诧异的是，一见面，陈寿官立即便跪下：“我是来请罪的，三年前，如不是我，你也不会遭此大难，我就是死一百回，也赎不回我的罪过，没想到这回你还对我这么大度。”

谭康泰赶紧扶起了他：“过了，过了，这也不能全怪你……康熙年间，你也是一条汉子，不怕得罪杨宗仁，做生意就做生意，决不依附权贵，欺行霸市，只是后来，你总结错了教训，让杨文乾、祖秉圭玩弄于股掌之上，这才与我们渐渐生分了。”

“我是悔之莫及呀。”

“商界有起有落，有沉有浮，有亏有盈，这都算不了什么，只要把住心中的定盘星，知错就改就好了，你比我年轻，往后还有大把的日子，吃一堑，长一智，只会愈做愈好。”

两人斟上一壶茶，慢品细抿。

岁月在茶盅间淡去。

恩怨也在茶香中飘失。

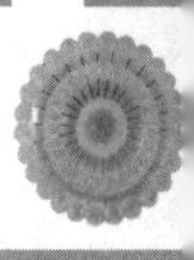

第二章　观音开库

谭康泰把陈寿官送到了最近的渡口。

渡口已有几分凋敝了，摆渡的船比往日少了很多，江面上的丝艇亦寥寥无几。一个地方，每每与几个大户的兴衰相关，一荣俱荣，一败俱败。“一船蚕丝去，一船白银回”，曾是这里兴盛的写照。那时，江面上一艘艘丝艇，就如同过江之鲫，一艇接着一艇，一艇咬着一艇，你追我赶，争先恐后，蔚为大观。这也是桑园围畔最美好的时刻，小艇、碧波、江风、白云、海鸥、彩霞，色彩斑斓，美不胜收。连艇上的采桑女、缫丝女，也都用手撑着腰，昂着头，红着脸，任头发被江风吹散，好一副自信乃至傲气的样子。她们有了自己的经济收入，也就多了自说自话的权利，连“父母之命，媒妁之言”也当成耳边风——这正是当年三姨太从谭夫人口中听到的新习俗，所以才心动。只是如今，谭夫人郁郁而终，三姨太也不知所终，这码头上，光余下两位茕茕孑立的老男人，风光不再，风景也不是风景了。

一位老艄公撑篙过来。

“下广州么？泰叔！”

“不，送客。”

“你不陪人去？”

“不去了。”

“平日，这正是你在广州最忙的时刻，鬼佬的商船大都装得沉沉实实，准备返航，你们忙了几个月，也赚了个盆满钵满……过去，我难得在这个季节见到你呀！”

显然，谭康泰是他的常客了。

陈寿官搭上了话：“是呀，你也该上广州打理打理。”

“如今，生意不大，有管家打理，用不着我出面……等到所有款项归结清楚，我就打算执笠了。”谭康泰摇头。

艄公却说：“你家大业大，怎可轻言执笠？”

“你有所不知，一朝被蛇咬，三年怕草绳。”

陈寿官劝说道：“除非破产，欠资，你过去的‘三进三出’不会再有了……其实，我这回来，就是想请你出山的，却一直开不了口。”

“你都萌生退意，反劝我出山？”

“其实，你有所不知，我出来这一个月，除开拼命凑上三万银子交罚款外，在行商和大班中行走，方知这案子你虽在钱财上吃了大亏，可名声却上去了，觉得你是条真汉子，敢作敢为，讲诚信，有定力，大班都在打听，要与你做生意……”

艄公也说：“诚信是更大的财富，名望也是一样，立信比立业更重。”

陈寿官忙说：“我过去就是在立信上栽了个大筋斗，你既然已无形中建立这么大的信誉，又凭什么置之不顾呢。”

谭康泰一笑：“你这比方不是太妥当吧。”

陈寿官脸红了：“我也觉得不妥，却不知怎么说，信誉是不可以用金钱度量的……我只是想劝你出山，凭你的信誉，让十三行恢复元气，提携大家，大家都感到过去的信誉发生了缺失，需要你出马，才补救得回来。”

谭康泰不语了。

老艄公说：“泰叔，我听明白了，你不出山，天理难容。”

谭康泰一惊：“怎么说?”

“你不是一个人，关系到十三行，更关系到中国的商人，其实，古人早说了，无信不立，别让外国人认为，中国果然是无商不奸，是不是?”

一番话，说得陈寿官脸上一阵红，一阵白，扭过头去。

谭康泰低下了头，良久，才表示：“容我想想，真的，我得再好好想想，给我一点时间。”

陈寿官这才转过头来：“其实，阿潘上次找你，也是这个意思，只是没明说，他生意做得不错，大班们也信任他，他从大班那也得知你的口碑，当然，他也一直对你心存感恩……他到底还年轻，镇不住，不如你，如果有你在，他生意还敢做得更大，你得言传身教，不要躲在这里……”

谭康泰眼前闪过阿潘的过往：

在爪哇，货物被扣，病笃乱投医，找到了自己；

在巴达维亚，自己让阿邝放船，他千恩万谢；

在陈寿官纳妾的宴席上，与他不期而遇；

……

“这孩子，是可造之才。”谭康泰点了点头。

“帮他一把，帮大家一把，现在，是你重返十三行的时刻了。”陈寿官殷切地表示。

艄公见船上的人已坐满了，便催促道：“开船了!”

谭康泰在岸上挥手，怅然所失。

自己心动了么?

往回走的路上，谭康泰看到了停工有些时日的积善居寺。

不觉站住了。

当年，自己是许了愿的，与众乡亲一道，把这老国明寺修复起来，自己甚至还从南洋运回了上好的木料，只是遇上洪水，木料应急去加固堤岸了，未能用在寺院，这也是住持的意思，普度众生，毕竟比立一寺院的梁柱重要，以后再找木料好了，谁知以后……他谭康泰“三进三出”南海监狱，无暇他顾，这到南洋找木料的事又搁置下来了。尤其是雍正十年，被诬陷后，竟是在寺院中“落网”的，于是，这三年，修复的事也就更无从提起了，虽说过去些年，也还是有不少投入的，包括大雄宝殿也修得差不多了。往后，更应该修复下去，干得须有始有终。

“施主来了!”

是寺院的住持发现了他。

他忙合十回应。

住持邀他进去一坐。

谭康泰有点羞愧：“这么多年了，我还没完全兑现诺言。”

“话不能这么说，你已经尽力了，心就是最大的兑现，切切不可苛责自己。”

“难为住持宽宏大量。”

谭康泰也就跟随进去了。

禅房内，清茶一杯。

这些年，倒没有大灾，大旱没至，大水也不来，龙江一带，还算清静。寺内打扫得窗明几净，秋风紧，落叶却也不见几片，原来有居士随时收拾。袅袅的香烟，若淡淡的清雾，能嗅到香味。信众依旧不减。

“依之前的承诺，寺内的建筑早该完善了。”谭康泰主动说。

“这也得看机缘，会有机缘的，任何事不可强求。”反而是住持开导谭康泰了。

谭康泰说：“待了愿之后，我当来剃度，不知你收不收。”

“缘分到了，不存在收不收的问题。”

“这么说，如今我缘分未到?”

“看你的面相，还是很有佛缘的。”住持这么说，“并不在你已经做了什么或者没做什么。”

谭康泰顿时省悟了：“当年在顺德建宝林寺的高僧，也是率三十六姓九十七家自珠玑巷南下这片三角洲的首领罗贵的孙子罗宝琳，就是这么吟诗的：智慧有灯何日照，菩提无树几进栽?”

住持含笑道：“只怕罗贵也未必想到，当年带那么多人南下，对这片三角洲的命运，甚至南中国的命运，是怎样一次不同寻常的变化或者改写，过去说‘安土重迁’，殊不知，如今，在不断的迁徙中……”

“我们不仅下了南洋，有的更远涉重洋，到印度，到了西洋好些国家，知道世界有多大。”谭康泰若有所思。

住持呵呵一笑：“心也大了。”

谭康泰抿了一口茶，顿觉醍醐灌顶，浑身通透，下意识地站了起来，告辞了。

不仅同行，即使十三行的行商们，也视谭康官的复出是一个奇迹，甚至外国的大班们，也都惊奇至极：一个人突然失踪了，却又陡地重新冒了出来，搞不清怎么一回事，连同大班的日记上，记录的都是，他此时又出现——似乎已消失很久了。

而谭康官在外洋大班们面前出现，则是他的老朋友——法国主任迪韦亚拉开的帷幕。

不过，仔细想想，从十三行重立之日起，谭康官就与迪韦亚有不同寻常的友谊，他要在外商的面前复出，不通过迪韦亚，又会是谁呢？解释的权利，也就落到迪韦亚的头上。

至于迪韦亚怎么解释，谭康官也不知道，总之，须按人家的心理去做。否则，依中国人的逻辑，对他们是永远也解释不通的。

中国永远是个谜，中国的事情，也永远是个谜，这不仅仅是因为什么“铁幕”“竹幕”，而是文化心理的落差，直到今天，这样的谜也不可能完全解开。

那就永远在破解当中好了。

“三年不鸣，一鸣惊人”——谭康官是失踪了三年，他被抓，外洋大班们是知道的，他逆转了局势，风风光光出了狱，外洋大班也是知道的，只是出狱后三年，却“人间蒸发”掉了，外洋大班则无从知晓，这让他们觉得很是奇怪。

迪韦亚找了一个再好不过的理由，或者说编了一个绝妙的故事，称这三年，谭康泰到了京城，与在国子监里的弟弟谭康举一道，打点了与外贸、与国库相关的官员，以及亲王等，这才有了乾隆皇帝登基后，立即废除了“加一征收”的恶税——这可是大班渴望很久却始终不见反馈的朝廷决策，这自然得说服众多的大臣，有利益攸关的，如内务部门、大学士等。

迪韦亚这么说，自然是夸谭康泰劳苦功高，赔蚀掉了老本，希望大班们多多关照，作一点补偿。

所有国家的大班都点点称是，唯有英国不买账。

如今，英国已是老大，开始超过了法国，更超过了曾一度在大洋称雄的荷兰、西班牙等国家。

不过，英国也只是提出几个苛刻的条件，诸如允许靠岸后不拆卸炮座之类。其实，他们从来也没拆卸过，清朝海关大都睁一只眼闭一只眼，只瞒了朝廷，天下事，每每如此，难得糊涂嘛。

这一来，只好上报朝廷了。

反而让大班们忧心忡忡，屎不臭挑起来臭，让朝廷重视，一旦重申过去的规定，强化管理，岂不搬起石头砸自己的脚。

还好，新皇帝乾隆还开明，允了。

于是皆大欢喜。

迪韦亚也同样归功于谭家的游说。

不管怎样，乾隆登基后这几年，十三行又再度红火了起来，外国的商船一年都突破二十艘了。

本来，外洋大班们，都要响应迪韦亚的倡议，为谭康泰的“复出”接风，可到头来，没能搞成。

当然，英国人的反对起了作用，而英国人的本意，则在于索要更多的有利条件，实现利益最大化，无疑，他们在经济上的量化思维比其他国家的都要老道。纵然，他们在谭、陈两大行商派系中，一直是左右逢源，而谭家的经商准则，在他们更对胃口，所以，也满足了谭家指控英商中不良大班的要求，巴纳里从此不复出现在广州的贸易季节中，并称他们已经完全被驱逐出了商界，虽然有的在广州交易中资格最老，有一二十年之久，他们同样一点情面不给，这让谭家很钦佩，陈家也不得不服。当然，由于英法两国宿怨颇深，不时还诉诸武力，所以，法国主任迪韦亚的提议，英国人不买账，也是理所当然。

另外，谭康泰也表示不赞同。

从顺德人本性而言，不得张扬，低调做人，历来如此，所以，谭康泰本能地抗拒这一提议，更何况与夷人同庆，对朝廷而言，无疑是大大的不敬，犯忌了，哪怕当年雍正最后给他与陈芳庭洗雪了罪名，把祖秉圭抓了，后又让乾隆处以极刑，这却是张扬不得的，改错，是朝廷的英明与恩典，并不是你蒙冤者有什么冤要伸，抓你是对的，放你也是对的，用不着你，也不允许你妄加评论。所以，“复出”一说千万讲不得，万一惹怒了朝廷，只怕更是死无葬身之地了，外国人不懂清廷这一套，更不懂中国华夷有别的历史传统，讲也讲不清楚，只能一口回绝。

这让迪韦亚有点不安，毕竟没能给谭康泰有所补偿。

也好，省事！

不过，谭康泰却有一个新举措，让他及所有外洋大班们产生了浓厚的兴趣。

原来，这一年开春，行商们要去拜观音庙。

本来，也是几位行商提出来，特别是年轻的阿潘极力主张，这回，谭康泰“重出江湖”，意义重大。因为雍正十年的大案，行商中的两大派系，无不被波及，先是与谭康泰交往的六家小行商，都被祖秉圭搞得呜呼哀哉，几乎是倾家荡产。后来案子发生逆转，祖秉圭倒了霉，而他利用的陈家及关系密切的共九家行商，也都跟着倒霉，一样被抄家、罚款，元气大伤，因此，整个十三行，翻过来，覆过去，无一幸免，且名声也搞坏了，信誉更受到严重的损害，不少大班的船都跑到了宁波、厦门，毕竟，康熙是开放“四口通商”的。本来，广州通商的条件，比另外三个口岸要强得多，所以，大多数年份，大多数外洋大班的船，都愿意来广州，愿意与十三行打交道，在广州好做生意，赚头也大，平心而论，是是非非相对也少一些。可雍正十年的事一出，令外商心凉了一截，当时，瑞典是第一年来广州做交易的，还聘了一位有名的大班，可最后，还是灰溜溜地走了，没能赚到多少，回去也无法交代。

重建广州十三行的信誉，正是当务之急。

所以，谭康泰是这样回应阿潘及叶家、杨家等新老行商的：文章不要做在我“重出江湖”上，虽然我的重出让外商看到行商的潜力与信誉，但是，重要的是整体的潜力与信誉，更何况我与原先对立过的陈家冰释前嫌，言归于好，整体的信用也就好修复了，所以，我们应该有一个集体的姿态，宣示十三行行商共进退的原则、恪守信用的宗旨。这个，不仅外洋大班欢迎，包括海关、朝廷也求之不得，一箭双雕，不，一石三鸟，何乐而不为。

阿潘年轻，加上是从福建来的，还不大明了，赶紧问：“怎么来显示这种姿态，恢复我们的信用？”

谭康泰说：“我们顺德东边有一个金鱼岗，濒临大海，历来是拜观音的圣地。一千年前，那是宋朝，那里有一个白莲池，每每遇到大比之年，乡内科名，就有双花报兆，特别灵验，后来，到了南宋，就在白莲池畔建了观音堂……”

性急的阿潘问：“这又与我们行商有何关系？”

谭康泰从容地说：“自从有了观音堂，那白莲池也神了，哪怕你种下红莲的种子，也一样会开白花。莲花，出淤泥而不染，这是中国人一种精神象征。”

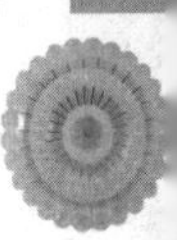

阿潘若有所思："是呀，清清白白，赚钱也得赚个清清白白，是这个意思吧？"

"不仅止于此。"

"还有什么？"

"白莲池因此出名，拜的人多了，于是，便形成了'观音开库'的规矩，每年都有特定的日子，四面八方的信众都来朝拜……这个日子很快就到了，是正月二十六子时开始，到时，不仅三邑，南番顺的会来，四邑，那么远，哪怕是新会、台山、恩平、开平，也都会有人来，早早祈求观音打开金库，让大家这一年发财走运，当然，也得把去年开库借的先还了，这便是信誉。"

"明白，太明白了，通过'观音开库'，表达我们恪守信用的坚定意志，神是不可欺骗的。"

阿潘欢叫了起来。

正月二十六日，是珠江三角洲上各地"观音开库"的盛大日子。

十几位行商，是提前在正月二十五日赶到的。

谭康泰早早扶老携幼，上龙江的观音阁去。这个观音阁与白莲池畔的观音堂于顺德东西两翼，互为呼应，还早建六百年。上年拜观音特意留下的银纸是要带上的，再加上今年备下的金纸制的元宝，须一并"归还"给观音菩萨，以表明"有借有还，再借不难"——这也是数百年间，粤商显示其信誉的重要时刻。向观音菩萨借什么，到期一定须如约归还才是，对神的信誉，也就是最大的保证。头上三尺有神明，神一直在看着啦，不可不去，不可不还。

可他们发现，已经来迟了。

观音阁三面的山地上，已经搭建了大大小小的棚厂了，这是早到的信众们憩息之处，更有不少炷香、盘香，还有莲花香座堆满，天公作美，天地一色，几乎没一片流云，入夜，便是满天星斗，格外耀眼，与棚厂点的灯火相辉映，似乎天上的星斗也落到了人间，连成了一片。

人们对南海观音的虔诚，可见一端。

子时开始，庙堂里已挤满了信众。

外边已是熙熙攘攘的，车水马龙，不少信众还打着松明子，不仅为自己，也为所有人照出一条进香的通道，所有信众都很自觉，这条香道一路畅通，人流滚滚，却无半点阻塞，显然，谁都会给后到的信众留出时间，不会一人专占。

路的两旁，更已摆满了各种摊档，大大小小的炷香、盘香，早为信众准备好了，还有其他供奉的物品，可谓韩湘子的货郎担——一样不缺……

行商们进入了进香的人流，当朝霞满天之际，终于轮到了跪拜在观音阁前，一拜、二拜、三拜……

这一年，参与观音开库的，该比前几年热闹了。

毕竟，过去“禁洋”，多少商人破了产，不少百姓遭了殃，早一年向观音“借库”的，后一年则无法偿还了，怎么敢来呢？包括谭家，那几年经营的收入，已经是负数了，好在家底还厚实，撑得住，况且，观音开库，不是一年就得归还的，来日方长。虽然每年开库之际，给观音写下的借条，百万、千万不等，当是一种意头，有稍许赚头，也就算是称愿，称愿了，就得还。现在开了洋，就大不相同了。

这天，拜了观音，烧了银纸、金元宝，又吃了生菜、发菜——生，生生不息；发，发达不已。然后把专门留下的一部分银纸再带回去，留待明年，仪式也就圆满了，可以打道回府了。

可一出庙门，谭康泰便对管家说：“准备好的粥棚，明天正式开张吧。”

“这么急?”管家不解。

“今年来借库的人还不算多，证明敢借的人少了，去年农情都不好，今年一开春，是必青黄不接，揭不开锅。我们不早点开粥棚，只怕救不了人。”

“我们的存粮也不多了。”管家诉苦。

“再想办法，先应急吧。”

管家不语。

谭康泰不无沉重地说：“你知道观音开库最早的由来么？那是一个荒年的正月二十六，赤地千里，颗粒无收。百姓乞讨无门，唯有等死。也就是这样的日子里，一位女子来到了百姓当中，身上带着两个布袋子，见人就往布袋里掏，一个口袋里掏出的是米，一个口袋里掏出的是银子，布袋看上去很小，却永远掏不尽，待到所有人都得救了，这位女子才脚踏祥云而去，人们这才知道来的是观音菩萨。所以，每年正月二十六，就定作了观音开库的日子，这天，谁都可以向观音借贷。”

“第二年再还，是吗?”

“当然。不过，也不勉强。坦率说，之前三十年，我们家年年都在这天拜观音，所以，才三十年光景，就挣下这么大一副身家，把生意做到了南洋、西洋。现在一禁洋，百姓遭殃，合当我们以这三十年的借库，向百姓还贷了。没他们支持，我们也发达不起来，如果不似观音当年开库，我们有何面目对每年的正月二十六？这三十年这么迅速的发达，天时地利人和都少不了！”谭康泰沉吟道，“别说三十年，就是五十年，再大的收入，也不可以只算是自己的。”

管家醒悟了：“你是说，我们只是在代观音理财?”

谭康泰欣慰道：“你总算是明白了。”

管家立即痛快地表示："明天，谭家的粥棚就开张了！紧跟着观音开库后边。"

"观音开库"回来，阿潘遇上了瑞典的大班洛思。

三年前，瑞典的商船首航中国，来到了广州，不巧正遇上雍正十年那次"大地震"，行商自顾不暇，海关也乱作一团，让他们的生意没能做好。回去后，原先的大班给撤了，换上了他。他们从海上所获得的所有信息，都证明一点：全世界，只有广州的生意最好做，可以说得上是一本万利。全世界的银元都流向中国，而且主要是广州，而中国几百年前已是"银本位"了，银元在中国的流通是最受欢迎的。所以，他们这次千方百计积攒了一批银元，好来中国换取丝绸、瓷器与茶叶——一旦运回本国，是上百的赢利……纵然一路上，好几位水手因各种原因丢了性命，尤其是大西洋的惊涛骇浪让他们吃尽了苦头，九死一生，可他们还是没有扭转航向，再度驶往中国，驶往广州。

洛思自然是一个意志坚定的大班。

他已从同行中得知这个叫"阿潘"的年轻人，不可小觑，早就在南中国海的风浪中练就了钢筋铁骨，更加上一对火眼金睛——这在他，已几近神话了，所以，一上岸，便盯上了阿潘。

当他叫出"阿潘"时，阿潘还有点奇怪。

"你怎么认识我？"

"要不认得你，我就算白来了。"

这句话让阿潘很是受用。

"我就听说两个人，一个谭康官，一个你。可惜谭康官老了，不过，我还是想认识的。你呢，还年轻，前程大大的，我找你们两位好久了，听说你们都去了顺德。"

"你的消息倒是很灵通。"

"到顺德拜神，是吗？"

"是的。"

"与我们拜上帝一样。"

"一样，也不一样。"

"有什么不一样？"

"我们拜的是南海观音。"

"噢，南海，保佑海不扬波，一帆风顺。"

"不完全这样。"

"是怎样？"

“南海观音保佑我们，我们也得向南海观音立誓。”

“向上帝发誓。”

“对，保证有借有还，绝不背约。”

洛思一下子有兴趣了：“什么，向神借钱？”

这时，阿潘才认认真真地解释“观音开库”的来龙去脉。当然，也费了不少口舌，尽可能让洛思明白。

洛思也不是等闲之辈。

终于，他冒出了一句：“这就是说，你们向神承诺了。”

“对。”

“就像我们，向上帝承诺，这是不可以反悔，必须兑现的。”

“你理解得很对。”

“一个敢向神保证的人，当然在生意上最能讲信誉，这样的人，我们太欢迎了。”洛思竟然给了阿潘一个大大的“熊抱”。

阿潘虽然知道他们的礼节，可多少还有点不习惯，好不容易才挣脱出身来，追问道：“你们怎么欢迎？”

“欢迎你到我们国家去。”

“太远了，只怕一时去不了。”

“小看了我们，怕我们是小国？”

“倒也不是，我得有时间，一去得好几年，我的生意不做了？”

“误会了，误会了，我是说，我会把我们的生意，这也是整个国家的生意，都交给你来做。”

阿潘喜出望外：“这就是你说的欢迎？”

“是的，这才是发自内心的欢迎。”

“同‘观音开库’一样？”

“太对了！”

于是，洛思大班开始详细地介绍起他这个“蓝旗国”的来历，他并不讳言瑞典，刚刚在欧洲大战中败北——以真诚对真诚嘛，国民经济几近崩溃，民不聊生，就指望与中国的贸易恢复元气，起死回生，这次来，几乎是倾国之力，带有冒险成分，可做生意哪有不冒险的呢？当然，从大班到船员、水手都是挑了又挑，确保万无一失……

听罢，阿潘感慨万端：“感谢你的信任，我会竭尽全力帮你拼死一搏的！”

又是一个“熊抱”。

于是，便有了跨两个世纪潘家与“蓝旗国”的历史佳话。

从18世纪到19世纪的初叶。

第三章　后生可畏

按理，到正月间，外洋大班的商船早已走得所剩无几了，迟一点，北风便会止歇下来，想借季风南下，则十分艰难，沿岸行船，只能是下策。

所以，阿潘在“观音开库”后回来，就让洛思大班盯上，并非偶然。

两人相识后，阿潘发现，蓝旗国的商船仍泊在黄埔港口，没有出航的迹象，莫非在等下一个贸易季节？那又得半年时间了。而且，朝廷很快就会“清港”，凡是不走的大班的船只都只能上澳门，不能滞留在广州。

生意场上，时间却是更宝贵的财富。

阿潘回到十三行，上了对岸刚刚打扫干净的谭家，讨教一些事情。

此时，他只是远来行的账房先生，并没有独立经营一个商行的权利，虽然他对十三行的运作，已经比不少行商要熟悉得多，自如得多，可毕竟还得受制于人——向谭康泰讨教的，正是这事。

几年前，十六七岁时，他也来过谭家。

那时的谭家，虽说不得炫耀，但有眼光的，亦不难看出这家人的殷实，一色的紫檀木家具，众多的青花瓷……而今再去，虽说多年没添置，但虎威尚在，仍旧看得出当日的富裕与讲究。

谭康泰仿佛早就得知他会来，没有惊讶，而是淡淡地说：“来了，我还以为你又下南洋去了呢。”

沏茶，斟茶，品茶。

“这茶可是专门为我而备？”阿潘问。

“不全是。”

“为何？”

“行商中闽人不少，他们就好这武夷山的茶，所以，我也进了不少，不仅为待客，也外销。如今，茶叶在外销中的比重，要超过丝织物与广彩瓷了。”

“听说，英国皇宫最好这一口，把茶叶说成包治百病的灵丹妙药。”

两人会心一笑。

没等阿潘开口，谭康泰便已问道：“你当自立门户吧？”

阿潘一惊：“知我者，莫如泰叔也。”

“闽人的自立素有口碑，宁为鸡首，不为牛后嘛。你过江下海也不少年月了，咸水也喝足了，是到自立门户的时候了。”

“当仁不让？”

“当仁不让！”谭康泰说，“你会比我们这一辈有出息。”

“过奖了。”

“其一，我们被海关、贪官盯上，已很难摆脱。可他们还没把你这个青皮后生看在眼里，至少，这几年就有不少发展的余地。其二，你在外商中已有口皆碑，给了你独立发展的机会，你此时不为，更待何时？还有……”

“还有什么？”

“一单大生意已到你跟前，看你接不接。”

阿潘困惑地摇了摇头。

“不是有位蓝旗国的大班找上你了么？”

“是的。”

“为什么不进一步了解一下，洛思为何会找你？”

“这我还没来得及多想。”阿潘说，“你的消息真灵。”

谭康泰一笑：“我在这十三行地面上的时间，比你年龄还长吧，没有我不知道的。”

阿潘忙表示：“请长辈指教。”

“事不宜迟，今天我本就准备出门，上黄埔港去，看看还有几艘外国的商船还没走。”

“让我跟你去？”

“不，我是专门等你去。”

黄埔外港。

虽说是冬日，这里依旧是风和日丽，海风骀荡，小舟如池中的金鱼，自由自在在港口穿梭来去。有的，就泊在岸边的大榕树下边，渔夫上岸去沽酒、买点心去了。水是那么明净，把天上的白云、岸上的绿树融合在一起，让一个个涟漪编织成奇幻的水圈。不时还有几条精力过剩的大鱼，跃出水面，溅出偌大的水花，发出喧响。它们自是游玩得恣肆了。自然，岸边，小船上也不乏垂钓者，不时发出欣喜的笑声，显然是大有收获了。只有大榕树还那么沉静，把宽大的树冠投影到水面，把众多的气根垂到了水中，也垂到岸边的泥土里，有它怡然自得的一个世界。别说，一棵大榕树，每每可在岸边笼下一亩多地呢。

阿潘眼尖，先喊了起来：“看，蓝旗国的船。”

其实，何止一艘蓝旗国的，还有一艘荷兰的船呢。

当然，船上已在忙碌了，准备收拾货物开航——不是直下巴达维亚，就是上澳门留守。

谭康泰、阿潘两人径直往瑞典的船走去。

没等他们走到，船上已有人发现他们了。

居然是块头不小的洛思，三步并作两步，从木船上疾走下来，远远便张开了双臂。

“阿潘，阿潘！正想着你，你就来了！”

他给阿潘一个拥抱，这才问：“同来的这位是谁？”

阿潘说：“这便是你想见的谭康官。”

洛思喜出望外：“太好了，阿潘你真够朋友。”

他也给谭康泰一个拥抱。

三人一同上了船，到了船长室里坐下。

谭康泰说：“看阵势，你们想走了？”

“不走也不行呀，海关不准我们在这里待下去，要么回国，要么上澳门，只有那里才允许外国人住。荷兰人与海关关系好，也还是不准，照样得走人。”洛思诉苦。

谭康泰问：“你是回国，还是上澳门？”

“还没拿定主意。”

“为什么？”

“一言难尽。”

“你尽管说好了，看我们能不能帮你拿主意。”

“我正一筹莫展呢。”洛思也是个痛快人，“是这样的，我们刚打完仗不久，国家财力不足，百姓生活困难，都想尽快翻身，这回，是举全国之力来冒险的。可小国家，怎么也凑不了多少钱，那就有多少做多少吧，这次就这么来。”

“银元全用完了？”

“差不多了，一路还得留一些。”

“采购的货品怎样？”

“还算可以吧。”

“这么说，留在澳门意义不大了。”

“可我们想，就这么跑一趟，来去两三年，资金有限，赚的不会多，跑这一趟，还是不合算。可留在澳门，万一筹措不到更多的资金，那就更被动，夏秋间再来广州，只怕也干不了什么……我为这个都发愁了。”

“你在澳门怎么筹措？”

“泊在那里不归的商船，倒是大都没花完银元，一般情况下，也还是愿借出一点……只是利息太高了，不过也不怕，荷兰人、英国人计算得都非常苛刻，我过去在别国商船当过大班、大副，多少了解情况……这也没多大把握。”洛思直摇头。

“我明白了，感谢你对我们的信任。”谭康泰说。

阿潘忽地站了起来：“这样吧，这回，就不停澳门了，直接回国好，不然，一耽误又是一年，你们的国王也等急了。”

“可就带这么点货物回去，他们会失望的。”

阿潘与谭康泰对视了一下。

谭康泰先开了口：“二十多年前，我们的行商黎安官，就当过一艘荷兰船的大股东，不，说是包了整整一艘荷兰船，只可惜，在半途中遇风浪沉没了，损失了好几万银洋。不过，对他当时来说，也并不算什么，在别的船上又赚回来了。”

阿潘也说：“如今，叶家比黎家做得更大，听说，英国人还把叶吉官的蜡像都做好了——没身份的人是没这份荣耀的，人家只有皇家、贵族、社会名贤才够资格。”

洛思脑子转得快：“这么说，你们不用我上澳门花几个月借贷，你们现在就可以帮我？”

阿潘表示：“谭康官已开了这个口，我也当仁不让了。”

“我的银元没剩几个了。”

“不要紧的，你想采购哪些产品，船还能载多少，尽快给数字给我们，我们会很快给你办齐的，请放心。”阿潘已心中有数。

“那……怎么结算？”洛思有他的思维方式。

“当然得有一个合同，细节的事，阿潘与你谈，你应该信得过，刨去成本外，盈利你们是大头，毕竟一路上有那么多风险，有那么长的日子，你们不容易。”谭康泰说。

阿潘点点头。

洛思几乎是欣喜若狂：“你们这是雪中送炭，救人于水火之中，我不知怎么感谢为好。”

“我们是双赢！”阿潘说。

“我马上拟好合同。”洛思表示，“茶叶、丝绸、瓷器，你们一下子能凑得齐么？我们船不算大，但我的胃口却不小。”

说得阿潘、谭康泰都开口笑了。

“放心，我们每年储备的货源，只有多，不会少，只怕你吃不了。”

“天哪！”洛思惊叹道，“这次回去，我可是……”

“从北极熊变大笨象了，是吗？”

生意做大了，不自立门户，依附于他人，未免处处掣肘，施展不开，阿潘早有想法，这一回，当水到渠成，虽然一下子资金回不了笼，可期许的收入却是远远超过从前的。谭康泰也设法给他垫资，申请成立商行，当是天时、地利、人和全齐了。

这天，行商们相聚于锦纶堂。

雍正元年，在“禁洋”期间建立这个锦纶堂，则是丝绸业界，尤其是十三行中经营丝绸生意的行商一种自保、自立、自强的措施。当时，十三行所在的西关“蚕织者，宁仅数百家?”“迨生生聚日众，技业振兴，爰于癸卯之岁，集众金命题助金，”拜祭起祖师，以图丝绸业更上一层楼。

早在明中叶，广州已有丝缎行、什色缎行、元青缎行、花局缎行、绸绫行、机纱行、斗纱行等，其时城区内编织工场更超过2.5万家，到雍正元年，仅西关的织机就已上万，丝织工更数以万计。这个数量已很惊人。清初，广州虽说备受战火摧残，但发展起来还是很快的，毕竟底子厚实，技术更没失传，一有机会，也就见风日长，抽枝长叶。

尤其是自康熙二十五年“开海”，到雍正元年，这近四十年间，广东一旦得风气之先，海上贸易也就更突飞猛进了，很快便超过了明朝的兴盛时期。康熙开海第二年，便立了粤海关，为了加强对海上贸易的管理，当局便将商行分为“金丝行”与“洋货行”，后者则是主导进出口的外贸经营。吴兴祚提出恢复“十三行”，不少丝绸商人也就因达到“自身殷实”的条件，进入了十三行，获得政府发给的对外贸易的行帖（执照）。

明朝中叶，广州对外贸易对象仅限于葡萄牙、西班牙、荷兰，但到了清朝康熙年间，法国、英国等都进来了，而它们的经营资本正在变多，胃口变大多，这远不是明代可比的。因此，西关的丝行、纺织工场规模更不可同日而语。

与此同时，珠江三角洲的桑基鱼塘愈加发达，为日后的现代缫丝业打下了坚实的基础，并促使农民“洗脚上田”，官员沿袭明朝“弃仕经商”，对丝绸业予以了极大的推动。只凭一句民谚就可得知珠江三角洲的蚕桑业、丝绸交易是何等繁荣：“一船蚕丝去，一船白银回”。

而且，仅珠江三角洲的供货，已经大大不够了。于是，远自江浙一带的丝绸，经大运河，溯长江，入赣水，再陆行经过梅关古道，下浈水，走北江，大批大批地运进广州，显示了强劲的势头。

自然，来自英、法、荷等国的大班们，每每都满载而归。

而中国商人，无论是行商还是散商，也都驾着自己的大眼鸡船、红头船，借助信风，下南洋，直达巴达维亚、吕宋——无论是丝绸，还是茶叶、瓷器，在南洋出手，价格自然高于广州数倍，所以，每年下南洋的中国商船，都有数以百计，甚至过千。

锦纶堂一成立，便为丝商们排忧解难，毕竟，大家共进退，同荣辱，守望相助，同舟共济……果然，锦纶堂成立没几年，雍正皇帝便废除了“南洋禁洋令”，丝绸行又生机勃勃，风生水起来。

这一天所议的事，就有力保阿潘进入行商的内容，所以阿潘早早来到了这里。

他这是第一次来。

因为过去他只是远来行的管家，不曾有资格在这里“登堂入室。”

这里与他家乡龙溪的建筑不同，尤其是镬耳墙，是珠江三角洲独有的，当然这属于风火墙，与徽式建筑的马头墙功能相近，看上去似大镬的耳挽，倒也很形象。却也有另一种说法，那便是“金尖火圆木直水曲土横平”，以五行来分，这圆圆的墙顶，便是风风火火的意味，象征红火兴旺。广东人好讲“意头”，这是好意头。

阿潘走了进去，看出这是一路一院二进三开的格局，东侧附设了一间厨房，右侧则开了个侧门。基本上是广州传统的厅堂大屋的样子，采光好，通风透气，宽敞舒适。

从门廊抬脚，则跨过了大门的门槛，阿潘舒了一口气，这个门槛今天总算跨过来了，而后，便来到了大厅。

门厅的正面是“仪门”，也习惯称为“挡中”。

两边有倚靠门墙与山墙的小阁楼。堂门前的照壁后边，中路门廊前边有一个宽大的空间，有三四丈宽、深，上边有“前明堂”题字。不过，这只是个过渡，再进去是中堂，中堂有前轩。

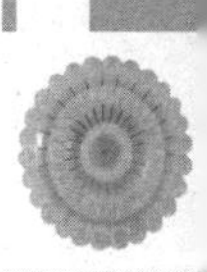

阿潘在中堂伫立良久，却不见人来，自己来早了。

显然，中堂两侧是一式的酸枝大椅，是给来人坐的，也就是说，这里是锦纶堂的议事厅，丝绸行凡出了大事，都得来这里定夺。两侧的金柱，粗大、锃亮，别有一种威仪。

“锦纶堂”三个大字，悬挂在金柱隔架上，题匾金光闪闪，题字遒劲有力，阿潘欣赏了好一阵。

往后，则是祖堂了，是祭拜锦纶业先师张骞的地方，阿潘还没来得及过去，就有人来打招呼了，让他在中堂的酸枝上坐下，并沏来一壶茶香清醇的新茶。

阿潘还有几分迟疑，毕竟自己此刻还不是有身份的人，坐下去，就侧着，只坐半爿屁股，不敢背靠在后边的椅背上，只好端着茶，微微吹气，似在品尝。

雕梁画栋，尤其是雕花门，工匠们可是用了不少心机，费了不少心血，阿潘心中一动，人说我们经商的，不识文化之妙，唯钱是命，这只是一种偏见，自己读私塾，诗经论语，无一不通，唐诗宋词，出口成诵，没这些启发文思，生意场上也不会如鱼得水。数字里边也有诗，“七八个星天外，两三点雨山前”，道尽夜行的心境，“方宅十余亩，草屋八九间”，退隐之意全在上面……记得私塾先生摇头晃脑还数了很多的“数字诗”，数不是数，数也是诗，自己从商，对数字特别敏感，与儿时读数字诗恐怕不无关系，有空，自己也能胡诌上几首。

大凡静得下心，生意才做得大。

于是，他对锦纶堂里的石雕、砖雕、灰雕、陶雕、蚝壳所构成的艺术装饰，看得津津有味。

自然，整个厅堂的设计，更称得上精妙。

脑子里又闪过屈大均的诗：

> 洋船争出是官商，十字门开向二洋。
> 五丝八丝广缎好，银钱堆满十三行。

这里也是一色的数字：十、二、五、八、十三……

有点意思。

自己在福建的老家，在泉州府的同安县，住在一百多丈高的文圃山下，不忘桑梓，自己要独立门户，当要以老家的地名为参照。

顿时，脑子里灵光一闪。

同文行！对，就是同文行，同安的同，文圃的文，二者合一，也提醒自己不要忘本也。

他一下子兴奋起来了。

行商们陆续到齐了。

谭康泰这次起死回生，名望鹊起，大家都看着他。

他率先提议：“别看阿潘年轻，这些年下南洋，跑吕宋，走巴达维亚，几乎是轻车熟路，逆势上扬，在十三行雍正十年间的大风大雨中，屹立不倒，殊为不易，可见这位年轻人的本领与胆识，我推荐他为行商，也是深思熟虑的。”

远洋行的陈氏行商倒也通达，表示：“我这些年也委屈阿潘了，不然，他会干得更好，鸟儿的翅膀硬了，是让他展翅高飞的时候了，我只是有点不舍。”

陈寿官更表示：“他在我那里没干几天，没少提醒我，可惜我当时看见他年少，没当回事，结果摔了个大筋斗，现在还不知道能不能恢复元气，这年轻人目光远大，前程不可估量。”

行商们纷纷表态：“我看好这小子。”

“后生可畏！”

“初生牛犊不怕虎。”

“长江后浪推前浪。”

“新符换旧符了！”

……

一致通过了。

阿潘讲了“同文行”的意思，大家赞不绝口。

谭康泰说：“海关那边，我去说和，毛克明是个武将，办事痛快，上回没他，我只怕永无出头之日了，历任监督，也就这位武将不贪，难得……”

谁知道，话音未落，有人匆匆地赶了进来，一脸晦气，说：“告诉大家一个不幸的消息……”

“什么事？”

“海关毛克明猝死，据说，现在的副监督郑伍赛马上会脱裤（副）了。”

谭康泰脸色一沉，半语全无。

阿潘还不明白。

倒是陈寿官补了一句：“毛克明监督在，郑伍赛还不敢造次，可这一脱裤，只怕风流种子就管不住了。”

众人先是一笑，却马上又苦着脸。

倒是谭康泰很快就恢复过来了，拍拍阿潘的肩膀：“你是潘家第一位充当行商的，一旦海关批准了，你就是名正言顺的潘启官了。”

“不是有过黎启官么？”

“凡是第一个，都叫启官。”

第四章　南　音

毛克明的猝死，教行商们猝不及防。

虽说毛克明不怎么懂行，可他大抵能倾听各方面的意见，再做出自己的判断——这该是“外行领导内行”的可取之处，而不至于造成“内行整内行，更内行”的可怕局面。况且，这位武官不爱财还仗义，当年就是他把彤平解救出来，更为谭康官、陈芳庭打抱不平，为他们洗雪了冤屈，逆转雍正十年的

海关事件立了大功。可他一死，已担任副监督的郑伍赛就不好对付了。

法国主任迪韦亚开始对他还有好感，年轻、开通、不墨守成规，待人也和蔼可亲，不是一副苦瓜脸，而且早早涉足海关，积累经验，往后能谙熟行规，办起事来也不会胡搅蛮缠，应该是好打交道的。

英国大班也有类似看法。

但行商们对郑伍赛却捉摸不定。

似乎这位年轻人，眼睛后边还有眼睛。

在毛克明刚上任时，谭康泰见过他，却没什么印象，只觉得他躲在毛克明背后给隐形了，连什么模样也记不大清楚，也没听他说上几句话。

这自然是副职为官之道。

而现在扶正了——民间讥讽为“脱裤”，广东话的“裤”字的发音与“副”字一样，不乏贬义。无非是说，上了正职，就可以一手遮天，干什么胆子都大了，不惜赤裸裸上台，谁也不敢揭开其“皇帝的新衣”。

官场的年轻人与商场的年轻人就不一样。

潘启官自然比郑伍赛年纪小一点，不乏机智、灵活，但从商所恪守的诚信、待人真挚以及契约精神——绝不翻手为云覆手为雨，则是郑伍赛之流所不能比的。不过，受制于广州外贸体制中，他仍是战战兢兢，如履薄冰，生怕一下子失足，会落个万劫不复。万事小心为妙，小心驶得万年船吗。

这次，几位行商上海关，还真有事。

一是陈寿官最后交还掉所欠的六万罚金所余部分，大约八千两银。

二是有几位在十三行地面上经营多年的海商已够条件申请担任行商，须经海关审批。

三是马上来到的贸易季节，外商船只预料有大的增长，充当各国商船的包商须与海关协调。

果然，郑伍赛不再以副职接待行商，神态就不一样了，官腔的味道浓得多了。

正冠，整官服，迈出的都几近八字步。

他眯着眼，先看住陈寿官：“来了，罚金这回带足了？谅你不会再拖三阻四，惹本官不快。”

“正是，正是，这回一文不少。”

“你还算识相，不再拖欠。”郑伍赛似冷笑非冷笑，吩咐师爷，“给陈寿官交割清楚。”

而后，又说：“交割完成后，再回我这里。”

陈寿官随师爷走了。

谭康泰这才递上了几位海商申请入十三行的文牍：“总商已经讨论过了，认为还不错。这几年，主要是雍正十年里，老行商之间生分了，抓的抓，跑的跑，如今连十三家都凑不上，所以，增加几家，也加强行商实力，便于形成乾隆皇帝宣布‘取消加一征收’后外商船只逐年增加的好局面，为国聚财，为民分忧嘛。”

郑伍赛浏览了一下，提出了一些问题：“有两位原先是盐商，我知道的，充当行商是有本钱的，没问题，不过这位姓潘的，后起之秀，太年轻了，实力够不够，别进来不到一年就散伙，有损十三行声誉。”

“这个我们也了解，他的实力，绝不亚于那两位盐商。”谭康泰拿捏好分寸，对阿潘做了交代，不至于说得太过，让这位新海关监督产生贪欲之念，又不能说得太弱，在这里就被拒之十三行之外。

郑伍赛沉吟了片刻，才表示：“这样吧，这几位我们海关也得一一考察一下，我会安排时间，逐一接见他们的，到时谁够格谁不够格，十三行自会知晓。”

正在这时，陈寿官交割完罚款过来了。

谭康泰见郑伍赛向自己一挥手，于是便忙做了一个揖：“我告退了。”

他走出了海关。

这边，郑伍赛皮笑肉不笑看着陈寿官：“分文不差？”

同来的师爷先答上了：“滞纳金也交足了。”

郑伍赛叹了一口气：“你本来也是个识时务的，只是命运不济，碰上了祖大人，跟着倒了血霉。”

陈寿官说：“那天上刑场，我已经引颈就戮了。”

“也好，记个教训，你们呀，无商不奸，别耍得过朝廷。”郑伍赛冷冷地说，“不管怎样，惹上了这次麻烦，你就成了有前科的，往后，该把什么都拎个一清二楚。”

“大人说得正是。”陈寿官不觉已跪下了，连连磕头。

“你这番来，交完罚款，是否打算承接今年十三行的包船？”郑伍赛问，“有这个意思吧？”

陈寿官迟疑了一下，回答道：“罚款交清了，家底也差不多清了，再包船恐怕实力不足了。”

“百足之虫，死而不僵，别说得那么可怜，我知道你还是有实力的。”郑伍赛说。

“如果海关不计前嫌，我打算试试。”陈寿官表示。

“当然，你是老行商了，与外舶打交道，算得上轻车熟路，所以我看重你这一点，你要试，海关求之不得。”

陈寿官又连连磕头，他也有这样的想法，再干上两年，全身而退，比现在如此窝囊退出，要挣回一点面子。

然而，他却没料到郑伍赛另有如意算盘。

郑伍赛正色道：“你可以参加本年度与外商的贸易。不过，凡是坐过牢的，行商资格就被取消了，要重新加入，就还得再度履行手续，交保证金——这你是懂的。”

陈寿官一下子傻了。

所谓保证金，少说三万，多则五六万，他已经被罚六万了，上哪再找这么多银子？记得出狱后，毛克明还说过，祖秉圭是祖秉圭，你是你，你只要吸取教训，不再欺行霸市，勾结官员，生意还是可以照做，行商还是行商，怎么毛克明一死，郑伍赛就变了脸，来了这一招。

郑伍赛见他不曾爽快答应，自然心中有数，便说：“当然也不是一次缴清，先交上一点，做完今年生意，再交一点，分几次问题不大吧，让你充包商，这我知道，是很大的恩典，挣多少，我是知道的，不缺这几个钱。”

陈寿官连连点头称是：“我想想，我会认真筹措一下的，不负大人厚望。”

“这才对了。”

陈寿官这才出去了。

谭康泰还等候在海关的大门外。

一看陈寿官灰头土脸的样子，他心中便有点明白，一问，得知什么“保证金”，不由得气不打一处来。

“这分明就是巧立名目敲诈勒索，我雍正年间‘三进三出’南海班房，也没有交三次什么‘保证金’，一次都没有，就算免了我总商的职务，也还是照当行商……”

“看来，郑伍赛是盯住我不放了。”陈寿官哀叹道，“我在十三行恐怕是待不下去了。”

“别急，每任海关监督，又能几年？”

“天下乌鸦一般黑，换一位又能怎样？”

“不要太早做决断。”

“三十六计走为上。既然已不算作行商，也就用不着再花什么退行费吧，就着毛驴下坡好了。”

谭康泰也不知怎么劝好。

两人结伴，同回十三行地面。

没走出一里地，就遇上了潘启官，也就是阿潘。

先告诉他喜讯，入十三行应没大问题了，谭康泰正准备开口，没料潘启官已问了：“洛思大班今日离港，我们当去道个别吧？”

“这么快就进好货了？”

“这好说，行商一发动，货源就够了。”

谭康泰看看陈寿官：“一道去吧？”

陈寿官却摇摇头：“我还是不去了吧。”

潘启官见他脸色不好，也没强求。

谭康泰只好说：“你有事，我们先走了。”

陈寿官径自离开了。

潘启官皱皱眉：“他今天遇上不痛快的事？”

“是呀，没心情陪我们了。”谭康泰做了解释。

“这样……只怕我们入行，海关同样得狠狠敲一笔。”潘启官直摇头。

“别怕。”

“我早听说了。”

“知道就好。”

“毕竟，入了十三行，有了用武之地，出点学费，只要不伤筋动骨，也无所谓。”

“你很看得开。”

“钱财本是身外之物，有去有来……”

两人各自找了顶轿子，直奔黄埔港。

两轿平行着走，还能说说话。

潘启官先问起：“泰叔，听说你祖上有位大诗人，叫谭湘。”

“噢，那是明清易代，悲凉岁月，江山不幸诗家幸，这才有诗人出来。”

“我无意读了几首，还背得出来。”

“你还有此雅兴？”

“我的出生地就叫文圃山，所以，商行也打算叫同文行，自小读私塾，也能胡诌上一两首。”

“没想到，你背得出谭湘的诗？”

“《蒿园集》里好诗不少，这是他的诗集。”潘启官饶有兴致，略加沉吟，便背诵出来：

南国风雅久凋零，

落落朋侪散晓星。

户闭十年春梦破，
莺传三月柳条青。

谭康泰接上后四句：

韶光似客看流水，
山色宜人列翠屏。
今古不殊文酒地，
坐花吟醉拟兰亭。

潘启官一笑："这也是你如今的心态。"

谭康泰淡然一笑："你到我这年岁，也就什么都能淡然处之，不再慷慨激昂，愤愤不平了。"

……

两人谈风月，道古今，不觉便到了黄埔。

外舶，除开"蓝旗国"这艘外，就只余荷兰船了，荷兰人是十三行的老顾客了，迟发自有迟发的理由，不过，也还可以看出船上忙碌的样子。

洛思眼尖，早早见到潘启官与谭康泰了，快步从船上下来，到了岸边，伸开双臂表示欢迎。

潘启官看看日头，说："我可是准时赶到的。"

谭康泰诧异地问："你们约好时间？"

"洛思大班非要等到我来，才发令起航，我岂敢误了他们的时间。"

"大班很看重你呀。"

说话间，洛思已到跟前。

洛思说："潘启官，用中国的习俗说，你是我们的福星、喜鹊，不等到你，我不敢升帆！"

他回过头，一扬手。

果然，几面白帆冉冉升起，准备起航了。

潘启官对洛思说："没准，我们还会在巴达维亚相见。"

"你也去？"

"过些日子，我们不急，来去自如，习惯了。"

"这回，我得赶回去，巴达维亚不会多停留一天……你是说我们重来时吧？"

"有可能，我常去的。"

“这次，实在是太感激你了，船舱装得满满的……”

“一路小心!”

“这个自然。”

洛思拥抱了两位中国人，跳上了船。

商船徐徐地离开了码头，离开了港湾，消失在大榕树的绿荫后边，最后，白帆也融入了云天。

不远，荷兰船也升起了帆。

这天，会馆请来了几位名伶，唱几首南音名曲。

行商大都喜欢南音，相约而来。

谭康泰知道陈寿官近来心情不佳，便专程去约上他，好一道去听南音。

陈寿官开始不肯，说：“我没这个心情了。”

“大家都会去的，见见老朋友也好。”谭康泰劝说道，“听听曲子，聊聊天，散散心，总是好事。这也是锦纶堂专门请的名伶，唱的可是‘大珠小珠落玉盘’，让人心襟顿开，你正需要这样……”

挡不住谭康泰的几番劝说，陈寿官还是起了身。

不过，在路上，他告诉谭康泰，自己去意已定，彻底离开十三行，海关不让退，又得交一笔退出的钱，实是无奈，交就交吧，天涯退步抽身早。

问他何去?

他说，自己在邻近的县里置了点田产，打发后半辈子，不想再卷入生意中了。

“你本是商场上的一把好手。”

“未必，不然，这回就不会闹个焦头烂额。”

“不起不跌，不成豪杰。”

“我没这个雄心，你祖上是不是有诗称：‘韶光似客看流水，山色直入列翠屏’?”

“翠屏山是在我老家，你怎么知道这句诗?”

“是潘启官背给我的，正合心思，就记住了……他的入行手续完成了吧?”

“完成了，不过，海关没少让他狠狠放了一回血，好在他还顶得住，另外两位盐商，叫苦连天，说家底都空了。”

“阿潘这几年生意做大了，不怕。”

“海关诛求无已，谁都不会不怕。”谭康泰说，“我本还萌生退意，却又心有不甘。”

“你的境况比我好，还能搏几回，不要放过机会，外国大班中，你的口碑

无人可比，这比做生意更强，别让人家失望，也别让人家看不起我们中国商人，做下去，做到极致，直到见好就收。”陈寿官反鼓励起谭康泰来了。

很快便到了锦纶堂近侧。

这里本就与十三行不远。

丝商们选中这个地方，毕竟是有眼光的。

已是暮云四合的时候了，西边最后一抹暗红色的晚霞也终于化作了姹紫，几颗最亮的星子也从天幕上跳了出来，晚潮声起，晚风来急，已经听到了堂会上的歌声。

歌声婉约，如泣如诉，让两人不觉放慢了步子。

> 情绪悲秋同宋玉，
> 客途抱恨对谁言？
> 旧约难如潮有信，
> 新愁深似海无边。
> 触景更添情懊恼，
> 怀人怕对月华圆。

陈寿官似乎受惊了，兀地站住了。

谭康泰也站住了。

两人都听出，这是《客途秋恨》。

> 今日言犹在耳成虚负，
> 屈指如今又一年。
> 好事多磨从古语，
> 半由人力半由天。

陈寿官脸色大变，一转身就走。

谭康泰拉住他：“你听不得这支南音么？”

“我……似乎又见到了三姨太，没准，在里边唱的也就是三姨太……我没脸再见她了。”

“是有点像她在唱，不过，同一支曲子，唱得你我难辨，不会这么巧的……”

“你放过我吧。”

谭康泰松了手。

陈寿官消失在夜色之中，走得好快。

他心中的隐痛，谭康泰自是清楚。

可谭康泰心中的痛，比他更甚。已故的太太，一直是这位三姨太的至交，三姨太上火，也是自己的太太亲自送去的凉茶，这如今，三姨太还在唱《客途秋恨》——假如唱曲的真正的她，自己却与太太天人相隔了。

世道无常，情何以堪！

第五章 台 风

堂里边唱出的是新词：

> 半世含辛无今日，
> 卅年泣诉对海空。

这不是一般人能唱得出的。

不觉间，谭康泰已泪湿衣襟了。

他不知道自己是怎么走进的锦纶堂，站在了中堂的入口。

有人扯了扯他。

他回头一看，是一位年轻人，正是这回入十三行的盐商中的一个，便道：“杨丙官，你也有这雅兴？”

年轻人说：“这几年跑盐道，都出了南岭，很久没听到家乡的曲子了……一到这里，算是头回。”

“难得你有这份兴致。”

“只是有点悲了，可不悲，有谁听呢？”

“这话可不是年轻人说的。”

杨丙官叹了口气：“你的事，我早就听说了，大难不死，必有后福，不可太伤感。”

他看到了谭康泰在掉泪。

谭康泰下意识揩了揩泪水，说：“是女伶唱得太好，太动人心魄了，难得。”

“也许，她正有过这样的生离死别。”

这时，谭康泰看清了，唱南音的，是有点像三姨太，可认真看，却不是，一般知书达礼，一般聪慧动人，一般歌喉宛转，可现在这位，却少了一点西关小姐的高标、自许，多了一点沦落风尘的可怜。

凉风有信，秋月无边。
亏我思娇情绪，
好比度日如年。
……
今日天各一方难见面，
似以孤舟沉寂晚景凉天。
你睇斜阳照住个对双飞燕，
睇我独倚篷窗我就思悄然。
耳畔听得秋声桐叶落，
又只见平桥衰柳锁寒烟。
……
闻击柝，鼓三更
只见江枫渔火照住个愁人，
几度徘徊思往事，
劝娇唔好咁痴心。
你系女流也晓兴亡恨，
不枉梅花为骨雪为心。
仲话我珠玑满腹啫实在原无价，
我知你怜才情重更不嫌贫，
我想到此情欲把嫦娥问，
无奈啊见得枫林月色昏。
远望那个处楼台人影近，
人影近，莫非相逢呢（这）一位是月下魂。

又一次要落泪了。

不知怎的，就是禁不住，大风大浪过来的人，却被小舞台上的倾诉催出了泪水，这女伶的楚楚可怜、歌声的哀婉伤感，就把他这个大男人给感动了。

杨丙官在旁说："人靓，声音也靓，是吗?"

"是呀，很久没听到了。"

"听说你太太走了好几年，就没想到续弦么?"

谭康泰一怔："不说这个。"

"你也过了不惑之年。"

"风险浪恶，我不想害了人家。"

"你已过了大坎，不会再有什么险关了。"

"承你吉言，却未见得如此。"

"无论如何，有个人为你分忧也是好的。"

杨丙官这句话打动了谭康泰，让他久久不能回应，是心动了，还是别的什么？

杨丙官见他一双泪眼，就落在女伶身上，久久不曾移开，该不是想起什么。

杨丙官也是个善解人意的，特意给他递上了一张点歌的帖子："你喜欢她的声音，那就点上一首，我给你递上去。"

谭康泰沉吟了片刻，提笔点了一首。

杨丙官一看，还是《客途秋恨》。

女伶接过帖子，往台下看了一眼，人不多，自然判定是谭康泰所点，而谭康泰也默默地点了一下头，给一道鼓励、同情的目光，两人就在这目光如电的一下碰撞中，似乎都触动了什么。

女伶清清嗓子，走了上前：

> 今日天各一方难见面，
> 似以孤舟沉寂晚景凉天。
> 你睇斜阳照住个对双飞燕，
> 睇我独倚篷窗我就思悄然。
> 耳畔听得秋声桐叶落，
> 又只见平桥衰柳锁寒烟。
> ……
> 闻击柝，鼓三更
> 只见江枫渔火照住个愁人，
> 几度徘徊思往事，
> 劝娇唔好咁痴心。
> ……

但谭康泰没想到，当女伶唱了几句，竟哽咽了起来，霎时间泪如雨下，唱不下去了。

杨丙官在旁说："泰叔，你不该再点这一曲。"

"这……"谭康泰发怔了。

女伶揩揩泪，深深地一鞠躬，表示："对不起，我今天……能不能不唱这一支？"

谭康泰赶紧表示："先别唱了。"

班主走上前，称："紫筠今天就不唱了，我这里换上另一位，愿诸位多多包涵。"

被叫作"紫筠"的女伶又再深深鞠了一躬，退到了后台。上来的是一位要年轻得多的，勉强还能压台。

谭康泰长叹一声，转身走了。

杨丙官追随在后。

"你知道吗，紫筠的父母早几年都去了南洋。"杨丙官话中有话。

"去南洋的人，大都好唱《客途秋恨》，这我知道，毕竟在异国他乡，这支曲子就是知音，我只是没料到，她会这么伤心？莫非失了联系？"谭康泰疑惑道。

"远不止这一点。"

"又是什么？"

"戏班子里的女伶，都是作价卖给了班主的，有的小小年纪就被卖掉了，紫筠本还是出自一户好人家，小时候，诗书琴棋，都还不错。后来，家道中落，把她寄养给一个亲戚，待父母几年后回来接人，人却给卖掉了，要赎身又得一大笔钱，他们出不起，只好下了南洋，想法子挣点钱回来，好给女儿赎身，谁知一去又好几年了。"杨丙官简单说了几句。

谭康泰浑身一震："原来，她有这么悲惨的身世，所以这曲《客途秋恨》才唱得让人肝肠寸断。"他不解地看着杨丙官，"你怎么得知？"

"我在盐道上就听她唱过，那是在粤北的一个风雪之夜……有人知道她的身世，给我说起。"杨丙官不胜唏嘘，"对了，我听说，你早年在南洋救了一位女子，叫叫紫……紫什么？"

"紫屏，是位彩绘女……只是把她赎回来，我也没把她保护好。"

"如今呢？"

"到了我家乡一个彩绘坊，她丈夫彤平……唉，不说也罢。"

"你也是个悲天悯人的人。"

"可我做不了什么。"

"如果今天这位紫筠的曲子打动了你，你就不能为她做点什么吗？"

"我只怕害了人家。"

"有这份心，你一定能帮她，真的，很难得的一位女子，错过了，就可惜了。"

谭康泰再也没吭声了。

两个月之后，陈寿官终于离开了十三行。

他先是把几位姨太太安置好——入狱期间，已经有几位走了人，抄了家，虽说没落个倾家荡产，却也有过不了这落寞的日子的，而且有的还估计他回不来了，能不走么？能同甘共苦的，未必有几个。最后留下来的，竟是乡下的原配，镇上的如夫人，而在广州的，只有两个了，当然不可辜负她们，也就一个个劝慰好，给足赡养费，总算脱了身。

自己到底还是罪孽深重。

尤其是对不起谭家。

没想到出狱后，谭康泰还能那么宽宏大量。

所以，要走了，也不可不辞而别，首先，还得去谭家。

他带了一份厚礼，再度叩响了谭家的门。

进门后，他先给谭夫人的灵位前点了三炷香。

谭康泰也没劝阻他。

这才回到正厅。

第一句话："我要走了。"

谭康泰说："我知道，再留你，也留不住。"

陈寿官说："当年，巴纳里，听说是已给永远驱逐出商界，所以，这几年没再见他们来广州了。英国人从来是不讲什么情面的。我想，海关不把我逐出商界，自是有所图，我不想落入他们的套子，所以，我是自己把自己逐出商界的，而且决不返回，免得有人再用我说事。"

谭康泰说："这里的人兴洗脚上田，弃仕从商，你呢，不走仕途，还去下田，去经营田土，有点不合时宜了吧。"

"仕途，早断了念想，不去种地还能干什么？"陈寿官摇摇头，"手上也没一门手艺……"

"其实你还是可以不走，给年轻人提个醒。"

"城里我待不住，还是乡下清静。"

谭康泰只好不劝了。

"对了，我还留了园子没卖掉，不过这几年已经残破不堪了，没人打理，我想，还是留给你吧。"

"这怎么行？"

"也算是对夫人的一份歉意……也许，哪天三姨太回来了，那就交给她，仍旧让她在那里唱《客途秋恨》，我欠她的最多，可她就那么走了，我心不安。"

"让我代管，那行。你是那天上锦纶堂，伤了心。那位自然不是三姨太，

不过，也是一位身世凄悲的女伶，艺名叫作紫筠，楚楚动人，让人痛怜……如今，要是三姨太在，也还是会原谅你的，人非圣贤，孰人无过，知过能改，就行了。”

“我伤她太深了，我也不期望她能原谅我，就此别过吧，几时重见，已不可知。”

“保重。”

有走的，也就有来的。

几个月后，又一年度的贸易季节到了，洋大班的商船，正是趁此期间的东南风，高高扬起白帆，进入珠江口，在澳门等候海关的批准，好进入黄埔外港，上十三行交易。

谭康泰已打起十二分精神迎接这一贸易季节的到来。

外商订制的纹章瓷等，早已烧好装好，运往码头了，同法国人的生意，有迪韦亚在，误不了，再拓展与瑞典人和其他国的贸易，亦已心中有数了，陈寿官的退出，多少留下了一些空白，有待行商们填补。

潘启官在陈寿官离开之前就已下了南洋。

年轻人毕竟闲不住。

却没想到，在外舶开始进入广州时，潘启官也一并回来了，而且是乘一艘瑞典船回的。

更没想到，洛思大班也随这艘船一同再来到广州。

果然让潘启官说中了，两人在巴达维亚见了面。

当谭康泰在十三行见到两人时，还在问：“洛思大班怎么又来了？不是在澳门过的冬吧？”

潘启官笑吟吟地说：“他到了巴达维亚，想念你了，所以半道上又折返广州。”

“想念我？”

“你老家顺德，不是号称南国丝都吗？瑞典人对我们的绸缎喜欢得不得了，能不想念你么？”

谭康泰哈哈一笑：“行哇，你要多少我给多少，多多益善，就怕你吃不下。”

洛思大笑：“小心我不够吃。”

潘启官这才解释道，洛思大班本是要随船返回瑞典的，可一来一去又得两三年，所以，一到巴达维亚，正好遇上刚刚西来的又一艘瑞典船，权衡再三，他把那艘船交给了大副，让他领船绕过好望角，直上北欧，而他则又随新来的瑞典船，等到信风一到，便再上南中国海，重返广州了。

“他是盯上我们俩了。”

“为什么?”

“他说，能遇上我们两位信誉卓著的行商，是他一生的荣幸，他不可以错过这样的机会。”

潘启官的话，让洛思听明白了，洛思豪爽一笑：“我们北欧是以海盗著称，海盗可是最讲侠义的，有过命的交情，我可是认准了你们。”

谭康泰一笑：“不过，南中国海上的私掠船不少，可不是你说的这号海盗。”

“这肯定不是我们瑞典人。”

“时下，白人的私掠船已在南海为患，你们没遇到吧?”

“也有遇到的，轰上几炮，就把他们吓跑了。”

“可我们的大眼鸡船没安火炮，受害不浅。”

“听说，英法几个国家的东印度公司，已在想办法对付他们了，他们成不了气候的。”

“但愿如此。”

显然，瑞典方面，战争之后，急于复兴，所以，才如此频繁地派出商船来广州十三行。毕竟，瑞典人造船技艺高超，名不虚传，还善于远航，有足够应对风浪的经验。而来一次中国，获取的利润之高，更是从未有过，不是两三倍，而是二三十倍……只是，他们雍正十年来的第一艘船，大班坎贝尔一度得罪了不少行商，所以，之后一直在小心翼翼地修复关系，想把生意做得更大，这回来的瑞典船，可是装满了西班牙银元——中国人只认这个，打明代十三行开始前后，中国人的货币便是银子，银本位，用这些银子购得的茶叶、丝绸与瓷器，回国则成了抢手货，皇宫里都要把窗帘换成彩缎，那落地窗，动辄就几丈高。

洛思大班正是瞄准了这些。

他信得过潘启官，这年轻人可真了得!

而谭康泰，姜还是老的辣—— 一老一少配合，天衣无缝了。

洛思也给了谭康泰一个准信：“瑞典的船，每年出发来广州的，不再只是一艘，只会增加，瑞典人造船可是好手!”

潘启官说：“中国人造船也不让人，早些年的船，能载上千人，这你们没有吧?”

洛思惊叹：“没有，只是……”

谭康泰说：“当今的皇朝，是马上得天下的，早十年，还不让我们出海下南洋。”

洛思困惑不解，直摇头。

可他困惑的还多着呢。

这一年，台风特别多，一个接一个打来，商船躲进了港湾，还算相安无事，水手们也习惯了。

但住在夷馆里的大班，可是吃香喝辣惯了，风雨一多，出不了门，颇有怨言。

乾隆皇帝登基，没少强调“怀柔远人”，十三行北送的西洋稀罕物件，更让他狂喜。这一来，海关也不敢轻慢了这些洋大班，台风季节，如何讨他们喜欢，挨过一番风雨？

看戏！

这应是所有人，无论洋人、土人都是喜欢的。

于是，郑伍赛找到了谭康泰。

毕竟，雍正十年事件，最大的受益者是郑伍赛，最大功臣则算毛克明——可毛克明却“香”（死）了，郑伍赛更是得意了。而在民间口碑中，谭康泰对祖秉圭的倒台是起了很大作用且因此受了不少委屈的，祖秉圭一倒，谭康泰的声誉就升上去了，这回复出，十三行行商大多也就仰仗他了，虽没恢复总商之职，可总商说话远不如他，因此，郑伍赛也就瞄上他了。

不过，这次任务是，找个戏班子，给大班们解解闷，锦纶堂不是常有堂会么？你谭康泰去请！

谭康泰不能不听从，而且也知道，请戏班子的费用，就落到了自己头上。

他心中却是另有一番冲动。

自从上次在锦纶堂听《客途秋恨》，至今也好几个月了，心中仍牵挂着女伶紫筠的命运，可自己又不敢造次，怕被别人认为自己看上了她——自己也反躬自问，是不是看上了？却一时说不清，理还乱。这次，总归有了个借口。

他打听了一下，说这个班子如今正在顺德大良演出，于是便立马启程，第二天便赶到了大良。其实，当时在广州的戏班子还有几个，他未免有点舍近求远了，况且，一路上还雷电交加。

虽说已过不惑之年了，走近了戏班子演出的地方，心却仍有点怦怦乱跳。

这里当是一个官邸，后又成了私家花园，里边自然是有戏台子的，远远，就听到有人在吊嗓子。

他走进了园子，循声寻去，这时，雨总算停了。

没想到，第一个便遇上紫筠。

她正在湖边小亭里走碎步。

两人又一次目光相碰。

几乎同时“呀”了一声。

谭康泰先开了口：“是紫筠姑娘吧？我在广州听过你的戏。”

紫筠略低了一点头：“我知道你，你是谭康官，是来请我们去唱堂会的吗？”

谭康泰点了点头。

“班主在那边。”紫筠抬手一指远处的戏台一侧。

“不急。”

“对不起，上回你点我唱的曲子，我没能唱下去，辜负了你，很是歉意。”她还记得。

“是我不好，让你伤心了。”谭康泰说，“是想起在南洋的双亲了吧？当时我不知道，后来才知晓的。”

“你打听我的事了？”紫筠有点吃惊，“问谁的？”

“也许是你的戏迷吧，他知道你的身世。”

“噢，人各有命。”

“我也曾常下南洋，在那边每每对着不一样的星空，勾惹起对亲人的思念，所以，好听这支曲子。”

“我也是，而且自己唱。”

“如果你去南洋唱，那里的中国人更喜欢，更……会动情。”谭康泰轻声说，“冷月残星，海风习习，思绪千里……不说了，一说多了更惹你伤心。”

“你近来还会下南洋么？”

“少不了要去的。”

“自从去年夏天之后，我就没有收到父母托人送回的书信了……今年的夏天又过了一半，还是没有音信，不知道他们情况如何，很是挂念。”

“行，你告诉我，有可能找到他们的地方，我会尽力的。”

“你是个好人，我没打听，却是听说过你，尤其是几年前那场劫难，你也不容易。”

“难得你放在心中……”

谭康泰还没说完，班主不知怎么就走到跟前了，瞪了紫筠一眼：“怎不好好练练？”脸阴沉沉的。

紫筠赶紧说：“人家是来请我们唱堂会的。”

班主脸色这才阴转多云，问：“贵客从何而来？”

谭康泰说：“广州，十三行。”

班主脸色立即便又由多云转晴了：“是行商聚会么？几个月前我们还为你们唱过，可惜没见到你。”

“不是，得让洋大班们看看，人家几万里海路漂过来，一路上少不了狂风巨浪，加上与亲人远别，当在广州好好轻松一下，也让他们赏识一下岭南风情。”

“正是，正是。”班主一脸灿烂，“来，紫筠，给客人斟上一壶好茶，我们斟斟。”

粤语“斟斟”就是商量商量的意思。

第六章　鸡同鸭讲

又是一场台风将临的日子，天色发黄，日头却照样烤人，即便躲在家中，也免不了一身油腻腻的汗水，最难将息。广州人颇能忍，因为一场台风，是必带来几度豪雨，溽热的日子便又能凉爽几天。可新来乍到的外国夷商，却未必忍受得了，忍不住，匆匆走了，多好的生意也就成了泡影。夷商们谈生意，从来就没有中国人的耐心，总是匆匆而来又匆匆而去，仿佛还有更大的赚头在等着他们。当然，台风要来，他们是不会走的，谁也不会冒这个险。可夷商的焦虑、烦躁，如不设法消除的话，哪怕一两句言语的闪失，只怕生意便泡汤了。说起夷商，与广州当有2000年的交往了。中世纪时，这里叫作“蕃坊”，是朝廷为方便人家做生意，在城边划出一大片让外商居住。据历史考证，黄巢杀入广州，光蕃坊就死了十万人，可见当时广州的对外贸易何等之旺。后来，又在十八甫一带，建了怀远驿，让外商驻泊买卖。不过，这已是明代了。明、清几度禁海，广州的夷商已不及唐宋时代多了。康熙开放“四口通商”，四口者，广州居首，宁波为次，漳州、云台山已乏善可陈。

白鹅潭上，千帆竞发，商舶摩肩接踵。虽说朝廷有种种限制，如夷商不得上街，进广州城，只能在限定区域内活动；又如夷商均不得在广州过冬，秋天之际，务必了结生意起锚返航……但只要还能做生意，他们依旧热情不减。只是，这回台风势头不小，如不好好款待他们，挨到台风最后过境，后边的文章就不好做了。

看，生意也视为文章，这正是中国行商们的习惯，不独是口头禅。

谭康官就这么被推举出来应酬这些“急性子”们。说“推举”，有几分不确，因为这是“轮流坐庄”，只不过谭康官抓阄手气不好，刚好轮上了。一抓上，谭康官脸就变白了，却连声道，我认，我认。其实，不认也不行。而海关郑伍赛也找到了谭康泰，认了，就得“出血”，设法让夷商们忘掉溽热，乐和起来。通常，这是找个班子，到夷商下榻的地方，演上几曲，一直演到台风过境才算完场。

而这号应酬，每每是海关总监来发话的，行商们不能不照办，而且还得办好。只是鬼佬们的口味，却不好捉摸。

当然，谭康官与郑伍赛并不一般见识。他到底是见过大世面的，打少年时，他就随甘竹滩的丝船，出西江，下南洋，同形形色色的夷商打过交道，也学了一口流利的英语，人家的口味并不俗，只是无法欣赏中国的戏剧而已。这让他绞尽脑汁，不知安排怎样的演出为好，虽说十三行的行商，早就出资组织了戏班子，人称“洋行班”，出资人中，也少不了他谭康官。这个“洋行班”，一般是在行商的私家花园中的戏台中演出，像陈家，就有能让百名演员登台的戏台，女眷们足不出户即可看到精彩的剧目。有的私家大花园更气派，戏台上，雕梁画栋，光彩逼人，戏台下，庭院开阔，能容数百人看戏。这一“洋行班”当然是随叫随到，不时也叫到这夷商下榻的馆所，演上几段，也能博些许赞。只是这些“洋行班”，大都是“外江班”，是广东省外的戏班子，也难怪，这些数一数二的巨贾，大多数是福建籍人，所组织来的戏班子成员、师傅、管理、子弟等，大都非本地人。外江戏，重文戏而轻武打技击，与本地班不一样。只是广州城中一时的风气，外地班占山为王，本地班反退守到周围的佛山、顺德去了。本来嘛，外来者好奴颜媚骨，既可演戏，又能侑酒，既在舞台上低斟浅唱，又可在官场上左右逢源，颇得官僚文士欢心。本地班看不起他们，自有几分傲骨，卖艺不卖笑，所以官府不喜欢，于是便有种种借口，把他们撵到了城外。

平日，让洋行班走一遭，也就算是应付了差使，可这回总督却发了话，宁俗勿雅，只要夷商高兴。这分明是沿袭了早年“鬼佬不好雅剧”的话。其实，雅俗二字，中国人与鬼佬并非一致，鬼佬的雅，没准便是我们的俗，像鬼佬重色彩，大红大绿，在我们则是俗不可耐。这一来，“洋行班”也就狗肉上不了台盘。所以，才教谭康官搜刮枯肠，另出主意。

于是，他亲自回了顺德一趟，去请“本地班”。其时，大良镇有当地人组成的班底，每年三月二十三日天后诞，赛神演剧，都少不了他们。本班在舞美上颇下功夫，色彩华丽，合西人口味，且演出也受西人影响，不仅重武打技击，音乐也颇为热闹——这是谭康官陡地想起一位“本地班”班主的话，内行看门道，外行看热闹。鬼佬自是外行，就给热闹看好了。

水程旱程，紧赶慢赶，家乡的本地班，倒是很给自己面子，说启程就启程，没有耽误分秒，谁说“婊子无情，戏子无义”，梨园中义者大有人在。

谭康官算是松了一口气。

这次他亲自出马，却有两大隐衷。一是这批夷商中，有瑞典行中人，做了几年绸缎、陶瓷生意了。较之英商、法商，瑞商的口碑不错，颇讲信用。如果这笔生意做成，毅兰堂当可大发，虽说人家被视为“北欧海盗”，做正经生意，那种豪爽大度与义气，倒也不乏“海盗之风”。这是对夷商而言，对本地班来说，这个家乡班子，不乏红颜知己，多少也得有所关照，掏了银子，还是落在自己人手中，再多，也仍是“肥水不落外人田”嘛。这第二隐衷，多少有点假公济私，不过，他去请戏班子，先找那位女伶，只待戏班子请来了，她也自然来了，一点也不露痕迹，彼此心照不宣。

开场之前，穿得十分光鲜，称得上衣冠楚楚的谭康官，便在夷商的座位中来往穿梭，客客气气地给来宾送上了奶与茶，他亲自做这事，倒不是因为他通外文，仆人干不如自己干，而是方便联络感情。各式中式、西式或中西合璧式的点心，都是他亲自订制的。末了，他更笑眯眯地给夷商一人递上一把精美的檀香折扇，一开一合之间，香气袭人，引发夷商好奇，啧啧赞叹不已。

大班们显然对南音没有感觉，味同嚼蜡，也坐不住，台上的演出，自然也大受影响。再高雅的节目，都是“对牛弹琴”，人家根本就不懂得欣赏，从此就落下个话：鬼佬们不喜欢高雅的戏剧，鬼佬毕竟还是鬼佬。所以，得让他们看懂，开心一回，把台风前的闷热挨过去，也就大功告成了。

这让谭康泰很郁闷。

这天，他约了潘启官一同来捧场，边看，边说自己的不快。

“人家鬼佬的口味不同，他们的戏我们也不能演，在海外，巴达维亚，鬼佬聚会，名堂很多，我琢磨了一下，有些他们还是喜欢的，也不难对付……用不着这么费劲。”潘启官眨巴着眼睛，似乎有了主意。

“怎么对付?”谭康泰问。

“总之，让他们开心就是，他们好逗乐，演小丑的最受欢迎。”

“我们也有丑角，白鼻子的。”

“这就成了，我看过他们的小丑演出，依样画葫芦便是，免得像今天这样，鸡同鸭讲，你唱什么，他们听不了，更难理解，不如逗乐好了。”

“就依你的。”

“我得好好琢磨一下。”

“也得同班主说说，看他能不能配合一下。”

“不如我们一道去。”

这天演出之后，两人一同找了班主。

班主却满面春风：“谭康官，我虽不是顺德人，却带的是顺德的戏班子，感谢你这回帮衬，大家都对你赞不绝口，老乡情重，你可是我们的衣食父母。”

他并不在意洋大班爱不爱看，有钱收就万福。

潘启官先开了口，说前两天的节目，不对大班的口味，没准会演不下去。

“我们是有合约的呀。”班主有点不高兴了。

这当轮到谭康泰说话了：“合约是有，可不能这么演下去，我违约，也只能补偿你们一点，你们的损失也就更大了，我们来是要商量一下万全之策。”

“这话还差不多。”

潘启官问：“你们的清唱应当减少一些，杂耍之类倒是不妨增加，武打也可以玩玩花架子，内行看门道，外行看热闹，给鬼佬弄点热闹，逗个笑就行。”

谭康泰说：“别看我们这位潘启官年轻，可是见过大世面的，洋大班有什么嗜好，可以给你们讲了，他还能亲自给你们做做示范……”

“我还能充充数。”潘启官说，“学他们的小丑。”

“这太好了，明天就来请教。”

“不是请教，一道切磋切磋。”

“一言为定。”

第二天，谭康泰还是陪着潘启官来了。

班主吩咐几位武生跟他学样，这边，与谭康泰一观看，不时聊上几句。

班主显得很客气：“康官，你该是与紫筠有旧吧，这么好的生意才会照顾上我们。”

谭康泰一怔，说是也是，说不是也不是，只好笑了笑，说：“她的嗓子不错，做功更是上乘。”

班主似乎有意无意卖弄：“她进我这个班子，年岁已偏大，好说歹说，总算留了下来，本也不指望她能有什么出息，能跑跑龙套混口饭吃就行，没想到她底子不错，又知书识礼，悟性很高，很快就冒了尖，成了戏班子的顶梁柱。当然，我这个班主，对她还是下了一番功夫的……”

谭康泰故意说：“听说你们的戒尺，比私塾先生的还重还大。”

“玉不琢不成器，好在这女子还温顺，不怎么顶撞，少吃了一些苦头。”班主倒也不讳言。

谭康泰自然知道戏班里的规矩，班主这么一说，心里很是明白，紫筠已偏大，受的委屈也就更大了，身上落个青紫瘢痕，只怕是家常便饭了，不由得一阵心疼，却又不好说什么，沉吟片刻，才试探地问道：“如今她年纪不小了，干这行，吃的是青春饭，她就没想到找个人家么？”

班主瞥了他一眼，说：“她一直在等两老从南洋回来为她赎身……也有的商贾看中了她，让她从良……”

谭康泰听得不对味了，打断了他的话："青楼女子才叫从良，你们这当是卖艺不卖身，不应叫从良吧？"

班主一笑："该叫赎身，恕我用词不当。"

"那她父母须花多少银子，才能赎她出去？"

"少说三两万吧，这十几年学艺，班子可是费了不少功夫，出了不少血的，这样的名伶，身价自然更高了。"

"父母来赎，不能通融么？"

"讲人情就没生意做了，我这一大戏班子，都得由我养活，她一走，收入少了，没人请，怎么养其他人？"

"也没这么邪乎吧。"

"你们行商，几万银两不算什么，可我们戏班子就不一样了，我得从长计议。"

"刚才你说，有商贾看中她？"

"有，还好几个呢。"

"那出价准定比她父母高吧。"

"这个自然。"

"那她呢？"

"她誓死不从，非要等父母回来。"

谭康泰感慨道："倒也难得。"

"莫非你也看上她了？"

"你刚才说，我与她有旧。"

"噢，明白。"班主不敢再问了，猜想谭康泰与紫筠的家人是世交，为另一种情谊。

这边，潘启官排练得差不多了，走了过来，说："今天就试试，包管大班开心。"

"这就好。"谭康泰说。

班主问："你也充个角？"

"当然。"

果然，演出时，冒出了个小丑，那打扮，洋不洋，土不土。洋，则是一顶高帽子，把长辫都绾在里边了；土，抹了个白鼻子，是古戏里的奸臣打扮。

这小丑自然好体能。

武生打空心筋斗，他也学着打，差点摔个半死了；

武生挥舞大刀，他也来表现，把贴上去的白鼻子削了一半；

花旦上台，他也学样，可一开口，就倒了嗓子；

末了，他一个人踩高跷，歪歪倒倒，几回差点趴下。

中国的丑角，是鼻梁上抹一块白的，西方的小丑，则是长长的白鼻子，两者结合在一起，让鬼佬忍俊不禁。一开始，丑角想打个空心筋斗，却只打了大半个，差点横摔在戏台上，往后打个趔趄，引起哄堂大笑，丑角的白鼻子也掉了，再重新打空心筋斗，却打过了头，一屁股坐在了地上，于是，又把白鼻子装上，再打筋斗，却又只打了大半个……末了才悟过来，是鼻子太重……

丑角与小丑的身份几度置换，让鬼佬们笑得前仰后合，乐不自禁。

……

几个回合下来，弄得鬼佬们笑了个前仰后合，嘴巴都合不拢。

末了，小丑往台前一站，摘下面具，竟然是仪表堂堂的潘启官，他用英文致了谢词：

“献丑了，愿各位今天看得开心，happy！开皮！”

这下子，连在场的中国人也笑了。尤其是正式准备演出的本地戏班的人。

坐在前边的瑞典行的大班洛思兴奋地站了起来，用拗口的粤语大声道：“豪（好）嘢，潘启官豪嘢！”竖起了两根大拇指。

当大班们一看清这小丑居然是潘启官，更乐了！

潘启官学他们，把摘下的小丑尖帽就那么一挥，说上了几句英文：“怎么样，我可以上伦敦、巴黎街头挣钱了吧，你们可得把我带上，到了那里就不用管我吃，管我穿了！”

大班再度捧腹大笑。

谭康官仿西洋礼一摆手：“演出开始！”

这一招，是谭康官同本地戏班班主一同商量过的，谭康官在南洋见过东印度公司的喜庆活动，挖空心思，仿效人家的小丑表演，好逗这些夷商远离家山万里之外也来一回开心。而后，就没他的事了，他回到台下，同夷商坐在了一起，并刻意坐在了洛思身边。洛思拍拍他肩膀，称许道：“你不仅是位好商人，也是一位出色的导演。阿潘，更是好演员。”他怕谭康官听不懂“演员”这个单词，还特意用中文作注，“西（戏）子，西子！”

这话说得谭康官脸色一沉，不过很快便又恢复了过来，没有让洛思察觉，试探道：“你说，我们这笔生意，也一般像刚才那样，你我都开心么？”

“没问题，我也不另找货源，认准你了。”洛思一高兴，便说，“明早上瑞行落定。”

谭康官心花怒放，却说：“明早台风一定很大。”

“那就看你心诚不心诚了。”

"一言为定。"

"一言为定。"

夷商说话，办事，每每直截了当，谭康官很喜欢这种风格。说定后，他便起身，到园子外边去了。

正是起风的时候，刮得树叶"沙沙"直响，几片落叶飞旋起来，直上云天。蝉已噤声，市声亦已隐去，而呼呼的风涛声，似乎还伴有江水拍击堤岸的浪声，一阵比一阵紧。也许这个时候，人们方可远避尘世的喧嚣，竟自在这种小戏台下品味艺术。

谭康官迎来戏班子，却还一直没与那位女伶紫筠照面。不过人家是早有所知，所以也不动声色。直到紫筠上了台，开始了演唱，他才在台下显眼处坐下，细细品味，一直等到台上的她，眼神中流露出欣悦的光彩后，才缓缓站起来，向场子外走去。

这正是告知她，待你的戏演完，我自在外边等候。

各色器乐，忽儿热闹，忽儿静歇，忽儿高亢，忽儿低婉，不时还传来夷商的惊叹声。看来，所选的折子是选对了。隐隐约约，他听到戏班子在唱《客途秋恨》，不由得一怔：这能让夷商听明白吗？怎么选了这一折，似乎班主并未提及……可渐渐地，他却被唱词吸引住了，是的，这只能是她在唱，是她……是专唱给我听的……

自古话好事多磨，
从古道，半由人力半由天。
是以风尘历尽崎岖苦，
鸡群混迹且从权。
请缨未遂终军志，
试马难扬祖逖鞭。
只学得龟年歌调唐宫谱，
游戏文章贱卖钱。
……

这是近年来流传最广的龙舟歌，凡是本地班，没有不唱的，缠绵悱恻，催人泪下，鬼佬听了，就算不懂文词，也不可不动容。音乐是全世界的共同语言，没有谁不能感受与领悟的。

……

男儿短了英雄气，
纵使得成富贵也是虚文。
今日飘零书剑为孤客，
扁舟长夜叹寒更。
……
又话苦海济人登彼岸，
做乜世间留住个的情根？

一曲终了，谭康官不觉潸然泪下，一任疾风吹开了衣衫。

却不知什么时候，一只玉手软软地搭在了他的肩上。他好一阵才反应过来，哽咽着：

“是你……么？”

“是我。”

“唱过了？”

“你不是都听着么？”

“为何唱这一曲？”

“为何？为何？你不问问你自己？”

一切尽在无言之中。

热闹的锣鼓声，还不时在绿叶间让疾风送来，时缓时急，还夹带有夷商的笑声、掌声。看来，这一台节目是安排得恰到好处。

而狂风骤起，乌云飞卷，天色变暗，连花园里也一片纷乱，断草、碎叶、花瓣在半空中旋转，竹丛也都弯下了腰，大树如同散发，有时还传来树枝折断的巨响，风力就这么大……节目还是照常演出，只是喧闹声似乎已隔得远远的了。

谭康官忽地说：“做完这一单生意，资金盘活了，我这就把你从戏班子里赎出来吧？”

紫筠看了他一眼：“只怕没你想的那么如愿吧。”

谭康官一惊：“这话怎么讲？”

“当日来不及，今天更赶不上了……你们几时有盘活资金的时候？你当我不知道么？不必安慰我了。”

“你……听说了什么？”

骤然间，天地一片白光，是当空一道疾闪，旋即便是炸开的雷霆，瓢泼大雨毫无遮掩地横扫过来。台风在宣布驾临了！

两人赶紧回到了戏廊。

锣鼓声也戛然而止。

演出到此结束。

这时，潘启官已在对洛思说：“我可得跟你们说好了，没准哪一天，你们的船开到了好望角，我会从什么地方站出来，你们想撵我走也撵不了了，不过，中国有句俗语，举手不打笑脸人，你们想罚我只怕也一样下不了手。”

大笑中，洛思站了起来，说：“行哇，我会把你带到斯德哥尔摩，好看看你的能耐。”

潘启官也笑了：“那你得通报给国王！”

“没问题。”

“真人面前不说假话。”

“我说话算数。”洛思大班底气很足地说。

“一言为定！”

“一言为定！”

这场演出获得前所未有的成功。

谭康泰松了一口气。

这一回的台风，说得上天摇地动。

连白鹅潭的浪头，都有一丈多高，从未有过的，潭面上，已经看不到任何船只了，都躲到河湾内了。

闪电与雷几乎是同时发生，江边的几株古树，顿时给劈倒下来，砸在了河堤上，比黄豆还大一粒的雨，也“哗哗”地打在屋顶上，有的瓦面就此打裂，雨水直往里灌……闪电过后，天昏地暗，雨幕挡去了一切，几丈外，就什么也看不清了。

台风从来就是说来就来的。

谭康泰、潘启官是早早到了货栈，那时还没有起风，可现在已经走不了啦，本来是来这里等洛思大班的，可洛思大班住在白鹅潭对面，风急浪高，更来不了啦。

只见一阵阵的瓢泼大雨扑来。

雷声震耳欲聋。

广州似乎都泡在了积水里。

不断有消息传来，说台风登陆处，有几个村子都给刮到了天上去了，片甲不留，人畜无一生还。好几艘商船没赶得及入避风港，都给打沉了，船员侥幸生还，十口余一。有的鱼塘给刮干了，鱼也不知飞到什么地方。蔗田也给拔了个精光，更有甚者，千年古树也给连根拔起，扔到了几里之外……每次台风来，毁个把县城，死千把人，已不足为奇，可这次却比往常厉害得多，死人不计其数，比一场战乱都不会差，后患无穷。

白鹅潭上，也罕见地翻起了白头浪，不少渔船、帆船、大眼鸡船全给打翻，有的只露桅杆，有的翘起船头在水面，瞪大着“鸡眼”，有的则成了片片舱板，漂在水面。宽阔的江面，浊浪滚滚，夹杂着浮尸——或人或家禽家畜，一泻而去……水面上，几乎见不着行船。

但第二天一早，谭康官、潘启官仍如约到了位于十三行中央的瑞典行，他以为，洛思未必也如期过江，但信用还是得讲的。

可没想到，洛思竟已在大门口守候了。

“你怎么早来了?”

“北欧海盗，见这样的风浪多了，你呢?”

“早年往来南洋，也没少见识过。”

“彼此，彼此。”

洛思已经把契约拟好，等双方签字了。

经过一个多小时的协商，对契约做了几处不大的修改，双方成交了。谭康官所拥有的并且即可用调度的绸缎、陶瓷，加上潘启官的，可以满足洛思八成需求。所余的时间，补上差额不成问题，只要腿勤一点就行，家乡是他最坚强的后盾，每每有求必应，何况是生丝、绸缎……平素就有句口头禅：得就得，唔得返顺德。粤语的“得”，在这里就是“行不行”的意思，实在不行，回到老家，也就一切都行了。有什么不行呢？桑基鱼塘，自是一派南国风光。听几曲咸水歌、木鱼歌及龙舟，不似神仙，胜似神仙，比这里受官府、夷商两方夹击要舒服得多。

好在这一回，洛思很讲祖上的交情，开价适中，交易得十分顺当。

有了一个大的赚头，谭康官便勾起了心事。行商以来，他是很信守诺言的，正是凭这个，才获得很高的信誉。可是，作为他的“一生之诺”，也就是一个非常郑重的承诺，是否能真正实现，他却感到不会那么顺利。

这承诺，正是对女伶的。

无论如何，是该兑现这一承诺了。紫筠虽然揶揄了几句，但看得出，她还是希望早日赎身的，只是不愿为难人罢了。

却又不尽然。

莫非是紫筠暗示了什么？

紫筠说赎身事未必如愿，是知道些什么？认为他这单生意做成，也一般帮不了自己？这单生意是做得大，刨去种种饷扣、捐输，所赚的也比往常多得多，赎一个人的银子绰绰有余，为何会无法如愿？

是她太深知行商，深知谭康官，“商人重利轻别离”，一有钱，是必要投入运转，真正攥在手上作他用的，往往寥寥无几，正所谓家财万贯，口袋空空，赚了还想赚，银子要生银子，像守财奴捂在口袋里是发不了迹的。过去有商贾说赎人，不是到头来还是手上没活钱，闹个一场空么？她已不再信这个了。

还是她真正知道内情，这一大单生意，到头来谭康官未必就能暴发上一回？戏班子往来于各种场所，虚虚实实、真真假假的消息，已令她多少可未卜先知。

或者，是总商突然冒出的那句话的刺激？

从瑞行出来，没走出几步，就劈面遇上了总商。

这总商，是十三行推出来的头，当年，也是众行商呈请设立公行的，作为一个行业团体，其职责是代清廷征收税课，又为外商代纳关税，且代经营贸易事务。其首领，务必是家资殷实者，只有这样，才协调得了官府与行商、行商与行商、行商与夷馆的关系。当然，当上总商，也是有利益的，因为行规中有：“行商中对于公行负责最重及担任经营最大者，许其在外洋贸易占一全股，次者占半股，其余则占一股之四分之一。”不过，也并不是任何人愿意当这总商的，因为，利益有了，责任也就更大，行商中有破产的，总商代为还夷债的部分，也必然是最大的。所以，这位总商也已几次要辞去这一职务。

他一见谭康官，便了然于胸：“谭兄，你这回生意成了。”

“成了。”谭康官知道瞒不过他。

“昨天的戏文，你挑得不错，大家推你出来做这事，还是有眼光的，相得益彰。”

“那是总商的抬举。”

“别什么总商了，宁为门下狗，不为洋商首，我不过是人家的扯线公仔。”

说罢，他竟自走了。扔下木然的谭康官。

陈寿官走了之后，谭康泰没少到已经凋敝的陈家花园里去看看，走走。

既然是留交给三姨太的，那就得等三姨太回来，之前，则是由他自己代管，代管呗，那就得管起来，总不能交一个满目疮痍的园子给一位西关小姐吧，所以，他先是派人打扫一番，清除了浮土与乱砖碎瓦，而后，则自己走上几遍，看从什么地方着手，让这园子重新恢复生气，而且，要比当日更加美仑美奂。

其实，这园子从三姨太出走，到陈寿官陪斩，重获自由，也不过三年光景，可是，里边一旦没了人气，说败一下子就败下去了，连小姐楼上，都长满了爬山虎，一直爬到了里间，一栋楼就成了残枝败叶的聚会之地。

且不说画舫里都长满了荒草。

园子，是要人滋润的，不然，大自然说要收回就收回去了。

这让谭康泰更添了几分悲凉。

人道沧海桑田，至少也是几百上千年间甚至几千上万年的轮回，可一个园子的沧桑，却就只有那么短暂的光阴，说湮没就湮没了。

人生几何？

人只怕更没一个园子的寿命！

这园子，能等到它的主人三姨太的归来么？

第七章　算命先生

杨丙官悄悄把谭康泰拉到一边，问道："你知道吗，陈寿官退出十三行后，叶吉官也在设法退出了。"

"你从哪知道的？"

"海关。"

"这就八九不离十了……叶家人，历来走仕途，也有官做得很大的，叶吉官从商，在家族中并不看好，这次要出局，只怕是来自家族的压力。"谭康泰推测道。

"这是一个方面。"

"还有什么？"

"十三行谁人不知，英国伦敦的蜡像馆里，专门给他立了一个蜡像，大班们吹得神乎其神的，不会假。"杨丙官直摇头。

"有这个可能，我早就知道，当年与黎安官一道，他就入股了外国商船，黎家入的荷兰，叶家入的英国东印度公司。"

"这就是了，如果入的股不大，人家怎么会给他立蜡像，英国商人都没立的，立的是王公贵族。"

"所以，叶家退出十三行，是要避风头。"谭康泰认为。

"人怕出名猪怕壮。"

"只怪鬼佬太多嘴，叶家还可以做下去，这才是生财之道……不少行商都跃跃欲试了，只是嘴风要紧才行。"

"鬼佬们不明白中国人的习惯，什么都说，该说的说，不该说的也说了，不然，他们认为没有什么不可说的，中国也有一句古话，事无不可对人言。但言者，须有分寸，当说三分，不可说十分，更不可说十二分……也难怪人家多嘴，叶家风头正劲，生意兴隆，信誉日盛，本就值得称颂，为什么偏说不得？”杨丙官毕竟年轻，阅历还浅，多少有点愤愤不平。

谭康泰说：“看来，我也要跟在陈、叶二家后边，净身出户才是。”

“你切切不可有这一想法。”杨丙官劝说道，“我们几位都还年轻，就你见多识广，经过几个风浪，都把你当主心骨了，你一撤对付鬼佬还好说，但对付海关的官员就难办了。”

“我能有什么办法？只能见招拆招，走一步看一步……只要不被盯上，总有自己的空间。”

“就像叶家在西洋的生意？”

“可他现在得打掩护了，不退，还真跑不了，这一来，海关就不一定抓得住他的鸡脚，至少，外边的还能保得住，不愁日后东山再起。”

算是谭康泰一语道破了叶家的“秘密”。

也许，谭康泰见得到叶吉官及继承人，其他人，包括杨丙官在内，都只闻其名，不见其人，忽而在行内，忽而又不在了……

神龙见首不见尾。

叶氏家族在十三行也是巨富，但最出名则是他们在顶峰上能全身而退，被视为榜样。在欧洲的皮博迪艾塞克斯博物馆里尚有一尊与叶氏家族巨富吉荐真人一样大的塑像。

之后，叶家在十三行中几进几出，1792 年是最后一次进去的，那已是两代人之后的事了，而到了 1804 年，叶家又全身而退，这次，是彻底地退了，不再重返十三行，三十六年之后，鸦片战争爆发，十三行也就灰飞烟灭，在白鹅潭畔消失了，对很多人来说，名列“十三行八大家”中前四家“潘卢伍叶”的叶家，生意并不做得比前三家差，而且，八大家也不曾有人荣幸成为大英帝国蜡像馆立像的中间一位，除开叶家。而叶家无意经济，但仕途上却颇见建树。退出前一年，叶仁官已给两个儿子捐了功名，而后，则从容割断了家族与商界的任何联系。在如日东升的商途中急刹车，在今日看来是太不可思议了。然而，中国几千年“士农工商”的排位，商为末位，十三行究竟又能改变得多少？几乎是叶家退出之日，一部写十三行的长篇章回小说《蜃楼志》问世，主人公苏万魁不也最后无路可走，退回乡下当土地主了么——差点似贾宝玉一样出家了。

看看著名的文化人、学者、诗人兼伊面的发明者伊秉绶为叶廷勋（仁官）亲自撰写的碑文吧。

资政大夫叶公以学行显荣，初，公祖母苦节获旌，父掌车艰于养，公少励学，作尔曰：学在克家，遂弃章句，诺重商旅，信乎远人，积赀既丰，值国家有急，历输台湾廓尔客军粮，永定河南河名工，计累巨万。天子褒之，加至监运使司衔，锡封二品，荣及三世，追训子成才，母寿益高，则辍业养，日夕依依，暇仍励学，诗含清风，顺德黎二樵（黎简），钦为冯鱼山（冯敏昌）。咸折节与交。曾校王文简公古诗选，大兴翁鸿胪方纲一见称善，公所校本兴合刻，艺林珍之，著《梅花书屋诗集》若干卷，顾体羸病，以嘉庆十四年九月六日卒，年五十有七，远迩惜焉。公讳廷勋，字光常，锦华溪，配颜氏封太夫人，先意承志，善养其姑，前公三年卒，子三人，梦麟侯选郎中，梦龙户部员外郎，梦鲲光禄寺署正。孙九人，诸祥，李太仆宗瀚所作墓志名，秉绶辱公知爱十余年，今重来登垅，准公孝于家，勤于国，信于友。生平任恤解推，不可枚举。籍本福清，明宰相叶文忠公之裔，由同安再迁南海，传曰：公侯之子孙，必复其始。谨表叶氏光大所由，寔缘公内行，克修垂裒，后昆刻名，白云新，以告来者。资政大夫，前扬州府知府，署两淮盐运使，刑部员外郎。戊午（1798）于湖南主考官，愚侄宁化伊秉绶顿首，捧撰并书。朝议大夫，廉州府知府，署广东粮储道，愚弟龙溪李威顿首拜题额。嘉庆十六年辛未岁十月丙午朔距既葬二十有一月立石。

如果碑文中没有“诺重商旅，信乎远人”八个字，足以证明他是商人，而且是从事与“远人”即外商做贸易的十三行商人，我们恐怕很难证实他这曾有过的身份。

而伊秉绶特意加上这么一笔，也不简单。

在中国文化传统中，“士农工商”，商自是排在末位的，历来不被人看得起，哪怕你腰缠万贯也没用。君不见如汗牛充栋的一部部方志、族谱之类，诸如烈妇、贞女乃至怪异之类，都可以专列一章，但是，绝对没有商贾的份。

而叶家后来声名卓著者，则是碑文中提到的叶梦龙，

说起这叶梦龙，也非寻常人物。这如今，凡是岭南名人辞典，广东名人辞典里，都少不了他。反而当父亲的叶廷勋，却未必找得着。

叶梦龙（1775—1832），叶廷勋其子，广东南海人，字仲山，号云谷，尝服官农部，被称为“叶农部”，官至户部郎中，擅绘事，富收藏，精鉴别，金石书画收藏颇丰，剧迹不少。父廷勋喜收藏书画，梦龙大有父风，其风满楼、友石斋、倚山楼之藏品，著录于《风满楼书画录》，并汇

刻于《贞隐园法帖》及《友石斋集古帖》中。

也就是说，日后叶梦龙也成了京官，“官至户部郎中”。

当然，他文化上的名望当不让官声。

经商的父亲入不了词条，当官的儿子则逢典必入，这自然也是中国商人之哀，中国之哀！

而叶梦龙此番第一次进京，首先是为自己的仕途铺垫，同时也是为父亲铺路的。

叶梦龙和岭南书法家吴荣光两者还有姻亲关系，道光八年，吴荣光的四女尚熹（即小荷）嫁给云谷之子叶应祺，如此一来，两家的关系更加密切，他们还时常通过书信谈论书画，交换各自的藏品相互题跋、鉴赏。其中有两通书信很特别：其一是《祝枝山手卷跋》，其二是《王守仁手卷跋》。这些跋是吴荣光手抄一份给叶梦龙看的，祝枝山与王守仁是大家，看对方的见解如何，不仅是一种鉴赏与评论的交流，也是学识上互勉。

而叶廷勋的孙子叶应铨也很喜欢古琴，可见叶廷勋后代的历史并非默默无闻，而余音袅袅，这表现在琴上。“琴、棋、书、画”当中的“琴”，是我国历史上最古老的弹拨乐器之一，现称古琴或七弦琴。古琴的制作历史悠久，诸多名琴皆有文字可考，且具有美妙的琴名与神奇的传说。其中最著名的是齐桓公的“号钟”、楚庄王的“绕梁”、司马相如的“绿绮”和蔡邕的“焦尾”。这四张琴被人们誉为“四大名琴”。现在，这名扬四海的“四大名琴”已成为历史的陈迹，但它们对后世的影响并没有消失。

有一“天蠁”古琴传为唐代成都著名斫琴名家雷氏所制。这张古琴琴体的龙池上有玉筋篆“天蠁”二字，下有“万儿永宝”印文，铭文如下：

式如玉，式如金，恰我情，绘我心，东樵铭。这张古琴传为唐代大诗人韦应物所有。此琴流落过程一直未见披露，仅知在嘉庆年间一位姓石的秀才以千金购归岭南。叶应铨《六如琐记》中有这样的记载：

“天蚼琴闻本是昭烈帝（南明）内府之物，明末流落民间，道光间先君子曾用五百金典来，偶因不慎失手，琴腰中微断，幸其声音无恙，不过略为久亮耳。后典者赎回，复闻入潘德畬家，筑天蚼琴馆藏之。今潘氏籍没，此琴又不知如何矣。”

孙儿对古琴的哀惋之情，与祖父是相通的。

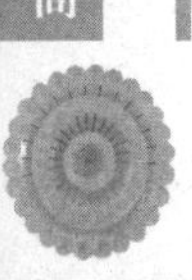

这也是对一种文化没落的叹息，纵然祖上久涉外洋贸易，可内心深处，毕竟还是古代华夏文化的守护人。

叶应铨同祖父一样，也有《珠江竹枝词》：

酒船花舫画难描，灯色辉煌各夺标。
珠海繁华天不夜，春秋冬夏亦元宵。

在这样一个个家族身上，我们可以聆听到来自西洋的骀荡长风，却更能品味到东方的诗韵琴音。

如今，叶梦龙的字画已价值连城，上亿了。

叶家之谜，可解亦不可解。

可解只能是大而化之：士农工商，定位不移。

不可解，未必是谭康泰道破的“秘密”，真个细究，还不曾有人说得清道得明。

留给历史好了。

没人知道，大单生意做成后，谭康泰不仅上庙里抽了个签，而且还请了位算命先生上自己的毅兰堂。

这似乎有悖常理。

平日，是谈生意前去烧灶香，抽个签，求南海观音保佑，生意上不要有坡坡坎坎。

那么，谭康泰到底听到了些什么，竟一反常态，又抽签，又算命的？

台风还没过去。

没有人解开这个谜。

有人说，谭家从入龙江的泽湘传到谭康泰，正是八世，因为谭家作为开埠的先人，在十三行颇有起色，后人凭捐输得了个相当于五品官的奉直大夫。夷商们便称他为谭康官，几代下来，还是这么个叫法。这“官”字考究起来，是因为闽南人习惯好“官”，以官相称乃为尊重、逢迎乃至阿谀，不得而知；抑或行商本就是官商，是受官府乃至皇帝特许方可行使这一对外经营权，亦不得而知；此外，这些行商，大都捐了功名，赏了顶戴花翎，自然是官了。这三种解释，莫衷一是，只好搁下不谈了。

说谭康官八世，便是传至八代了。中国人有句古话，是“君子之泽，五世而斩”，相应的，还有“富不过三代”，谭康官莫非正在这关卡上？不过，后来十三行的富商，如潘家、伍家等，早已过了三代，并不为这古语所拘，也许是因为与夷商打交道，沾了点夷气，几进几出中国古语便作不了数。不过，没过得了三代的，还是不少，有时，是一连六七家洋行一并破产了。

莫非是因为这个，才教谭康泰内心惴惴。

但真要“过不了”，也该有迹象呀！

一点迹象也没有。

谭康泰早已作古，他也许把这个谜，带到了冥冥地府，永远不为人所知。

连他抽的签是什么，也不得而知。

不过，抽了签还要算命，恐怕得的不会是好签，真是上上签，还犯得着算命么？

却有人说，算命先生是不请自来的，并不是他谭康泰专门去请的，所以，这签未必就不好。

细想想，台风过境，路上几乎见不到行人，算命先生想兜揽什么生意只怕也不会这个时候出行，可见“不请自来”，也未必确切。

到底怎么来的，也无法考据了。

反正，人已经在毅兰堂了。

毅兰堂不比潘家、陈家花园式的住宅，人家那儿须有太大身家才积攒得起来的，但要说有什么逊色，却也很难找出什么来。墙基是广东有名的红砂石砌的，地面则是大理石铺的，立柱则是进口的红木，一色的檀木家具——在溽热的南国，这类家具有纳凉的感觉，整个建筑中，精心地构筑了一个四通八达的“水网”——贯穿环绕厅堂廊道的半明半暗的流水渠，可起到散热的作用。广东人“以水为财”，水网的构思当以此为主旨。

一座庭院、一组建筑群，没有水的灵动，便会死气沉沉，一有水声，便会有叶响，有鸟鸣，有花语，一切也就活泼起来了，所以，这里才独有“风生水起”这一成语。谭家自是深谙“叠山理水”之道。叠山者，这里用的是一色有名的英石，英石是广州以北不远的英德县所产，名扬海外，任何一座园林，少了英石，便失去了意味。这英石，以“透、瘦、漏、皱”为观赏的妙诀，其褶皱明快有力，脉纹曲折多变，空灵、剔透、遒劲，奇幻，可立、可卧、可斜，横置竖看皆可成景，独立群落亦各有风光，可大可小，可宽可窄，假山可、盆景亦可，个性磊然，过目难忘，理水者，也颇具匠心，或急流或飞瀑，或潜流或激浪，无处不至，无往不复，与英石相谐成趣。

于是，叠山理水之道，亦不可少了亭、台、楼、阁，尤其是少不了花、木、草、藤，整个庭院，也就尺幅千里，气象蓊然了，让人看不尽，走不完。

庭院中，主人的品位一望而知。

有名家书法题的《诗经·周南·汉广》：“汉之广矣，不可泳思；江之永矣，不可方思。”

有唐代名相、广东诗人张九龄的诗句：“海上生明月，天涯共此时。”也有刘禹锡的：“山不在高，有仙则名；水不在深，有龙则灵。”至于其他有名无名的题联，也就不一一列数了。顺德出来的商家，多少有几分儒林的气息，如果谭家这个庭院后来能留得住，没准也可作岭南园林的一个典范，不至于湮没无闻。时间就这么作践着一切堪称美的建筑。

算命先生进了门，见调整得如此之好的水系，先自赞不绝口。

“水，好；这水，好极！有来有去，运转无穷。说什么风水？风水还不是人之好也。”

谭康官极谦恭地说：“先生自是堪舆大师，这话何解？”

“自然有解，你慧根尚在，不必多言。”算命先生正襟危坐，在斟字酌句说话，“你会大发，即在眼前，风生水起，全应验在这里了。”

“多谢先生贵言。”谭康泰似松了一口气，“不过，会有什么挂碍么？”

“你担心这个？”

“近日总有些惴惴，心慌意乱，未知何故。”

“未知何故此语，恐非实在吧？”

“却也不虚。”

“我明白了。”

两人似乎各有机锋，让在旁的家人丈二和尚摸不着头脑。

那算命先生，操一口带有浓重客家尾音的粤语，说得不慌不忙。在南方，独有客家人，是正宗的堪舆师，他们都是祖传，把中原几千年的堪舆术丝毫不爽地带到了其新的故乡，连造新居，也须先有风水林方可破土动工，这位先生，谭康泰也是久闻大名了的，只是难得一见，关于他的灵验，早已不胫而走。某行商出行，遇他，他称不可，该行商便等了一天，而未遇上他的另一行商，则在海中平白无故遇上一股旋风，溺水身亡不说，一船宝物也全倾覆，无法打捞。等了一天再走的行商，这一趟生意却做得无比漂亮，名利双收。某士绅兴宅，他非要人在门前垒一土丘，再加假山，似乎有悖风水之理，士绅勉强接受，果然，大厦落成不到十日，一珠形闪电自山口而入，逸至假山爆炸，假山没了，大厦安然无恙，这才唬得士绅赶紧再又把假山重垒起来，保了世代平安……类似神乎其神的故事，简直数不胜数。只是他告诫别人，总是闪烁其词，事后方可明白个究竟，道是“天机不可泄露”。

老先生一副仙风道骨，香云纱内只觉一副衣架子，内里几可谓空空如也，走路忽悠悠的，说话慢悠悠的，你再急性子也奈他不何。此刻，他又把话题扯

开了。

“这么大的台风，只怕你们又要折财了。”

“也还好，事先已有防患，货仓已加固了几回，未见有报损的。”

“总归要折财消灾 。”

“莫非还有后患？”

“生灵涂炭，怎可保得住一隅平安？”

“捐输总归要认的，这已成为例规了，我们行商早有准备。”

“这就好，这就好，有备无患，有备无患。”

“台风刚刚过去，各地受灾的消息还不曾完全传到省城……公行到时会有一个完整的评估的，然后再分摊下来。谭家不算大户，总归有所表示。”

老先生沉吟不语。

谭康泰只好又追问道：“眼下无恙，必有远忧，能点醒晚生几句么？”

老先生却王顾左右而言他：“这回，台风来前，是你出面款待夷商的吧。”

“正是。”

“很讨夷商欢心？”

“连檀香折扇，都供不应求。”

“洋人就喜欢这号小玩意，你是小小破费，大大斩获。”

“不足挂齿。”

“行商之道，你是深谙。可在脚下这片方寸之地，你未必行得企理。”

“企理”一语是粤方言，也是古汉语，用今天的话来说，则是顺当，熨帖的意思。

“先生请讲。”

“商非商，道非道，非商非道亦非人也，难矣哉，难矣哉。”

谭康泰默然了。他这些年的风风雨雨，坡坡坎坎，正应验了这几句话，中国人与外国人、行商与夷商、官与商、总监与公行……几乎就是夹缝里求生存，此外，还有台风、匪患、天灾、人祸，简直是碾盘底下透凉气，苟延残喘。他不由得说：“何以为商？何以为道？君子爱财，取之有道，这道有么？”

老先生一笑：“你问自己好了。”

谭康泰说：“恐怕，我们这行，是无道可言，人说天道酬勤，我们累个要死，没准还是竹篮提水一场空，天未必照应。十三行看上去长盛不衰，风光得很，可又有谁知已经垮了多少行商？无非是去者去，来者来，去者已无人知晓，是死是活也不会有谁关心……的确，十三行里，银钱是堆积成山，夷商的是夷商的，但行商的却未必是行商的，银钱在手心攥不热，便又流走了，我们，的确是商非商，无道可言。开海通商，广州似乎占了便宜，但占便宜的，却不见得是我们……”

他叹了一口长气，是呀，想当年，十三行是何等气象，有番禺屈翁山诗云：“五丝八丝广缎好，银钱堆满十三行。”时人亦吟有：“广州城郭天下雄，岛夷鳞次居其中。香珠银钱堆满市，火布羽缎哆哪绒。碧眼蕃官占楼住，红毛鬼子经年寓。濠畔街连西角楼，洋货如山纷杂处。”这寥寥几十个字，不是凭空吹出来的，即便到了如今，仍不时见得到昔日的繁华再现，只不知怎的，行商们已无当日的底气、豪气，该不是应了中国人的古话，风水轮流转，久盛必衰……

老先生先自叹了口气：“有明一代，这海珠石至白鹅潭便是商旅云集的旺市，几百年下来，有盛有衰，有起有落，天高皇帝远，自成一方气候。这已是有定数的。”

“我只问自家。”

“也罢，自家也是他家。我这就给你点醒几句。看来你心神不宁，想吃个定心丸不是？”

“老先生所言极是。”

“我可以告诉你，你这里选址是不错的，当有高人指点过，水系萦回，运转无穷，有来有去，有亏有盈，水好运好。”

“多谢美言。”

“防仍须防，未可大意，有朝一日，鱼乘势上了楼，水不是水，运亦非运，是必奇祸，不可不留心，至紧记住。”老先生脸色严峻。

谭康泰心中一沉：“此话何解？”

“天机不可泄露。”

话说到此，便不好再追问下去了。况且，这类玄机，不到一定时候，是很难领悟得了的。“不知老先生还有何吩咐？”谭康泰沉默了片刻，还是说了一句。

“好自为之，好自为之，记住老夫的话便是。”算命先生已无多话可说了。

谭康泰依规矩封了一包碎银给了老先生，老先生也不多说，在疾风中消失在街巷中，只留下纷纷乱叶。

他走后没两个时辰，台风终于过去，市面又恢复了往常的繁忙与喧闹。对于偌大一个市墟而言，再大的台风也不过是小小插曲，丝毫影响不到生意。生意与台风，判然无干。

打台风过后，谭康官再也没见到这位老先生了，不知他云游何方，还是回了他的客家山乡……直到奇祸骤至，不得偷生之际，才恍惚见到他的背影，却也无法确认。

那白鹅潭上，最早恢复营生的，不是航运，而是花艇。有文人曾描绘过，几百艘“紫洞花艇”，当是极尽豪华，内里均用绸缎、洋毡铺设，玻璃栊牖，洋灯洋镜，一应俱全。所有花艇，均用木板排钉，连环成路，一字相连，两排成列，几乎就成了一个极兴盛的墟市，只是不是卖货品罢了。一到晚上，灯火一亮，江面上如万簇流星，与波光辉映，令人疑为神仙居住的地方。只是出入这水上“市场”的，已不再是古书上“狎妓”的文人墨客，而是豪商巨贾了。

如果再细心点，更会发现，夷商也好这般“春色”，更是一掷千金。

反正，台风过去了。

只是老先生的偈语，谭康官始终没法破解。

这能是定心丸么？

说是，也是，人家不是盛赞这里的风水好，有来有去，有亏有盈，水好运好，运转无穷么？这么说，自有道理。

至于须防的，似乎无须多虑，那鱼乘何势方可上得了楼？除非发大洪水，一直涨上二楼鱼才游得上二楼，这分明是不可能的事，打建宅后，年年发大水，水都未曾漫及院墙，因为所选的地基，高于四周几尺。查一查广州的水患，一百年间，水位最高，也无非漫上街头，浸入民宅就那么几尺高，绝少淹至二楼。这鱼上了楼，即便不是指谭宅，而是指全城，也是罕有之事。

落雨大，
水浸街，
……

街头的童谣，不觉响在耳边。

既然无鱼游上二楼之虞，那毅兰堂是必安然无恙。

这也应是一颗定心丸。

可老先生却分明强调一个“防”字！

后边，还有“水不是水，运亦非运，是必奇祸，不可不留心”，此语就是费解了。

谭康泰百思不得其解。

也许，这会是个隐喻。

水非水，运非运，那么，鱼亦非鱼，楼更非楼，这一来，鱼隐喻什么，楼又代表什么呢？

汉字“鱼”字拆开，上为“刀”，中为“田”，下为四点“水”。尔为刀俎，我为鱼肉，莫非先遇刀兵匪盗，重返农田劳作，最后落魄海洋？这么拆字，未免太牵强附会了，能如此拆解么？那“楼”字呢，就更没法拆了，左偏旁是“木”，“木”为火所克，须防火才是，怎么倒怕水漫上楼呢？左侧为“娄”，不祥的字眼，娄子也，乱子、纠纷、祸事，能这么解么？

拆不得，拆不得。

谭康泰一时间心乱如麻。

不管怎样，日后办什么事，都以小心谨慎为妙。

还是不要胡乱拆解、猜测的好，凡事必有天意，天高莫测，何必心劳日拙呢。

倒是台风过后这些日子，毅兰堂的生意出奇的好。

不仅瑞典行谈成一笔大生意，丹麦、法兰西，连英国馆，也有派人来洽商，当日那场演出，大概是引起了他们对谭康泰、潘启官的做派、风度，以及娴熟的应对产生兴趣，所需货品，已不限于绸缎、陶瓷，谭康泰忙个不亦乐乎。老先生所说的“大发，即在眼前，风生水起”，果然是应验了。

既然前边的话即时得到应验，后边的话就不会不在后边兑现。

这愈发让谭康泰担心。

但再担心也未必有用。

不管它，能发就发，大发了再说，真发了，也就少了后顾之忧，到时候，无非是折财消灾——一如老先生所言。

果然，没几天，公行召集各行商一道商议台风过后救灾事宜，尤其是西江数段漫口，挑河筑坝，要大量材料人工。海关监督一开口，就是六十万两银子，要各行商认捐。几名显赫之家，带头各认捐了十五万至二十万，还有三十万须摊在所余各家头上。

谭康泰一咬牙，认捐了三万八，这比平日的二万，是翻了一番。

却有人讥讽道：“都话顺德人不露财，谭康官这回可下了血本。”

谭康官权当没听明白：“救灾大事，下血本也是应该的。”

那人却不放松：“你三万八也当血本？毅兰堂就此打算摘牌么？”

谭康泰脸一红：“那就五万。”

这才没人说话了，毕竟，逼他再充大头也没道理，只是他这回生意做得大了，所有人都心中有数，让他多吐一点罢了。

总商出了八万，反过来安慰谭康泰：“你出五万已经为之不易，巡抚、总监处我自会美言，不会没你的好处。”

谭康泰心中明白，无非是再交部从优议叙了，只有微微一笑，表示感激。

总商继续说：“今年说是给皇上祝寿，大家都得筹措筹措，这可不是小事，不可以小钱打发，积习难改，官府已是有言在先。”

谭康泰一下子傻了。

救灾之事，老先生是“有言在先”；给皇上祝寿之事，却是官府“有言在先”，再出几个如此“有言在先”，再大发也顶不住。

不过，这些“有言在先”的事，多少也算是有心理准备，怎么说，也是“合理合法”的，而那些事先没有半点音讯且骤然而来，无理无法可依者，又该怎么办？

反正，你都认了。

看来，女伶的赎金，只怕得先充当皇帝万寿的进贡了。皇上事大，女伶事小，先公后私，理所当然。

只是为何事先没想到这一层——太没把皇上万寿放在心上，让生意迷心窍，罪过，罪过！他后悔了，开口三万八太高了，依平日的两万再加，也不过三万，而出到了五万，那皇上的万寿又该出多少？也罢，这七八年，来广州的外国人愈来愈多，生意也好做了些，虽说有起有落，只要肯用心眼，钱还是有赚的，如果不这样，自己早起心退出行商了。

好不容易把各项饷银、捐输应付过去，方方面面打点到位，马上便又到洋船起货的时间了。瑞典行所需之物，也都在这几个月中补齐了，可以放心交付。这么多年，艰难维持，这单生意总算有了起色，连行外人都看得出，这当是谭家的一个转机，得百倍小心。这年头，当名行商，伤脑筋的不独是与夷商打交道——这只要谙熟人家的行规便是，我们讲的是商道，讲信义，一言既出，驷马难追；夷商讲的是商法，法者，信用自不消说，更在于条条款款有法理可依，盘算又精又细，如果违约，不管你有天大的理由，也无情可原，照旧得罚。这一条条理清了，倒也好，各自的责任到了位，赏罚分明，不以谁的意志转移，反还好做了；头疼的，反而是与海关及地方上大大小小的官吏打交道，动辄一个借口，你就得劳师动众，口子似乎不大，却是个无底洞，不知填到何时才是了。所以，这方面是出不得纰漏的。为此，谭康泰没少思虑。

小心驶得万年船，这也是祖上的嘱咐。

末了，只余下老先生的告诫，不可让鱼乘势上楼。

也就是说，只要洪水淹不上二楼。

纵然几十上百年间，也未闻有珠江发大水上了楼的，传闻中洪水于市区有水深一丈处，但那也只是低洼处，也上不了楼。

别人的管不了，自家的楼总归是管得住的，老先生不至于泛指全广州的楼吧，谭康泰拿定了主意，宁可信其有，不可信其无，防患于未然，先把二楼的防水设施做完善，就算水高出二楼楼板，可只要水不流入二楼的房间，那鱼也就进不了二楼，一样可保平安。人，也就怕有个痴想，一想痴了，怎么荒唐的举措也会出来。谭康官煞费苦心，总算匀出了一笔银子，用在了毅兰堂二楼的加固与抬高上。

这毅兰堂的主建筑也就是三层，第三层起美观之作用，一楼、二楼才是主体。文似看山不喜平，这建筑也一样，没个小小的三楼亭阁凸出，这个中西合璧的庭院就太一般化了。这个亭阁，被题名为“水心阁”，自是与岭北天心阁、文心阁等相对应，不过，也是有出处的，那是唐代白居易的诗《初领郡政，衙退登东楼作》中的：“水心如镜面，千里无纤毫。”主人选此诗，自是用其意，只是，世事混沌，几何时能“千里无纤毫”呢？听了老先生一番话，谭康泰也曾想将“水心”易名，却苦于寻章摘句，到头来也只好作罢，况且，粤人以水为财，去掉“水”字，也就去掉了吉利之源，不妥。况且，就叫“水心阁”，也不至于令水涨至三楼吧？

但二楼的工程就大了。

原先仿西式的窗台，都一色偏低，为的是养花挂草，图个生气，图个多姿多彩，现在只能忍痛割爱，把花草都除掉，将窗台抬高，且严丝密缝，不可透风——透不了风，自透不了水，这窗户的设计也就狠花了一番功夫，耗费也就大了。连上楼的梯口，也专门做了个厚实的合盖，只要一合上，哪怕底下水往上涌，也不会渗水上来，水上不来，鱼也就上不了楼，总之，楼上的防水，寸寸节节都考虑到了，不会有任何疏忽。

木工、泥工、石工，几十号人，在毅兰堂忙活了整整六六三十六天，真个把毅兰堂翻修成刀枪不入、水火难侵的碉堡式宅院了。由于翻修是在院内进行，且谭康泰一再叮嘱，不可张扬，所以外边也没什么人知道，顶多看见有匠人在院内活动，也只认为是小小的修缮。

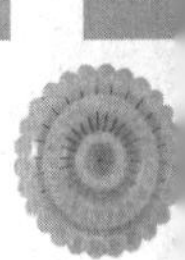

本来，这些事，交给管家办就行了，可关系到谭家的命运，谭康泰自是放不下心，所以，从头到尾都亲自监管，丝毫也不松懈，用粤语说，都瘦得“一只鹤”样了。

三十六天过去，总算大功告成。

谭康泰半靠在太师椅上，打发走了结算的工班头子，大大地松了一口气，似乎心头大患已经给消除了。

从此以后，生意一年年看好，虽说不可称富甲天下，也还可以衣锦还乡，造福桑梓。父亲临终已嘱咐过，须见好就收，退出行商，另图发展，不可陷得太深。他已亲眼看到几家行商破产，那种凄惨的结局，实在心寒，自己破产了犹自可，还牵累到所有行商，因为有“联保”制，最近十年，顺成行破产，其未付捐税有五万多两，欠夷商债务更达八万多两，加上行佣、粮道欠款，欠资近十六万两，还不是各家分担，谭康泰也当了回冤大头。退出了，这号“冤大头”就轮不上了，再去经营别的生意，另辟一个天地。三代了，也当转转行，别应了那句中国老话。

谭康泰闭目养神，怡然自得，理通身上的脉络，整个放松了下来。

要么，给女伶赎身，先安放到外宅，日后再同家人商议，不，先不忙，家人当是早闻知自己与这女伶有染，防范多时，况且，纳一戏子为妾，也为人瞧不起，有损门风，唉，这可真是两难之事，人家洋人就不同，戏子也一般有地位，还可以为皇上所宠幸……纵然已给女伶承诺多时，可真办起来，还真无从着手，没准，真辜负人家了。

他竟自又叹了一口气。

窗棂间投下的日影，已由斜变直，收回到了窗口，不是花影摇曳、叶舞婆娑，空气竟还有点闷热。莫非又要有台风么？不，往年，这个季节，台风已经不再肆虐了。

兀地，大门被人猛地撞开，发出大响。

谭康泰打了个激灵，问：“谁人？”

又一道门给撞开了。

是账房主簿跌跌撞撞地扑了过来：“爷，大事不好……”

“出什么事了？”

“起货起得好好的，海关突然勒令停止了，洛思大班急得要命，问我们这边是怎么搞的？”

“有这种事？”

“现在码头已经关闭了。”

谭康泰脖子发直，眼一瞪，咬咬牙，发话：

“备轿，上海关……不，先上码头去。”

谭康泰心中火烧火燎，这个关头，可千万别出什么岔子。海关的监督、副监督，这次都打点好了。粤海关是肥缺，所以才有一正一副，而且有不少旗员，都得打点，他寻思，这样的事是不应该出的。

上了轿，主簿一边跟着走，一边气喘吁吁地补充道：“我以为，是内司关书官在捣鬼，假传海关之人令。”

“不是按例每月给他们二十多两银子么？”

“给了。”

“要是他们，倒还好办，加到三十好了。”

“他们口气大得很。”

“这么说，恐不止他们了。”

紧赶慢赶，快到码头，

没防半路闪出两位差役，挡住了轿子：“是谭康泰老爷么?”

谭康泰忙停了轿：“正是”。

两位差役也不多话：“随我来，主子有请。”

一听“主子”二字，谭康泰就打了个寒噤，称“主子”的，大都是旗人，虽说广州旗人不多，可一个个都身居高位，就算是纨绔子弟，也见官高一级，万万惹不得。只好乖乖地跟随而去。

这轿子给引到了旗人聚居的八旗二马路，转进了一个近乎公馆的房子里。

下了轿，由差役引路，进到了中厅。

好一阵，才摇摇摆摆走出来了一位旗人。谭康泰一惊，此人正是海关的旗员，平时很少见，打点什么，却少不了他一份，只是胃口大小，则不为人知。

谭康泰忙作了个揖，头还没抬起来，“啪啪”就挨了两巴掌，打得人晕头转向。

“你知罪么?”

“望大人明示。”谭康泰惊惶之中这么说。

“啪！啪!”又是两记耳光。

“你还敢犟嘴?!”

谭康泰只好不吭声了。

“你蠹国肥家，瞒官舞弊，要了多少名堂，以为本官一无所知吧？你通几国语言，轻慢通事（传译），自作主张，两头打抽丰，别人就没议论么？……”

噼里啪啦一通话下来，这谭康泰当是十恶不赦，死有余辜了。不过，这么一番云山雾罩下来，反让谭康泰明白，对方无非是一番讹诈罢了，并没有什么把柄抓在他手里，于是，也似往常一般，乖乖地来了个“明修栈道，暗度陈仓”：“小的该死，小的该死，小的甘心认罚，甘心认罚。”

对方听了，“甘心认罚”四字，也就转怒为喜，变得和颜悦色了：“识时务者为俊杰，你们经商的脑子还是转得快。本来，这事说大也不大，说小也不小，可不认个数，麻烦也就大了，派上个罪名，倾家荡产也是有的。”

“望大人赐教。”

“你这批行货，倒没什么，可夹带却不合规矩呀。”

“夹带?”

“檀香折扇，这可是本朝禁止出口的呀。皇上作为礼品赐予夷人，视为上品。若成了买卖，岂不亵渎了当朝?!”

谭康泰算是听明白了，这无非是故意找的岔子，平日，夷商随身带几把折扇，早查究过，可他仍不得不表示："这是小人大意了，甘心认罚，认罚。"

"那就饶你一回。"旗员一使眼色，屏退了差役一干人等，"说个数吧。"

"一千两银子。"

"你当是打发叫花子呀？"旗人佯装大怒。

"三千？"

"哼，你这一罪过少过五千能赎得了么？"

"我认八千。"谭康官只好认了。

"这还差不多。几时送到，几时就照旧起货，我这人比你们商人讲信义。"

"这，我……马上回去办理。"

"不，你留在这，让我这位随员跑一趟，银子送到，我陪你上码头。"旗员一挥手。

这旗人，竟把自己当人质了。分明是自己急着要银子用，才用这一损招，实在欺人太甚了！可这口气还是不能不忍，八千就八千，要真是海关下令，别说八千，一两万也未必招架得住。可这一下子要调八千两银子，又谈何容易。

不办也得办。

谭康泰把主簿叫到身边，让他把家中准备购货的银子三千两先拿上，再设法到几家交好的借，不够，只好高息贷了。

至于谭康泰怎么费心筹集银子，旗员是不在乎的，在乎的是银子能不能尽快送到。这边在商量，想办法，他则在旁边转来转去，称：快点，过了夜，八千就打不住了，老子有急用——情急之下，他倒是毫不掩饰自己的这番恶行。

"这样，我不亲自出马，这八千两只怕一下子凑不齐呀。"谭康泰不知自己被留在旗人的地方会有个怎样的结局，心自怵了。

"不行，我这是应急，你那码头上货，迟几天还是一样上，我这不行。"

谭康泰无奈了。

"这样吧，我写几张条，办得成就好，办不成，等他回来，你派人陪我去办好。"

"快办！"旗员不搭这个茬。

待主簿出了门，这旗员脸上又有了笑容："谭康泰，听说你大发了，这次给我的打点，不是很够意思吧？"

谭康泰不解何意，不敢作答。

"你的收入都加了几成，这我心知肚明。水涨船高嘛，算你识相。只是，把我当一般官员看待，却未免轻慢了。"

"小的不敢过问官衔几品。"

没想到这却惹怒了这位旗员："什么话，你是想侮辱大人么？老子无品，可无品比你们有品的高，你仗你祖上捐了个五品，有个砗磲顶子么？哼，就算你们行商人中，有蓝宝石顶子的三品官，见我也得低一头。”

谭康泰战战兢兢道：“小的知道，商人捐官，哪怕到顶，也只是个二品红顶子。”

“红顶子又怎样，你以为真个当得了官位，能要上威风么？商人还是商人，你们汉人，士农工商，商人殿后，见仕低九等，给你一根葱，就当象鼻子吹，妄想。”旗员可谓义正词严，“要知道你自己有几斤几两。”

谭康泰连连颔首：“大人说得甚是，商再有顶子，也还是商；官就算没顶子，也一样是官，官见商就大三级，士农工商是永远改变不了的，无论你这商有多大，也还得殿后。”

“这才是人话，算你识相。我还得给你加一句，无论你经商有多少钱，也还得听官的，要是不听，百万家财也只是一缕烟，这次，我没有惊动海关大人，算是留你一条生路。”

这分明是威胁了。

可也是大实话，他真诬告个夹带、走私，先自抄家籍没，再一一清理，就算查不出名堂，你也就万劫不复了。谭康泰只能认了：“多谢大人开恩。”

“听说你们粤人，自古以来，以钱为大，是的，这片地皮上钱能生钱，好发达，不然，我也不会冲这里走上一回。不过，你们粤人的理念，在我们大清朝可行不通，我们可以容忍你们发，你们大发，可不能容忍你们用钱来撑腰，同我们讨价还价，权力与金钱不一样，是容不得讨价还价的，今天，你应该懂得这个理，我要是要一万，你还敢只给八千么？”

“不敢，不敢。”

“话是这么说，可你们肚子里的小九九，别以为我不知道。士农工商，汉人为何把商置于末等，就因为你们小九九太多，所谓无商不奸，你说，你奸不奸？”

“这个，要赚多几分利，是得有心机，说是奸也说奸吧。”谭康泰只能这么说。

“那今天你会给我耍奸么？”

“怎会呢，你不是说了，权力与金钱不一样，容不得讨价还价，我敢么？”

“噢，你还算乖巧，抓住我的话头了，怎么样，今天脑子开了窍吧？”旗员又得意了起来。

“听君一席话，胜读十年书。”

这十个字，在谭康泰却是真心话了，的确，平日办商，为应付官府、海关，他也没少费心，反正，打点到位，也就安然无恙，有时觉得冤了点，可很

快便顺过气了，与人方便，自己方便。不过，他不比其他大商家，与官府陷得很深——在听到旗员说蓝宝石顶子三品官时，他就知道说的是谁，可人家一样没把他们放在眼里。同官府结交，无论深浅，都是难以应付的，深了，你未必赔得起，而且宦海无情，没准就给卷进去，掉了脑袋也不知道；浅了，你也未必惹得起，处处都是陷阱，栽个鼻青脸肿也未可知——不过，这些认识，与今天得到的“教诲”，未免又太浅薄得近乎无知了。也罢，也罢，休费心思去琢磨什么官呀商呀，天涯退步抽身早，这回过了关，不如早早归去，告老还乡好了。

旗员见谭康泰不再多言语，这才吩咐下人上茶。

茶倒是极品，旗人很讲究这个。

其实，旗员此刻，也是把他供着的——这么个财神爷，不供着可不行。

连晚餐，也叫了一席地道的粤菜给他。

那旗员却与一家子在手撕全羊，啃得满脸血腥油腻。

入秋，天很快便黑下来了。

大班洛思也急得上蹿下跳，派人去找谭康泰，得知谭康泰扣在旗员处，他也没辙了。秋天返航，是所有洋船的惯例，可借季候风过南中国海。要晚了，走不成，在中国过冬，赚钱的生意便会变成赔本生意，且不知来年的风候如何。

主簿是深夜亥时，才叩响了旗员的大门，身后，跟有车夫及保镖。

八千两银子如数运到。

谭康泰让旗员一一点数，心里却在淌血。这一辈子，算这回勒索是最狠、最急、最恬不知耻，一点遮掩也没有的。

可也不得不心甘情愿被敲诈。

直到第二天，天边现出鱼肚白，他和主簿才被放行。

来不及擦个脸，喝口水，两人就匆匆往码头赶，去通报事态最后的了结。

洛思就守在码头上，已通宵未眠，

一见谭康泰，便像找到了救星：“怎么样了？你再不来，我就得跳进珠江了！”

谭康泰苦笑道：“你这海盗，大海淹不死，珠江还翻得了船？”

洛思听明白了：“又可以起货了？”

“马上就可以了。”

说是“马上”，那旗员直到日上三竿，才派人来发话，“收回”勒令。

洛思见码头上又喧闹起来，货物络绎不绝地装上了他的“海盗号”，这才开心了起来。谭康泰也一直陪在码头上，不敢走开，生怕又有什么意外。本来这是最顺当的一单生意，凭空却生出这么多枝节，又破财又伤心，可是当初未料及的。

洛思问他出了什么意外。

他只摆摆手："不说了，不说了，能有一个好的结局，就一好百好。"

洛思倒是有所明白："看你那样子，眼圈黑了，眼白红了，操心碎了，我多少知道一点，在这里，商人是讲信用的，同我们那里一样，官府却不讲这个，同我们的不一样。不为别的，我们是以商立国，官员自然也要以商人的信用为立国之本。"

"那你们那里，商人排几位？"谭康泰忽地问。

"排几位？什么意思？"洛思大惑不解。

谭康泰把"士农工商"的排拉说了，并尽可能做出了解释。

"是这么一回事，我的明白。"洛思思考了一下，才说，"要讲社会是座金字塔，那西方的商人，当在塔尖上。"

谭康泰苦笑道："要是我们这也是个金字塔的话，商人可没塔座那么宏大、那么多呀！"

"那就是个倒金字塔吧。"洛思说。

"这一来，商人也一样在塔尖上了。"谭康泰忽地神经质地大笑了起来。

洛思听明白了，直摇头，末了，也放声大笑了起来。

不笑，还能怎么的？

不管怎样，起货只耽误了一个白天，加点人工，耽误的时间很快便追上来了。"海盗号"最后还是如期地离岸了。

洛思逢人便夸，谭康泰"然诺不欺，是最讲信用的行商"。

可他哪知谭康泰一肚子的苦水。

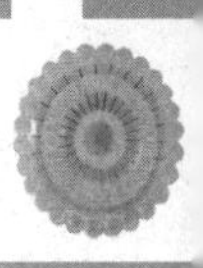

在洛思走了之后好几天，谭康泰才知道那位旗员何以对他发难。

原来，这家伙在赌桌上输了五千多两银子，可他又已夸下海口，自己身为贵胄如何金山银山用不完，并保证欠赌不过夜。于是，便把主意打到了谭康泰头上。

原因是，在海关那里，他得知近来赈灾、祝寿，谭家都多加了几千上万两银子，给各官员的打点也比往日厚实多了，果然是"有求必应"。

自然，索要的不只是五千多两了。

到头来，谭康泰这次"大发"，发的倒不是钱财，因为赈灾、祝寿，加上这莫名的勒索，所赚到的，也就所剩无几了。只是保住老家底没有太大亏空罢了。

但这毕竟是危机了。

而他发的，却是名声，不仅同行认为他“闷了财喜不吭声”，连夷商，也传下话，说他重承诺，守信用，大节不亏，可以成为生意上的好同行，可交。

是福是祸，谁说得清呢?

此番，谭康泰对算命先生的告诫又有了新解。这鱼、这洪水、这楼，当是象征性的，水为财，发洪水并非恶兆，只是水涨“鱼”高，官府渔利也就高了，于是，祸随福至，才这么被狠狠敲诈了一笔，纵然高楼深院，也未必挡得住。

宅院自此也就没再有修缮了。

须重新考虑防止“鱼”如何乘势上楼的措施。天意太高深了，不可太实，也不可太虚，怎么揣测，也未必切中。

鱼游上楼，是怎样一种意象?

也许，并没有洪水，也无须凭借洪水之势，而是另一股……无意间的势力。

是福不是祸，是祸躲不过?

第八章　狭路相逢

南中国海域，依旧是这般浩渺，这般苍茫，这般波谲云诡。

海面上，只要风平浪静，总是蓝得那么醉人，海天一色。天上的白云，就是海上的银帆，海上的银帆，也同样是天上的白云，云耶帆耶，两不相分，直至海天相连之处……台风的季节终于过去了，东南风也开始了转向，一碧万顷的大海，就这么再度迎来了信风，扯起了千百张白帆，开出了千百只航船，争先恐后，互不相让。

一出到了大海，谭康泰紧皱的双眉就舒开了，沉重的心扉也由此打开。

所有的心事，忧虑、不安、恐惧，都留在了已离开的此岸。

抬眼望，一前一后，皆是行商的大眼鸡船。

早早扯起帆的，自是潘启官。

紧跟在后边的，则是杨丙官。

还有其他行商，忽左忽右，忽前忽后……

这一年度，是行商出海船只最多的，超过了康熙宣布“禁洋”之前的数量，同样，也比雍正“开洋”时的要多，都雄心勃勃要走出去，打出自己一片商业天地。

经营南洋，行商们已是轻车熟路了。

海风骀荡，群鸥翔集……

这次下南洋前，谭康泰专门又去见了紫筠。

大灾之后，处理善后若有个闪失，势必引起民变，四乡啸聚的灾民，尤其是珠江三角洲，每每打出“三合会”的旗号造反，让朝廷应付不暇。这“三合会”，其实便是早已在民间闻名的天地会，有过几次起义，被官府镇压，为了避免清廷的查拿，这才用上别名。而珠江、西江外海面，海盗更是厉害，早些年，海盗就曾连续多次入境焚劫，广州城里人心惶惶，连十三行的夷商也风闻到了什么，显得十分紧张。

为筹措南洋生意的事情，谭康泰回了顺德。此番，带的，都是行里的伙计。把生意上的事情忙出个眉目，他便抽空去戏园子，再听听那位紫筠的说唱，少不了捐上几十两银子，一个花篮。

他点的总是《客途秋恨》。

少年时代下南洋，那种已化在了血脉中的漂泊感，到中老年间也无法消解得去。骤遇台风时的生死搏斗，茫茫大海里的孤独无援，异乡遭欺凌的可怜无告，全都沉甸甸地迫在心头，不时便又被翻腾出来，有时是触景生情，有时却无缘无故……正是这种心态，二十来岁时，在家乡听当时的女伶唱这支《客途秋恨》那种哀婉，那种凄独，竟叫他肝肠寸断。

他每每茫然道：“这么小，怎么会唱得这么凄凉……”

这话，说得所有的女伶眼泪双流。

现在紫筠的父母，本也是有身份的人家。这就让他更牵肠挂肚。

这次来，他就是想来了愿的，不可以再拖了，这次不下决心，以后机会就难说了。

待演出后，谭康泰约到了紫筠，准备一吐衷肠。戏园子外边，有凉亭，有芭蕉，不难找到个说话的地方。秋月当空，纤云几行，不时有几声鸟鸣。夜正深沉，虫吟声忽起忽落，鱼塘中偶起几阵“泼剌”声。

两人默默走了一段，还是紫筠先自开了口：“你还在当行商么？”

谭康泰觉得她问得突兀：“不花个几十万两银子，只怕辞不下来。”

“有这么狠？”

“留着你，往后赈灾、捐输什么的，少不了你一份，你一走，海关找谁要。那天，我同瑞典大班说起，他说，西方的商人，地位好比在金字塔的塔尖上，很受人尊重，我说，我们是士农工商，压在最底下的，同样在金字塔尖上，不过，是倒金字塔的塔尖。”谭康泰说。

“倒金字塔的塔尖？这撑得住么？”紫筠惊叹。

“撑不住也得撑。都说广东是天子南库，朝廷要钱，不往这南库要，上哪？这些年，朝廷财政亏空，动辄就往广东要，一要，还不大都派在我们行商、盐商身上？而且还不出面，让我们呈请自愿捐银。平叛剿匪，找我们要，出征要，凯旋也要，头头尾尾，要个十次八次都有；至于赈灾、修理、捐造捕盗艇什么的，无论南北，也都得往我们这边要，偌大一个国家，一找钱，就拿我们榨油，这些年，各家掏出来的，只怕一千万两也打不住，整个大清，一年的财政收入比这也多不了多少。你说，一个倒金字塔，再压下来，这塔尖不压塌，还能有什么结果？”谭康泰说。

“原来这样，我也算长了回见识。就像我们在台上风光，当皇上太后都有，可一下台，不都轻蔑为戏子，什么也不是……”

“难得你这么知心，我们也算是同病相怜。”

“水月镜花成幻想，茫茫空色两无凭。”紫筠用了《客途秋恨》中的唱词。

“不单大班让我开了窍，此番让旗员敲诈勒索一番，更长了见识。”

“是吗？”

“人家只是官府的人，也没入品，却对我们这些得了三品四品的行商一般不放在眼里。他说，清制规定，商人最高只能拿到二品官衔，有个红顶子，可至今谁还没见到过红顶商人，至少广东现在还没见。就算二品又怎样，士农工商，商再高，也得摆在士之后，见官低三等。所以，他一位闲员，照旧可对我们这些三品四品的作威作福，你连哼也哼不了一声——这也算是倒金字塔的深一层解释，你就忍气吞声承受好了。”

“唉，你这退又退不出来，可该怎么办？眼看，又只怕让你们日子难过了。”紫筠长叹一声，眼湿湿的。

谭康泰惊疑道：“你能听到些什么？”

紫筠说：“你不来，我只怕也得去告知你，还心想你不当行商，没多挂碍，可你还在当，只怕事情又得落在你头上了。”

“什么事？”

“听说，又有一班海盗，要劫掠我们这里了，而且准备直逼白鹅潭。”

“这消息确切？”

“千真万确。”

“他们也太胆大了。”

“听说广州城守备空虚，他们又有快艇兵器，沿江长驱直入，颇有胜算。”

“是呀，历史上，黄萧养也率几十几百兵船、杀到过白鹅潭，老人都常说起。这十三行，只怕在劫难逃了。”

“你得设法躲一躲。”

“躲海盗么?”

“海盗要躲，可依你刚才说的，只怕官府更要躲。为平匪患，官府不要榨取你们更多的钱财么?”

“可官府是躲得过的么?”

“是呀，躲得了和尚躲不了庙，你又没辞得去行商，官府还不盯住你。”

“你一见面，就问我辞了行商没有，就是因为这个。”

“是呀。”

“我先下南洋，去找找你的父母，接他们回来。我得兑现我的诺言，把赎金凑齐。”

“只是……”

“只是什么?”

“这几千两银子一花，你不亏空得更厉害?真有事，你怎么应付?”

“你别管。再拖下去，这银子也就没法匀出来了，这是最后一次了。”

“我领情了，我也不能置自己于不义之地。”

“你也别太书生气，受戏文影响，好不容易有一次脱身机会，放弃不得的。”

“容我再想想。”

谭康泰摇摇头：“不行，这次来，我非把这事办妥不可，否则，我便成了无信之人。真的，以后不会再有机会了。”

“那好吧……明天，我同班主说好，再唤你过来。”紫筠再度眼泪双流。

谭康泰轻轻地吐了口气。

只是第二天，谭康泰却未能见到紫筠，因为整个戏班子一早就走了，上南海某大户人家赶场子，为其七十老翁拜寿。谭康泰没法去追。

千嘱咐万叮咛，谭康泰才启程回广州，随商船出海。

海盗的传言未必可信。后来还真的来了，却是另外一回事了。

行商经略南洋，也有半个世纪了，而中国人来到南洋，几乎就是上千年了。中国人的勤勤恳恳，是南洋开发的福音，在葡萄牙、西班牙、荷兰最早的殖民者到达南洋之前，中国人已经在南洋经营很久了，只是他们并不是依靠军事征服，而是商品交易，还有拓荒种植，在这里牢牢扎下了根，当上了“甲必丹”……但是，西方殖民者凭舰坚炮利，掠夺了这里。当年，荷兰人甚至还要向华人征“人头税”，限制华人在南洋的发展，直到被郑成功打败，退出了台湾，不得不向“国姓爷”俯首称臣，这才在南洋放弃了华人的“人头

税”，巴达维亚的华人，也就由不到万人迅速发展到了八万人。

但殖民者毕竟是殖民者。

为了让南洋成为他们的金山银库，荷兰人曾设想向这里大规模殖民，他们以极其优厚的条件，在国内招募来巴达维亚的各等人员，谁知响应者寥寥。

毕竟太遥远了，比上好望角远上几倍，他们中的农民也已在南非站稳了脚跟，干吗更要远涉重洋，到这里来呢？

来的，只有那些无业游民，这还算好的，不少是有过犯罪前科，在本国臭名昭著的不良分子，他们一是无路可走，二是想重操旧技，发一笔横财……这一来，南洋就不平静了，所谓白人的“私掠船”干的正是海盗的营生，他们来到南洋后，不似在南非的荷兰人，拓垦开荒，而是劫掠善良、无辜的渔民及老百姓。

几番下南洋，谭康泰已多少明白就里。

那位把紫屏涂成浑身乌墨“黑人”的几位白人，正是这样的来历，只是当时还怯于“国姓爷”的余威，不敢明目张胆对中国人怎样，所以才煞费心机把人涂黑，当黑人贩卖，人贩子都敢做，还有什么不敢做的？

这一晃又许多年过去了，他们更得知清朝政府不似“国姓爷”，对海外的臣民早就不闻不问了，于是也就更放肆了，用不着把黄皮肤的中国人涂黑贩卖，直接就来横的。

当然，首先对贫穷的中国人下手。

所以，谭康泰听紫筠说父母在南洋已快两年没捎信回来，心中一沉，脸上虽没露出担忧的神色，但已为这两位同胞捏一把汗了——不知二老在巴达维亚有什么亲戚与关系？

而盈顺行在这里的货栈，也同样让人揪心，虽然生意还算正常，鬼佬在生意上尚不敢造次，因为他们明白，没了中国人的生意，他们就赚不到钱，等于自我毁灭。但是，这种平衡却是最不牢靠的，他们一旦把主导权拿到手，恐怕一样会对中国人下手，这是个迟早的问题。

如果我们自己不在外边强大的话。

果然，刚离开马来亚半岛，还没到巽他海峡，就出事了。

是潘启官的商船，与一艘荷兰船擦身而过的时候，隐约听到那边传出了中国人呼救的声音。

而且叫的是“救命”。

潘启官年轻气盛，将船靠了过去，把荷兰船挤往浅处。

荷兰船不得不收帆停了下来。

可上边却有人用枪指着大眼鸡船。

然而，谭康泰、杨丙官的船也随即赶到了。

三艘大眼鸡，对付一艘多桅船，还是有优势的。对方这才不敢那么气势汹汹，只是嚷嚷：“你们中国人要干什么？”

潘启官大声道：“我们听到有中国人呼救！”

“那都是我们的奴隶，是用钱买来的！”大副略通中文。

“什么，你们把中国人当奴隶买卖？”潘启官更是生疑，带头一跃，跳上了荷兰船。

这时，底舱响起了争斗声。

跟随潘启官的，数十名中国水手也跳了过来。

他们循争斗声找了过去，几经缠斗，冲破了重重阻难，只差没出人命，终于找到了底舱的门。

把门猛地一拉开，马上就有人冲出来。

为首的一位喊道：“我们没有卖身，我们要回巴达维亚，不上鬼佬的当！”

跟着又有不少人冲了上来。

船上的大班不得不出面了。

冲上来的几位梗着脖子，强硬地表示：“我们不去锡兰，一上路就觉得不对头，你们欺骗了我们……凭什么不让我们离开底舱？这不是住人的，是关牲口的……”

潘启官、谭康泰、杨丙官终于了解了内情。

原来，荷兰人出高价，招募上锡兰的劳工，主要对象便是中国人。当然，这已不是第一回了，从巴达维亚到锡兰过去的相关人员，已经近千人了。荷兰人想在那里设一个中转的口岸，直接开往马六甲海峡，既缩短了行程，又不再受制于后到的英国人，舍近求远，非要经过孟加拉不可。从商业而言，这一举措自然是可取的，但是，要在锡兰建港，并没有劳力，本国人不会远涉大西洋、印度洋到这个岛上，只能打巴达维亚的主意。巴达维亚当地的土著人没人愿意来，愿意来的，则大都是居住在巴达维亚的中国人，想挣点钱回国。荷兰人出的价也颇具诱惑力，于是，每招满一批，便发船往锡兰。

谭康泰早就了解到几个西洋国家在这条航线上的你争我夺，甚至是你死我活。

他对潘启官说：“我们在这一段航线上更没有话事的权利，所以中国人就免不了上当受骗。”

“可我们还没有在巴达维亚站稳脚跟呀。”潘启官说。

谭康泰说：“也不能任人摆布，任人宰割。”

三位行商参加了与大班谈判的行列。

大班振振有词："这批劳工，都是自愿去锡兰的，之前都是立了契约的，才出来没几天就反悔了，违反约定，当赔偿我们的损失，不能说离开就离开。"

劳工的代表说："是你们先违约，上船前，你们保证一路上好吃好喝，船上自由上下，可一出海，你们就把我们统统赶到了舱底，不透气，病了都不管，还说，生病的是上船前瞒了病情，再装病就要扔到海里，威胁我们，恫吓我们，丧心病狂，要这么做，不到锡兰，就不知道会死多少人。"

"死人，没有的事，前边几批不是都去得好好的，有钱给你们赚，你们不感恩戴德，反而诸多挑剔。"大副索性以中文回答，"你们到底要干什么？"

"我们不少人想回去，这两天，吃的比牲口还差。"

"这好办，四条腿的畜生还不好找，两条腿的多的是，还怕我们招不到人么？"大副拿腔拿调。

大班只会强调："要付违约金、赔偿，我们放空达到锡兰的舱位，也得计算在内，赔本的生意不做。"

潘启官说要与劳工代表商量。

他同劳工代表回到了船舱里。

这一行，有一百二十来个人，底舱挤得满满的。

到了底舱，果然发现已有五六位病倒躺下的，这还是近海，已经有人顶不住了，再穿过马六甲海峡，进入印度洋，恐怕还有更多的人顶不住……把病重的人扔进海里，这位大班也是做得出的，当然他会借口人已经死了，或者说没救了。

劳工代表问："谁不愿意再跟船走了？"

一统计，有四十来位，约占去的三分之一。

毕竟还有人想去搏一搏，自恃身强力壮。

潘启官说："那就登记一下，愿回巴达维亚的，就上我们的船，我们这三艘船都是上巴城的，我们负责把你们带回去。"

四十多位就这么跟着上了甲板。

潘启官问："刚才路上，我听到叫'救命'的，是怎么回事？"

"那正是几个水手要把那五六位病人抬走，我们担心他们把人扔进海里，又隐约看到旁边有大眼鸡船开过，便一齐大声叫了起来。"

"还好，浪声没盖住喊声，让我们听到了。"

末了，潘启官又下到舱底，反复问道："还有没有愿意回巴城的？"

这时，谭康泰也来了，在人群中辩论什么，最后摇了摇头。

潘启官问他："你找什么人么？"

“没有，船上都是粗壮的汉子，招募时应该挑选过的，我找的人该年过半百了，不应当在这些人当中。”

原来，他担心里面会有急于挣钱为女儿紫筠赎身的那对父母，这其实是多虑了。

这边交涉，大班是铢锱比较的。

“我放空了四十多人的舱位上锡兰，这损失就大了，我们不可能半途折返巴达维亚再把这四十位招满。”

“这个我们负责赔偿。”

“还有，这四十多人从巴达维亚运到这里，路费得算。”大班够精的。

“你这是重复计算，放空四十位，不已包括了这段航程?”潘启官没那么容易上当。

“那……我们招募劳工，也花了不少费用。”这是要无赖了。

七说八说，总算定下了赔偿的银元数量，大班见不可能再加码，也就作罢了：“这回，我可是做了赔本生意，只怕下回回来，我这个大班也没得做了。”

“你挣了多少，别以为我们不知道，我们只是不愿与你拖时间，别占了便宜还卖乖。”潘启官不屑于与他多说话了。

于是，四十多人，一艘船上十五人左右，分散到三艘大眼鸡船上，六位病人也被携扶着，上了船。

荷兰船急急忙忙开走了。

谭康泰仍很担心：“这随船走的八十来人，还有更长的路程，挨得过来么？不会还有人生病的吧。”

潘启官说：“我警告了大班，不许把底舱门关上，让他们随时可上来透气。”

“可这有约束力么?”

“我说，我们还会在巴城见面的，我的消息也很灵通，要路上真出了事，我不会放过他的。”

“也只能如此了。”

“谅他不敢。荷兰东印度公司，与杨丙官的生意做了好些年，他们不会放弃的。”

一直没做声的杨丙官叹了口气：“没想到，中国人在外边过得并不如意。这头回下南洋，算长见识了。”他肯定地表示，“我会与荷兰的公司讲清利害关系的。”

“这就好。”

于是三人各自回到自己的船上。

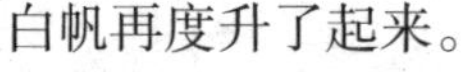

白帆再度升了起来。

大眼鸡船开到了爪哇岛的西北角……

在船上，潘启官习惯性地与上船的劳工搭讪，问长问短。他来巴达维亚也好几回了，但有时匆匆进了货，便赶信风返回，时间抓得很紧，对当地民情了解得不算太多。

带头的劳工告诉他，巴达维亚的中国人如今多了，互相之间也有联系，但不够紧密，各自埋头自己的事情。荷兰人毕竟是统治者，对中国人是又打又拉，当初，得依靠中国人才能与土著人打交道，因为中国人早到，又会生产又会做生意，不靠不行，可久了，摸出了门道，就撇开中国人，直接与土著人联系了，甚至与土著人联手，挑起土著人对中国人的不满，共同对付中国人。殖民总督、土著人、中国人就像当年的三国一样，拉一个反一个，变化不定……所以，今后恐怕要多几个心眼的。

这位劳工说他姓麦，是广州就近的四邑人，祖上很早就有出海的传统，一同来的老乡还不少。

“今后有用得上我们的地方，尽管招呼。”这位麦大哥为人很豪爽，看上去比潘启官大不了几岁。

“这么说，同你退出的，大都是老乡。”

“一半吧，其他人，觉得不对头，就跟上来了。可留下的，多少还心存侥幸，当然，锡兰要人不假，可去了能有多少回得来，我心里发怵。”

“怎么不对头？”

“船一出海，大班就立马变脸，还有那么久的水程，半路上谁保不出事？听说，他们从更地方运黑人劳工，比我们更惨，黑人听话，可我们就没那么好糊弄。”

“是要多留心。”

那几位病人，上船后不久，由于船夫多少懂得如何治晕船及其他小毛病，还没等到巴达维亚，便已经康复了，对潘启官千恩万谢，还托麦大哥问赔了大班多少钱，日后他们会凑上送还的。

“不必啦，钱固然可以用来生钱，但更要紧的是要用在人身上，做善事是钱用得最值的地方，怎还要还呢？”潘启官这么说，“我不图别的，在巴城结个人缘，比什么都强。”

麦大哥一听，说：“你说得太好了，服了！”

也就不再有人提起还钱的事了。

潘启官心中早就有了盘算，人家东印度公司一路上建立了那么多办事处，货栈，甚至……钱庄——这是中国人的说法，把那么远、那么难的生意盘活、盘大，可谓生财有道。人家能做中国人怎么就做不了？瑞典还是个小国家，但造船却那么出名，那么牢靠，经得起大风大浪……对，洛思大班上次离开，还再次与自己约定，今年一定要在巴达维亚见面，谈好生意，再一同上广州。

估计在巴达维亚还得等上好几十天，洛思的船才能穿过马六甲海峡来到。

在等待的日子里，自然不会闲着。

谭康泰早在巴达维亚有了货栈，少说建了二十年，“禁洋”之前便有了，现在开洋又十多年了，他的货栈虽说在禁洋期间停了约十年，可这十来年，还是维持得不错的，办的也是国内的紧俏货，看样子，这回来，是想把商行也建起来，自己可不能落后，年轻顾虑少一些，没准办得更快……

大眼鸡船群是临近黄昏开进巴达维亚的。

夕阳如同一个金红色的火球，在海天之间迅速坠落，把满海的水波都染红了，而后又迅速褪去，大海只留下一片青一片白。

而后，天幕上的星子跳出来了。

潘启官兀地想起谭康泰的话，在这里，已是“不一样的星空”了。

密集的群星装点着紫色丝绒般的天幕，绵延的银河倾泻至海平面才隐没，却看不到北斗星等熟悉的星座。

天上星座不同了，地下呢？

泰叔不会有别的暗示吧？

劳工们都趁靠岸前几个时辰，打一个盹，好精神一点回家去……

第九章　异国重逢

谭康泰已经忙得不亦乐乎。

毕竟他在巴达维亚经营货栈有二十年了，虽说近几年疏于管理，自己没来，原来在这里多年代理的陈芳庭也在雍正十年的风波中遭遇不测，但留在此地的伙计还是尽心尽力的，货栈非但没垮掉，反还有所扩展，此番到来，谭康泰可谓喜出望外，伙计们更是欢欣鼓舞。

一下子激起了谭康泰的雄心壮志。

他向伙计们宣布，货栈要改造成为商行，不仅仅收购本地行货，而且要直接与西洋的商船做生意，把国内的茶叶、生丝与瓷器往这里聚集，把生意做活、做大，毕竟，有的商船的目的地只是到巴达维亚、马尼拉而非广州，所以，在这里采购茶叶、生丝的价格比广州要高得多，不可以让鬼佬把钱都赚去了。

人家东印度公司在孟加拉等地都设有中转站或“桥头堡”，加快了货物与银元的流转，我们为什么不可以先在巴达维亚设立商行，吸引只打算到孟加拉的商船呢？换句话说，我们也一样需要在南洋有个“桥头堡”，面向西洋，有机会，再往西进，世界很大，不可以故步自封。正如我们中国人在沙捞越等地造船，可以不受国内只建两桅船的限制，造三桅、四桅或者更大。

伙计们的干劲也来了。

而随三艘大眼鸡船返回巴达维亚的劳工，一看泰叔要大兴土木，更是蜂拥而至，不仅仅是他们40来人，还带来了更多人。由于他们在当地的时间长，进内河，伐木头，一直到升梁建屋，都熟人熟路，工作效率高得多。

人家救了你，你自会涌泉相报。

很快，商行已成规模，有人戏称，这比鬼佬在广州的十三行夷馆差不到哪去。

谭康泰说：“那是我们建好租给他们的。”

不过，商行登记却比平地建个商行要艰难得多。

当地总督诸多刁难，巧立名目加以勒索，迟迟不给搞好商务登记。本来，原来有了货栈，升级商行，顺理成章，很好办的，却没料到会每每横生枝叶，拖了个没完没了。

可商行还得建。

本来，在外边建商行，就是想躲开海关无穷无尽的盘剥，争取更多的贸易自由。

然而，走出来，同样不容易，自己的思想准备也不足。

但大的筹措，走出来的方向，应该是没错的，既然走对了，那就要坚持下去，总归会有办法。

这天，领头的劳工麦大哥找来，说：“泰叔，有一位老朋友要见你……”

“谁?”

“他说，见了就知道。”

谭康泰跟麦大哥来到一个客栈，里边的人就迎了出来：“泰叔，别来无恙!”

谭康泰愣愣神，一下子没认出来。

来人乐呵呵的，居然有几分绅士风度：“贵人多忘事，才几年，就把我这难兄难弟扔在爪哇国外了。”

这声音却太熟悉了，终于，谭康泰从这声音“认”，不，听出了对方是谁了，喜不自禁：“是阿邝，怎么洋了起来，就像个假鬼佬了，一下子让我花了眼。”

阿邝穿的居然是西服，笔挺笔挺的，还戴一顶白盔帽，乍一看，哪有当年的海盗味呢？他赶紧说："三十年河东四十年河西，当年禁洋，海商变海盗，如今开洋，海盗当然还得变回海商，我已经在这里开了商行，干正经生意了。"

"士别三日，须刮目相看了。"

"还有一个大的变化，你发现了么？"

"你说。"

"当年禁洋，南洋的海盗大都是中国人，可如今，全成了鬼佬，他们干的才是真正的海盗勾当。"

"你说的是那些白人私掠船。"

"正是。"

"他们怎么抢劫到南海来了？"

"说来话长，当时招募来这里的，正经人不会来，大都是待不住、犯过法的，还有，历年在大海上沉没的商船，有水手没淹死，但上岸后又没人收留他们，这也与招募来的罪犯混在一起，渐渐地，人一多，就无恶不作了。人家才不讲'盗亦有道'，能抢到多少就多少，杀人越货，横行霸道，尤其是马六甲海峡。"

"噢，中国人要出马六甲海峡，只怕也得小心。"谭康泰想的是自己在巴达维亚建起桥头堡之后的事。

"你莫非也想出马六甲海峡？"

"暂时还不行，以后有可能。"

阿邝站了起来，来回走了几步，再转过头说："你这回来的不是时候。"

"为什么？"

"荷兰当局对中国人戒心日重。"

"是呀，我要把货栈升格为商行，要去相关部门登记，比过去的刁难多多了。"

"你也不必去登记了，暂时挂在我的商行名下，我们合作，彼此知根底，等有机会再登记。"

"这太好了。"谭康泰说，"这比在广州入行商简单多了，也不用花上大笔大笔的银子。"

"我知道你来这里办商行的苦心……这次我特地来找你，就是想同你讲这件事，提个醒。"阿邝不无沉重地说。

"怎么啦？"

"你这边大兴土木，那边又设法登记，不是张扬也是张扬，动静太大了，已经引起了当局的疑心。"

谭康泰心中一沉："我很久没来了，不知道这里的变化，你得多给个提醒。"

阿邝叹了口气："这如今，荷兰人早不是对'国姓爷'俯首称臣的时候了，况且，他们还因帮清廷打郑成功，清廷对他们恩宠有加，所以，他们现在更有恃无恐，对在外边的中国人又凶相毕露了……如今，他们虐待华人的事时有发生，而且……还会愈演愈烈，我只担心……"

"担心什么?"

"更凶险的还在后头。"阿邝说，复又试探问，"你是不是拦截了荷兰人运劳工去锡兰的船?"

"有这么回事。"

"而且，把拦回来的劳工，都收在你建商行的队伍中，是不是?"阿邝愈发尖锐地问。

"是的，还不仅他们，当然他们多少有点感恩之心，我不能不收下。"

"可你想到荷兰当局是怎么认为的呢?"

谭康泰顿时出了一身冷汗："我还没想到。"

"他们认为你是拆他们的台，坏了他们的生意，还有更严重的……"阿邝欲言又止。

"更严重的?"谭康泰嘴唇有点发白了，"你说，说了，我才能防患于未然。"

阿邝迟疑了一下，才说："有人诬告你在非法聚集中国人，准备造反——这个罪名可不小，本来，当局对中国人已经多加防范，疑心日重。"

"可是……我不能这就遣散他们，他们毕竟一片赤忱，在帮我呀。"谭康泰面带难色。

"你这商行就不能抓紧收工么?"

"我想想……这样吧，我尽可能压缩规模，早日完工，这样，当局不会起疑心，劳工们这边遣散也合情合理，也难为他们了。"

"也只能这样了，你得立即决断。"

"我今天就同大家商量。"

阿邝沉吟了片刻，才说："我陪你上工地一趟，看看进展情况，能停则停，能收则收，劳工是本地人，也都知道现在情势，不会怪你的……明白么?"

到了商行工地，阿邝才真正感到谭康泰的宏图规划——他不仅仅为当今立足，也在为将来谋划，对开的码头，显然不止为中国的大眼鸡船泊岸，而是为大得多的英、法等国的大商船停靠。

摊子铺大了，收就难了。

可是，不能不下决心。

于是，他在谭康泰面前也不讲客气了：

“刚从地基上升起的后楼，暂时停下来。”

“前边的厅楼，马上封顶，把后楼的人手调过来……这样商行也就基本成型，可以接待来宾了。”

“通往码头的路，夯实就行了，不要再拓宽了。”

……

在旁听的麦大哥有点困惑：“这么说，没几天就可以完工了，原来还打算再干上大半个月呢。”

阿邝问：“是你组织来的劳工?”

“是的。”

“在这里不少年头了吧?”

“少年时随父母出来的。”

“现在的巴城，风声很紧，你没听到一点?”

麦大哥点了点头，只说：“我们认为，无非是雷声大，雨点小，不过是吓唬一下我们中国人。”

阿邝摇头说：“这回只怕不一样了。”

谭康泰说：“麦大哥，就按阿邝的意思，能停的停，能抓紧完工的抓紧，阿邝的消息比我们灵通，我相信他。”

麦大哥叹了一口气：“你听说了么，上次船上留下的 80 人，到了锡兰就不足 40 人了。有人想办法逃了回来，九死一生，狠心的大班，就把没咽气的劳工早早扔进了大海，说是怕传染，又说是多占了口粮……倒是船上的马，一匹也没少，如数到了锡兰……以后，中国人不会再上这号当了。”

谭康泰心头一阵绞痛：“中国人在外边，得自己帮自己，不用指望别人开恩。”

“我们该向当局讨个说法。”

阿邝说：“讨不来的，他们就是一伙的。”

“我咽不下这口气。”

后来，谭康泰才得知，麦大哥正是向荷兰当局“讨说法”的中国人的代表，他在这里的中国人中很有威望，不为别的，就是为人正直，敢说敢为，而且每每仗义执言，能为朋友两肋插刀，凡要人出头的事，他决不推托。而他是这里建商行的头，平日外出交涉的时间多，谭康泰并不完全知道他在干什么，

但信得过他。

于是，麦大哥让劳工们加班加点，争取不到一周把商行的主体厅楼建好……

入夜，还举着火把在干。

谭康泰毕竟还有个货栈，改造、扩建成商行有基础，潘启官则完全是白手起家，平地建楼。

然而，年轻人的野心却大得多。

他设计的商行规模，比谭康泰还大上两倍。

不过，他很笃定，磨刀不误砍柴工，看地花的时间多得多——谭康泰是不用看地的，老货栈改造嘛，再设计图纸，反复推敲，不曾破土动工。

他的本意，是想让麦大哥做完谭康泰的商行，再带人过来。

而他有的是时间，因为，他与洛思大班的约定，还有半年多的时间，完全等得起。

既有约定，就得守信，等不到洛思大班，他不会离开巴达维亚的。他信得过洛思，洛思也信得过他。当年台风席卷白鹅潭，洛思都敢撑船过来，不怕船被打翻，这让他深感瑞典大班把信用看的是何等之重。

同谭康泰一样，他也是要在这里建一个“桥头堡”，相信洛思大班来后，会给他提供更多的消息，还有更切实际的意见。

潘、谭携手，就没了叶家退出的遗憾，把十三行的贸易搞得更风风火火，更远播西洋。

这天，他约好与谭康泰相聚，商议两家商行的兴建如何接手，如何延续，杨丙官到别处采购，一时还回不来，不然，三家当好好一聚，规划在巴达维亚的贸易大计。

然而，茶已经泡好，茶香四溢，谭康泰也没来。

袅袅的水气，在木楼里飘动，缓缓升到楼顶，散到了夜空里，星光就在这水气中熠熠，该不会是迷蒙了眼。

隐隐约约传来本地的民族乐器 Angklung——中国人称之为“昂哥龙”，当为音译——忽儿急切、忽儿轻缓的音乐声，异域的乐器，别有一种风味，令人难忘。

谭康泰没来，却来了一对老夫妇。

他们是潘启官在市场上认识的，潘启官看到了当地特有水果，想尝尝鲜，却说不出名字来，结巴了半天，比画了好一阵。

幸好这对老夫妇路过，给他解了围。

他乡遇故人，都一口的白话，潘启官虽说是泉州人，但在广州长大，白话自然很流利。这座木楼，是他们常来作客的地方，这回，却是老夫妇来找他的。

两位老人都两鬓斑白，早过了半百，还身陷异乡，困坐愁城，日子更为难过了——连回国的船也坐不起，好在潘启官慷慨，日子久了，知道两老心愿，便一口应承下来，要带两人回国与女儿团聚。两老来，则是来询问："几时有船归？"

潘启官好生奇怪："我不是说差不多得半年么？"

"可我们听说，你们现在要走了。"

"为什么？听谁说的。"

"也是中国人自己说的，还说，再不走就来不及了。"老太太一脸愁容，她分明是相信了。

"能让这个人来我这里么？"潘启官分明有不安的预感，"是什么样的人？"

"是个好人，还能唱很地道的南音，来这里好多年了，人头熟，消息也灵通，这么说，一定有她的道理。"

"行，真要走，我不会落下你们的，你知道，我还得在这里建商行，只怕半年也不够呢。"

两位老人互相对视一下："那好，我去找她来，也不太远，你耐心等等。"

"我就在这等人。"

老夫妇互相携扶着离开了。

他们走后不久，谭康泰终于出现了。

"你从来没迟到过的。"潘启官说。

谭康泰摇摇头："就你坐得住，巴城已经在火炉上了。"

"这么说，我们得离开了。"潘启官想到老人说的话。

"你还知道什么？"谭康泰一惊。

"我倒是想问你呢。"

"唉，最近，中国人与荷兰当局的矛盾愈来愈大了，其实你也看到了，从锡兰逃回来的劳工说他们没被当人看，大班草菅人命，与当局合谋……当局说劳工聚众闹事，想造反，要镇压……所以，我的商行这两天就要草草收工了，你的也不忙马上破土，不知道还会发生什么……"

话还没落音，木楼门口就有人问："谁是潘启官？"

潘启官站了起来："我就是。"

他迎了过去。

没想到，对方竟说："原来是你呀，阿潘，都长成大人了，没想到会到这里会见到了，还有了大号：启官！”

潘启官一怔：“真是你吗？三姨太！”

谭康泰心中一惊，也走了过去。

来的女人一眼就认出了他：“是泰叔，你也来了，同阿潘一起来的？”

“是呀，没想到你会在这里……”谭康泰眼湿了。

果然是三姨太，可五六年没见，人不仅黑了，而且瘦了，倒是苗条多了，黑了，也多少掩去了脸上的皱纹，但岁月的留痕，还是可以在其他地方看到，脖子上、手上……她也好生激动，半天，才问上一句。

“你太太……”

立即，她遇到潘启官使的眼色。

却已经迟了，谭康泰的眼泪一下流了下来：“她，她已经不在了。”

“怎么会呢？好好的……”

在广州，三姨太最好的女伴，就是谭太太，两人最说得来，三姨太病了，谭太太还亲自熬了凉茶送去……当时，谭太太没灾没病，身子骨还很硬朗，就这么走了，实在让人难以相信。

潘启官只好说了：“那年，你走了不久，祖大人诬告泰叔，还有我那位老乡陈芳庭，泰叔蹲了班房，芳庭被驱逐回福建，不明不白地就没了人，谭太太一个人在家，伤心过度，郁郁而终，等泰叔出来，连最后一面也没能见到。”

“这太惨了！”三姨太泪水双流，“这期间，不会少了寿官作孽吧？”

“他是起了不好作用，后来也得了报应，给祖大人陪斩。”潘启官叹了口气，“现在，他金盘洗手，说下乡种地去了。”

谭康泰说：“他知道错了，有了悔意，所以，决意退出十三行……对了，他还是把园子留给了你，说对不起你，走的时候，让我代管好园子，等你回来。”

“我不要他的东西。”三姨太一揩泪水，决绝地说。

“总不能让我一直为你代管吧。”谭康泰说。

潘启官打断了两人的话：“你是那对曾姓老夫妇叫来的吧？”

“是呀？”

“他们人呢？”

“他们说去收拾一下东西，找个地方避避风头……”三姨太一怔，“这么说，在海边建商行的，正是泰叔。”

谭康泰点了点头。

“他们让我把得到的消息尽快给你们讲清楚，天哪，怎么又会让你们遇上……”三姨太急得泪水又涌了出来，“泰叔你得赶紧回去，要那里连夜施工的劳工快撤出来，不然，会死人的。”

“这么凶险？”

“是呀，现在当局自己一时还躲在后边，却挑动这里的土著人出面，已经聚集了好几千人，甚至更多了，说要把来到巴城抢生意的中国商人建的房子全烧掉，首当其冲的，就是你正在建的这个新商行，你们得做好防备，把人撤出来……”

没想到，木楼里已有人在惊呼：“看，东北边起火了！”

果然靠海边冲起了一股大火！

第十章　血与火

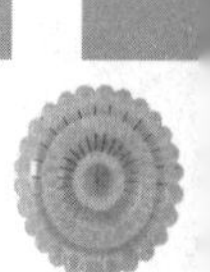

这把平地而起的大火，只是刚刚开始。

刚开始时，不少人还心存侥幸，或许是个别华埠被烧而已。

然而，谁也没料到，最终会烧遍所有的华人的居地。

都是木结构的房屋，一点就着，一烧便彻底……

如果说，广州十三行每过若干年，是必有一次大火，是出于疏忽，或者被周边的失火波及，则从未有巴达维亚这次大火如此猖獗，如此恐怖……一个又一个的火点，几乎是不分方向同时燃起，一烧，便赤焰冲天，把夜空都烧得通透，连星星都消失了。火龙翻滚，在地面上飞旋，起落，凶焰万丈，势不可挡……在谭康泰心目中，这里本应是域外的十三行了，可还不曾支撑起来，便被无数把火烧了个乌焦巴公……大海里，不知有多少人在逃命，呼天抢地，叫天天不应，叫地地不灵，没几个人能逃得出生天。他们太善良了，尽管事先有种种传言，有种种迹象，都只是将信将疑，不认为有大难临头，就算出什么事，也能自保，就这么心存侥幸，反害了自己。大部分人都几乎没冲得出门，就被烧着了，被烟呛倒了……只是，就算冲出了着火的木屋，外边一样有大火，更有……大屠杀！

逃得出火海，也逃不出枪弹与利剑！

这便是1740年让全世界震惊的“红溪事件”。

所谓“红溪”，就是被砍杀的中国人被扔进溪中，尸体把溪流都堵塞住了，尸体下边的河床，流的已不是溪水，而是血水，也就是说，整条溪都染成红色，一连几里、十里、上十里，直到入海，都是鲜红的。

不会有完全地被屠杀人数的统计。

统治者只承认死了一万余人。

对于八万人的华埠，这也是个不小的数字，但事后的华埠连原来的一半人都不到。

消失的，大部分都是逃不掉的。

红溪中，多少无名的冤魂！

麦大哥的尸体也被扔进了溪中。

当被当局教唆的土著人冲到了工地上，他还仗着自己会说几句土话，试图与气势汹汹杀来的人讲道理，多少进行一些沟通，但是，那些人都杀红了眼，根本不理会他在大喊什么，把引燃的火把，就往刚建好的商行中扔。

麦大哥心疼了，这可是大家花了几个月的汗水，辛辛苦苦建起来的，还指望靠商行改善日后的生活呢。

当他明白无法沟通后，立即组织劳工撤退，往就近的小路上边抵挡，边后退，最后撤进就近的丛林里。

只是，屠杀者更多。

麦大哥仗着自己的体魄过人，抡起铁钎，左抵右挡，小时候学过一点武功，此时终于用上了。

他挡在通往小路的路口上。

只是他武功再强，也终归寡不敌众，挡住十来分钟，人一多，就难以对付了。

更何况对方见打不过他，便散开了。

而后边的白人，竟然举起了枪。

罪恶的枪声响了。

他身上一连中了七八颗子弹，却仍然不曾倒下，用一只手拄住铁钎，瞪圆双眼，怒对来犯者。

又是一连串的枪声。

可他仍没倒下。

待对方明白其实他已经死了，只是靠铁钎撑住不倒，这才心惊胆战地一步一步围拢过来。

麦大哥为逃亡者争取了宝贵的时间。

大部分的劳工都脱险了。

而他却壮烈地倒下，被凶手们拖到就近的溪边，扔了进去，数不清的浮尸汇合到一起，最后被冲进了大海。

大海怒涛汹涌。

这边，三姨太跌足长叹："我来迟了。"

谭康泰执意要回工地看看，潘启官拦住了他：“这已经看清楚了，起火的地方，包括你的新商行老货栈……人家是蓄谋已久，岂有放过你的可能。”

三姨太更说：“只怕这里离华埠太近，也不安全了……”

潘启官问：“去找你的曾姓老夫妇没跟来，是否回华埠了？”

三姨太说：“是呀，他们说收拾一下东西就走。”

“可来得及么？岂不是自投虎口？”

谭康泰忽地追问：“你们说谁？”

“一对老夫妇，姓曾。”三姨太说。

“他们还有个女儿在广州的戏班子里？”

“正是，你怎么知道的？”三姨太有点惊奇。

“我就是受他们的女儿紫筠之托，到这边找他们的，已经托了不少人打听，没想到今天会得到消息……”

潘启官长叹一声：“唉，你早一点来就好了，他们刚走，你就来了……要见到你，他们也就不会急急忙忙赶回华埠，现在，只怕是凶多吉少了。”

三姨太看住大火烧着的方向：“他们住的地方，火势最猛……但愿他们早有预防，能免这一场劫难。”

这座本地人的木楼，平日都是中国人路过歇脚的地方，这一晚，从华埠侥幸逃出的人，是必也会经过的。

三姨太却在催：“你们……赶快跟我走吧，我地头熟，知道什么地方安全，先找个地方避避。”

谭康泰还在犹豫：“我再等等，工地上一定有人逃出来的，麦大哥一身好武功，会杀出重围……”

潘启官却说：“走吧，商行烧了，人只怕逃散了，未必会往这边来，以后总归有机会……”

谭康泰又说：“那对老夫妇，有可能会掉头回这里么？他们应该走得不远……”

三姨太只能说：“恐怕很难，他们是快到华埠时找到我的，离他们的家已不远。我到你们这里，他们就该到家了，而那时，大火就起了……但愿吉人吉相，老天保佑，你一时找不到，日后还会找到得到的。”

谭康泰没想到就这样与老夫妇失之交臂——不知还有没有找到的机会？远涉重洋都过来了，可就差一步，时也，命也！

“快跟我走吧，我担心，一会追杀的人就来了……”三姨太心焦如焚，来不及了！

就在这时，几位浑身是血的中国人跑了过来，对他们喊：“你们怎么还不

跑，杀人的追过来了！”

谭康泰一眼认出当中的一位劳工：“小陈……”

被叫作小陈的忙说：“泰叔，你快跑吧，麦大哥挡不住他们……”

另一位说：“再好的武功也避不开枪子呀！”

谭康泰悲从中来：“莫非……”

三姨太一扯他与潘启官：“跟我走，快……对，你们也跟我来，这里有一条路……”

她的话音未落，逃难者来的方向，已传来一阵阵喊杀的嗥叫声，分外恐怖。

谭康泰跌跌撞撞地被三姨太扯着走，也不知道三姨太哪来那么大的力气。

好不容易来到一个山坡边上，蹲下喘口气。

三姨太说：“这回不那么简单，只怕杀人者不会那么快收手，你们不能在巴达维亚呆了，赶快找艘船离开，实在不行，就先回国好了。”

潘启官摇头说：“我约好洛思大班在这里见面的，他们要在这补充给养。”

三姨太说：“恐怕他们也未必进得了巴达维亚，当局不会让人知道死那么多人……”

她还没说完，不远处又传来可怕的嗥叫声。

“走，这不是久留之地。”三姨太一拉两人，“得走远一点，不能让他们找着。”

往后的道路更加凶险。

有时，竟会发现，四面八方都是火光，三人是在火的包围中，穿过峡谷脱的身……有时，只能匍匐在地上，爬过被拦阻的关卡……也不知道跑了多久，大火不灭，天也不见亮，整个天地都笼罩在滚滚的浓烟当中，有时，连熟悉路径的三姨太，也要花很大工夫才找出要走的路来。

似乎离火海已经有一段距离了。

再度歇息，三个人都喘气不过来，谭康泰年纪大，更是上气不接下气，心里怦怦乱跳，头也昏了。

这时，潘启官才问：“我们得逃到什么地方？”

“本应到海边找船的，可我估计，去不了的，他们就防我们从海上逃跑，把那边的路封了。我们只好往反方向跑，放心，我与不少土著人的关系都不错，他们会帮我们的，等到风头过去，情况搞明白了，再设法出海。”三姨太说。

潘启官摇摇头，却没说话。

谭康泰还没喘过气来，半躺在地上，他明白，此番来南洋，可以说是一败涂地，别说货栈、商行不保，估计留待销售的物品只怕也血本无归了。本来，这两年元气多少恢复了一点，这下子便又全贴进去了，往后还能否东山再起只怕很渺茫了。

他想到算命先生的预言，也许，鱼上梁，是根本不可能的事情，但是，若把“鱼”字拆开，下面四点实际上就是一个“火”字，不正好应验了这次下南洋遇上的这场大火么？

而让他更内疚的是，本可与紫筠父母有见面的机会，把他们接回去，实现对紫筠的承诺，可现在，不仅失去了见面的机会，而且生死不明，无法向紫筠交代……生与死，聚与散，竟在这片刻之间，人生无常呀！

喘息了一阵，三姨太又在催了：“我们还得再走，这里还不能说脱离了危险区域，走得愈远愈安全，只不知泰叔还走得动不？难为你了。”

谭康泰摇摇晃晃地站了起来：“没事，我能走。”

没想到，潘启官却说：“我不能走了。”

这让谭康泰很是诧异：“你这么年轻，就走不动了么？”

潘启官说：“不是走不动，而是不能走。我本来已合算好了，也就是这几天，洛思大班的商船，该出了马六甲海峡，不日就能抵达这里，往年，瑞典商船，都是在这里停靠上一些日子，补充给养，等信风一到，便往北驶往澳门，再上广州十三行，我对这已经很熟悉了。”

“只是今年不比往常，出了这么大的事，洛思大班会知道的。”谭康泰认为，“你躲上一些日子，瑞典船不一定就走了，等到信风要到来时，这边也不太紧张了，你再去见他。”

潘启官说：“记得吗，那年台风那么大，他为了不失约，硬是撑船过白鹅潭来见我们，就不怕把人卷走……”

谭康泰肃然道：“信誉重于生命，干我们这一行就得这样，我……不知怎么劝你。”

这时，三姨太却开口劝说了：“荷兰当局自然知道瑞典与中国的关系，此番对中国人大开杀戒，只怕对瑞典商船也会百般刁难，他们要想在巴达维亚靠岸，也不那么容易，所以，你还是先跟我们走，再设法打听……”

潘启官沉默了。

远处的大火还没有减弱的迹象，而浓烟已经逼近，闻得到烟味了……不知有多少中国人葬身火海，抛尸异国，又多少家庭妻离子散，甚至家破人亡——烟已经很是呛人了，再不走，不知还有什么危险。

潘启官眼中渐渐显现出坚毅的光芒，好一阵，他终于表示：“不，我还得往海边靠近，不能走得太远，泰叔，原谅我不能再照顾你了，好在三姨太还能

陪你，路又熟，相信不会有事的。”

谭康泰只能说：“千万小心！”

“放心，我还年轻，跑起来，可以与马相比，那些家伙抓不到我的。”

潘启官说罢，毅然转身，往来路上走去，片刻间就不见了人。

谭康泰、三姨太又上路了。

天还没亮，两人终于找到了一户人家，果然如三姨太所说，对他们关爱有加，原来，是这里的土生华人，也就是上几代与土著人结了亲留下的后人，所以，屠杀中国人之际，他们得以幸免。

但是这里与华埠还是偏近。

白天不敢走动，但主人还是不断出去打听消息。

什么地方烧了，什么地方死的中国人最多，连海边的中国大眼鸡船，也没一艘幸免……每一个消息，都像刀子一样割在谭康泰的心口上，心在滴血。

很快又有一个消息，当局严禁中国人晚间进入巴达维亚城区，违禁者格杀勿论。

其实，这无非是为他们的大屠杀制造口实。

但是，这一家已不可久留了。

入夜，三姨太又带上谭康泰，在主人的引领下，又往更远离城区的地方逃亡。

荒山野岭，林深路滑……

一连几天，三姨太领着谭康泰，东躲西藏。

常常传来一些令人恐惧的消息，有谁谁谁被举报，没来得及逃跑，便就被杀了头；什么地方又冒出了一支搜索队，如狼似虎，连土生华人都吓坏了，要躲起来……大火还没有熄灭，不少中国人的店铺、住家，都荡然无存了。

是怎样一场浩劫？

也许，就以此为肇端，每过那么些年，便对华埠施暴，一直延续了两三个世纪，一次死亡的，甚至几十万之巨……中国人是和平来到这里的，时间长达十个世纪，没带一枪一弹，甚至一刀一剑，而那些殖民者，却是荷枪实弹，甚至动用大炮杀戮而来，他们不遭报应，反而让中国人遭到虐杀……天理不公呀！

好几回，搜索队来到两人躲藏的地方，用白话说“险过剃头”，差点暴露了。

好在住家的主人机智应对，才没入屋搜查。

可晚上，也不敢住在屋里，怕杀个“回马枪”。

一时，还没找到新的落脚地。

万般无奈，只好借用主人家的网床，躲到林子里。

夜已深，隐约还能嗅到华埠飘来的烟味，其实，已经离华埠有很远的距离了。

有点闷热，但不时又拂来一阵凉风，星星又在天幕上跳出来了，织成一个银色的网，流星在穿针引线。

躺在网床上，睁开眼便是星空。

谭康泰感慨地说："十多年前来这里，我就发现，这里的星空与我们那里完全不一样。"

"不一样的星空。"三姨太叹息道，"有，这南十字星，比我们那的启明星还亮。"

"星空不一样，这世界也似乎不一样。"

其实，世界还是一样的，没有白人来之前，我们与当地人相安无事。白人来了，地方上似乎发达了，可争斗却多了起来，世界这才变了样……怎么说呢?

"人嘛，先是服从于蛮力，而后，则臣服于权势，如今，则是唯钱是视……可千古不变的，也还是公正、道义与信用，不然，这个世界也就没指望了。"谭康泰说，"我们这些人，多少还认为，通商可以裕国，还能济民，但海关的贪渎，又让我们灰心丧气，想出来找条路，没料到又撞上了今天。"

"当年，我也是以为，出来可以有更多的独立……看来，我也是幼稚了，西关小姐大都似我这么幼稚，以为外边总归是好的，天高皇帝远，谁也管不到。"三姨太艰涩地说。

谭康泰看着星空："我还真不知道你会出来……"

三姨太捋捋风吹乱的头发，说："我也不是一下子就想到出来的……当时，听你太太说起顺德的自梳女，她们自己能挣钱也就能为自己争得婚姻自主，嫁不到心爱的人，就把头发梳起来，发誓不嫁，很有志气。所以，我离开了陈寿官，也到了顺德，同缫丝女生活了一段时间，我敬重她们，可我成不了她们，说到底，她们还是很可怜的，独守青灯，孤独终老，人生就这么无声无息地流逝了……后来，有一些自梳女，也随下南洋的船队出海，到吕宋、巴达维亚，另谋生路，这就让我心动了，不妨出来试试，所以，没两年，我就来了这里。"

"在这里过得还好么?"

"凭良心说，我比一般中国人过得还好，因为我在西关，就学了英文，也会一点荷兰语，最早还是荷兰人称霸海上，所以，我给一些商行当翻译，甚至

也有荷兰人找我与中国人做生意的，日子过得还算滋润，却又很无趣。”三姨太倒是一点也不隐瞒，有什么说什么，“只要荷兰当局、土著人、中国人相安无事，我是很受三方欢迎的。这次我不逃，找认识的白人庇护，也不会有事。”

“可你还是赶来报信了。”

“这个时刻，我感到，我还是应该与自己的同胞在一起，一同受苦受难……当然，如果没见到你，我未必一下子就下这个决心，知道吗，我一直很敬重你。”

“没你，这回我们还真逃不脱了。”

“当日，我常劝陈寿官多学学你，说多了，他反而嫉妒了……没想到后来他害得你这么苦，可能这也是一个原因。”

“你多心了，整我主要是海关的祖大人。”

“他至少是个帮凶。”

“都过去了，不说这个，还是说说你自己吧。”

“我都说完了。”

“完了吗？不，这么些年，你就没看上一个心上人？就这么一个人过？”谭康泰不觉问道。

“没有，我不是说过，想追我的人还不少，可没一个能让我看上的。”

“是这样的么？”谭康泰反问，“不会吧。”

“那你呢？太太走了也好几年了，就没想到续弦？好在广州可有的是。”三姨太这么说。

“是有人劝过，可我放不下……”

“我知道，你是一个很重感情的人，可也不能自己折磨自己……”三姨太说，“不过，这愈发让我敬重你……”

谭康泰分明听出了点什么。

正在这时，林子一侧，有杂乱的脚步声响了起来。

三姨太一惊：“不好，有追兵来了！”

两人赶紧跳了下地，一转身，朝事先看好的可供逃逸的山路跑去。

脚步声更近了。

第十一章　死里逃生

“沙沙沙”的脚步声更是逼近。

谭康泰与三姨太趴倒在一块凹陷的草地中，大气都不敢喘——只能听天由命了。

然而，脚步声停了，是主人小声地呼叫：

“出来吧，搜查的人走了，是你们自己的人找来了，快出来，有人带你们走，快，来不及了。”

催促得很紧，不由人不信。

谭康泰已想站起来，可三姨太却扯住了他，轻轻“嘘”了一声，是呀，会不会是主人被胁迫过来的，小心为妙。

这时，却传来一个熟悉的声音：

“泰叔，是我，出来吧，我找你们找了好久……约好船回唐山，不可误了。”

谭康泰对三姨太说：“是我的朋友，没问题。”

两人一道站了起来，循声寻去。

微弱的星光中，两人看到了来人的身影，没错，是阿邝，危难时刻，他总会及时出现的，这是他的秉性。

谭康泰扑了过去：“你来了，太好了！”

“唉，当时我就叫工地上的人撤了就好了，没想到当局那么灭绝人性，烧了屋还要杀人……怪我估计不足，误导了你们，不然……”阿邝仍不无自责。

“你能做的，都做了，没你，我们损失更大……”

“我尽可能把你们的积货转移了一部分，可大部分还是没来得及转，都被烧了……听说商行没了，麦大哥也丢了性命，好在大部分工人都逃脱了。”阿邝说，“我是一路上追着搜索的人过来的，他们鼻子灵，狗鼻子，我们跟不上……还好，总算找到了你们，没有跟错。”

“你一路也不容易。”三姨太说，掉头告诉谭康泰，“当年我一人下南洋，幸亏遇上阿邝，才有了落脚的地方。”

“不说这些了，先跟我走。”

“上哪？”

“海湾。”

“不被封锁了么？”

“百密必有一疏，他们哪有我们熟悉海湾的情况，出得去的，放心。”

“哎，要是潘启官等到你就好了。”三姨太直叹气。

“他一个人走开了么？”

“走开了，说与瑞典商船的大班洛思约好了，要在巴达维亚会面，他不可爽约。”

“天哪，他一个人走，不知有多危险！”

谭康泰说："这年轻人……但愿能逢凶化吉。"

"我看他吉人天相。"三姨太安慰道。

阿邝领着两人上了路。

主人一再叮嘱："路上千万小心，小心撑得万年船呀！"

两人千恩万谢离开了。

现在，是逆着逃亡的方向，朝大海一面疾走了。

一路上，可谓满目疮痍，不忍目睹。

大部分地方，明火已经不见了，但暗火不时还会吹着，浓烟弥散得很开，罩住了方圆好几十里的地方，一片愁云惨雾，让过路的三人心情格外沉重，上万冤魂，当在这片废墟上徘徊多久，不愿离去。烧杀掠夺过的地方，除开烟雾的气味外，更浓重的却是血腥味，再加上烤烧的人肉的气味，难闻至极。

"放心，烧过的地方，凶徒是不会再过来的，他们认为自己做得很干净。"阿邝说明自己为何选择这样一条可怕的路径，"这样要安全一些，而且不用绕太多的弯，会顺利在天亮前到达海湾的，小船已备好了。"

谭康泰苦笑了一下，这么天来，左躲右逃，不知躲了多少家，也数不清走了多少路，却并没有逃出多远，居然一夜之间，就可以回到海湾。

"走得是急了一点，可还支持得住吧？"阿邝关心地问。

"没事，我还行。"谭康泰喘着气说。

已经嗅得到大海的腥味了。

这比烟雾与血腥味要好，令人清醒，而且带来了希望，只是谭康泰心有不甘："现在，我只能回国了么？"

阿邝点头道："恐怕，三两年内，这里的局势还很难收拾，你们要来，也得几年之后，这次太残忍、太凶狠了，比过去在马尼拉驱赶中国人，只怕有过之而无不及……但中国人是杀不完的，野火烧不尽，春风吹又生……况且，当局也不可能完全做绝，还得与中国人做生意。"

"你是说，中国人经济上一抬头，他们就得打压一下，见不得中国人发达。"

"大致是这个意思。"

"我还是错误估计了形势。"谭康泰感叹道。

"也不是，只是现在形势不对，你们来得不巧……我比你了解形势，中国人太能吃苦，太能工作、太能做生意了，这正是当局忌恨所在，时不时要来一下，只是这次太狠了，当遭到全世界的谴责，又会假惺惺收敛一下……"

"一硬一软，两张嘴脸交替着换，是这样的。"三姨太附和着阿邝，"所以，你们来，也得一张一弛，有进有退。不可太张扬……切切不可就这样气馁。”

穿过几个林子，来到椰林密布的海湾，天边已出现淡淡的白光，劫后的第一个黎明就要到来了。

绕过一个海角，眼前兀地出现了一个小小的港湾，已经有几条小船在守候了。

从不同方向，也陆续有人抵达。

大难临头，中国人仍迅速地展开了自救，尽可能让更多的人逃出生天，留得青山在。

当谭康泰到过时，人们在微光中认出了他。

“你来了，大家刚刚还在说起你呢，到处在找你呢。”

人群中，有原货栈的老员工，也有这次同船来的水手，只是没有原来那么多，大部分人还生死不明。

谭康泰赶紧打听：“有潘启官、杨丙官的消息吗？”

关于潘启官，大家都没听到任何消息。谭康泰心中一阵隐痛，当初如果能拦住他不走，现在不一同来到这里了么？可现在，却生死未卜，只怕凶多吉少了。

倒是杨丙官，还有人说在大火前在巴达维亚见到过他，他已从内河回来了，采购了不少合心水的货品，只是不巧，刚回巴城，大火就起了，有人帮他逃跑，应该不会出什么大问题，他当命大。

三姨太安慰谭康泰：“泰叔，阿潘人机灵，每每能逢凶化吉，你也不必太忧心了。”

小船一条条靠岸。

码头很小，而且久未修复，已经多时没使用过了，所以，留下了一个空当，没被人发现。但船只能一条一条靠，多了不行，不小心，一脚踏空，便会落到海里。

谭康泰执意最后上，他要等到潘启官、杨丙官的出现。

“你呀，太操心了……这一批来不了，还有下批呢。”阿邝劝他尽快上船。

末了，还说：“你在这边留下的生意，是不是就交三姨太打理？这次全靠三姨太让你死里逃生，她对你很上心，我也知道你与陈寿官的恩恩怨怨，她对你可是心仪很久了，你也一定信得过她。”

三姨太也大大方方地说：“行哇，就交给我了，阿邝更是你的朋友，都信得过。”

谭康泰表示：“交给你们，我放心。”

三姨太含蓄地说：“就当这里，你又安下了一个家，时不时回家看看，怎么样也总有一杯清茶可喝吧。”

阿邝索性挑明了：“你们俩，一个现在没娶，一个现在没嫁，兵荒马乱的，也没什么讲究，不然，我们给你们把事办了，把交杯酒喝了……”

谭康泰摇摇头：“别说了，太不是时候了。”

三姨太脸有些红了：“你还放不下……”

谭康泰叹了口气：“不说这个，我得委托你办件事，现在就这么走了，我心有不安。”

“说吧，我一定会替你办妥。”三姨太立即表示。

谭康泰把承诺紫筠，要找到二老的话说了，而且还特地补充了几句：“我已经给紫筠说了，这次回去，当把为她赎身的事办了，没找回她父母，我都已对不起她了，所以赎身的事一定要办好，你要找到曾家老夫妇，就请代我劝他们，还是叶落归根吧，年纪大了，故乡难离，不如归去，用不着再为女儿赎身去操劳了，请他们放心。”

谭康泰这么一说，三姨太已全明白了，知道这位自己心仪多年的汉子心已另有所属，自己迟了一步，不过，她仍保证：“放心，只要二老还在，我一定会找到他们，而且，我会亲自把他们送回广州。”

“那就先谢了。”

“我还想亲眼见见我那位紫筠妹妹，听她再唱一曲《客途秋恨》呢。”

谭康泰说：“我第一次听《客途秋恨》，却是你唱的，在你那个园子里——你也当归去了！”

“是呀，广州还是有我不少好姊妹。”

最后一条小船靠近了。

谭康泰不能不上船了。

三姨太控制不住自己，扑了过去，紧紧抱了他一下：“就此别过……”泪水扑簌簌地落了下来。

“我会记住这生死与共的日子，今生今世，无以为报。”谭康泰哽咽着说。

他跳上了船，与阿邝、三姨太道别。

外海，有阿邝安排好的两艘大眼鸡船，巴达维亚出事的日子里，他有几艘船正在海上，所以，躲过了大劫，现在，正好接上死里逃生的这一批难民了，而这，还仅仅是第一批，好在阿邝这几位海商，多年航行在南中国海域，每每应急、救难，都能调得动几十艘海舶。

小船渐渐远去。

晨雾已经升了起来，很快掩去了小船的踪影。

“他们脱险了？”

“脱险了！”

“后边还有不少人来吧？”三姨太心中牵挂着潘启官、杨丙官，“我就在这里守候。”

三姨太并没守候到潘启官。

在那么紧张的时刻，潘启官独自离开，显然是失策的，虽然他来巴达维亚次数不少，但毕竟与生活在此地的人，还是生疏些，只身返回，风险就大了。

果然，没走出几里地，便被人发现，一片追杀声。

好在他年轻力壮，人又机灵，跑出一段路，便又脱了身。

他只认准一个目标，往海湾方向靠近，只是，他却无从得知，洛思大班的商船是否已经抵埠。

但愈靠海岸，拦阻得愈是严重。

不知迂回了多少路，过了好几天，他终于听到远处传来海浪的拍打声。

他仰脸躺倒在一片草地上，对着满天的星星。

此时，他兀地想起谭康泰说过的话：不一样的星空。

果然如此，过去的日子，虽说也偶尔看看星空，发现的确不同，航海的人对星空是格外敏感的，当然，也格外的有一份深情，在还没有罗盘或指南针之际，中国出海的航船，一直用的是“牵星术”，以在海中为自己的船定位，这正是中国人的智慧，只要熟悉星空，认准北斗星，又不曾为彤云所遮掩，再不安的心，也就落回到原处了。

只是，再往南航行，北斗星也就看不到了。

头上的星空已迥然不同。

又何止星空不一样，船下的洋流也不一样，靠岸后所见的民俗风情也大不一样……

自然，谭康泰说的话意味深长。

还好，自己的商行仅仅是“纸上谈兵”，在等谭康泰的商行建好后再破土动工，所以，才避免了如谭康泰那么巨大的损失。算是不幸中的万幸。只是这次劫难，给自己敲响了警钟，在这里建商行，是否为首选？还是要另找出路，在广州，让海关管得那么死，加上重重盘剥，多少行商一进十三行，不是当年就破产，就是挨不过三五年。当然，当行商巨大的利润依旧有不可抗拒的诱惑力。

似乎有点像飞蛾扑火。

却还是有人在火中涅槃。

叶家就是最好的榜样，之前黎家也一度辉煌过……莫非自己的智慧与本事

就不如他们么？

这不一样的星空。

忽地，贴着地面的耳朵，听到一阵阵杂乱的声音。

他一惊，坐了起来。

迟了，追杀的人已经近在咫尺了。

他们显然早已发现了他，开始，只是轻步围拢过来，逼近了，才大步追杀过来，而他则分了神，没及早察觉。

他一跃而起，向没人的一方冲了过去。

合围的人并作一起，狂追。

只有一个方向可逃，他也顾不得那么多了。

可他没料到，前方，竟是悬崖，崖下，便是怒涛奔涌的大海，因为这里的海湾呈喇叭状，逼到里边的海浪便汹涌了起来，翻起了白花花的浪头。

崖头上他刹住了脚步。

回头一看，追杀而来的有好几十人，有刀、有剑、有长矛，也不知道有没有带枪的——这一般是白人，跟在最后，不到必要时，不会轻易举枪！

再往下看，白色的浪头呼啸而来，被拍打的山崖似在摇晃，虽然自己水性不错，可这上十丈跳下去，落水不好，不死也得脱层皮……然而，后边的杀声已近，脚下的山崖在摇，他也不知道怎么的，就那么一晃，落了下去。

巨浪立时就把他吞没了。

崖头的打手们往下看了看，也就转身撤走了。

这边，潘启官已摔得昏了过去，任浪头把自己卷走。

巨浪排空……

也就是这个时候，瑞典商船已到了万丹外海。

这回，洛思带来的，是赫赫有名的“哥德堡号”，它以瑞典东印度公司总部所驻的海港城市哥德堡命名，从这一点，就不难意识到，这对于瑞典而言，这无疑是一艘最为重要的海船——它就是该公司第二大的商船，船有十多丈长，水面高度同样也有十多丈，排水量已接近千吨，按中国计量，则是两万石以上，连船上装的大炮都有三十门，船员更达一百四十名，十八面船帆有将近两百平方丈，在这个世纪中叶，算得上是“巨无霸”——瑞典人的造船技术就是这么牛！

哥德堡号是1737年下水的，也就是乾隆登基的第二年。

而第一次首航东方，则是1739年。

1740年春天，哥德堡号凭借三十门大炮的威力，震慑住了马六甲海峡上的海盗，开到了巽他海峡。

平日，荷兰当局，已派领航员来引船入港了。

可这回，非但领航员不来，连派出的小船也被拦截了。

末了，才来了一个非正式的回复：等着吧。

洛思大班一时还不知道巴达维亚已被屠城，中国人死伤惨重，他只知道荷兰当局太傲慢无礼了，平日，所有经过这里的欧洲船，无论英、法，还是西班牙，都是在这里做最后一次给养补给，然后就直达珠江口十字门等候。荷兰当局从中也赚了不少。

洛思可是对潘启官夸下海口的，说这艘商船如何如何之大，这一航次所做的生意，更比上回又高出多少多少倍，双方的款项也都早早计算清楚了，大家都一样挣得盆满钵满。

怎么巴城当局玩这么一招。

一天、两天也罢。

一个星期、两个星期也都过去了。

于是派曾在荷兰船上做过工的水手上岸，打探消息。

回来的消息令洛思大吃一惊：说是中国人在巴城造反，虽说已经给镇压下去了，但巴城的秩序还有待恢复，所以，目前不宜有外来的船只入港。

干脆派人正式交涉：你们得提供给养，不可以这么慢待万里梯航而来的商船，总不能把人饿死吧？而且，得要多久才入得了港，也得给个准确时间。

但回复却让洛思气不打一处出。

当局竟然认为，瑞典人与中国人相交甚深，瑞典船入港难免会与中国人发生勾结，很难预防还会发生怎样的事件，所以，得等中国人的反抗完全平定下来，才可以放行，至于什么时候平定得了，那就没个准信了，耐心等候吧。

洛思生气在于，我们都是正经八百的商人，与你们之间的纠纷并没有任何关系，凭什么乱咬一气？不让进港，也不给给养，也就太不讲人道了，这不成心为难么？

而洛思更为担心的是：

此刻，尚在巴达维亚等候哥德堡号抵达的潘启官怎样了，他是中国人，当局会放过他么？他同样只是一个商人，与当局绝无什么纠葛，可逃得过这一劫难么？

派人上岸打听，都无功而返。

不至于遭到不测吧？

如果人在，他一定会设法来联系的。

他信得过潘启官，这年轻人讲信用，一句是一句，从不玩虚的，办事一丝不苟，言必信，行必果，约好的事，再难，他也不会不办的，更不会推诿。

极目海天，湛蓝的背景上，有白色的海鸥在翻飞。

军舰鸟还不时落在船舷上。

只是洛思无法知道，他挂念的年轻人，此时已被海浪推到了一片沙滩上，潮水落下，他正在被烈日烘烤，却纹丝不动，没有生命的迹象。

是死是活？

他还能来找洛思么？

第十二章　天朝弃民

烈日如焚。

一个小女子沿着海滩在焦急地行走，笠帽无法挡得住如火的阳光，肩上、背上都是火辣辣的。

她叫麦阿惠。

她在寻找她的大哥，活要见人，死要见尸。

听说无数的中国人的尸体都冲进了大海，再不找，也就再也找不到了。潮水，有时会把一部分尸体推回岸上的沙滩……她也就沿沙滩寻来。

然而，一天一天过去，沙滩上的尸体已经愈来愈少，大部分又被潮水重新卷走……

这天，她听说远一点的沙滩上又出现了浮尸，于是，她急急走来，眼里红红的，天地与大海都在漂荡、摇晃，脚下的沙滩也似棉花一样变软，走路歪歪倒倒的，一脚深一脚浅，好几回都要摔倒在炽热的沙滩上。

她终于看到远远的沙滩上有一个黑点。

黑点一动也不动。

加快了步子，小跑，再疾跑，临近，更跑疯了，因为，那个黑点仿佛在蠕动。

只是一个偏瘦小的身影，不会是壮实的大哥。

终于扑倒在“尸体”一旁，听到了呻吟的声音。

幸好，出来时身上还带了一锡壶的水，这是大哥接受的外国船员的一个小礼物，这时派上了大用场，她扳过呻吟者的头，先滴湿对方的枯干的双唇，而后，再往里倒水。

隐隐约约，她觉得这张脸有几分熟悉。

她用手轻轻抹去这人脸上的沙土与污垢，又在耳边喊道：“快醒醒，你不能再躺在这里了，你会被烤干的。”

那人极力撑开了眼皮：“我……我没死？”

“没死，死人还能说话么？快起来。”

阿惠使劲把人扶起来，半坐着，这时，她终于看清这位受难者——好多天前，大哥还把这人带回家，谈得很是起劲，那么兴致勃勃，连自己也被吸引。

他们不仅仅说回中国，找到老家，还要出西洋，见识一下人家是怎么造大船的……更说要造商行、货栈，把生意做大，让麦大哥把找活干的兄弟们都聚拢来……

“你不会就是阿潘吧？”阿惠有些喜出望外。

“你怎么认识我？”果然是潘启官。

“我是麦大哥的小妹阿惠呀，你到过我家，你没留意我，我可记住你了。”

“麦大哥呢？”

“我找不到他了，听说他为了挡住凶徒，只身抵抗，寡不敌众……最后不知所终。”阿惠伤心了。

“唉，最后我到底没能救下他。”

“不，大哥说，你是他的救命恩人，还救了很多人，一说起你，他就掉泪，没你，如今他到了锡兰，只怕也没命回来……”阿惠又使了一把劲，“站起来，走，这里不可久留。”

潘启官终于在阿惠的帮助下，摇摇晃晃地走过了沙滩，走进了一片椰林，在树荫下找了个地方坐下了。

“来，慢慢喝，不可以喝急了。”阿惠把水递给了他。

“城里现在怎样？”

“一个中国人也没有，死的死，逃的逃……我本就与大哥相依为命，现在大哥也没了，这么多天，只怕再也找不到了。”阿惠伤感万分，眼泪要掉下来了，“你……打算怎么办？”

“我本是来海边，打听瑞典的哥德堡号来了没来，半路上被人追杀，被迫跳了海，昏了过去……好在你找到了我。”潘启官感激地说。

阿惠摇摇头：“出事之后这么多天，也没见有外来的船只泊岸，估计是不让进来……”

潘启官想了想：“那我得找艘船，上外海去。”

“你先喘口气吧，别说划船，就是走路，你也走不出一两里地，先找点吃的……”

潘启官只觉得浑身从来不曾这么虚弱过，惨笑了一下。

阿惠倒是个有主意的女子，她沉吟了一会，说：“这样吧，你得恢复一下身子，才能想办法出海……这些天，不少中国人都在秘密出海，外海也有船接

他们，但不是很安全，而且得在晚上出发，当局还在到处搜查……”

“能联系上么？”

“总归能的。”

椰林里半躺了一两个时辰，总算缓过气来。

“今晚能走么？”潘启官抬头看看天，日头已西斜了。

“看你急的，上小船出海的地方，每天都在变，一被发现，就再也走不了啦。”阿惠说，“你跟我走，我会把一切都安排好的，放心。”

毕竟阿惠是当地人。

天色变暗了，两人这才离开了椰林。

走了差不多两个小时，阿惠找到了当地一位土著人的木楼，看来，她与这家人很熟络，马上就上饭，让潘启官饱饱地吃了一顿，体力多少有些恢复。

当夜，阿惠便独自出去了。

“你一个人，千万不能独自离开，这家人很可靠，当局也不会找到这边来，你尽管塞高枕头，好好睡上一觉。”

潘启官只能乖乖听话。

或许是一连几天太紧张、太劳累了，这一倒下，直到第二天正午才睡醒，睁开眼一看，日上中天了。

到晚上，阿惠还没回来。

看来，这一天是走不了啦。

直到第四天一早，阿惠才匆匆赶了回来。

“等急了吧，当局追得很紧，前两天都没小船出得去，今天终于安排了五条小船……你可以走了，你们那位泰叔，就是早几天这么走的，现在已在海路上了。”

临近黄昏，阿惠才带潘启官上了路。

走了几个小时，天黑了下来，零星的枪声也远去了。

七弯八拐，潘启官也不知道去了哪个海湾，只是听得出，夜潮来急，涛声不绝，也许，愈险的地方，也就愈安全，追杀的人也就不会来了。

临近水边，已隐约听到人声。

看来，这次也有上百人要出海逃生了。

阿惠把潘启官领到了人群当中，与主持者打了招呼：“这个人就交给你们了，千万要保证他的安全，到了外海再帮他找一艘瑞典船。”

潘启官问：“你不走么？”

“不走，我还得找我大哥。”

接头的人长叹了一声。

这时，小船一艘一艘来了，老幼先上，先来先上，秩序井然，谁也没作声。

阿惠坚持要等到潘启官上了船再离开。

最后一艘小艇到了。

可小艇还没靠岸，却传来了杂沓的脚步声，有人先赶来，喊：“散了，不能上船了，这个点已被发现……”

果然，不远处已闪出了火光。

阿惠一拉潘启官：“跟我来，快跑……”

所余下的二十来个人就赶紧跑散了。

小艇也被扔下了，在涡流中滴溜溜地旋转着，任浪头扑打，船员显然也上岸跑了。

而水面上，也出现了火光。

对方是水陆并进，四方合围，早有准备。

传来一声声的惨叫——不少人没能逃得脱。

阿惠与潘启官左冲右突，都同样找不到出路，追杀声从四面逼来，好几回，差点冲到了杀人者的刀口下……命悬一线。

躲闪了一阵，两人发现，竟然又退回到准备上船的地方。

追杀的人又逼近了。

阿惠一拉：“下水！”

无路可走了，只好又跳下海去。

但火把愈来愈近，照得水面上无处躲藏。

游出去，显然不可能，对方更有驾船过来的。

阿惠发现方才的小船，已经被弄翻了，倒扣在海水上，她急中生智，再一拉潘启官：“潜下去！”

两人潜入水中，潘启官任阿惠牵着游，过了好一阵，阿惠又一拉，两人便往上浮。

于是，头部露出了水面。

但是，追杀的人并看不到他们——原来，他们正浮在倒扣的小船中间，而倒扣下的空间，正好可以容几个人在当中，能呼吸上一阵时间。

潘启官被阿惠紧紧拉住，大气都不敢出。

什么都看不见，可耳朵却灵敏了起来。

他们听得到，来的人在岸边走来走去，反复搜索，还乱嚷嚷什么，当然，阿惠还能听明白，分明是说，明明看见有人往这边逃，怎么不见了？是不是潜水跑了。于是，又对水面上的搜索船喊话，让他们留意，是否有人探出水面

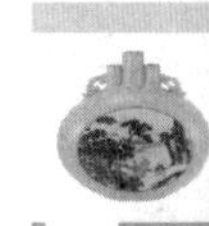

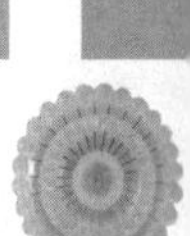

呼吸。

搜索的船更在这倒扣的船边上转了好几圈，有人还跳上倒扣的船底上，使劲摇晃，似乎要把小船再翻过来。

两人在里边紧张万分，用手抓住船舷，这边一斜，就那边往下拉，反复好一阵，才没让船再翻转过来。

就这么折腾有半个时辰。

而后，又归于寂静，只听到退潮的声音。

但倒扣的船体内，空气似乎不够，两人感到憋气，冒虚汗了，可又不敢冒险潜出去，升上水面。

又过了好一阵。

终于听到了有人用中国话在喊：

“有人在么？我们接你们来了！”

潘启官一拉阿惠，从船体边上潜出，浮上水面，他听得出，是阿邝的声音。

他一冒出水面，便喊了起来：“是我，阿潘。”

阿邝立时把救人的船划了过来：“快！上来吧，那帮家伙已经走远了。”

阿惠先上了船。

她也认识阿邝的：“你们怎么才来？”

“来早了，我们也会被追杀。”阿邝说，“我还以为没人能活下来，那边浮了好些尸体。”

潘启官喘了几口气，才说：“再搜搜，看还有没有人？”

救人的船靠了岸。

阿邝在岸上喊了好一阵。

还是阿惠耳尖，听到有人微弱的回话，她一招手，让船上的人跟她找了过去。

又找到了两位已经负了伤、气息奄奄的中国人，是一对老夫妇。

上了船，在微弱的光线下，潘启官认出了他们，就是曾姓的老夫妇，是谭康泰要找的紫筠的父母……一下子傻了。

“你们认识？”阿邝问。

“何止认识，是泰叔到处找的人……”

“泰叔已经上了回国的船，走了几天啦。”

阿惠却在说：“两位老人家伤势很重，恐怕一下子回不了国，经不起船上大半个月的颠簸……现在不可以往外海送。”

阿邝沉重地说：“外海的船上，也没备足治伤的药，这如何是好？”

“只能这样，你们先把我载到安全的地方，把他们带上岸，先把伤治好，再设法出海。”

“也好，看来，救人出海，也不是几天的事，总会有机会的。”阿邝说，“你地头熟，看准哪个地方上岸，我派人护送你们去治伤……”

潘启官说，“我也去。”

“不用了，你不是要找瑞典的船么？我和阿邝分头去打听，你在外海的船上等消息，一有消息，就告诉你。”

“外海的船不是要回国么？”

“三五天一时还走不了。”

“那好，我等着。”

小船沿海边走了半个时辰，阿惠认出了自己要去的地方，说：“这里有位出名的郎中，离巴达维亚也够远了，就让曾伯伯、曾伯母上去，谁帮一把？”

船上一位年轻人应了声。

两位老夫妇已处于半昏迷状态，头部、肩上、手臂，都是被砍伤而流出的鲜血，潘启官想同他们说什么，却最终什么也没说成，只好叮嘱阿惠：“一定要把他们治好。”

“放心，不似伤在要紧的地方，大概见他们老，少砍了几刀，唉。”

潘启官忽地拉住阿惠的手：“我在外海等你。”

阿惠也恋恋不舍，毕竟，这么些天一同出生入死，她承诺：“瑞典船一有消息，我就会去找你……”

潘启官帮着把老人抬了上岸。

是怎样恐怖、惊险的一夜，这一夜，又有多少中国人一样处于惊魂当中，生死只在刹那间。

阿邝驾着小船，往外海去了。

岸上的人很快就见不到了。

这时，潘启官才得知，阿邝是这些天来组织营救的领头人，已经七天七夜没合过眼了，却一直在硬撑着，用他的话说，多救出一个就是一个，都是自己的同胞呀！

天已经蒙蒙亮了。

晨雾一直在忠诚地掩护着这些逃难的人们。

驶出外海，果然就已经有没回国的大眼鸡船在守候着，里面也有认识潘启官的人，他们都为他庆幸。

“大难不死呀。”

“太惨了，当局竟下得了手！”

“灭绝人性，要遭天谴的!”

……

这艘船上，才上来十多位难民，显然，这天逃出来的人不多，大多数都遇难了。

不装满难民，船不会走的。

一天过去了，三天过去了，船上才来了五十来人。

五天过去了。

但阿惠却不见来。

阿邝也没打听到瑞典船的消息，而且也好几天没来了，够他忙的了。

潘启官心焦如焚。

这里，载着谭康泰的大眼鸡船，已临近珠江口了。

一同来的，还有三艘中国船，全是从巴达维亚逃出来的难民，远远看见祖国的海岸，大家的眼都湿了。

终于回国了!

他们当中，有近几年出去的，还没来得及完全住下，找到活干，就出了这一惨案，死伤最多的，便是他们这样的人，没来得及融入当地。

还有的，则是上十年没有回过国的，本以为可以挣上一笔身家，回到老家，把日子过得舒坦一点，然而，这一出事，全部身家都没了，恍若一梦。

也有出生在巴达维亚的，从没回到过自己的故乡，这次父母带着他们逃难，几十年的房子都被烧了，无处安身，不回国又上哪去?

都是无家可归，无路可走的可怜人!

然而，渐近珠江口，却有一条条挑着幡子的艇逼近过来，近了，可以看清，艇上是一色的士卒，举着刀戟，在大声喊话：“停住！停住！我们是边防守卫……”

谭康泰好生奇怪，毕竟，他往来南洋多次，善于应付，便走上了船头，说：“我们是回家的。”

“回家？你们家不是在外洋么?”

“我是不久前出去做生意的。”

“你这船上不似有货物呀!”

“遇到劫难，不仅血本无归，命也差点掉了。”谭康泰说明了情况，“怎么不让走了?”

“你是做生意的，这么多人，不会都是做生意的吧?”一位兵头反问道。

“他们的家都是在四邑的。”

“那也不行。”

“什么，不让回家了？”

“朝廷说了，外出时间长，不以家乡为念，就不算天朝子民，尤其是濡染了外邦的乌烟瘴气，别带回来坏了天朝的风气——你做生意，就不明白？”

谭康泰心中一沉，当年“禁洋”，其中一条，就是视从海外回来的为“奸民”，不是不准入境，便是要来回管束，比普通老百姓还要低人一等——这种偏见，在官员、在海关都已经定位不移的，一时改变不了。

他只好说：“莫非你们不知道，荷兰人煽动土著人，一直在追杀我们中国人，他们没了生路，才回自己的家乡，你们就不能将心比心？”

“正因为鬼佬杀人，朝廷已在考虑，把与西洋的买卖暂时中断下来。”

“外边那么多个国家，不能一篙子扫垮一船的人……”

“这你同上边说去。”

“人还是得放行呀！”

“你们就不明白，回来这么多人，那当日开出去的船为什么不回来？是不是卖给了鬼佬大班，把中国的木料都运走了……”

“这话，在先皇帝除南海禁航令时已经查明，外国船大，中国船小，中国船的木料用不到外国船上……”

“用不上，就不兴用他用？少给我啰唆。”兵头一脸不屑，“正告你，广东的策楞将军已经向朝廷呈了折子，重启南洋禁航令……你们就待在这等着吧！”

谭康泰如五雷轰顶。

莫非，历史又要重演，一有风吹草动，便又要“禁洋”了。

可怜船上的“天朝弃民”，被迫逃出来了，又不让回家，外边被追杀，家门又进不了……太可悲了！

怎会这样？

第十三章　“禁洋”之议再起

“禁洋”之议再起，不仅仅是广东、福建，在京城已经引发轩然大波。

也就是说，“禁洋”又到了朝廷层面。

闽广再度面临“禁洋”的严峻局面。

更何况，南海禁航令本就是康熙圣祖提出来的，且实施有十多年之后，到了雍正五年才被取消，而现在，皇帝又换了一个，打上先帝的旗号，再来个否

定之否定，在中国历史上并不鲜见，“开洋”同样也只不过十来年，要否定还大有人在，策楞将军就是一个。

从《清史稿》中，我们不难认识这位兵部的大员：

策楞，钮祜禄氏，满洲镶黄旗人，尹德长子。乾隆初，为御前侍卫。二年秋，永定河决，上出帑命策楞如卢沟桥赈灾民。累迁为广州将军，授两广总督。广东巡抚讬庸劾布政使唐绥祖赃私，下策楞勘谳。策楞雪绥祖枉，上嘉其秉公。寻加太子少傅，移两江总督。其弟讷亲承父爵进为一等公，以征金川失律坐谴。十三年十月，命策楞袭爵，仍为二等公，复移川陕总督。旋以川、陕辖地广，析置二督，策楞专领四川。时大学士傅恒代讷亲为经略，命策楞参赞军务。傅恒受金川降，班师行赏，策楞加太子太保。

显然，乾隆新帝是非常信赖且器重这位自家的将才的。平叛、戡乱，每每把他调上第一线，他也不负皇帝的信任，论忠心耿耿，没得说。

他也就是此期间内，出任广州将军，后来，还升任了两广总督，俨然为一封疆大吏。

在京城任重臣之际，他对自己的朝廷“马上得天下”自是非常在意，也是很为得意的。所以，对南方的海上商业，有一种天生的反感，圣祖的决断无疑是圣明的，那些居然可以离开自己的国家，出海到南洋谋生的“奸民”就是地道小人，“小人喻于利”，逐利者，实实是有伤国体的，太丢大清帝国的面子了。雍正否定了圣祖的“禁洋令”，乾隆登基，又取消了“加一征收”，这一来，每年出海的船只增加，出海不归的“奸民”更是不断增长，再下去，就无法控制，不堪设想了。

尤其是这两年，又如圣祖“禁洋令”频发前一样，不少下南洋的中国船只到了外边，就不见回来，甚至听说“奸民”们还胆大包天，违抗圣祖的规定，造上了三桅、四桅，水手也超过二十五人的商船，完全学西人的样，这还得了？海防也曾一度为外国商船上的炮位争执不休，要是这些“奸民”与海盗勾结起来，海防岂不如同虚设？乾隆岂可睁一只眼闭一只眼？

究其根底，皆因南洋贸易而起。

最终，是要动摇国体，威胁到朝廷的存亡，这不可不防，当未雨绸缪，防患于未然。

当然，不仅仅策楞这么想，不少老臣，尤其是本族的官员，更这么想。

因此，仅仅对下南洋的商船严加管理，实施更严厉的措施，皆无济于事。

唯有一了百了，彻底禁止商船出海。

这是有据可查的，圣祖二十年前就下达了“禁洋令”，恢复祖制，对老臣与将军而言，当是责无旁贷。

北京如此议论纷纷时，巴达维亚的“红溪惨案”还只是在酝酿当中。荷兰人当年助清廷收复台湾，是颇得皇上青睐的，视为友邦，几十年过去了，他们还会有恃无恐么？

及至“红溪事件”发生，京城“禁洋”之议就更甚嚣尘上了。

因为从南洋回国的人日趋增多，而在这之前出洋的船也有很多回不来了。

本来清廷对“奸民”回国是防之又防的，进入国境后，还得严加监视，反复查究，不少“奸民”还被抓捕。可大批进来，一下子就管不住了，法不责众，如何是好？

于是，策楞关于“严禁南洋商贩贸易”的折子，呈到了乾隆皇帝的龙案上。

大将军的折子自然是要批复的。

乾隆皇帝对老臣、将军们一直是十分敬重，厚爱有加，他们的意见，也从来是从善如流，只是先帝雍正“开洋”也不是没道理的，不可断了南洋的商路。

不妨让策楞亲自到广州了解情况。

就这样，策楞下去当上广州将军，不久之后，又提为两广总督。

同时，派御史李清芳也去走一趟，当年，圣祖也是这么做的。

就在朝廷“禁洋”之议再起之际，最早一批回到珠江口的大眼鸡船被拦阻下来，这自有策楞的军令。

谭康泰就在这批船上。

潘启官也还在外海的中国船——同样是大眼鸡船上。

阿邝忙，他是深知的，成千上万要逃亡的中国人，阿邝不能不管，而且他看得出，阿邝正是其中最重要的组织者之一，要忙的事很多，准备小艇接人，岸上传递消息，还得为外海已收留下的中国人筹备给养——开回中国，得有一个月左右的时间，半路上很难找到合适的地方停靠……这一来，与瑞典船联系的事，只能摆在第二位了。

只能等阿惠的消息了。

可阿惠那边又得照看曾姓的老夫妇。

再拖下去，这艘船也要启程回中国的，当然，还可以设法换上迟些日子才出发的船，但总不能无休止地换下去，总有一天这些船都会走光的。

他如谭康泰一样，心焦如焚。

一天又一天地过去了。

十天、半个月……船也换了一艘。

新上船的都是难民，他们是不会顾及有没有别的国家商船到来的消息的，顾自己逃命都来不及了。

他实在无法承受一个又一个悲惨的消息。

这天，他已经昏昏沉沉，倒在船舱里，要睡过去了。

隐隐约约，似乎有人在问："听说，阿潘上了这艘船？"

"哪个阿潘？"有人反问。

他腾地一个鲤鱼打挺站了起来："我是阿潘！"

他认定是阿惠的声音，但太沙哑了，听不分明。

那边惊喜地找了过来："我是阿惠呀，找你找得好苦！"

星光黯淡，可两人彼此间，都看得到对方晶莹的泪光，相互扑了过去，紧紧地抓住对方的肩膀："总算找到了！"

"总算找来了！"

原来，阿惠已经在外海上找过几艘大眼鸡船了。

如果这艘船上还找不到，她也就回去了，但总归心有不甘，因为她认为，阿潘是一个很讲信用的人，不会这么走的，一定会等到她的消息。

"瑞典的哥德堡号，是吗？"她先问。

"是的。"

"是三姨太打听到的，她在港口做过事，大都还熟悉，所以，她也就冒险去打听……"

"她人呢？"

"她还在照顾那对老夫妇。"

"老夫妇怎样了？"

"时好时坏，但愿他们能撑过去，可是，缺少药品，只能靠草药维持，令人担心。"阿惠很是忧虑。

"三姨太应当会有办法的。"

阿惠这才说："哥德堡号半个月之前就致函，但是当局不让他们进港口补给，所以，在岸边找不到，如果不是三姨太，没人知道这艘船到达的消息。"

"是在外海等，还是走了？"

"没补给，一时走不了。"

"哪边外海？"

"不远，离这里有几个海湾，你要去么？"阿惠问。

“要去，一定去，他们肯定也在等我。”潘启官坚定地说。

阿惠沉吟了一下，她早就料到了：“这有一定的困难，划船过去并不容易，有好长一段路，光你、我还不行……好在我上这艘船前，同搭乘的小船商量过了，事不宜迟，离天亮还有一段时间，马上启程吧。”

果然，有条小舢板在船下等着。

两人上了船，参加了划桨的行列，朝着另一个海湾划去。

只听到划桨的水声。

星光依旧那么凄迷。

绕过一个海湾，远远地，可看到海面上几点亮点，时强时弱，凭航海的经验，可以判断出那里有一艘多桅船，而且船体还不小……这个时候，不得已停泊在外海等候的，恐怕没几艘商船，十有八九，该是瑞典的哥德堡号。

待把小舢板撑到商船近侧，天已经微微亮了。

第一缕曙光已从云隙中射了出来，海水也发亮了，起了一片片闪闪的粼光。这下子认清了，果然是哥德堡号。

快到时，潘启官抵制不住内心的兴奋，张开双手，大声呼叫了起来：“洛思大班！洛思大班！”

过了一阵，哥德堡号上面也喧响了起来。

洛思开始还以为是做梦呢。

小舢板飞也似的划近，哥德堡号上赶紧放下了绳梯，洛思大班也兴奋地大叫：“潘启官，终于等到你了！”

小艇靠拢好了，潘启官第一个攀爬了上去。

两人热泪盈眶，拥抱在了一起。

紧接着，阿惠也上来了。

潘启官做了介绍：“没她，我不知道你们在哪里，没她，我更来不到这里！”

“这么神奇的女子，不是你们中国传说中的林默娘，妈祖吧！”洛思笑盈盈地说。

潘启官瞥了阿惠一眼：“夸你呢！”

“很可惜，你们不惜冒风险而来，本应当好好款待你们一顿丰盛的早餐，但靠不了巴达维亚的港口，补充不了给养，我们也得省吃俭用，不过，几片面包还是有的，一杯咖啡也是有的……”洛思说。

“我倒真的饿了。”

于是，洛思陪着两人吃了早餐。

海面上的鸥鸟也多了起来，在帆上旋转，翻飞，仿佛要来凑热闹，“哑哑哑”叫得正欢。

洛思说：“你来了，我的心总算归位了。”他摸着胸口，“这回，来这么大一艘船，我们是倾全国之力，来中国做这番生意的，我们国家急着要翻身呢。”

他领着两人参观整艘船。

潘启官不住地惊叹，这么大的龙骨，这么讲究的驾驶舱，这么结实的船舷，这么大容量的舱位，还有，升帆、落帆，指挥若定，这可是驶过几万里海路来的，听说好望角那里，风急浪高，转到印度洋，才一碧万顷——纵然如此，也难保不遇到海上的飓风，变化不测的洋流……一路过来，不仅经风浪，更要长知识，航海的知识。

“我很渴望自己也能走这么一回。”他说。

“行呀，趁你还年轻，身体更结实……不是每个人都能够经得起这一年多时间的颠簸，这次我们来了一百四十人，现在已经有十位没顶得住，只余130人了。”

“不怕，我一定能顶得住 。”潘启官说。

阿惠很是惊异：“你真的准备去他们的国家。”

“君子无戏言。”

“那得有充分准备。”

“人家能行，中国人就不行么?”

话虽这么说，要实现这一愿望，潘启官却是在好多年之后，由青年进入中年了。

洛思把两人带到一个舱位，打开门，让两人大吃一惊。

那里边堆满了一箱箱光闪闪的银元，西班牙银元。

洛思说明道：“我们是专门把船开到西班牙的西南加的斯海湾，就在加的斯城把我们从瑞典带来的货物全部出售掉，都换成了西班牙银元，这也是广州最受欢迎的货币……不瞒你说，这个舱里的银元，几乎有三分之一是你的，所以我不能不等到你。”

潘启官很是感动：“这么多吗?”

“你赊给我们的茶叶、丝绸，还有瓷器，上次那艘船平安回了国，赚了大钱，你的也同样翻了几十倍，再又从我们国家购买的，西班牙所需的物品，在加的斯售完，换成银元，又翻了一两倍。”

“你们太会做生意了。”

“如果没你的财富垫底，我们也不敢做这么大生意呀，你赚，我也赚，应该感激你才是。”

“你客气了。”潘启官说，“最近几艘船，好像来得快些。”

“嗐，我们一绕过好望角，就没绕阿非利加岸边走，而是直航马六甲海峡，这要少走一半多的路，天公作美，印度洋不比大西洋，运气好，连大风大浪都少……”

“这么说，你们既没走果阿，也没经锡兰，更没到孟加拉，就这么一直过来了。”

“这也得感谢你们中国人发明的指南针。”

“这倒是，可也得靠你大班指挥得当，上知天文，下知海流，这才缩短了航程，减少了时间。”

但洛思摇了摇头，说：“只怕这回要耽误时间了。”

“为什么？”

“都一个来月了，荷兰当局还不让我们进港，该卸下的货物卸不下，要补充的给养上不来，还不知道得等多久……但愿别误过了信风季节。”

“是呀，怎么办？”

“我们能有什么办法？派人去交涉过了，还是这样，只能等，不至于永远等下去吧。”洛思无可奈何。

潘启官叹了口气：“找到你们，我算是一身轻松了，我们能共渡难关的……我得待在你们船上，一直等到你们去广州，只能这样，给你们添麻烦了。”

“你是我们的贵客，请都请不到的，愿意待多久就多久。”洛思高兴地说，“是上帝赐给我们一个回报你的机会，我们可求之不得。”

潘启官问阿惠：“你是跟我一道回中国么？”

阿惠黯然了，良久，才回答：“我……这里已没有亲人了，唯一的大哥，我找了很久，多方打听，看来，他在泰叔的商行不远的地方为救人而牺牲了，所以，我很想跟你回自己的国家，很想，很想……”

“那就同阿潘一道留在船上好了。”洛思热情地说。

但阿惠最终还是摇了头：“只是，我现在还不能走，我还得帮阿邝，帮三姨太救几个中国人，我走了，有可能会有多几位会遭难，毕竟，阿邝留下来不走，三姨太留下来不走，就是为了救人，我比他们更熟悉这里，没理由比他们先走，走了，我内心不安……曾家老夫妇，伤得很重，也不是十天半个月恢复得过来……”

洛思双眉紧皱：“最近，听说西班牙同英国又打起来了，打来打去，还是老百姓遭难，荷兰人在巴达维亚这么做，上帝是要惩罚的，可怜中国人这么多灾多难……我也不留你了，你想上中国，还可以随时来这艘船，我们永远欢迎你，这位善良的姑娘。”

潘启官知道留不住阿惠。

这天，船上派小艇上岸，阿惠执意要跟去。

潘启官实在太舍不得这位心眼好又机灵的姑娘，是命运把两人绑到了一起，可谓生死与共，怎么一下子又得分离了呢？他只好问：“你就不能在船上多休息一两天么？”

“不能，我仿佛听到很多中国人在呼救……我怎么待得住？你不用拦我。”阿惠坚定地说。

“你会回中国么？”

“等这边的营救结束了，我会考虑回去的。”

“我会在广州等你。”

“我……一定会去找你的。”

潘启官第一次看到，阿惠脸上出现了羞涩的红晕。

“千万小心，千万，千万！”

“我会小心的，不为别的，就为了……广州见！”

小艇划出去了。

第十四章 险象环生

没想到，回到自己国家的海岸边，却依旧上不了岸，还得学在巴达维亚的办法，利用小艇，而且，同样得在夜间。

已经有不少大眼鸡船被拦在珠江口外。

谭康泰只好趁夜色，秘密搭乘小艇，往岸边潜去。他在逃亡中，身上的银元都花光了，一无所有，向小艇上的渔民承诺，直开老家龙江，一到，家里就会付钱的，上广州是不可能的，水道守得很严，不仅仅防他们，而且，连外国的商船大都不许进去。

尤其是荷兰商船。

显然，当局已知道了巴达维亚发生的血案，在1741年的英国大班的航海日志中称，广州已接到消息，荷兰当局在爪哇残酷虐待住在该岛的中国人，发生了大屠杀。所以，十三行中充当荷兰船保商的，都得到通知，荷兰船不可以领到广州的执照，只能停留在澳门，否则，他们的安全是得不到保证的。因为，被杀的中国人不少亲戚都在珠江三角洲，很愤怒。

而在澳门的葡萄牙人也向广州当局提出，荷兰船已炮弹上膛，水手一个个荷枪实弹，有可能向他们发动攻击，务必让他们离开澳门，以确保不发生战事。

广州巡抚权衡再三，只好来个折中，让荷兰船开到虎门，但得停在二道滩外……

而保商又跑去澳门去做说客。

……

而这些，都成了主张再度“禁洋”的口实。

谭康泰返程时，双方正在交涉中。

小艇进入洪奇沥水道，往龙江撑去。

正可谓“好事不出门，恶事传千里”，撑船人告诉谭康泰，早些日子，荷兰鬼——民间就是这么称呼他们的，公然无视大清戒律，让鬼婆坐上轿子进了广州城。

撑船人说：“那些个鬼婆，不开化，这才胆大，把半个奶子都露在外头，大伤我们这个礼仪之邦的风化了……”

谭康泰一听，知道不对头了，又是一个“禁洋”的口实。

“华夷有别，鬼佬怎么不顾朝廷的规矩，平日，鬼佬不得进城，别说鬼婆了，男女有别，男女之大防，他们就是不懂，我们再怎么劝也没用……”撑船人仍滔滔不绝，“听说，在闽浙那边，又是荷兰人传教，惹了大事，教堂都给烧了……嗐，整个不得安宁，鬼佬从来不安好心……”

因为逆水而行，天亮了，进入内河也没多远。

谭康泰心中火烧火燎的，可又不能直上广州，那是必会被拦截，还是只能回龙江，否则，也无法付船工。

直到快天黑，才到家。

付过银元，船工才离去。

尽管谭太太已经过世，可家中的兄弟、弟妹，还有侄子一干人，都算是松了一口气。

“还以为你不知多久才回得来呢。”

兄弟们消息还是灵通的，只是担心这位兄长没能逃得出来，这么大一份家产无人会管理，尤其是在广州的商务。

“看来，与外国人的生意，这几年只怕也做不了啦……爪哇那边死了那么多的中国人，广州已经不准荷兰船进城……据说朝廷派来了御史，主张暂停各国买卖……而策楞将军则坚决要重新‘禁洋’……唉，荷兰鬼在闽浙闹教案，鬼婆在广州也不规矩，都凑到一起，麻烦大了……”

谭康泰说：“这些，我们一时也顾不上了，当务之急，是赶紧找一些小艇，好到外海，把被拦住的大眼鸡船上的难民接下来，让他们上岸，各自回

家……再挨下去，船上还会要死人的，已在海上漂泊了几十天，能吃的东西都吃完了，老少病残的，更是命悬一线，得赶紧搭救。”

谭康泰的弟弟正好回了老家，在龙江多少还有点威望，毕竟是上过国子监的，他自告奋勇道：

“这个交给我了，明天，我争取一早就发出十来艘艇，出外海去接人，大哥请放心。”

“这就好。”

“你还是赶快回广州，只怕那边的事已火烧眉毛了。”

“行，我也明天一早启程。”

当夜，谭康泰便去找艇仔了。

第二天一早，谭康泰亲眼看着一溜艇仔沿着北江水流而下，往洪奇沥水道驶去，这才放心上了路。

水程、旱程，紧赶慢赶……

渡船、马车、轿子……

又是半夜，才算回到了广州的家。

第二天，便有人叩门了。

消息传得很快，来的是同一条街住的潘家的家人。

谭康泰只能如实告之：“……他半路离开，说去找瑞典的船，不知道现在瑞典船到了没有……”

“瑞典船的事他说过的，我们知道，不过，到现在还没有瑞典船的消息，不知是到了，被拦在澳门不让进，还是半路上耽误了……他有没有上瑞典船，你知道吗？”

“我也不知道，不过，他年轻，人又灵活，不会出事的，只要瑞典船一到，他是必在上面。”

“是瑞典船，多少有点放心，要是荷兰船，那只怕凶多吉少了……”

“怎么会在荷兰船上呢？正是荷兰当局挑动土著人追杀中国人。怎能往虎口里跳？”

潘家的家人说：“这你又不知道了，你在海上，消息不灵。”

谭康泰很诧异：“我不知道什么？”

“有一艘荷兰商船，说装的货和装的银元不少，在半路上，也就在南洋沉没了，全没了！有人说是报应，谁叫他们在巴达维亚杀中国人，可是……船沉了，损失的，却是我们十三行的包商。”

谭康泰抽了一口冷气：“我知道，四十年前，黎安官包的荷兰船沉没了，损失惨重，他没挨多久，也就破产了。”

“这回，有三个行商要破产了，有两户陈家，一个李家。”来人说，“他们来我家找过启官，当然没找到，就算找到，当下这个样子，只怕也回天乏力了。”

潘家的人一走，杨家的人就上了门。

“你们三位是一同出发的，怎么只回来你一个人？”来人颇有兴师问罪的姿态。

“我们三个一到巴达维亚，他就一个人到下面采购货物去了，直到出事，也没见他回来。”同样只能如实相告。

“这么说，巴达维亚杀人放火时，他并没有在。”

“应该是。”

“那至少还能保住性命……你怎么回的？”

谭康泰讲到商行被烧，被人追杀，又如何死里逃生：“恐怕，这几个月，还会有人陆陆续续逃回来，你们只能耐心等待，他不应该有事的。”

杨家的人终于走了。

没几天，谭康泰又得到消息——

荷兰人不愿意离开澳门，到虎门守候，抑或在虎门出货，在水上完成交易，因为太冒险了。

几番交涉，他们又说，当年，我们辅助康熙皇帝收复了台湾，这才特许我们来广州贸易的，巴达维亚发生的事情，很是复杂，我们也是不得已而为之，而今，只能深表遗憾。

海关称，不到虎门，就不准在澳门附近交易。

荷兰方又称，不交易也罢，如果不准在澳门交易，他们只能等到季候风到来，原船返回巴达维亚，货与银元一并运走。

这下子，广州当局火了。

布告贴在了广州，也贴到了澳门。

布告的内容是：因为荷兰商船不愿接受海关的指定，把船开进虎门附近，所以，海关决定，严禁任何人等与荷兰人交易，一旦发现，严惩不贷！

行商们都接到了通知，此时，他们同样不愿遭天下人唾骂，巴不得退避三舍。

谭康泰从另一个方面得到消息，广州当局已决定，采取禁止，或者是暂时禁止贸易，来警告、制裁外国人。

但后边还有解释，却不曾传出来。

天意从来高深莫测。

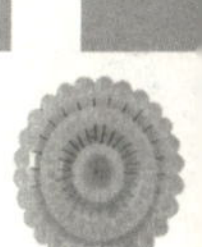

潘启官在哥德堡号上，度日如年。

船上的饮食，虽然不合他的口味，但他毕竟是能吃苦，倒也不怕，问题是，每个人的分量非常有限，洛思大班有心给他一点照顾，也只能说是可怜无补费精神，所以，几乎都处于半饥饿状态。毕竟借小艇上岸采购，也是有限的，荷兰当局卡得严，每每还空手而返。又饿，天气又热，汗流得多，简直就是一座浮动地狱……偶尔有点雨，同样是杯水车薪。

但走不得呀，没给养，不敢赴下一个航程。

潘启官这么一呆，又待了三个半月。

也许，阿惠以为哥德堡号已经离开了，这三个月里都不曾出现，不知道她与三姨太怎样了？她们照顾的重伤老夫妇又怎样了？没消息，只怕……只是，这几个月，船还是活动的，不一定停在老地方。

终于有一天，洛思告诉潘启官：

哥德堡号可以进港口了，补充给养了！

一算，这艘船在外海足足待了五个月！

这成心是在刁难。

但洛思在告诉这个好消息时，并不曾兴高采烈。

原来，当局告诉他，船入港后，还得受到诸多限制，因为这是非常时期，中国人的反叛并没有完全平息，危机四伏，所以，船员上岸是要受到限制的，时间很短，不准乱跑。

还特别强调一条：不得与任何中国人发生接触，虽然现在巴达维亚没有一个中国人，但这是明里的，暗中有没有，不知道，而郊外，中国人并没有消失，所以，决不能让一个中国人登上他们的船，一旦搜出，格杀勿论。

洛思不得不为潘启官的安危担心。

引水员还没登船，他便让潘启官躲在水手的住房里，从外面反锁，并叮嘱任何人不得泄露消息。

在密封的水手间里，潘启官只能凭感觉，知道船终于开动了，开进港口了，泊住了……

这一来，比待在海上更加难受。

出舱门都得百倍小心。

阿惠就算得知他还在船上，也无法上来……

看不到外边的一切，大白天是绝对出不来的，只有天黑了，才能去面对“不一样的星空”。

这又得挨多少天？

洛思一再叮嘱，千万不可露头，不要忍不住一时，丢了性命。

潘启官只有服从。

而后，洛思便去张罗为船上补充给养去了，一船之长，他责任重大，通过南洋，进入珠江口，一点也不能懈怠。而在巴达维亚当卸下的货物也得赶紧，否则，多拖几天，信风就过了……总而言之，他已忙得四脚朝天了。

尽管当局有种种限制，开始两三天，还算顺利。

潘启官闷了几天，又不敢造次，瑞典的船员还是很关照他的，但要出舱门，却没一点通融：不要命了！

他们也知道发生过的大屠杀。

第四天的晚间，潘启官仰躺在甲板上，又一次面对“不一样的星空”，南半球的星空，星星似乎比北半球密集得多，而且耀眼得多，还能看到一片片的星云，船员告诉他关于星星的命名，也十分新鲜，甚至有几分古怪……很快就看熟了，心想，中国古代的牵星术，是否把南半球星空纳入了，早在汉代，中国的船只，也已经进入了南半球，也穿过马六甲海峡，再又向西北行进，显然，不会不认识这边的星空……

冥想中，听到一个熟悉的脚步声。

他迅速地站了起来。

是已经有几天不见的洛思大班。

洛思大班脸色很难捉摸，星光实在太弱了，而反射的水光，更把人脸弄得恍恍惚惚一样。

洛思大班先开了口：“忙得差不多了，后天当可以离开这个倒霉的地方，继续前行了。”

潘启官说：“祝贺你，总算过了一关。”

“先别忙祝贺。”洛恩大班摆摆手，“你得有思想准备，恐怕，我们这次到不了中国啦！”

潘启官大吃了一惊：“不至于吧，为什么？”

洛思大班满脸愁云：“我当然很想去，这也是我们这艘船既定的航程，我们换的西班牙银元也是冲着中国去的，只是，我们在巴达维亚得到的消息却不大妙……”

“什么消息？”

“不仅荷兰人进不了广州，所有外国人的船也进不了广州，当然，只是荷兰人惹怒了中国人，惩罚他们就是，所以他们的船到了澳门就动不了，时刻准备开战，并且准备把商船撤回到巴达维亚，这是非常可靠的消息。”

潘启官点了点头：“我明白，广州当局不分青红皂白，把所有的外国船都当作荷兰船看待，友好不友好都不管，这是他们一贯的做法，夷就是夷，不分你国不国的，这也太不讲道理了。”

洛思说：“你们那里，是官方说了算，商人讲不上话……所以，我们决定，此行改变航向，向东北，开往马尼拉，争取在那里还能做点生意……”

“不瞒你说，为了说服朝廷开洋，我们是付出了很大的牺牲，这才有新皇帝上来这四五年兴旺的海洋贸易，你们的船年年都有来的，从一艘增加到几艘……”

“是呀，我们还在造更多的远洋大船。”

“没想到会在巴达维亚出这样的事……不过，我认为，不让外国船进广州，不会是再回到过去‘禁海’的封闭状态，这是回不去的，国家也需要与你们做生意，这应该是暂时性的，而且是特别针对荷兰人。”

“如果是这样自然就好，可现在是对全部外国船……”

潘启官想了想：“你只是听说荷兰船要撤回巴达维亚，听说过英国船、法国船，还有丹麦船要撤回巴达维亚的吗？”

洛思大班有些迷惑了，最后还是摇了头：“没有，只听说荷兰的……明天我再去打听。”

“如今，年年与十三行做贸易的已经超过二十艘了，不可能都被挡在了澳门，他们没走，肯定还是有希望的……我也不相信，广州当局搞清楚真相之后，不会不区别对待的，总归会有国家去交涉的。”

洛思大班表示赞同。

“况且，我们海关对你们瑞典船已经很熟悉了，知道我们行商与你们关系匪浅，生意做得愈来愈大，从雍正十年，你们到广州的第一艘船，名字叫‘瑞典的弗雷德里克号’，到现在，几乎每年都有到达的，上一年还来了两艘，其中一艘叫‘斯德哥尔摩’，对么？早几年我还没当行商，但这几年我与你们生意做得最多……粗算起来，也有八九年了，难道就因荷兰人捣乱，就放弃这八九年的友情么？不，你不能改去马尼拉。”

“我也不想去。”洛思说。

“你到那里是达不到预期目的的，还可能遇上别的什么情况，这是防不胜防的，因为你不了解那里，早年，我也去过马尼拉多次，只是当的船员、伙计，我比你了解马尼拉，与其上马尼拉冒险，还不如到澳门等候，总归不会把你们拒之门外的。”

“你能保证？”

潘启官沉吟了好一阵："我给你保证，我会尽最大的努力，与全体十三行行商一道，去说服当局，让他们分清是非，知晓利害，我想，我们能做到这一点。"

"既然有你的承诺，那我就不改变航向了！"洛思这下子真的兴奋起来，"目标，广州！"

潘启官热泪夺眶而出："我不会辜负你的信赖！"

第二天，洛思大班向全体船员宣布：

"我们不去马尼拉，照样去广州，去运上更多的茶叶、瓷器与丝绸，满足我们瑞典人的愿望。"

船员一下子欢呼起来了。

然而，洛思万万没想到，就在要出发离开港口之前一刻，冲过来了一队荷枪实弹的荷兰士兵。

洛思吓坏了："你们要干什么？"

好在大副机灵，给一位在船上一直照顾潘启官的水手一个眼色，让他去保护潘启官。

那水手迅速离去。

领队的荷兰军官开口就问："你们的船不打算去马尼拉，而去广州了？"

洛思不能不承认："有这么回事。"

该不是船员们太高兴，不小心走漏了消息。

那军官说："这说明，有中国人说服了你们，让你们去广州，而且保证上广州不会有事，不会像我们荷兰船一样被挡在外面……"

洛思说："我们本来是要去广州的。"

"不用狡赖了，你们船上一定隐藏了中国人，我们奉命予以彻底搜查。"

洛思大班的脸都黑了。

那军官耀武扬威地一挥手："分头到船上各个地方，给我搜查，一个角落都不许漏！"

洛思已无法阻拦。

船就这么大，百十来个船员，躲一躲还可以，但经不起搜，这怎么办？洛思一筹莫展。

几十个士兵冲向了船上的所有地方。

折腾了差不多一个时辰，士兵们一个个垂头丧气地前来报告："长官，不见中国人！"

"仔细搜过了？"

"连底舱都查了。"

洛思这才如释重负："你们城里戒了严，怎能有人跑得上我们这艘船呢？我们去广州就得有中国人为我们做主么？"

荷兰人灰溜溜地走了。

待他们走远后，从最高的桅杆上"嗖"地下来了一个个子偏小的水手。

原来，是换上了水手服装，又爬上了桅尖的潘启官。

在下边，仰头往上看，是分辨不清的，更何况潘启官始终把脸朝上……

丝　语

飞沙走石的戈壁滩，一望无际的大漠……

西域，驼铃声声，传声千里……驼峰上，驮的正是我，五彩纷呈的锦绣，飘逸若云雾的轻纱，一千年就这么走过来，两千年就这么走过来，从东方走到西域，从西域走到大秦。

古罗马以我为高贵，非着我不得走进任何殿堂；甚至以我制成几丈长的旗帜，在战场上高高扬起，光芒四射，把敌军吓得魂飞魄散。

其实，在我的故乡，我又何以不高贵呢?

以“南国丝都”著称的顺德，就有过一位著名的诗人，被誉为“岭南明诗之首”的孙蕡，他一生大起大落，诸多建树，也历尽磨难，最后为“文字狱”所累，慷慨悲歌“黄泉无客店，今夜宿谁家?”从容赴死。

他对我可谓情有独钟。

毕竟，我是他家乡的至贵之物。

他在一篇众人称奇的散文中就提到了我：

方将熔金而铸子期，
买丝而绣平原。

也只有如平原君这样高贵的人物，才配我把他绣出来，以示范于后世。

茫茫大漠，细纷的沙丘，就如骆驼背上的我，舒展在辽阔的大地上。

正是跨过戈壁，越过大漠的这条路，被称为我之路。

而当年张骞通西域，带去的不正是我。

凭此，我才扬名大秦，扬名世界，愈加高贵。

所以，锦纶堂里拜的祖师，便是把我带往全世界的这位伟大的使者。

后来，陆路闭塞，水路却兴盛了起来。

一艘艘帆船，就这么驶过万里海疆，就这么乘风破浪，把我更多地带往了遥远的西方世界。

无数的我——无论我的爱称、昵称是什么，五丝八丝、绫罗绸缎……就这么铺成了海平线上的霓虹、祥云与红霞，让这个世界更加五彩缤纷……

于是，大帆船时代开始了!

人类文明的春天，就这么绽放出阳光，有了新的生命。

时间，并不曾截断戈壁、大漠、荒原的记忆，也不曾抚平飓风、激流与洋流的创伤。

但文明只会愈加光彩！

丝路有情，岁月无限！

第十五章 海盗的使节

难民在珠江口的各入海口愈聚愈多。

大眼鸡船也由十数艘增加到几十艘并且要有上百艘了，这意味着，船上的人数要逾万了。

由于海防得到命令，要严防死守，不让这些“天朝弃民”上岸，以防滋生事端，尤其是惹起民变，这些人，也就只能滞留在船上，但日子久了，供养不足，就出问题，况且，在过去“禁洋”年间，当中也有人被迫当过海盗，他们也就顾不了那么多，不时派小艇劫掠沿岸的乡村，先是求救，再是赊，末了，只有抢了，船上那么多人须养活呀！

时间一久，就产生了传言：

“海盗已经逼近了蕉门……”

“海盗有上万之众，准备攻打广州城了……”

“官逼民反，那么多难民不给上岸，与其被困死、饿死，还不如拼死一搏，打进广州……”

……

这传言愈传愈真。

“海盗要兵分两路，一路东来，在海珠石集结，攻打南门，一路北上，经白鹅潭，烧掉夷馆以报复，攻打西门……”

“都是亡命之徒，势不可挡……”

真真假假，让广州当局乱了方寸。

其时，两广总督府设在肇庆，离广州还有几百里地，要调兵，不是一两天的事。

而广州只是座商城，平日就兵力空虚，根本就无法抵抗。真的有大批海盗进犯，恐怕守不了几天就沦陷了。

这个官员引经据典：“明正统年间，皇帝下了禁海令，南海的武装走私日盛，最终酿成了海盗攻打广州。史载，正统十四年，黄萧养在南海、新会、番禺几县‘四不管’之处，秘密招募士兵，打造武器，营造战船，官家却无从得知，一下子就有了一百五十艘战船，盗贼聚集了上万之众。他们先直逼禅城城下，却只是佯攻，主力则直扑广州，在城外安营扎寨，架起云梯，轮番攻击，匪首还自立为‘顺民天王’，一举在白鹅潭击溃了从西江下来的广西援军陈安部，广东布政使、广州知府吓得在城楼上‘相顾涕泣’，无计可施。后来，明王朝不得不调集两广再加上江西的三省兵力，水陆并进，才把这帮海盗赶下海去。”

另一个官员则说：“你这是前朝的事了，本朝近在眼前的，一样有几起，八十年前，也就是康熙元年迁界，有周玉、李荣两盗，骗过了藩王尚可喜，于翌年扬帆出海，宣布反叛，自称粤将军，传檄沿海各县，分兵攻下番禺、新会、顺德、香山，还有东莞的营汛，夺取了一批饷船与钦差马船，打死了江门游击张可久，更在东莞石龙大破了广东提督杨遇明部……其时，正值广州空虚，广东水师被调往高州、廉州，西关炮台也被攻打，焚毁国朝炮艇二十四艘，上千士兵被歼。直到两军大战于番禺市桥，我朝先败后胜才把他们逼下外洋……”

再一位称：“不久之后，又有苏利谋反，他本是明朝降将，伺机作乱，拒不去镇压周玉、李荣二盗，这次打得很惨，苏利率上万之众迎战南圹铺，尸横百里，死伤过万……”

……

这下子，刚当上广州将军的策楞也心惊肉跳：“听说，如今珠江口聚集的海盗，不比当日的少，而且枪、炮俱全……我们的主要兵力并不在广州，能调遣守卫广州城的，不过两三千，这么多个城门，分兵把守，每门仅几百人，怎么守?”

“还有荷兰人在澳门已炮弹上膛，说不让他们进广州，他们也就不听安排了……”

“分明是他们挑起的祸端，反而配合海盗威逼我们，简直岂有此理!”策楞咬牙切齿地说，“这如何是好?”

广州巡抚比他更急，毕竟，广州城陷，唯他是问，项上的人头也就保不住了：“谁有御寇良策?”

“赶快调兵!”

“只怕来不及，攻城的便到了!”

“硬打绝非良策，只会败得更惨。”

“那有人可有退兵之策?”

……

官员们平日鱼肉百姓，花样百出，可真要打起仗来，守城保土，却束手无策。

正在这时，却传来一个消息：

“海盗派了使节过来，说要与我们谈判。”

“什么？一边要进犯广州，一边又派人来谈判，这期间不会有什么阴谋吧？不见！”

“不行，还是得见，多少也得摸摸他们的底。”

“那……就见吧。”

谁也没料到，这位“使节”，竟然就是杨丙官。

而所谓“海盗头子”之一，却是阿邝——在他，无非是重操旧业，这头，荷兰当局屠杀中国人，那头，珠江口又把难民拒之门外，他这位海商的身份，也就不能不又发生了置换，利用“海盗”的威慑力，让广州当局就范。

杨丙官是十三行行商，本就与海关的关系很是紧密，这个身份，充当“谈判代表”再合适不过了。

而杨丙官，又是他舍身抢救出来的。

原来，巴达维亚屠城之际，对此一无所知的杨丙官，刚巧就从内河出来，采购了一批准备运往广州的珍稀物品，可是，还没到达巴城，沿岸便火光乱窜，一片杀声。

船上的伙计说：“出事了，快躲起来！”

他在熟悉当地的几位老伙计的帮助下，跳水藏到了水边的丛林当中，眼睁睁看着几艘船上的货物被劫掠，被焚烧，欲哭无泪。

留得青山在，不怕没柴烧。

之后，他东躲西藏，打探消息。毕竟，中国人当中，都有着这样那样的联系，再怎么残酷也未必切得断。当然，对于他来说，消息大都是惊心动魄的，不少故人都在这一事件中被追杀，魂断异乡。他也得知谭康泰是较早一批离开的，而潘启官还留在哥德堡号上……终于，机会来了，他以为同谭康泰一样，只要安全到指定的海湾，就会有小艇接他上外海的大眼鸡船，从而借信风直达珠江入海口。

然而，他却与谭康泰、潘启官有不同的遭遇。

还没到达指定的海湾，便迎面撞上了追杀者，于是，同行的上百个中国人作鸟兽散，各自逃命。

在慌乱中，他也与相识的几位伙计冲散了。

他一个人无法辨明方向，只凭感觉，向有海风吹来的地方找去，天上不比在广州，能看到北斗星，这“不一样的星空”只会教他一次又一次地迷失。

夜间，看不清路，竟一头栽下了深坑。

而栽下引出了巨响，招来了追杀者。

他就在深坑里束手待毙，闭上眼，就等大刀落下。

没想到这时，却骤地发出“咣啷”一声，刀没落下，却飞开了，有人扫过来了一铁棒，把刀挡开了。

待他张开眼时，竟发现是当日与谭康泰相交颇久的阿邝，是活跃于这边的海商。

“没事了，追杀的人都让我们赶跑了。”

原来，守在海湾准备载人出海的阿邝，发现这批人迟迟未来，认为一定是半路上出了事，于是，领着他的手下，操上铁棒什么的，一路找来，已经救出了三四十位，那是成群跑的，而散兵游勇的则更多，大多则已遭到了不测。

返回途中，却遭遇上了。

杨丙官死里逃生，很快便被小艇送到了外海，几天后，同几艘大眼鸡船一道，往广州开出。

这已经折腾了好几个月了。

在珠江口上，又上不了岸，难民情况不好，生病的多了起来，甚至还有气急之下，一命呜呼了！

阿邝并不是与杨丙官一道来的，而是在他之后又一个多月的时间，才赶到的。

这一年多的时间里，组织难民回国的，有好几位在爪哇经商的中国海商。出于对同胞的关怀，对荷兰当局的愤恨，他们一直游弋在爪哇的外海，尽可能救出自己的人。

而后，他们几位，又都聚集到了珠江口，设法为难民上岸与朝廷沟通。但是，朝廷历来对难民有偏见，不仅见死不救，反而还横加罪名，拒不让他们回乡，这让几位海商怒火中烧，末了，阿邝说：“我们豁出来了，当年视我们为海盗，现在，再把我们当海盗也不冤，既然是海盗，那就有海盗的法子了。”

就这样，阿邝放出了狠话：

“再不让难民回乡，海盗就要攻城了。”

这话一出，广州当局就慌了手脚。

而后，再放出话，要派“使节”进行谈判。

文武之道，一张一弛，看广州当局能不能就范吧，也只能这么做了，不可再拖下去，难民太难了！

于是，杨丙官被“选”中了。

他可谓“受命于危难之中”。

他也相信，自己还是可以说服海关，进而让广州当局网开一面，给难民一条生路。

他义不容辞。

当他来到南海衙门时，官员们都惊诧莫名。

尤其是海关的官员，更是张口结舌："怎么是你，你不是上回批准当的行商么？怎么成了海盗的使节？"

杨丙官解释道："我上巴达维亚做贸易，正遇上荷兰人大开杀戒，说是海盗，可他们还是见中国人就救，我这条命就是被他们抢出来的，让我代他们说几句话，我觉得没有什么不可以的，当然，我不仅仅为海盗，而是为更多家破人亡、无以为生而逃回来的中国人……"他的话，还是很有分寸的。

策楞是榆木脑子不开窍："不能这么说，朝廷早就认定，外出三年不归的，天朝就不认其为子民，自然也不用负责他们的生死，他们早就是化外之民了，我们不计较他们背弃朝廷、投靠异邦的事，就已经够宽大为怀了，这不能作为谈判的筹码，简直岂有此理……"

杨丙官据理力争："可他们的祖坟还是在这里呀，即便到了外国，也还是为自己的国家做事……更何况这边还有他们的亲戚、叔伯、堂兄与姊妹，还有家族……"

"说吧，你们有什么要求？怎么才能把他们装了大炮的船退回到外海，不再威胁广州？"策楞是个武将，不愿听这样那样的解释，要直截了当。

杨丙官感到对方已油盐不进了，可还是坚持说："其实很简单，第一，要退回外海，得有赎金，至于赎金多少，我们会视实际情况而定，堂堂两广总督府，不至于一毛不拔吧，多少也得表示一点诚意……"

"钱的事好商量。"策楞表了个态。

"我知道广州有钱。第二，在退回外海之前，我们得把船上运回来的难民放下，不能再把他们带出外海，他们本就是要回家的，叶落归根……这也是人之常情，这不应该拒绝吧。"杨丙官尽可能把话说得婉转一点，"他们老家的父老乡亲也无时无刻都盼着他们回来……"

"你能保证放下的人，没一个是海盗么？"策楞双眉耸起，他的警惕性很高。

杨丙官这回却棋失一着，他回答得太爽快、太肯定了，一口保证："当然，他们本就不是海盗！"

"这是什么话？"策楞站了起来。

杨丙官这才觉察自己失言了，连忙解释："是海盗，在海上惯了，是不愿意上陆地的，这些都只是难民，也只有难民才愿上岸。"

但策楞已经"心中有数"了："我明白你们打的什么主意，把他们的人放在广州城周围，到时候还可以设法混进城内，里应外合，实现攻城的目的。狼子野心，早被我一眼看破了，休想骗得过我。"

他猛喝一声："还不给我拿下！"

马上上来几位士兵，扭住了杨丙官。

杨丙官申辩道："我本是行商，并非海盗，就算是两国交兵，也不斩来使呀……"

"我斩你了么？你为海盗张目，我还得一笔笔给你算细账。"策楞毋庸置疑地说。

即便是海关的官员想为杨丙官做解释，一见策楞如此专横独断的样子，也只能噤口了。

广州当局把"海盗"的使节扣下了，这个消息马上就传开了。

这边，阿邝见杨丙官这么久没回来，一打听是这么回事，也急了，看来，自己的计策已行不通，反把杨丙官给害了，下一步该怎么办？

只能进一步放风：

广州方面若不答应要求，我们几百艘战船就同时在几条水路上向广州挺进——

沿岸的海防士兵，也纷纷向广州报急。

策楞知道，此事非同小可，城里能打仗的兵卒没几个人，城门说破就破，这如何是好？

海关官员献策：海盗开的条件，不就是赎城金么？你也回复了，钱的事好商量，那我们不一样可以派出使节过去，同他们谈赎城金的事，至于多少，不是还可以谈嘛，说不定他们见钱眼开，不再有别的条件了。

这也是，历来海盗，不都是要钱不要命么？

行，我们就派人去谈，这也是缓兵之计。

好计！

可是，轮到该派什么人时，却犯难了。

策楞说："依朝廷的规矩，官员是不可与海盗、与外商直接打交道的，总督府是不可以派人的。"

海关监督郑伍赛也说："我们的人也不行。"

策楞说："依老规矩，就把十三行行商派出去，他们本就是代表官方与外商打交道的，现在，不可以派他们代表官方，与海盗打交道么？"

海关只好表示，可以。

可派谁去呢？

陈寿官已经走人了，叶吉官更花了一大笔钱退出了十三行，这些年出类拔萃的潘启官，去了巴达维亚，至今生死不明，而新进来的杨丙官，反而成了海盗的代表，还能有什么人？

七数八数，就只有谭康泰了。

其他行商，不是少不更事，就是不见人，倒是早些日子，海关得知谭康泰已经回来了，无论他愿意不愿意，这事能出头的也只有他了。

立即下令，掘地三尺，也要把谭康泰找来。

此刻，谭康泰并不在广州，他一门心思，去找那个戏班子，要给紫筠一个交代。

很快就打听到，这个戏班子就在禅城佛山。

他连夜就赶到了佛山。

紫筠很感慨他会找来："商人重利轻别离，前月浮梁买茶去。"这是《琵琶行》的戏文中唱的，'去来江口守空船，绕船月明江水寒。夜深忽梦少年事，梦啼妆泪红阑干'。听说爪哇出事，只怕你也回不了，心都死了。"

"怎会呢？只是我没能兑现诺言，把你父母找回来。"

"你也算尽心了，就此别过吧。"

谭康泰很是诧异："你怎么会这么说？我不是这样的人……"

他详细追述了在巴达维亚如何与她父母失之交臂的事："那天，不是我走路崴了脚，走快一点，就见着你父母了……这也怪我，两老很早得知荷兰人要下手的消息，应该早就躲避开了，我相信他们会没事的……"

"可已又等了一年。"

"现在难民还在陆续回来……他们会回来的。"

"难为你费心了，你真心去找过他们，我已感激不尽了。"

"你……又怎么啦？"

紫筠摇摇头："我已经不抱什么希望了……"

"不，无论如何，我会为你赎身的，我承诺了的，一定做到，你要相信我，这次我没为你找到父母，我还会找下去的……"

"已经太难为你了，也不必了……"

几经劝说，紫筠终于说出了自己的心病，原来，少年时代，也曾有一商人承诺过："待我发达了，一定给你赎身。"

当时，紫筠还小，自然把这话当真，也就痴痴地等了下来。

怎奈十年八年，赎金也见风日长——毕竟女子大了，身份就不一样了。

那位承诺过的商人，就不见来了——是出不起钱，还是信口说说而已不得而知。

听完后，谭康泰才明白过来。

"现在，你年龄也不小啦，都快三十了吧，要真赎身，早些年也就赎了，不至于拖到今天，原来是这样。”

“我倒不是为等他。”

“我明白，不过，并不是所有的商人都‘重利轻别离’的，我也就做这么几年，把路走顺当了，自然就退出了，不再往外跑了。”

“千万不要为我误了你的事业。”

“我该怎么说你才信得过我呢……”

正在这时，海关几位胥吏在班主的带领下找了过来：

“总算找到你了，总督要你去退兵呢？”

“退兵？”谭康泰不解，“我与兵又有什么关系？”

“不是兵，是海盗，让你去退海盗。”

“海盗？”谭康泰心中有点明白了。

“就是在珠江口啸聚的上百艘海盗船……唉，也不尽然，该说是难民船。”

“那难民船更不能退了，难民要上岸的。”

“你知道，朝廷不喜欢他们……”

紫筠插上一句：“就是从南洋回来的难民么？”

“正是。”胥吏说。

紫筠掉头问谭康泰：“你说，我父母会在这些船上么？”

“有可能，不过，他们年纪大了……”谭康泰这么说。

“是呀，年纪大了，再不让他们上岸，哪受得了么？”紫筠急了，“你去，总归得给他们一条活路。”

“可广州当局是让我去劝他们退回外海……我不能做。”

“是这样……我同你去，找一找我父母，总可以吧？”

班主已让胥吏说服了，赶紧说：“泰叔，无论怎样，你就带紫筠一道上难民船去……”

紫筠也表示：“带我去，反正，我在这里也唱不下了。”

谭康泰想了好一阵，这才说：“那……好吧，不过，这一去，是死是活，谁也不能保证……”

“就算死，我也同你在一起。”紫筠竟决绝地表示。

旋即，她向班主请了假，见官府有人在，班主便应允了。

第十六章　灾难之旅

此行，对于哥德堡号，可谓是多灾多难。

也许是命中注定。

在巴达维亚被迫滞留了五个月，本来，往年上广州来，也就一个月上下，可这次，却又是五个月的时间，这一路上，除开遭遇飓风之外，还有种种意外。船上储存的淡水都发黑了，还生了蛆。几位船员的坏血病，未等到澳门，便夺去了他们的生命……这多出来的近十个月时间，对于一艘远洋船来说，本身就是一种灾难。

不管怎样，在跌撞、颠簸中，哥德堡号终于越过了南海的台风季节，开进了十字门。

满以为可以化坎坷为坦途了。

然而，洛思大班的担忧并没有过去，广州当局实施的"停止各国买卖"的措施，仍在执行当中，尤其是几艘荷兰船，还停泊在澳门，不允许进广州，荷兰大班还在与广州当局在"推挡"，反反复复，未有结果。

哥德堡号同样只能停在澳门，不得进广州。

本来，这一季的贸易已经来迟了，十三行的交易，更临近尾声，再耽误下去，瑞典这一回的生意就惨了，当日在国内信誓旦旦，也就实现不了，后果可想而知。

更糟糕的消息还有：大批难民滞留在珠江口，被当局视为"海盗"，拒不接纳，有可能难民中也鱼龙混杂，内中真有海盗，操纵了这上万人，情况十分复杂。荷兰人更生怕这批人报复，龟缩在澳门，不敢按广州当局吩咐上虎门卸货，恐怕就是担心落入这批人手中。

冤有头，债有主，这与瑞典人又何干？

洛思只有与潘启官商量了。

潘启官已在澳门的地面上打探到更多的消息，并且已经有了自己的主意。

"稍过几天，我会找人把我直接送到广州的……今年的贸易季节还没结束，总归有办法的。"

"我同你去！"洛思说。

"不用，十三行夷馆里，还有几个国家的商务主任，他们也不会坐以待毙……"

潘启官一时也还是不很明白，情况怎么弄得这么混乱，头绪太多，传言与事实真相相距太远……不亲临广州，只怕难以一一理清。

没两天，他终于启程了。

洛思一直把他送到内河的小艇上。

小艇才开出不到半天，关于海盗已经一路杀将过来，不几日便会逼近白鹅潭，威胁广州城的传言，已沸沸扬扬了。

又说是某些不法商人，也包括少数行外商人，因为做违法的生意，分赃不均，打杀起来，从而把这把火，引到了整个的十三行，平时，为掩人耳目，这些生意都是在外伶仃洋中做的，自然得把出没在那里的海盗摆平，而海盗见有利可图，也就参与其中，所以，这一闹矛盾，事情就大了。

海盗一发火，就不管三七二十一，杀将过来再说。

这自然是传言，情势如此严重，商人不至于如此不顾大局，其中添油加醋，甚至无中生有的成分要占了大部分，只能姑妄听之，至于海盗嘛，这些年已平息得差不多，怎么一下子又沸沸扬扬了起来呢？

莫非平日在雷州半岛那边的海盗也过来凑热闹了？

可海盗也各有各的地盘呀，怎么这回会越界了呢？这让潘启官大惑不解。

将信将疑中，半夜，潘启官回到了自己的商行。

商行伙计们得到的是另外一个方面的消息。

夷商们已分别拜会过巡抚、布政使、按察使等人，要求政府派官兵保护，御敌于白鹅潭之外。

洋人自有洋人的道理。

可不，我是纳了税的，交了关饷，而且税很重，这税用在什么地方？不就是用来维持治安，养兵千日，用在一时么？既然你收了我的税饷，你就有责任保护我们，否则，就是玩忽职守，真打进了夷馆，那是要惹出国际纠纷的，你们这些地方官员吃不消可得兜着走。

官府是最怕夷商的。可是，如何阻止海盗的长驱直入，他们却别无良策。城里几个兵，吃饭可以，打仗却不行，况且不久前云贵一带少数民族起事，抽走了大部分兵员，能打仗的，几乎没有留下的。海盗自然是得知这一消息，才放胆杀将过来。这如何是好！

伙计也认为是有海盗作祟，看来，广州城里已经杯弓蛇影、风声鹤唳、草木皆兵了。

伙计们甚至听说，城中有些民间团体，为了自保，推举了若干代表，设法周旋一下，尽可能延缓对方的攻势，寻找一个求全之策。

但传来的消息都不大妙。

派去的代表，大都下落不明。

末了，传来的是一首童谣：

要想不攻城，
拿出百万银。
边个不识相，
留钱不留人。

这分明是要火攻开路水陆并进——广州城白鹅潭畔，当遭大劫。

城中人已纷纷走避，殷实人家，收拾细软，远远跑到佛山、肇庆一带去了。

强盗也是太大胃口了，一要就五十万两银子，同朝廷开的口一般大，谁吃得消?

潘启官一直怀疑，这不会是真强盗，只是逼广州当局网开一面，让难民得以早早回家罢了。至于要五十万两银子，也不过是施加压力罢了，未必是真的“狮子大开口”。

然而，无论是广州城里，还是十三行与西关一带，已是人心惶惶，不可终日了。

历史上广州被围城的先例不少。

谁叫广州城离大海这么近，又水路发达呢?

潘启官万万没料到，到第二天，竟传来了一个可怕的消息：

官府要把海盗派来的“使节”问斩。

而这位“使节”不是别人，竟是杨丙官。

这杨丙官怎么成了海盗的代表呢?简直匪夷所思。

潘启官好不容易弄明白。

听说他回来了，还在广州地面上的行商都找了过来，一致说：“我们得想想办法，杨丙官怎么会是海盗?他不过只是来递个信罢了，怎么能不分青红皂白把他砍头呢?”

先问明究竟吧!

竟然是海盗先斩了派去谈判的一位盐商的头。

衙门里已乱成了一锅粥!

海关刚刚向行商要了赈灾款又要了皇帝万寿的款子，一笔比一笔重，这下子，退贼的重担，无疑又要落到他的头上，本来，连北方的赈灾、河工都得落到他的头上，这身边的巨祸，还能推得了么?

这回，巡抚没来，布政使却到了，让手下拎了一个大包袱，来到了海关。

海关监督、副监督都来了，总商也来了，情势紧迫，这些人不能不来。

布政使的手下把包袱往台案上一搁，第一句话便问：“各位，你们知道这是什么东西?”

那包袱在台案上滚了几滚，落定了，上边渗出了暗红色……

众悚然。

没人敢说。

末了，还是布政使自己说的：“这是一位盐商的头颅。”

众哗然。

“这盐运，不是已交了一大笔保护费么？二十年都已成一定之规，他们这么搞，不仅食言，是必自食其果……莫非，这不仅是粤西海面上的那几伙。”总商表示怀疑。

粤西海面一直是为海盗所控制，但他们收了保护费后，倒是颇讲义气的。

布政使说：“这恐怕不是粤西海盗，据探报，这伙海盗，还有绿眼睛黄头发的，只怕是从马六甲海峡来的，与盐运无关，派盐商去，他们认为是搪塞他们，迁怒于官府、夷商，所以口气大得很，胆气也硬得很。”

众骇然。

海关监督问：“这如何是好？偌大一个广州，就动员不了兵丁抗御几个海上的蟊贼么？”

“人家百十号船，杀气腾腾，有备而来，我们兵源都不及调动……恐怕，还只能走退财消灾的路子。”

副监督称：“五十万两银子？皇帝万寿也没筹上这么些呀？”

“这不好比，这可关系到你们即时的身家性命，这血，还是得出的。”

“官府自己呢？”

“官府？一是不能出，堂堂清朝，竟被几个小蟊贼敲诈半百万巨银，天朝上国的面子往哪搁；二是官府实在是空虚，你们也是知道的，赈灾、祝寿，都得请行商输诚捐款，官府想拿也拿不出；三呢，此遭是取之于民，用之于民，为的是广州城百姓的安危，也包括夷商、行商的切身利益……我想，各位用不着多言，商讨如何把银子凑齐吧。”布政使本还想再一条条说下去，却自己也觉得不耐烦了，索性讲具体的。

副监督面有难色：“大人，你问一下海关监督，这个时候，行商手头上只怕也没几个钱，这一年的生意做得不顺，迄今不少国外商船还进不了广州，一半以上的行商都经营不善，负债累累，周转不过来，余下几家，实力有限，别说半百万两银子，打个折，三十万两也凑不齐呀。别看一个个很风光，内囊早倒空了，尤其是这个时候，有点银子，都拿到外边为来年备货去了。”

“不要说得这么死吧。”布政使掉头问海关监督，“这岂是诉苦之时？”

海关监督是明白就里的，苦笑了一下：“说的倒也是实情。”

“那我们只能坐以待毙了。”布政使急了。

海关监督摇摇头：“别无良策。”

“那就……上报总督府吧。”

这一上报，策楞先是火了。

“不是两国交兵，不斩来使，怎么把我们派出的代表砍了头？胆大包天！你有来，我有往，来而不往非礼也，他可以杀我们的使节，我们也可以杀他的！”

海关监督傻了：“其实，海盗派来的‘使节’是我们的行商，无非是来递个话罢了。”

“什么我们的他们的，代表海盗就是海盗，至少，证明他背叛了朝廷，格杀勿论，让海盗也知道我们的厉害，一命抵一命，一报还一报。”策楞才不管这么多呢。

“这个……”

“给他们一点颜色看看……我正设法调兵。”

策楞是个吃软不吃硬的家伙。

海关监督只好告退了。

“等等，不是派十三行的行商去谈，拖上一些日子么？怎么反让海盗斩了首……”策楞倒想起了什么。

“这个不是行商。”

“什么人？”

“盐商，也不是海关派去的，代表不了官府。”

“这就奇怪了，他自己去找死，行商呢？”

“听说已找到人了，也答应了下来，正在往广州赶。”

“什么乱七八糟的，去！”

海关监督赶紧走了。

只是杨丙官杀与不杀，让他犯难了，人是押在南海监狱里，总督那边一发话下去，用不着通过海关，人头就落地了，这如何是好？小小一个行商，也用不着等到秋后斩决，随时可以处置，用来报复海盗……

这消息，一早便让潘启官得知了。

当务之急，得先保住杨丙官的人头。

乱世之际，每每一个偶然的事件，便要改写整个历史了。现在这个偶然的盐商的人头，究竟是怎么回事？别说官府，连民间也搞不清楚是怎么一回事。

海盗果真那么残忍么？

如果这边把杨丙官一砍头，谈判的大门便关上了。

本来，这边把杨丙官抓了起来，不让“使节”回去复命，就已经把海盗惹恼了——盐商是否正撞到枪口上。

如果把杨丙官一杀，这边还能再派人去谈判吗？

这天，潘启官去找到了海关，问明了情况，海关监督也说：“杨丙官可是杀不得的，可策楞将军却非要杀，怎么办？”

人头不是韭菜，砍了还能长出来。

“对了，策楞将军不还在问，派行商去同海盗谈判了没有呢？”潘启官找到了一丝希望。

“有这么回事，我们已打发人找谭康泰去了。”

潘启官惊异了：“谭康官回来了么？找到了没有？”

“找到了。”

“行，找到他，我们一同来想办法。”

“那就快点，不然，杨丙官的头就保不住了。”

“行，我马上去见他。”

好在当夜，潘启官便见到了谭康泰——两家同住在一条龙溪新约，消息很通畅。

“我是回广州好久了，你怎么才回来？”谭康泰关切地问。

“唉，瑞典船在巴达维亚受够了刁难，被怀疑与中国人有染，图谋不轨，荷兰人还威胁要采取军事行动呢……我也差点被抓住。”潘启官赶紧切入正题：“你明天就打算出海，代表官方与海盗谈判么？”

“明天不去，后天也得去了，救人要紧。”

“你知道吗，这边要把杨丙官当海盗斩首。”

“有这么回事么？没道理呀！”

潘启官把事情的来龙去脉讲了讲。

“这如何是好？”

“我情急之下，倒是有一个想法。”

“快说。”

“你可以借口，要杀杨丙官，你就不敢去了，担心对方报复，把你的头砍了……这谈判没法谈。”

“你是说，官府急于让对方退兵，怕我不去。”

“是呀，只有这个借口，让他们暂缓杀杨丙官……只能走一步看一步。”

“行，我就这么回复官府。”

第十七章　“赎城金”

再度“禁洋”的议论，在京城与沿海各地，一时间甚嚣尘上，而且大有压倒一切的趋势。

“禁洋”派坚持，如果不是“开洋”，就不会产生这么多出海走私的“奸

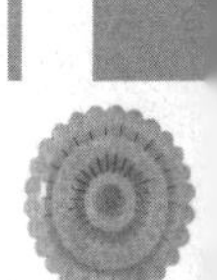

民”，给海防造成如此之大的后患，以至海盗们都可以明火执仗地杀到了国门之上，威逼官府付“赎城费”，并让大批“奸民”渗进内地，有可能对大清统治起到颠覆的作用，如此巨大的危险迫在眉睫，当断则断，否则，必受其害。

尤其是荷兰当局，还死皮赖脸待在澳门，本来已放了他们一码，让他们在虎门二道滩上卸载，生意照做，可他们就是不去，声称会受到难民的报复，这些商船，其实就是战船，上边大炮枪剑，一应俱全，随时对陆上的海防设施发动攻击，是必会占上风，国门一开，沿海岂有坚城？不止荷兰、英、法、丹麦、瑞典这么多国家，没一艘船上不设炮位，对中国的威胁显而易见，轻易放他们进来做生意，在如此敏感的时刻，一不小心，就会擦枪走火，启开战端。

策楞只看到这一条，作为行伍出身的人，他是最坚决的“禁洋”派，也是“国本”最有力的维护者。

但御史李清芳，在如此强烈的“禁洋”声中，只能采取折中的方法，认为，虽然发生了这么多的问题，但也不可简单一禁了之，一概而论，在目前情况下，可以“暂停各国买卖”，但“南洋各道，不宜尽禁”，应“照旧听其贸易”。李清芳，史料上有写：

> 李清芳，福建安溪人氏，乾隆年间任广东道监察御史，乾隆六年八月二十五日的《为陈南洋贸易不宜尽禁缘由事》奏折中说道：南洋一带商贩一加禁遏，恐上亏关税，下困商民，东南少数百万两之白金，增数十万众之食米，种种不便，应请暂时停往巴国买卖。

他提出来，南洋一艘船，虽老板、船工什么的，才几十人，却牵扯到几千人的生计，甚至上万，如种茶业、缫丝业、烧瓷业……加上运输、商贩……如果这么多人失业，那就不止是来自海上的威胁，而出的是土匪、叛军了。

两种主张，都摆在皇帝的龙案上面了。

年轻的乾隆皇帝，面对如此激烈的、针锋相对的争执，一时也拿不定主意，过了一段时间，才下旨：将禁止商贩于沿海贸易，商民生计有无关碍，一并交与闽、浙、江、广督抚逐一详查议奏。

让几个海关所在地的督抚自己做调查研究，再把情况向上奏明好了。

皇上是这种态度，两种主张的官员，也就各行其是。

但是，即便是“暂停各国买卖”，怎么停，停多久，让“禁洋”者抓住，认为并无分歧，这一停，就没有明确的时间限制了。

于是，不仅荷兰船，其他国家的商船，也就可在澳门守候，开不进广州的黄埔，遑论上十三行谈交易了。

哥德堡号也只能听天由命了。

潘启官迟迟没回澳门，洛思心中也上火，不过，他明白，中国的事情不是自己想象的那么简单，潘启官没回来，是一定在做努力，他信得过这个中国的年轻人，只要事一办妥，马上就会回的。

只是难民熬不住了。

这边，把杨丙官派出去，却没有人回，阿邝也有点急了，显然，官府方面态度相当强硬。

只是难民不可能太久待在船上，有负伤难治的，有生病不愈的，这在海上，更是缺医少药，死人的事更频繁了起来，而口粮并不能得到充分的保证，更有婴儿、幼童嗷嗷待哺——当这样一个“海盗”头子，日子并不好过。

无论如何，得设法减轻负担。

其实，从一开始，他们就采取了“化整为零”的方法，让一些有关系、有门路的难民，自己找逃生的方法，这样，也减少了他们的压力，只是，能离开的，毕竟有限。

近些日子，他们进一步采取了让难民秘密登岸的方式。

当然，不是盲目把难民往岸上“赶”，所有的善后工作都得做到位。之所以逼广州当局交“赎城金”，其实考虑的，是尽可能给每一位离开大眼鸡船的难民几块银元，因为一上岸，就得找地方住宿，一路得有吃的……不少人，要真走回老家，没个十天半个月的路费是不行的。

阿邝待难民，就如待当年的手下一样，一个也不会慢待，人家已经够惨的了，巴达维亚的财产全没了，住家也没了，不少人连亲人也没了，什么活路也都没了，没打发稍优厚点的银两，怎忍心人家再踏上茫茫的前路？

然而，百密必有一疏，这计划实行了不到一个月，就出事了。

这天，又组织上两百人在深夜上岸。

正是农历三十，月黑风高，连星光也没几点，白天沿海就已是阴云密布，那半夜更是伸手不见五指了。

本以为，这样的夜晚，海防松懈，哨兵早打瞌睡了。

而且，小艇还绕行出了几十里，与大眼鸡船远远分开，这样就不引起怀疑了。

计划安排得滴水不漏。

然而，刚上岸不久，来到一个路口上，天边刚露出一点鱼肚白，紧张了一晚，大家都想松一口气，至少，也得揩揩汗，喝上一口水吧，领队的人也觉得没事了。

冷不防，四周响起了一片呵斥声："站住！从哪来的？"

一下子，四面八方，竟刀戟林立。

领队的人也不是等闲之辈，还是十分沉着的，回应道："我们出河堤工，白天太热，躲起来休息，晚上趁凉，多走点路，也早一点回家。"

可兵头也不是好哄的："出河堤工的，出完了，回家么？"

"正是。"

"怎不见你们手上的工具？"

"镢头都用钝了，嫌带身上重了……"

"不对，怎么有女人、小孩？"

"她们是……来接老公回家的。"

"越说越离谱，瞒别人可以，瞒我们休想——你们就是海盗船上下来的，趁机下来打劫的不是？"

"冤枉了，哪有带女人、小孩打劫的？"

"不用抵赖了，掉头，回到你们的船上，等候发落！"兵头气势汹汹的，"上峰早有命令，不能让你们下去，混进任何一个人……"

难民们骚动了起来：

"我们不回去！"

"我们要回家！"

这一骂，就与士卒们推搡了起来。

相骂没好话，相推没轻重，难民们本就是一肚子的火，推搡不了几下，就打了起来。士兵们也被惹火了，加上上峰有命令，便动起刀枪来。

一番恶斗，士兵也有受伤的。

大部分难民趁此机会四散奔逃。

士兵也分不了身，更没三头六臂，只好眼巴巴让他们逃去。

然而，这回士兵中受重伤的不在小数，于是，一个报告呈上了海防，一直递到了总督府。

内容则是，海盗一批批下船，劫掠地方，且打伤了海防的士兵，不严加防范，及时镇压不行。

这时，策楞将军才追问下去："派人去与海盗谈判的事办了没有？为什么不设法稳住他们，争取时间？海防不稳，这是件大事，让京城知道，我们都脱不了干系。"

海关已同行商通了气。

"派出的人，走到半道，听说要把海盗派来的'使节'杀头，便吓得不敢去了。"

“为什么？”

“我们这边杀他们的人，我们派人去，岂不等于送肉上砧板，只怕有去无回。”

“海盗不是杀了一位盐商么？”

“那不是我们派去的。”海关说明，“可能是……”

“行了，乱七八糟，那个什么杨丙官的脑袋，那就在脖子上多留几天吧，让我们把人派过去。”策楞一甩手，“就这样。”

“只怕不会有人敢去了。”可海关来的这位副监督却说。

“还怕砍头？”

“不，就这么空手去，海盗也不会买账。”

“你这什么意思？”

“他们不是要赎城金么？”

“噢，我是说了，钱的事情好办。”

“是这样的，不是什么五十万，你也别把这个数额当回事，可派人去，总归要带上个几万两银子，表示我们的诚意，这才有得谈。”

“好，就这么办。”

“筹个两三万先带去，我们海关可以想办法，只是，恐怕也得有个后续，不然，海盗也不会光为这两三万就退去。”

“那……得筹个多少？”

“至少有个二三十万吧，这是惯例了，不过，上次布政使找我们谈这个事，也是一筹莫展，当下，连行商也拿不出这笔钱。”

“找谁拿？”

“我找不到人了。”

“堂堂海关，天子南库，岂有找不到人之理。”策楞急了。

海关监督沉吟了一会，才说：“不过，也不是一点办法没有。”

“什么办法？”

“借。”

“向谁借？”

“向夷馆借。”

“那些个鬼佬，无利不起早，有利盼鸡啼，这号银子，他们能借？这些日子，他们没少逼官府，说他们纳了这个饷那个税的，官府有责任保护他们，要有什么不是，唯官府是问……他们也是惹不得的。”策楞直摇头，“这万万使不得。”

海关监督却说：“你听我讲分明：一，说借就是正经的借，连本带息，他

们毕竟是有利可图，何况这紧急关头，高息也得借；二，海盗要打过来，他们是必也会遭受损失，他们不能不急，不急也不会来找官府，说是海盗，他们也应尽力；三呢，平日，有的行商要破产，他们还设法给以援助，早几年，行商十分之九俱濒于破产，亦全由他们设计解难，两年预备现金四五万两有多，行商才因此得救……”

策楞打断了他的话：“你是说，向夷商的公司举债？”

“只有这条路了。”

“这事你去办？”

“错了，错了，我这是官府所辖，人家才不搭理，还是得由行商去办。”海关大人郑伍赛称。

“那你去找行商，让行商找夷人，或许能借得到……”

海关大人又面有难色：“去谈判，让行商去，去借钱，又得去行商，夷馆虽在，可贸易季节也快过去了，只怕再借也不多。”

“为什么？”

“今年不是宣布暂停各国买卖么？怎么去借钱？”

“钱借不到，谈也谈不成，这如何是好？”策楞傻了，又是那句话，“什么乱七八糟的？”

是呀，所有一切都卷进来了：官方、夷商、行商，还有海盗。

官方，有主禁派，有调和派，也有坚持开洋的。

夷商，有荷兰方，在巴达维亚杀中国人，却还照旧来中国做生意，赖在澳门；也有雄心勃勃的英国人，虽然他们一直在力争赶上荷兰、法国与中国的贸易，可这回也受了牵累；还有瑞典、丹麦的，本无过节……

行商，有尽心合作的，也有貌合神离的，有殷实的，也有只余下虚架子的，自身难保的……

海盗，这就更说不清了，是真是假，是难民还是奸民，聚集数以百计的船，已逾万的人，广州危在旦夕……

也就是这个时候，荷兰的商船得到了海关的通知，他们的船不用到虎门二道滩了，确实，那里是聚集有海盗及难民，于他们不利，不去情有可原，所以，可以与其他国家的商船一样，尽快驶进黄埔，通知是由几位与荷兰人历来有生意来往的行商来宣布的，海关监督还专门有这么一句话：

对待他们和从前对待他们的国家一样，为此，下令让他们的船只直驶黄埔。

不过，倒是加了不少条件，称巡抚要减少西洋人在广州口岸的特权，包括舢板也不得找借口拒绝海关的检查，在所有的关卡上都得过秤，无论在船上，还是到了商馆，都得过秤，不能说只过一次就一了百了，而且在任何时候，只要认为有必要，所有货物都得打开检查……

无疑，附加这么多条件，是为堵“禁洋”派的口。

但外商并不很理解，一再反对。直到行商来说明各自的难处这才松口——生意不给做了，你计较这些就什么用也没了。

从海关传达的信息看，荷兰方面显然是派人与官方疏通，解释了巴达维亚发生的事件，据说，也屈尊表示“诚挚的歉意”，并重申了曾与清政府联合剿灭郑成功的“历史交情”，最终取得了清政府的“谅解”。

瑞典的哥德堡号当然也允许驶出十字门，开往十三行的外港黄埔了。

是潘启官第一时间通知他们的。

当然，行商为这一“解禁”，也做出了很大的努力。自然，也基于他们对时局的判断。

洛思也就愈发信任潘启官了。

只是因为迟到，船上运来的大量西班牙银元能否及时用来购进茶叶、丝绸、瓷器等珍贵商品，他有点焦虑。

潘启官安慰他，就算用不完，可以借给行商，广州的利息比欧洲的高好多倍，下次来，加上利息，就能购进更多的茶、丝、瓷，而且，潘启官负责尽早为他采购齐全。

洛思这才宽心一点。

外夷的商船开进来了，生意虽不及往年大，但银元自然花不完。

但是，当官府提出，让行商出面，向夷商借款付“赎城费”时，时任总商却迟疑了，甚至反对。

“借不得的，利息太高了。”总商直摇头，并且说出了心里话，“名义上是官方借，出面的是行商，到头来，夷商只会找我们要，说到底，欠钱的，还钱的，都还是我们，你们官方一拍屁股走人。”

海关监督郑伍赛无言以对，他自己就这么做过。他想了想：“既然夷商也怕海盗，‘赎城费’也当分摊一部分。”

“算了，城赎出来了，是不是把城也按出资分给他们一部分？夷人算账，一笔一笔抠得很死。”

“普天之下，莫非王土，岂有夷商一份？这万万使不得。”

“所以，让他们分摊是办不成的，能不借则不借。”

海关监督无奈了，问总商：“你意下如何？”

总商说："我们先自筹措，其差额，能不能同对方谈判，减掉一点？"

海关监督脸色都变了："不行，不行，去的人，不是砍了头，就是失了踪，有去无回，有谁敢再去？"

"就算同夷馆举债，也非易事。"

"这话又怎么说？你堂堂总商，去借个几十万两银子，这点面子也没有？"

"夷商不讲面子，讲信用，讲法理，讲权利。"

"你就没信用么？"

"嗐，行商中，有信用者，恐怕也不多，我这位总商，人家早把我当作总体无信用的代表，未必搭理。"总商也是有苦难言，几单生意，谈得好好的，只因官府插手，他便无法取信于夷商，从此声望在鬼佬处一落千丈。

"有信用者不多，这说明还是有那么几位吧，就找他们出面举债好了。"海关监督欲快刀斩乱麻，他可是受命于总督府的，办不成，只怕乌纱帽难保。

"问题是，有那么一两个，人家也未必肯当这号冤大头。"

"这又为什么？"

"借债还钱，天经地义。这海盗勒索走的钱，怎么个还？谁来担保？"

"官府呗。"

"这你就别说了，官府能出这笔钱？不过是一句空话。"总商又加上句，"你比我更明白。"

海关监督苦笑着说："你那里能有什么可转圜一下？"

总商说："无非是冲销、减免关饷、税务、捐输，让一个人承担，这只怕谁也不敢，难办、难办。"

"再难办也得办，刀都架在脖子上了，海关做主，谁出头办，今后的关饷什么的，都逐次减免，直到偿还全部外债。"海关监督如是说。

海关总督摇摇头："道理上是这样，真正做起来就难说了。"

"你们不有个联保的协议么？这自然不能落在一家头上。"海关监督坚持道。

总商张了一下口，却什么也没说。

"就这么定了，总商，你去操办，把我们许诺的条件尽可能讲清楚，干就干，不干也得干，干不了还得干，反正，死马得作活马医。"海关监督几乎是在咬牙切齿。

这回，同样是在锦纶堂。

总商召集行商开会。

果然没一个人愿意出这个头。

大家咬紧牙关，来“凑份子”，居然也凑出了十来万两，往下的，就只能向夷商借了。可谁敢去借？谁又能借得到呢？

已是十万火急了。

一位行商提出，如今，谭康官在夷馆那边，多少有点信用，我看了他们的一份东西，内中称谭康官以然诺不欺为众所信服，所以，前一批货发得很顺利，该狠赚了一笔，他不出头，只怕就不会有人出头了。

谭康官没有出席这个紧急会议，被缺席“钦定”了。

第十八章　筹款

在洛思看来，这潘启官还真是神通广大。

虽然潘启官说话并不高调，只说自己会尽力而为，而且没法保证能把所有的货单做完，甚至还留有很大的余地，做了银元用不完的打算——借出去生息，明年再用。

可实际做起来，却让洛思眼睛一亮。

茶叶的采购，眼看已告罄了，可是，他派人上了老家，很快，一批高质量的武夷山茶便络绎运来，超过预期。

丝绸与瓷具，他拉来了谭康泰，洛思本也认识的，两人相见甚欢，泰叔家乡产丝，泰叔又主打景德镇的陶瓷，近年广彩瓷更是声名鹊起……

这一下子，洛思便吃下了定心丸。

他站在黄埔的码头上，雄心万丈。

那水面上像鲫鱼一样来去自如的运货的小船、舢板，于他，都是生财的宝船，而码头上的肩挑背扛的搬运工，更是给他船上堆的金山……时间愈紧，愈是忙碌，效率愈高，他愈是兴奋不已。

经历过战争的祖国，如今正是百废待兴，所以，才处处皆是商机。这一艘船的货物，少说也抵得上半个国家的财政收入，自己可是大大的功臣了。

虽然银元没有用完，可需要采购的货物却已经超过了预期，再多，还得考虑这艘船最大的载重量，超了，可就是很大的冒险，作为大班，他不能不以安全为重。

因为晚到，加上潘启官的关系与信用，进货的价位都不高，但质量却是上乘的，所以银元反有盈余了。

这天，算是作最后的交割，所以，潘启官、谭康泰也联袂而至，在他们也是喜事，当来敬贺。

谭康泰一直很担心“禁洋”一议始终不曾停歇，外国商船进广州，也时

禁时开，没个定数，还添加了不少苛刻的附加条件，这一趋势，有可能真正会发展到完全禁关，虽说这次稍稍松了口，让哥德堡号等外国商舶开进来了，却也只准到黄埔，不得再上白鹅潭，这其中，自有防范“海盗”冒充外舶进犯的戒备，但以后如果还会这样，成为惯例，那就后患无穷了。

更严重的是，过去“禁洋”，是禁中国船下南洋，同时，更禁出海谋生的中国人回来，视他们为“天朝弃民”，而这次，“海盗”连同大批难民聚集在珠江口上“谋反”，如果处理不当，也就给那些力主“禁洋”的人以口实。这问题一直得不到解决。

但不管怎样，这次哥德堡号等外舶，最终得以从澳门来到广州，恢复正常的贸易秩序，毕竟是一大好事，而且，与潘家、与自己，也做了一大笔生意，还是可喜可贺的。

然而，当两人在前往黄埔途中，总商却派人十万火急地赶来，截住了他们，说有要事商量。

最后，两人当中，只能有一人前往黄埔了。

自然是潘启官。

没再见到谭康官，洛思有点失望。

只是他没想到，谭康泰这次没来，竟与他还有关系。

总商风风火火找到了谭康官。

谭康泰刚刚从黄埔回来，还没缓过气，总商已经登门了。

总商把来意一讲明白，谭康泰便连连摆手：“这我可干不了，别说二三十万，就是十万，我也不敢向夷商举债呀。”

“就不当你借，是整个行商借，怎可以让你一家背这个债。”

“行商借，何必让我出面？”

“众行商中，就你在夷商面前说得起话，我纵然名声在外，可你也知道，我已在夷商面前说不上几句了。行商可以买我的账，可夷商未必就买我的账，我只能依仗你的面子。不管你举债多少，我都认是十三行的，大家承担，这本也是惯例，你可以放心。”

“可向夷商如此举债，却先例不多。到头来，人家只认我，告我，我脱得了身么？”谭康泰还是不允。

“海关已答应你在关饷、税务上减免、折冲，在你，算是有数了。”

“这个，他只是一个讲，我只是一个听，海关几时说话算数。”

总商沉下了脸：“大难当前，你不可以再推诿了。上至布政使，下至海关、十三行，都指望你出面了。不然，你提头去见布政使好了——他就是提了个盐商的头来约见我们的。”

谭康泰抽了口冷气。

总商见他脸都白了，这才和缓了口气，颇有点推心置腹地说：“其实，我们的命，不也一样攥在官府手上，官府要一，我们几时敢说过二。命既如此，银子又何尝不如此么？你以为，平日里，几百成千上万的银子从我们手中过，那就是我们的么？错了，大错特错了，那些银子，不过是官府放在我们手上玩玩罢了，玩得好，就让你多玩几天，玩不好，连银子带命都给你收走。官府永远是庄家，只赢不输，到最后，总归九九归圆，统统都得收回。你别把自己看错了，以为自己真正是银子的主人，我是早就不这么看了，别看我修起了深宅大院，那无非是及时行乐，没准哪天便连玩也玩不了啦。一个戏子，台上是皇上，是宰相，是大臣，可下了台，还以为自己仍是皇上，那可是有杀身之祸的……”

谭康泰听得毛骨悚然，不由得联想起女伶早日的劝告，只是总商讲得更入木三分。平时，他倒是很尊重这位总商，人家在同行中，无论人品、能力、财富，都是一等的，在总商，也算是传至三代了，仍一般保留其家族风流儒雅的传统，凡事，也讲个大度宽厚，克己待人。谭康泰点了点头，表示认同，说：“可不，如今，我觉得这银子已不是银子了，更不属于自己，几时飞走，未得可知，听你这一席话，也算有了个明白。”

“明白了就行了，明白了就好。我自己是明白人，就怕别人不明白。”总商称。

“也难为你身在高位，还看得这么透。”谭康泰叹了一口气。

“我只是退不下来了，要不，早就抽身走了，这几年，没几家行商不举债的，谁又能独立支撑，十三行的气数，只怕也维持不了多少年，天要收是一句话，人要收才是真的……言归正传吧，你说，你去不去找夷商？”

“你把话已说到了尽处，我还能不去么？反正，银子还是得玩下去，不让玩了再说。”谭康泰只好服从了。

总商如释重负：“事不宜迟，你立即得出马，一刻不得耽误。”

“不，协定还得签一个。”

“怎么签？”

“同你——总商签，你代表十三行。说清这不是我个人举债，而是我代表你去举的债，债务由十三行承担。”

“这个自然。”

谭康泰便马不停蹄，奔走于各夷馆中。

他首先就想到了洛思大班。

因为，从潘启官口中，他已经得知，这回哥德堡号来到中国，是做了充分准备的，这条大船已经是第三次到广州的了，前两次赚的，不低于他们一个国家一年的生产总值，利润之高，令人咋舌，为此，瑞典东印度公司因为怕旁人眼红，还立下了一条规矩，每一艘从中国回来的船，当把船上的货物销空后，一页纸的账本都不可以保留，以防后患。

而他们近五十箱银元，皆是用本国的木料、铁、焦油乃至绳索在西班牙交易来的，这些都是瑞典的“国货”，是西班牙造船所急需的。五十箱银元，则相当于近二十万两，这个数字，对别国保密，却不曾对潘启官保密，他们是生意伙伴，无守密的必要，况且部分有潘启官的入股，甚至是份额很大的股东。

谭康泰估摸了一下，即便船装满了，这批银元还能有剩余，对洛思而言，须为余下的银元找出路，不可能又运回去。

于是，他约上了潘启官，又重返黄埔。

洛思见他终于来了，很是高兴。

“中国人有句话，无事不登三宝殿。”谭康泰也就开门见山了，“前段时间，你们瑞典、法国、丹麦，还有几个国家，不是提出，要官府把海盗挡在外海，保护所有的夷馆，既然收了税，就有这份责任，是吗?”

“唉，都是荷兰人惹的祸，是有这么回事，我们派代表找了海关，也找了总督，要求保证我们的安全。”洛思说，“怎么，有问题，他们负责不了?”

于是，谭康泰便把海盗要求付“赎城费”的事讲了：“退财消灾，这也是中国人的处事方式，所以，官府打算接受这一条件，只要他们退走，价钱合理，就答应下来。”

“这么说，官府找你们行商要钱了?”洛思多少也了解这边的情况，一下子便问到点上了。

“是的，我们不能不出，只是，还不够。”

“估计三四十万两银子，我们可以筹一半，但目前行商手头上流转的现银远不够，这你是知道的。”

“我明白，你们还需要借一点。”洛思很痛快，“我这还有三四万两银子没用出去，你们拿走吧。”

谭康泰终于松了一口气。

下一家就好借了。

夷商固然去逼过巡抚，可真正要避害消灾，他们也不敢儿戏。海盗打上门来，才不管人蓝眼睛绿眼睛呢，即便不入城，掳掠一下白鹅谭，夷商也就首当其冲。

所以，一说举债退贼，他们也就认真对待。听说瑞典人已带头借了几万两，他们即时也同意多少出几万。

夷商的效率就是快。

早上打的招呼，午饭时分，就把协定拟好，银子也备好了。也不知他们一下子从哪冒出这么些现银来。

谭康泰算是代表总商签的字。

但夷商只认谭康泰。

谭康泰也不敢解释，更不敢推托，打断了牙齿，也只能和血往肚子里吞。

签下来了。

装银子的几艘船也就到来了。

终于，二十五万两银元总算凑齐了，行商与外商，都狠狠地放了一把血，而且在非常短促的时间内。以至海关的人议论："他们太有钱了，这比海关一年的税银都多得多……不是海盗一逼，也逼不出他们的原形来。"

原来，他也听到了，乾隆皇帝把是否恢复"禁洋"一议，下发到沿海的督抚，让各省拿出自己的意见。两广总督庆复接旨，不敢轻易下结论。谭康泰认为，如果没有外商的催逼，再加上"海盗"的压力，只怕两广的复奏只会是模棱两可，不汤不水，顶不住"禁洋"之议。

好在庆复权衡再三，还是写了个奏折，具陈道：

> 南洋贸易商贾各挟资本，子母营利，粤东一省，舵水万人，皆食外城米粮，各谋生计。今若遽议禁止南洋贸易，内港之商船固致失业，外来之洋艘亦皆阻绝信。如御史李清芳所称，内地土产杂物多至壅滞，民间每岁少此夷镪流通，必多困乏，游手贫民俱皆待哺，内地生计维艰。虽各省关税缺额，每岁不过数十万金，苟于商民生计有益。我皇上子惠元元，每颁蠲赈，动帑数十百万，该御史所称税额有缺之处，何屑计此盈亏。但损岁额之常兼致商民之困，就粤省而论，于商民衣食生计实有大碍。

庆复这一奏折，以"衣食生计实有大碍"震慑住了朝廷中那些饱食终日、无所事事的家伙。当乾隆皇帝要求议政大臣进行商议时，他们谁都怕断了商民"衣食生计"，惹出大麻烦，于是，朝议一番，便又再得出结论：还是得继续"开海贸易"。

这一回合"开海"的力主者是胜了，但是，朝廷受了这一次动荡，对"开海"始终摇摆不定，疑虑重重。

到底是官场老手，一句“衣食生计实有大碍”，足以震慑住朝中那些冬烘先生，他们饱食终日、无所事事，每每认为一禁，则为省事。可这一来，断了百姓生计，激起民变，他们就不敢负责了。

不管怎样，有这么个折子，谭康泰可以松一口气，应该动身去“海盗”那里了。

没想到，他竟提出了一个出乎意料的要求。

第十九章　里外不是人

谭康泰何尝不想早点上“海盗船”呢。

不为别人，也为紫筠。

紫筠这次毅然决然要跟他走，不是没原因的。

当然，她首先是要探明父母的下落——毕竟，从谭康泰那里得到证实，父母在南洋还活着，只不过，生计艰难，并不曾为她筹到足够的赎身金，但这已多少给她一份安慰。但是，她还是担心，谭康泰与他们擦身而过，正好遇上了巴达维亚杀人放火的可怕日子，他们能否躲避得开，年纪大了，行走不便，危险就增大了……既然有那么多人死里逃生，上了“海盗船”，回到了珠江口，当中是否就有自己的父母，这种可能性不能排除，所以，也得去船上看看，幸运的话，没准还能找到……

第二，她倒是真要看看谭康泰这样一位商人，是否与一般人眼中的商人不同，讲信誉，有担当，重情感，薄功利。也许，是有不同，否则，他也不会一口承诺上“海盗”那里去当“使节”，那可是龙潭虎穴，多少人怕最后只会有去无回。当然，他不像是贪生怕死的人，也不是把生死当一回豪赌的投机商，他还是有自己的追求的……也还真有点看不清这个人，所以决计要跟他走一趟，是死是活也在所不计。

向班主告了假——班主也知道她的心已留不住了，便同谭康泰到了广州。

住进了谭家，下人对她可是毕恭毕敬。

而谭康泰待她，也没轻薄之言，更无轻薄之举。

只是，谭康泰并没有就去“海盗”那里。

这让她很是不安，谭康泰不至于食言吧。

她等得很焦急。

谭康泰倒是什么也没瞒她——要去见“海盗”，不可以两手空空，否则只会有去无回，而向外商筹集或借“赎城费”，更不是三两天就可以做得成的……与此同时，外商的船进来了，还得做贸易，千头万绪，一头都不可放松，当然，还得对付“禁洋”之议。

这男人也真有肩胛，只是揽的事太多了。

这是紫筠产生的第一个看法。

这一来，她也不敢太逼谭康泰了。

而谭康泰也一直没放弃打听她父母的消息。

这天，他专门把潘启官带回家，告诉她：“无论好坏，阿潘这里有你父母最新消息。”

“快说。”紫筠追问。

潘启官说，与谭康泰分手后，自己被追杀，是他原先老板的“事头婆”三姨太救了他，设法送到海边，去找瑞典船，没想又被迫投了海，幸好让一位叫阿惠的女子搭救，见到了组织撤离的“海盗”头子阿邝，最后还是找到了瑞典船，是阿惠亲自送去的，从阿惠那里得知，她与三姨太一直在照顾那对老夫妇——也就是紫筠的父母。

“我不知道阿潘认识你父母，不然，不至于错过。”谭康泰补上了一句。

“为什么……要专门照顾？”紫筠听出了什么。

潘启官尽量宽慰她：“本来，也是要把你父母送上船回来的，可赶夜路时，该是你母亲不小心崴了脚，你父亲搀着她，没赶上队伍……据说扭伤得不轻，只能找个人家住下，等把脚伤治好才上船回。”

紫筠又问：“那是多久的事了？”

潘启官一怔：“……也该有快一年了吧。”

“如果脚好了，那他们一定还会回的，说不定，已经回了，只是待在船上，官府不让船靠岸……”紫筠这么分析道。

谭康泰情知她见父母心切，只好附和道：“是呀，他们年纪大了，要是年轻人，也有半夜泅渡上岸，回了家乡的，可他们即便会游水，也不可能自己找路回。”

潘启官不知怎么说好：“听说，巴达维亚那边近来已经平静下来了，没能回国，躲起来的中国人也渐渐露面，有的店铺又重新开张……”

紫筠说：“依我看，他们不会再留下来的。”

潘启官不好表示反对，只能说：“也还可能留下来，毕竟行走不便，走到海湾再上船，对他们来说并不容易。”

紫筠只能说：“我……相信他们就在珠江口的船上，昨天晚上，我梦见他们，他们就在船上。”

潘启官无话可说了。

谭康泰只好说：“你是一定要跟我上船去的？”

“一定。”紫筠坚定不移地说。

“万一海盗要把我问斩，你就给我回来报个信。”谭康泰还试图阻止她，“上回，他们就把一位去谈判的盐商的头砍下送到了海关。”

“不，要砍头，我同你一道让他们砍。”

这么一说，谭康泰知道没法阻止她了。

这让潘启官肃然起敬：“没想到你是如此刚烈的女子。”

轮到谭康泰设法转圜了：“也许不会，海盗也未必全是海盗，应该说，大都是难民，人同此心，盐商的头是怎么掉的，我们其实也不知道。”

“不过，我觉得，去之前，对这些海盗还是应该有所了解才行，不可以贸然而去。”倒是紫筠用起心思来了。

“我遇到过船上下来，偷偷潜回广州的一位年轻人，可现在恐怕已找不到了，他说得回老家信宜避一避，说走就走了。”潘启官思索着说。

“那他说了些什么？”谭康泰关切地问。

“我……细细想想。记得最关键的一句话，那就是‘林子大了，什么鸟都有’。”

“明白。”

“他说，上百艘甚至几百艘船，的确什么都有，有真海盗，也有假海盗，真海盗里，也有很仗义的，一心在救中国人；也有唯钱是视的，把你身上的钱搜光也不管了的，死人总是免不了的，病死的，打死的，晕船的，投海的……难民里边，一样米养出百样人，有好心的，也有专门计算别人的，甚至在船上开赌的也有，把身上仅几个钱都赌掉了……听说，这批船里，分几拨人，有几个头，有时能说到一起，有时说不到一起就开打……难民也没办法，只能看运气，任人摆弄……船上，也是有一顿没一顿，只能是勉强维持，日子久了，会不会发生内讧，也难说……人到了绝路上，各自的本性也就露出来了，有舍生取义的，也有杀人越货的，那个盐商是怎么回事，恐怕也没那么简单，这盐商是好人是坏人，都还很难说。”潘启官思索说，“那年轻人讲的也不少，大致就这样了。”

“这么说，他也只是在边上看的，不是哪一帮的，所以，才只能这么讲。”谭康泰认为。

“他说，之所以自己能逃，也是怕后脑勺摸得着却看不到，他们也怕官府会派军船去打，并没多大自信，这么僵持下去，他们也是骑虎难下，可恨的是官府没把他们当人看。”阿潘咬咬牙，“所以，海盗也有可能是虚张声势。”

谭康泰忽地想到：“不知阿邝在不在上面？”

潘启官说：“在巴达维亚，他的确是在组织中国人撤离，只是没法知道，他有没有跟过来。”

“他……一直不大愿意回来，因为禁洋禁得他伤了心。”谭康泰说，“我了解他。”

“那……还能有谁了解情况?”

大家沉默了。

良久，谭康泰站了起来：“倒是有一个人?”

“谁?”

“杨丙官。”

“对呀，他是海盗派过来的，当与其头子有关系。”

“只是，这个人却在南海监狱里，怎么见?”

潘启官说：“就以此为条件，不见他，你就不去，总不能不给见吧?海关多少了解杨丙官，这次，总算保住了他的脑袋，见个面，应不难。”

这次海关回复得还十分及时，第二天，就批准了谭康泰的要求。

从内心说，谭康泰实在是不愿意去约十年前曾三进三出的南海监狱，这实在是太多的痛苦回忆，皮开肉绽的彤平及之后的殒身，在家中郁郁而终的原配谭太太，当然，也有与祖大人“换位”的庆幸与辛辣……毕竟，牢房总归是阴风惨惨、不见天日的地方，只能平添更多的忧郁、哀伤乃至恐怖。

却还得硬着头皮去。

杨丙官被提出来，还是戴着脚镣手铐，面容十分憔悴，形销骨立，竟无半生求生欲望，第一句话便是：“我已是将死的人了，还来看我干什么?”

显然，监狱方面只告之要砍他的头的消息，后来的变化则没再让他知道，其实又算什么变化，仅仅说让他脑袋在脖子上多挂几天罢了，还是逃不了杀头之灾。

谭康泰不知就里，只好说：“你死得了么?别自己糟践自己了。”

“我的罪名洗刷不了，我的死罪也逃不了，与海盗勾结，还成了海盗的心腹，被派出来做什么使节，这足够死罪的。”杨丙官早给吓破了胆，一心往死上想。

谭康泰不知该怎么劝才好，摇摇头：“别这么想，我这次来，是官府派我去与海盗谈判，去之前，想从你这里讨点主意。”

杨丙官一听，先是苦笑，而后则大笑了起来：“这真是滑天下之大稽，官府派去海盗谈判的是行商，海盗派去同官府谈判的也是行商，两边都打发行商当代表，我背上与海盗相勾结的罪名，你呢，日后只怕也逃不了这个罪名。”

“这又怎么解?”

“你去同海盗谈判，成与不成，责任都在你身上，不成，你有辱使命，没说服得了海盗；成了，还得追究你与海盗的关系，是否私下里还有什么交易，反正，里里外外都不是人。”杨丙官沉下了脸，“这可是我在牢里想明白的。”

谭康泰心中一阵寒气袭来：“不至于吧，我毕竟是官府指派的，我推不掉。”

“我劝你，能推则推，推不了，也得想好后路，不然，只怕一样落个死无葬身之地。”

“谢谢你提醒，我还真没想到这一层。”

“说吧，来探监，一定是投石问路，当然不是问下次怎么进来，你早进来过三次了。”

“直说了吧，我想知道，海盗船上是怎样的状况，我真奉命而去，该怎么与他们打交道？”谭康泰恳切地说。

“他们打交道？他们是谁？”

“海盗呗。”

“那本是乌合之众，群龙无首，谁也代表不了谁。”杨丙官直叹气，“其实我当‘使节’，只是阿邝劝的，并不能代表你说的他们，阿邝是一片好心，认为官府会让步，只要难民一上岸，就皆大欢喜，他也不必受制于其他人。”

“其他人，谁？”对谭康泰而言，得知阿邝在“海盗船”上，倒是个好消息，阿邝至少可在当中说和。

“谁？想发难民财的那帮真海盗——那上边，鱼龙混杂，泥沙俱下，各有各的心思，有的，只是把难民当一张牌来打，哪有阿邝那么实心眼。可是，如果没这些人，阿邝又如何组织到百十号船把难民接回来？”

现在，谭康泰发现，原来自己的估计，未免太简单、太幼稚了，海盗船上，只怕同样在演“三国演义”，不知自己上船时，魏蜀吴，哪国在占上风，他现在只能问阿邝的情况了。

“我来谈判时，阿邝还能指挥得住大部分海盗船，也正是感到了危机，怕很快便失去了控制权，他这才急急忙忙让我来谈判，不至于在他失去控制之后，问题更难办……哪想到，官府好心当作驴肝肺，反过来把我扣了下来，还要杀我。”

“也就是说，我这回上去，阿邝已不再掌控局面了。”

“看样子是这样。”

“能不能见到他呢？”

“难说。”

“我明白了。”谭康泰点点头，“我会想法子找到他的。”

“但愿吧，谈成了，皆大欢喜，谈不成，真打起来，只能是两败俱伤，你我的脑袋只怕也不会扛在肩上了。我指望你成功，你成功了，我或许还能活着出去。”杨丙官眼神中有了一线弱光。

谭康泰终于应承，要做几船银子的押运人，并且由他直接与海盗打交道。

行商们都为他担忧。

就因为这银子是借来的，用的是他谭康泰的名义么？

这犯得着么？

最后当一回守财奴么？

大家心里这么想，却都不曾说出口。

送行的一幕，却是从未有过的悲壮。

虽说海关不会派人来，但总商，以及所有能来的行商，都无一挂漏。

连夷商也来了。

洛思大班，是最后赶到了，他拍着谭康泰的肩膀，不无感佩地称：“你是我看到的最有义气的中国商人。在中国，当你这号的商人是要有勇气，不亚于一位英雄。”

谭康泰一笑：“过奖了！过奖了！”

此情此景，颇有“风萧萧兮珠水寒，壮士一去不复还”的悲怆。从来绝少秋雨的南国，竟也淅沥淅沥地下起了雨来，落在不平静的江面上，一片迷茫。

起航了。

几条银船，消隐在茫茫的雨白之中。

谭康泰果真是不准备回来的。

在他走后，他的兄弟们才追了出来，大家才知他连家人也没打招呼。

已是七旬的老母一听说他是给海盗送银子去了，顿时就昏厥了过去。

待给抬回家中，清醒过来，才发现一份纸笺，规规正正地放在书房桌子当中，上边压上了镇纸。

居然留下的是遗嘱。

吾去意已定。

此去，凶多吉少，能还回全尸，当是万幸。我倒是一了百了，几十万夷债不再由我独撑，一死不足为憾，只可怜了家人儿女。

总商一席话，不独教我看破了孔方兄，也看破了尘世。世事如棋，对弈者却非我辈；人生若梦，寻幻人已无机缘。

一再要辞行商，总不得允；此番无须再辞矣。

可见商亦不由己，进身难，抽身更难，不进不退亦难，一年三百六十五日，无时无刻不在油锅火海中煎熬，直至熬尽最后一丝精力，只是到头来是什么？图几两银子在手心攥过，有几许快慰，却还是南柯一梦！

自司马迁把商贾入传，于《史记》专列《货殖列传》后，一部正史，从此就不见商人的足迹。百业之末，当为齑粉，无论官民、朝野，均没把商人当人。唯有要钱花了，才来卡卡你的喉咙，让你吐出银两来。一转头，又再不把你当一回事了。

唯有此行，方是最为快慰，几十万两银子给我垫底、壮行，哪一位商人有如此风光过?!

望告之后人：谭家世代不可言商。

言商者，当逐出家门，且不允再用谭姓。

此乃吾用性命悟出之至理。

切切记住，代代相传，不可中断。

寥寥几行，有多少悲愤在内？

七旬老母抱住一对孙儿女，哭了个死去活来。

只是遗嘱后边，对后事的安排，一一做了调摆，如何当掉家中什物，如何出售大院，如何返回故里，置几亩薄田，能糊口就行。

这倒写得很冷静、很理智，一丝不紊。

看来，他已经把什么都想明白了。

只是，还有一事未明白。

那便是老先生关于鱼与楼的预言。

那分明是预言谭家的最后结局，洪水上来了“水”为财，发达了，就这么把“鱼”乘势送上了楼，所以谭家就完结了。这么说，这“鱼”便是这几船银子。

从小船送上海盗船上去，如同“上楼”么？

也许只有这一解了。

却未免有些勉强。

这预言太玄了，鱼与银子，有什么相似的，那银元宝，怎么看，也不似一条鱼呀。

那海盗船呢？

待他在浩渺的江面上，看到已经列阵的海盗船，便一阵眩晕，天哪，那艘为首的大船，不正似中国古代所称的“楼船”么？

一切也就应验了。

此番“有去无回”的决心，看来是下对了。

他摸摸自己的脖子，看还有几分硬气。

小船靠上了楼船，谭康泰已是一副上了刑场，视死如归的样子。

与他一同上了海盗船的，还有紫筠。

她死活都要跟着谭康泰：“我说了，我同你上船，要砍头一齐砍，没砍头我给你报信。”

但谭康泰还是没答应。

最后说动谭康泰的，则是一段话：“我上船，你也知道，最大的目的，就是打听老父母的下落，这么多从南洋回的人，总有知道的，而且他们也可能就在船上……实在找不到，我也可以为船上这么多的难民，唱上一曲《客途秋恨》，也算是我为父母，也为南洋同命运的父老乡亲尽一份孝心，这，你总应该答应吧？”

这女子，死都不在乎了，还有什么不能答应的呢？

只是谭康泰心很痛，很痛。

他不能让紫筠一同陪他赴死。

可他阻拦得住么？

第二十章　官府打劫

谭康泰上海盗船了，一时还没有反馈的信息，凶吉未卜，行商们只能求告苍天保佑了。

而来自西洋的商船，也赶着上货，早早走人，谁都怕发生料想不到的变故，巴达维亚的杀戮，海上英国与西班牙的战争，还有日益增加的私掠船——那才是西方认定的海盗船，以及中国海关走马灯似地换人，原海关监督郑伍赛再度因贪墨而易主，皇上以为武官兼任就会似十年前的毛克明不贪不渎，居然让广州将军策楞兼任，大班们心知肚明，这个策楞可是坚决的“禁洋”派，他当上海关监督，会不会采取更严厉的限制措施？

于是纷纷起锚，及早抽身。

哥德堡号也得走了。

此行，耽误的时间够长的了——仅从万丹到巴达维亚，再上中国，先是五个月的延搁，再是近半年的风浪，才算到澳门，后来，又在澳门一等再等，瑞典的亲人等得眼都酸了。

总算可以回去了。

瑞典船最大，也是唯一的包商领着相关的商人，到黄埔来送行，而洛思大班，则是在十三行夷馆处上的内河船，沿着水路到的黄埔。

一路上，琶洲塔、赤岗塔，都烘托在青碧的山峦之上，直指蓝天，似乎是争着抒写什么；江鸥起落，追着渔船忽前忽后喧闹着，仿佛不知疲倦似的……而广州的城楼，依江边逶迤延展，也别具风趣，尤其是光塔与六榕寺塔，一白一绿，相映成趣，诉说着上千年间，广州与各国商贾的友好往来……一个又一个的码头，几乎都数不清。

洛思很是兴奋，一路说个不停。

“早就听说，东方的中国，有好多个比欧洲要大得多，也繁忙得多的大港口，上次来一看，果然名不虚传，尤其是广州，毫无疑问，就是全世界最大的港口，把欧洲现在的荷兰、西班牙、法国的港口加到一起，也没有广州这么大。我还有幸进入过广州城里，风景美丽、公园众多，也该是世界港口都不曾有过的，而街道的整齐、繁华，更让人惊叹，光十三行，一年所做的生意，没有世界的一半，也有三分之一……你看这江面上，有多少船呀，几百、上千，数都数不清，我们瑞典都没法比。”

潘启官谦虚地说：“其实，你要是上厦门，上泉州，还有宁波，就不会这么惊奇了，它们或许没广州这么大，可船舶之多，一样不可少看，繁华程度，也不弱于广州。”

“噢，我读过利玛窦的《中国游记》，刺桐，就是泉州，噢，不，不，是马可·波罗的书，海上颠昏了，我把他们两人都搞混了……别见笑。”洛思自己先笑了。

终于，船到黄埔了。

潘启官最后一次登上哥德堡号，海关核准发给的，出海的执照，万事俱备，只等一声令下。

潘启官又发现船上那两位黄头发蓝眼睛的小孩。

这回，他忍不住问了：“他们是跟哥德堡号来的么？”

洛思开怀大笑：“是呀，别看他们小，可一样经过了几万海里的风浪，现在，又复返回这几万海里的风浪中了。”

“他们吃得消么？你们竟然可以让小孩上船？”

洛思摇摇头：“不，不，我们当然不会让小孩上船的，当我们发现他们两个时，船已经到了大西洋上了……其实，这可不能怪我们大班，该怪你们才是！”

潘启官奇怪了：“这话怎么说？”

“只怪中国的魅力太大了，自从之前我们好几艘船，弗雷德里克号、优利卡号、艾罗诺拉号、三王冠号、斯维西亚号、斯德哥尔摩号来过中国后回去，都把中国说得那么神奇，况且丝绸、陶瓷，当然，更有茶叶，都风靡了欧洲，让我们国家大大受益，所以，连小孩也着迷了，连做梦都想上中国来。这两个孩子，几次上船，都让我给撵下去了，也不知道什么时候，居然找到机会，藏到了货物当中，出海好些日子都没让我发现……”

潘启官笑了：“他们长大之后，一定会是很好的水手、出色的大班，没准，我老了，还得与他们打交道。”

洛思立时让船员把孩子叫来：“让他们与潘启官相识。”

“在广州玩过什么地方了？”潘启官问过来的孩子。

“多了，花地湾、海幢寺，还有城里，广州好大好大，我们没能都去……只是，中国人老冲着我们指手画脚，笑个不停。”

洛思笑了：“他们没见过我们的孩子，漂亮呗。”

孩子走后，潘启官才说：“该分别了，我有机会，一定要上你们国家看看，这次，我腾不出身来，加上巴达维亚不安宁，不能跟你们去了。你们这番来，也是七波八折，险象环生，对不起了。”

“没有什么对不起的，问题不在你们身上。”洛思说，“都是荷兰人捣的鬼，在巴达维亚大开杀戒，到了澳门，还威胁动武，最后才算道了歉，引发了大的难民潮，让中国政府疲于应付。无论在爪哇，还是在珠江口，我们都成了无辜的受害者，我们瑞典人酷爱和平，讲人道，反对他们这么做。纵然被牵连，我们是不会怪中国人的，你们也是受害者，我们照样要与广州做贸易，而且做得更大，你放心，你投放的银元，还有商品，一定会有加倍的回报……”

潘启官恋恋不舍地走下了哥德堡号。

这艘大船又起航了，来时多灾多难，返回当一帆风顺了！

潘启官送别哥德堡号之后，回到了广州。

等待他的，却是一个惊人消息：

谭康官被海盗扣下了，项上人头不保。

这似乎在谭康泰自己的预料之中，毕竟他已做了赴死的准备，但却是在潘启官等人的预料之外，海盗就这么凶残么？把人扣了，就不打算谈判么？这异乎常理了！

后来，他得知，海盗只把紫筠放回来，让她来报信、传话，否则，谭康泰的被扣究竟何因，则无人能知了。

他赶紧到了谭家。

紫筠正等他的到来，“我一个女流之辈，怎么可给官府传话，好在你第一个找来了……赶快，泰叔危在旦夕，只有行商才救得了他。”

“怎么回事？”

“海盗不干了，觉得赎城金太少了，他们也不是好糊弄的，什么情况都一清二楚。”

“怎么回事？”

“海盗得知，我们筹到了将近三十万两银元，可带去的，只有十八万两，少了十万两，本来，他们索要五十万，要全带去了，他们也就算了，没想到官府还扣下十万，他们说，看看是官府狠，还是他们狠！”紫筠急得泪水双流。

“怎么，官府扣了十万？”潘启官也感到意外，“不是官府急于让海盗退兵么？怎么还扣下‘赎城金’？”

又追问一句：“我是把人、把银子送上了船，船开走，我们才离开的，事关重大，行商不敢怠慢。”

“你有所不知。”

原来，运银子的船，大家看着出发，消失在水雾中，不假，可是，还没开出珠江口，就有几艘兵船出现了，把银船拦住，说是奉了海关的命令，不可以送走全部银元，须留下十万，以备不测之用，谭康泰据理力争，也无济于事，只好眼睁睁地让官船截走了十万，这自然是早有预谋的。

这样一来，谭康泰自知必死无疑了。

可他还是硬着头皮到了珠江口，上了海盗船。

“结果，就让我一个人回了，连船夫也给扣下了，大概见我是女人，不要紧，才放我走。”紫筠含泪诉说完。

“都说强盗趁火打劫，没想到官府更会趁火打劫，凭什么扣下十万银两，不想海盗退兵了。”潘启官说。

“对了，海盗声称，两天以内，十万银两不如数送到，他们就立即攻城了，不会再延期了。”

“我去召集行商，与海关交涉。”

潘启官当机立断。

没想到，海关派来的官员，首先就纠缠：“凭什么海盗又要十万，恰巧就是我们留下的十万？是有人走漏了消息，还是谭康泰泄露给海盗，这得查清楚。”

潘启官只好说：“海盗在沿岸也派了细作，这边把银船截住，上十万银两抬走，这么大的动静，岂有不被发现的？退一万步说，海盗严刑审问谭康泰，扛不住，也不得不说，这也怪不得他……我看，先别在这些细节上纠缠了，还是让海盗退兵要紧，不然，真打广州，追究起来，海关也脱不了干系，你们自己权衡一下吧。”

潘启官自是话中有话。

“让海关出十万?”

“那也是你们截留的，这不自找麻烦吗？你们也看到，海盗的楼船，比你们的军舰要大，炮更多了，真要不惜一打，广州的老百姓就遭殃了。”

这把海关吓住了。

也不知策楞将军哪去了。

末了，海关拿回来了七万多银两，还有两万多，说是用了，没法还原，让行商自行想办法。

行商咬咬牙，也只好自己分摊了。

“凑足十万，海盗不会有什么变卦吧?”海关仍自心虚。

“不好说，但愿吧，如果上回一次送齐，只怕现在那些海盗船早退出去了。”潘启官说。

“海盗船怎么造得那么大?”

“南洋的木料足，又结实，有的用刀都砍不出印了，船就结实了，况且又不受我们朝廷限制，只允许造双桅船，他们想做多大就多大。”

“不会有前明的余孽吧?”这却是当官的担心的。

“当时年轻的，如今当九十岁了，没有谁有这么长的寿，就算有，也走不动了。”潘启官说。

“好吧，这次，你可一定得回来。”

“听天由命好了。”

又一艘银船出发了。

这回，是潘启官当“谈判代表”了。

紫筠自然也是要去的，她不能不去，她还得去会谭康泰，更要去找父母，上次，她都没能在海盗船中稍为停留。

这回，海关也不敢派船半路拦截了。

只是，行商也没似上回送谭康泰一样，几乎是全体出动，这次，来送行的，仅是谭、潘两家的家人。

没人看好这一“美差”。

谁了解海盗的习性呢？遇上个杀人不眨眼的，活该倒霉。

谁都没料到，潘启官竟马到功成。

很快，传来了消息，几百号海盗船，已经退出了内海，各自回各自的地盘——马六甲海峡、北部湾、广州湾等处去了，还干他们本来的营生。

广州之险，白鹅潭之险，就此告解。

仿佛就似一场虚惊。

白鹅潭面，又是白帆片片，如江鸥翔集，惊起一江波澜。汽笛声声，洋船如梭，在水面上游弋。曾是一潭的死水，片刻间便又活了，喧闹了起来。尤其是“紫洞花舫艇”，又再度一字形地在江面上摆开了，有钱人，早忘了几个时辰前的惊吓，如蝇逐臭，纷纷跨上了这些“花舫”，只管自己的风流快活。

那咸水歌，也在江面上此起彼伏，逐浪而去，甚是放肆：

头壳晕晕霹雳弹，啰，
肚仔痛痛透心肝，啰，
若得阿妹分我睇，啰，
先生免请药免煎，啰。

自然，更露骨的，多的是。

这当是粤人的根性，生死无谓，只要得及时行乐。就好比一场台风过，刚才还满目疮痍，片刻间便草木疯长，把痛苦完全掩盖了过去。这里，生也贱，死也贱，只贵在叹世界，春宵一刻值千金。

死城一样的广州，就这么在眨眼间起死回生了，墟市上车水马龙，人来人往，叫卖的，揽生意的，尤其是酒楼食肆，热闹非凡，仿佛什么也没发生过。广州就这样，历史上几度兵燹烧掉了南越国，又烧掉了号称有千座离宫的南汉国，反正，水淹火烧，不知几百几千回，可片刻之间，它依旧又是珠光宝气，花枝招展，不知人间曾有过多少血泪，苦难与灾荒，让它愁一回，哭一回，比登天还难。

所以，广州的长盛不衰，绝非奇迹。

仿佛是一场大战之后，广州城劫后余生。

潘启官是同运银船的船夫，一道回来的。

但谭康泰、紫筠却不见人。

问潘启官得到的回答是：

“几百号船，我上哪里找，紫筠说去找，反把自己也找没了，我也不敢久留，怕节外生枝，日久生变，不如早早走人，事办成就行。”

“海盗得了钱就走人了？”

“海盗就是海盗嘛，盗亦有道，不能不守然诺的，不然，偌大个南洋，怎么再混？”

潘启官就是这么回答行商，也是这么回答海关及官府的质询。

只要海盗退兵了，谁都能有个交代。

其实，这一两万人，又有多少海盗，虽说有相当一部分是海盗船，就算一艘船上二十人，一百艘也就两千，余下大部分也是难民。

至于撤得这么快，则是有讲究的。

第一次银元运到时，“海盗”们已经做好了安排，在这之前，年轻力壮又不曾拖家带口的，已经秘密上岸走了一两千人了。这回有钱了，可以雇一些渔民，分开方向，相继带走那些老弱病残，当然，得付足“遣散费”，让他们在路上有吃有住，必要时还可以贿赂关卡上的士兵。

这次银元如数到了，也就彻底解决了难民的疏散问题了，其实，银元也足够了，所以，这十万元，则每艘船都能分到近千两银元，足够他们在海上生活一段时间的了。

无疑，这些“海盗”中，还是不乏能人的。

这上万之众，说消失就消失了。

这才是真正的奇迹。

听说，难民离开前，紫�还一艘一艘船去清唱。

唱的就是《客途秋恨》：

你系女流也晓兴亡恨，
不枉梅花为骨雪为心。
仲话我珠玑满腹啫实在原无价，
我知你怜才情重更不嫌贫，
我想到此情欲把嫦娥问，
无奈啊见得枫林月色昏，
远望那个处楼台人影近，
人影近，
莫非相逢呢一位是月下魂。

不管这么漫长的海上岁月，经历十几回的台风，也死了不止上百人，也总算有了一个令人安慰的结局。

只是朝廷视他们为“天朝弃民”的观点，一时也无法改变，往后的坎坷，也就不好说了。也因为这个，难民中仍有一部分，对朝廷已不抱任何希望，随“海盗”船重返爪哇，听说那边已平静下来，中国人的店铺又开张……

历史上，又何时少了这种“两头无靠，无国无家”的难民之命运，受夹板气，赴诉无门，那边是“乱民”，遭围剿残杀，这边却是“弃民”，连岸也不给上……

南海上空如火炉一般的烈日，烧灼着一代又一代的海外游子，当还有多漫长的时光？

有情有义的行商，以潘启官为首，还在等候谭康泰的归来，海盗船已陆续撤走了，他也该被放回来了。

还有紫筠，她还能在船上找到谭康泰吗？

几番烈日，几番雷电，这一年的广州，在动荡的日子平复之后，当还有多少人在企望。

谭康泰还回得来么？

在海盗船最终从外海消失、官府如释重负之际，已抱了赴死之心，别人也以为回不了的谭康泰，居然纤毫未损，安然地回来了。

别人问谭康泰他是怎么回来的，他只是笑笑，说，把银子交了，人家就放我回了，不交银子，我就回不了。

说来也是这么番道理。

他这么一说，别人也就不好寻究了。

毕竟，他去得快，回得也快，总算不曾滞留太多时日，没什么故事发生，也不似有什么见不得人的交易——不管怎样，他换来了一城人的安全，换来了十三行的生意如常，也换来了官老爷们戴牢各色顶子。

总商专程去探望了他，告诉他：巡抚与海关大人，已经将他大勇退贼的事报上去了，拟赏顶戴花翎，仍交部从优议叙。很快便会有好消息到了。

谭康泰只是追问：“几时还夷商的银子？”

“这历来是有规矩的，优先偿还夷账，决不会拖欠的。”

“谁来还？”

“这局面我来收拾，你刚逃出生天，压压惊，不必再操心了。”

谭康泰不语。

他知道，说了也没用，夷商自会追自己，不会找总商的，当然，总商既已有承诺，协定在先，也不至于反悔，但问题不在这里。

总商安抚一番，也就告退了。

也只有在枕头边上，谭康泰才会把一连串的惊险回过味来，那可是万万不可外传的。不然海盗看不中他的脖子，官府可就要看中了。快刀一落，身首异处……

他回来的日子，也是颇费一番心机的，海盗船没完全撤走，他是脱不了干系的，官府还会唯他是问，没准诬他与海盗沆瀣一气，合伙讹官府、夷商与行商的银子，因此，唯有最后十几艘海盗船敛影于茫茫的南海之后，他才敢雇上一叶小舟，撑到了广州的一个小码头。

回来后的第一个愿望，便是找紫筠。

他并不知道紫筠后来又随潘启官再上海盗船。只知道后来人有补送回了那十万两银元。

打听清楚，不，也不用打听，倒是潘启官找上门来了。

“你是一个人回的？怎么不同紫筠一道回？”

“紫筠又上去了么？”

“她说了还得上去找你的，所以，银元交割完，立马让我走，她则留下来找你。”

“没再见到她，完了，说不定，她让海盗掳走了。”谭康泰跌足长叹。

“是呀，能上岸的难民，几经辗转，有不少人已经回到广州，如果当中有她，是必会回来了……我只是听说，她曾给撤离的难民一船一船去唱《客途秋恨》，唱得不少难民泪流满面，大家还挺怀念她的。”潘启官告诉他。

“她这是要唱给父母听，如果父母在船上，一听她唱，就会去见她……她也是一片痴想，可怜天下女儿心。”

潘启官不语了。

他是一交完银子就被打发走了，连海盗船都没上，可谭康泰在上面呆了那么些天，显然是被关起来了，这期间究竟发生了什么？

他想问，也不敢问。

第二十一章　生离死别

当日，海盗船派人来清点十八万银元，一箱一箱往大船上搬的时候，变故就发生了。

几位长得面目狰狞的海盗，手持利剑吆喝着过来，问：“是谁负责押送银元来的？”

“是我。”谭康泰坦然地说。

“怎么少了十万两？”

谭康泰似乎一愣：“是……路上被劫走的。”

“谁长了包天的胆，敢劫我们的银子？”

“能有谁？除官府外，没人有这个胆。”

“我看你有。”

“凭什么？”

“半途上做手脚的事，我们做过，也见多了，别以为做得神不知，鬼不觉。”

“若要人不知，除非己莫为，我比你们清楚。”

“你保证与你无关？”

“你问这些船夫。”

“你们是一伙的，问不出的。”

“要么是你黑了，要么是官府黑了，要么是你与官府勾结在一起黑了，你总归说不清。”

“我不要命了？”

海盗火了：“反正，你是走不了的，十万银元回不来，你的脑袋也回不去了，让这些船夫回去报个信吧。”

船夫申辩道：“我们只是泰叔雇来撑船的，不明就里。”

海盗看住脸上早已煞白了的紫筠：“那好，让这位夫人回去报信，这不会有误的。”

紫筠这才开了口：“我口说无凭。”

“那就打上十八万的收条，说还欠十万。”

“这个……”

“说不立马送还，我们改天就攻城，没客气可讲。”海盗口气很大，“问官大人们，是要命还是要钱，我们的炮是不认你是官是民，而且只会专往衙门打。”

紫筠仍问：“那泰叔不可以同我走么？”

“银子不还回来，他脱不了嫌疑，能放他走么？”

紫筠只差没以泪洗面了：“泰叔，等着我，我去让他们把银子还回来，赎你出来……”

两人竟如生离死别。

只是紫筠不知后边的一幕，在她走后，阿邝出现了，说：“新嫂子走了，你比她还会演戏吧？”

谭康泰苦笑道：“不这样，她能回去么？”

原来，在计数银元之际，有人悄悄地扯了谭康泰一下，谭康泰借口去小解，跟那人进了就近的一个舱口。

里边，便是阿邝。

阿邝不无责备地说：“你们怎么现在才来？”

“唉，官府的事，不是我们行商左右得了的。连杨丙官也被关到了南海监狱，还要问斩……”

“要早几天来，我话事，这十八万到了，也不会计较，可现在，我说话不算数，主事的说十八万不够，原说的五十，对半也该有二十五万，这不是成心要弄我们么……”

谭康泰长叹一声：“本来是有二十八万的。”

他把半路上“遇劫”原原本本讲了，对阿邝他是不会隐瞒什么的，毕竟有几十年的交情与信誉。

“现在主事的眼睛有毒，他一口断定你们打了埋伏，果然不幸而言中……现在这位人也不坏，不过比较较真，能算计……如果是我，早就放你一码，偏偏我管不了事，你这才来，人算不如天算，我也保不了你。”

“怎么啦?”

“他要把你扣下，让官府再送一批银元来……也别说他狠，这百十艘船，上万难民，我们已垫了不少钱，甚至上岸去抢过粮，总得维持下去，尽量少死一点人。既然你说还有十万，那就按这个数办，有理有据，不怕他官府不认账。”阿邝也是无奈。

“那好吧，我留下，紫筠还是得让她回去，不然她受不了。”

“行。”

于是，两人合伙演了一曲双簧，让紫筠走人。

非如此，紫筠当时就会留下，坚决不走。

然而，又应了阿邝那句话，人算不如天算，再度送银元来时，紫筠仍执意要跟潘启官来。

来了之后，她无法找到谭康泰，而失势了的阿邝，也无脸面对她，怕她认出来找他要人——因为谭康泰已经被关起来了，连他也不知道关在哪艘船上，“海盗”内部也是矛盾重重，很难有一个人说了算，阿邝顶多管得住自己及弟兄们的二三十艘船，占的也就十分之一二。

而“海盗”收齐银子后，在组织遣散难民，撤往外海，一时还没考虑放人——也有可能给忘了，送最后一批银元来的潘启官不已随船回去了么？同样还有可能，当初扣人的那位，现在已不话事了，所以也不管了。本来，难民呀、海盗呀，还有海商，半商半盗的也够乱了，本就不是一路人，谁也说了不算，阿邝甚至还自身难保呢。

好在要留在船上的紫筠自告奋勇，要给南洋回来的父老乡亲唱上几曲他们爱听的南音，海盗没有反对。

一是他们当中有爱听的。

二是可以凭此安定难民的情绪，以便有条不紊地把一批批难民遣送离船，不出意外。

三呢，就不好说了，紫筠虽说已不是二八妙龄了，可人依旧出众，沉鱼落雁的，加上歌喉婉转，余音绕梁，谁一听都心醉，难免没有非分之想。

而这，即便如阿邝这样的莫逆之交，也未必阻止得了。

紫筠就这么消失在上百艘船中。

偶尔，珠江口的波涛声，还会送来时断时续、若有若无的歌声：

你系幽兰不肯受污泥染，
又怕贼星来犯月中仙。
你话娇花若被狂风损，
果阵玉容无主你话倩乜谁怜。
一定辗转马前遭血溅，
日落魂归玉化烟。
你话若然艳质系遭凶暴，
我宁愿同埋白骨去伴姐妆前。
或者死后得成连理树，
好过生时常在嚾个奈何天。
但望慈航法力总要行方便，
把杨枝甘露救出你火坑莲。
等你劫难逢凶俱化吉，
果滴灾星魔障两不相牵。
亏我心似辘轳千百转，
空绻恋，娇呀但得你平安愿，
我就任得你天边靓明月啊，
都照向别人圆。

这边，谭康泰一直被关在不为人知的大眼鸡船里，不让他与别人接触，当然，也不至于饿肚皮，勉强糊口，想好吃好喝，没可能，与难民一个待遇。

不过，他从看守的口中得知，也从偶尔开门能看到海面，看到原先聚在一起的百十号船只，已经所剩无几，他判断，后面的十万银元已经送达，海盗们兑现了承诺，把船只撤往了外海，船上的难民、得了钱，也疏散了一大半。

于是，谭康泰称银子押到，齐了，要见首领，好在也没遭到拒绝，对方便把他引到了一个颇为讲究的客舱内。

没一会，便来人了。

谭康泰一见，大吃一惊，原来他心目中的海盗头子，当是凶神恶煞、青面獠牙，可来的人，却一表人才，风度翩翩，温文尔雅，谈吐不凡。

第一句便是：“怎么官府不来人，来了你这个行商？”

“你不是要银子么？只要银子到手，你还管押银子的是什么人干吗？”谭康泰分明要惹对方发火，一副豁出来的样子。

对方一愣，却哈哈大笑起来：“官府自是怕死，不来，你们当行商的就不怕死？”

“这银子是我借的，有借无还，不妨来这里一了百了。”谭康泰成心要使“激将法”。

对方说：“你倒干脆，想来寻死。不怕我收了银子也不撤兵么？”

“不怕，江湖上，同我们经商的，当讲同一个字。”

“什么字？”

“信义。你要是不撤，江湖上名声坏掉了犹自可，老百姓中就更不堪了。”

对方一笑：“银子来了，我们也就鸣金收兵，得在世人面前留下个信用，也算给你一个面子。”

“我命都不要，还要面子干吗？”

“面子可是大过命的。”

“那要看在什么情状下，看是什么人了。舍生取义，这义也许就是面子，千秋万岁名。可有时，就不见得了，死要面子活受罪，那恐怕与大义无关了。韩信胯下之辱，不是丢尽了男子大丈夫的面子么？他却可以不要，先要命，真要搏个面子死了，哪还有他日后的功名？”谭康泰说，“这次，我不死，回去后，夷商逼债，我何面子之有？”

“这么说，我们把你杀了，你赢得了名声，却陷我们于不义，这算盘打得不错，你可太精了点。”对方冷冷一笑。

“反正我不打算回去了。”

“那就留在我们这里干好了。”

“我说不回去，不等于留在这里。”

“哪恐怕由不得你了。”对方冷冷一笑，“说不定，我派人把你送回去，让你没面子去好了。”

“你是叫我生不如死？”

“正是。”

“可你也保不了我不死。”

“上了岸，你想去死也难。”对方依旧冷笑，“人家不会让你死，你死了，

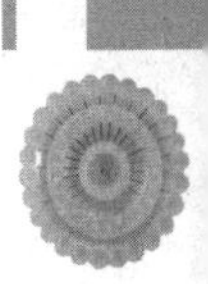

这债往哪去要?”

“这你就有所不知了。官府是最怕洋人索债的，指定第一偿还的当是夷债。我死了，债还在那，夷商会找官府要，官府呢，还不把这债一一加在行商头上，只有行商才还得起。不过，都不关我的事了。”谭康泰同样还以冷笑。

“你是真下定了去死的决心?”

“当然。”

“其实，你留在我们这，倒是上策。一是保住了命，二是躲掉了债，又有命又有面子，何乐而不为。第三，你还可以照旧经你的商，行你的商道。”

“在你这经商?”

“是呀，我这可是大笔生意。”

“你的生意同我的生意不一样。”

“怎么不一样。不瞒你说，我们这些人，祖上大都是为商的，而且不知传了多少代。”

“那你们为什么不把这正经生意做下去?”

“能做么?明清以来，几度禁海，几度禁洋，最后恐怕只余下广州，这一来，除开广州一地商人，其余地方的商人，也就不成其商了，即便是商，也被称之为盗了，因为违反朝廷禁令经商，不就成了盗么?”

“那这次几十万银两，又怎么算得上是商?”

“这算是官府赔偿的。那些贪官污吏，贪了不够，还想发横财，做了套子让我们往里钻，害得我们血本无归，他可以使手段，玩阴谋诡计，我们干脆就来明的，欠债还钱，天经地义!”

“可这回，你们是伤及百姓，听说，还砍了位盐商的头。”

“除非他是官商勾结，给我们下套，罪有应得，荼毒生灵，死有余辜。”对方迟疑了一下，“不对，是谁砍了谁的头?我手下没干过这号事。”

“你不认账?”

“我只是刚刚从你口中听来。”这回，对方很肯定地说，“至少这些日子没发生过这样的事。”

“这就奇怪了，人头我是看到的。”

“认识么?”

“不认识。”

“这不是凭证。”

对方称:“该不是因走私丢的脑袋吧。”

“你们就不走私?”谭康泰转换话题。

“不合法就是走私，合法便成了经商，可法又是什么?几百年来，一禁海，商成了盗，一开海，盗亦为商，一开一禁，亦商亦盗，商非商，盗非盗，你能说得出个究竟么？”对方一副洞察一切的样子。

谭康泰一惊，莫非，这又应了老先生的话，商非商，道非道，非商非道亦非人——人家说的是“盗”而非“道”，看来，这一偈语，也快到破解的时候了。他唯有苦笑道：“你这一说，这年头，可是商盗无分了。”

“算你有灵气。所以，你就算留下，又有何妨？还不是干你的老本行，还用不着那么战战兢兢，提心吊胆，去看官府、海关老爷们的脸色。在我这里，大碗喝酒，大碗吃肉，生猛海鲜，一日不缺，比比看，不快活多了？”对方爽朗地大笑了起来。

谭康泰只能说：“依你这么说，倒是快活。可这些日子广州城里，人心惶惶，那种难受，也是你们造成的。”

“我已下令撤军。”对方立即走了出去，分明是去吩咐什么，果然，这艘船也立时便开始掉头了，窗外，余船也在跟着掉头。

没多时，首领又回来了：“我说话算数。”

谭康泰说：“那我死也无憾了。”

“少来点英雄气。本来，我们也无意攻城略地，我们只讨回公道就行。”

“公道就是银子么？”

“这年头，公道能用什么衡量？不折算银子还折算什么？本来也是官府坑了我们，赚得盆满钵满的，不还就是那些贪官污吏。商人只是被当作扯线公仔，到时要找替罪羊，官吏安然无恙，倒霉的不还是商人，还背个不好的名声。”

这些，谭康泰早也隐约听到，只是没今天听得这么明白。

他不说话了。

首领果然大鱼大肉款待了他一顿，而后再问：“你留还是不留？别以为我们嗜血成性，其实，我们绝不会滥杀无辜，看你是条汉子，放你一条生路。”

谭康泰忙问：“留又怎样？不留又怎样？”

“留，就同生同死；不留，你走你的阳关道，我走我的独木桥。不过，依你所说，回去，也是生不如死。”首领劝道，“你想明白了？”

“是的。”

“那你选留还是不留？”

“不留。”

“好死不如赖活着，是吗？”

“就算是吧。不过，我总归会尽快了断。”

“悉听尊便。”

谭康泰真没想到，海盗头子果然没有食言，真把他放了。而且说放就放，半刻也没耽搁。

然而，直到回了家，潘启官找来，他这才得知，紫筠又上了海盗船，而且没有再下来。

他这才后悔，当初走时，要求见一下阿仈，也许会知道一些情况，或者直接向“海盗”首领提出来，没准也能找到紫筠所在的那艘船。

一错再错。

当然，有可能她找到了父母，只是难民不可能在珠江口就近下船上岸，须绕行很远，一时也回不了广州，甚至回了老家，把父母安顿好了再出来，尚需一些时日，得等。

还可能……这是谭康泰不愿猜想的，她还在船上，随船往南洋去了，自己上南洋找父母……无形中，等于被海盗劫持了——海盗中好人、坏人都有，就看她的命好不好了——这却是最叫人悬心的。

怎么最后结果竟会这样？

而广州这边，还有更多须善后的事，弄不好，自己都得赔进去了。

第二十二章　活罪难逃

无论如何，广州这一劫，总算是过去了。

行商们在筹划又一年度贸易季节的货物，因为他们得知，新的一年，又会多几艘外国商舶开抵广州，尤其是英国，开始超过了荷兰，甚至法国的贸易量，跻身为这个大帆船时代的新霸主，英法之间的战争，一触即发，迪韦亚一直忧心忡忡，担心已购置的中国货物成了英国人的囊中之物。而荷兰与英国之间的明争暗斗，在南中国海域已成水火之势，荷兰情知婆罗洲等地的殖民地会落到英国人手中，正在做垂死挣扎。

潘启官与瑞典商船的交往，更为密切，几年间，他包下的瑞典船都五六艘，甚至不惜投银子给瑞典造船，其回报十分可观。

“神龙见首不见尾”的叶家，竟然又一次申请重返十三行，海关大喜过望，很快便予以了批准。

这是个信号，说明英国人的对华贸易在迅速增长，伦敦蜡像馆中叶吉官的蜡像，不仅仅是一个象征，而包含很大的实际意义，叶家从未在仕途与商业上顾此失彼。只是他们的行踪，总是含而不露。

谭康泰暂时还没似海盗说的“生不如死”，商务上似乎已经缓过一口气来，对下一贸易季节多少有点信心。

偏偏有人追债上门。

哪来的债。

来人称，他是奉班主的命来的。

可他没欠班主的债呀。

“可是，你从班主那里带走了一个人，说是代她请几天假，去南洋的船上寻父母，却一倒无风，根本不见人回，时间也够长了，只怕是回不来了。”来人说，“这要给戏班子造成多大的损失，她是台柱子，她不在，好几出戏都上演不了，全班子的人只能喝西北风了。”

“等等，你是说曾紫筠么?”谭康泰问。

“没错。”

“是她向班主请的假，班主允了，只不过走的时候，官府找来要我去退贼，她才跟上我一道走的，原本，她并没打算跟我走的，当时你们班主都在，我也没有任何承诺。班主倒是说，看在官府的面上，放她去几天的，还是班主提出让我带她走的。”

“可她是跟你走的。”

“我是奉官府之命去退兵的，莫非你不在场，信口胡诌?”

来人一时哑口无言。

“是这么回事吧，我当时还不愿奉命去退兵呢。”

来人脸色没那么发青，只是说：“班子里，一直有传闻，说你要为紫筠赎身，这话不假吧?”

谭康泰摇摇头：“就算我有此心，也得紫筠同意吧。”

“紫筠没同意么?”

“之前倒是有过一个商贾要这么做，但没有后文了。”

“这我知道，不是你。”

“那你又找我干什么?”

来人最后放下了身段：“班主没办法，才有了这么个衰主意，让我来找你，为班子糊口着想。”

“不是要讹我吧?”

“算了，这不是讹不成了么？只是想请你看在紫筠姊妹们的面子上，给她们一口饭吃，你们行商，吃香喝辣的，挥金如土，财大气粗，养个戏班子也是湿湿碎。”

“什么?”谭康泰几乎不相信自己的耳朵，“让我养你们的戏班子?”

“这是个好事，也为了壮声威。”

“我还没这个雅好。”

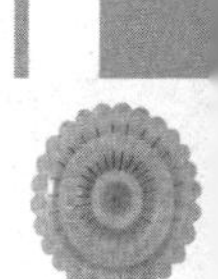

“你拒绝?”

“拒绝。”

“那，退一步，不养班子也成，多少也该为紫筠的失踪，赔偿一点吧。”

“又绕回来了，这不还让我为她赎身么?”

来人再度无话可说。

谭康泰叹了口气，再问：“要多少?”

“两三万只能勉强维持得住。”来人装可怜。

“我给你八千，别以为我不了解你们这个行当，狮子大开口。”谭康泰说，“你们班子里还有几个角，撑得住台面，别在我面前巧言令色。”

“这么说，你从紫筠处了解了班子的底细。”

“这又关紫筠什么事?”谭康泰猛地醒悟过来，“是这样，八千两银子付出，你们就不得再找我要人。”

“这么说，这八千是赎金?”

“赎什么?我图个清静，如今，我连人影也见不到，不知她去哪里了，是死是活，能赎到什么?”

“要当赎金，那是太便宜你了。”来人不卑不亢地说。

“怎么说?”

“这么个角，少说一万八千两，这才只是尾数。”

“那你把大活人带到我跟前，人呢?你明知人不见了。”

“好了，这事到此为止，你给银子吧。”

谭康泰忍住气，让账房划出八千两银子，交割清楚。

“你得立个字据，今后不得再找我要紫筠，任何时候，任何情况下，都一样，不然，你就空身走人，不再啰唆。”谭康泰一字一顿，“亏你们做得出。”

来人赶紧打发人来抬走银子，一去无影了。

竟然还有这样的人，拿不见了的人做买卖。

只是，谭康泰这还不能算撞上“生不如死”的大运。

杨丙官的事，才教他心事重重。

海盗完全撤走后，广州一带，官府开始大吹特吹，“海晏河清”，天子南库，金山银山，俨然是他们治理有方，趁此机会，行商们在锦纶堂又一次聚会，商议如何把杨丙官营救出狱，大家心有戚戚，毕竟是兔死狐悲，平日生意场上斗来斗去，斤斤计较，可在这类事上，又情同手足了。

于是，派人向兼任海关监督的策楞说和。

谁都知道，当日是担任广州将军的策楞，一口咬定，要砍下为海盗张目的杨丙官的人头，只差没下手了，好说歹说，也只应允把这个人头在脖子上多放几天，并没有松口说不杀。

不过，这位策楞将军已当上了海关监督，多少也该知道海关与行商之间的关系，脑子里要活泛一点，不至于开口就杀就斩。

坐在什么位置上，就得在这个位置上考虑问题，伤了行商，海关的税利只怕也收不利索，所以，后来有人说，屁股指挥脑袋，这才是天经地义的，谁也不会把脑袋当屁股坐呀。

那就不妨试试。

还是推的谭康泰出面，加上潘启官。

去巴达维亚，就是他们加上杨丙官。

策楞骨碌碌的眼珠子盯住了谭康泰：“你也是老麻雀了，知道朝廷对与海盗暗通款曲的商人是何手段，别存侥幸之想了。”

谭康泰说话：“我也代表官方去了海盗那里，把我也关了几天，生不如死，他杨丙官又怎么抗拒得了那些海盗呢?”

潘启官补上一句：“如今，海盗真是彻彻底底地退兵了，近海看不到他们的一艘船，我与康官也是拿命去搏的。”

“你们有功，我们已向朝廷为你们请赏了，当赏罚分明嘛。”策楞大大咧咧地说。

“那杨丙官也还是有功的，如果不是他向我们提供海盗的情况，让我们做足功课，派我们去退兵就不会那么顺利……”谭康泰特地强调，“他本就不是海盗的人。”

“所以，现在我还没割他的人头。”

这让谭、潘二人听得一愣一愣的，是否还坚持过些日子，这人头还得要割下来。

然而，策楞踱了几步，又说：“有你们说情，我也就网开一面，命不要了，头不砍了，可罚却是少不了。”

“怎么罚?”

“死罪不再，活罪难逃，打了三十大杖……”

“这，一文弱书生。”

“再罚他三万银子。”

“打伤了，怎么去筹银子呀!”

“那就二十大杖，没得减。”

策楞已经不给任何商量余地了。

两人千恩万谢，赶紧退出，生怕一慢，将军又改变主意了。

三万两银子，对杨丙官个人来说，并不是小数，况且在巴达维亚，他损失之惨重，与谭康泰相当，只怕家底没剩下多少了……可是，也不能不答应下来，不然，连命也不保。

这边是欠下夷商的借款，那边又是官府的罚款，到头来，所有重负都压在了行商的头上。

先捞人吧。

去把杨丙官接出来的，只能是潘启官。

谭康泰没有去。

他是托病不去的，本来，紫筠的事、欠款的事，已教他心力交瘁了；再一个，南海监狱，于他是伤心之地，不可再去，一去是必触景伤情；之三他也不愿与那些官吏们打交道，而潘启官年轻，也该历练一下，以后应付官吏的事多了，日子还长呢，而自己……也该退出了。

果然，潘启官这回把事情办得相当漂亮。

二十大杖，要下得重，别说一条命，两条命也顶不住，有的人，十杖便见了阎罗王了，杨丙官担惊受怕，还有在牢里待了这么些日子，显然经不了几杖，可也不能不打呀，否则，人是出不来的。

而这二十杖，还须在交付了三万两银子的罚款之后才执行的，打完了，才可以放人——应该说，才可以让人去治杖伤，否则还得关下去。

这次，潘启官掏了两万，毕竟，在巴达维亚，他是几乎没有什么损失的一个，回来后，又与瑞典哥德堡号的生意做得最大，手头上有不少盈余，有难同当，都是一道去巴达维亚的行商，他感到自己也有一份责任，余下一万，杨丙官让家人筹集，而且得尽快，牢里的日子不是人过的。

终于，放人的日子到了。

先在县衙门里进行责罚——二十杖。

明白人一看，这大杖是有门道的，高高举起，也似重重落下，可挨近屁股时，却飘了一下，似从皮肉上滑了过去，皮肉伤自然是免不了的，却不至于伤筋动骨。

杨丙官也“配合”得很好，每落一下，都惨叫一声，叫得所有在场的人不能不动容。

“呀！”

“呀……呀……”

最后似乎要断气了，二十杖也打完了。

潘启官立即把守在衙门外的杨家家人叫上，把专门扎好的躺式的轿子抬了进来。

这边，县知事还一本正经地宣布：“杖刑完毕，罪犯可当思悔改?”

杨丙官沙哑着声称：“在下不敢，不敢了!”

戏做足了，人也抬走了。

伤还是有的，免不了要躺上一些日子。

谭康泰也没有来看他。

不是不来，而是什么地方也没去。

自归来之日，谭康泰就很少出现在商行里，不知他这段“生不如死”——如海盗首领预言的日子是怎么过来的。

只是离归还夷商借款的日期，已经一天天地逼近了。

日子未到，夷商们是不会登门索债的，在这一条上，他们有他们的规矩。

可日子一到，他们绝对不会延缓那么一两个时辰，说到就到了。

这对谭康泰来说，就如同死期。

可他已将生死置之度外了。

总商自然也焦急，在催海关兑现当日的承诺，这一段的关饷免了，各行商至少可以把原本用作交关饷的差额拿出来，垫付一部分夷商的债务，哪怕凑个三万五万也行。

谁知海关策楞大人却发了话，说朝廷今年催交关饷甚紧，不仅拖欠不得一两，而且还不容延误一天。所以，海关也无计可施，只能等以后的日子，看有没有机会。

这下子，行商们苦不堪言，关饷要交，夷债要付，谁抗得住。

而这，却已是谭康泰预料之中。

这才是预言的“生不如死”。

人是不能跑的，他也不会跑，跳得了和尚跑不了庙。

在龙溪新约的谭家大院中“慎独”了一段时间，谭康泰终于有点想“动一动”了。

首选，自然是得去探看杨丙官。

杨丙官的伤也好了，连血痂也都脱落了，长出了新肉，也可以坐在太师椅上接待来客了。

见杨丙官，于情于理，都应是首选，情者，不用多说，同去巴达维亚，探监中无保留地提供海盗信息，还有……二十大杖，让人心疼，于理，就更多了……

谭康泰心中有太多的疑惑。

这天一早，他便备好了轿，径直上了杨家。

杨丙官听说是他来了，亲自迎到了大门口——两家的交情自不消说，否则，四五十年后杨家最终破产，也不会把所余的一切卖给了已是行外商人的谭家，尽管那时，泰叔已不在了。

“该我去拜会你，怎可劳你大驾？”杨丙官说。

谭康泰摇摇头：“不，是我来迟了。”

两人相互扶持着，上了客厅。

落座，上茶，寒暄。

“杖伤，当已无碍？”这不是客气话。

“早好了，让你挂心了，没你和潘启官，我们已该天人相隔了。”

“别这么悲观……如今官方口风也开始转了，”潘启官这么说，“前一段，禁洋之议有压倒之势，加上海盗兵临城下，更给禁洋主张者太多的理由，好在海盗已退，力主禁洋的策楞兼了海关监督，关心起海关的收税，这两年一乱，税少了，朝廷自对海关施加了压力，所以，策楞也就很少讲不让夷商进来做生意的话了。军方对荷兰人也算做足了姿态，对死难的巴达维亚中国人有了个交代，荷兰船又可以进来了……天意从来高难测，在开与禁之间，没个准数，没人揣测得明白。”

杨丙官脸上总算有了点血色，艰难一笑：“你是认为，主张禁的，不再是明的，而成了暗流。”

“是暗流，难免有一天还会涌上水面。”谭康泰说，“这正是我一直担心的，天意似乎也在其间。”

“是呀，康熙皇帝开了海，晚年却禁了洋；雍正皇帝开了洋，却对‘加一征收’不闻不问；如今的皇上，取消了‘加一征收’，但对禁洋之议并没给以制止，乃至反对，让人无法捉摸，所以，总归悬心，生怕有一天，又会回到过去，这不是没可能的。”

杨丙官点点头：“谁也无法保证，要‘禁洋’的势力很大，连要‘开洋’的也只能折中、妥协，这才有暂停外国买卖的决定，反反复复，变化不定……”

谭康泰思索了半天，这才问：“你知道，你被派来作为海盗的使节之后，海盗竟然又送来了一个盐商的人头，说是官府派去的，也是使节……所以，策楞才认为，两国交兵，不斩来使，对海盗而言是无约束力的，海盗不讲这个，我们也可以不讲，海盗杀人在先，我们也就得杀了——你差点没了脑袋。”

杨丙官说：“我已经听潘启官说过了，这里有问题。”

“什么问题？”

“不合常理，既然派我来了，怎么又斩这边派去的，这不成心置我于死地，那还谈什么?”杨丙官拧紧双眉，“海盗本只是虚张声势，把难民放下也就行了，并没打算真正攻城，历史上围城的海盗不少，可真正攻进城的几乎没有……他们不会自断后路。”

“我还想知道，你来之前，是否有过什么使节上过船谈判，海盗又如何对待他们的?”谭康泰问得更深。

“也有，不过只是些散商，怕海盗，想借道，交点买路钱，也就过去了，海盗也不无小补。并没什么红脸的，直至杀头的，没有过，也不会有。”杨丙官肯定地说，“而且，那时，海盗船上话事的还是阿邝，你比我更了解他。”

“不会因为阿邝失去了控制，才有这样的事?”谭康泰非要打破砂锅问到底。

“也不会，尽管上百号船，什么类型的人都有，鲁莽的武夫也不少，但也不会轻易开杀戒，断了与官府做交易的财路，海盗一般也就是谋财不谋命，他们内部也有自己的规矩。”

“是呀，这个盐商的人头，来得蹊跷，海关也肯定不是他们派的，过路的散商也犯不着同海盗闹翻……”谭康泰思索着说，“不合常理呀。”

杨丙官脸色又有点发青了：“只有一个解释。”

“你说。”

“也就是你认为的暗流，在乾隆皇帝还举棋不定的时候，为禁洋的主张加码。”

“也只能这么解释了。”谭康泰沉毅地点了头，“这可是防不胜防的，什么人来了这一阴招?”

“烛影斧声，千古之谜。这不是我们查得清的，只是让我们提防着，小心点。”

两人又聊聊这两年的生意——两位都是大伤了元气的，要恢复还得下不少工夫，面对“禁”的暗流，自是平添了很多的烦恼，前程未卜。

本来，生意是生意，国策是国策，只是在中国，国策每每对生意有生死予夺的影响。

一个人的意志，足以教一个国家同样“生不如死”!

旁观者清，在外边亦商亦道者，才会做得出这样的结论。只是，结论仅仅是结论，又能改变得什么。

很快，谭康泰才真正体会到人家所预言的“生不如死”的味道。

他只能认命。

第二十三章 “百鱼宴”

在谭康泰造访杨丙官之后不久，所有行商，以及活跃在十三行地面的行外商人，尤其是粤籍的商贾，便风闻谭康泰要大宴同行。

而且是有名的百鱼宴。

这谭康泰凭什么要大宴诸商贾?

各种猜测都来了。

一是大灾过去，海盗撤兵，十三行当红火起来，去年晦气，非一场天大盛宴，不足以去晦!

二是新一个贸易季节要到了，谭家还要请上留守在澳门的苦不堪言的大班开怀痛饮一次，预祝这一年的生意有长足的发展，皆大欢喜。

三呢，只可意会不可言传，阵势大了，中外贸易红红火火，好让那些禁派不再啰唆，至少闭一阵口，好教朝廷得知禁非良方，别因此误了国计民生。

还有别的说法，如为这几年在荷兰的杀伐中受害的同仁们压压惊，包括为杨丙官平安出狱庆祝一下，所说还请了难民中若干有名望的长辈，总归，大家都放松一下，脱运走运，让今后的海路顺风顺水……

也有人说，用不着任何理由，讨个彩头就可以了。

而“百鱼宴”，就在离几户行商家不远的陈家花园举行，三姨太没回来，就还是由谭康泰在代管，谭康泰也费了不少力气，让园子焕然一新，清除了杂草，刮干了池中的污泥，让荷花再度婷婷而立，艇舫、小楼，各式圆门、方门、菱门，都重新修整过，景色愈加雅致，各色鲜花也都联袂而至，无论是月季、大丽，还是玫瑰、茉莉，千姿百态，芳香袭人……也难为谭康泰竟有这份闲情逸致，把为人代管的园子打理得千娇百媚，风光无限。

只是，这“百鱼宴”比园子更具魅力。

不过，后来听谭家出来的花匠、厨工们说，这段日子里，谭康泰总说他右眼皮不断在跳，左眼福，右眼祸，这不是个好兆头，所以，他日日夜夜心惊肉跳，夜不能寐，眼珠子总是发直，怪吓人的。

也许，正是为的压惊，避邪吧。

顺德人，生性好鱼，一种鱼，可以做出十几种花样来。人说，食在广州，厨出凤城（顺德），倒是一点不假。而顺德龙江，历来有“两龙不认顺”之说，即龙江加上龙山，其人气之旺，不亚于顺德县城。兼之甘竹滩头，自古以来便是江海交汇之地，是西江上一个旺埠，说起鱼宴，个个都可以讲出一部经典来。这谭康泰自然也不例外。

不久，谭家果然发出请帖，邀请众行商，以及与他家交好的一批文人墨客，到陈家花园来聚会，说他专门从龙江请来了大厨，专门做一席“百鱼宴”，让大家一饱口福。

此举令行商们大为诧异，谭康泰打送银子回来后，一直深居简出，难得照面，为何会发此雅兴，居然来个“百鱼宴”？倒是文人墨客们没想这么多，有口福享，自是趋之若鹜，到时，无非是吟诗作对，献上一点笔墨，没什么破费，快哉，乐哉！

而后发生的事情，则是众人所见。

百鱼宴，据说是龙江的传世秘诀，非龙江人是做不出的。你说说，光凑一百种鱼，也绝非易事，甘竹滩头，固然是洄水激荡之处，各色鱼类都在此聚头，可三五日里，未必就可达上百种，此为一难。而一百种鱼，要弄出一百种口味，非有精妙厨艺不可，风城因有名厨，可真能制“百鱼宴”的，也就屈指可数了。哪种鱼可清蒸，哪种鱼宜煎炒，哪种鱼可用慢火，哪种鱼须要猛火，反正，炖、煲、爆……寻常手艺，在这无须一提。光鱼嘴、鱼须、鱼肠、鱼胆，都有不同做法，就是天上的神仙，也必闹个眼花缭乱，应接不暇。所以说，神仙也未必享得了顺德人这个福。这百鱼宴真要细细说来，只怕要做一本书，也不一定能说全。

其实，早在康熙年间，大学者屈大均除开留下“五丝八丝广缎好”那首著名的竹枝词外，也留下多首吟顺德甘竹滩头河鲜风味的诗作，他可是从番禺老家泛舟来龙江，品尝口味独特的鲥鱼的：

甘滩最好是鲥鱼，海日山前味不如。
丝网肯教鳞片损，玉盘哪得鲙香余。

鲥鱼固然是甘竹滩的名菜，同时还有嘉鱼，时人陶心云亦有咏：

冰鳞七寸泼嘉鱼，甘竹滩头举网初。
新试南烹风味好，莼鲈千里转忘渠。

除开鲥鱼、嘉鱼外，这里更盛产鳙鱼、鲢鱼、鲩鱼、鲤鱼、鲫鱼之类家鱼，还有鳊鱼、鳜鱼、鲋鱼、舌鳎、风鳝等河鲜与洄游鱼类，至于海鱼，更数不胜数。

因此，说“百鱼宴”，又何止一百种类的河鲜海味。

顺德鱼，乃天下绝品矣。

且不说百鱼宴。

只说这鱼。

因要办百鱼宴，自然要运来一大批的鱼，肯定不止一百条，少说也得七八百吧，每种得有好几条才是。于是，谭家里，一下子人丁便旺了起来。

这鱼腥味，也就飘出了好几里。

这就招来了四面八方最馋鱼的猫们。

谭康泰没想到这一条，即便看到了，只怕也不在意，本来嘛，猫馋鱼，乃是其天性，焉有不来之理。

况且人也馋鱼。得知是“百鱼宴”，凡是接了请帖的，无有不来的，谁都想亲口尝尝这名闻遐迩的“百鱼宴”，过去不到顺德是尝不到的，如今搬到广州，设在陈家花园，谁会放弃这一口福呢？

与其说馋猫蜂拥而至，不如说宾客如云，一应了古语中的“往来无白丁”，来的，不仅仅是有身份的人，文人墨客自是不少，连外国的商务主任，也有壮胆携夫人而至的——这已是珠江对岸，白鹅潭的东南侧，离海幢寺不远，本也是官方划定的可以让夷人游玩度假的地方。

据说，龙山老乡温汝适，兴致来了，拿起笔便题上五绝一首《馈四鳃鲈》：

捣就香韭美，登盘二寸鱼。
四鳃来不近，八册望何如。

还写上自注：此鱼不甚似鲈鱼，长仅数寸而味绝腴。

同三姨太在时一样，文房四宝是早已恭候。

其盛况乃多年未见。

也有人巧将鱼名串成了“竹枝词”：

渔妹鱼夸淡水鲜，雪涛飞溅打鱼船。
黄魟白鲏金丝鲂，短鲤长鳟缩项鳊。

可谓如数家珍矣。

凭这几首诗，便可见“百鱼宴”之热闹。

尽管已宾客盈门，那些馋鱼的家猫、野猫都不曾吓跑，不时还在人的衣摆下穿来穿去，大模大样，赶也赶不走。

厨子已在厨房里忙个不亦乐乎。

这边，刚把一条大鲤鱼，活活甩死在台案上，那边便吆喝开了，说一坛子上好的鲜榨花生油让野猫撞翻了。厨子来不及管还在台案上挺肚子的鲤鱼，便赶紧去扶正油坛。

说时迟，那时快——少不了用这话本中的字眼，只见窗台上猛地蹿出了一头大黄猫，直奔那半死不活的大鲤鱼，它分明已守候多时，总算找到了机会。

厨子还没转过身来，大黄猫已一口叼上了大鲤鱼，转身便往窗口逃。

厨子一看急了，没等油坛坐稳，便一个箭步跃上了台案，伸手去抓猫尾，可哪抓得住，只指甲缝里留了几根猫毛罢了。

那猫一蹿出了厨房，别处不跑，偏偏就沿着院墙跑了起来。

厨子也就沿着院墙追。

谭康泰正在门外迎客，一看，脸都青了，忙叫："别追了，别追了！由它去！"

他自然是想起算命先生说起的顾忌，赶不得的呀！

这猫，本就是老虎的师傅，它能上树，老虎还上不了树，师傅并没把绝活全部传授给徒弟——这一追，它岂不会大显神通，什么地方都上给你看看。

大梁自然也是能上的。

真可谓人算不如天算。

可厨子没听清，还在追，只见猫叼着鱼，一跃，就跃到院墙去了，紧接着，在院墙上跑出几丈，便一跃，上了大宅的轩堂。

厨子奈它无何了。

谭康泰也顾不上迎客了，忙叫："快把它赶下来，赶出去。"

并没有人了解谭康泰"赶下来"的意思，他们也不曾听到过算命先生的预警。

所以，"赶下来"也就成了往上赶。

谭康泰已是满头虚汗，在喊："赶不得，赶不得呀！"

大家却不曾听清，只听到一个"赶"字。

于是，下人们不是用石子打，用竹竿戳，就是大喊大叫，想把这大黄猫赶下来。

可这时，大黄猫已知道两条腿的人，对付不了它这四条腿，一点也不在乎，叼着鱼，不慌不忙地沿着轩堂一角，走上了宅顶，一直走到了最高处。而后，蹲坐了下来，自由自在地品味着它的美食大餐。

这大黄猫蹲的，正是顶上那根最高的大梁上。

别的地方不去，偏偏就上梁。

谁也够不上，它吃得津津有味，得意至极。

谭康泰顿时浑身一哆嗦，双腿一软，瘫坐在了地上。当日把楼层改造了一番，竟白做了。

来宾亲眼见到了这一幕，只是不解谭康泰为何会吓成这样。

待下人把谭康泰扶起来时，他竟似当日嵇康一样，说了一句："百鱼宴从此绝矣。"

谁也不解其意。

自然，谭康泰并不愿意扫了大家的兴，况且，算命先生的预言也未必马上兑现，大家来，都是一片热心，是为自己捧场的，又何必弄得所有人灰头土脸呢。

他硬撑着站了起来，下令："起菜！"

厨子们早已准备好了，他们从左、中、右三条过道中，各自捧上自己最为拿手的一碟鱼，齐刷刷地、仿佛行军操练过一样，给数十席献上。

一时间，香味四溢。

大家也就一齐欢呼起来了。

在啧啧赞叹声中，谭康泰仍下意识地往梁上看去，说也怪，不知什么时候，那大黄猫已经走掉了，不知去向。谭康泰这才按按胸口，长长地吁了一口气，但愿黄猫走了，凶也就不再应验，化险为夷。

不会是一厢情愿吧。

不管怎样，他还是强打精神，在"百鱼宴"已经就绪之际，做了即兴的发言。

不过，话说得有点不汤不水，似是而非。

他是这么说的：

"古人嘛，讲沧海桑田，讲轮回转世，所谓'祸兮福所倚'，否极泰来……这几年，南洋不安宁，十三行也不安宁，南边血流成河，北边禁洋声日起……但不管怎样，大祸已经消弭，困难的日子，也算是过去了，所以，我举办这'百鱼宴'，就当是这期间的转折点，去印证古人相反相成之哲理，祈愿南洋不再有血腥，北岸不会遭禁限，顺风顺水，路通货通，重振早几年的繁荣……十三行风光无限！"

大家也都认为这是庆宴的宗旨了。

"龙江紧挨九江，两江难分难解，九江的双蒸酒我特地包了一条艇运来了，大家管饮，一醉方休！"

他带头喝上了一海碗。

从没见他如此海量。

于是，大家也不惜放肆了。

没几个人还记得他跌坐下来说过的话“百鱼宴从今绝矣”。

“百鱼宴”与“广陵散”，本就风马牛不相及。

即便之前出狱，他也不曾喝得如此烂醉。

独有杨丙官在为他陪酒，却不曾劝过一字，默默地喝，最后，也一同喝倒了。

只有杨丙官明白这一“百鱼宴”的用意，但却并不知道“鱼上梁”的警示与典故。

喝得高兴，不去说这扫兴的、没谱的事情。

只有赴宴的文人墨客们知道六朝的这一典故，觉得谭康泰此话未免太……可怕了。

自然，绝不是指少了一条鲤鱼，就凑不成一席“百鱼宴”。

绝不是。

但是，关于老先生为谭家算命所讲的鱼乘势上楼大不吉利的话，不久在行商中传开了。

行商中也有受西洋人影响了，并没把这一传说当一回事。权当一则笑话：鱼能飞么？不飞，怎么上梁？这能当真么？

可大多数人，都忧心忡忡，不知谭家会有怎样的大祸临头，毕竟，这鱼竟以如此独特的方式上了梁。

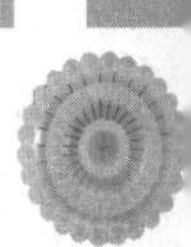

这年头，不信命，又能信什么呢？不信也得信！

这回，少说也有将近两百种鱼。

也只有甘竹滩才打得出。

不知道渔夫下了多大的功夫，满足了谭康泰的要求。

潘启官没喝醉，却已很尽兴了，他在宴会上是最活跃的，外国的留守大班，就靠他去应酬。

瑞行也有人来，而且是从澳门赶来的。

他们也大多喝醉了，因为都放得开。

从来没有尝过如此美味的鱼，不同的鱼有不同的原味，不同的烹制方式更强调各自不同的味道，这辈子，只怕不再会有这样的口福了。

就应了谭康泰的话：

一醉方休！

第二十四章　祸不单行

“百鱼宴”之后不久，谭康泰到十三行的商馆忙这一年的资金与进货准备，却遇到了一件不解之事。

末了，这事是否发生过，亲眼所见还是刹那间的幻觉，连他自己也说不清楚了。

那是广州西边的城墙到十三行这一段街道上，不难想象，这正是西关最繁忙的一段，各色店铺鳞次栉比，招牌五光十色，引幡更各出心裁，车水马龙，熙熙攘攘的，顾客们更摩肩接踵，人流如织，仿佛是永不落幕的大墟市。

忽然间，人们纷纷避让，空出一条窄道来。

这时，一位眉发皆白，却一脸顽童味的老人走了过来，他手中端着一个碟子，碟子一般般，既不是青花瓷的，也非广彩，但并非粗瓷，还闪闪发亮，另一只手则是一双筷子，看样子，筷子倒不同一般，有几分沉，似上好的花梨木所制，一下，一下，敲在了碟子上，发出忽儿清脆，忽儿又沉闷的声响，正是听了这碟子的响声，人们才自觉避让。

老人该不是有什么要宣示的吧。

让人感到不解的是，他肩头上还系着一根不粗也不细的麻绳，在吃力地拖着什么东西。

待到他走近，人们才发现，他拖的是一个陶制的酒埕，够重的，拖在地上，发出沙哑的声响。

他一走，后边的人群便合上了，市面依旧喧嚣。

而他，则完完整整地穿过了十三行。

这年月，怪事出多了，谁也没怎么在意。

而刚好在十三行的谭康泰就看到了这一幕。

他隐隐约约地感到，这位老人，有几分似当日对他警告过鱼不可上梁的那位算命先生，可一定神，又觉得算命先生并不曾有这么老，待他设法从人群中挤近过去，老人已走远了。

再去追，老人竟怎么也追不上。

最后，就那么消失了。

回过头来，一切都变得恍恍惚惚，似真似幻，甚至不曾发生过，问旁人，也说，没见过……

这是怎么回事？

他到底没弄明白。

不过，几天过去了，却未见祸事应验。

相反，一日，总商却兴冲冲地来到了谭家，进门就贺喜。

谭康泰已一副病恹恹的样子，问："有何喜事可贺?"

"海关就你我向夷商借贷，用银子挡住了海盗对白鹅潭，对广州的掳掠，给朝廷上了个奏折，已经批复下来了。"

"这又有什么用?"

"用处可大啦！赏你一个顶戴，即选道员。这回，你这百鱼宴可挡不住了，得风风光光，来个满汉全席。"总商说。

"蓝宝石顶子你不早已有了么?"谭康泰反讥道。

"是呀，有了，那次，可是大大排场了一回，用了上万两银子。"

"可如今，我还拿得出一万两银子么?"

"这个，船烂了，也还有几百斤钉子吧。"

"就算有几百斤钉子，也都得留作充夷债呀……朝廷批复，有代偿还债务的字眼么?"

"这……"

"我一听就明白，这一个顶戴，就换掉了我几万两银子，分明是让我来充冤大头，还什么道员?"

总商忙说："你可千万不要这么想，这一顶戴，也不是银子买得来的，朝廷是见你退贼有功，才给奖赏。"

"看来，今日你反而没我明白了。你本该比我明白得多……"

总商哑口无言。

"你再算算，到归还夷债的日子，还剩下几天？这一赏赐来得可真及时。可见有高人计算过了。"

总商一脸皂白。

总商也一样脱不了干系。

领赏总归是要去的。

这一天，恰好正是夷债到期的日子，谭康泰正好有充足的理由避债而去，不然，他家门是必会撑破。

也就是那顶戴，要戴不戴加到了谭康泰的头上的同一刻，十三行邻近的一条街，不知何故起了火。

正是深秋，风高物燥，火乘风势，转眼便烧过了几条街。时为乾隆八年十月二十二日。

整个十三行很快便陷在火海之中。

谭康泰没戴上顶子，却落了个白茫茫一片真干净。

无论是行商的商馆，还是外商的夷馆，大抵都是木结构的，当时时兴墙基是用东莞石排的红砂岩，大半个人高之后就用木料了，这木料，又如何顶得住大火呢？况且广州的秋日，都几十天不见一点雨水了，这火一燃，便一发不可收拾了。

救也没法救。

人们看到，一条火龙，在十三行的地面上翻滚，不时飞腾上几十丈的夜空，倒映在白鹅潭，仿佛水中也有一条火龙，且沿珠江而去，吓得整个广州城都惶惶不可终日，把西边的城门紧闭，让士兵严防死守，广州也是多灾多难，刚退匪患，又来火灾。火龙在天上、在地上，吞吐着烈焰，大有卷走整个商埠之势，那种张牙舞爪的样子，教多少人当场吓破胆。

烧了多少商行，毁了多少店铺，死了多少人？

光龙江在那里的商铺，也就好几百家。

顺德龙江从此有了一首童谣：

> 火烧十三行，里海毅兰堂，一夜冇清光。

里海是龙江属下的一个乡，谭家的祖居就在那里。

公行承担了毅兰堂破产的全部债务，因为承担借款的商号破了产，债务的偿还也就自然而然的拖欠了下去，但还是要还的，不可能不还。为此，又有几家商号也破了产。不过，毅兰堂的破产，到底为公行赢得了几个月的喘息时间。

夷商对那场大火恐惧莫名。

据史书记载，这一年太平门外大火“焚烧上万户，洋行十余家以及各洋夷馆与夷人货物，计值银四千余万两，俱为煨尽”，“火之大者，烧粤省十三行七昼夜，洋银融入水沟，长至一二里，火息结成一条，牢不可破”。

那些有预知历史风暴能力的人，都认为这场火正是十三行的一个历史转折……

事后，洛思颇还怀念谭康泰，因为瑞行也烧了，如果谭康泰不借走瑞馆的五万，势必也化了灰。而今，这五万毕竟还可以追讨回来。

总之，1743 年，广州的台风、大火，都在历史上记录得一清二楚。

当然，好事者也曾怀疑，谭康泰搞百鱼宴，让大黄猫把鱼叼上了楼，本就是预谋好的，为的是让老先生的偈语得到证实，而后，才有大火之祸。

但这纯属猜测，无凭无据。

而一个偈语，竟会以如此简单直白的方式破解出来，岂不太滑稽了么？

鱼下边是四点水，即“火”矣。

只有这一条是毋庸置疑的。

大火是几条街外烧起来的，起火的原因与谭家一点关系也没有，只是谭家难逃一劫罢了。

后人对老先生的偈语，也有诸多解释，但没有一种是有说服力的。本来，作为当事者的谭康泰，自己也找了几种解释，当更切合一些，可连他自己也觉得难以自圆其说，那么，局外者再怎么解说，也只能是隔靴搔痒了。

何为洪水，何为鱼？何为猫，何为楼？

一切，都会若观音诞那天一样，表述得那么直露么？

对于谭家来说，老先生的偈语，哪怕历一两百年，也难找到合理的诠释。

大火中逃难出来的家人，自然回到了顺德龙江，谭康泰留下了话，就让他们回去了。

其实，没这场大火，谭家也已负债累累，早该宣布破产了。大火只是给谭家一个机会罢了，所以，有人认为，这场暧昧的大火，当因谭家而起。

谭家无疑只能宣布破产。

鱼上梁，“鱼”字下边的“火”，这“火”也就不期而至了，算命先生言之不虚，一一应验了。谭康泰在“百鱼宴”上说的“祸兮”显然还在继续，“福所伏”只是一个遥不可及的自我安慰。

突然一天，谭康泰梦中惊醒，大声自责道：

“都怪我，怪我，我怎么就没明白老人的提醒呢？”

原来，在梦中，竟又原原本本地还原了当日所见那位老人打着碟子，拖着酒埕的情景。

他猛地觉悟了：老人分明是在向他昭示：打迭（碟）行程（埕），赶快走人。

这实在是太明白了。

只是，所有人只会做事后诸葛亮，自己聪明一世，也同样如此，没有一点悟性，如果当时省悟过来，把商行收拾干净走人，何至于损失惨重。

整个十三行也是如此。

省悟得太迟了。

然而，祸不单行。

这边十三行大火，那边，装满了中国“三大件”的哥德堡号，在平安航行了仅仅八个月，在离哥德堡不到一公里时，出事了。

几万里风狂浪险安然无恙，最后一里地却毁于一旦。

这几乎是一个诅咒。

船上装了大约700吨中国货物，其中有茶叶370吨，瓷器约100吨，计50万—70万件，其余200多吨，则是中国的丝绸、藤器、珍珠母等，这要到哥德堡市场拍卖的话，可以值西班牙银元200万—250万块。

对他们而言，此行当是一株摇钱树。

记得，早几年，也就是坎贝尔的处女航，第一批从中国运返的商品货物，拍卖之后的收入高达瑞典币90万旧克朗，而国家所收的关税，却只有一点点，才2000克朗，海关税率仅有千分之二点二。有人甚至说，瑞典东印度公司一艘商船赚到的利润，竟相当于当时国家一年的国内生产总值，东印度公司的发展，带动了整个哥德堡乃至整个瑞典的发展。当时的哥德堡人口不到一万，由于对华海上贸易，刺激了工业的发展，不仅造船厂，连各类采矿厂、加工厂、制造厂也都纷纷建立起来，哥德堡迅速成了这个时代瑞典的商业与运输业最繁荣的城市，也成了北欧的重要口岸。瑞典在外贸带动下，迅速城市化、工业化，在几十年间，又成了欧洲一个经济上的中等发达国家。

回去的时间比来时短得多，仅仅八个月，两百来天，只及来时的尾数，那是整整十八个月呀。而且，一路上顺风顺水，穿越了南中国海，横渡了印度洋，绕过了好望角，6月抵达大西洋阿森松岛补给淡水和养料。9月6日，便进入英国多佛港，做了再次补给……

1745年9月12日，哥德堡市众多的市民，一大早便来到了港口岸边，等候早已传来满载而归捷报的哥德堡号进港。

可又有谁会料到，历经风暴、闯过暗礁、战胜重疾乃至海盗的这艘传奇性的商船，在最后的一刻，离岸仅900来米的时候，竟鬼使神差驶入了汉尼巴丹礁石区。

待发现已经晚了，哥德堡号连同价值连城的商品，连同无数瑞典人美好的梦想，一同沉没在黑森森的海底中。

虽说所有的船员都被营救了出来，可是，那足以与整个国家财政相当的满船的财富，却不是那个年代的潜水技术所能拯救得了的。在哥德堡号沉没之后两年，瑞典人便设法开始打捞，但所捞起的，只是几门火炮以及少量的陶瓷制品。半个世纪后，即1800年，他们又再次做出努力，可在冷冰冰的海水中，他们所得的，仍少之又少。又过了一个世纪，至1906年，瑞典又第三次发起这条宝船的打捞，可惜的是，那时的技术水平仍受局限，能打捞上来的亦为数不多。

本寄予重望的这么一船财富，就这么说没就没了。

当然不是完全没了，单沉船后第二年打捞起来的少量丝绸与瓷器，就足以让东印度公司的投资股东们把本钱收回，并赚到了利润，盆满钵满矣。那么，如果大规模打捞成功，业已成为古董的货物，又该是何等巨大的一笔财富?!

哥德堡号沉没的消息，是巴达维亚的其他国家的商船带过来了，虽说具体情况当时还不清楚，但船沉没了，则是确凿无疑的，这艘船，从一出发就多灾多难，多名水手因坏血病不治，到了万丹、巴达维亚，几乎就等于被扣了五个月，而后，平时一个来月通过南中国海域便可抵达澳门的航程，却又走了一个五个月，还病倒了不少人，到了澳门，又迟迟上不了广州……本以为，来时艰难，回程顺畅，的确顺畅，平日一年多的回程，仅八个月便走完了，没想到，最后一公里竟船毁货沉。

老天爷成心为难！天灾，人祸，都全了。

因为船上潘启官的货物最多，所以，第一时间得到消息的也自然是他。

好在他还有大将风度，不形诸脸色。

当谭康泰闻知，仰天长叹："无论如何，这接踵而至的巨大灾难，也当到头了吧!"

天公当开眼呀!

这一年，那时离雍正开洋才不过十来年，乾隆废除恶税不到十年，十三行一场大火，平地而起，烧了个天昏地暗，所有的商馆都化为了灰烬。著名诗人罗天尺曾写有一首长诗记述，题为《冬夜珠江舟中观火烧洋货十三行因成长歌》：

广州城郭天下雄，岛夷鳞次居其中。
香珠银钱堆满市，火布羽缎哆哪绒。
碧眼蕃官占楼住，红毛鬼子经年寓。
濠畔街连西角楼，洋货如山纷杂处。
我来珠海驾孤舟，看月夜出琵琶洲。
素馨船散花香歇，下弦海月纤如钩。
探幽觅句一竿冷，万丈虹光忽横亘。
赤乌飞集雁翅城，蜃楼遥从电光隐。
高如炎官出巡火伞张，旱魁余威不可当。
雄如乌林赤臂夜鏖战，万道金光射波面。
上疑尧天卿云五色拥三台，离火朱鸟相喧豗。
下疑仲父富国新煮海，千年霸气今犹在。
笑我穷酸一腐儒，百宝灰烬怀区区。
东方三劫曾知否？楚人一炬胡为乎。

旧观刘向陈封事，火灾纪之凡十四。
又观汉史鸢焚巢，黑祥亦列五行态。
只今太和致祥戾气消，反风灭火多大燎。
况云火灾之御唯珠玉，江名珠江宝光烛。
扑之不灭岂无因，因禄尔是趋炎人。
太息江皋理舟楫，破突饮烟冷如雪。

开篇写尽当年十三行极盛的商贸业，可刹那间火从天降，“百宝灰烬”，令他想起佛教讲的水、火、风三劫，还有历史上项羽火烧秦咸阳宫等旧事。

大火过后，新商馆又如雨后春笋一样迅速破土而出，而且比大火前的更富丽堂皇。

又在重复往日的谣谚：

火烧十三行，
愈烧愈排场。

第二十五章　否极泰来

“阿潘!”

“阿惠!”

潘启官与麦阿惠，几乎同时叫出了对方的名字。

这不是做梦吧？潘启官热泪如注，不相信，就在这艰难的时刻，远隔重洋的阿惠却会来到自己的身边……这两年，他太苦了，十三行大火，哥德堡号沉没，原本蒸蒸日上的对外贸易，一下子来了个逆转，只差没倾家荡产，变得一贫如洗。而要恢复过来，就算打醒十二分精神，也是难上加难，只是，年轻人的雄心，不会似老人那样认命，反而激起更大的斗志，不起不跌，不成豪杰，古谚语就是这么说的，这只能算是第一个大的挫折，可这又算得了什么？咬咬牙，顶硬上，不信就冲不过这一难关。

也正是这个时候，阿惠出现了。

“你是我的福星。”潘启官很是感动地说，“上次，我差点丧了命，是你把我救起的，又带我一齐逃亡，化险为夷，你来了，我更有信心，把几乎垮掉的家业重振起来。”

“别把我说神了。”阿惠有几分羞涩地说。

这次，她就是投奔潘启官而来的。

在巴达维亚，她从小就与大哥相依为命，大哥对她呵护有加，她还在襁褓之中，父母便因南洋的疟疾双双辞世，只比她大七八岁的大哥，就如中国老话中说的，长兄为父，承托了抚育她成长的责任，自己没吃的，哪怕讨到一口，也留给牙牙学语的小妹妹，而后，打零工、进山砍木……大哥吃遍了人间苦，都只为这位未享受过父母温情的小妹妹，自己不识字，也让小妹妹去中国人那里读私塾，知书达礼，长见识，小妹从小也很懂事，能帮得上大哥的，也尽力去帮，纺织的手工，在市场上也能卖个好价钱……就这么十多年过去了，苦中有乐，日子还算是平稳、平静。然而，巴达维亚发生的这场大屠杀，彻底地改变了他们兄妹的命运，兄长为保护难友们，壮烈殒身，而她则成了孤身一人，无依无靠，浪迹天涯。

终于有一天，她遇上了潘启官。

也认定了这是自己一生所能依靠的人。

在把潘启官送上瑞典船之后，她也曾数次靠近瑞典船，好再见一眼自己的心上人。尤其是哥德堡号进入港口这一段时间，她也千方百计要登船，无奈荷兰人盯得太紧，时刻提防瑞典人会与中国人产生联系，所以，一点机会也没有。

那么，远远看上潘启官一眼也是好的。

然而，潘启官从来不曾在甲板上出现过。

是生是死，一无所知。

诚然，她也想到了，潘启官不可以在瑞典船上露面，否则，荷兰当局是不会放过他的。

最终，哥德堡号走了。

这几年，她都是在思念中度过的，好些日子，都是以泪洗面，尤其是她与三姨太一同护理的那对曾姓老夫妇，在好几年相处中，情同父母了，但他们最终还是因伤情反复，加上年迈多病，终于撒手而去。这一来，只余下她只身一人。毕竟，三姨太不可能时刻陪同在她身边，哪怕亲如姊妹……就这么形单影只，又熬过了一年。

思念中的阿潘，愈加鲜明了。

巴达维亚在这几年间，已经面目全非了，中国人的居住区，已是一片断壁残垣，尤其是数不清的烧黑的梁柱，横七竖八交叉在一起，一根根黑漆漆地指向苍天，仿佛在怒问：凭什么？凭什么？

这一伤心之地，怎么也是绕不过的。

她最终想到了逃离。

也算是巧了，有一天，她在临近港口的地方售卖自己手工编织的中国结，

竟有几位瑞典海员围了过来，分外感兴趣，甚至不惜高价买走了全部手工，还约她第二天再来。

待她第二天来，来的竟似曾相识。

而且会说中国话："我见过你，不，认识你，你是潘启官的女人，怎么，你没回中国去，还留在这里么？"

阿惠想起了，忙说："你是洛思大班。"

"我是。"

"你不是哥德堡号上的大班么？"

"是呀。"

"可是，我听说哥德堡号沉没了，你没出事，死里逃生了，命大，对不对？"

"你说得好。"

"那……"阿惠忽地有些哽咽了，"这次来，就跟了这艘新船，也是去中国的么？"

"是呀，去中国。"洛思发现阿惠两眼有些发湿，心知肚明，立即说："你想同我们一道去么？"

"想，很想。"

"我们还得去找潘启官，有更大的生意要做，他也一定等我们等焦急了。"

"我也是去找他的呀！能把我带上么？"

"非常荣幸，非常荣幸！"

阿惠立即破涕为笑："那太感激你了，几时动身？"

出发前几天，阿惠见到了三姨太，三姨太也很想一道回中国，但是，巴达维亚开始平静下来了，有的店铺修复好后，又重新开张了，三姨太在其中起到很大的协调作用，这也就一时走不开了，只好叮嘱道：

"替我问候潘启官，让潘启官告诉泰叔，我改日再回来，不会太晚。"

"行。"

就这样，阿惠最终登上了这艘新的瑞典船，驶过蓝蓝的南中国海，来到了珠江口，进了十字门。

按惯例，来的商船，须在澳门申报，获得批准后，方可开进广州的黄埔港。

然而，阿惠等不及了。

她向洛思道别，说先走几天，之后，再在广州见面。

她雇了一只小舟，穿过黑水洋，进入到珠江三角洲的内河，直驶广州。

一路上，水乡的风貌，让她倍感亲切与新鲜。

她本不是锁在深闺、足不出户的传统女子，海外的生活让她有足够的自理能力与交往的本领，况且，阿潘在十三行已非等闲之辈……不过，她找到了十三行所在地，也会同样被大火烧过的地面震惊了，这里同样遭到大劫！不过恢复的速度也令她惊诧，不少地基已经砌好，不少柱子已重新柱天而立，那么从容、淡定，没有悲伤，更不曾沮丧……

显然，这里潘家的同文行一同遭到了火灾。

她立刻向正在恢复建设的商铺打听。

一位老伯告诉她，过两天，潘家就有一个很大的施工队来了，说要把新的商行建得比原来更气派……你就等等吧。

可她一天也等不及了。

于是，又再向更多的人打听。

终于有人告诉她：

“潘家，谭家，过去还有陈家的行商，都住在江对面……那便是对岸的洲头咀，再过去，就是海幢寺了，行商的住家，就在中间，你去找一定能找到。”

好心人还给她叫来了撑渡的。

上了渡船，她的心就怦怦乱跳了。

上岸后，没打听几个人，便找到了潘家。

一叩开门，两人几乎同时叫出对方的名字。

彼此思念得太久了。

“快进来。”潘启官一手牵过了阿惠，步子是那么急促，几乎是拉着她小跑，“正想你，你就来了。”

阿惠走进了大厅，潘启官立即向家人，还有仆人介绍：“这可是我在巴达维亚的救命恩人，不是救一次，而是救了几次，不然，我就没人回来了……先洗个脸，再喝盅茶，歇口气，我们有太多的话要说呢。”

连精美的广式点心也捧上来。

“这次来，不走了，你是我的福星，你得好好帮帮我……”

“我在十三行地面，都看到了，没想到，这里也被烧了。”

“也没什么，没关系，你来了，我就更有信心了……不过，我还是得把实情告诉你，这场大火，把我在广州的家底烧得差不多了，还有，哥德堡号沉没了，我的投资恐怕打了水漂……这一来，我们只能从头来过，几乎又是白手起家了，加上朝廷是禁还是放，举棋不定，各种信息都有，这也给我们重新创业增加了很多的变数。”

“你用得着对我说这些么？”阿惠嗔怪道。

“这么说，你来，就是要与我共渡难关的?”潘启官兴奋了起来，“我盼的就是这个。”

“古诗云，最难风雨故人来。我来了，你说，还有比我们在巴达维亚更加艰难的日子么？命悬一线都过来了，现在，大活人一个。”

“你来得正是时候。”

“是上帝让我来的。”这话，阿惠是在巴达维亚习惯了，当日，她对曾姓老夫妇也是这么说的，她毕竟是出生在那里的。

“对，你是上天派来给我的，天作之合!”

虽然损失惨重，给潘启官的打击太大了，可是，阿惠的到来，却给予他很大的安慰，家有贤妻，胜过良田万顷，阿惠一到，那些损失也就不算什么了，有一个贤内助，该为他分担多少重负，这次东山再起，他的信心也更足了，尤其是阿惠提到，她这次是随洛思的船来的，让他喜出望外。

“他在澳门等候批准进广州么?”

“是呀，据说现在批的要快些。”

“不，我得亲自赶到澳门去。”

“你急什么?”

“你有所不知，这次十三行大火，烧得最厉害的，就是瑞典行，连英国人寄存在瑞行的货物都烧了个一干二净，对他们来说，更是祸不单行。”

“洛思应该知道了吧?”

“应该。”

“不过，我看洛思并没有满脸愁云，还是原来的样子，有说有笑，似乎并没发生过什么。”阿惠想了想说。

“我也在想，他这么快又赶来中国，应该是没把沉船的事太压在心上，照旧信心满满。”

“或许并不知道这边大火的事。”

“不管知道不知道，我得去告诉他。”

“这是正理。”

“而且，我寻思，他一定更想见我。”潘启官说，“我吩咐好，你先住下，我找上海关，把相关手续办好，赶去澳门。”

“不，我陪你一道去。”

“你一路上太累了。”

“不要紧，我漂泊惯了，不累。”

于是，两人又风尘仆仆地往澳门赶了。

大火之后，策楞还是找了个机会，上十三行的地面看了看。

还没下轿，掀开帘子，他已经觉得惊心动魄了。

虽说余烟也已经散尽，可这边地面上，无论是行铺、瓦屋都烧得坍塌，有的则烧透了顶，其中最严重的更是商行，包括夷商的商馆，看得出，里面大都堆满了货物，有准备出口的，有刚进口的……

一片炭黑色，覆盖了整个地表。

不少店主仍呼天抢地地嚎哭。

也有若干鬼佬在废墟旁捶胸顿足。

这么多年来，十三行被火烧，这次当是最厉害的。

因为兼了海关监督，策楞是必要关心进出口的货量，还有贸易的关税，自从乾隆皇帝登基，他就密切关注西洋船只数量的增加、关税的高速增长，去年，他便在奏折上告诉皇上，乾隆五年之前：

报解之数均不过二十三四万两及二十五六万两，至乾隆六年始增至二十九万六千两，乾隆七年又增至三十一万两。

内务府自然是高兴得合不拢嘴，皇上更是十分满意，这广州作为“天子南库”名不虚传。

可一下子来这么一场平地而起的大火，把这会长金子、出银子的宝地烧了个精光，今年这三十万也就超不过去了。

该怎么向皇上交代。

武夫出身的策楞，自是不敢隐瞒十三行的灾情，但下笔起来，还是反复斟酌，有所讲究的。

他先是讲了外国商船到广州贸易的情况，其中专门讲到“英吉利哨舡与商舡”，“被风漂入内海”，自己又如何重视，“拨兵防范”，而对方又如何恳切陈词，恪守法度云云，最终做成了生意出海，“踊跃欢呼”。

其时，英国与西班牙，继而与法国在争夺海上霸权了。

然而，他在奏折的后边一段提到：

广州府太平门外，于十月二十二日夜，民房失火，臣亲往施救，缘是夜风抛甚大，延烧居民行铺共一百三十家，幸未伤人，唯失火之地俱系洋行商货，被烧大多。

他强调道：

臣见外洋夷人进口贸易以致货物被烧，其情尤为可悯，臣现俱饬司查核明确，与被火内地民人一例，酌加赈恤，务期得所不至滥遗所有。

推敲再三，确认没有什么措辞不当的，这才上奏。

不难看出，奏折仍很暧昧地称英国的商船进入广州，是被“风漂入内海”的，而非专门放行。

这也是当上海关监督后，力主“禁洋”的广州将军策楞试图转圜的一种姿态。他并不愿意站在力主开洋的官员一方，有违初衷，却又不敢罔顾事实。

然而，“禁洋”一议再起几年，加上时任两广总督庆复的关于粤民生计维艰，一旦“遽议禁止南洋贸易”，“内港之商船固致失业，外来之洋舶亦皆阻绝”，是必造成商民之困的奏折，使得乾隆皇帝犹疑再三，这才交给下面督抚“详查议奏”。

这一来，力主禁洋的策楞，来了一份这样的奏折，从登基时便要“怀柔远夷”的皇帝，有了个初步的结论。

连对外夷都要“酌加赈恤”了。

于是，乾隆皇帝便在策楞的奏折上加了朱批：

所奏俱悉。

四个字，虽没明白地宣示没有保留意见，但是，这如同“知道了”之类，则是“允了”。

不久，又调马尔泰新任两广总督，并让马尔泰查一查，外国商船有没有带洋铜与米来广州，并批准了澳门同知印光任的奏折，规范了外国商船入港的程序：先在澳门停泊，交纳三四百银之后，由衙门派翻译与引水工到黄埔湾泊，在黄埔最终完成丈量船货与纳税。

这一来，由于十三行大火，“禁洋”一议也就渐渐平息下来，为十三行赢来了又一个十多年的开放。

既然是皇上关心铜与大米的进口，是与沿海种粮少，经商多有关，大都靠暹罗米当粮食，而马尔泰说没见进，则令皇上担心起沿海百姓有饭吃没有，而且进一步放宽政策，凡带一万石米入口的，减免50%的船货税，五千石的则减免30%，这就是说，皇上还是希望沿海能解决大米进口，这事关国计民生的大事。

大火后，对外商的抚恤，也表明皇上“怀柔远夷”的宽大胸怀，外国商船进广州当一样免除后顾之忧。

无论如何，这一回合，险象环生，“禁洋”之议一度甚嚣尘上，可最后，坚持开海贸易者，还算是险胜了。

却不难看出，乾隆登基这十多年间，对“开洋”始终摇摆不定，疑虑重重。

自命为天朝上国，又无汉唐豁达大度的胸怀。

表面上架子十足，内心里始终还是首鼠两端。

号称为“康乾盛世”，然而，在富丽堂皇的外衣下却是危机四伏。

虚弱的浮肿，与实实在在的萎缩同时并存。

这些，自己看不清楚。

外人也未必很快看清楚。

广州的外国商舶得此机会，也年年俱增，这里毕竟是他们谋取巨大利润的金仓银库——全世界不会有第二个地方了！

无论如何，中国太大了。

只是粤东与粤西就大不一样。

更何况南方与北方呢。

第二十六章　义与利

星夜兼程，潘启官与阿惠赶到了澳门。

洛思没料到潘启官来得这么快。

潘启官开门见山，讲到了哥德堡号沉船的事。

洛思却以中国话回应：“没事，没事。”

潘启官一愣：“这么大的事，怎么会没事呢？”

“人没事，就一切没事，船上的船员，全部都获救了。这是最大的幸事，这次来的船，有好几十人都是原来哥德堡号上的水手，所以，此番速度之快，超过以往，熟悉的航道，熟行的船员，还有我这再熟不过的大班！”洛思还很是达观，不谈损失。

潘启官只好问：“船上的货物呢？”

“不久，我们就打捞上来30吨的茶叶，80匹丝绸，还有大量的瓷器，卖出去，不仅收回了成本，还稍有盈余，只是没有料想的那么多。”洛思仍乐呵呵地说，“这打捞上来的，还不到三分之一呢！你的投资，同样保住了，还有赚的，我又都换成西班牙银元……”

这让潘启官目瞪口呆。

是老天爷在眷顾吧——巴达维亚因为没赶建商行，所以不似谭康泰受那么大的损失，哥德堡号虽然没了，可投资并没损失，换成西班牙银元，这一趟的获利就大大超过以前了。

阿惠也听得眼睛发亮。

“阿潘，你真走运。”她祝贺道。

潘启官却说：“不，是因为你来了，我说了，你是我的福星，在巴达维亚救了我，又在这里带来好消息——看来，有你，我就走运了！”

不过，洛思却说起：“前天在澳门，英国大班找了我，说他们存在我们瑞典商行的货物，全被大火烧了，说我们应负责赔偿他们一部分损失。这事不好办，怎么赔，赔多少，而且这是天灾，又不是我们放的火……”

这回，轮到潘启官安慰他了：“没事。”

“这怎么又还我一个没事？”洛思苦笑道。

“我说没事就是没事。”潘启官笑了，“大火之后，海关监督去看过了，知道夷行的损失后，所以，专门给皇上递了报告，皇上准了。”

“准了什么？”

“准什么？准你们与我们一样，酌情加以赈恤，而且绝不漏掉一个。”

“哟，你们的皇上太慷慨了！”洛思感叹道，“中国这么大，这点损失也许不算什么，可我们就不一样。你不知道，我们一艘船回去挣到的钱，比我们国家一年的总收入不会少，所以，大家并不为一艘哥德堡号沉没气馁，沉一艘，造两艘，统统都要到中国来，这可是国运所系呀！”

潘启官说：“我知道，你们说话算话，损失多少，也不会报大数，所以海关除开赈恤外，在关税等方面，也会因为这次大火给外商一些减免、一些照顾，这样，你们的损失就会降到最小。英国人的事，就不足挂齿了，他们可以一笔笔报损，相信他们也不会造假，同他们打交道，没你们爽气，锱铢必较，小气了一点，一方水土养一方人，听说他们是住在海岛上，岛上，没我们的陆地大，所以才养成计较的习惯。”

洛思竖起了大拇指：“没想到，潘启官给我们带来了喜讯，还分析得头头是道。”

潘启官又说：“朝廷大度，但海关未必。中国有一句话，阎王好找，小鬼难缠，你们还是当心点，否则，朝廷允诺的赈恤，未必就能完全归了你们。”

“我也听说过英国利什主任、巴纳里大班的事，他们把谭康官害苦了，可后来，你们的先帝还是伸张了正义，连贪墨的海关监督祖大人也斩了首……”洛思说。

“对了，到广州市，你们又可以见到谭康官了，他也挺挂念你们的，这次，他的商行烧得最彻底。”潘启官说。

这次到澳门，潘启官不单是因为与洛思的私交而来的。

他可是深思熟虑了，不久前，已确认了自己担任保商的角色，并且已打算多包几艘外舶，在他来说，“包”还有另一层含义，就是成为这些船的股东，而且是大股东，让每年收取的银元迅速流转起来，争取更多的利润。

老行商已是这么做了，他要做得更出色，也更灵活。

由于潘启官的积极运筹，给瑞船进广州的执照没几天便送到了。

一行人欢天喜地随着商船到了黄埔港。

瑞船得到的优惠，英船自然不会少，何况英船有叶家做包商，而叶家在官商之间的游刃自如，则是人所共知的。后来叶家又一次退出，看好潘启官，也就让潘家一样成了英船的包商。

大火之后，各国商船或多或少都得了广州方面的赈恤，一传十，十传百，几年间，来做生意的国家就更多了，如普鲁士等国，除开英国给叶吉官塑了蜡像外，普鲁士甚至把行商的头像铸在了银币上面，一眼就可以认出是中国人、清朝人……

到广州没多久，洛思就专程去拜访了谭康泰。

谭康泰不似潘启官那么朝气蓬勃、雄心勃勃，洛思见他时，发觉他憔悴多了，说得不好听，似乎有点苍老了，虽就四十出头，正当壮年呢，洛思自然知道，无论在巴达维亚，还是在十三行大火中，他的损失是所有行商中最大的。

谭康泰自然很高兴，沏上了新茶。

同来的潘启官讲了沉没之后，捞上来的货品如何又挣回了成本，还稍有盈余的事，谭康泰露出惊羡的面容：“这可真算是绝地重生，该好好庆贺。”

洛思又说：“还搭帮你从我手中借走几万两银元，不然，留在瑞行里，统统都给烧化了。”

没想到谭康泰脸色一下子沉了下来：“是呀，是我代表官府向你们借的赎城款。”

“所以，一借走，我这几万多便丝毫无损。”洛思没留意谭康泰的表情变化，“而且还按中国的利率归还，不仅仅保本。”

谭康泰这才苦笑道：“你以为，这些银元会是官府偿还的么?”

“以官府的名义，当然是官府还。”

潘启官拉了拉洛思：“这事在中国有点复杂，最后还的，还是我们行商。”

“这怎么可以?!”洛思不明白。

“朝廷有规定，官府不可以直接与外国商人打交道，只可以通过我们行商，所以，对于你们来说，行商便是代表官府的，但是，在官府而言，我们绝对不是衙门中的人，在真正的官员眼中，我们只是民商，普普通通的商人，士农工商，商为末位，是最说不起话的……”谭康泰觉得自己能说清楚。

洛思连连摇头：“你把我搅糊涂了……不是说，不让官员直接与夷商打交道，是防止贪腐，为了大清的脸面，所以，官员见我们，都架子十足，绝口不谈银子的事。”

谭康泰说：“不说了，反正就两个字，复杂。”

洛思这次到来，反而给谭康泰无形中添加了更大的压力，为退海盗付的赎城款，都是十三行向夷人借的，二十来万，不是小数，相当于海关差不多一年的总收入，外商说得有理，我们纳了税，官方就有责任保护我们，“赎城款”应计在税里，只是你们一时拿不出，事态紧急，我们才出一部分，但那属于借款，借，那总是要还的。

诚然，洛思没有明确提出立即还款的要求。

但决不会取消。

义是义，利是利，义利分明。

纵然有潘启官从中说和，也不能永远欠下去。

而另外还有二十万出头的，则是法、英、西班牙等国的夷馆，他们可没有洛思这么客气，已经拖一两年了，不可能再拖下去，就找上门了。

这些日子，总商没少找谭康泰，商议还款事宜。

禁洋之议噤声了，大家高兴了一阵，却立即又被这一巨大的欠款压在头顶上。

海关是不会承担一点的，让你们担任行商，是官府给你们发财的机会，你们就不能为官府分担这笔“赎城费”么？

没任何圜转的可能。

至今，还的一半不到，分摊到各位行商头上，少说一万，多则三万，谭家则成了冤大头，谁叫你亲自押送银元上海盗船的，这钱都是你直接交到海盗手里，你不负责谁负责？

早知今日，何必当初。

所以，谭康泰愁得头发都白了。

潘启官没想到洛思这样一次拜会，竟会惹起前辈如此重大的不安。

好在同来的阿惠岔开了话题：

“泰叔，我在巴达维亚上船前，三姨太还专门托我向你问好，还问你几时再下南洋？”

谭康泰不觉眼前一亮：“是呀，我在备船，船一到我马上就会去，不去找到紫筠，我不得安宁。”

“紫筠怎么啦？”

谭康泰讲了同上海盗船一事。

“你是说，她下南洋，有可能是找父母去了，不一定是被海盗所绑架。”阿惠说。

“可惜，我上次在巴达维亚，不巧与她父母失之交臂。”

“你是说，就是那对曾姓父母？”

“正是。”

阿惠默然了：“她，找不到了。”

谭康泰已有预感：“没逃过那次追杀？”

“不，逃过了。”

“那——”

“在追杀中，他们都摔伤了，被阿邝，还有三姨太救下，是我把二老转移到离城较远的地方，疗伤，治病……一直挨了好几年。”

“又怎么……”谭康泰失声道。

“我们一直待他们为亲生父母，让他们安度了最好的时光，伤也治好了……但到底是年纪大了，兵荒马乱的，加上思念女儿，最终还是走了。”

“这么说，紫筠到了那边，已找不到了……紫筠危险了，你来之前，没在巴达维亚听说到她么？”

“没有，巴达维亚的华人区重建，也仅仅是起步，没多少人，而我们在较远的地方，她未必知道，知道了，也未必找得到，两老一走，我就来这里了。”

“你什么时候再回爪哇？”

“暂时不会回的。”

潘启官插了话：“我们商量好了，忙过这一阵，就举行婚礼，虽然现在手头上不算阔绰，想办得太大恐怕不行。”

阿惠微微一笑：“平平淡淡才是福，太风光了未必是好事。”

谭康泰触动了往事：“是呀，我当初答应给我的彩绘女紫屏与瓷窑师彤平风风光光办婚礼，还亲自上南洋采购礼品，结果遭人嫉妒，婚礼没办成，彤平也投窑而死，祖大人还横加勒索，非要我交出南洋采购的珠宝。”

潘启官截住了他的话：“这都是十年前的事了，过去了。”

“噢，不说这个，我衷心祝贺你们，你们都是吃过苦的人，懂得珍惜这来之不易的情感，这生死之恋。”

“执子之手，与子偕老。”潘启官含笑道。

洛思赶紧说："婚礼当在我们离开广州之前举行吧？"

"这个当然，你们要走了，我们的事不也忙到头了么？"

"太好了。"

然而，谭康泰却说："可我等不及了。"

阿惠忙问："为什么？"

"只要信风一到，我就下南洋了，而你们还得忙一阵才能启程，我实在是很遗憾，不能参加你们的婚礼了，阿潘是我看着长大成人的，阿惠又是帮过我的麦大哥的小妹，于情于理，我都不能不参加。"谭康泰颇为自责。

"你的心意，我们领了。你还是赶紧上爪哇吧，说不定，紫筠在那边等着你呢。"

"我务必找到她，告慰她父母的在天之灵，是我的错失，先是带她上了海盗船，后来我平安归来，却不知道她又再度上去了，就此断了音讯。"谭康泰仍在深深的内疚之中。

阿惠力图安慰他："其实，二老的晚年，也还是过得安然的，当时，三姨太与我，对他们都是百倍关切，不敢有丝毫的懈怠，我们告诉他们，是上帝让我来的，而他们也说，这上帝派来的，胜过子女的孝道，所以，他们过世时，都很平静。我知道，二老就是把我当作了紫筠。"

"难为你了。"

"这是应该的。"

很快，又临近深秋，风向开始转了。

最早一批要返回的商船，已经准备出发了，它们还得让出位来，给仍在澳门等候的外舶进来——这几年，来的外舶愈来愈多，广州的通商环境，比别处都宽松得多。

而从各个港口出发的大眼鸡船，已经争先恐后出海了，出发的港口，从闽浙，一直到潮汕，再到珠江的"八门出口"，少说是几千，很可能是逾万。"禁洋"之议平息下来，中国的海商都跃跃欲试，南中国海，正是他们大显身手的所在，机会一到，是必千帆竞发。

谭康泰是从厓门第一批出海的商船的船主——十三行行商其实都投资有很多下南洋的大眼鸡船。

驶出了这一江口，面前已是湛蓝的南海。

谭康泰长长地吁了一口气。

天上闪动着银色翅膀的海鸥，水中扑动着银鳞的海鱼，令他想起前朝哲人，同是老乡（新会与顺德接邻，顺德本是新会划出一块，南海、番禺各划出一块，于明代立的县）——被称之为岭南第一大儒的陈白沙的名句：“鸢飞鱼跃”。这是怎样一种自由的境界！在这浩渺的海洋，假如中国的海商，也能“鸢飞鱼跃”，自由地翔泳，那“裕国通商”也就不仅仅是一句话，一个梦，中国当会怎样地富强起来。

大海，才真正是财薮所在！

出了海，谭康泰的心才复了位。

此行外出，不仅仅是为找紫筠，这当然是第一要义。

另外，他想趁这一贸易季节，上南洋追回出事前的银子，这是不会被烧掉或失落的，而欠资的不仅仅是华商，有其他几个国家在巴达维亚做生意的商人，“红溪惨案”不曾涉及他们，这也是一笔很大的资本。

有了这笔资本，在广州所欠的外商的“赎城费”，也就不难还个七七八八了。逼得太紧了。

不少中国商人，这次急于抓这个机会出来，大都有这样的债务，过了几年，不可不去结算，好在绝大多数的外商，都信守契约，能还也会还的。当然，也不排除有个别不法外商，能赖则赖，甚至不认账的。

所以，早去为宜。

寻人，追债，此行可否成功?

只是谭康泰心中还有隐隐的忧虑，不曾对人说。

却也是因赎城费引起的。

有人暗暗给他透了一点风声，当然，是真是假，一时难以辨别，说的是，当年海盗索要的“赎城费”并非那么简单，海关怀疑是海盗与行商共同演出的双簧，银元一到手，双方便瓜分了，行商不仅没损失，还发了一笔财，谭康泰被扣在船上，只是因为分赃不均，所以才押后放人，其间，疑点重重，诸如，海盗怎么知道送去的是二十八万，截留十万是海关干的，而海盗船沿海放下的难民，为何手中都有银元，用以买通关卡……总而言之，官方已逐渐意识到这是一个巨大的阴谋，只是目前证据还不曾找足，也不一定能找足。

所以，谭康泰也是抱着避避风头的想法，及时离开的。

还是阿邝预见到的，谭康泰很快就要面临“生不如死”、不死也要脱层皮的悲惨境地。

偌大的一个中国，何有“鸢飞鱼跃”的自由之地?

长空，一碧如洗，大海，一望无垠——驶往海天一色之处，能获得自由吗?

陆地不自由，海洋能自由吗?

此行，可能了愿?

浪花激拍着船舷。

第二十七章　追你到天涯

这一年，外商催还当年的“赎城款”特别紧，本来嘛，一年拖一年，海关本就没什么好的信誉，再拖，他们就不干了。

谭康泰一走，担子就落在了潘启官头上。

当然，两人事先已经交接清楚，商量过了，哪是急，哪是缓，先还谁，后还谁，大致都有了底。

但这却对付不了变化。

本来，凭借在行商，乃至行外商人的关系，通过拆借的办法，可以应付急于要钱的几位外商，十三行的压力也就减轻多了，而诚信则更坚固了。

谁知道，海关忽然立了个规矩：

凡是欠外资的，须先行把银元交到海关，由海关负责统计、汇聚，再还给外商，尤其是“赎城款”，本就是以官方名义向外商借的，那么，也当由官方归还，归还的款项依旧由行商来分摊。海关振振有词，说这是避免漏洞，加强监督。

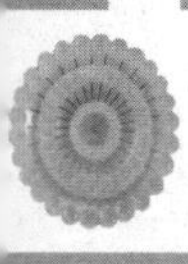

当初借款，是行商出面的，所以，外商只问行商，这一来，官方便把自己撇得干干净净，而且，虽以官府名义借，但是收钱的还是行商，行商代官府借还得为官府还，未免已有点冤了。

可此刻官府又说，当时，如不是以官府名义借，外商不一定肯借了，所以，官府是以自身为担保的，聚拢所有欠资，交给官府，由官府统一去还，也是合理合法的。

绕了很多的弯，海关还声称，退了海盗，整个广州城，尤其是十三行，都是最大的受益者，不可以不感恩的。

感谢去谈判的谭康泰么？不，他同海盗关系不清不楚，有待进一步追查。

所以，只能感恩官府。

只是，行商很快发现，海关集中要求偿还给外商的“赎城费”加起来，比原来实际的欠资加上高额利息，还要多出近四分之一，官府一口咬定就这么多，连解释也没有。

海关监督的“老毛病”又犯了，而且胃口更大。

行商们头大了。

潘启官上海关交涉了几次，也无功而返。

海关只等坐享其成。

行伍出身的策楞，兼了几天的海关监督，便调走了，新来的马尔泰，不明就里，觉得海关这么做是顺理成章的，也没提出质疑，行商们赴诉无门。

然而，就在这交接之间，海关忽然得到消息，“赎城款”的大头，英国人借出的银元，已交割清楚，还了。

海关一时懵了。

后来一问，说是借钱的英商，并没到广州，要求这边用汇票的方式，汇往伦敦的。

海关怎么可以用英国公司的汇票呢？海关只管收行商的银元，莫非用银元兑汇票——这是个什么玩意，他们搞不清楚，要有个差池，海关吃不了兜着走，不干了。

可潘启官干。

他与代表那几位英商来的大班签了一个订购生丝的合约，签约后，则将该还的款项作为合约预付定金的一部分，而这将作为东印度公司签发的汇票汇往伦敦。问题就这样解决了。不需要用现银支付，而英商又等于用这笔钱采购到生丝运回去，完成了交易。

大班之所以接受了这一提议，是因为，即便收到了现款，还得用来支付生丝的款项，而采购生丝本就是他们最重要的任务。

这么一来，资金活了，流转得更快了，本来几年才流转一次——船从欧洲来，一般两年左右才能完成往返，而现在，一个贸易季度便流转完成，两年一次，最慢也能提速到一年一次。

潘启官毕竟聪明，这几年一直在琢磨这种金融运作，本想先做小额的试探，可这次，逼到头上来了，他就不惜冒险一搏，既规避了海关的盘剥，又让资本流转成倍加速，一万可当两万、三万用，就算出问题，也当交学费吧。

然而，他非但没交学费，而且成功了。

这一招，他开始还不怎么了解，倒是洛思把自己曾经运作过的经验，一一坦诚地列举了出来，尤其是一笔一笔具体的款项，说得更清楚，来龙去脉，运转无穷……

“只有这样，一块银元，一年用上几次，就发挥了几块银元的作用，用一次是一块，用完一次，周期缩短了，就马上变两块了……我们国家百废待举，所以，用钱的速度就加快了。”

“可惜，我们国家还没有这么做。”

“你们可以先做起来呀。”

“恐怕国家不允许。”

“银子的流转是没有国界的。”

潘启官一下子茅塞顿开，“我想，你们那边，一个国家与一个国家之间，虽然不时也发生战争，甚至把仗打到了我们的南海，但是，商业的往来，却还似我们一个省与一个省之间，而且更加密切，甚至你们的船长，都可以雇佣别的国家的人，只要他熟悉航路，又擅长航海的一切。记得，你们第一艘来到中国的商船，大班坎贝尔就不是你们国家的人，只因为他当过大班，指挥船只到过很多国家，对么?”

“各尽所能嘛。”

“恐怕，在我们这里是做不到的。”

其实，潘启官说的并不准确，不到一百年，大清王朝就聘了一位叫赫德的英国人，担任海关的总税务司，而他，则成为百年间唯一不曾有贪腐劣迹的海关监督，当然，这里有太多太复杂的历史原因，历经禁—限—重开的曲折。

自然，潘启官的“新招”，也许在叶家已用过，但一直不为人知，而这次之后，则悄悄在行商中“推广”开了。

在大帆船朝代，十三行在悄然中成为世界的“影子银行”。

不仅外舶来的多了，出海的大眼鸡船更多了，而且，在十三行的地面上，行商经过这次火劫，非但没倒下，反而显得更有财力了，于是，新的商馆，无论是行商的，还是外商的，又迅速地重建起来，而且比过去更富丽堂皇了。

广州城里又起了新民谣：

大烧旺地，风生水起。
火烧十三行，愈烧愈堂皇。

不过，启官与阿惠的婚礼，并不排场。

因为在“赎城款”上没打到主意，海关已迁怒于潘启官，认为是潘启官断了他们的财路，因此，处处找岔子，如果婚礼请他们，场面不做大，海关的人来了会觉得没面子，场面做大了，海关的人则会加大敲诈。

阿惠是四邑人，同谭康泰的顺德人一样，做事做人，都很是低调，不显山露水。俗语中就有“有麝自然香，何须当风扬”，又有“若要穷，神坛社庙逞英雄”。所以，她主张，除开亲属外，什么人都不请，包括行商，因为一请行商，免不了又会惊动海关了，外商更不请了。

当然，洛思是唯一的例外。

“往后的日子还长，所办的事业更大，没必要张扬。”潘启官非常赞成阿惠的想法。

其实，来的都只是潘家的亲戚。

阿惠的老家，已经没什么人，大都下了南洋，而阿惠自己就是外边出生的，大哥一走，与家乡联系也就断了，想去请亲戚，都不知谁是谁，况且在禁海时期，曾迁空了，后来返回的也不多，连宗祠还没来得及重建。

婚礼就在潘家大院里举行，拜过天地后，再拜高堂，夫妻对拜，所有规矩都严格遵守。

唯一外宾洛思看得津津有味。

拜天地，自理解为拜上帝的仪式。

拜高堂，也就是获得父母的祝福。

这婚礼，就是在瑞典商船办完一切出关手续，第二天就可以一早出海之前的夜晚，洛思与潘启官早就商量好的。

一个美好的婚姻开始。

一艘满载的商船起航。

这都是充满希望的生命之旅。

第二天一早，新婚夫妇便起了床，出门时，还有几颗最亮的星辰留在天幕上。

赶到黄埔港，得差不多一个时辰。

快到时，已听到准备起锚的鸣炮声。

洛思大班守候在趸船上，远远看见小两口走近，高兴地喊道："我们的福星来了，可以起航了!"

潘启官依照对方习惯紧紧相拥，而后说："如果没有几艘我充当包商的船还需一些日子才能出发，我真想现在就上了你的船，越过大洋，飞到你们的国家，看看你们怎么造大船，也看看我们的丝绸怎么打扮你们的生活。"

洛思说："我们随时欢迎你的到来，回去后，我会亲自向国王报告，说中国最杰出的商人要来造访，我想，他会感到万分荣幸的。"

阿惠特地叮嘱一句："巴达维亚补充给养时，还请你打探一下谭康官的下落，托人带个信回来。"

"放心，我会做的。"

瑞典商船升帆起锚了，出发!

海风骀荡，一路平安!

都在祈愿着。

洛思是言必信，行必果的。

到了巴达维亚，他把船员中能派出去的都派出去了，好打听谭康官的消息，他了解潘启官与谭康泰之间那种生死不渝的情谊，潘启官的事就是他的事。

为此，他还把在巴达维亚停靠的日子增加了三天。

现在，荷兰当局对他们不再有什么疑心了，也无心加以挑剔，尽管百般挣扎，海上霸主的地位早就不保了，又何必自找麻烦呢。洛思专程上了华人的居住区，残垣断壁，不少还没清理，让人触目惊心，好在新的店铺也已经出现了，中国就是不死鸟，再次显示出其顽强的生命力。

这种状态下，打听一个人，并不容易。

最后，洛思不得不放弃，把船开离了巴达维亚，展开了印度洋、大西洋的漫漫长旅。

的确，谭康泰并不在巴达维亚。

他到过巴达维亚，而后到过已被大火烧得唯余一片焦土的商行，在那里凭吊悲壮殒身的麦大哥及工友，壮志未酬身先死，长使英雄泪满襟。

此行，他没有恢复商行的打算，以后也不会有了，只简单重建了旧的货栈，作为进出口的中转站。

商行的事，就让潘启官这样的年轻人去做吧，他们的机会大把大把的。

所以，他在巴达维亚没待几天，便又驱船往东。

阿惠把三姨太的地址给了他，只是，他按地址找去时，三姨太不在，外出多日了，邻居也不知道她几时才回，本来事先就没可能打招呼，人家怎么可能守在家中等候呢？

而且，他得知，重返巴达维亚的中国人还不算太多，而留在巴达维亚郊外的，大都住无定所，漂泊不定，不好找，心灵创伤都太深了，更不愿说话，而平日活动多的阿邝，也没消息。

好在东部的三宝垄、泗水，还有不少中国人，不妨去找找。

三宝垄也不是第一次去的，认识潘启官时还年少，也就是在三宝垄。

况且“红溪惨案”涉及这里，已是强弩之末。

还没到三宝垄，迎面，就来了几艘大眼鸡船。

船上，竟有人认出了他，在大叫：“泰叔！泰叔！”

两艘船靠拢在了一起。

开始，谭康泰还没认出人来：“你是……”却马上又想起了，“是你呀，好几年未见，你在这里呀。”

那人苦笑道：“我交完了三万元的罚款，就已经一贫如洗，好在几艘船还在，所以，这几年都在马尼拉、泗水这边做点生意，一时还不想回。”

原来，这竟是杨丙官。

他被热带的阳光晒得乌黑乌黑，加上终日忙于奔走，人也瘦得只剩下一副骨架子了，个子似乎也矮了几寸，难怪谭康泰一下子没认出来。

"见到阿邝了么?"谭康泰问。

"他现在就在三宝垄，你一去就能见着。"

"还有，一位叫紫筠的，很会南音，听说了么?"

杨丙官想了想："听说过，说有位女子跟海盗船离开中国辗转在南洋，说是寻找父母……"

"正是她。"

"可惜，我一直没见到。"

"那她现在在哪?"

杨丙官摇摇头："最近没听说了……你要打听，还是去找阿邝，他消息灵通，你终于又出海了，没再为难你吧。"

"一言难尽。"

"过几天我还会回三宝垄，我们再细谈。"

两艘船又分开了。

谭康泰感到胸口一阵隐痛，杨丙官离开是对的，因为在官府的眼中，他与海盗的关系是无法撇得清楚的，连自己也一再被怀疑，更何况他呢?不走，说不定就"三进宫"了。走，也是逼的，谁愿意离开生他养他的故土呢?或许，过那么几年，这件事最终淡化、抹平了，他才有机会重返十三行，"卷土重来未可知"，这位年轻人还是有出息的。

到达三宝垄后，谭康泰很快就找到了阿邝，一如杨丙官所言，"一去就能见着"，因为不少中国来的大眼鸡船、红头船都在这里，阿邝俨然就是其中的核心人物，他毕竟经略南洋不下二十年了，有很高的威望。

他一见谭康泰找来，喜出望外："你出来了?"

"你这话问的。"

"我是说，海关让你出来了。"

"他们没理由不让我出来。"

"这几年，他们没为难你么?"

"没少为难……而且，还会继续。"

"你呀，不如执笠算了，让年轻人去做，一被盯上，活得提心吊胆，不如一走了之，不怕贼偷，就怕贼惦记。"

"我也打算这样，只是，得找一个人。"

"谁?"

"紫筠。"

"呵，怎么找到这里来了?"

"你也不知道么?她是随你们的船来的。"

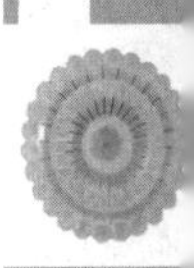

“那么多的船……当时，我的任务是疏散愿上岸的难民，人太多了，花了好几个月，从广州湾到韩江口，而其他的船，则先行回南洋各处，她应当在这些船上。可是，我回来后，不曾有人对我说起。”阿邝有些困惑。

“杨丙官反而听说，有位擅南音的女子，一路唱来，说是要来寻父母。”

“这事倒是听说，不知道是紫筠……如果这样，找起来应该不难，我帮你打听。”阿邝慨然道。

谭康泰又问：“你这些年与三姨太有往来么？”

阿邝说：“有哇，她是这个地方有名的热心人，不少人有事都会找她，我能不找么？”

“那——她现在在哪？”

“应该在泗水，因为一个多月前，她就是搭我的船去的……怎么，你也要找她，我也准备去找她，正好，我们明天一早就往那边赶。”

“听说，紫筠父亲临终前的日子，都是她与阿惠悉心照顾的，也许她那有紫筠的消息。”

“行，明天我们一同出发。”

果然，在泗水，没费多少周折，就找到了三姨太。

三姨太一见谭康泰，喜形于色：“我听说你不少事，还以为你出不来了，正打算回去找你呢。”

“找我有事？”谭康泰有些意外。

三姨太诡异地一笑：“找你讨回我的园子。”

这让阿邝目瞪口呆：“你还有园子在他手上？”

谭康泰却说：“好哇，我已经把园子修葺一新，还在里边举行过宴会。”

“百鱼宴？”

“你什么都知道。”

“大火没烧掉？”

“烧掉的是十三行，园子在白鹅潭对岸，烧不着，我正在发愁，没一个喜欢它又懂行的去打理它，时间一久，又会要废掉了，太可惜了。”

三姨太沉吟片刻：“我也不是贪恋这个园子，也从没把它当作我的，只是，这几年，在南洋漂泊无定，就像无根的浮萍，一任风吹雨打，连个遮风挡雨的地方也没有，尽管我的外语还好，日子比一般中国人过得要好一些，可一颗心仍没有安位之处。就像民歌中唱‘光着头颅，真可怜耶’，树高千丈，叶落归根，到头来还是得回去的。自从我视为父母的曾姓老夫妇去世，这一心愿就愈加强烈，我可不愿似他们，把尸骨抛撒在了异国他乡，是他们警示了我……”

谭康泰说：“他们就是我要找的紫筠父母。”

“是呀，他们本想要来挣钱为女儿赎身，结果把自己也断送了，太惨了。”

“你……可知道紫筠在哪吗？”

三姨太一怔：“你是说，他们的女儿已经找到南洋来了？”

阿邝忙把来龙去脉说明白。

三姨太瞪大了眼睛，说：“我还在三宝垄听她唱过南音，我还在想，下南洋的中国人中，居然有比我唱《客途秋恨》唱得更感人，更让人肝肠寸断的……原来是她。”

“那……你知道她现在在哪？”

“应该还在三宝垄吧，我是不久前听她唱的。”

“这次来，除开生意外，我专程是为找她的，知道她找不到父母了……”

“她没能找到我，否则就知道了。”三姨太痛心地说，“你现在就回三宝垄找么？”

“事不宜迟。”

阿邝也很着急，说：“泰叔，马上走吧。”

然而，回到三宝垄，又迟了。

人们说，那位擅南音的女子，被人请到一个很远的地方，一下子不好找。

“好事多磨。”三姨太安慰谭康泰，“会找到的。”

又辗转了几个地方。

“你……真的很喜欢她么？”三姨太问。

“我欠她的，我承诺帮她找到父母，却已无法找到了，好在，我已代她父母为她赎了身，她已经是自由人了，不用担心回国后还得被班主弄回去，我希望亲口告诉她这个消息，亲自带她回去，以弥补我的歉疚……”谭康泰沉痛地说。

三姨太感动地看住这位有情有义的大男人，然而，今生今世，却与他无缘了，她含泪道：“放心，我一定会把她找回来，带她上我那个园子，一同唱《客途秋恨》，一同煲凉茶，一同过乞巧节、中秋节，还要做很多的事，我会找到她的，一定！”

第二十八章　好望角

“出了这个海峡，就是印度洋了！”

洛思往两面比画，其实，在船上，只隐约看到一面的陆地，时而升起，时而淹没在水下……

“我这是第一次穿过如此长的海峡……听说，这也是海盗出没最频繁的地方。”潘启官擦擦惺忪的双眼，力图看清时隐时现在船舷一边的陆地。

“海盗？哼！”洛思不无轻蔑地说，“他们一见我们船上三十门大炮，早就吓得屁滚尿流了。”

潘启官欣慰道：“我发现，你们船愈造愈大，也愈坚固，载重量翻番，船身更稳，不怕更大的台风……”

“我们是造船世家嘛。”

“还有，你们的武器也愈来愈精良，威力愈来愈大。”

“我们是不愿意战争的，可是没办法，总得应战，所以，武器如不改进，就打不了胜仗，保护不了我们经商，就发展不了经济，就不能让国家强大起来。”洛思不无自豪地说。

潘启官沉默了。

洛思把他带到航海图边上。

“看，这就是我们立即要开出的马六甲海峡，之后，只要没有大的风暴，这印度洋总的还是比较温顺的、宁静的，我们就可以直奔好望角，记得么，我给你说过好多次好望角，有好多的故事，在船上我会慢慢给你讲。1488 年葡萄牙航海家迪亚士在寻找欧洲通向印度的航路时到此，因多风暴，取名风暴角。但从此通往富庶的东方，航道有望变得风平浪静，直达富饶的地方，所以改称好望角。过了好望角，就从印度洋进入大西洋了，你马上就会发现，大海在顷刻间变了脸，连大浪都面目狰狞，随时要把你吞没，我们只能小心翼翼沿着海岸北上……”

“而且，到了那里，我们很快就进入了严冬。”启官说。

“那是我听说的，其实，比起我们国家，那根本算不上冬天。”

……

桅尖上一名水手在呼叫：

“我们穿过海峡了，看，印度洋多美！”

果然，在潘启官的眼中，偌大一个海洋，居然太宁静了，一望无垠的洋面，就如孔雀蓝的缎子不断往前铺去，铺去，一直铺到天水连接之处，不，一直铺上了天。

蓝得太醉人。

洛思果不食言，再一次来到中国后，他就代表国王向潘启官发出邀请，称：“十三行行商对瑞典国家的贡献，是无法用感激的话来表达的，没有来自中国奇丽的珍贵的商品，瑞典的战后重建会拖个上倍的时间……你是国王最尊贵的客人，更是全国人民最敬重的贵宾。”

这让潘启官诚惶诚恐了。

于是，把所有商务全部安排好了之后，潘启官没有半点犹豫，便登上了瑞典船。

这几年，潘家的对外贸易，见风日长，如今，不仅成了瑞典、英国船的包商，连其他几个国家，丹麦、普鲁士什么的，都趋之若鹜，毕竟，他的信誉度高，财富潜力最大，经营的规模已无人可比，同文行成立的几年间，已迅速越过不少老行商，被外商视为“十三行四大家”之一——虽然后来“四大家”“八大家”的姓氏不断有变化，有的退出，有的进来，但第一名始终没变，还是潘家。

也只有他，才有这种胆魄，直奔北欧。

此行，他也是信心百倍，要拿下瑞典更多的商船，把人家大航海的世界并成他自家的。

来之前，他与阿惠依依惜别。

刚刚断奶的儿子，已在牙牙学语，叫阿爸了。

阿惠其实也是海的女儿，在南洋的风浪中长大，这次，她也本想与潘启官一同上洛思的船，洛思也很是欢迎，人家对女客人的到来会倍感荣幸，潘启官权衡再三，还是劝住了阿惠。中国是一个男尊女卑的社会，早几年荷兰大班的夫人因乘了轿子进了广州城，就引起过轩然大波，“女人祸水”的议论，不胫而走，把当年几艘商船的沉没，都归于女人头上，其实，那些沉船上没一个女人，有女人的船一艘没沉，可这在中国，则是说不清的。潘启官当然不信什么“女人祸水”，而且视阿惠为这个家族的福星，但考虑再三，只好忍痛不让阿惠上船了。

阿惠还算是明白人，只说：“我会为你，为这艘船祈福的。”

果然，这一路几乎可以说得上是风正一帆悬，舟轻两洋牵，没四个月，便绕过了好望角。

大西洋白浪滔天。

好在潘启官在南海遇到过的台风，也不会比这弱，所以，洛思怕他顶不住，他却没事人一个。

好望角——佛德角。

加的斯——英吉利海峡。

北海——波罗的海。

哥德堡——斯德哥尔摩……

这边的海水都是墨蓝色的，但深沉、安静。

岸上的世界，仿佛似重建后的十三行，但更宏伟，更瑰丽，更具自己的风格，巨大的海湾，是白鹅潭所无法相比的，里边停泊各色船只，都要大得多，白帆高举，密密层层，盖没了一大片的水面，阳光比南洋的柔和多了，水鸟也成群结队，忽上忽下，如同一片片云彩在飘动……

上岸之际，来迎接的官员称："国王接见的时间已确定了，你们稍事休息，到时候会派人来接的。"

潘启官正在亢奋之中，哪顾得上累呢，一住下，便要让洛思领着四处走走看看。

这不同于广州，更不同于北京，也不同于杭州——中国的大城市，他都是去过的。

洛思想了想，就近带他上了一栋最为高大的楼宇。

北欧的下午，日光如同夕阳，早早演绎成了金红色，把偌大一个海湾，染得金碧辉煌，大厅也就更巍峨，美轮美奂，你习惯了亚热带的阳光，到这里就如同进入了一个童话世界，一切，都镀上了金，显得那么高贵、庄严。骀荡的海风，令大厅外的旗帜"呼啦啦"作响，已经有不少老人在室外的观赏座位上或比画什么，或轻声交谈，或凝神远眺……港湾上，数以千百计的船只，或泊在岸边，或游弋在海面上，有好几艘巨大的海船经过，却不见怎么喧哗。

好一个宁馨而又繁华的海湾。

一行人，在洛思导引下，步入了大厅。

这是典型的欧陆式建筑，巨大的长廊在你面前延伸，无形中令你庄重、沉稳起来，一步一步，都那么规整、有序，也许，每每是让所有人这么进入的，怀着一种崇高、敬仰的感觉。窗帘从很高的地方垂下来，微微地拂动着，带着隐约透过来的阳光。

然而，一声声欢呼，突然打破了这一宁静：

"赛里斯！赛里斯！"

开始，潘启官还不明白随行人员欢呼什么，直到洛思用手托起有几丈高的窗帘的下部，给他摸摸，他才明白，只有名贵的中国丝绸，才配得上用在这些恢宏、典雅的大厅里，人们的欢呼，是对中国古老文明的一种由衷的赞美！

于是，他也跟着用手托起那沉甸甸的绸缎，想起了邑人"买丝而绣平原"的名句，丝的尊贵，中外是一致认可的。

而后，洛思也不辞劳苦，让马车把一行人带到一个貌似森林，确实是花园的地方。

林木森森，阳光漏下，如同贴墙的金箔，不怎么耀眼，却美不可言，鸟语声声，是那么欢快。

突然之间，潘启官以为自己是眼花了，不觉揉了揉眼睛。

面前，居然是一座酷似中国皇宫的建筑。

所有的屋顶，均为青碧，分明似中国的琉璃瓦。

而所有的墙体，同为赭红，也就是人家称呼的“中国红”。

门楣、墙雕、栏杆、台阶都与中国皇宫不分上下。

潘启官没想到，远在万里海路之外的国家，竟会如此热爱自己的中国，自己的文化，自己的审美观。

这时，耳边响起了洛思的追问：

“启官，请你来这，就是想问一问，这像不像你们的皇宫？我们大班可是花了不少工夫，把见到的中国皇宫画了下来，让建筑师们一手把它建起来……对了，你们中国不是有句成语么？宾至如归，你来到这个地方，是否有回家的感觉？有么？”

潘启官感动地说：“有，宾至如归，宾至如归！”

“那，我们可以正式命名它为‘中国宫’了！”

“太好了。”

“你可以进去，我想，里边的装饰、摆设、色彩什么的，也同样是中国风格的……”

就这样，潘启官不知疲倦地一口气走了几个地方。

“我更想看看你们的船坞、工厂、书院……”

“书院？噢，你是说的学校。”

国王与王后，在第三天便接见了他。

潘启官单膝下跪，仿西方的方式，向国王请安。

而后，都坐了下来，亲切地交谈。

国王饶有兴致地说：“你是第一个来到王宫的中国人，一个富有的中国商人，你与我国做的贸易，已经许多年了，贸易量之大，是我国前所未有的，坎贝尔大班到广州，是我国东印度公司第一次出航，也是我国历三十年战争之后，方开始的战后重建，但第一次出航就很成功，让我们从一个古老的东方帝国获得丰厚的回馈。而这些年，我们更有幸遇上了你，几乎是倾力为我们的外贸做贡献，我得代表全国的老百姓，向你表示深深的敬意。”

潘启官说：“能得到国王的接见，是我终生的荣幸，此行，我很希望把我们贸易做得更大，你们需要的茶叶、丝绸与瓷器，我将竭尽全力加以满足。”

洛思说：“潘启官仍想见识一下我们的造船工厂。”

“行哇，你如果想买下我们的船，我们会给最优惠的价格，我们是最古老的造船大国，欧洲不少国家也有向我们买的。”

洛思说：“现在我们东印度公司，已经有十几艘商船到过广州，超过二十

航次，虽说上次哥德堡号沉没了，但我们造的船更多，更坚固了。”

国王说：“这就是瑞典造船的活力所在，我们还会有更多的船到中国去。”

潘启官说：“我才来两三天，便感受到了你们的无穷活力，还有无比信心，以及无畏勇气。”

“希望你多走走，多看看，给我们的建设多多出谋划策，签下更多的合约！”国王兴奋地说，“我们对你有太多的希望。你就是我们的‘好望角’！”

潘启官发现，作为国王，他不仅对自己国家的历史、人民很熟悉，也对经济贸易相当在行，没有颐指气使、自命不凡的架子。

这是很好的合作伙伴。

有充裕的时间。

造船船坞是必看的，对瑞典人的精密的工艺、认真的态度，有着极深的印象。

别的工厂，也少不了参观。

人家的医院，不仅规模要大，而且整洁异常，待病人更十分细微与周到。

洛思告诉潘启官，我们东印度公司从成立公司日起，所有拍卖的货物，都得拿出千分之一，用于救济穷人。而且，其他收入，还投入到医院、学校的公益事业之中，保证社会的稳定发展。

潘启官连连点头。

他们乘坐马车，上了离首都60公里外的一座古堡。

到这座古堡，不为什么，只因为这里有一所著名的，而且相当古老的大学。

那便是乌普沙拉大学。

乌普沙拉城，该是因乌普沙拉古堡而得名的，巨大的古堡与近侧的大教堂掩映在一片茂密的树林当中，在苍穹下雄浑地留下自己的印记。铁灰色的圆拱顶，铁灰色的尖顶及上方十字架，还有褐红色的高墙，伫立在一个小小的山坡上。

而各种古老的建筑，包括乌普沙拉大学的主楼，都以其庄严、沉稳的风格，呈现在你的眼前。尤其是大学主楼，迎面是三个拱门，上面有四个青铜塑像，更给人以遐想——走进这知识的圣殿，我们将沐浴到怎样神秘而又辉煌的光芒？

今日西方的大学，大都起源于中世纪末年的教会，这是历史使然。这所举世闻名的乌普沙拉大学，也就是创建于西方文艺复兴的前夕，即中世纪末的1479年，可见其历史之古老，不独在北欧，就算在整个西方，也够老资格的了。所以，它的所有设施，基本上以老式的建筑居多，褐红色的瓦面及墙壁成了主调，偶尔才见到一两栋以几何色块或落地大玻璃作为外墙的新建筑。

潘启官饶有兴致走进了神学院、医学院、法学院。

人家的学校，比我们许多著名的书院，规模大多了，看来，是普惠于全体百姓，而非独专于什么尖子。

他甚至萌生了自己创办书院的想法。

最后，他来到哥德堡。

返回中国，须在这里上船。

有心的洛思，临行前专门把潘启官请到家中，说是要让他吃一顿大餐。

让潘启官所料不及的是，上菜之前，他都把干净的碟子向潘启官亮一下背面。

背面就有“能敬堂制”的字样和红色徽印。

这让潘启官感奋万分，能敬堂是他家的堂号，而同文行，则他家商行的名字。

洛思很是珍重地说：“这是我家最宝贵的珍藏，不是最尊贵的客人，是不会拿出来的。”

其实，潘启官做茶叶、丝绸生意多，陶瓷反而是弱项，不如谭家，没想到，洛思还专门留意到了。

临出发的前两天，潘启官签下了一份又一份合约。

后来，经查实的历史资料中有：

自 1740 年至 1770 年，早期，瑞典东印度公司以广州为目的地的帆船少则有 27 艘，多则达 35 艘，尤其是 18 世纪 60 年代，其名可考的实有 37 艘。这些资料还表明，至少有 9 家贸易商行及广州的 13 位中国行商为这 37 只帆船出货。而且确切知道，其中有 31 艘是由 7 位不同的中国商人所经营。再加上前边提到的 13 位商人，则有 20 位来自澳门与广州的商人经营这些帆船贸易。而这些中国帆船贸易商每每与十三行行商有联系，或出资人便是十三行行商。

瑞典东印度公司的广州之行，则持续有 129 次。哥德堡号来的这几年，正是乾隆初年，海上贸易节节攀升的黄金时段，而瑞典则在战后复苏中，获得甚多。在 1736 的乾隆元年之前，该公司用的船大都是外国造的，就从这一年开始，短短 25 年间，瑞典的造船场数目一下子增加到 7 个。在这之前，瑞典海运商船不到 500 艘，到 1770 年（乾隆三十五年）便猛增到了 900 艘。船的吨位则从第一艘出航的 400 吨级，迅速发展到类似哥德堡号这种有三层夹板、吨位达 1300 多吨的，当时称得上世界先进水平的远洋帆船。

哥德堡号就是瑞典自己制造的，造船的特位诺瓦造船厂就在瑞典的首都斯德哥尔摩。船长 42 米，总长为 58.5 米，水面高度 47 米，排水量 833 吨，18 面帆共计 1800 平方米。及至 260 年后重到中国广州的哥德堡Ⅲ号，有几个数字与此则是完全一致的。船总长 58.5 米，桅高 47 米，船帆面积 1960 平方米……

纵然沉没了。

第二十九章 思接万里

的确，这次潘启官“出使”瑞典，一路上可称得上是福星高照，去时，时间不到八个月，较之其他商船，快了半个月，回来，也几乎仅八个月，来回，加上在哥德堡、斯德哥尔摩、乌普沙拉的时间，也才一年半，太顺风顺水了。

自然，有经验丰富的洛思掌舵，识航道，知海流，借信风，就算遇到狂风巨浪，也每每都能化险为夷，大都是有惊无险。

这一年的仲夏，潘启官回到了广州。

一进门，他竟发现，阿惠与三姨太在一起，另外一位年龄介乎于阿惠与三姨太之间的女子，则是同他一同运银元上“海盗”船的紫筠。

走时牙牙学语的儿子，已经能在大厅里跑得飞快了。

只是这三位女人会在一起，令他惊诧。

三姨太本就是他最早的老板之“事头婆”，那时他还小，没少得到三姨太的关照，甚至几句荷兰文、英文也是从三姨太那里学来的，他始终对三姨太有很深的感情，三姨太来他这里，他一点不意外。

只是紫筠怎么会在这呢?

泰叔不是为她赎了身么? 而且早早去了南洋，就为的把她找回来，莫非泰叔还留在南洋没回来……不对，出什么问题了。

未等紫筠开口，三姨太已说：“你回来得正是时候，赶紧想办法把泰叔救出来吧，紫筠回来两个月了，都没能见到他。”

潘启官心中一沉：“出什么事了?”

“还不是陈谷子烂芝麻的事，好几年前的事，说有证据表明，他送银元上船前，就同海盗有勾结了，合谋讹诈官府的银子。”

“这个罪名不是早就否了么?”

“人家不同你讲这个理。”

这时，三姨太才把事情的来龙去脉讲清楚。

原来，她与谭康泰未能在三宝垄找到紫筠，谭康泰不顾一切非要找到人不可，虽说他带了几艘大眼鸡船下来，他都打算让船先行把货载回去，自己留下来找人，三姨太反复劝他，并且说，自己去找，比他找要容易得多，自己在爪哇人头熟、关系多，不会让人生疑出意外的，没了他碍手碍脚，找起来也会更快些，终于把谭康泰说服了，让他随船一道回广州。

没想到，谭康泰一回家，刚落脚，士兵们冲了进来，如狼似虎地把他绑了，押走。

海关称，他这次下南洋，就是与上回勾结的海盗一起分赃的，码头上的船也扣了，货物未卸下，这下子，可是“人赃俱获”了，想抵赖也抵赖不了。

潘启官说：“泰叔其实也有担心，只是，他还是低估了海关的贪婪，以为过了这么几年，事情便淡去了，没想到还被咬住不放，尤其这么多艘船一同回来，更让人眼红。”

三姨太有点自责：“我不该让他先回。”

“这不关你的事，老话一句，就怕贼惦记，他是被惦记上了。”

紫筠泪汪汪地：“都是我害了他。”

阿惠说：“不能这么说，他下南洋找你，有情有义，他送银子退兵，有胆有识，是男人就得敢担当，怎么怪上你呢?”

潘启官听出来了，阿惠在旁敲侧击自己呢。

他在厅中来回踱步：“泰叔如今还是行商，是我们当中的一位，我们救他出来责无旁贷，我这就去找叶家、颜家几户老行商，出面去保他。”

阿惠抱起乱跑的儿子，高兴地说：“听到了没，阿爸一样是一条男子汉呢!”

第二天晚上，潘启官很晚才回来。

三个女人都没有睡，等着他。

他对紫筠说：“明天，你就先去探探监，我已经疏通好了，家人总归是可以见的，没理由不让见，这是个开头，下一步，该怎么办，我自有主意。”

还是三姨太心细：“具保的信已经递上去了?”

“放心，没这个具保，紫筠还探不了监。”

三姨太掉头对紫筠说：“明天，我送你到监狱门口。”

紫筠说：“不，我一个人就行。”

阿惠说：“还是三姨太送送吧。”

南海监狱里，阴森森的。

狱卒吆喝道：“谭康泰，你夫人看你来了，出来!”

谭康泰纳闷:“何来的夫人?”只是没敢问,跟着狱卒走到了长廊的一端。

他几乎不敢相信自己的眼睛,来的“夫人”,竟是自己在狱中朝思暮想的紫筠,下南洋跑了那么多的地方没能找到,今天,居然出现在监狱的另一头。

“你回来了?是三姨太找到你的吧?”他泪如雨下。

紫筠也泣不成声:“是三姨太找到我的,三姨太就在门外等我,进不来。”

“终于把你找到了,只是没想到,会在这种场合下相见。”谭康泰从栅栏中伸出手去,紧紧地抱住紫筠的双肩,“我们永远不会分离了。”

紫筠说:“没有任何地方可以比得上这里,能证明我们之间情感的坚固,风吹雨打不了,生死也分不开!”

听了这话,谭康泰更感觉到自己爱上的这位女子不同寻常,此生有幸矣:“牢墙隔不开,生死分不开,这胜过任何天崩地陷,海枯石烂的誓言。”

紫筠用手掠了掠谭康泰头上已经出现的白发:“你受累了,你竟然还跑到南洋去找我。”

“你也一样,竟然来到牢房来见我,算是巾帼女杰了,如同你的戏文所说。”

“别笑话我了,如果你不去南洋找我,人家就不会找借口坐实你的罪名,是我连累了你,我太任性了,没与你说上一声就走了。”

“我没能找到你父母。”

“这不怪你,我想,我父母在天之灵也会感激三姨太与阿惠的,是她们的陪护,让我父母度过了一生最有温情、最为幸运的最后时光,你们都是天下难得的好人,放心,启官在找衙门,没几天你应该就能出去了。”

看着谭康泰几近苍老、瘦削的面孔,紫筠的泪水扑簌簌地落了下来。

“别哭,我们很快就能在一起了。”

……

说到底,海关就是要像待杨丙官一样,从谭康泰身上榨出了几万两银子来。

罪名愈大,银子也就愈多。

泰叔总归是十三行的老人了,无论老行商、新行商,都不能见死不救,出血就出血吧,于是,同海关讨价还价之际,五万两银子也就凑齐了。

还好,放人,并没有像策楞在任时非要打上二三十杖棒,不然,谭康泰年龄比杨丙官大多了,再轻也未必经受得起。

只是人出来时,还得用粤语说,瘦得似一只鹤了!

在紫筠的精心调理下,几个月间,谭康泰又神采奕奕了,连头上的白发似乎都消失了。

这天，三姨太发出了邀请。

请他们上当日的园子一聚，不是节日，也是节日。

今日的园子，已今非昔比了。

本来，早几年，谭康泰已下功夫修葺了一次，并且在里边举行过“百鱼宴”，没想到应了算命先生“鱼上梁”的预言，后来，便发生了十三行的又一场大火。虽然大火之后，十三行建得更美轮美奂，民间更有了“火烧十三行，愈烧愈排场”的歌谣，但谭康泰已无心再打理这个园子了。

于是，园子又一度荒废下来。

三姨太回来，有很多想法，园子中一一实现了。

她把戏台子建了起来，逢年过节，包括行商在内，不少社会贤达都能收到邀请，在这里欣赏堂会。

主唱的，自是紫筠与她。

这一来，园子里人气就旺了，断壁残垣，很快被收拾完了，四季花卉，轮流盛开，湖中亭，也多了几个，而且各具特色，有的还似西洋风格。

紧接着，茶室开张了。

凉茶铺也开张了——均在门口，两侧排开。

还专门用了几栋小洋楼，做刻书业，把粤东的著名诗人的诗作，无论新旧，只要上品位，则一本一本印出来，这也为后人留下典范。

书画裱糊更不在话下。

这一来，园子更典雅了。

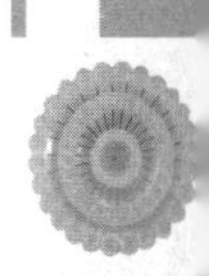

潘启官自然大力支持自己前老板的事头婆，滴水之恩当涌泉相报。他甚至还在谋划建立一个书院，让世家子弟个个更有出息。

谭康泰早就听闻这一切，接到邀请，便赶紧让紫筠备上厚礼，前去道贺。

只是一到园中，他脸色就一变。

江风吹过来一阵阵的鱼腥味。

紫筠自是有所准备，对他说：“听说，你上次设宴，看见猫叼鱼上了梁，说了一句，百鱼宴于今绝矣，是有这么回事吧?”

他点了点头。

“三姨太说，百鱼宴不会绝，今天，她一定重新再办一次百鱼宴。”

“可是……”

“这次百鱼宴，不会再有猫叼鱼上了梁了，她说，这也是为的教你去掉心中的阴影。”

谭康泰不语了。

良久，才说：“难得她一片心，谢谢了！”

果然，厨房里，已是一筐一筐从甘竹滩打来的各式淡水鱼，厨师来了十多人，在各显神通了。

鱼腥味弥散开，同样招来不少野猫。

不过，不会有人赶它们了。

在一片欢乐、祥和的气氛中，园子里聚集了上百位来宾，行商自不会少，文人墨客也更多。

三姨太走了过来，邀请谭康泰去写几个字。

“我又不是什么诗人，不写了吧？”

“你还得写，大家都希望你写。”

宣纸已经铺好了，墨也磨好……

那就写吧，谭康泰净了手，挽起了袖子，用笔饱蘸墨汁，写了十个大字：

> 行到水穷处，坐看云起时。

众人齐声叫好！

可他仍觉得意犹未尽，又写了一幅：

> 一蜂至微，亦能游观乎天地；
> 一虾至微，亦能放肆于大海。

众人唏嘘不已。

从内心说，谭康泰并未屈服于命运。

盛大的百鱼宴开始了。

香味四溢，满目琳琅，厨师们大显身手。

大家围着谭康泰敬酒。

却之不恭。

潘启官应酬完所有人之后，再又回到了他身边。

看着这英气逼人的后生，他无限感慨：“未来是他们的，他们会比我做得更好。”

又一杯酒下肚。

他拉潘启官坐下，让紫筠又一一斟上了酒。

两位男人碰了杯，一饮而尽。

“见到我两幅字么?”

“见了，泰叔的心思，我们都明白。”

“无论今后还有多少横风斜雨，世界怎么不安宁，但是，未来毕竟是属于你们的，不要奢望大海上风平浪静，但你们一样要驾上自己的航船出海去，无论去多远，无论去多久，都不要回头，前面总归是成功，是光明!”

“大海里固然会翻船，可阴沟里翻船更多。大海翻船怎么说也悲壮，够英雄，可阴沟翻船只能是窝囊、丧气，宁可在大海壮烈而死，不可在阴沟里匍匐而生，闯过大海，天地为之壮色，倒在阴沟，虫豸只会耻笑，这个世界，需要勇气，需要睿智，更需要远大的目光……”

“中国美轮美奂的丝绸、光彩照人的陶瓷、清香醒脑的茶叶，给了世界的机会，同样，世界也凭此给了我们同等的机会，他们可以用我们这些惊世绝品创造一个发达、繁荣的社会，我们也应该借他们的智慧、思想，抓住这样的机会……这几十年，我所经历的一切告诉我，人家已抓住了机会，可我们抓住了么?”

潘启官沉着地点了点头：“我在努力去抓!”

“我知道，你去了瑞典，有机会，还可以去更多的地方，行万里路，思万卷书——我改了一个字，不是读万卷书，而是思万卷，思接万里连万卷，上飞于天，下蟠于地，无所不在……”

三姨太说：“泰叔，你的寄望太高了。”

“高者，取其中，也就不惰于低嘛……”

说罢，谭康泰几近惨笑。

末了，他意味深长地说：“朝廷虽然没支持禁洋，可对海外的中国人，却视为‘天朝弃民’，朝廷对他们概不闻不问。自然，从子民到弃民，只是一步之遥。不把老百姓当作衣食父母，这样的悲剧还会发生，只怕今后的风险还会更多……”

所有人都肃然了。

这一回，“百鱼宴”风光尽显!

不久，又到了“观音开库”的日子。

谭康泰领着紫筠到观音阁去“还贷”了。

之后，他们在十三行消失，不知所往。

传说很多。

说他当日便投奔了海盗，把蓝宝石顶子扔到了波涛汹涌的外伶仃洋，从此干上亦商亦盗的营生——恰如老先生所指点的。

也有说他只是借海盗的船只，漂泊到了马来亚的西海岸，一个叫关丹的地方，在那里开锡矿、种橡胶，再度白手起家，临终前一般富甲天下。

但这两个传说都有致命之处，谭康泰还会从商么？

他不是告诫后人，谭家永世不可言商么？

他怎么可以践踏自己的誓言呢？

于是，又有了另一个传说。

他决心去南洋之前，为紫筠赎了身，以了结自己一生唯一未能兑现的诺言。

种种猜测更由此而来。

说是谭康泰把她带走了，去了什么地方，则无人知晓。该不是学的范蠡，带上西施，隐迹江湖，颐养天年？

只是这一说法没有任何人予以证实。

不可信，且又无人证实，可见从理由与事实两个层面，都做出了否定，还能是真的么？

紫筠也难免生老病死，也难免出什么意外，在那么严酷的岁月，不再有她的消息传出来，也自在情理之中。

总而言之，谭康泰没有在任何一个地方、任何一个场合下出现。

生不如死？

自然是死了痛快！

也许这是唯一的答案！

第三十章　该有另一个故事

的确，这一章，应该是《十三行世家古代卷》中的另一部，讲的是与“开洋”完全不同的一个故事，虽然这个故事中，不少人物也仍是前一部中出现过的。

这一部中，外洋大班中的主角已不再是迪韦亚了，而是那位已经长大了的英国通译仁飞。他从少时随外洋大班闯总督府，经历了雍正十年肃贪靖海的大事变，以及乾隆登基废除恶税，尤其是其国内工业革命迅猛发展，一位记者为争得言论自由而名声大振等一系列事件的激励，竟有了当一回英雄的冲动，在中国的东海岸搅起了一场轩然大波，从而令中国大好的开洋局面发生了逆转……

不过，不仅仅因为他的莽撞。

还是从头说起吧。

当然，乾隆元年起，广州的海洋贸易见风日长，但也不是一帆风顺的，不时总有几片乌云、有几股浊浪，但毕竟是在向前演进，不仅外洋船只每年上升到二十多艘乃至几十艘，行商也从十多家上升到了二十多家或更多，贸易量就更不用说了。而被视为“瓷痴”的唐英，也一度调来广东任职，且迷上了广彩瓷，这大概正是乾隆七八年间，不过，过于痴迷艺术的人，毕竟不擅官场，所以很快便被挤走了，但他对广彩瓷的扶持亦有口皆碑。在粤期间，他没忘去拜会已有大师之称的紫屏。

唐英重回景德镇了，海关的官员依然贪墨不止，直到乾隆二十年，由于官员的腐化，广州的贸易环境恶化，外洋大班吵闹着要上中国的其他口岸，这时，仁飞认为，自己要当英雄的机会到了，他仗着自己会一口流利的汉语，驾船北上，先上宁波投石问路。

已经长大的仁飞还是颇有心机的，他声称，是由于广州海关监督李永标贪得无厌，夷商们忍无可忍了，因此，要求上别的口岸进行贸易。

开始，乾隆皇帝还是颇重视的，一方面，严惩了贪官李永标，同时，亦开放浙海关，不过，为了维护广州“天子南库”的地位，他让浙海关课以重税，从而迫使外洋商船依旧回广州贸易。

然而，尽管课以重税，浙海关仍有大量外洋商船开到，因为税再重，他们仍有利可图，尤其是多开了口岸，自由贸易的机会就更多了。

仁飞得意了，以为自己为外洋大班们争取自由贸易立了一大功劳。于是，又过一年，他竟又驾船继续北上，直达天津，到了天子脚下，要上京城，向皇上告御状，他以为，这与当日在广州闯总督府一样容易。

这又再度惊动了乾隆皇帝，开始，他还发话，让下边作好进一步开放口岸，尤其是浙江口岸的准备。然而，不久前刚从广东总督调任闽浙总督的杨应琚，却上了一份奏折，力陈在浙海关通商之弊，认为应当把外洋商船集中到广州为宜。乾隆皇帝看了他的折子，终于打消了扩大开放口岸的念头，认为杨“所奏甚是”，并且最后做出只允许广州“一口通商”的决断。

圣旨提到：

……该督（即杨应琚）前任广东总督时，兼管关务，深悉尔等情形，凡番船至广，即严饬行户善为料理，并无尔等不便之处。此该商所素知，今经调任闽浙，在粤在浙，均所管辖，原无分彼此，但此地向非洋船聚集之所，将来只许在广东收泊交易，不得再赴宁波，如或再来，令原船返棹至广，不得入浙江海口，豫令粤关传谕该商等知悉……

这便是“一口通商”的著名上谕。

本来还想开放的皇上，为何一下子收口了呢？本似进一步怀柔远人，放宽外贸，为何又雷霆震怒，决定限关？

当皇上的，自是容不得他人说三道四，你小小夷人，居然闯到天子脚下告状，这还了得？末了，还得说连皇上都听了他的，这就更不得了啦！那好，我就反过来——于是，仁飞被判在澳门“圈养”即关三年，那位代他改中文的刘亚匾更该杀头。

大好的开洋局面就此逆转。

尽管皇上的尊严不可亵渎，但是，杨应琚的折子起到的作用亦不言而喻。这位杨文乾的次子，因其祖父杨宗仁死时获得圣上“准袭三代”，得以荫庇，当上了广东总督继又调去任闽浙总督，就这么在继承其父“加一征收”之恶税后，又给开洋插上了致命的一刀。

不过，他的下场比他父亲还惨。

正可谓江山易改，本性难移，后来在平叛中，他屡屡谎报军情，明明打了败仗，却说凯旋，一次如此，两次又如此，纸包不住火，皇上终于察觉了，开始只免了职，后来，再让他戴罪立功。谁知道他怙恶不悛，本性难改，又一次重犯，以至边庭动乱，皇上盛怒之下，判了他一个“立斩”。

杨氏三代人，就这么了结了。

谁说“富不过三代”，官也一样过不了三代。还有那个曾力主再度“禁洋”的策楞，同样为谎报军情，被撤职查办，押返途中，死于准噶尔兵之手，与杨应琚同一下场。

仁飞的英雄梦破灭了，他没能“攻破”大清帝国的一个个口岸，反而被“圈养”了三年，遣返回国，而且不得再来中国。

这让迪韦亚跌足长叹。

他与少康官（谭康官已经不再充当行商，人间蒸发了）说起，这英国人永远认为比他人高贵，自以为是，也不管中国的国情，不仅搬起石头砸了自己的脚，反而害了所有与中国通商的国家。

迪韦亚亲自拟了一封很长很长的信，讲了广州海关的各种劣迹，更提出了如何严察的措施，洋洋万言，言辞恳切，呈给了时任的两广总督，希望引起重视。

这也是他对“开明君主制”统治下的最后一次“谏言”了。

就在这时，英法两国爆发了七年战争，迪韦亚不得不最后离开了他不仅热爱，而且抱有热望的中国，以免成为英国人的俘虏。法国的东印度公司也于此时最后结束了，在外洋大班的航海日记里，之后来十三行交易的法国商船，即便在七年战争之后，也几乎没有了。尽管乾隆皇帝与法国的交往还很多，而且在这一年，还专门让法国画家绘制《平定西域图》，后来还送去法国制成铜版画……

七年战争，法国败绩，迪韦亚再也没有重回中国了，“一口通商”的决策，让这位法国大班对“开明君主制”的信念产生了动摇，他给总督的上书无非是作最后一次努力。他回到了法国，法国也在动荡之中，他后来有没有参加法国革命，成为把路易十六推向断头台的一员，则不得而知，不过，他在中国的近三十年，当可验证了开明专制有没有出路……

南海茫茫水浸月。

康乾盛世到了顶峰，就此下坡了——世界已在剧变之中，大清帝国仍在夜郎自大。

从雍正五年，到乾隆元年。

从乾隆元年，到乾隆二十二年……

一切的一切，在中国，在十三行，都发生过了。

后来发生的一切，无非是为这一段时间里发生过的加上注脚。

这是开始，也是终结。

这是过去，也是未来。

只是我们都站在现在——过去太遥远了，未来更迷茫。

——这是谭家一位后裔所写的。

可以说，谭康官与陈（芳）官，与巴纳里，与陈寿官，更与祖秉圭、策楞之间发生的这一场“前哨战”，关系到了后来一百多年乃至两百多年中国对外贸易的命运，乃至中国的命运。而作为先行者的理念，反对官商勾结、官渔商利，力推公平、公正的平等开放，却已经超出了他们所在的时代，但是，无论是皇帝，还是官员，杨应琚、策楞等人，不，整个中国，却未能做好接受这一理念的准备。

纵然有过公正，有过欣喜，但最终……也仍是悲剧。

这正是十三行留下的古训。

人语

80多万言三卷本的《十三行世家古代卷》终于杀青了，加上100多万言三卷本的《十三行世家当代卷》，计划中的六卷本，也就至此最后完成了。掐指一算，从1988年动笔写当代卷，至今天全书完成，也就近30个年头了，其中，当代卷中的一部分，曾为《长篇小说选刊》试刊时所选，那是1999年，迄今也有19个年头，后来又入选了中华人民共和国成立60周年长篇小说500强，新版的选本《赝城》亦再度问世，并在500强的数字图书中刊发。

说到这，人们不禁要问，为何当代卷完成在古代卷之前，时间发生错位？

但是，如果全书读下来，古代卷对当代卷的警示，却应该更为悠长——也许，这当可以解释我为什么把这一卷拖到最后完成的原因。

只是，更重要的原因是，古代卷所展示的十三行初中期的历史风云，不仅仅是难以把握，而且要有大量的阅读垫底——阅读量大，底气才愈厚重。

康熙开海禁，雍正废除南洋禁航令，到乾隆对外贸易全面开放，并采取优惠政策，取消"番银加一征收"的重税，促进了广州等口岸的迅速发展，这一格局，与我们今天改革开放之初，建立特区的历史初衷几乎差不多。

不同的是，乾隆的优惠政策，不仅是对广州的，当时的中国，在"一口通商"之前，无论是海路还是陆路，有着众多的外贸口岸。而我们今天，开始时还仅仅限定在特区，甚至对特区的大小，还有种种疑虑，本来，那时的观念，特区是自由贸易区，当姓"资"而不姓"社"，而且只是做试验。当初的深圳蛇口，稍后的广州开发区，都是画地为牢，小心翼翼，不敢越雷池半步，甚至有"帝国主义夹着皮包回来了"的谣诼。顾虑之多，不仅仅是意识形态，还有海防问题。

康雍乾三朝，也有意识形态问题，那是外国传教士的布道，当然，也一再采取了强硬措施。但更强调的是海防，认为开放之后，沿海"岭门开后少坚城"，康熙更忧虑百年后夷人打进来——他当是不幸而言中了。于是，当英人洪任飞沿海北上，要上京城告御状，告广东海关贪墨，要求开放更多的口岸时，乾隆开始还动了心，甚至在闽浙海关重税后，外商仍要北上之际，他还准备放开，但曾任广东总督，此时正任闽浙总督的杨应琚，却断然上奏，认为只可开广州一个口岸。这一来，连闽浙海关都不愿开，封疆大臣对自身海关收益都无视的话，乾隆还能说什么呢，只能称他"所奏极是"，宣布只开广州口岸，从此，"一口通商"的格局就此定型，当年的"改革开放"由此逆转。

这杨应琚是提出"番银加一征收"这一恶税的始作俑者、前两广总督杨文乾的儿子。杨文乾因为贪墨，被吓死了；杨应琚最后也因多次谎报军情、冒功而被处死。但这两父子对限关的影响，却不可低估。

好在今天，不再是清朝了，特区开放后，面积一步一步扩大，后来更发展到开放沿海十四座城市，如今，更是全面开放了。清廷忧虑开放后“少坚城”故步自封，不肯引进西方科学，结果，偌大一个帝国，顶不住人家几千杆洋枪，赔款割地，国已不国。而我们开放之初所忧的海防问题，却在进一步的开放中得到逐步解决，国力增强了，海防自然也增强了。如今，先进科技，已不让于西方列强。

两相比较，我们为过去而扼腕长叹，也为今天庆幸。当然，我们的改革开放，还在进一步的扩大与深化，面对所遇到的问题，唯有更进一步推进开放方可解决，倒退是没有出路的。任何的逆转，都只能是一场历史的大灾难——清中后期的惨痛教训便是最大的警示。

长期以来，没有人对清初中期开洋的这段历史深入研究过，尤其是对十三行的历史作用，更缺乏真正到位的评估，对那一个历史阶段的十三行的了解，也就更谈不上了。

譬如，当乾隆取消“番银加一征收”恶税，“怀柔远人”，实行对外开放的优惠政策之际，以法国大班为代表的外商，纷纷“叩首焚香”，以表示对乾隆皇帝这一雄才大略的感激，两广总督也好不得意，准备去接见他们，而这时，一位著名的行商谭康泰，却告诉法国人，没必要向总督叩首跪拜。本来，外商对这一礼仪一直是抗拒的。这一来，总督自觉没趣，不上广州，回肇庆去了——那时两广总督府是在肇庆的。

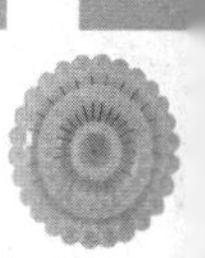

礼仪之争，一直是困扰清代对外交往的大问题，不少专家写过论文，甚至出了一本本书。而行商竟敢在这时提出这个问题，还劝阻外商的跪拜，是恶作剧，还是“别有用心”呢？

我们无法复原历史，但这一细节，却是不可以一笔带过的，这究竟给后人揭示了什么？

我是在外文资料中发现这一细节的，当时觉得，这怎么可能呢？简直是冒天下之大不韪，顶多，是一个黑色幽默罢了。

但是，随着愈来愈多的史料的发掘，我才觉得，这一细节背后的一切并不那么简单。

雍正年间，以谭康泰、陈芳庭为一方，以杨文乾、祖秉圭前后两任海关大员及行商陈寿官为一方，他们对当时中国“开洋”的认识与理解，可以说是南辕北辙，完全不同的。他们之间的争论，尤其是双方的斗争——完全称得上是斗争了，揭示出了很多深层次的，而且事关日后百年外贸格局的问题。杨、祖、陈的官商勾结、欺行霸市，打有很深的封建帝国烙印；而谭康泰一方坚持的反对垄断，反对内外勾结、官商勾结，坚持公平、公正贸易原则，则被后来的研究者认为是太“超前”了，而“中国显然没有做好这样的准备”。事实上，当今中国做好了这一准备么？近两年出现的关于十三行的作品，也仍把他们视为不懂得“自律”，伤了同行，更得罪了官方，咎由自取，所以被免了商总一职，扫地出门。时至今日，权钱交易，不仍一如既往，被当作正常么？官员傍大款，款爷靠大官，已非秘密了。

正是在这样的背景下，谭康泰告诉外商，无须向总督之类的官员叩首跪拜，自然有“超前”的意味在内，并非恶作剧。

也许，正是这一细节，才触动了我亲自来写自家故事的愿望，虽然这一细节在这部书里已不是很重要了。

于是，关于清朝初中期“开洋”的历史小说，便先于我的研究著作出来了，尽管我当下的身份是学者而非作家，不过，至少这一历史谜团，终于得以解决了。唯一令我忐忑不安的是，作为历史小说，我是否太拘泥于史实，尚没有很好地展开？同样，作为研究著作，我所占有的史料是否仍还不够？

平心而论，专门论述十三行的学术著作并不多，最权威的莫过于梁嘉彬的《广东十三行考》，以及马士著的《东印度公司对华贸易编年史》五卷，加起来，才 100 多万字。但是，仅仅读完这几本书是远远不够的，涉及其中的清朝官员，当在几十卷的《清史稿》中寻找，而这仍不够，仅康雍乾三朝的奏折、御批，就有上千万字，此外，还有当时的文人笔记众多，这都不能忽略。而外文资料，比这更丰富，但已译过来的还不多，不读原著，则更不得要领。甚至，对于这一时期发生的英国工业革命、美国独立战争、法国大革命，都应该了解，因为十三行中发生的一切，并不是孤立的。为此，在历史长河中，如何去把握十三行，对于一位作家而言，绝非易事。

更何况我在高校任教，平日，听多了种种批评。文学家每每怨历史学家吹毛求疵，食古不化；反过来，历史学家亦弹文学家一知半解，胡编滥造。处于这种夹缝中，古代卷的创作，就不能不对自己严苛一点，对所要描写的历史事件，尽可能还原其本来面目，少让史学家挑点毛病，这一来，书不可不多读，历史的求证，更不可不多下功夫。这一来，便大大增加了写古代卷的难度。

本来，写作应当发挥自己所长，驾轻就熟，这才能写出水平来。但是，我偏偏好向自己挑战，迎难而上，这么做，固然可以磨砺自己，提高自己，但是，也可能一败涂地，事倍功半。但人的性格一旦形成，恐怕是最难改变的，50 多年的写作生涯，我就是这么走过来的，永不言败。

我深深地认识到，文学，当写出历史的未尽之言——这是读到大量的文学作品与大量的史书之后的一个感悟，一部文学作品的深度在于思想，而厚实则出自它的历史感。没有历史的真知灼见，也就不曾有思想的深度，功夫在诗外。

我无法抗拒自我挑战的诱惑，于是，这便有了苦苦考证、苦苦思索，在当代卷之后写古代卷的艰难历程。我完成了它，它也重塑了我。这四卷本当是我的《复活》，假如我视200万言的新版《客家魂》为我的《战争与和平》的话。当然我不会是托尔斯泰，但他的著作毕竟影响了我一生。历史小说，绝非我的强项，在这部古代卷之前，我只写过半部，即《南汉兴亡录》，大架子搭好了，细纲也有了，还写有上10万字，却终于搁下，先写了这部。

年轻时，下笔万言，倚马可待，而现在，却要在故纸堆中翻了个蓬头垢面，才能写出几页纸来，是人老了，笔钝了，还是江郎才尽，不敢下笔？我不敢回答自己。但我当无愧于笔下任何一个字。

“清名上帝所忌，得谤可以销名。”古人陈继儒如是说。而今，不少好事者对我200多本近4000万言书指手画脚，在我却是好事，毕竟，不会为上帝所忌矣。其实，这一生坎坷，我“得谤”又何尝少了呢，历史却每每还我以公正——这，却也是读书给我的慰藉。

读书与写作，总是难解难分的，拉拉扯扯写下这么些文字，而未尽之言，当是什么呢？

我写出了它吗？

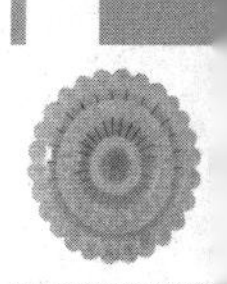

跋

明、清二朝反复的开海与禁海中，广州“一口通商”，以十三行商馆为中心的贸易口岸，在中外经济文化交流中地位凸显。

十三行的中国商人，为开拓国际贸易，求新求变，在国际大航海时代独领风骚，对中国经济影响甚巨。十三行与屯门的热兵器之战，是中国进入近代社会的重要标志。

然而，他们一面是皇朝特许的垄断商人，可获高额利润，人称其为“富可敌国”的官商；另一面，他们又深受封建专制与国外黑暗势力压迫，在夹缝中求生存，是备受歧视的民商；他们受到严苛的限制，还得承担巨额的苛捐杂税，并且要承担一切经济活动与涉外贸易的风险，以及赔偿其他同行破产给当局与外商带来的损失。

他们的双重身份，决定了他们在中国历史舞台上的悲剧角色。

如何重构这段鲜为人知的历史呢？

可以说，在乾隆登基，取消“加一征收”之际，处于上升时期的英、法诸国，还是很看好中国的。甚至于发生“一口通商”逆转之后30多年，马尔戛尼率领大船队来中国为乾隆祝寿时，其使团中不仅有外交家，而且有物理学家、天文学家、医生、工程师、画家、音乐家、技匠等，所带的600箱礼品，更有当时世界最先进的科技成果，这包括蒸汽机在内。这无疑把中国视为可与世界同步的合作伙伴。这证明，乾隆之际，中国当有怎样大好的机会保持自己世界领先的地位——本来，取消“加一征收”之后，全面开放的格局得以形成，大清帝国如果就此坚定不移地往前走去，与世界进一步接轨，后来也就不会落个悲剧收场。

机会是怎么失去的？

康雍年间的十三行行商，不乏目光远大、思想开放者，他们早早远航到巴达维亚、到欧洲大陆，谙熟上升时期西方的商业观念、市场意识，以及由此萌生的启蒙思想。谭康官在晓喻法商取消“加一征收”后，更劝他们无须向督巡跪拜，绝不仅仅是一个黑色幽默，可见，行商的膝头也已硬了起来。他为了抗拒“加一征收”，三进三出大牢，令人感佩。而他最后争得“加一征收”的取消，不能不说有远见，有卓识，更有着一股顽强精神，他似乎认定，只有这么走下去，中国方可以进步下去，方可以富强起来……

他胜利了，“加一征收”取消了，似乎大好局面都打开了，而且，并持续了又二十二年，却怎么又一下子给颠覆了呢？

他仅仅是败给了杨宗仁、杨文乾、杨应琚么？其实，杨应琚任两广总督与闽浙总督时，他早已不在人世了。

我一直在犹豫，我是否出于家族观念，把谭康官写得太好了，写得理想化了，他能有那么多先见之明，有那么多超前的思想么？陈寅恪说的“了解之同情”固然可以解释。然而，直到去年10月的一次十三行的研讨会上，一位外国学者，在我已完成这部书的初稿之际，却出乎我意料，同样称对于Ton Hunqua的主张，“显然，当时的中国并没有做好准备”，与我的认识不谋而合。至此，我的惴惴不安才平定下来。同时，也坚定了以这一段历史作为十三行发展的重心加以描述的决心，不再只盯住那几位后期的大行商了。当然，后期民谚中的“潘卢伍叶，谭左徐杨”，谭的排名也只由前三名落到了老五。

依照编辑的意思，虽然十三行行商，在历史上比晋商、徽商要辉煌得多，尤其在对外贸易上，更无以匹敌，但对于读者来说，这却是一个全然陌生的对象，历史也差点把他们遗忘了，所以，务必多交代几句，因此，拉拉扯扯写上了这么几句，希望对阅读有所帮助。同时，我不仅仿效屈大均《广东新语》的小百科写法，写了若干“礁语”“浦语”乃至“人语”等，同时，在引入地方方言即粤语上亦做了一些新的尝试，毕竟，正是改革开放，给了粤语一个丰富当今普通话的机会，如今，诸如“买单”“靓女”之类，业已堂而皇之进入到国语的行列中了。广东人写书，每每第一遇到的，是方言的障碍，好在这之前，陈残云等老作家已做了努力，而周立波在运用湘方言、东北方言上，更有不少成功经验。我自小在湖南长大，人们把我列入“茶子花派”中，回到广东，也还改不了这一风格。相信这一努力，在文学语言上，能把广东与中原拉得更近一些。

这部作品能得以问世，这对于我的故乡，自有不同寻常的意义，同样，对还在改革开放的中国，我想亦不乏警策。“往者不可谏，来者犹可追”，我重新铺陈这样一部历史，其拳拳之心，愿为世人所知。

2010年10月初稿
2016年6月修订稿